パトスの受難

考証の時代における追随の文化と自己発露の始まり，
フランス近世初期

高橋 薫 著

中央大学出版部

この拙い文集を
師にして兄として慕った故野沢協と
兄にして友として慕った故佐伯隆幸の
思い出にささげる

装幀　道吉　剛

序　文

　筆者63歳の夏，ウィルス性膵炎を患い，2週間の入院を余儀なくされた。その際向かうべき机もないまま，それまで読み直したいと思っていた本を家内に頼んで病室まで持ってきてもらった。その1冊『原典訳記念版キェルケゴール著作全集』(創言社)「第三巻　畏れとおののき」(尾崎和彦訳)を手にし，序文「アブラハムへの讃辞」とそれに後続する本論を「エピローグ」まで読んで，わたしはそれまでわたしが看過してきた事実に気が付き，驚愕するまでに問題意識を刺激された。「畏れとおののき」(桝田啓三郎訳では「おそれとおののき」)はキェルケゴールの中でも「死にいたるやまい」や「不安の概念」とならんで重要な作品と思っていたが，どういうわけか苦しくなると「死にいたるやまい」や「不安の概念」は手に取るのに，第三の「畏れとおののき」は中央公論社の世界の名著シリーズに収められた「キルケゴール篇」，故桝田啓三郎単独訳の『キルケゴール全集』(筑摩書房)所収の訳稿，白水社版の『キルケゴール著作集』の翻訳を読んで以来，40年来読み直したことがなかった。わたしがこの愛読書のどこに驚愕したか。長い文章の引用で恐縮だが，出版社(創言社)のお赦しも得ているので，以下に引用してみる。

「アブラハムへの讃辞
　もし人間の中に永遠の意識がなかったとしたら，もし一切のものの根底に暗い激情の中でのたうちつつ，偉大なるものであれ些細なものであれ，あらゆるものを生み出す激しい発酵力しかないとすれば，もし底無しの空虚が，決して満たされることなく，一切のものの下に隠されているとしたら，そのとき人生は絶望以外の何ものであろうか？　もし事態がかくのごとくであるとすれば，もし人類を結びつける聖なる絆がないとしたら，もし世代が，森の木の葉のように，次から次へと発生するものだとしたら，もし世代が，森

の小鳥の歌のように，取っかえ引っかえ入れ替わるものだとしたら，もし人類が，船が海を渡るように，嵐が荒野を吹き渡るように，この世を渡ってゆく，思慮なき不毛の営みであるとすれば，もし永遠の忘却がつねに餓えておのが獲物を窺っているとしたら，しかもその獲物を永遠の忘却から奪還するだけの強力な力がないとしたら――そのとき人生はいかに空しく，いかに慰めなきものであろうか！　だが，それなればこそ，人生はかくのごときものではないのだ。神は男と女を造り給うたごとく，英雄や詩人あるいは雄弁家を造り給うたのである。詩人や雄弁家は，英雄のなす業を何一つなすことができない。彼らはただひたすら賛美し，愛し，英雄を楽しむことができるだけである。それにもかかわらず，詩人や雄弁家も幸福であって，その点では英雄に劣るものではない。というのも，英雄はいわば彼らのより優れた本質であって，この本質に詩人や雄弁家は惚れ込んでいるのであって，かれらに自身はあくまで英雄ではないこと，自分たちの愛が賛嘆であることを喜びとするのである。彼らは追憶の守護霊であって，なされたことを想起する以外何もなしえない。なされた行為を賛嘆する以外なすすべがないのである。彼らは自分の手のものからは何も持ち出さないくせに，信頼される存在たらんと躍起になるのである。彼らはおのが心の選択のままに行動するが，探していたものが見つかると，彼らは歌い語りつつ，各家の戸口から戸口へと徘徊し，すべての人が自分たちのごとく英雄を賛美しなければならない，自分たちがそうであるように英雄を誇りとしなければならないと，訴えるのである。これが彼らの偉業であり，彼らの謙譲の業でもある。これが英雄の家における彼らの忠実な奉仕活動なのである。このような仕方で，彼らがおのれの愛にどこまでも忠実であるなら，彼らが自分たちからの英雄を窃取しようとする忘却の狡猾さと昼夜戦い続けるなら，そのとき彼らとしては，おのれの業を完成したことになり，そのとき彼らは，自分たちを同様に誠実に愛してくれた英雄と一体となるのである。なぜなら，詩人はいわば英雄のよりよき本質であって，なるほど追憶のごとく無力ではあるものの，また追憶のごとく浄化もされているからである。偉大であった者が決して忘れ去られない

のはそのためである。たとえいかに長い時間がかかるとしても，たとえ誤解の雲が英雄を奪い去るとしても，それにもかかわらず英雄を愛する者は必ず登場してくるものであって，しかも経過した時間が長ければ長いほど，彼らの英雄に対する愛着は，忠実さの度合いを増すのである。

　否！　この世で偉大であった者は，決して忘れ去られることはないであろう。だが，誰しも各人各様に偉大だったのであり，各人が，彼が愛したものの偉大さに比例して偉大だったのである。それというのも，自分自身を愛した者は自分自身によって偉大になったのであり，他の人々を愛した者は，その献身によって偉大になったのだからである。だが，神を愛した者は，すべての者にまして偉大となった。誰しも回想の的にならない人はいないであろう。しかし，人が偉大になったのは，すべて彼らの期待に比例してであった。ある人は可能なものを期待することによって偉大となったのであり，他の人は永遠なものを期待することによって偉大となった。だが，不可能なものを期待した者は，すべての者に優って偉大となった。誰しも回想の的にならない人はいないであろう。しかし，誰しもすべて，彼らが戦った相手の偉大さに比例して偉大となったのである。何となれば，この世と戦った者は，この世に打ち勝つことによって偉大となったのであり，自分自身と戦った者は，自分自身に打ち克つことによって偉大となったのだからである。しかし，神と戦った者は，いかなる者にもまして偉大となった。かくのごとく，この世で戦われたのは，人間対人間，一人対千人の戦いであったが，それにもかかわらず神と戦った者は，いかなる者にもまして偉大であった。地上での戦いは，このようにして行なわれたのである。つまり，おのれの力によって一切に打ち勝った者もおれば，おのれの無力によって神に打ち勝った者もいたし，自分自身を頼みとして一切を獲得した者もおれば，安んじて自らの強さゆえに一切を犠牲にした者もいた。しかし，神を信じた者は，すべての者を超えて偉大であった。おのれの力によって偉大だった者もいたし，その知恵によって偉大だった者もいた。その希望によって偉大だった者，その愛によって偉大だった者もいた。だが，アブラハムはすべての者に優越して偉

大であった。無力を強さたらしめるその力ゆえに偉大であった。愚かさをその秘儀とする知恵によって偉大であった。狂気をその形相とする希望ゆえに偉大であった。自分自身に対する憎悪たる愛ゆえに偉大であった。

信仰によって，アブラハムは父祖の国を捨てて流浪し，約束の地の異邦人となった。彼は一つのものを後に残し，一つのものを携えて行った。彼は，おのれのこの世的な分別を後に残し，信仰を携えて行ったのである。もしそうでなかったら，恐らく彼は流浪することもなく，そのようなことはまさしく狂気の沙汰と考えたであろう。信仰によって，彼は約束の地の異邦人となったのである。そこには，彼に愛しきものを思い起こさせるごときものは皆無であったが，何もかもが，その新奇さによって，彼の心を鬱々たる憧憬へと誘い入れたのである。それにもかかわらず，彼は神の選び給いし者，主の御心に適いし者だったのだ！　然り，もし彼が神の恩寵から放逐されて，永劫の罰を下されし者であったとしたら，事態をもっとよく把握しえていたであろう，ところが，実際には，当の事態は彼と彼の信仰に対する嘲笑のごときものであった。この世には，自分の愛する祖父の国から追放されて生きた者もいたのである。彼は忘れられてはいないし，彼が悲しみの中で失われしものを求めて，見つけたときの彼の嘆きの歌も忘れられてはいない。アブラハムについては，いかなる嘆きの歌もない。嘆くのは人間らしい振舞いであり，嘆き悲しむ者とともに泣くのは，人間らしいことである。だが，信仰するというのは，はるかに偉大なことであり，信仰する者を見つめるのは，それにもまして幸いなことである。

信仰によって，アブラハムは，彼の子孫において地上のすべての民は祝福されるべしという契約を受け取った。時は過ぎた。その可能性がほの見えた。アブラハムは信じた。時が流れた。それがナンセンスということになった。アブラハムは信じた。この世には期待を抱いた者もいないわけではなかった。時は往き，夕べが近づいた。彼はおのれの期待を忘れてしまうほどお粗末ではなかった。されば，彼も忘れ去られることはないであろうそのとき，彼は悲しみに沈んだ。しかも，この悲しみは，人生がそうするように，

彼を欺くことはなかった。悲しみは，おのれのあらんかぎりの力を用いて，彼のために尽くした。悲しみの甘美な味に浸りつつ，彼は期待を抱いては裏切られた。悲しむことは人間的な振舞いであり，悲嘆に沈む者とともに悲しむのは，人間らしい振舞いである。だが，信仰することはさらに偉大なことであり，信じる者の姿を見つめるのはさらなる浄福である。アブラハムについては，われわれは悲歌をまったく持たない。彼は，時の過ぎ行く間，憂いに満ちて日々を数えるようなことはしなかった。彼は，サラが老いるのではないかと，彼女を猜疑の眼差しで見ることもしなかった。彼は，サラが老いさらばえることのないように，彼女とともに彼の期待も朽ち果てることのないように，太陽の運行を差し止めることもしなかった。眠りに誘うかのように，サラのために，うら悲しい歌を歌うようなこともしなかった。アブラハムは年老い，サラは国中の嘲笑の的となった。それにもかかわらず，彼は神に選ばれし者，彼の子孫において地上のすべての民は祝福されるべしという契約の継承者であった。されば，実際には，彼は神の選び給いし者でなかった方がよかったのか？　神の選び給いし者であるというのはいかなることなのか？　若き日にその若き日の願いが拒否され，年老いて大いなる苦難を経てそれが満たされるということであろうか？　しかし，アブラハムは信じ，そして契約を堅く守った。もしアブラハムが動揺していたら，彼は契約を破棄していたであろう。彼は神に向かってこう言っていたであろう。「そうです。そうなることがやはりひょっとしてあなたの御意志でないとしたら，わたしは願いを放棄したいと存じます。それはわたしの唯一の願いでした。それはわたしの浄福だったのです。わたしの心に偽りはございません。あなたがわたしの願いを拒否なさいましても，わたしは密かに恨みなど抱いたりは決していたしません」。彼が忘れ去られることはなかったであろう。彼は，自ら模範たることによって，多くの者を救済したことであろう。だが，やはり彼は信仰の父にはならなかったであろう。というのも，おのれの願いを断念するのは偉大なことだが，おのれの願いを断念した後もそれを固持するのは，それにも増して偉大なことだからである。――永遠なものを摑むのは偉

大なことである。だが，さらに偉大なのは，時間的なものを放棄した後にもそれを固持することである。——そのとき時の充実が訪れたのである。もしアブラハムが信じていなかったとしたら，サラは恐らく悲しみのあまり，息絶えたであろう。そして，アブラハムは，悲嘆の中で気力を喪失して，時の充実を理解することなく，まるで若者の夢をあざ笑うかのように，それをあざ笑っていたことであろう。だが，アブラハムは信じた。それほど彼は若かったのである。なぜなら，つねに最善のものを希望する者，こういう者は人生に欺かれて老け込み，またつねに最悪を覚悟している者，こういう者は早々に老け込んでしまうが，信じる者，かかる人は永遠の若さを保つからである。さればこそ，かの物語を称えよ！　なぜなら，サラは高齢ではあったが，母としての喜びを切望するほど十分に若く，アブラハムは白髪となってはいたが，父たらんことを願うほど十分に若かったからである。外面的に見れば，彼らの期待通りのことが起こったという点に不思議さがある。より深い意味では，信仰の不思議さは，アブラハムとサラが願望を抱きうるほど若かったという点，信仰が彼らの願望を，同時に彼らの若さを保持していたという点にある。彼は契約の成就を受け取った。彼は，信じることによってそれを受け取ったのである。そして，このことは，契約によって，信仰によって起こったのである。何となれば，モーゼは杖で岩を打った。だが彼は信じていなかったからである。

　かくて，アブラハムの家には喜びがわきおこった。サラが金婚式の日に花嫁となったからである。

　とはいえ，だからといって，この喜びは続くはずもなかった。いま一度アブラハムは試みられなければならなかった。彼は，これまで，ありとあらゆるものをでっち上げるかの老獪な力と，決してまどろむことのない用心深い敵と，すべてに耐えて生き抜くかの老人と，戦ってきたのであった。——彼は時と戦って，信仰を保持し続けてきたのであった。いまや戦いの恐ろしさはすべてある一瞬に集中された。「かくて神アブラハムを試みんとて言い給いけるは，なんじの愛する独り子イサクをたずさえてモリアの地にいたり，

わがなんじに示さんとするかしこの山において彼を燔祭として献ぐべし」。

　かくて，その時，かつて一度として起こったことがなかったごとき恐ろしい仕方で，何もかもが失われてしまったのである。だとすれば，この場合，主はアブラハムを嘲笑せられただけなのか！　奇跡によって主は不条理なことを実現された。ところが，いまや彼はそれが再び無に帰したすがたを見ようと欲せられるのである。それは確かに愚かなことではあったが，しかしアブラハムは，契約が告知されたとき，サラがそうしたようにそれを嘲笑することはしなかった。何もかもが失われたのだ。七十年に及ぶ変わることなき期待，信仰の実現による束の間の喜び。だとすれば，この老人から杖を引ったくる者は誰なのか！　老人自身が杖を折るべきだと要求するのは誰なのか！　白髪の人間を慰めなきものにしてしまう者は誰なのか！　彼自らそうすべきだと要求するのは誰なのか！　この敬うべき老人に対する同情はないのか！　この罪なき子に対する同情はないのか！　しかしながら，アブラハムは神の選び給いし者であった。そして，試練を課されたのは主であった。いまや一切が失われてしまったことになるのだ！　人類の栄光の記憶，アブラハムの子孫において満たされるべき契約，これらは，かつて主が抱かれたものの，いまやアブラハムが払拭すべき単なる思いつき，気まぐれな発想にすぎなかったのである。アブラハムの心の内なる信仰同様に古く，イサクよりもはるかに，はるかに年かさのかの素晴らしい宝，聖化され，戦いの中で熟したアブラハムの生命の過日（ママ）——アブラハムの唇に対する祝福，この果実がいまや熟すことなくもぎ取られ，無意味なまま朽ち果てようとしているのである。なぜなら，イサクが生贄にされたとしたら，この果実に何の意味があろう！　アブラハムが彼の愛したすべてのものと訣別せざるをえない時，彼がいま一度おのれの威厳に満ちた顔を上げるであろう時，彼の顔が主の顔のように輝くであろう時，イサクをとこしえに祝福された存在たらしめるほど強力な祝福にアブラハムが彼の全身全霊を傾けるであろう時，そのようなかの悲しくも，至福なる時——この時が訪れないというのだ！　何となれば，アブラハムはイサクと，しかもアブラハム自身は後に残らざるを

えないような仕方で，訣別しなければならないからである。死は二人を引き離すであろう。だが，イサクだけがそれの餌食となるような仕方においてである。この老人は，死を喜びとしつつ，イサクの頭に手を置いて祝福するのではなく，生きることに倦み疲れてイサクの頭に暴力の手を振るうというのである。そして，彼を試み給うたのは神であった。ああ，禍いあれ！　このような知らせを携えてアブラハムの前に歩み出た使者に禍あれ！　いったい誰が大胆不敵にもこのような悲しみの使者たらんとしたであろうか。しかし，アブラハムに試練を課し給うたのは神であった。

　だが，アブラハムは信じた。しかも，この世の生のために信じたのである。然り，もし彼の信仰が単に来世の生にのみ向けられていたなら，もとより彼は所詮自分のものではないこの世から即刻立ち去るために，いともあっさりとすべてのものを放棄していたであろう。しかし，たとえこのような信仰が存在するとしても，アブラハムの信仰はこのような信仰ではなかった。というのも，本来そういうのは信仰ではなく，信仰から最も遠く隔たった可能性であって，この可能性たるや，地平線の果てにおのれの対象を予感するものの，内部に絶望がトリックを仕掛けている裂けた深淵によって対象から隔絶されているのである。しかし，アブラハムは，まさしくこの世の生のために信じた。民族の間で尊敬され，子孫の中で祝福され，今生における彼の最愛の者・イサクにおいて忘れ難き人物となって，この約束の地で老いてゆくであろうと信じたのである。このイサクを彼は愛情をもって抱きしめた。この愛情に比較すれば，彼は息子を愛する父親の義務を誠実に果たした，などというのは，貧弱な表現にすぎない。事実，神の告知においても，なんじの愛する独り子，と言われている通りである。ヤコブには十二人の息子がいた。そして，彼が愛したのは一人であった。アブラハムにはただ一人の息子しかいなかった。その息子を彼は愛したのである。

　だが，アブラハムは信じて疑わなかった。彼は道理に合わぬことを信じたのである。もしアブラハムが疑っていたら——彼は別のことを，何か大いなる素晴らしいことを，していたであろう。というのも，アブラハムともあろ

う者が，大いなる素晴らしいこと以外のことをどうしてなしえたであろうか！　彼はモリアの山に出立していたであろう。彼は薪を割り，薪の山に火をつけ，小刀を抜いていたであろう——彼は神に向かってこう叫んでいたであろう。「この捧げものを軽く見ないで下さい。これはわたしの持っている最善のものではございません。そのことはわたしとて十分弁えております。と申しますのも，契約の子に比べれば，老人など何でございましょう。それでも，これはわたしがあなたに差し上げることのできる最善のものでございます。このことはイサクに知らせないで下さい。イサクとて自らの青春を楽しむ権利があるのですから」。彼はわれとわが胸に小刀を突き立てたであろう。彼はこの世において賛嘆されたであろう。そして，彼の名が忘れられてしまうことはないであろう。だが，賛嘆されることと，不安に慄く人を救う導きの星になることとは，別の事柄である。

　しかし，アブラハムは信じた。彼は，主の心を動かすことができますようにと，自分のために祈るようなことはしなかった。アブラハムが祈りを捧げつつ歩み出したのは，ソドムとゴモラの上に正義の罰が下されたときだけであった。

　われわれは，かの聖書の中に，次のような文を読む。「神アブラハムを試みんとて，『アブラハムよ，アブラハムよ，汝は何処におるや』と呼びたまう。アブラハム答えて言う。『我此にあり』と」。わたしの語りかけの相手であるあなた，あなたの場合，同じようにしたであろうか？　あなたが重苦しい運命が近づいてくるのをはるか遠くから見たとき，そんなときあなたは山々に向って，われをおおえ，と，数ある丘に向っては，われの上に倒れよと，と言わなかったであろうか？　あるいは，あなたがもっと強かったとしても，道を辿る足取りは重くはなかったであろうか？　足はいわばもと来た道を引き返そうと躍起になりはしなかったであろうか？　あなたに向って叫び声が発せられたとき，そのときあなたは答えたであろうか？　恐らく低い声で，呟くように。それとも答えなかったであろうか？　アブラハムはそうではなかった。嬉々として，楽しげに，信頼に溢れて，声高に，彼は答え

た。「我此にあり」と。われわれはその先に次のような文を読む。「アブラハム朝つとに起きたり」。あたかも祭りにでもでかけるように，彼は急いだ。そして，朝早く彼は約束の場所，モリアの山に着いていたのである。彼はサラには一言も語らなかった。エリエゼルにも何も言わなかった。たとえ試みがその本質によって沈黙の誓いを彼に課していなかったとしても，いったい誰が彼を理解することができたであろうか？　「彼は薪を割った。彼はイサクを縛った。彼は薪の山に火をつけた。彼は小刀を抜いた」。わたしの聴衆よ！　失ったのがわが子なればこそ，この世で自分にとって最愛のものを失ってしまった，将来の希望をことごとく奪われてしまったと思う父親は少なくなかった。しかし，イサクがアブラハムにとってそうであったのと同じ意味で，契約の子であったような子供は，何と言っても皆無であった。わが子を失った父親は少なくなかった。しかし，そのような事態をもたらした当事者は紛れもなく神であった。この全能者の不変にしてはかり難い意志であった。彼の手が子を奪ったのである。アブラハムの場合，そうではなかった。彼にはより重い試練が留保されていた。そして，イサクの運命は小刀とともにアブラハムの手に握られていたのである。しかも，彼は，この老人は，おのれの唯一の希望を抱きながら，その場を動こうとはしなかった。だが，彼は疑わなかった。彼は，不安げに左右に目をやるようなことはしなかった。彼は，祈りによって，天に訴えるようなこともしなかった。彼には，自分に試練を課したのが全能者たる神であることが分っていた。自分に要求されたものが，考えられるかぎり最も重い犠牲であることも，彼は知っていた。だが，彼はまた，神がそれを要求し給う以上，いかなる犠牲も決して重過ぎることはないことも了解していた――そして，彼は小刀を抜いたのである。

　アブラハムの腕に力を与えたのは誰であろうか！　振り上げた彼の右手を支えて，それが力なく垂れ下がることのないようにしたのは誰であろうか！　それに眼を向ける者，彼は麻痺状態に襲われるであろう。イサクも小羊も見えなくなるほど目の前が真っ暗にならないように，彼の魂を力づけたのは誰

であろうか！　この光景を目にする者は，盲目となるであろう。——だが，恐らく麻痺する者も盲目となる者も極めて稀であろう。ましてや，生起した出来事を堂々と語る者はさらに稀であろう。われわれにはそれがすべて分っている——それは試練にすぎなかったのである。

　アブラハムがモリアの山の上に立ったとき，もし彼が疑いを抱いたとしたら，もし彼が途方に暮れて辺りを見回していたら，もし彼が，小刀を抜く前に，偶然小羊を見つけていたとしたら，もし神がイサクの代わりに小羊を献げることを彼に赦していたとしたら——それでも彼は帰宅していただろう。すべては以前とまったく変わりなかったであろう。彼はサラと別れることもなかったであろう。彼はイサクを手放すこともなかったであろう。しかしながら，事態は何と変わったものになっていたであろうか！　なぜなら，そうなれば，彼の帰宅は逃亡であり，彼の危機からの解放は偶然であり，彼の報いは恥辱であり，彼の将来は恐らく破滅であったであろうからである。その場合，彼はおのれの信仰についても，神の恩寵についても証ししたことにはならず，モリアの山に登ることがいかに恐ろしいことであるかを証明したにすぎないであろう。その場合でも，アブラハムが忘れ去られることはないであろうし，モリアの山も忘れられることはなかったであろう。とはいえ，この山が，ノアの方舟が漂着したアララテの山のように，名指して呼ばれることはなく，恐山と呼ばれるのがせいぜいであろう。アブラハムが疑いを抱いたのが，この山の上だったからである。

　尊き父アブラハムよ！　あなたがモリアの山から家に帰られたとき，失ったもののためにあなたを慰めることの出来るような賛辞を，あなたは必要とはされませんでした。なぜなら，あなたはすべてを獲得し，イサクも失われなかったからです。そうではなかったでしょうか？　主はもはやイサクをあなたから奪うようなことはなさいませんでした。それどころか，あなたは，天国において永遠にそうなさいますように，あなたの幕屋でイサクと一緒に楽しく食卓につかれたのです。尊き父アブラハムよ！　あの日から数千年の

歳月が経過しました。しかし，あなたの想い出を忘却の暴力から救い出すことのできる後代の賛美者を，あなたは必要とされません。なぜなら，あらゆる国の言葉が，あなたを記憶しているからです——それでいて，あなたは，他の誰よりも素晴らしい仕方で，あなたを慕う者に報いをお与えになるのです。あなたは，あの世では，あなたを慕う者を膝に抱いて至福ならしめるのです。あなたは，この世においても，あなたの業の不可思議によって，彼の目も彼の心も摑んでしまわれます。尊き父アブラハムよ！　人類の第二の父よ！　神と戦うために，大自然の怒りや万物の諸力との恐るべき戦いをものともしない，かの物凄い情熱を最初に感知・証明されたあなた，異教徒からも驚嘆された，かの神的狂気の神聖にして純粋・謙虚な表現たるかの最高の情熱を最初に認知されたあなた——たとえその語り口が正確でなかったとしても，あなたを称えるために語ろうとした者をお赦し下さい。彼は，おのれの心の欲求のままに，謙虚に語ったのです。彼は，その方が相応しいがゆえに，簡単に語ったのです。しかし，彼は決して忘れないでありましょう。あなたが思いがけなく老齢の息子を得られるのに百年を必要とされたことを，あなたがイサクを受け取られる前に，小刀を抜かなければならなかったことを。彼は決して忘れないでありましょう。あなたが百三十年の間，信仰よりも先には進まれなかったことを」〔同書，23-34ページ〕

　以上がキェルケゴールによるアブラハムの犠牲から想を得た経緯である。併し本当にわたしを震撼させたのはその後に提起される「問題」である。これ以上長い引用は憚られるので，問題の基底部分だけを引用し，その周辺はわたしなりの解釈で纏めさせていただく。
　この「アブラハムへの賛辞」の原典は言うまでもなく旧約聖書「創世記」第22章である。日本聖書協会篇の訳文にはこうある。

　「これらの事の後，神はアブラハムを試みて彼に言われた，「アブラハムよ」。彼は言った，「ここにおります」。神は言われた，「あなたの子，あなたの愛

するひとり子イサクを連れてモリヤの地に行き、わたしが示す山で彼を燔祭としてささげなさい」。アブラハムは朝はやく起きて、ろばにくらを置き、ふたりの若者と、その子イサクとを連れ、また燔祭のたきぎを割り、立って神が示された所に出かけた。三日目に、アブラハムは目をあげて、はるかにその場所を見た。そこでアブラハムは若者たちに言った、「あなたがたは、ろばと一緒にここにいなさい。わたしとわらべは向こうへ行って礼拝し、そののち、あなたがたの所に帰ってきます」。アブラハムは燔祭のたきぎを取って、その子イサクに負わせ、手に火と刃物とを執って、ふたり一緒に行った。やがてイサクは父アブラハムに言った、「父よ」。彼は答えた、「子よ、わたしはここにいます」。イサクは言った、「火とたきぎはありますが、燔祭の小羊はどこにありますか」。アブラハムは言った、「子よ、神みずから燔祭の小羊を備えてくださるであろう」。こうしてふたりは一緒に行った。

彼らが神の示された場所にきたとき、アブラハムはそこに祭壇を築き、たきぎを並べ、その子イサクを縛って祭壇のたきぎの上に載せた。そしてアブラハムが手を差し伸べ、刃物を執ってその子を殺そうとした時、主の使が天から彼を呼んで言った、「アブラハムよ、アブラハムよ」。彼は答えた、「はい、ここにおります」。み使が言った、「わらべを手にかけてはならない。また何も彼にしてはならない。あなたの子、あなたのひとり子をさえ、わたしのために惜しまないので、あなたが神を恐れる者であることをわたしは今知った」」

キェルケゴールはこの「畏れとおののき」の全篇をこの「創世記」第22章の解釈に捧げている。「畏れとおののき」はキェルケゴールの学術的考察の中でも入り易いものなので、読者で親しんでおられない方がいらしたら、どの邦訳（或いは各国語訳、或いはデンマーク語原著）でもよいから眼をとおしていただきたいのだが、わたしなりにキェルケゴールの解釈を再解釈すると以下のような数行に要約される。つまり、神がアブラハムに預言したことは全て叶っている。妻のサラは長いこと石女として知られ、神がアブラハムに、サラからイス

ラエルの民が生まれるだろうと約束したことはサラすら信ぜぬまま老いさらばえ，ユダヤの人々の嘲弄をかった。併しアブラハムは神の約束を信じ，サラは老齢で一人子イサクを生んだ。すると神は再びアブラハムの信仰を試そうとし，そのひとり子，イスラエルの族長となるであろうイサクを生贄にせよと命じた。そしてアブラハムは神の言葉に従った。わたしの関心を引いた点はここにあるので，キェルケゴールによれば，アブラハムは神にその理由を尋ねたりせず，サラにもイサクにも訳を知らせぬまま，モリヤの地にイサクを連れて旅立ったのである。そしてまたイサクも旅の目的が燔祭にあるということしか知らされず，何を嘆くこともなくアブラハムの手で縛られ，反抗の素振りさえ，神への訴えさえせず，父が振り下ろそうとする小刀の許に横たわった。キェルケゴールによれば，この神への絶対的な信仰は現在では失われ，もし現在，この物語を新たに書くとすると，潤沢に脚色し，アブラハムには老齢になって授かったひとり子の助命を神に祈り，イサクは不条理を嘆くようにさせたであろうと言う（と言っていると思う）。「単独者」概念とか，レギーネ問題など「畏れとおののき」が抱える極めて哲学的・宗教的，そして審美的問題をすべてカッコに入れたまま，このわたしの解釈に一理あるとすれば，アブラハムの生贄の現代版（即ちキェルケゴールが生きた19世紀中葉）の祖形は既に16世紀の中盤には形成されていたのである。

　「創世記」第22章では事実が淡々と述べられ，そこに心理描写や劇的構成の入る余地はない。この点がキェルケゴールも引く，アウリスのイピゲネイアとは勿論，旧約聖書「士師記」第11章のエフタと，エフタが己れの勝利と引き換えに犠牲に撰ばざるをえなかったその愛娘の叙事的・抒情的記載との違いである。聖書学者たちはモーセ五書と「士師記」の成立の違いを言うかも知れないが，キェルケゴールにはそのようなことはどうでもよかった。淡々と描かれている記述に問題があったのである。淡々としていない解釈とは何か。フランス16世紀に親しんでおられる向きにはお察しのとおり，テオドール・ド・ベーズのフランス語で初めて書かれた「悲劇」『犠牲を捧げるアブラハム』を指している。その演劇から「近代的」な香りのする科白を幾つか引用してみる。

アブラハム：しかしそんなことをしたらわたしは神を欺瞞者にしてしまうだろう。
何故なら神はわが子イサクから大地を充たす
偉大な民が現れるという幸運を
わたしにして下さったのだ。
イサクが殺されれば契約は破棄されてしまう。〔……〕
おお，神よ，おお，神よ，どうかご容赦ください。〔……〕
おお，わたしの弱き老後の唯一の支えよ！
ああ，我がいとし子よ，我がいとし子よ，
わたしはお前のために十万遍も死んでやりたい。〔……〕
我が子よ，誰がお前を殺すのだろうか。わが神，わが神，
わたしがここで死ぬことをお赦しください！〔……〕

イサク　　：お父さま，ああ，お慈悲を。
ああ，ああ，わたしには身を守るための腕も，
わたしの申し開きをする舌もありません！〔……〕
けれど，けれど，ご覧ください，おお，お父さま，わたしの涙を，
わたしにはあなたに対するこれ以外の武器を持ちたくありませんし，
持つことも出来ません。お父さま，わたしはイサクです，
わたしはお母さまのひとり子，イサクです。
わたしはイサクです，わたしはあなたから生命をうけています。
あなたは生命がわたしから奪われるのを赦されるのですか。〔……〕

だがこうした「現代化」は果たしてベーズだけのものか。文学的資料にはこ

れ以上知見が及ばないので，他の領域から資料を探ってみる。その筆頭にはベーズの師にして同僚，ジャン・カルヴァンがいる。カルヴァンはその『旧約聖書註解』「創世記Ｉ」（渡辺信夫訳，新教出版社）でこの箇所について以下のように述べている。この註解もキェルケゴールの描写に負けず劣らず詳細かつ徹底的なので，これもベーズの戯曲におけると同様，端折らせていただくことをお赦し願いたい。

「アブラハムは息子を犠牲として捧げることを命じられた。神が『息子は死ぬ』と言われただけであったとしても，彼のたましいはこの知らせによって余りにも激しく傷つけられたであろう。彼の希望し得たあらゆる恵みは「イサクにおいて，お前の子孫はそのように称えられる」との唯一の約束に含まれていたからである。ここから，彼は必然的に次のことを結論した。〔……〕ところで，それはイサクによってでなければ，どうして望むことができようか。したがって，神がふざけておられるとしか思われないという結論になる。〔……〕今回の窮地において，延引は少しも忍びやすくするものではなく，この聖なる人物は，いわば拷問台に置かれて最も残酷に苦しめられたほうが，まだ耐えやすかった」〔389（g）-391（g）〕

こうした現代に暮らすわたしたちの俗耳に入りやすい解釈は果たして解釈史の原点から存在したものであろうか。「創世記」第22章の釈義には多くのインクが流されていると聞くが，聖書学者・聖書史家ならぬわたしたちの手の届くところではない。参照可能であった唯一の聖書学者，然もこれなしでは聖書釈義を語りえぬ聖書学者の言葉を引いておく。問題の学者とは，そう，アウグスティヌスである（服部英次郎・藤本雄三訳『神の国（四）』岩波文庫，216-217ページ）。

「それゆえに，約束の子らがイサクによってアブラハムの子孫となるようによばれているのであって，これはすなわち，それらの者は恩恵によってよばれてキリストのうちに集められるのである。それゆえにこの信心深い父親

はその約束を忠実に守っていたのであった。そしてそれは，神が殺すよう命じたこの息子をとおして成就されるべきものであったゆえに，かれが（子孫の出生の）望みをすてたときに与えられた息子をいけにえとしてささげられても，自分のもとに戻されるであろうことを疑わなかったのである。〔……〕聖書はいっている。「そしてアブラハムが手を差し伸べ，刃物を取ってその子を殺そうとした。そのとき，主の使いが天からかれをよんでいった。『アブラハムよ』。かれは答えた。『はい，ここにおります』。天使はいった。『その子に手をかけてはならない。また，かれに何もしてはならない。わたしはあなたがあなたの神をおそれ，わたしのためにあなたのただ一人の息子をさえ惜しまなかったのを知った』」」

　試みられているのが寧ろ神であり，神の契約を逆手にとってイサクが殺される筈はないというアブラハムの側に計算があったというような茶々は入れないでおこう。他の釈義者は知らないが，アウグスティヌスはここで，神の言葉に動揺することなく従った。そこに人間的な感情が入る余地がなかった。アウグスティヌスから千百年ののち，ベーズやカルヴァンはアブラハムやイサクに（その当時の）人間らしい言葉や感情を託した。そしてキェルケゴールはデンマーク国教会となっているプロテスタント神学に対し非を難じ，一切人間的感情の入っていない，事実叙述だけの旧約聖書の言葉を受け取るように促した。
　翻ってわたしは「畏れとおののき」のどこに驚愕したのか。それは神への揺るぎない信仰と近代（現代）の人間化された章句の解釈の差異であった。人間化とは人間らしく考える，とか人間らしく振る舞うといった程度の意味合いで，それほど突き詰めたニュアンスを籠めている訳ではない。だがこの「人間化」には優れて思想史的な熟語が対応している。即ち「ユマニスム」である。入院した年の春，ロレンツォ・ヴァッラの『「コンスタンティヌスの寄進状」を論ず』の重訳を水声社から刊行していただき，その中で，中世ヨーロッパの思考の枠組みと人間的範疇に含まれるべき交わされた声の交錯を指摘していたわたしにとって，この味も素っ気もないアブラハムとイサクの叙事的記述と，

それを人間化したものであると告げられた現代的解釈の間の千尋の深淵を前に立ち尽くしたのである。人間化とは何であるか。人間化とは対象を現存在の眼前に措定し，それに現存在の息を吹き込むことによって，対象化されたいま一つの現存在を存在者ならしめることである。つまり人間化には二つの契機がある。対象化の契機と，相互主観的な第二の（或いは第三等々の）現存在の現前化の契機である。古典古代は専門外なので口を挟む余裕も心算もないが，フランス16世紀に携わる者としては，中世から近世に至る過渡期のこの時代に，何らかの世界解釈の仕方の相違が出現した，という蟠りが，長い間，そうフーコーの書物に接する随分前，わたしがフランス16世紀に手を染めて以来，心のうちに凝っていた。思い返せば高校生のころの「おそれとおののき」（くり返すが桝田啓三郎の訳題）の記憶が無意識に残存していたのかもしれない。赤軍派事件を経てわたしは近代＝現代のどこかがおかしい，どこでおかしくなってしまったのか，というしこりを引きずったまま，近代＝近世の鳥羽口である，フランスでいえば16世紀を境界に誕生した「人間化＝ユマニスム」の思考様式が現在を律し続けているのではないかと思っていた。16世紀を尋ねれば近代＝現代の頽落の原因も分かるのではないか，と考え続けていたのである。16世紀の前半の思想界の指導者にロッテルダムのエラスムスがいる。彼はユマニスムの代表者と思われているが，その極めて初期にあって，後年のエラスムスなら笑い飛ばすような逸話を遺しているのである。「1497年に，ステイン修道院のある修道士に宛てた書簡『修道会士ニコラウス・ウェルネルス殿ニ』で，エラスムスは思いがけない話を平静に語っている。3カ月まえから，やむことなく雨が降り続き，氾濫したセーヌ河はすべてに被害を与えている。聖女ジュヌヴィエーヴの聖遺物匣を降ろし，荘厳にノートル＝ダム寺院まで運んでゆくことが決定される。――司教を先頭に，大学教授団が加わり，はだしの大修道院長が，修道士らとしんがりを勤める。聖遺物匣自体も全裸の4人の男たちが担ぐのだ。《4人ノ者ガ，スベテ裸ノ肉体デ，聖遺物匣ヲ運ンダ》。――この儀式の衣装の効果だったのか。《今ヤ》，と若きエラスムスは敬虔に結論づける，《今ヤ，天空ヨリ晴朗ナルモノハ何モノモ存在シナイ！》――」（拙訳，リュシアン・

フェーヴル『ラブレーの宗教』，法政大学出版局，203-204ページ）ここで若年のエラスムスと後年のエラスムスとの間に何事かが生じている。「ユマニスム」の思想，と片づけるのは安易だろう。例えば生噛りしたハイデッガーから鍵概念を借用して語るのは容易いが，わたしにとっては何の意味もないだろう。他者からの借用ではなく，人生の半ば以上をフランス16世紀にささげた一学徒の立場から一片一片の断片を拾い上げ，「この近代＝現代」ではなく「ありうべき，あの近代＝現代」を模索すること，これが全共闘世代の末尾を生きたわたしたちに遺された，後世への課題であるように思われる。

　もっと卑近な例を採ろう。西欧の絵画に宗教画というジャンルがある。例えばキリストの磔刑の図だ。数あるヴァリエーションを一括りにして大雑把に言うことを許して戴けるなら，中世の磔刑画にあって，人々はその前で祈った（ような気がする）。反してルネサンス期以降の磔刑画は鑑賞の対象となった（ように思える）。わたしたちが言いたいのはその違いである。なにもわたしたちは「中世に戻れ！」などと言っている訳ではない。中世がどれほど陰惨で不自由で不潔で血に飢えた時代であったかは，如何なる中世礼賛者をしても否定出来ないだろう（この国の「江戸礼賛者」も同じことだ）。ただ中世から脱却した現代が，唯一の脱却の方法であったかどうか，知りたいだけだ。或いは唐突な例だが，西欧聖書学の世界で，フランスのリシャール・シモンが提示した聖書の実証的・理論的解体の重さをどう受け止めるかに係っている，と言ってもよい。わたしの今迄の試みはそうした無謀で非学問的な心づもりに裏打ちされている。それが全共闘世代を生きた者にとっての，赤軍派事件の衝撃の結果であるとお考えになっていただいても結構である。

＊

　本書に収めた短論文は，凡そこの40年間に書き溜められた拙い論稿であり，併し意図としては稀有壮大な作品群である。第Ⅰ部に纏めた４本の考察には，それぞれ大きな対象に対して向かい合う群小作家（法曹家）が特に註釈，もし

くは対論の形で発表した作品を扱っている。このような形で扱う対象に並び立とうとする意図の背景には，エラスムスやモーの人々が行なった文献学的考証の操作があり，批判精神が渦巻いている。批判精神とは己れと対象を屹立させるという精神の意志表明であり，この「序文」で長々と創世記解釈の変遷を辿った過程に連なっている。

　第Ⅱ部に纏めた案内文もまた，分野の違いこそあれ，大作家に対して己れを立てるという意識に支えられている。ここでも渦巻いているのは批評精神である。批判精神にせよ，批評精神にせよ，関わる存在者を対象化する，世界を対象化するという意識が齎すものである。こうした世界対象化作業がハイデッガーの言うように前ソクラテス学派まで，或いは更に先行する思索者たちに遡るのか，それでは非西欧的な思考様式はどうなるのか，それとも中世という時代を経て初めてそうした作業が汎世界的になるのか，答えを得られるのなら知りたいし，わたしたちの世代以降にも通ずる問題意識であればそれはそれで嬉しい。

　具体的に言えば，第Ⅰ部の冒頭は，一度は『学説彙纂』の仏訳を試みたものの，その現実非適応性を断念したカロンダス，本名ルイ・ル・カロンが，志を新たにして挑んだフランス法のパンデクト化，即ち『ローマ法学説彙纂』ならぬ『フランス法学説彙纂』について，ルイ・ル・カロンの思想的背景とともに，論じてみた。当時のフランスは各地方毎にローマ法を基盤とする所謂「成文法」地方と，各地方毎の判例の修正を文字化した「慣習法」地方に分かれていた。中世以来の伝統的法体系の混在は地方レヴェルを超えた汎フランス的規模の事件では，ただひたすらに混乱を招くだけだった。封建領主が闊歩する時代から，中央集権的な近代国家への脱皮を図るフランス公権力にとっても無論，文化的な新制度を期待する法曹人にとっても，首尾一貫した法体系の装備は何時でも望まれるところであった。これらの法曹の第一陣がルター派のシャルル・デュ・ムーランであったことには異論はあるまい。ルイ・ル・カロンはシャルルが緻密にして膨大な（余りに内容を詰め込みすぎて，「体系」の美よりもガルガン

チュワ的な前ルネサンス的な印象をさえ与える)『パリ慣習法集成』を著してから凡そ半世紀を経て,「慣習法」を「成文法」の体系に反映し,吸収するような理想的・理念的な『フランス法パンデクト』の現実化を夢見たのである。併しフランス版学説彙纂は宗教戦争の直中で,遂にその完成をみなかった。これもまたルネサンスが生み出した鬼子,宗教戦争の結果のひとつの現れであろうか。中央集権主義的法整備の第一歩は試みられたものの,より充実した整備は更に50年以上を俟たなければならなかった。

第Ⅰ部の第二の小論では,神秘科学者・数秘科学者にして記号学者・翻訳家・考証家という,これもルネサンス的な人物の特徴である多彩な面で異彩を放った人物,ブレーズ・ド・ヴィジュネールの,考証家および註釈家としての側面を見ることにする。対象は彼自身が仏訳したティトゥス゠リウィウスの『建国以来のローマ史』「第一デカド」に施された数百にのぼる事項註,人名註等である。数秘学者・記号学者として哲学者故ミシェル・フーコーに再発見され,ヴィジュネールのその側面だけが力説される日仏での研究傾向であるが,考証家・註釈家としての彼の卓越さは未だ十分に伝わってはいない。本章ではヴィジュネールが優れた翻訳家であると同時に,読者を古代ローマ世界に註釈を通じて誘いながら,且つその註釈を施す過程で,自ら新しい読み方・考証の過ちに気づくという,将に常に翻訳・考証・註釈の過程に身をおくルネサンス人的・バロック人的な思考回路・執筆回路を幾分かでも明らかにすることを目的とした。

第三の小論は,16世紀中葉を活躍したフランスの天才詩人,ピエール・ド・ロンサールの詩作に施された註釈を,詩人の青年期,第二青年期,老年期の三期に書かれた恋愛詩に施された,同時代人による註釈の特色を巡って,註釈の有り方の変遷,特に老年期の詩集に註をつけたニコラ・リシュレーの註釈のオリジナリティに着目して,ルネサンス的知が陥った罠に着目した。一体「註釈」という作業は,ヴィジュネールのそれが典型であったように,評価の定まった

著作に施されるのが通例であり，同時代人が書いた註釈といえば，フランソワ・ラブレーが，自著の解読の助けとして「第四の書」の付録とした「難字略解」以外には，このロンサールの作品に付されたものしか知られていない。然も最初に書かれた恋愛詩への註釈は，ロンサール自身が自らの詩作・詩法を世に知らしめるべく，親しい古典語学者に頼んで作らせたという，真偽定まらぬ風評がついてまわっている。それほど同時代の詩作への註釈は稀であったので，註を施す人間にも様々な態度が許されたように思われる。リシュレーの註付与の姿勢にはそれが如実に窺えるように思われた。

　第四のエセーは，論考というよりも引用文の継ぎ接ぎで，わたしが64歳の夏に書いた。先にあげたヴィジュネールがギリシア語から仏訳したピロストラトスの『テュアナのアポロニオス伝』にトマ・アルチュス，もしくはアルチュス・トマという二流知識人（それにしてはギリシア語やヘブライ語を器用に操る）が註釈を付したもので，古典古代の作品に註をつけるというルネサンス人文主義の伝統がどのように大衆化し，引き締まった姿に一度は（「一度は」と言葉を濁すのは，嘗て人文主義註釈の草創期のギヨーム・ビュデのような「学識」に満ちた大逸脱を孕んだ註釈があるからだ）完成美を見たユマニスム・コマンテールがどのように退嬰化したかをご覧戴くには，註を出来るだけ全体としてお読みいただきたかったため，醜態を晒す形態になってしまった（引用文を繋ぎ合わせた晩年の小林秀雄に好感を抱けなかった，若かりしあの頃を思い出すと赤面の至りだが）。先ずご海容を願う。

　「模写と自立」との小題をもつ第II部では先ず，フランス・ルネサンス期が生んだ最大の詩人ロンサールがロンサール後に現れる人々にどのように受け止められたか，ロンサール最後の弟子と評されるクロード・ガルニエをはじめ，その他『ラ・フランシヤード』の影響を受けた詩人（というより韻文作家か）の2人の詩作を簡単に紹介した。次いでデュ・バルタスの『聖週間』の影響下に書かれた天地創造詩を二篇紹介した。時世は既に古典主義の時代へと移り始め，ルネサンスの息吹は感じられなくなっていた。その中でルネサンス詩やバ

ロック詩に影響を受け，先人を模倣するとはどういうことだったのか，確認したかったのである。

　慣れない法学やローマ古代史，恋愛詩集の検討など，主に政治思想を検討する道を撰んできた，老いて未だ「学」の何たるかを弁えぬ老人の世迷いごとの数々に，何をボケたかとうんざりされる向きが殆んどだと思う。
「年寄りの冷や水」という名言を思い出し，それこそ冷汗がでる。年代的にいえば，『テュアナのアポロニオス伝』への註釈の紹介は先に述べたようにわたしの60歳代中盤の文章である。それ以外の第一部の各論はそれより20年ほど先行する年代，わたしの40歳代に執筆された小論である。第二部の各論では（擬？）ドービニェの天地創造詩を扱った拙い作文が最も早く，26歳の頃の文章でその他は40歳後半から60歳過ぎに書かれた。いずれの作文も大幅に手を入れた。ご批判をお待ちしている。

　周囲の人々から見れば怠け者と想えようが，それでも愚かな者は愚か者なりに四十余年，走り続けてきたように思う。今は冥界にいらっしゃる師として仕え兄として慕ってきた方が，自ら欲するかの如く亡くなられてから，時間が随分経過するが，喪失感，虚脱感はなかなかに抜けない。泣きごとは言うまいと思うのだが，率直に言って，疲労感が溜まり続ける毎日である。師亡き後，この世に未練があるとしたら，残りどれだけの時間，奇特な読者の方々とお目にかかれるのか，それだけが不安である。

　補足しておくと，26歳のころの雑文に比して，60歳代中盤のそれが纏まりがなくなっている，というご批判をいただくこともあろうかと思う。併しこれは単にわたしの呆けが進行しているからだけではなくて，雑文を書き続けてきた過程で，謂わばフランスのディセルタシオンめいた，テーゼ→アンチ・テーゼ→ジン・テーゼという「かっきり」した構成が近代のイデオロギーの産物ではないかと思うようになったからでもある。次に現れる論文のスタイルがどのようなものであるか，わたしの見当で及ぶところではないものの，既存の「論文」の結構を崩してみたいと思った。成功しているとは吾人にも思えないが，取り敢えずの弁明としておく。

目　次

序　文

第Ⅰ部　フランス・宗教戦争前後の考証と註釈の変遷

第1章　ルイ・ル・カロンと『フランス法パンデクト』「第一巻」……3

第2章　註釈者ブレーズ・ド・ヴィジュネール……………………55
　　　　【補遺】『第一デカド』の書誌学的側面　131

第3章　第三の人，ニコラ・リシュレー……………………………137

第4章　『テュアナのアポロニオス伝』とその註解者トマ・アルチュス
　　　　………………………………………………………………191

第Ⅱ部　模写と自立

第1章　ロンサール『ラ・フランシヤード』の影：クロード・ガルニエ‥257

第2章　ロンサール『ラ・フランシヤード』の影：ジュフランとデガリエ
　　　　………………………………………………………………275

第3章　デュ・バルタス『聖週間』の影：(擬?) ドービニェ…………337

第4章　デュ・バルタス『聖週間』の影：クリストフ（ル）・ガモン……405
　　　　（その1）デュ・バルタスを窘めるクリストフ（ル）・ガモン……405
　　　　（その2）デュ・バルタスに異論を唱えるクリストフ（ル）・ガモン…418

後　　註 493

ま　と　め 545

初 出 一 覧 549

第 I 部
フランス・宗教戦争前後の考証と註釈の変遷

第 1 章

ルイ・ル・カロンと
『フランス法パンデクト』「第一巻」

1

　所謂「軟文学」の領域とは異なり，医学，神学，法学といった，存在基盤の一つに「権威原理」を有する学問に於いて，書記記号としてのラテン語の圧倒的優位は16世紀の半ばを過ぎても衰えるどころではなかった。とは言え医学や神学と同じく，実践の場たる法廷では既に前世紀から俗語，即ちフランス語が使用されていたこともあり[1]，学術言語＝ラテン語で起草された司法関連文書をフランス語化する試みも企てられ[2]，更には当初からフランス語で認められた著作も徐々に姿を現わし始めていた。例えばこの世紀の後半には，著名な検事や弁護士による（フランス語の）法廷弁論が「弁論集」という体裁で刊行され，版を重ねていたし[3]，これも少なからぬ「判例集」が，それを編纂した法曹人の名前とともに世人の間に広まっていた[4]。

　フランス法制史に於けるルイ・ル・カロン，ラテン語名自称カロンダスの功績の一つに，シャルル・デュ・ムーランのそれにひけをとらない，もしくはそれを補完するパリ慣習法の註釈や[5]，バルナベ・ブリソンの後を継いだ『アンリ3世法典（のちに「アンリ4世法典」と名を変える）』の完成を挙げることに異論はない[6]。併しル・カロンにはもうひとつ，生涯をかけて遂行に挑んだ法的業績があった。『学説彙纂（ディゲスタ，もしくはパンデクテス）』，即ち『パンデクテス』の俗語化がそれである。1587年に刊行された『フランス法パンデクト』

「第一巻」の読者宛序文冒頭で，ル・カロンは自らの志しをこう述べている。

(引用－1)〔a iiii v°〕[7)]
《今を遡ること20年余，慧眼なる読者諸氏よ，わたしはローマ法をわたしたちの言葉に置き換えることを志しました。そしてその仕事がかなり進捗し，終了しようかというときに，幾人かの友人がそれに我がフランス法についてわたしが行なってきた註釈を交えるよう忠告してくれました。この人たちの意見はわたしに大層快く響いたので，そののちこの件で連絡をとった方たちに，先の意見に従う心算であり，早速ローマ法にフランス法を，それらが調和し，相似するだけに尚更，合致させるべく努め始め，このようにして作成した著述に『フランス法パンデクト』の書名を授けたと伝えました》

ル・カロンは続けて，その作業に伴う困難や失意，現在（1587年初頭）尚覚える不安などを滔滔と書き綴るのだが，それはさて措く。ともあれここでル・カロンは明確に二つの仕事，一つに，これは（ル・カロンの言葉をそのまま信ずるとして）ほぼ擱筆に近づいていたローマ法の仏訳，一つにフランス法の集成（換言すれば「パンデクテス」化）が，自らの20年余の最大の関心事であったと告げるのである。「法の集成」という理念と「フランス語化」という理念——それはラテン文明のフランス語化と，フランス文明の，ラテン文明を媒介とした規範化という，或る意味で謂わば正反対のヴェクトルを有する——を二つの軸としながら己れの52年余の法曹生活を回顧している。そしてそのヴェクトルが如何に方向を違えていようと，ただ一つ，学術文献，もしくは学術に関わる事象の，俗語化，もしくは俗語表現化への努力では共通しているのである。補足すると，上記の引用が仄めかすように，全くラテン語を挿まないローマ法の俗語版は結果的にル・カロンの手によっては上梓されることなく終わり，羅仏対訳の『パンデクテス』全篇が大衆の許に届くには恐らく更に二百有余年の星霜を俟たなければならなかった[8)]。

さてルイ・ル・カロンに話を戻すと，『学説彙纂（ディゲスタ，もしくはパンデ

クテス)』のフランス語訳の作業にせよ、フランス法集成の編纂作業にせよ、彼はなぜそれほどまでに体系的な法典の俗語化、別言すればそれまで学術言語で封印されてきた規範の、知の中層への浸透を欲したのであろうか。法制史に無縁な筆者ではあるが、フランス16世紀に聊か携わる者として以下に、『フランス法パンデクト』「第一巻」を一次史料に採りつつ、少なからずフランス16世紀的な——俗語で自己表現の実現への模索を広く開始し、積極的に奨励し始めたフランス16世紀的な——この問いを検討したい。

2

ラ・クロワ・デュ・メーヌさえその全貌を把握しないという[9]、残存するルイ・ル・カロンの著作をすべて渉猟した訳ではないので——古典語で記された文書の解読は筆者の能力に余ったし、後註9で引用した同時代人の証言なども勘案すると、「すべての著作」の範疇の定義も危うい——、保証するというより憶測するに過ぎないが、この司法官も多くの同時代人と足並みを揃え、閑暇にあっては専門分野の著述以外でも筆を振るい、己れの教養の程を知らしめようとしていた。とはいえ彼の俗語作品は、ジャンルこそ人文主義の側面を偲ばせるものであっても、畏友エティエンヌ・パスキエのそれとは著しく異なり[10]、多くの場合、己れの職種に繋がるテーマを大きく離れるものではなかったようだ[11]。これは筆者が確認したところではないが、各書誌や二次的文献を参考にすれば、20歳になるかならないかの年代で、ル・カロンが俗語で最初に刊行した『ラ・クレール』は、既にして創作分野に於ける代表作（というより20世紀末の時点で、批評版を入手できる唯一の作品）『対話篇』で詳細に再言されるであろうテーマ群を先取りしていたという。J・A・バーマン[12]の梗概に従うと、それらは、①真の哲学とは思弁的であるよりも行動的であり、それ故に法は知識一般であるよりも、能動状態にある個別的事象に於ける賢慮たるべきこと、②普遍的に社会に共有される一定の法、即ち司法を、構成員各自が当為として認識するにあたり、「自然」が重要な役割を果たすこと、③王国の安寧をまもるた

め，国王は行動しなければならないことであり，要するにル・カロンの言葉を仮託された話者が述べるのは,《社会の善のための法の重要性》〔124〕なのである。つまりバーマンの言葉を信ずるなら，法と現実社会の関わりはル・カロンの生涯をかけたテーマであった。『フランス法パンデクト』「第一巻」の鬱蒼とした・特殊フランス的な現実への適用を目指す理念の森に分け入るまえに，法曹人ル・カロンの思想的人格の初期形成にあたって表明された，根源的な法思想の概要に少しく触れるべきかと思う。

さて『対話篇』[13]を〈創作分野における代表作〉などと仰々しく形容してしまったが，実のところ，『ラ・クレール』と『対話篇』との間にさほど時間が経過していた訳ではない。壮大な構想をもちながら，遂に全編の完成を見ることがなかった[14]『対話篇』初版は，1556年，允許状を付されて日の目を見たからだ。批評版を容易に入手出来る現状で『対話篇』について何事かを述べても凡そ意味がありそうにないが，行論の都合でお許し願えれば，先ずそれはそれぞれ「宮廷人 第一の対話」,「宮廷人 第二の対話」,「ヴァルトン 第三の対話」,「ロンサール 第四の対話」及び「クレール 第五の対話」という標題を冠された,新書版にして40ページから70ページ余の，キケロ風の五つの中編対話から成立する。フランス16世紀に於ける文芸ジャンルとしての「対話」の流行，思想表現の場としての「対話」の流行については，今更喋々するまでもない[15]。極めて正統的な，あくまでも対立する意見の，息を呑むほどに鮮やかな，白熱した交換であろうと（筆者がここで思い浮かべているのは，この世紀も終末を迎えようとしていたころ，僅かな科白の付加により王党派文書になってしまった，そして王党派文書として20世紀初頭まで有力な政治学者により信じられていた[16]，リーグ派パンフレの傑作,『マウトルとマナンの対話』だ），同一の相手に向けられた嘲弄や罵詈雑言を，声を揃えて合唱することで，その反響を一層広げようとする論争・諷刺文書であろうと，この世紀の冒頭のエラスムス，否，時代を更にイタリア・ルネサンス初期まで遡れば，ペトラルカから，次世紀（17世紀）の最初の四半世紀を生き延びて，フランス改革派の究極の砦，ラ・ロシェルの陥落を見届けた「最

後の16世紀人」、アグリッパ・ドービニェまで、「対話篇」の例を枚挙するに暇はない。『ラ・クレール』の数年後に、「第一巻」として後編の執筆を仄めかせながら集成された『対話篇』も、この文芸表現史におけるジャンルの流行を背景に見定めねばならないが、ジャンル自体の変遷を無視するのも時代錯誤であろう。つまり宗教戦争が本格的に勃発する直前、「対話」を枠とするか否かに拘わらず、思想は必ずしも現実の動向を意識して練られたものではなく、時として思想の内部における思想的葛藤、思弁のための思弁を軸として展開される傾向にあった。ル・カロンの『対話篇』の紹介・検討に際してもさしあたりこうした文脈を抑えておく必要がある。

　さて、血腥いフランスの現状を踏まえて尚、古典古代に事例を採り、現実を捨象して議論される——というより、開陳される主題の本質的な部分は既に述べたとおりだが、各『対話篇』に即して今少し、その論点を追ってみる。

　より精確な標題を記せば〈宮廷人、君主は哲学すべきこと、もしくは真の英知と国王に相応しい哲学について〉と呼ばれる「第一の対話」冒頭で先取りされる、その対話篇の一貫したテーマは、《人間の生活の幸いに有益となる法律》〔59〕である。話者の一人、ル・カロンは社会生活の重要性を力説する。ル・カロンによれば、抽象論はともあれ、具体的には存在してしまう人間個々の性質の相違を補完すべく、相互援助の精神から、初期社会は構成された。初期社会は「我がもの」・「汝がもの」の区別がない黄金時代であった。併しそれはあくまでも理念的初期に存する社会のはなしであって、現実的に見てル・カロンが待望するのは、相違する個人の調和を象徴する、地上に於ける神の似姿たる、哲人君主の到来なのだ。《従って真の「君主」の任務とは己れの王国を、より良いものとし、かつ自ら手本を示すことで幸多き静謐のうちに維持することである》〔74〕。君主に必要な徳目は「節制〔Temperance〕」、「賢慮〔Prudence〕」、「正義〔Justice〕」及び「軍事〔Force〕」であり、これに「賢慮」から派生する能弁〔eloquence〕が加わる。君主の言葉は律法〔loix〕の如きだからである。君主は自国における秩序や契約の履行を監視しなければならない。万人に共通する

法とは神の賜物であって，法なくしては人間の生活は乱れ，獣と変わりなくなる。公益のため，共有される掟以上に願わしい何ものがあろうか。法の精神は多数者の幸福に存するのである。けれど如何に優れた法といえども，君主が眼力を以って，貧富の差に惑わされずに登用した裁判官や行政官なしには，死文と化す。君主の役割はここでも重要なのだ。

(引用-2)〔90〕
《原初から都市を建立し，制度を定めてきた君主にせよ，自身が立法者であっても既に構成されている都市の君主にせよ，君主は裡に霊魂を育む者なら誰でも人民に公益と安らぎに十分であると理解出来るような，聖にして義なる法を整備すべくしなければならない，また法が既に制定されているとしても，人間が生まれながらに直感している，至高で永遠なる掟へと改善しなければならない》

かかる君主の配慮は黄金時代の再来に繋がるであろう。君主は神の名や祖国を守るといった大義のために困難に立ち向かわねばならない。更に君主には成文法と慣習法の拘束が課される。新法をみだりに制定してはならない。ル・カロンは法の公的性格を再三繰り返す。《法は国家の通貨である〔les loix estre la monnoie de la Chose-publique〕》〔96〕と喩えるのもその一つの現われだ。他方，法に命を吹き込むのは行政官次第であって，長老の任命も忘れてはならない。慣習の重視と併せて古きを拠り所とするル・カロンの姿勢が窺える（現状肯定派だという意味ではない）。君主は国民の気質を知り尽くした行政官を，王国の各地に配属するがよい。また，外交にあっては，領土の拡張よりもその保全に尽力し，家臣を正しく治めるのが君主の第一の仕事と心得るべきである。最後にル・カロンは，悪しき宮廷人を批判し，哲人君主の読書案内や弁論術の価値の如何（真の雄弁とは何か）に数ページを割いて，この対話篇を終える。

〈真の英知について，もしくは哲学の称賛について〉とサブ・タイトルを付

された「宮廷人 第二の対話」は，宮廷人の側から呈された，国事に於ける哲学の無益さ，否，有害さの検討から始まる。つまり，その副題にも拘わらず，ここでも対話は公共善という概念を中心に展開されるのだ。何が君主をそれとして擁立させるのか，との問いを自ら発したル・カロンは既にこのような答えを用意している。

（引用－3）〔128〕
《従って国王や君主や主権者は個々の利便性のために制定され聖別され冠を授けられている訳ではなく，公共善とその人民の統治と警邏と維持と保全と静謐のためにそうされているのであって，自分の幸福は臣下の幸福と同じくなるほどなのである。〔……〕そのため国王は国家を統治する以外の目的で，かくも高い位階に登らされていないということをよくよく弁えなければならない》

国王と専制君主を差異化するのも，公共善を顧慮するか，私欲に走るかの問題と捉えられ，政治学でいう王位継承権の正統性は俎上に上らない。とはいえ人間である以上，感情に動かされ得る君主を抑制するのは，《あらゆる民衆の普遍的正義〔raison universelle〕であり，公共善の源泉である法》〔129〕である。民衆が集結して国家を構成したのは，まさしく公共善を目的としての行為であり，公共善を動機とするか，私利私欲をそれとするかで，君主と暴君の違いが生ずる。更に，弁論術がそれ自体を目的とするものである以上，それは限界を持つ，との指摘も「第一の対話」と共通するテーマである。こうした前提を受け，「第二の対話」はその話者たちの本格的な意見陳述を披瀝してゆく。先ずは宮廷人による，徹底的な反哲学論である。ドルイド僧の哲学は自然の法に反し，世俗世間を捨てるものだった。ギリシア哲学者の真骨頂はその無思慮・無分別にある。真の劇場たるこの世界を生きる術を知らないで，どうしてそこで繰り広げられている事象の判断が出来ようか。英知とは《国事に際して見事に意見を開陳できる，敏速にして専門的な知識〔la diligente et experte science de bien conseiller à la Chose-publique]》〔138〕を指す。然るにこの世は移ろい易く，優れた意見というものも時とともに変化するものだから，人間にとって知の完成は本来的に不可能であり，哲学者は尊大にも神の領域を侵そうとしているのだ。哲学は民衆と袂を分かつが，公の集会に於いて善悪はそれと知られ，法も政体もすべからく公共善を目指している。そして宮廷人は哲学者の言行不一致を指摘し，ル・カロンに言葉を譲る。ル・カロンによれば，寵遇や能弁をつうじて民衆に阿らない点にこそ，即ち宮廷人が非とする点にこそ，哲学の自立した境地が存するのであって，真理なき弁論は本来あるべき姿にはない。哲学は天界のイデアに起源をもち，自然そのものの中に捜されるべきである。人間は理性的な精神として初めて人間となる。人間にあって最も貴重なものは，己れ自身を知ることであり，その点にこそ哲学が与る。これは俗衆が至り得ない境地である。ル・カロンは移り気で，騒乱を起こし易い俗衆への批判を繰り返す。人の判断の定まらざることにはル・カロンも宮廷人に同意するが，人間の手には依らない，神が制定された永遠の法が，秩序と理性に則り，この世界を統べている事実も確言する。哲学こそがそうした神の概念，イデアを人々の魂に刻み込むし，徳や思慮，節制とは何か，定義を与えるのも哲学なのである。その昔，真理を追求しなかったソフィストたちは，真理の探索に専念し，《優れた市民による社会〔la societé des bons citoiens〕》〔177〕のために獅子奮迅する同胞の世界から，追放されてしまった。ル・カロンは人間の愚かさを導く哲学を称え，フランスに哲学者が育つことを祈りながら，この対話篇の幕を下ろす。先走って言えば，こうした理念は後年の『フランス法パンデクト』に於ける，《真の哲学者は公共善のために専心しては，実際に，学問が虚しいものではないことを示し，却って国家〔Republique〕の公益について教えることを語り，報告しなければならない》〔19 v°〕とする文言を予告するようにも思える。

〈ヴァルトン，精神の静謐について，もしくは至上の善について。第三の対話〉は，そのタイトルが示すように，極めてストア的なテーマを扱う対話篇となっている。発言者はヴァルトン，レコルシェ，コトロー，ラブレーである。

ヴァルトンによれば，美しい人体は神の作品であり，人間を意味するギリシア語（アントロポス）の語源が指示するとおり，瞑想することがその本来的な義務なのである。レコルシェがこれを受け，プラトン哲学から，神的でも獣的でもない人間存在を支えるものとして，デーモンの概念を借りてくる。併しヴァルトンはデーモンとは，神的な部分を有する不死の理性に他ならない，と考える。人間の知性は霊魂と身体とから成立する。一方レコルシェは，霊魂の感覚的作用に着目し，古典的な知覚論を展開する。ヴァルトンも積極的にこの議論に参加，神は動物にない霊魂を人間に授けることで，善悪を判断させようとした，と考える。こうした展開を踏まえ，本題たる，精神の静謐さへと論点が移ってゆく。感覚に支配される動物に対して，人間には徳や英知に外ならない理性が存する。

(引用 – 4)〔206〕
《それゆえ理性の裡に輝いている悟性は言葉により，そして相互の連絡を以って社会に於ける人間生活を維持するのであり，それは例えば，本来優れた性質をもつ何ものかは，自分自身のみならず，寧ろ祖国のため，一族のため，そして他の人々のために，その者たちが人間であるがゆえに，それ以外のどんな理由にもよらず，生まれてきたのだと考えるべきである》

霊魂から理性が奪われると，臆見が力をまし，精神も混乱に陥る。人間生活の悲惨は己れを知らぬこと，事象の本来の用法を知らぬことから由来する，とヴァルトンは述べる。これに対してレコルシェは，アリストテレスに準拠し，植物的，感覚的，理性的霊魂の分類から始め，言わば生体論・自然論についての自説を開示してゆく。ヴァルトンをストア派と断言するレコルシェは，各部分が調和して人間や社会を充実させる，と説く。富も自然もそれ自体が悪ではない。自然の産物は人間の簡便のために造作されたのではないか。適度に抑制された悦楽も善の一つではないのか。コトローは，徳から良き生活が生ずるとするレコルシェに同意し，自然に生きることこそ徳に従うことだ，と納得す

る。エピキュリアンを自称するラブレーも，世の通念としての快楽主義を唱える訳ではない。誰もが最終的にして至上なる善を求めるが，それは己れの裡に完成した姿を見せる。欲したものの成就といっても，それは例えば自然の懐にしまわれた秘密を探求する好奇心が得る喜びのようなものだ。「悟性〔Entendement〕」を備えた人間の悦びとは，自然の秩序に合致する悦びである。けれども議論をまとめるのはやはり，ル・カロンの意見を託されたヴァルトンである。現世での至福は，それがどのような偉人に関わっていようとも，必ず不幸に掻き乱される。《至福はそれ自体の裡に不動不易な永劫性を有しており，その永劫性とは人間的事象にあっては存在し得ない〔La felicité emporte en elle une stable et constante eternité, laquelle ne peut estre es choses humaines〕》〔239〕。蓋し，幸福の根拠を尋ねるなら，真にして至上の善とは何かを考えなければなるまい。至福とは永遠なる生の観想にのみ存在する。至上の善の原因は神に存し，形状はイデアに，そしてその伝達はひとの精神に存する。神ならぬ人間は身体を忘却し，神を観想することで至福，即ち精神の静謐を獲得するのだ。凡そ個人的な精神の在り方を論ずる「第三の対話」の掉尾で，ル・カロンは尚暫し，人間の社会性に数行を割くことを忘れない——というより寧ろ，筆者の偏見がそれを忘れさせないのであろう。この対話篇のテーマから外れることを承知で，以下の一文を引用しておきたい。

（引用－5）〔253〕
《何故ならこの世界は全体として成り立つ社会であって，各人はその構成員であるからだ。であれば少なくとも同じ律法の許に暮らしている人々は勿論，皆が皆生まれながらの和合と友情で結ばれ集められた筈である。ちょうど或る者たちは他者たちの資産と繁栄を喜び，銘々が，辛い目にあっている人々を人間らしく慰め，とはいえ自分にも，幸運に満足しているかどうかよく考慮しなければならない。自分の性格をよくよく判断して，喜び，満足し，苦しみから和らげられるものを十分に有さないほど惨めな者は誰もいないからである》

第1章　ルイ・ル・カロンと『フランス法パンデクト』「第一巻」　13

　さて，この世紀中葉から後半にかけての文化人の例に漏れず，典型的で凡庸な恋愛詩を綴った（らしい）ル・カロンが，詩的創造を題材にした〈ロンサール，もしくは詩について。第四の対話〉を遺したとしても，何の不思議もない。ロンサール，ジョデル，パスキエ[17]，フォーシェを登場人物にもつこの対話篇の圧倒的な部分は，勿論前二者，すなわちプレイヤード派の領袖ロンサールや，この対話篇が記された年代にあって，或る角度ではロンサール以上に神秘的な名前であったジョデルの台詞によって支えられている。ロンサールはそこで，事績や人物の語り手という特権的な詩人の立場，霊感をえた預言者たる詩人，併し世俗世間と交わらず，理解もされない超越的な詩的世界を論じ，詩が寓話〔fables〕ではなく，詩人が韻文作家〔rimeur〕と異なることなどを説き，ジョデルはそれを発展させ天界に起源をもつ詩的憑依の理論を延々と述べる。この小論考のテーマである『フランス法パンデクト』との関連で言えば，こうした詩的創造に纏わる発言は最小限にとどめるべきであろうが，筆者の関心はロンサールやジョデルの教理を受けた，相対的に短い歴史家たちの言葉の方に率直に言って傾く。つまりフォーシェは代表的な同時代の詩人に対し，如何なる詩が国家共同体と共存し得るか，ホメロスを揺籃期から耳にする市民を擁する国家が繁栄し得るかどうか，これも古典的な問いを投げかける。人間社会の柱たる**正義**は古代人の徳や賢慮を模倣させるように仕向ける。公共善を学ばせるために詩人は徳高い行為を画くべきであり，罵り合うアキレスやアガメムノン，パトロクロスの死を嘆き悲しむアキレスの姿は理性と相反する。フォーシェにとって詩学は哲学よりも重要度に於いて劣るのである。剰えフォーシェは，国家の賢明なる指導者は詩人の作品の浮ついた描写よりも，英知への愛を説く哲学者の教義を信ずるであろう，とさえ言う。筆者の関心から見た「第四の対話」の基本的なモティーフは（フォーシェの言葉にやや重きをおいた点を除けば）凡そ以上に尽きると思う。そして「詩」のテーマから，次の対話篇の議題である「美」のテーマが引き出されるのは，ほぼ当然と言える。

　「美についてのこの第一の対話は，他の〔美についての（？）〕対話篇の梗概，

もしくは概要の如きものである」との説明を伴なう〈クレール，もしくは美について。第五の対話〉に於いて，主題を語る視線は「第四の対話」にもまして超越へと向かう。美とは調和した身体の素朴な優美さであると，美の身体的・物理的構成の如何に重きをおき，言わば具象的な発言に終始するナルシスに対して，クレールは寧ろ精神的な側面から美を取り上げようとする。クレールにとって外面の美とは偽りなのだ。精神の眼は悟性の裡に美を捜し求め，美の判別は霊魂に由来する。他の話者たちがそれぞれに意見を交換したあと，ル・カロンに最後の発言を託す。ル・カロンの暫定的な結論は勿論，美の本質は霊性・精神性にあり，とするものだ。「第五の対話」の存在意義はどこに存するのか。現代の批評版『対話篇』の編者バーマン゠ギルマンは，総体としての『対話篇』を個々の対話篇の単なる寄せ集めではなく，有機的な関連を有する諸々のテーマの集合だと考え，「第五の対話」にあってル・カロンが，先行する対話篇のテーマ，《宮廷人を導く倫理〔……〕，ヴァルトンにより定義される知の体系〔……〕，霊感が与えるヴィジョンを発見し，再創造させることを詩人に許す美学》〔49〕の究極的な形態として美を考察しているとする。16世紀中葉の知識人の間で流行した，フランス語による思弁的なエセーの数々を想起するなら，『対話篇』にこうした哲学的思考を求めようとするバーマン゠ギルマンの判断は，恐らく，無難なものだろう。それはそれで良い。『対話篇』の構想時，或いは刊行時に於いてさえ21, 2歳であったル・カロンが，時流に即した知的営為に勤しみ，敢えて言うなら，思弁的な遊戯を楽しんだとしても，それを咎めたり，咎められたりする如何なる謂われもあるまい。ただここで確認しておきたいのは，そうした思弁的な思想書の随所に，仮令一貫した脈絡になくとも，公共善という概念，人間の集合体としての国家という概念，集合した人間を律する法という概念を散見することが出来る，ということだ。それも無理からぬところで，伝記的記述によれば，『対話篇』の前身である『ラ・クレール』——内容を知らぬままに，より精確な標題を写せば『ラ・クレール，もしくは法の深慮について。第一の対話』であったと言う——の刊行とほぼ同時期に，ル・カロンは所謂「十二表法」の現代版や前ユスティニアヌス期の古法集成の

註釈版を上梓していたのである。そしてまた，そうした事情を顧みると，『フランス法パンデクト』の序文で，『学説彙纂（ディゲスタ，もしくはパンデクテス）』のフランス語訳を，二十余年来，試みてきたと述べたのも，まんざら誇張とも見做せなくなる。

3

さて，法曹人ルイ・ル・カロンの初期著作と『フランス法パンデクト』とに通底する法思想の存在を垣間見た今，後者に表明された法思想・政治思想の紹介・検討に順次移る必要があろうけれど，その前にフランス16世紀の文書に親しむ一人として，本稿で底とする『フランス法パンデクト』「第一巻」の書誌学的問題を報告しておくべきだろう。或いは以下の報告がこの小論考の唯一の価値かも知れない。

遺漏が多く，本格的な探索を試みようとする者にとっては中途半端な存在ではあるが，それでも手元から離せないシオラネスキュの『16世紀フランス文学書誌』〔底とした版については，後註6を参照〕の〈Le Caron (Louis) 1534-1613〉の項目には，総合ナンバー〈13005〉のもとに，《Pandectes ou digestes du droit françois, par L. C. Lyon, 1596, 4⁰, vi-402 p.》，との標題が銘記されている。筆者が底とした版には，後註7に記したように，1587年の日付が打たれているのだが，四折判でもあり，紙葉数もページ数もほぼシオラネスキュが引くものと合致しており（正確には vi-388 f.-xxx だが，これはシオラネスキュがページ加算と紙葉加算を，加えて索引や目次等に充てられる最終30紙葉数を見誤ったものと考えていた），筆者も手許の『フランス法パンデクト』「第一巻」を序文数ページしか眼を通さず，それ以外は放置しながら，『フランス法パンデクト』そのものと見做していた。法制史学者ならぬ誰が，極度の想像力か，さもなければ極度の抽象的思考力を必要とする（と思われた）法律文書の解読に関心を寄せるだろうか。併し必要をおぼえて再度手にとり，思いがけない面白さのうちに読み進むま

ま，最終ページの最後に《第一巻の終わり》という記述を発見し，改めてこの本が『フランス法パンデクト』の一部に過ぎないことに気づいたのである。ここから２つの疑問が湧きあがった。一つに，シオラネスキュの記載が正しいとしたら，『フランス法パンデクト』1596年版の書誌学的位置づけはどのようなものか，また一つに，手許の『フランス法パンデクト』「第一巻」は端本であるのか，そうだとしたら他の「第二巻」以降はどのような構成をもち，どのような内容を託されていたか，と考えたのである。

　最初の疑問に関し，幾つかの書誌，もしくは書誌的資料から，刊行された『フランス法パンデクト』を扱う記事――つまり，未だ日の目を見ない『フランス法パンデクト』の刊行を待ち望む，ラ・クロワ・デュ・メーヌやアントワーヌ・デュ・ヴェルディエの文章は別にする，という意味だ――をアトランダムに列挙してみる（但し，シオラネスキュの書誌は除く）。

① 《Les principaux ouvrages de droit de Le Caron sont les *Pandectes et*〔sic〕 *digestes du droit françois* (il y en a plusieurs éditions, savoir: de *Lyon*, 1597 ou 1602, in-4., etc.);〔……〕》〔J.-C. Brunet, *ibid*.,t.III,col.912.〕

② 《Pandectes ou digestes du droit françois.〔//〕Paris, 1587 (4°); atque, 1607 (f°).〔//〕Lyon, Veyrat, 1593, 1596, 1597, 1620, 4°.》〔F. Gohin, Index operum a Charonda scriptorum, in *De Lud. Charondae (1534-161)*, p.109〕

③ 《*Pandectes ou digestes du droit françois*. Paris, P. L'Huillier, 1587.〔//〕――Lyon, Jehan Veyrat, 1593.〔//〕――Lyon, Jehan Veyrat, 1596.〔//〕――Lyon, Jehan Veyrat, 1597.〔//〕――Lyon, J. Veyrat et T. Soubron, 1602.〔//〕――Paris, N. du Fossé, 1607.〔//〕――Paris, P. L'Huillier, 1607-1610.〔//〕――Paris, M. Mettayer, 1607-1610.〔//〕――Paris, P. Chevalier, 1610.〔//〕――Paris, Estienne Richer, 1637.》〔Joan A. Buhlmann et Donald Gilman, Bibliographie, in Louis Le Caron, *Dialogues*, p.377.〕

④ 《Pandectes ou Digestes du droit françois, par Loys Charondas Le Caron〔……〕. ――*Lyon, J. Veyrat*, 1596. in-4°, vi-402 p. et table.〔//〕――1597――*ibid*., in-4°, vi-402 p. et table. 〔//〕——1602—— *Lyon, J. Veyrat et T. Soubron*. in- 4°, vi-402 p. et table. 〔//〕——1607-1610—— *Paris, P. L'Huillier (et P. Mettayer)*, 4 tomes en 2 vol. in-fol. 〔//〕——1607-1610—— *Paris, P. Mettayer*, 4 tomes en 1 vol. in-8°. 〔//〕—— 1637—— *Paris, E. Richer*. In-fol., vi-749 p. et table.》〔B.N. カタログ〕

⑤ 《Pandectes, ou Digestes du Droict François, *Paris*, 1607. fol.》〔B.M. カタログ〕

⑥ 《Le Caron, Louis, 1536-1617. 〔//〕 Pandectes; ou, Digestes du droit francois, par Loys Charondas le Caron 〔……〕〔//〕A Lyon, J. Veyrat, 1593 〔//〕401, (32) p. 22 cm —— Pandectes; ou digestes du droict françois, par L. Charondas Le Caron. Paris, N. du Fossé, 1607. 〔//〕2 v. in 1. —— Pandectes, ou Digestes du droict françois. Par L. Charondas Le Caron. Paris, P. Mettayer, 1607. 〔//〕2 v. in 1. part. 35 cm. Vol. 2 has special title page: Pandectes, ou Digestes du droict françois. Livre deuxième. 〔//〕Paris, P. Mettayer, 1607. —— Pandectes, ou Digestes du droict francois 〔……〕〔//〕A Paris, chez P. Chevalier, 1607-1610. 〔//〕2 v. —— Pandectes, ou Digestes du droict françois, par L. Charondas Le Caron 〔……〕 Corrigez et augmentez de nouveau. A Paris, chez Estienne Richer, M.DC.XXXVII. 〔//〕4 p. l.., 749, 〔73〕 p. geneal. Tables, 36 cm. 〔//〕〔……〕With this is bound his Coustume de la ville, prevosté et vicomté de Paris 〔……〕1637.》〔N.U. カタログ〕

　1587年版『フランス法パンデクト』の存在を指摘するのは, ②のゴーアンの学位副論文と③の『対話篇』批評版にそれぞれ付録的に掲載された書誌に過ぎない。しかも前者にあっては標題の外に出版地と刊行年度, 判形が, 後者にあっては標題と出版地, 出版元, 刊行年度が示されているだけだ。両者と筆者の手許の刊本に異同がないと仮定しても——16世紀 (から18世紀初頭) の作品を扱う場合, くどいほどに繰り返さなければならない仮定だが——, ページ数や紙葉数の指摘がほしいところであろう。フランス16世紀に接する者が先ずあたる, ランソンの極めて雑ではあるけれど書誌学史的にはそれなりの位置を占める書誌に, ル・カロンの項目はないし, グジェ神父の著名な『フランス文庫』にも『フランス法パンデクト』に限れば, 一言の言及もない[18]。ラ・クロワ・

デュ・メーヌ，アントワーヌ・デュ・ヴェルディエの各書誌については既述したとおりだ。①から⑥までの記事の中で，ページ数や紙葉数，或いは判形まで記述されているものとしては，リヨンのヴェイラ書店から発売された，1593年の刊本（⑥），同じく同書店発売の1596年の刊本（④）が認められる。素朴な感触では，シオラネスキュは，恐らく単純に『B.N. カタログ』の先頭に掲示された④の事項を写しただけで，実際には『フランス法パンデクト』を手にとってみたこともなければ，追跡調査をしたこともなかった。確かにそうした作業を書誌作成に求めるのは，無理な註文というものであって，画期的なスクリーチ教授監修による個別網羅的な『新ラブレー書誌』にあってさえ，例えば刊本の所在地に遺漏があるのだから，前スクリーチ時代の，それも総合的な書誌作成を第一としたシオラネスキュに，単純に非難を浴びせる訳にはいかない。知る限り『フランス法パンデクト』1587年版に直接言及し，援用したのは，『ルネサンス評論』に三度に亘り論考「ルイ・ル・カロン，別称カロンダス（1536-1613)」を連載したリュシアン・パンヴェールのみであり，パンヴェールも出典註で，それが「第一巻」だと触れておらず，あたかも完結している文献の如き印象を与えるに任せているから，目を通したとしても自身精読したかどうか，心許ない[19]。果たして「第二巻」以降は1587年版の時点で執筆・刊行されていたのだろうか。また，1593年の，そして1596年の『フランス法パンデクト』はどうだったのか。そもそも判形が1587年のそれと同じく四折判であるのに，本文388紙葉を占める「第一巻」の内容と，それに後続するであろう巻の内容が，1593年版や1596年版の本論を構成する401,2ページ（つまり，2ページが1紙葉表面・裏面にあたるから，1587年版のほぼ半分の紙葉数だ）に収まったのだろうか。ここから第二の疑問，すなわち手元の刊本が端本であるかどうかとの疑問が派生してゆく。

1587年版の『フランス法パンデクト』が何巻から成立したか，明示する書誌的資料が筆者（高橋）の周囲に存在しないため，この問題には大変なやまされた。特に，ル・カロン本人の著書である，1595年版『パリ地方慣習法註解』[20]や，

1604年版『備忘録,もしくはローマ法,民法および教会法と対比せる,フランス法についての考察』[21]に,『フランス法パンデクト』「第一巻」は勿論,「第二巻」から「第四巻」までの巻への度重なる言及があり,その完成を疑わせる理由は,1593年版や1596年版との(筆者の手に入らなかったのであくまでも想定にとどまるが)対比を除いては,殆んどなかった。無数に近い度重なる言及とは,例えばこうである(以下,下線はいずれも筆者)。

(引用－6)〔A〕〔『パリ地方慣習法註解』(前半の紙葉付与による) 21 r°;(後半の紙葉付与による) 88 v°;(前半の紙葉付与による) 158 r°〕
《〔封建領地に拘わる条項〕この条項およびその他の関連する条項に従って,第三の所有者,もしくは家臣の場合,その者が封建領主に負うべきサンス地代もしくは賦課租しか,その者に要求することはできない,と判決が下された〔……〕.このことをわたしは〔……〕わたしの『フランス法パンデクト』「第二巻」で述べたので,繰り返す必要はあるまい》
《〔寡婦継承権に拘わる条項〕併し富裕な人物が歿した場合,誰にその相続分が属しているだろうかと論ずるのは無益である。何故なら相続増大権を斟酌しなくとも,それはその者の相続者に渡ることになっている。相続増大権はわたしが『パンデクト』の「第三巻」でたっぷりと論じたのだから,この問題に於いては,そして尚更相続人分以外の義務分に於いては論ずべきではない》
《〔属人訴訟と抵当訴訟〕〔……〕ケルススとユスティニアヌスによって授けられた訴権の定義にある「帰属している」という言葉に対してなされた疑念や反論を否定すべく,この「帰属している」という言葉は,古来から禁止されてきた属人的もしくは属物的訴権によって,もしくはそれが何であろうとそれ以外の何らかのやり方で,訴訟に於いて請求しうるもの全てに相応しく思われるということを,わたしはより詳細に『フランス法パンデクト』「第四巻」で論じておいた》

〔B〕〔『備忘録』97 r°；20 r°；224（225の誤記）r°〕

《〔「嫁資もしくは寡婦継承権」の項目〕併し寡婦資産は**婚姻に固有の**贈与に必然的に属しているものでも〔…〕，ハルメノポルスが被補充指定者と呼んでいる処に属しているものでもないということをわたしは『パンデクト』「第二巻」で示した》

《〔「資産」の項目〕わたしが『パンデクト』「第三巻」で論じたようにこの問題に異論があるのは承知している》

《〔「抵当」の項目〕上述したように，恣意的な訴訟の両者を併せ持つ実務法に共通する様式がこれである。それというのもフランスに於いては，わたしたちはそれほど厳密には誠意による義なる訴訟と，厳格で恣意的な訴訟とが判別されていないことを知っているからだ。これはわたしが『パンデクト』「第四巻」で示したとおりである》

　上記のような，『フランス法パンデクト』「第二巻」,「第三巻」,「第四巻」への言及や援用に出会うたび（引用は控えたが,「最終巻」とする表現もあった），その完成を疑う余地がますますなくなり，結局端本であったのか，との失意と，「第一巻」の面白さゆえに，他の巻を参照したい，との願望がいよいよ募った。『フランス法パンデクト』「第一巻」がそうであるような一般的な，もしくは特殊フランス的な法思想の理念的開陳という，全くの素人にも或る程度理解可能な，もしくはそう思わせる文章とは大いに異なり，夜郎自大を承知で言えば，この時代の文学作品に接しては想像力を働かせ，思想作品に接しては推論能力を働かせ，誹謗文書に接してはその情念に思いを致す訓練に，極く僅かではあれ，聊かの時間を費やしてきた者の自負の念（そうしたものがあれば，の話であるけれども）を根底から動揺させ覆す，併しこの時代の大方の知識人には自明であり，また二，三の『判例集』〔後註4を参照〕を垣間見る限りでは少なからぬ知的中層の人々にも浸透していたらしい，従ってこの時代を，無謀にも，綜合的に俯瞰しようとする者にはその理解が不可欠であろうが，そうした理解への努力をあっさりと門前で拒む,『備忘録』や『パリ地方慣習法註解』の煩瑣

な記述を，絶望的な気分で読み進むうちに[22]，だが幸運にも，この疑念を氷解させる次の述懐に遭遇し得たのである。

　（引用－7）〔A〕〔『パリ地方慣習法註解』（後半のページ付与による）55 v°〕
《〔……〕わたしが『フランス法パンデクト』「第二巻」で示したとおりである。これはフランスの不運な混乱が妨げさえしなければ，「第一巻」を入念に修正増補したあとに，全四巻を印刷させる筈であった〔……〕》

〔B〕〔『備忘録』367 r°-v°〕
《〔「人頭税」の項目〕〔……〕わたしはこの件について『パンデクト』「第一巻」で十分に論じた。この「第一巻」を再度わたしは修正し，大いに増補して他の三巻とともに出版させ，完結するところだった。そしてわたしが企て，完結させた『アンリ法典』の仕事がなければ四冊は既に印刷されていたことだろう。その『アンリ法典』でわたしはタイユ税，間接税，塩税，その他類似の課税について更に述べているから，ここで，わたしが他で論じたことを繰り返す必要はあるまい》

　引用した『パリ地方慣習法註解』の発行年度が1595年であり（允許状の日付は1595年3月），『備忘録』初版のそれが，これもまた，允許状に従えば1602年4月（諄いようだが引用した版は恐らく改訂された再版の増刷本であろう）であることから，1593年の『フランス法パンデクト』再版刊行に目を向けると，1593年版が「第一巻」のみの増補改訂版であること，『フランス法パンデクト』総体が全四巻から構成されるものとして当初から考案されていたこと，併し「国内の混乱」，具体的には所謂リーグ派戦争と，バルナベ・ブリソンの後を任された『アンリ法典』編纂の作業に時間を奪われ，『フランス法パンデクト』の完成に未だ至っていないことが判明する。判形とページ数（紙葉数）から推定するに，先に列挙した1596年版も，1597年版も，1602年版も，いずれも「第一巻」のみを収録した刊本であって，1607年のフォリオ版の刊行とともに，漸く長年

の労苦が一つの形に結集したのであろう。僥倖にも恵まれた筆者なりの，この疑念に関する一応の結論は，本稿で底とする1587年版の『フランス法パンデクト』は端本ではなかった，ということだ。長い長い前置きとなってしまったが，かかる前提に立って，『フランス法パンデクト』の総論とも言える「第一巻」――そこには，二十年来暖められてきたルイ・ル・カロンの，危機的状況下に置かれたフランス王国を目の当たりにする，1587年の時点での法思想の展開がある筈だ――を，法制史家ならぬフランス16世紀愛好家の視点から，紹介することにしよう。

4

「第一巻」が「総論」であると，どれほど繰り返しても，門外漢の発言では説得力を有さないであろう。ほぼ巻頭に置かれた『フランス法パンデクト』の目次――そこで，この書物が「第一巻」に過ぎないことは語られない――を，参考のため全文及びその試訳とともに，以下に書き写す。

> L'Ordre et Suitte des Chapitres des Pandectes ou Digestes du droict François.
> 〈『フランス法パンデクト』の各章の構成と運び〉

Chap. I. *De la vraye cause de l'establissement de la Republique et de la Loy, et que la Justice est la principale marque de souveraineté.* fol. 1.
 〈国家と法律の制定の真の理由について，及び司法（正義）は主権の主要な特徴であること〉
II. *De l'origine du droict François et premiers autheurs d'iceluy.* 6.
 〈フランス法の起源とその最初の制定者たちについて〉
III. *De la Jurisprudence et de la Justice.* 14.
 〈法学と司法（正義）について〉
IV. *Des Loix et Ordonnances et quelles doivent estre, et si le souverain est exempt d'icelles.*

25.

〈法と王令について，また主権者が法と王令に拘束されていない場合，それらはどうあるべきか〉

V. *De l'Equité.* 44.

〈公平について〉

VI. *Du droict et de la division d'iceluy.* 56.

〈法とその区分について〉

VII. *Du droict Canonique.* 62.

〈教会法について〉

VIII. *Continuation du droict Canonique, des benefices.* 69.

〈教会法の続き，聖職禄について〉

IX. *De l'election et benefices electifs, et de la nomination du Roy.* 70.

〈撰定と撰定聖職禄について，及び国王の任命について〉

X. *De la collation des benefices, prevention du Pape, resignation, patronage, pensions devoluts, et autres choses semblables.* 81.

〈聖職禄の授与，教皇の空位聖職禄先取，辞任，保護，年金，聖職禄空位，その他，類似の事柄について〉

XI. *De la nomination du Roy pour messieurs de la Cour de Parlement de Paris, et des graduez simples et nommez.* 106.

〈パリ高等法院メンバーの国王任命について，及び専科学位と認定学位について〉

XII. *Des reigles de la Chancellerie Romaine, receües et observees en la France, et autres matieres.* 116.

〈フランスに受容・遵守された，ローマ尚書局規則，及びその他の問題について〉

XIII. *De la jurisdiction, biens et droicts Ecclesiastiques, où il est traicté des dismes et autres choses semblables.* 124.

〈教会裁判権・資産・権利について。ここでは十分の一税その他類似の事

柄が論ぜられる〉

XIV. *Du droict civil, et premierement du droict public.* 240〔正しくは125〔r°〕。これ以降，273〔r°〕まで紙葉付与に大幅な混乱がある〕.
〈市民法〔民法〕について，そしてまず公法について〉

XV. *De l'Estat de la France.* 241.
〈フランスの国家について〉

XVI. *Continuation de l'Estat de la France, il est discouru des privileges, Regences, Aubeins, Bastards, anoblissemens*〔,〕*francs fiefs, et nouveaux acquests et amortissemens.* 251.
〈フランスの国家についての続き。ここでは多様な特権，摂政制，法外者，私生児，貴族叙任，自由封地，新後得財産，宗教法人への譲渡について語られる〉

XVII. *De la Regale, et autres droicts qu'a le Roy sur les Eglises de France, des Universitez, colleges, corps, confrairies et communautez, foires et autres choses semblables et confirmation des privileges.* 273.
〈国王特権，及びフランス教会，大学，学院，社団，信心会，村落，市場，その他類似の事柄に関して国王が有する権利について。及び特権の追認〉

XVIII. *Suite de l'Estat de la France, où est discouru de divers droicts et marques de souveraineté, comme des aides, tailles, monnoyes et autres semblables.* 295.
〈フランスの国家についての続き。ここでは上納金，人頭税，貨幣その他類似のものの如き，主権の多様な権利と徴について語られる〉

XIX. *Des rescripts, mandements, lettres royaux, patentes ou autres, restitutions en entier et autres semblables matieres.* 322.
〈国王の勅書，命令書，書簡，公書その他，完全復元，及びその他類似の問題について〉

XX. *De la guerre, paix, trefves, ban, riereban ou arriereban, lettres de marque, duel et autres semblables matieres.* 341.
〈戦争，和平，休戦，直臣招集，陪臣招集，私掠許可状，決闘その他類似

XXI. *De estats du royaume, et des Pairs de France.* 273〔ここまで紙葉付与の混乱続く〕.
〈王国身分会について，及びフランスの重臣について〉

XXII. *Des finances, domaine et espargne du Roy, qui est la seconde espece, ou partie du droict public François.* 281.
〈国王の資産，領土，及び金庫について。これはフランス公法の第二の事案，もしくは事項である〉

XXIII. *Des Magistrats qui font la troisiesme espece ou partie du droict public.* 302.
〈公法の第三の事案，もしくは事項となる，多様な行政官について〉

XXIV. *Continuation des Magistrats de la France, où il est traicté des officiers de la Couronne et autres Magistrats des armes et de la justice.* 347.
〈フランスの行政官についての続き。ここでは王室官吏，その他の軍事及び司法行政官について論じられる〉

XXV. *De la Coustume.* 383〔373〔v°〕の誤り〕.
〈慣習法について〉

　1560年代からフランス全土，各階層の構成員の多くを巻き込み始まる大きな思想の変動を，一人の法曹家がどのように受けとめ，自分の専門領域の言葉で表現し，あり得べき法治国家と現実のフランス王国の乖離を最小限に留めようとしたか，よく窺える目次となっている。加えて，この年，部分的にせよ一度は公けに問われたル・カロンの努力も，翌1588年の血にまみれた事変以降，1593年のアンリ4世のパリ入城，もしくは1597年のアミアン陥落をメルクマールとするリーグ派戦争の終結まで（残党は残ったが），過酷な現実のまえに，色を失っていた。1588年にリーグ派の手でパリを追放され，亡命先のブロワでの身分会会期中に政敵ギーズ公を暗殺したアンリ3世が，今度は自らも過激派（リーグ派の目から見れば殉教者）の手に倒れ，リーグ派の勢力に対抗してアンリ3世に急接近していた改革派リーダー，アンリ・ド・ナヴァールが，己れが奉じていた改革派の信仰を棄てアンリ4世として即位した，という後世からして

も目くるめく，この間のフランス王国の（余りにも単純化しているとのお叱りは甘んじて受けよう）苦しい道程が，ル・カロンの思想に何らの影響も及ぼさなかった，とは考え難い。そう考えれば本来，1593年の「第一巻」増補改訂版や17世紀初頭に漸く刊行された全『フランス法パンデクト』を貫くであろう法思想・国家思想との対比も試みねばなるまいが，物理的な事情もあって，これは断念せざるをえない。ただこれから紹介する『フランス法パンデクト』「第一巻」が1587年の刊行本であったということは，アナクロニズムを避けるには確認しておかねばならない事項である。

　『フランス法パンデクト』「第一巻」の冒頭の章が，先に訳出したとおり，〈「国家〔Republique〕」と「法律」の制定の真の原因について，及び「司法〔Justice〕」が「主権〔souveraineté〕」の主要な特徴であること〉と題されているのは，甚だ象徴的だと思う。（この点ではボダンの『国家論』を，模倣とまでは言わなくとも，意識している可能性は大き過ぎるほどある。ボダンの著書については残された時間があれば，取り敢えず先ず初版から，いずれ報告させていただく）参考のため総論の中の総論とでも称すべきこの「第一章」の，ほぼ5紙葉，10ページほどの概要を紹介しておく。
　ル・カロンはそこで，生まれながらにして人間が有する自己保存と自己拡張の本能に基づき，各親族が集合して，社会＝共同体を結成した，と説き始める。この時代の国家発生論の前提でもある，アリストテレス（の理論と受けとめられていた）の「社会化への欲求」により成立した共同体に，理性よりも欲望に身を任せ易い性ゆえ，不和や分裂が生ずるのも，ル・カロンはこれまた，必然と考えていたようだ。そうした不和を抑制するのが「主権」の役割である。主権の所在如何に応じて，君主制，寡頭制，民主制の三政体が存在するが，経験に即すと最も優れるのは「法」に律せられた君主制国家である。君主制度の優れたる所以についてもル・カロンはページを割き，《経験は，公けの共同体に生活する人間を統治する，最良にして最も確実な形態は君主制だと，十分に証する。それというのも，君主制は人間的な諸事情の変化や多様性に，他の二

つの政体〔民衆制と寡頭制〕ほど，曝されないからだ。多くの者が幾つもの例示や政治理論によって示したところである》〔2 r°〕，と記した。併し君主国家と言えど，ル・カロンは手放しで賞讃する訳ではない。過去形（勿論理念的過去）で語られる一節を引いてみる。

（引用‐8）〔2 r°〕
《併しながら君主に，ただ単に家臣を導き守るためだけでなく，己れの国家をより確実に維持し，暴政によって奈落に転落するのを妨げるための良く統治する真の規則を示すには，国家の真の支柱にして基盤として，一定の法を構築し，権力を有し位階の高い者たちを権力から遠く弱い人間たちと調和と静謐のうちに暮らしめ，彼らの間に秩序をたもたせ，何時にあっても平等な裁きを下すべく画策し，こうした方策で反乱とか混乱の機会を妨げ根絶やしにすることを示すためである》

政体を君主国家に限定したうえではあるが，公共善に向けて国家構成員を調和のもとに律する法，という既に数十年以前に思弁的著作『対話篇』のかなりの部分を貫く「法」のあり得べき姿が，ここでも再言されている。ただ最後の言葉，「騒擾と混乱の機会を根絶する」という「法」制定の目的（もしくは結果）に，この文章が記された時代背景が覗いているような気がする。ル・カロンは自国民ならず支配下にある属国民にも国王から平等な権利を授けられ，不正にあたっては「法」に訴えるようにさせたヘロドトスを大いに称える。ル・カロンによれば，古典古代期はさて措き，キリスト教哲学でも，神が最初の国家を形成され，預言者モーセをして古代異教の如何なるものにも先立つ，最初の立法者となした。ここからル・カロンの（差し当たり）独自の法制史観が窺える。つまり一つの主権のもとに家族が集合してできた規律ある社会――これこそ最初の国家なのだが――は神により創設され，法の起源も，人間の慣習や英知に由来するところではなく，人間の精神に刻み込まれた神の命令に由来するものだ。ル・カロンは政体法や王令，慣例などを「法」と呼ぶのに躊躇する。「法」

とは人間の見解に依存しない,普遍的な「法」なのである。モーセ以前に国家は存在せず,古代ユダヤ教の族長たち,アブラハムでさえも主権に支えられた国家の統治者ではなかった。異教国家の多くは王の脅迫的な恣意を「法」とし,その最善の政体でも完成した形態の国家とは言えない。フランスに話柄を移すと,フランス国家は軍事力によってではなく,民衆撰挙〔eslection du peuple〕により制定され,諸国王も民衆が撰出した,と古代史は語る。さて,ル・カロンは主権の枢要な特徴とは《「司法」の公正で威厳ある運営〔la droite et souveraine administration de la Justice〕》とする考えに賛同する。こうした主権の望ましい法の遂行は,古典古代世界でも度々見られる。国王が「司法」を他の行政官に委ねるとしても,主権はあくまでも国王にとどまり,行政官の判断の正・不正に応じて,彼らを罰する。ル・カロンは再度,公共善と法の必然的な関連を指摘する。

(引用-9)〔4 v°〕
《けれどもあらゆる国家,特に平等なる調整のもとに集った大人数の人々を至福の休息と調和すなわち,人間生活に必要な利便性に関して相互に助け合い,公法の共有化のうちに暮らさしめるために存在する君主国の成立について思いを馳せる者は,正義なくして国家も,更には社会さえ,聊かも保全されず,持続しないであろうと判断するに違いない。国王は正義を通じて自分の権力の前にひれ伏す者たちに命令を下し,最も高位な者たち,最も権勢のある者たち,最も権力を有する者たちは固定した意見をもたず揺れ動いて已まない群衆から身を守り,最も小さき者,最も弱く貧しいものたちは図々しく傲慢な貴族階層の抑圧から庇護されるのである》

「司法」は国王に勧善懲悪を教える。「法」は「司法」のために制定され,神の「司法=正義」は人の霊魂に生まれながらに刻み込まれているものなのだが,罪の中に生まれた人にあってその教えは曖昧になってしまった。そこで正・不正の基準や報いを定めた「法」が必要とされるのである。人にあってこうした

秩序は，頭脳が指揮権を有するように求めるが，国家に於いては「主権者」が各構成員の調和をはかるように求める。《「司法」は主権の第一の徴である。それというのも，国家の善や救済のために「法」を制定し，廃止する権能が「司法」に依っているからだ》〔5 r°〕。個人的に領主が裁きを行ない，官吏を任命・罷免する権能を有しているように見えても，その領主の権能は主権者に忠誠を誓ったうえで，仮託されたものであり，最終審は主権者に存する。フランスではフランス国王がそうした忠誠の誓いの対象となってきた。

——以上がル・カロンの『フランス法パンデクト』「第一巻」第一章の概要である。第二章以降の詳述は控えるが，筆者（高橋）の恣意を割り引いても，「第一巻」の総論的な立場をご理解戴けたのではないかと思う。理念的な「法」と法源＝国家の関係を講じながら，具体例の展開へと入るこうした導入の方法は，『学説彙纂（ディゲスタ，もしくはパンデクテス）』（もしくはその構成に倣った，といわれる『ユスティニアヌス法学提要』）を真似てはいるが，理念に託された法の精神への思い入れの点で，モデルを遥かに凌ぐ。周知の如く『学説彙纂（ディゲスタ，もしくはパンデクテス）』「第一巻」に，「法」と「権利」の違いや法源，種々の官職など，言わば総論が確かに述べられてはいる。併しそれに費やされたページ数は『ディゲスタ』総体の中でごく僅かな比率を占めるに過ぎない（凡そ七十分の一）。また，『ユスティニアヌス法学提要』[23]にあっては「第一巻」の最初の3項が，正義と法，自然法・万民法・国民法，人身法などの理念の陳述に充てられる許りだ。古代法典の編纂書を離れても，アルファベット順に法的事項を並べた『備忘録』を別にすると，ル・カロン自身の『パリ地方慣習法註解』は「封地」から，コルミエの『アンリ法典』は言わば民法の「婚姻」の条項から，つまり具体的な法文の検証から立論を始めており，『フランス法パンデクト』の完成の，或る意味で支障となったと自称する，ブリソン＝ル・カロンの『アンリ法典』も「教会法」の体系をその巻頭に据えている。君主制国家に優位を与えたル・カロンがその後どのように論を展開してゆくか，余りに面白いその論弁を線的に，要約・記述したい誘惑は大きいが，テクニカル・タームに富む錯綜した論述を解きほぐす能力，読み易く提供する能力が筆者にはな

い。ともあれ目次を転写したことで,『フランス法パンデクト』「第一巻」が各論であるよりも先ず総論に固執した文書であると, 聊かは合点して戴いたと信じつつ, 本稿の目的である, この「第一巻」に表れた（と思われる）法の理念の諸相, 政治の理念の諸相を, 以下に纏める努力を試みるものとする。

5

　先ず,〈droit〉と〈loi〈loix〉〉の対立, もしくは一致の問題から。差し当たり「法」の様々な位相での分類については, カッコに入れておく。ル・カロンによれば, フランス語では「法」を指示する言葉に〈droit〉と〈loix〉の二つがある。或る人々は前者を慣習法・成文法をともに包括する語として, 後者を成文法のみを意味する語として用いる。また, 別の者は前者を「公正〔equité〕」の観点から, 後者を「戒律〔commandement〕」の観点から把握する。併し, ル・カロンはそれらの見解に与しない。「公正」とは「至上の法〔droit souverain〕」, もしくは「狭義にして厳密な法〔droit estroit, ou rigoreux〕」の穏当な解釈であって,〈droit〉とは峻別さるべきものだからである〔25 r°〕。こうした吟味ののち, ル・カロンは〈droit〉も〈loix〉も同意義であるとし, 加えてアリストテレスやプルタルコスに倣って,〈droit〉を〈loix〉の目的であり,〈loix〉に由来する規範面での技術〔art〕と考え,〈droit〉を〈loix〉の後景に収めて,〈loix〉を主たる考察の対象に取り上げる, という。補足すると, 両者に術語的なニュアンスの差異が存しても,〈loix〉なくして如何なる〈droit〉も存在し得ない, との判断があるのだと思う。人々が〈droit〉と呼ぶのは, それがまさしく廉直に生きることや, 他人に危害を加えないこと, 各人の取り分（恐らく「権利」という意味）を各人に与えること, 何にも屈することなく平等な姿勢を（社会生活でも, そして聊かストア哲学を思い出させるが, 精神面でも）保つことを教えるからだ〔56 r°〕。そうした〈droit〉は共同体の規範を前提として初めて存在する。ただ以上はかなりの強弁であって, ル・カロンは『フランス法パンデクト』第一章に於いて, 健全な君主国家を成立させるためには,《或る一定の法〔certain droit］》〔2 r°〕が必要である，と説く反面，国王の不正に対抗して民衆が依るべき《何らかの法〔quelque Loix〕》〔2 v°〕の支えをもたない国家は国家の名に価しない，とも述べている。厳密に言葉を撰ぶなら，〈droit〉と〈Loix〉の指示内容が逆転しているように思われる。先ず以って肝要なのは，あくまでも理念像であれ，家族から連続的に成長した共同体の構成員の調和を保ち，共同体を維持運営していくには，法的拘束が必要であったとする，ペシミスティックな世界観をル・カロンが抱いていたということの確認であろう。

　──余談となろうが，この〈loix〉と〈droit〉の対照的考察は『学説彙纂（ディゲスタ，もしくはパンデクテス）』「第一部」「第一巻」第一章をいやでも連想させる。事実，『学説彙纂』同条第2項での，如何にも古代ローマ世界を髣髴とさせる，公法（「神聖法」，「神官法」，「行政官法」），及び私法（「自然法」，「民族法」，「市民法」）の区分（ここでの「法」は〈jus〉）に，キリスト教西欧社会の理念や現実を反映させた，「自然法」（もしくは「神法」），「市民法」と「民族法」を下位概念に有する「人間法」，キリスト教固有の「教会法」（ここでの「法」は〈droit〉）〔57 r° et suiv.〕という区分の出典を認めても構わないだろう。（引用－1）で分かるように，『学説彙纂（ディゲスタ，もしくはパンデクテス）』と『フランス法パンデクト』の類縁関係は否めないのである。併し繰り返しになるが，この序論部分で〈jus〉を〈droit〉と一応は体系的に訳し分けたとしても，本論たる長大な『学説彙纂（ディゲスタ，もしくはパンデクテス）』全体に，用語的・概念的・法哲学的な整合性を見出すのが難しいように，ル・カロンの法思想の語彙に，後年のドイツ観念論風の厳密さを求めるのも時代錯誤だと思う。勿論〈droit〉に近代的な「権利」の概念（訳語はともあれ）を当て嵌めるのも同罪である[24]。従ってかなりアバウトな紹介になろうが（大体フランス16世紀がアバウトな世紀なのだ），ル・カロン本人の言葉に基づき，以下の文章に於いては〈droit〉も〈loix〉も「法」という語で等しくカヴァーすることをお許し願いたい。

　つぎに法の分類と法源（この「法源」という法理用語の正確な共意を部外漢の筆者が抑えている筈もない。お叱りを覚悟で，曖昧なままに使用している）について。前

段で触れた「神法〔droit divin〕」もしくは「自然法〔droit naturel〕」は，神を唯一の制定者とする「神的にして自然的な法〔Loy divine et naturele〕」を根拠とする。「神法」は不易不変にして，二点，即ち宗教と神への深い敬虔の想いと，各人に対する正義に存する。「人間法〔droit humain〕」は人間の利益のために，人間によって規範化され，受容されてきたものであるが，「神的にして自然的な法」に優先することも，ましてや抵触することもない。「神的にして自然的な法」に反するものを「法」と称するのも，正義と評するのも出来ない相談だからだ。「教会法〔droit canonique〕」を「神法」や「人間法」と同列に並べるのには異論もあろうが，カトリック教会の結びつきに生きる多くの人々によって用いられ，神が定め，教会と教皇たちが司り，教会会議で決定された事項（これが法源となる）を扱うのであるから，「神法」と「人間法」の両者に関わる，とル・カロンは判断する。また「人間法」は「民族法〔droit des gens〕」と「市民法〔droit civil〕」に下位分類される。「民族法」は「自然的理性〔raison naturelle〕」に促され，個別的な人的機関が制定するものではなく，凡そ万民が一致して是認する法と言える（法源）。「民族法」からは《人間社会の存続〔conservation〕》〔58 r°〕を目的とする様々な制度や規範が派生する。更に「市民法」を「私法〔droit privé〕」と「公法〔droit public〕」に分けることも出来る[25]。「公法」は国家の利益に与り，「私法」は個々人の利益に与る。従って「公法」はそれぞれの国家固有の状態に応じ，それぞれに異なる。「私法」を「成文法〔droit escrit〕」と「非成文法〔droit non escrit〕」，別称「慣習法〔coustume〕」に分割することも可能だ。「慣習法」の法源は成文化されないまま人々の間で暗黙の内に長期間に亘り受け継がれてきた慣習である。「慣習法」が成文化されると「成文法」の範疇に入るが，ル・カロンの考えでは「慣習法」も王国の多くの地方で共通に認められる慣習と，王国を構成する或る地方独自の慣習，普遍的に是認されている法と，小共同体にのみ受け入れられている慣習とに細分しても不合理ではない〔61 r°-v°〕。またローマ法を法源とするものには，一般に「共通法〔droit commun〕」もしくは「成文法」と称されるものがある〔10 v°〕。ここで言う「成文法」は一般論的な表現で，上記のル・カロンが試みる分類と

は必ずしも重ならない。フランスには「成文法」を基本とする地域と固有の慣習を司法基準とする地域とが見出される。──以上が法の目的と法源とから分類される「法」の,概略的な分類である。実のところ,『フランス法パンデクト』を要約したに過ぎないと自ら認める『備忘録』にあってさえ,ル・カロンは「市民法」の根拠を明示しない。その実効範囲と目的を断言するに留めている。「国家」という大きな共同体が問題になるのであるから,ローマ法を基にした何らかの成文法を念頭に措くべきかもしれないが,ル・カロンはその法源を言葉にしない。筆者の印象では,これは殊更ル・カロンが口をつぐんだというより,この面での「法源」の探求に余り関心が向かなかったような気がする。その意味でも『フランス法パンデクト』の総論部分にあたる「第一巻」に整合性や統一性,網羅性が欠如していた,と言えるかもしれない。併しル・カロンの「法源」への関心は別のところに向いていた。

　いわゆる「ローマ法」と各地方独自の,これまたいわゆる「慣習法」──ルイ・ル・カロンの最大の拘泥はこの対概念から派生していたように思われる。ローマ帝国の支配下にあった古代ガリアに遡り,「ローマ法」と「慣習法」の相克を,否寧ろ「ローマ法」の圧制を説くル・カロンの言葉は力強い。長文を承知で引用する。

　　（引用−10）〔10 v° -11 v° 〕
《何故なら註意しなければいけないのは,フランス人たちの国家と居住地,彼らが君臨した範囲も度々変化しているということである。草創期から彼らが征服し占拠してきたフランスからライン河までの地方の大部分と,ゲルマニアに分属されたベルギー・ゴールに由来するであろう地方はフランスから切り離され,分断以後ドイツ人によって簒奪されるであろう。この分断は皇帝ルイ・デボネールの子供たちのあいだで行なわれるであろう。それゆえに初期のフランス人たちは,それ以後ブルゴーニュの地や西ゴート族とガリアを占拠していたその他の先住民からわたしたちの国王が奪った地方しか手に

していなかったのだ。併しながらブルゴーニュ人たちにはその当時，一人の国王がおり，その国王であるゴンドボーによって制定され，彼の息子シギスムンド王により加筆され，恰もそれらの法がゴンドボーを短くしたゴンボー国王に由来したかのように，ゴンベッタ法と呼ばれた，幾つかの律法を有していた。西ゴート族もまた，アキタニア地方を支配していた一人の王を有し，彼らの法律書が今も残っている。併しそれらの法はスペインに，彼らの侵出とともに持って行かれ，彼らがアキタニアから追い出されたのち，アキタニアはローマ法に再び戻り，そのため，人々はこの地を成文法の地と呼んでいる。けれどもゴンベッタ法は，ブルゴーニュ人がフランス人の前に屈してからも，彼らの間で実効力と権威を有していた。そしてどれほどローマ法が，法科系大学の創設以来，今日(こんにち)でもそうであるように，フランスでは大きな評価をあびてきたとしても，またローマ法とその最も偉大な註釈者の勧告と実務のうえに，フランスの裁判の行政が打ち立てられたとしても，にも拘わらず，ブルゴーニュ人たちに権柄づくで，フランス人たちを隷属させるべきではないのと同じようには，押し付けるべきではない。何故ならフランスの国王も王国もローマ法には隷従しておらず，それなしには如何なる国家も存続も持続もし得ない，裁きの真の目的である，立派に義に適って法を管理し，各人に相応しいものを齎す教えを引き出す目的以外では，ローマ法を受け入れたこともないからである。このことを国王フィリップ・ル・ベルが1312年7月，オルレアン大学に授けた特権の証書が証明している。そこでこの国王はご自分の王国は成文法ではなく，慣習法で統治されているが，例外は幾つかの地方だけで，そこでは家臣たちはご先祖の国王たちの赦しをうけて，幾つかの事柄について成文法を用いている。併しそれは彼らが成文法に固執しているからではなくその昔から彼らが守ってきた権利を履行するためである，と繰り返されたのである。けれども，わたしに分からないのは，どのような災いによって，ローマ法の空理空論がこれほどまでに昔ながらのフランス法の素朴さを変え，腐敗させるという事態がフランスに出来してしまったかということである。この災いの所為で，ローマ法の問題やら，様々

な解釈やら，矛盾やらに関するあらたな訴訟が生み出されている。どれほど理由を求めてそれらを手に取り，一方の法学博士の解釈や意見をもう一方のものに反対して指示すべく，分かれ，徒党をなし，そうした様々な解釈が法廷で響き渡るずっと以前から，或る法律を決定しなければならなかったほどなのである》〔下線は筆者〕

　最初の段落で，西方ローマ帝国皇帝である父シャルル・マーニュの跡を継いだルイ・ル・デボネール以降，帝国継承権の問題で帝国に混乱が生じ，それまで一応は統一されていた（だが，「統一」という語のレヴェルを見誤ってはなるまい）帝国の領土が分割されるに至ったことが述べられ，後段で先ず，分割された各領国には既に固有の法が存していたこと（ブルゴーニュ王国第四代国王ゴンドボーが制定した，と伝えられる「ゴンベッタ法」や，アキタニア地方を我が物としていた西ゴート族の法典），フランス王国への併合やローマ法を教授する大学の設置などを契機として，領国固有の法的価値を徐々に喪失してゆく次第，フランス司法制度がローマ法を基準に制定・運用されていく実状が語られる。けれどもかかる事情は，フランス人をローマ法がすべからく拘束する，といった事態を意味しはしない。ローマ法から，法の精髄，即ち法の究極的な目的である正義＝司法の的確にして正しい遂行を学ぶためなのだ。《フランス国王も王国もローマ法には服従しない》。国王フィリップ・ル・ベルはフランス王国が慣習に基づいて統治されること，成文法＝ローマ法を司法原理とするかに見える地方も，実のところそうした慣習を許されているからに他ならない。むしろローマ法の導入は危険に満ちており，素朴なフランス古法がローマ法から受けた損害は計り知れない。──ル・カロンはローマ法が及ぼす悪しき影響についてのこうした確信を強く抱いていた。ローマ法は慣習法に対立し，フランス古法に対立する。だがそれでは，慣習法とは何か。フランス古法とは何であったのか。

　ルイ・ル・カロンはその『フランス法パンデクト』「第一巻」最終第25章に〈慣習法について〉という章題を冠して，殊更第1章で展開した，正統法治国

家の起源（歴史的にそうであると同時に理念的にもそうである起源）をモーセに求める法制度史を再説している〔375 v° et suiv.〕。ル・カロンによれば，ホメロスの時代，「法〔Loix〕」という名辞は知られていなかった。そもそも慣習法とは古代からの民衆の同意に基づいた，長きに亘る慣例から派生したものであった〔380 v°〕。とはいえ慣習法は，それ自体では，如何に民衆の暗黙の同意により，長期間遵守されて来たものであろうと，主権者が公布する法〔loy〕ではない〔378 r°〕。フランスに於いても，ゴンベッタ法がそうであったように，地域毎に慣習法は異なり得る。古代ローマにあっても属国は固有の法の自由を満喫してきた筈だ。併しローマ法の性質の悪い解釈者たち，即ちローマ法学者たちがローマ法や各地の慣習法に様々な解釈を施し，フランス人はその自由な精神，高邁な精神を失ってしまった〔377 r°-v°〕。フランスの古代王朝は，それがファラモン王の許であろうと，クロヴィス王の許であろうと，国家の誕生から既に，固有の何らかの法〔quelque Loix〕（ここでは特にサリカ法を意識している）に基づいて統治されていた筈だ〔8 r°〕，とル・カロンが言うとき，恐らく脳裏には，成文化の有無はともあれ，一定程度規範化された部族内の慣習的な法規があったのだと思う（主権者が公布する法の問題については後述する）。

　それでは「慣習」は絶対的に尊重さるべきものであるのか。勿論そうではない。「慣習」は整理配分されて，ゴンベッタ法やサリカ法が恐らくそうであったように規範化の過程を経て，尚更に，成文化さるべきであろう（ル・カロンがシャルル・デュ・ムーランに倣ってパリ地方の慣習法を彙纂上梓したのもそのためではなかったか）。ル・カロンは慣習法〔coustume〕と成文法〔loy〕を峻別してそれぞれを「専制君主」と「正統君主」に準える。

　　（引用 – 11）〔378 v°〕
《けれども律法と慣習の間には大きな差異が存在する。それというのも律法は概括的な命令であり，もしそれが正しくなく，義なる理性から生み出されてもいず，そのように考えられるとしたら，毅然として廃棄すべきである。併し慣習はそれを用いている人々の暗黙の同意によって穏やかに流れゆく，

時として正しく義なる理性よりも最有力者たちの利益や利便のための，そして往々にして総括的でなく，そこから慣習が力と権威を授かった，地方に特有な，習慣のようなものである。そのような訳でわたしはディオン〔おそらく歴史家のディオン・カッシウス〕の見解に反して，法を君主に，慣習を専制君主に準えてみる。プラトンはこう述べている。何故なら専制君主はそっと忍び込み，「専制君主」という名前を拒みながら，徐々に勢力を拡大して，勢力を確立したら，実力と指揮権を行使するのである。それとは反対に，国王は実力に依らず，法律に基づいて，十全な権力で統治する。慣習はその謂われとして往々，習慣しか有さない。併し律法は自然的な理由か市民的な理由かを有し，プラトンに従えば，民衆が自らそれを育み，率先してそれに従うように，義なる戒告や説得に満ちた序文を伴ってしか公布されないのである》

やや先走って言えば，上記の一節は特に王権や君主制を巡る，ル・カロンの政治思想を検討するうえでも，かなり根幹的な理念を含んでいる。が，それはさて措き「慣習（法）」と「（成文）法」の対照に限定すると，前者は一定の共同体内部での暗黙の，つまり明るみに出ない了解を前提とし，時として実権を握る者たちの利益に擦り寄る。対して後者は自然の光，即ち，理性に支えられ，理性の力で民衆を説得し，より一般的・普遍的な場を対象とする。ここでル・カロンが説いている哲学はかなり重要だと思う。「慣習」と「法」，「専制君主」と「正統君主」の二項の対極に位置する原理が，「伝統性原理」及び「（小共同体ではあれ）万人の一致原理」と，「理性原理」だからだ。フランス16世紀に於ける宗教論争の一端でも知る者なら，カトリック陣営は勿論，いわゆる改革派でさえ，その正統性を訴えるために，使徒伝来の歴史を振りかざしたり，他方では常にカトリック教会から弾圧を受けてきた異端の宗派に己れの祖先を捜し求めたり，「使徒伝来」の歴史が如何にいかがわしいものであったか（女教皇ジャンヌの例だけでも，どれほどの喧騒を招いたことか）滔滔と論じた事例を，直ぐと思い起こせるだろう。「万人の一致」，換言すれば「普遍性＝カトリッ

ク」も改革派を前にしたカトリック教会の強固な武器であり，改革派信徒がどれだけ「信仰のみ」，「聖書のみ」を旗印にしても，必ずや巻き込まれずにはいられない争点であった。そして筆者のささやかな読書経験では，事は政治的な論争にあっても同様であった。普遍妥当的な「理性原理」をル・カロンがどこから獲得するに至ったか，判らない。続く世紀の所謂合理的な（！）思考様式を先取りしていたとするのは，凡そ時代錯誤だとしても，その逆，つまり前世紀以前のスコラ哲学以来の法学研究の素養を身につけていたと考え得ることは可能かも知れない。また16世紀中葉の，当時としては能う限り純粋な思弁論理の流行の影響を未だ留めていたのかも知れない。何れにせよル・カロンが時間や空間を超越した「理性原理」を「法」や「正統君主」の保証としたこと，この事実は記憶するに値する。

　「法」の「慣習」に対する優位を説くのは（引用－11）許りではない。以下の一節では「慣習」と「法」の対立が部分と全体の関係として述べられる。そして「全体」の優位を「法」の優位と重ねるとき，そこではもう「理性原理」の援用を必要としない。前提とされるのは思弁的な論理ではなく，政治思想の文脈である。そうした文脈に基づき，ひたすら「全体」の優位を暗黙のベースにして，論を進める。

　　（引用－12）〔382 v°-383 r°〕
《一地方の個別的な慣習を全て，一般的なものへと戻し換言するのが最良の方策となるであろう。そうしたことが行なわれず，慣習一般の起草に於いて，危険なもしくは対立する慣習について言及が為されなければ，その地方の身分会によって認められたものとして，唯一概論的に従わなければならなくなるだろう。その地方にあって上述の身分会がそれへの言及を行ないたがらないまま，総選挙や民の声によって十分に廃止可能と見做される個別的な慣習が存在していたのだ。併しながらもし，何らかのその一般的な権利が殊更禁止的な言辞で述べられた封建領主の権利とかその他の個別的な権利にしか問題にならないのであれば，またそうした権利を主張する者が昔ながらの

肩書と長きに亘る所有権にしか基づいていないとしたら，それは地方的な習慣と慣習を斟酌しているように見えるであろう。それ故に通常，慣習法の改訂者たちは，そうしたその地方の一般的な権利の意向には関わらない個別的な権利について異論を申し立てる場合，かかる異論が介入する慣習法の諸条項が，上述の対立を考慮にいれないまま，同意されたままに留まるように命ずる習慣であった。更に慣習法の起草は認可状に従って国王の権威により，また最高裁判所の選抜された代議員によって，作られなければならない。何故なら主権者の許可なしに一地方の身分会には集合することは出来ないし，フランスにあっては国王御一人だけが家臣に法を授ける，もしくは家臣の間で法を作り，合意することを赦す力を有しているのである。更に何時の時代でも，御一人のみに，その国情とか公共善とか，或いはその他のものにして平等なる考察のために，お望みになるなら，慣習の適用を排除されるなり，すっかり廃棄されるなりの，至上の権力が留まっているのである。それは市民法が時として，時とか場所，当事者に即して廃止されたり，変更されたりし，最新の法はそれ以前の法の適用を排除するのが確かなことだからである》

再び長文の引用となってしまったが，これもまた，ル・カロンの政治思想に触れる際の傍証ともなる箇所なのでお許し願いたい。さて汎欧州的に司法原理として認識されている——もしくは，されていた——ローマ法＝成文法に対してなお，優先さるべきと説かれた慣習法が，(引用-11) では「自然理性，もしくは市民理性〔raison naturelle ou civile〕」の名の許に，(引用-12) に於いては「地方身分会〔les eststs du pays〕」，殊にフランス王国では「国王の権威〔l'auctorité du Roy〕」の名の許に，「法」の下位に退けられてしまう。「慣習法」の上位に置かれ，ローマ法を法源としない「法」の源となるものは，(引用-11) での思弁的な議論をさて措くと，ル・カロンにより無条件的に課せられるものなのか。否，事情は必ずしもそうではない。ローマ法に優先し，更に慣習法にも優先する「法」が適用されるのは，部族共同体でもなく汎欧州的なローマ帝国の

遺影でもなく，フランス王国に代表されるような，未だ確たる領土も権力構造も有さないが，併し朧げには既に存在してしまっている，幻想的な「国家共同体」なのである。

　フランス16世紀を通じて，所謂「王国基本法」という亡霊が国内・国際政治の現場を彷徨していた。周知の如く「王国基本法」のモデルは中世後期から，レジストたちによって発掘されていた「サリカ法」である。《従ってわたしはフランス人の最初の「法」がサリカ法であることを疑うものではない。サリカ法に基づけば婦女が王位を継承してはならないと厳命されているが，かかる〔サリカ〕法はこの大王国の真の支柱にして基盤であったとわたしには思える。雄弁であるとの評価を得たいがために，国王フィリップ・ル・ロンの治世下や国王フィリップ・ド・ヴァロワの治世下に，フランス身分会でこの件について決議されたところを認めない者たちに耳を傾けてはならない》〔8 r°-v°〕[26]。『備忘録』の或る記事（「継承」の項目）も，男子継承権を巡るサリカ古法の採用に関しては，地方慣習法での温度差を認めながらも，「自然の法〔loy de nature〕」に適うものとし，その歴史的受容を遡っている〔351 v°〕。サリカ法に集中する「王国基本法」の法的価値と運用範囲は「フランス王国」の実態と同じく，甚だ漠然としており，政治的に「フランス王国」の堅持を望む側から，王国の危機的（と判断された）情況の許で，常に援用されてきた。王国基本法の初期的形態であるサリカ法，そしてサリカ法の発展形態であるフランスの「法」は，（引用-10）で示したとおり，ローマ法とも，また王国への併合以前から遵守されてきた，ブルゴーニュ公領——ブルゴーニュ公国がフランス王国に接しながら，極めて独自のポジションを保ち続けてきた公国であることを想い出そう——の慣習法，即ち「ゴンベッタ法」とも少なからず対立していた。地域慣習法と判例に充ちたローマ法を柔軟に適用しつつ，フランスの司法はフランス古法を法源としていた，否寧ろ，法源としようとしていた。

　けれどもフランスにあって「法」の法源は成文化された，もしくは暗黙の了解事項とされた「サリカ法」だけに限らない。《フランスに於いて「国王」のみが「法律」を制定しうる。それが「勅令や王令〔Edicts et ordonnances〕」と呼

ばれている》〔12 r°〕。ル・カロンはまた別の箇所（第五章〈公正について〉）で，ローマ法とフランス法を峻別し，フランスの行政官や国王がローマ法を尊重するのは，その「理性と権威〔raisons et auctoritez〕」〔46 v°〕故であり，ローマ法を盲目的に墨守するものではない，としたうえで，フランスにあっては「勅令」や王令が法の代理となる，更には法そのものと見做される，と語った。《主権者が「法」の解釈や補足として「勅令」により命ずる事柄は全て，「法それ自体〔Loy-mesme〕」と同様の効力を有し，その名称〔=「法」〕を獲得する》〔47 r°〕。併しそうした権能を与えられるのはあくまでも主権者，ル・カロン自身もそう書き留めているように，換言するなら国王に限定される。国王と並んで名指された行政官の場合はどうなのか。下級裁判官にはそうした権限はなく，上級裁判官の法解釈や判例に「法」と類似する効力があるにせよ，それは上級裁判所が《「国王」の権威の許に〔sous l'auctorité du Roy〕》〔id〕判決を下すからである。

　極めて恣意的で抽象的な紹介に終始したことへのお叱りは甘んじて受けるとして，法律術語を容易に解読し，判例の紙背に徹する眼光をお持ちの専門家の方々ならいざ知らず，特殊技術的な知識に欠ける筆者には，『フランス法パンデクト』「第一巻」で検討される各条項から，これまで取り上げてきた以上の，更なる法思想を抽出して何事かを述べる能力も時間もない。従って最後に『フランス法パンデクト』「第一巻」で意図的・無意識的を問わず語られた——つまり著者の意識が書かせたか，時代の意識（もしくは無意識）が著者の筆を借りたか，ということだ——，ル・カロンの政治思想，筆者の判断ではこの法曹家の法思想と不可分な政治思想について略述しながら，法的規範の俗語化を巡る，この雑文の当初の問いに何らかの答えを用意しようと思う。

6

　ルイ・ル・カロンは時間的にローマ法とフランス法を対照させたのみならず，空間的にもフランス王国とその他の国家，もしくは地方を執拗に差異化しよう

と企てた。例えば『備忘録』には「姦通」の項目に，接吻を姦通の薄弱な指標と見るか（フランス），明確な〔violens〕指標と見るか（イタリア：但しイタリアのどの地方，どの都市国家を指すのか不明），その違いを殊更言い募る〔234 r°〕。併しル・カロンが最も強くフランス王国の自立（差異化）を訴えた相手は，筆者の印象に誤りがなければ，ローマ法の礎を残し，各国に弊害を齎しつつも自らは形骸だけになってしまった神聖ローマ帝国でも，古典古代についての学識を知らしめん許りに援用するギリシア都市国家やエジプト王国でも無論ない。そうした純政治的な統治組織ではなく，ガリカン教会に対峙する，ローマ教皇庁だったのだ。『備忘録』に於ける，使徒伝来のカトリック教会の重みを認めながらも（《聖ペテロの権威により遵守されてきた事柄を認めないことは，その権能について議論することであり，これはカトリック教徒の間で許されるところではない》〔327 v°〕），ローマ教皇庁が容赦なく創設する聖職禄をめぐる，ガリカン教会の自立性の主張〔id〕，フランスの聖職者が国王に誓言する忠誠の誓い〔le serment de fidelité au Roy〕〔342 v°〕[27]，或いは『パリ地方慣習法註解』での，教会人の継承権を巡る教会法がフランスに於いては必ずしも受容・遵守されるものではない現状の報告（〔337条；179 v°〕）などに触れてもよいが，ここでは当面の『フランス法パンデクト』の言葉を借用しよう。

（引用−13）〔281 r°〕
《身分会と主権者の許に存する公法の，この最初の種類の纏めを申せば，フランス国王はその見事な徴を以って霊的世界にも臨まれ，カトリック教会の長子の称号と資格を戴く，ガリカン教会とその自由の番人であり，保持者なのである。そしてどれほど教皇に僭主やキリスト教徒の国王を破門する何らかの権力をもっているとしても，フランス国王や王族，王家の血筋を引く者は，教皇アレキサンデル4世，ニコラス3世，マルティヌス3世，グレゴリウス8世，同9世，同10世，同11世，クレメンス4世，ウルバヌス6世，ボニファキウス12世その他の教皇勅書や教皇令によって，破門を免れている。それゆえフランス国王がキリスト教を奉じたとき以来，あらゆるキリスト教

君主の間にあって，フランス国王は，カトリック教会と使徒伝来の聖庁の守護と拡張と高揚のために最も熱意を示し，正しくもこの方たちだけの，継承的な「いとキリスト教の信仰篤き国王」と「カトリックなる君主」の称号に価してきたのである》

傍証とするなら前半部の確信に満ちた言葉だけでもよかったのだが，歴史を操る法曹家ルイ・ル・カロンが教皇令をどの程度まで利用し得るか，またその能力もご覧に入れたかったので（ル・カロンの引用の正確度や援用の適否，法制史家としての知識の度合いについては識者に判断をお任せする），これまた冗漫な引用になってしまった。

　ローマ教皇の権威は尊重するに価する。そしてキリスト教徒（カトリック教徒）共同体も分裂させてはならない。けれどもだが併し，ローマ教皇がカトリック教会の長子にしてガリカン教会の守護者たるフランス国王に対する強権発動権など持ちうる筈もなく，ガリカン教会は，フランス国王や高等法院の支持を受け，フランス国内の教会事情に責任を負い，ローマ教皇の介入を許さない。それでは何故，フランス国王はかくも強大な，汎欧州的に影響力を行使するローマ教皇にさえ対抗できるほどの権力を保持しているのか。その権力はどこまで及ぶのか。

　『備忘録』の「恩赦〔graces〕」の項目で，フランス国王の有する赦免権を論じながら，ル・カロンは《けれどもフランスに於いて国王の権力は甚だ大きく，且つ至高であるため，あらゆる犯罪を赦免，もしくは許すこと，刑罰を免除，もしくは軽減することが出来るほどで，それというのも公けの懲罰は国王の権威から発生する〔la punition publique depend de son auctorité〕からである》〔207 r°-v°〕，と述べる。また，『パリ地方慣習法註解』の〈布告〉の条項の一節でも《何らかの領主の司法管区にあって，高札による布告を行なう必要があれば，そのことを許可し，警邏に命じて「国王」の紋章下に布告を公表させるよう，「王室判事〔juge Royal〕」に依頼するのが適当であったろう。何故なら家臣とその

資産を保護し，保全するために，他のあらゆる臣下の上に立つ，「国王」一人に属する主権の権限であるからだ》〔191 r°〕，と説明したりもする。ル・カロンは『フランス法パンデクト』で，言わば総論風に語ったこのような国王や王権の理念的な在り方を，具体的な註釈書に於いても，頻々に，とは言わないまでも，折りに触れ，各論の中に挿入した。併し他方，フランス国王が維持する強大な王権の根拠に関しては，必ずしも明確な説明を提出しているようには思えない。表現を変えると，ル・カロンの王権論は両義的であり，更に言葉を重ねれば，重層的でありながら論旨の連続性に於いて亀裂を生じているように見えるのだ——少なくとも16世紀人ならぬ筆者の眼には。

　フランス国王は神により国王となったのであり，神以外に上位者をもたない。ル・カロンによれば，これが王権の絶対性の根拠の一つである。《それゆえにフランス国王は自身の外には如何なる上位の主を認めない。ただ主の中の主，偉大なる神にして不滅の国王である方を除けば〔si non le Seigneur des Seigneurs le grand Dieu et Roy immortel〕》〔26 v°〕。何故国王が神以外に上位者を戴かないのか。それはフランスの国王が聖別されているからだ。先に訳出した，〈フランスの国家についての続き。ここでは上納金，人頭税，貨幣その他類似のものの如き，主権の多様な権利と徴について論じられる〉と標題を託された『フランス法パンデクト』第18章は，書き出しの一文で「聖なる国王」の絶対的主権を謳い上げる。

　（引用－14）〔295 r°-v°：紙葉ナンバーは正確ではないが，第18章の冒頭〕
《国王はフランスの皇帝であり，神にしか根拠を持たない。そのためフランス国王が「神の恩寵による」と名乗るとき，彼はただしくも「いと至高なる」という称号をいただくのである。これは国王がその権力をその家臣やその他どのような人物からも，また継承権や代々の国王からも与えられておらず，ただ神のみ手のみから，サリカ法と呼ばれるフランス法を通じてであること示すためなのである。フランスに於いてはそれ以外の者が，たとえ何らかの君主にせよ，公爵にせよ伯爵にせよ，もしくは大領主にせよ，この称号を受

けることは出来ない。何故ならそれは絶対的主権者の地位であり，それ故国王は民衆の公けの信仰と安心感のうちにあって，聖なる者として聖別されるのであり，民衆はと言えば，その威光のため，また同じく，その戴冠式の折り，これ以上ない尤な理由により，それを以って聖別される浄い聖油の塗油のせいで，国王を崇め奉るのである〔……〕》

聖油を塗られ，聖別された国王は，家臣は勿論，他の如何なる者にもその権力を負わない。また単なる継承権によって王座に就きうるものでもない。ル・カロンはここで国王が国王たる所以を二つ挙げる。一つは《神の恩寵により》との，凡そ想像力に乏しい定型表現――併し思い起こせばどれほど多くの相克が，この表現を巡り，王侯たちの間に生じたことか――が指示する超越的な力であり，一つは人為的な規定，（引用－14）の文中では「聖別」の影に隠れ，やや窺い難くなっているけれども，王国基本法たるサリカ法である。読み得た限りでは，ル・カロンの著作の中で，この二つ以外に王権を強化，否寧ろ絶対化するものはなかった。逆に言うと，王権は神（及びそれの，ほぼ同義語である「自然」や「理性」）と王国基本法にのみ拘束された。だがそれは本当なのか。

ル・カロンはそれらの拘束を，例えば次のように表現した。《〔国王が法を超えた存在であることに関連して〕わたしは神や自然の「法」について話すものではない。何故なら国王は神の裁きに服しているのであるから，神の「法」や，神が自然の裡に刻印し，彫琢された法を聊かも逃れることは出来ない。さもなければ暴君と見做されてしまうだろう》〔41 v°〕。或いは《それというのも（〔小〕プリニウスが『トラヤヌス帝礼賛』で語っているように）王侯が「法」の上にいるのではなく，「法」が王侯の上にあるのだ》〔43 r°〕，とも告げる。けれども「法」は絶対的に王侯の上に位置するのか。ル・カロンの表現は誤解を招きやすい。一方でル・カロンは「法」の規制が専ら倫理的であると言う。《もし「王侯」が神や自然の「法」に従わなければならないとしても，そのことによって「王侯」は，己れを手本として家臣が正しい生活を送るように誘うべきだと学ぶことが出来るのである。これは「王侯」がその「王国」の「法」に服さなければ

為し得ないところだ。〔……〕何らかの宮廷人が，主権者には如何なる拘束も手綱も課してはならないと言おうとしたら，わたしは彼らに答えてこう返答しよう，「法」の規範は強制された手綱ではなく，穏やかな紐帯であって，主権者をその義務に留め，その国家を一層しっかりと結びつけるのだ，と》〔42 r°-v°〕。併しこうした倫理的な「法」解釈は「王国基本法」にも適用されるものだろうか。「王国基本法」（端的に「サリカ法」と換言してもよい）の二本の柱は，男系継承制と王領の譲渡不可能性であろうが，後者，即ち王領の譲渡不可能性に関する（「王国基本法」とか「サリカ法」とか命名せずに）ル・カロンの以下の検討が注意を喚起する。

（引用－15）〔283 v°-284 r°；第22章〕
《国王は王領の利益享受者にすぎず，国家は幼い子供のように彼らに管理を任されたのだから，彼らには王領を善き後見人として統治し管理すべき義務があるのに加えて，フランスの古法は長きに亘り，王領を譲渡することから王国を護り，維持してきた。そして領地から譲渡された資産のただしく譲渡された所有者を保証し，安心させうる百年を遡るというのに，時効は存在していない。領地は正しく立派に譲渡されたのであれば，仮令それが永久の譲渡であろうとも，常に買戻しや統合の対象となる。そこから国王たちの様々な王令や高等法院の判決が生まれるのであって，そうした判例に，主として，領地の認識が属し，そして往々，国王たちや，判例相互にも。王国の請願によって，<u>神聖にして人間同士の売買の対象にはならないと思われている領地の譲渡が撤回されるのである</u>》〔下線は筆者〕

王権が神聖であるのと同様に王領も神聖である。そして歴史的に見ても，王領の譲渡不可能性の神聖度の方が，王権の神聖度よりも高い（譲渡した王領を買い戻した，というのはそういう意味だ）。ル・カロンは上記の文章に続けて，その命題を証明すべく，過去の様々な時代の高等法院などの判例を抜書きするのだが，信憑性はともあれ（フランス16世紀の少なからぬ知識人が事実であると確信して

いた）．この時代に親しむ者なら幾度でも眼にした覚えがあるであろう．そうした判例や議決を殊更援用する必要もあるまい．要するに，国王は倫理的に範たるべく，自ら「法」を遵守する必要がある，否，そうあることが望ましい．併しそうした「国王」と「法」の，言わば相対的な関係を超えて，「国王」といえど侵犯し得ない，「国王」と絶対的な関係に立つ「王国基本法」が存在した．かくして神聖な王権も，「神慮」と古代以来連綿と受け継がれてきた「王国基本法」との，二重の拘束を受ける．だが王権はそれらの拘束を除けば，絶対的——これまた，聊か言い飽きたところだが，フランスの国王が「絶対的＝無拘束的」であった験しなどフランス史のどこを開いても存在しない筈だ——であるのか．

　フランスのこの世紀に固有の，やや表現を緩和すれば16世紀の知的上層・政治的上層に属する者なら恐らく一度は意識したであろう問題が残っている．全国身分会と国王撰出制がそれだ．ルイ・ル・カロンは『フランス法パンデクト』「第一巻」第2章〈フランス法の起源とその最初の制定者たちについて〉で，全国身分会に立法権が有りや無しや，との問いに答えて，全国身分会の招集権は国王に存すること，国王が招集してもそれは身分会の議決を採用する目的でではなく，「国民の訴えや建白〔leurs plaintes et remonstrances〕」に耳を貸すためである〔12 r°〕，とした．一方〈王国身分会について，及びフランスの重臣について〉と題された，同第21章では，国王の招集権を先ず冒頭で確言し，次いで全国身分会の起源を辿り始める．ル・カロン自身，エティエンヌ・パスキエの考証に詳細をまかせ，略述に留めているので，ここでもル・カロンの謦に倣うことにする．併し王権の原則的優位を説くル・カロンも，その論述の中で，全国身分会が主導権を握った，過去の三種類の経緯に触れざるをえなかった．具体名を省いていえば（ル・カロンはきちんと挙げているが），一つに王位継承権が論争の的となったとき，フランス王国が誰に属するか，身分会が決定した事例，一つに国王が未成年であったり，虜囚であったり，精神に異常をきたしたとき，（摂政を含め）王国の運営方法を決定した事例，一つに税の新設などによ

り国内に発生しうる混乱を防いだ事例である〔274 r°-v°〕。内情はともあれ，それらの事態に陥った王国の権力者たちは，全国身分会の決定に従う素振りをしなければならなかった。第一のケースもそうだろうが，特に第二のケースでは，国王が存在しているにも拘わらず，全国身分会の意志は王権の上位にあったのである。そもそもこの二つのケースでは，身分会の招集権は誰が保有していたのだろう。果たして国王は全国身分会の決議に拘束されるのか，超然として全国身分会の上に位置するのか。ル・カロンは王権に或る程度の絶対性をあずけながらも，尚「全国身分会」という神話を捨て去ることも出来ず，己れの法思想体系・政治思想体系に於いて徹底し得なかった一般論と，特殊事例を併置したのだと思う。《身分会の招集は国王と国民にとって常に最上の薬であった》，とするデュ・アイヤンの言葉に飛びついたル・カロンは，四折判10行ほどに亘るその文章を第21章でそのまま書き写している。

　（引用 − 16）〔275 v°〕[28]
《わたしは非常に卓越していて非常に真に迫るフランス史家のデュ・アイヤン殿がこの件について書かれたことを付け加えることにしよう。「ある輩は国王がご自分の権力を減衰されている，それは強制も拘束もされないのにご自身の家臣の意見や諫言を採用されてしまったからだ，と告げたがっていた。そしてこれは国王たちが彼らに対し余りにも親しくなられ，軽蔑を生み出され，王の威厳を低められたためである，とする。併しこの者たちは，資金と支援が必要だったとき，ご自分の対処法として，またわが民衆にとっても災厄への対処法として，常に国王たちと民衆の最良の薬である身分会の招集以外の方策を思いつかれなかった，わたしたちの国王を暴君にしようと欲していたのである》

　さて，フランス16世紀に展開された身分会論を語るうえで切り離せないのが，君主撰出制度であろう。16世紀の同時代にあって，ポーランドやスウェーデンなどフランスには余り馴染みのない国家も含め，複数の王国が君主撰出制

を採用している、もしくは近年まで採用していたことが、情報として流れていた[29]。そして古代民族、フランス人の祖先が形成した（部族）国家に於いても、その誕生当初、国王が撰出の対象となっていた、とする学説＝神話＝イデオロギーが、あり得べき国家像を模索する過程で多様な議論・解釈を呼んでいた。先に触れた点でもあるが、《フランス国家は軍事力によって建設されたのではなく、民衆の撰挙によって建設されたのである》、と述べ、民衆により撰ばれた国王を担ぎ上げ、集会場の周りを周回したあと、《民衆は彼を国王として宣言し、忠誠の誓いを行なった》〔3 v°〕、とその儀式を描写し、そうした神話を自らも信じたル・カロンは、ページと章を改めて再度、理念的フランス原始国家に存在した（と言われる）君主撰出制についてこう解説する。

（引用－17）〔8 r°〕
《併しながらわたしが思うに、或る国王のもと、ファラモンにせよクロディアンにせよ、その他の、フランス人の国家が築かれたと望んでいる国王のもとにせよ、国家は或る法によって初めから打ち立てられていた。何故なら初代の王朝であるメロヴィンガ朝のどの君主の許でも、更にそののち、カロリンガ朝の血筋に於いても、国王たちはフランス人によって撰挙され、ローマ人たちは調停所と呼び、高等法院と呼ばれる、民衆の総会で公けの事柄が論じられたからである。その後民衆はキリスト教がフランスで受け入れられると、三身分を構成するようになった。それが身分会と呼ばれている者で、即ち教会と、貴族と、第三身分にして一般人である。初期のフランス人たちがその国王たちの権力を規制するためにかかる深慮を巡らせ、国王たちが屡々追放されたり廃位されたりするほどだったり、民衆が自分たちの国家を維持し拡張するのにここまで周到だったら、彼らの間で秩序を守り、それを保持するために必要な、何らかの法を制定したことに間違いない。そしてこのような法がフランク人サリア部族のサリカ法と呼ばれ得るものなのである》

理念的初期国家にあって，民衆が集会を開き，国王を撰出し，時として追放したこと，国王の権力を制限する深慮をもっていたこと，ル・カロンはそうしたことを時流に遅れまいとして序論で報告した訳ではなかった。少なくとも君主撰出制はフランス法制史上に実在したものとして脳裏に刻み込まれていたようだ。第15章〈フランスの国家について〉の中でも，フランス王国の初期にあって三身分による撰出制を敷いていたと述べ，《その後，王国は継承に基づく世襲〔hereditaire venant par succession〕とされた》〔242 v°〕，と語る。だがル・カロンには撰出制から継承性に移行した史実を指摘し，現在（16世紀）の政体を肯定する素材を提供するだけで，移行過程やその原因を教えない。まさしくアンリ3世の後継者問題を巡り，カトリック教徒と改革派信徒，王党派とリーグ派の論争文書が飛び交っていた1587年，ルイ・ル・カロンは継承性の法的正統性にも思想的整合性にも口を閉ざし，ただ倫理的に優れた国王に統治される君主制国家を賞賛した。

7

教養人として現代に伝わる『対話篇』を綴り，法曹人として数々の法的業績を遺したルイ・ル・カロンの，主として『フランス法パンデクト』「第一巻」を急ぎ足で読み終えた今，他の三巻に20年ほど先駆けて刊行されたこの総論部に盛られる法思想や政治思想を，どれだけ著者の意図を汲んで恣意をまじえず紹介しえたかどうか，顧みるだけで心寒い。極東の地にありながら，この時代のフランス法学者，ジャン・ボダンは別格として，特に忘れ去られた法学者の研究に専念される西欧法制史の専門家の方々の論文を拝読すると，法学系の研究者と人文科学系の研究者（筆者が「研究者」だと自負している訳では毛頭ない。筆者は幸か不幸か「愛好家」に過ぎない）の文体の違い，発想の違いもさることながら，「法」の思想の摘出，それを表現する文言の把握，前提となる背後の脈絡の知識，法的系統樹を見抜く慧眼など，やはり専門家の研究の深さに頭を垂れざるを得ない[30]。併しそれは法制史の専門家の方々のご意見をそのまま拝聴

するということではなく，例えばフランス16世紀愛好家の資格——自らに与えた資格であり，筆者にその資格を名乗ることが許されるかどうかは，全く別の問題である——を以って，この時代の法思想や法学者を見つめざるをえない筆者は，ウルリャク゠ガザニガとは異なり，『フランス法パンデクト』の，少なくとも「第一巻」が必ずしも《学殖豊かではあるが散漫》だ，とは思わないし，寧ろアナクロニスムを冒しているようにさえ見受けられる。それよりは同じくアナクロニスム的な表現があろうと，《血のめぐり（が）悪》いなりに，《人文主義の影響を蒙》り，《フランス法なるものの統一》を目指していた，とするM・ルロースの評価に好感を抱いてしまうのだ[31]。

《血のめぐり（が）悪》いかどうかはともかく——そう断定できるのは，血の巡りの悪い人々が知的な用具を考案し準備したからであることを忘れないようにしよう——，ルイ・ル・カロンは時代の中では典型的な知的エリートであり，ブルジェ学派に属し，フランソワ（・ル）・デュアランやフランソワ・ボドワンと机を並べた人文主義的法学者であった。ル・カロンの法思想の中枢には，青年期から壮年期，晩年に至るまで，「法に基づき，賢明な君主が率いる，国民各層が調和してその維持にあたる国家」像があったようで，その原形たるイメージは変形を蒙りながらも，若書きの『対話篇』にも後期の法理論書や実務書（念頭に描いているのは『備忘録』だが，これを「実務書」と呼ぶべきかどうか，専門家の方々にご教示を仰ぎたいところだ）にも，その影を落としていた。ル・カロンが絶えず意識していたエティエンヌ・パスキエの多彩な活動と比較すると，彼の知的営為はむしろ「法思想・政治思想」を中心に纏まっていた，と言えるかも知れない。

1587年，他の巻に先立つ形で孤独の裡に刊行された『フランス法パンデクト』「第一巻」で，ル・カロンはフランス法を貫徹する法的思考を総論的に，より具体的にはフランス王国（即ち法治国家である君主制国家）の存亡に関わる法の根幹を表明した。そこではキリスト教学を経験した逍遥学派的（と思われた）国家成立論が，古代サリカ法の精神とともに語られ，君主制が様々な政体の中で最も望ましい形態とされた。また，神と王国基本法以外に上位者をもたない

フランス国王の相対的絶対性（語義矛盾だが）と，古代の君主撰出制から継承性に移行したフランスの政体の現状が，必ずしも積極的にとは言い難いけれど，同時代の混乱を反映して，容認された。ローマ古法でありながら普遍性を想定される，所謂「成文法」は部族固有の「慣習法」との対立に於いて昇華され，「慣習法」は法治国家を統べる王国の基本「法」との対立に於いて昇華された。国家の「法」を支えるのは伝承性や実態的普遍性と言うより，「神＝自然＝理性」の超越的・思弁的法思想であった（以上が敢えて言うと「法源」に関わる）。現実的には法を司る国王の権威は，例外的なケースを除いて，全国身分会に拘束されないし，一般的に全国身分会の招集権は国王に存する。

《神の恩寵による》フランス国王は，例外もあるが（例えば「コンコルダ」を巡る対立），ガリカン教会の守護者であり，ローマ教皇庁と対峙する。また王国の現世での最高指導者として，国家内部の地方共同体の上位に立つ。併し一度は否定された「全国身分会」も危機の時代にあって「神」や「王国基本法」を緊急時の味方にして，国王の継承性に疑義を呈することもあった。恐らくこの緊急措置は1587年のフランス国内事情の，一人の「王党派知識人＝ポリティック派知識人」からの，間接的な諫言であったかも知れない。

理想的には法に則り運営される国家を望んだル・カロンが，その「法」をより周知すべく権威言語の壁を壊し，知の中層の接近を可能ならしめる方法，即ち俗語化の試みに向かったのは理解できる。また，俗語化の対象となる「法」が，当時の司法制度にあって先ずはその解釈が前提とされたローマ法から，現実には未だ存在していないけれど，近い将来の実現が願われる，画定したフランス王国を律すべき，各地方の慣習法や王国基本法を整合化する（であろう）独自の「法」へと，ル・カロンのうちで変化していったであろうこと，これも理解できると思う。「法」の，言うなれば「国民化」——君主国家であろうと法治国家であるならそうあって然るべき状態，ル・カロンは法曹人としての生涯をかけて，その課題に挑もうとした（これは，ル・カロンに古典語作品があることと矛盾しないと考える）。

法曹人でも法史制家でもない筆者が語ることの出来るのは，ほぼ以上に尽きる。ありうべき（確認していない）婚姻法や譲渡法，相続法，領地の確定訴訟などその他の各論での判例や学説彙纂は『パリ地方慣習法註解』や『備忘録』でかなり詳細に検討されているようだが，専門家ならぬ身で専門用語に溢れるそれらの事項を系統化し，紹介出来る道理もない。願わくば《血のめぐり（が）悪》い，と後世から評されるフランス16世紀の法制史家に，この雑然とした小論を通じ幾許かの関心が寄せられることを。

第 2 章
註釈者ブレーズ・ド・ヴィジュネール

1

　ティトゥス゠リウィウスの『建国以来のローマ史　第一デカド〔以下『第一デカド』と略〕』の仏語訳[1)]にほどこされた註釈を見る限り，近年とみに高まったブレーズ・ド・ヴィジュネール評価の視座が，ヴィジュネールの翻訳や註解の中心を見事射抜いているかどうか，心許ない。『カイエ・ド・ソーニエ』誌のヴィジュネール特集号[2)]巻頭に置かれたマルク・フュマロリの「はじめの言葉」がいみじくも語るように，ドニーズ・メトラルの概論的なパリ大学博士論文『ブレーズ・ド・ヴィジュネール　考古学者にして美術批評家（1523-1596）』[3)]を除くと，フランソワ・スクレ——その名前を耳にするだけで，この碩学がヴィジュネールに託した，関心の方向性は見当がつくであろう——が断片的ながら発表し続けた，カバラの文脈で，或いはエゾテリスムの文脈で読み取ってきた数多ある「ヴィジュネール論」が，前世紀の暮れ方の「ヴィジュネール・ルネサンス」の底流を形成してきたからだ[4)]。他方，それらの論考の対象が専ら，ヴィジュネールのイコノグラフィカルな文章や，ヘブライ語作品（『ダビデ詩篇』），ラテン語作品（特にカエサルの『ガリア戦記』やティトゥス゠リウィウスの『建国以来のローマ史』）のみならず，古仏語作品（ヴィルアルドゥアンの『コンスタンティノープル征服記』），イタリア語作品（タッソーの『解放されたエルサレム』）などの翻訳それ自体であること[5)]，従って敢えて言うなら言語的・修辞学

的側面[6]——『ピロストラトス註解』さえその類だとも考えられる——から論旨が展開されてきた事実も勘案しなければならない。併し研究の動向はさて措き（時流に異を唱える心算は毛頭ないが）, 筆者が読みえた『ユリウス・カエサルのガリア戦記（以後『ガリア戦記』と略記）』翻訳註解[7],『第一デカド』翻訳註解,『ピロストラトス註解』, 及び近年その批評版が公刊された,『ダビデ詩篇』翻訳註解[8]が残す印象は,『暗号論』や『塩と火に纏わる論考』から導き出された, その限りに於いてのヴィジュネールに「秘教主義者」や《バロック的翻訳者》[9]などのレッテルを貼付すればそれで済む, といったものではない。残された多くの作品の裡極く僅かな文献しか通読していない現状で, 説得力のある何事かを述べられるとは思わないが, 神秘主義者とか所謂「スピリチュアリスト」（ここでは17世紀初頭の思想的・表現史的傾向を意識した心算である）とかの側面を強調した論考や, 作品の現代批評版——『ダビデ詩篇』翻訳註解はそうした側面と接しながら, 筆者が提出したいヴィジュネール像にもつらなっていると思う——には必ずしも現れない,《モンテーニュよりも学識ある》[10]ヴィジュネールの, やや等閑にされている姿を, 特に『第一デカド』翻訳註解を題材にして紹介したいと考える。

2

　『第一デカド』註解は形式的に概ね次のように分類される。『第一デカド』, 及び『第三デカド・第四デカド・第五デカド』の結構については本章末尾〔補遺〕で述べる。

- 翻訳及び註解部分の袖に付された傍註：記事の概要や感想, 関連事項, 場合によっては出典などを述べる；pp. 1-462〔以下ページ指示 (p.) と欄指示 (col.) の混在や無指示は誤まりではない〕
- 後註：事項註, 語義註, 訳語註など。以下「註釈」と呼ぶ；cols. 463-1752.
- 後註：地理的・民族的固有名の註。「地名註」と呼ぶ；1752 v°-1786 v°.

第 2 章　註釈者ブレーズ・ド・ヴィジュネール　57

・後註：年代表；GGGg vi r°-SSSs vi r°.

　ヴィジュネールは註釈で何を取り上げ，どのように解説したのか。それぞれの註釈に捧げられた文章の，密度も質も量も均一ではないけれど，手始めに註を施された箇所と註釈の内容，或いは意図，そして概数的になるが，当該註に充てられた欄〔col.〕数を抽出してみる。なお，各註釈冒頭のナンバーは原著に存在するものではなく，便宜的に筆者がつけたものである。また「護民官〔Tribun〕」と「執政官〔Consul〕」，及び「(国)王」を除く官職名に関しては，概ね原語をカナ表記で綴り，必要と思われる範囲で原綴（ラテン語もしくはフランス語）を添えた。何分西欧古代古典には疎い身なので地名・部族名には同定不能なものが多く，固有名の表記にも誤りが多いと思う。予め御海容と御教示をお願いする次第である。

(0) 註釈の序文。莫大な註釈を記す理由などを述べる。序文には更に大項目の解説が二つ，付される〔cols. 463-467〕。
　(0-1) ローマの領土拡張の歴史について。各時代・各地域を枠組みにして纏める〔cols. 467-482〕。
　(0-2) ローマ皇帝の収入。公共資産・建造物。私的豪奢の逸話〔cols. 483-546〕。
(1) 「序文」第 1 行への註。通常は傍註に該当ページ・該当行が指摘されるが，ここでは『第一デカド』「序文」巻頭の原文〔p. 2, ℓ.1〕が引かれ，ティトゥス゠リウィウスの執筆にあたる姿勢の分析と，ヴィジュネールの翻訳への決意が語られる〔cols. 465-548〕。
(2) p. 2, ℓ.17. への註。但し，後註の冒頭に引かれるフランス語は，本文の訳文と大きく換えられている。同箇所の表現がルカヌスやプリニウスの典拠となった可能性の示唆。対応する本文はまだ「序文」である〔col. 548〕。
(3) p. 2, ℓ.36. への註。建国者を神の子孫とする傾向について。対応する本文は未だ「序文」である〔cols. 548-549〕。

（4） p. 3, ℓ.1. への註。建国当初のローマ人が質実剛健であったとの証言。対応する本文は未だ「序文」である〔cols. 549-550〕。

（5） p. 3, ℓ.17. への註。古代ローマが更にまた，幸運や軍事力，忍耐力にも支えられ，大国となったこと。対応する本文は未だ「序文」である〔col. 550〕。

（6） ここから「第一巻」(広くは本文) への註釈が始まる。先ず p. 3, ℓ.30. への註である。アエネアスとアンテノル伝承について。それぞれを売国奴と見做す見解もあるが，諸説の多くは彼らが誠実であったと考えている。アンテノルの運命など〔cols. 550-551〕。

（7） p. 3, ℓ.43. への註。ローマ建国神話の数々。ギリシア人はギリシア人に都合が良いように，ラティヌス族は自らに都合が良いように神話を物語る。ヤヌス神話の紹介。ヤヌスが建国した頃のローマの地勢。古代歴史家ハリカルナッセウス（のディオニュッシオス）や東方ローマ帝国皇帝ウァレンスの文書長官フェストゥスが唱える異論。元来シキリエンシス族，アポリギネス族，オエノトリア族，ペラスギ族などがこの地の覇権を争っていた。のちにアエネアスが彷徨い至り，アポリギネス族の名称をラティニ族に変え，ロムルスが登場するまで，シルヴィ族の許で代々支配を続けた。この註釈には幾つかの大項目の解説が付される〔cols. 551-556〕。

（7-1） まず，ローマ建国に関して建国者が誰か，そもそもロムルスとは何者か。そして年代は何時頃か，様々な見解が網羅的に紹介される。その結果暫定的に，トロイア陥落から四百三十余年のち，ロムルスが18歳のとき，ティベレ河の畔にローマを建国したとの説に落ち着く。ヴィジュネールは更に，建国期から徐々に拡大してゆくローマの地勢と城壁を，1ページ（＝2欄）を占める図を用いながら，解説する〔cols. 556-566〕。

（7-2） 続いてローマ市内と外部を繋ぐ各城門と，ローマから市外に延びる各街路について述べる〔cols. 566-575〕。

（7-3） 古代ローマに存在した八つの橋（ヴィジュネールの時代には六つしか

第 2 章　註釈者ブレーズ・ド・ヴィジュネール　59

残っていなかった）について述べる〔cols. 575-578〕。

(7-4) 古代水道橋と噴水使節について，その構造を図解しながら，述べる〔cols. 578-589〕。《ローマ帝国の権力と豪壮，市民の信じがたい富の，最も明白な二つの証拠は，舗装道路と水道橋である》。

(7-5) 水道との関連で，これも挿絵入りで，公共浴場について語る〔cols. 578-589〕。例えば，有名なカラカラ帝の浴場にも簡単に触れ，その遺跡からこの建造物の豪奢さを描出したりもしている。

(7-6) 同じく水道との関連で──(7-5) 迄の，公共施設の解説に集中してきた文脈からは唐突に思えるが──，「模擬海戦〔naumachie〕」の仕様について述べる〔cols. 597-600〕。図版あり。

(7-7) 広場＝市場〔fore; forum〕について。この言葉の多様性。どこに市場があったか。肉市場や魚市場の詳細。広場が司法機関を兼ねていたことなどを述べる〔cols. 599-612〕。図版あり。

(7-8) 法廷〔Cour; Curia〕について。古来法廷は元老たちが公共の問題を相談し，解決する場所であった。宗教裁判所，民事法廷，その他多くの為政者の名を冠せられる法廷がある。詳細は次項目に譲る〔cols. 611-618〕。

(7-9) アウグストゥス帝の許，古代ローマを構成していた14の地区域について。200欄余を費やして第１区から第14区までの各区の地勢，橋梁，広場，闘技場，寺院，城門，円柱，噴水，凱旋門，立像，浴場その他の建造物，特色，逸話などを語る〔cols. 618-828〕。図版多し。〔cols. 829-830. は空白のページ〕

(8) p. 3, ℓ.penultime〔sic. 以下同様〕への註。放浪するアエネアスの艦隊が占拠した地の一つがトロイアと呼ばれていた，との記述が信じ難いこと〔col. 831〕。

(9) p. 4, ℓ.19. への註。アエネアスがラティニ国王の娘と結婚して絆を固めた，との記述について。ギリシアやローマの言語には儀式用語が多く，意訳や説明訳に頼らざるを得ない実情と例示〔cols.831-833〕。

(10) p. 4, ℓ.24への註。アエネアスが息子をもうけた、との記述について。ティトゥス＝リウィウス、その他の歴史家の無頓着な史料考証を批判〔cols. 833-834〕。

(11) p. 4, ℓ.penultime.への註。アエネアスの埋葬と神格化について。その墓が建立されたという河岸の同定。アエネアスの墓が各地にあっても不思議ではないこと（各地に思い出の品を残している）。皇帝などの神格化の例〔cols. 834-835〕。

(12) p. 4, ℓ.derniere.への註。アエネアスが死後、ユピテル・インディゲテスの名前で祀られたこと。死者の神格化の例〔cols. 835-837（欄ナンバーに誤記あり）〕。更に大項目の解説あり。

 (12-1) 古代の埋葬と墳墓について。異教徒の霊魂論や偶像崇拝。数々の古代の有名な墳墓。エジプト人、ユダヤ人、スキュティア人、インド人、ギリシア人、ローマ人など古代人の埋葬の習俗。火葬の習慣とその由来、種々の民族の埋葬儀式。奇習。墓碑銘。墳墓の特殊な形状など〔cols. 837（誤記あり）-887〕。

(13) p. 6, ℓ.5.への註。レムスとロムルスが牝狼により授乳された伝承の解釈とローマ陣によるその伝承の精度内への採りいれ〔col. 887〕。

(14) p. 6, ℓ.20. 牧神祭〔Lupercale〕が当時既に催されていたこと。牧神祭のギリシア起源とローマへのその導入。牧神祭の式次第〔cols. 887-890〕。

(15) p. 7, ℓ.24.への註。ロムルスが卜占を執行する場としてパラティヌスの丘を、レムスがアウェンティヌスの丘を撰んだことなど。〈templum〉は「教会〔Eglise〕」の謂いではなく公開された場所を指す〔col. 890〕。この註も更に以下の大項目を含む。

 (15-1) 鳥占い、天文占い、生贄の臓物占いなどについて。天文卜占の類別その他、各卜占の手順とそれらが表す吉兆〔cols. 890-908〕。図版あり。

(16) p. 7, ℓ.26.への註。レムスとロムルスの頭上を、それぞれ6回と12回、禿鷹が舞ったこと。禿鷹は位高い鳥であり、また年の初めを示す。1200年は

大王国の盛衰に充たる期間である。ローマを動乱が襲った年度〔cols. 908-910〕。

(17) p. 7, ℓ.30. への註。ロムルスが，共に王位を競ったレムスが，ロムルス陣の城壁を乗り越えたために，ロムルスの逆鱗に触れ，殺されたこと。兄弟殺しの宿命について。城壁の神聖さとロムルスの道理。ロムルスがレムスを弔った行事について〔cols. 910-916〕。

(18) p. 7, ℓ.34. への註。《我が城壁を乗り越える者は誰あろうと，斯く滅びぬ》との，ロムルスの言葉が，ティトゥス＝リウィウス以外の歴史家の表現とも合致すること〔col. 916〕。

(19) p. 7, ℓ.35. への註。ロムルスが一人，王国を領有したこと。ローマはこのように王制から出発し共和制に移行した。国制についての考察〔cols. 916-917〕。

(20) p. 8, ℓ.14. への註。アルカディア王エウァンデルの母カルメンタに神性があると信じられていたこと。エウァンデルがギリシア文化をローマに齎したためである〔cols. 917-918〕。

(21) p. 8, ℓ.25. への註。ヘラクレスがユピテルに捧げた祭壇について。この祭壇の同定に困難が生じているが，それは古代人が祭壇と寺院とを区別していなかった為である〔cols. 918-919〕。

(22) p. 8, ℓ.30. への註。ヘラクレスが饗宴に招いた二つの部族について。部族が実在したものか，それとも喩的な表現であるのか，諸説あり〔cols. 919-920〕。

(23) p. 8, ℓ.39. への註。ローマ人は自らの宗教や慣習を頑なに守り，異教を受け付けず，かえって他国に広めようとしたこと。新たな宗教や慣習の導入が国家の滅亡に繋がることは良く知られている〔cols. 920-921〕。

(24) p. 8, ℓ.penultime. への註。リクトル〔＝先駆け；lictor : licteur〕という言葉の多義性（曖昧さ）。この役職について語られた様々な文脈。類似した役職〔cols. 921-924〕。図版あり。

(25) p. 9, ℓ.2. への註。象牙椅子が高官の徴であったこと。ティトゥス＝リ

ウィウスはロムルスが最初にこの椅子を用いたとするが，異説もある〔cols. 924-926〕。図版あり。更に大項目が続く。

(25-1) 古代ローマ人の服装について。ローマ帝国が成長し，栄えているとき，人々の身なりは簡素であったこと。様々な服飾〔cols. 926-960〕。図版多し。

(26) p. 9, ℓ. 4. への註。国王撰出権を有する12部族が，それぞれ国王に束桿〔faiseau〕を手にしたリクトルを送ったとの文章から，リクトルの起源がヤヌスに遡るとする説を紹介する〔cols. 960-961〕。

(27) p. 9, ℓ. 11. への註。ロムルスが避難所を設け，奴隷や犯罪者が逃げ込んだ場合，宗教的な口実の許に，彼らに自由を与えた。かくしてローマの人口を拡大させたのである。この制度をロムルス以前に採用した者を巡る諸々の説〔cols. 961-962〕。

(28) p. 9, ℓ. 31. への註。「血族〔sang〕」と「親族〔race〕」の相違について。ほぼ同一の意味で用いられるが，《ティトゥス゠リウィウスがここで，これら2つの同義語の冗語的用法によって紙面を装飾華美に埋め尽くそうと努めたのだ，とは信じ難い》[11]。恐らくティトゥス゠リウィウスは「血族」により人間の自然的な，「親族」により社会的な集団を指したのだろう，とヴィジュネールは推測する〔cols. 962-963〕。

(29) p. 9, ℓ. 41. への註。ロムルスが，コンスアレス（またはコンスス〔Consus〕）とも呼ばれる馬の神ネプトゥヌスを祀る用意をしたこと。ネプトゥヌスが馬の神である理由。コンスス神とコンスアレス神の同定について〔cols. 963-964〕。

(30) p. 9, ℓ. 46. への註。ティトゥス゠リウィウスが殆ど触れないサビヌス族の歴史について。ハリカルナッセウスを基に，約1欄ほど補う〔cols. 964-965〕。

(31) p. 10, ℓ. 11. への註。「タラシウス〔Thalassius〕」という言葉が婚礼のときに用いられた次第。レースを入れる籠をタラシオと呼んだため，とする説もあるが，美貌の娘を攫ったローマ貴族タラシウスが幸福な生活を営んだ

ことに由来する，との説に与する者多し。前者の節への疑問点〔cols. 965-966〕。大項目あり。

(31-1) 古代の婚姻について。求婚の作法。婚約の徴。忌日。妻を娶る3つの方法。婚礼の神。婚礼に伴う風習。婚礼の誓い等〔cols. 966-977〕。

(32) p. 8, ℓ.15. への註。ページ指定からすると遡及しているが，前註との関連でそうなっている訳ではないようだ。理由は不明。ほぼ大項目。シビュラについて。タルクイヌス王がシビュラから提供された預言書九巻のうち三巻のみを購入した次第。シビュラとは何者か。シビュラ（の書）が欧州で珍重された模様。シビュラのキリスト教的解釈。「シビュラ」の二つの語源（一つはカバラ）。ペルシア，デルポイ，キメリア，エリュトライ，サモス，キュメ，ヘレヌポンティア，プリュギア，ティブルのシュビラたち〔cols. 977-990〕。

(33) p. 11, ℓ.1. への註。大項目。凱旋について。ロムルスの凱旋が凱旋式の始まり。凱旋式に価する条件。プリニウスは凱旋式の考案をバッコスに帰す。凱旋式の装備。凱旋者が身に着けているシュロの葉と象牙の杖，月桂冠，柏の冠，鉄の指輪など。それらの意味。凱旋者が入る門。戦士たちの歌。凱旋者の特典。スキピオ・アフリカヌス，その他の著名な凱旋の模様〔cols. 991-1011〕。図版あり。

(34) p. 11, ℓ.7. への註。「豪華な戦利品〔despoilles opimes〕」という表現の語源。ユピテル，マルス，クイリヌスに捧げられる三種の戦利品〔cols. 1011-1012〕。

(35) p. 2〔原文誤記。ただしくはp.11〕, ℓ.26. への註。大項目。植民地と自治都市〔colonies et municipes〕について。ローマ人の（特に戦争に於ける）狡猾さ。勢力拡張の第一の手段＝植民地。近隣の国家を植民地化する場合には，直接ローマの領土とする。遠隔地であればローマ市民を派遣する。そしてローマには植民地の住人たちを移民させる。併し植民地や自治都市，総督管轄区〔prefecture〕の政策，ローマ法・ラティウム法，ローマ史を十分理解するにはそれらの有り方を詳述する必要がある。真のローマ市民の性

質・権利。ローマ法に基づく植民地。ローマ市民と現地人が混在する・ローマ法に基づく植民地。植民地での総督などの任務。植民地はローマをモデルとした。公共建造物や生活様式もそうであった。彼らが用いた農耕具。植民地の反乱。同じくローマ様式に則りながら，自治都市は地方独自の慣例を赦された。集会への参政権を与えられた自治都市とそうでないもの〔cols. 1012-1021〕。図版多し。更に大項目が続く。

(35-1) ラティウム法について。ローマ人は，言わば父方にアエネアスを，母方にラウレントゥム族を有した。ラウレントゥム族の勇猛さの評判と，その下位部族。ラティウム法の根幹は撰出行政官制。第二は植民地で行政官となればローマ市民権を得る，ということ。第三は，ローマ市民を相手取ったラティヌス人が勝訴すれば，ローマ市民権を得ることだった〔cols. 1021-1023〕。

(35-2) 総督について。イタリア各地の，自らは行政官となれない総督も，一定の制限下でローマ市民となり得る。ローマ人は軍事と法制をもって，時間をかけても領土を拡張した。植民地でも自治都市でも，総督管轄区でもない地域は，同盟国と呼ばれた〔cols. 1023-1024〕。

(36) p. 11, ℓ.33. への註。攻囲するサビヌス族の黄金の腕輪（楯という説もある）に魅せられて，ロムヌス軍の砦〔指揮官名について註釈内に混同あり〕の内部の娘がサビヌス族に城門を明け渡したこと。その異説〔cols. 1024-1026〕。図版あり。

(37) p. 12, ℓ.33. への註。ローマ軍とサビヌス軍が白兵戦を再開したこと。日時・進行などで異論各種〔cols. 1026-1027〕。

(38) p. 13, ℓ.21. への註。サビヌス族のタティウス（ローマ・サイドの王）が群衆に殺されたこと。タティウスの立場の確認〔col. 1027〕。

(39) p. 14, ℓ.33. への註。ロムルスの事績。統率の方法〔col. 1027〕。

(40) p. 14, ℓ.35. への註。ロムヌス〔註釈ではヌマと誤記〕の治世が40年であったこと。精確には43年。古代史家は19年単位で表記した〔col. 1027〕。

(41) p. 14, ℓ.40. への註。ロムルスが選りすぐった近衛兵をケレレス〔Celeres :

親兵〕と呼び，迅速に命令を果たさせたこと。ケレレスの名称の起源〔cols. 1027-1028〕。

(42) p. 24, ℓ.41. への註。ロムルスが最後の会議を開いた場所について。疑いなくそこはのちにマルスに捧げられた地であった筈〔col. 1028〕。

(43) p. 41, ℓ.antepenultime. への註。それ以後ロムルスの姿を見かけた者はいなかった。このロムヌスの失踪，もしくは殺害は1月17日であったことが，諸説から窺える。マルスが天に連れ去ったとの俗説はあるが，王の権力を同意なしに濫用したロムルスを，民衆が殺害したとするのが，本当らしい〔cols. 1028-1029〕。

(44) p. 15, ℓ.5への註。ロムルスを神として崇拝し始めたこと。優れた武勲を上げた者に限り，神格化され，新たな名前を付与される。ロムルスの評価。以後ヴィジュネールの註解で，国王の王令などの精髄・教訓を蒐集する方針〔cols. 1029-1032〕。

(45) この註は特定の該当ページや行をもたない。ロムルス治世の総括である。cols. 1033-1034. の2欄を費やしてロムルスの全身像と碑文を掲げる。ロムルスが創設した統治形態とその発展。統治地域。社会（軍事）構成とその構成員の役目。貴族階層と平民階層の差異。ティトゥス゠リウィウスは演説などのためにページを割いたが，基礎的な理解のためにはこれらも事柄の知識が前提となる。ロムルス，及びそれ以降の国王の像は残された資料をもとに復元した。ロムルスが導入した王令の第一は敬神，特に卜占の重視である。宗教に関する禁忌や約束事。第二に，国王が人前に姿を曝すにあたって，威厳を以って臨むこと。以後王令の要諦を適当に列挙すると，法令の認可は国王を経，重要事件の報告も王に為される。元老院や人民集会の招集は王権の範囲であり，その最初の発言者は王である。王の提言は人民の多数決により決定される。平民は護民官〔tribun ; tribunus〕，その他を撰出する。親殺しは最も重要な罪である。婦女子の前で粗野な言葉を吐いてはならない。父親はその子供に絶対的な権力を有する。都市の住民は息子と長女を全て育てる義務がある。不健全な発育を示す子供以外は

3歳以前に，相談なくして殺してはならない。妻は神聖な掟に従い，夫と並んで家事を司る。未亡人の資産は娘も相続し得る。夫は姦通した妻を自由に処罰し得る。ワインを家で飲酒する妻は姦通者と同じ扱いを受ける。妻が夫を見捨てることは出来ない。離婚の場合，資産は五分に分けられる。――以上が，ロムルスが制定した律法である〔cols. 1032-1050〕。

(46) p. 15, ℓ.44. への註。王位空白期〔Entre-regne〕について。行政官が政治を担当した，空白期間の件数。それらの期間に何人の行政官が職務に就いたか，諸説紛々〔col. 1050〕。

(47) p. 16, ℓ.1. への註。王位空白期における元老支配について。ティトゥス=リウィウスの原文の曖昧さを指摘。他の史家たちも参照したうえでの，ヴィジュネール自身の訳分の再考と訂正。民衆は複数の元老による統治よりも国王の直接撰出を望んだが，元老たちは形式的に民衆に主権を与えるような形で，実質統治を撰ぶ。ヴィジュネールは，ティトゥス=リウィウスがここでアウグストゥス帝を暗に批判している，と言う〔cols. 1051-1052〕。

(48) p. 16, ℓ.19. への註。ヌマ・ポンピリウスにピタゴラスが教えを説いた，とする説の誤り。この伝承については各人各様〔cols. 1052-1056〕。

(49) この註は特定の該当ページや行に捧げられている訳ではない。ヌマ・ポンピリウス治世の総括である。colls. 1057-1058. の 2 欄を費やして，ヌマの全身像と碑文を掲げる。次欄から註釈，ヌマの性格と統治方法。律法として，国王の聖別指揮を考案した。併しキリスト教国王のそれと混同するのは不敬。ヌマは管区を分けて祭司を配属させた。神々は己れを祀る祭司を有する。卜占や前兆の重視。巫女は礼拝堂の火を絶やさぬこと。巫女は父親の存命中でも遺言し得ること。罪を犯した巫女は神官により死罪に処せられる。ケレレス護民官の特権。サリイ〔＝マルス神の祭司。Salii；Saliens〕たちに与えられた特権。フェキアリス〔＝従軍伝令司祭。facialis；fecial〕に外交政策を任せる。元老の中から司祭を撰出する。供犠の火にワインを混じえぬこと。神崇拝に際する種々の禁忌。饗宴には鱗がある魚を

供さない。境界地を耕してはならない。雷に撃たれて死んだ者の葬儀は行なわない。その他親族者に関係する法の各様。寡婦は十か月，喪に服することなど〔cols. 1059-1065〕。

(50) p. 17, *ℓ*.22.への註。ヌマが統治にあたり，ニンフの指示を仰いでいると言い触らしたことについて。ローマ人は神と通じていると称しては自らを誇ろうとした。ために生まれては消える迷信も多かった。ヌマの言は，古代の王たちが民衆を鎮めるために屡々利用したような策略である〔cols. 1065-1066〕。

(51) p. 17, *ℓ*.25.への註。時の区分に関する大項目の前置き〔col. 1066〕。

(51-1) 1年とそれを構成する時期について。1年の日数・時間数。天空の構造。ヘブライ人の暦。エジプト人の暦。ペルシア人の暦。アラビア人の暦。ガリア人の暦。マケドニア人の暦。アテナイ人の暦。アリンピア年〔cols. 1067-1075〕。

(51-2) 1年の各部分について〔col. 1075〕。以下の項目の前置き。

(51-3) 月について〔cols. 1075-1080〕。付表として，種々の民族における月の名称と日数表が添えられる〔cols. 1077-1080〕。

(51-4) 週について。古代ユダヤ教のペンテコスタ。「7」という数の神秘。1週間は古代ギリシアでも古代ローマでも用いられなかったこと〔cols. 1081-1082〕。

(51-5) 日について。自然日と人工日。1日の始まりは世界各地で異なること。1日の区分。古代ローマでは時間に分けていなかった。1週間の各曜日の名称について。ユダヤ教のサバトについて〔cols. 1082-1085〕。

(51-6) 時間について。天文時間と自然時間。ローマの1年。女性の身籠る期間。古代ローマの寡婦の服喪期間。「10」という数の神秘。数字の形象の神秘。ロムルスが定めた「1年」の不条理とそれを改革したヌマ。ギリシア人が定めた1年。ユリウス・カエサルによる改革。アウクストゥス帝による改革。カルデア人の1年。ローマ暦での日の数

え方。補正日。黄金数と黄金数による復活祭の確定。月齢その他〔cols. 1082-1108〕。この項目に表多し。

(52) p. 17, ℓ.32. への註。特定の日についての大項目。

　(52-1) 固有な日について。ヌマが定めた吉日, 忌日, 祭日, 平日その他を列挙する〔cols. 1108-1123〕。古代ローマ人が地震を大事変の前兆と考えていたことなど, 余談あり。次の項目も, この項目の内部に収まるべき余談である。

　(52-2) 古代ローマ人が食卓につく様式について。主たる食事。食事の時間。食事の仕方。食卓に着く順序など〔cols. 1123-1138〕。精緻な図版多し。

　(52-3) (52-1) の続き。〔cols. 1139-1147〕

(53) p. 17, ℓ.37. への註。ヌマが自ら供犠を行なう一方で, 神官を定めたこと。大項目あり〔col. 1147〕。

　(53-1) 古代ローマの供犠について。一般論として (キリスト教もふくめ) 供犠の意味。ローマ人の迷信深さと供犠の関連。〈sacrum〉という言葉の, 本来の意味。寺院, 及びその類似概念の意味したもの。マクロビオスの誤解, 各地の守護神, 祈願の言葉。〈ceremoniae〉の語源。キリスト教の復活祭, ペンテコスタなどに相当するローマの祭日。1月から12月まで, 各月毎に祭日を挙げる〔cols. 1147-1178〕。項目末尾にローマの暦表あり〔cols. 1179-1202〕。図版あり。

　(53-2) (52-1) の続きとも見做せる。生贄〔hostie ; hostia〕と犠牲〔victime ; victima〕について。マクロビオスなどを引きながら生贄と犠牲の違いを述べる。古代ローマではどのような動物がそれぞれ生贄と犠牲にされたか。犠牲による卜占。古代ローマで「生贄」や「犠牲」を修飾するために用いられた言葉の説明。異教徒のこうした迷信は現代 (16世紀) のキリスト教徒にも, 遺憾ながら残存する。生贄や犠牲を捧げるときの用具。供犠の目的＝神の栄誉を讃えること, 自らの健康と繁栄を祈ること, 過ちの赦しを願い事。火と水は秘儀に於ける二大要素で

ある。神への供犠を捧げるときの衣裳。それに伴なう音楽。主たる神々。異教にあってもパンとワインは供犠に用いられた。ヤヌス神とその寺院に纏わる故事来歴。供犠の儀式次第。儀式の模様を描く図版や用具の図版の説明〔cols. 1203-1237〕。図版多し。

(53-3) 異教時代の古代ローマ宗教を司る祭司。その他の聖職者について。異端者の階層を各階層毎に解説。司祭の服装や帽子とそれらの含意。聖職者の規律。大神祀〔Pontifrs〕の語源，権威・職務について〔cols. 1237-1252〕。図版あり。

(53-4) テンサ〔＝神輿車。thense ; thensa〕について。その定義。ヴィジュネールの訳語〔sacrez brancars〕の理由〔cols. 1252-1254〕。図版あり。

(53-5) 巫女〔vestale : vastalis〕について。先の説明をやや詳述する。女神ウェスタの出自。ローマで崇められるに至った経緯。パラス神と共に祀られる理由の，秘儀的解釈。四大元素論。塩・硫黄の特性。火の機能論。オリーヴ油の神秘。オリーヴの樹は貞節の象徴である。古代ローマ人は長い間偶像崇拝を行なわなかった。火と神性の類似。以下，更にロジャー・ベーコンやルルスを引きながら，神秘哲学について長々と論ずる。巫女を撰ぶ基準。巫女の装束。巫女の有する治癒力。ヴィジュネールの考えでは，ヌマの時代には巫女が生贄を捧げることはなかったが，時の経過とともにこの習慣が変化した。巫女が純潔を守らなかった折りに加えられた罰。それを穢した者に与えられた罰〔cols. 1254-1289〕。図版多し。

(54) p. 18, ℓ.3. への註。サリイと古代のダンス。バレーについて。大項目。サリイの呼称は，「跳躍する」，「ダンスをする」などを意味するラテン語から派生している。ダンスの起源。神を崇めるためのダンス。古代ギリシアやペルシアのダンス。ヌマがサリイに与えた栄誉としてのダンス。ダンスをするときに用いる道具〔cols. 1289-1302〕。図版あり。

(55) p. 18, ℓ.7. への註。ユピテルに帰せられる雷について。独立した題名を伴わないが，大項目である。雷の寓意的解釈。その発生の自然哲学的解

釈。神罰としての雷。古代ローマ人は雷をユピテルによる大いなる警告と解した。雷を避ける方法〔cols. 1302-1309〕。

(56) p. 18, ℓ. 32. への註，独立した題名を伴なわないが，大項目。ヌマがニンフから教えを受けるために籠った秘密の場所について。ヌマが宗教を楯に治世を維持したこと。スキュティア族から古代ローマに齎された残酷な宗教儀式（＝逃亡奴隷を女神ディアナに捧げる）。ディアナの神殿が或る湖上にあったこと。驚くべき工夫。ヌマが秘密の場所で水占いをしていた可能性。デーモン信仰。プラトンのデーモン論（但し，ヴィジュネールはキリスト教教会の教えに従う，と立場を明らかにしようとする）。人間の形態をとる存在者について。デーモンとニンフ，牧神，ウルカヌスたち，その実在の証拠たる遺物。トリトン。ヌマはデーモンの援助を得て著述したものを，己れの遺骸と共に埋めるように命じたが，のちに元老院がそれらを焼却した〔cols. 1309-1320〕。

(57) p. 8〔勿論 p. 18. の誤植〕, ℓ. 40. への註。独立した題名を伴わないが，大項目。人形〔argeen ; argei〕を供犠に用いること。古代ラティウムでは人が生贄に捧げられていた。その伝統と，人から人形への変化。誰がこの迷信的な儀式を止めさせたか。人形を人の仮象と見做すこと〔cols. 1320-1326〕。

(58) 註解ではない。トゥルス・ホスティリウスの全身像と碑文が紹介される〔cols. 1320-1326（ページ付与に誤植あり）〕。

(59) p. 19, ℓ. 10. への註。ここから《トゥルスの法と制度》と題される〔col. 1330. までの〕大項目が始まる。この項目については，各法毎にページと行の指定がある。何が略奪されたか，厳かに返還要求をしたのち，交戦状態に入ること。攻撃するまえに，宣戦布告をすること。決闘の場合も同じく堂々と挑むこと。ドゥウムウィリ〔＝二頭政治家。Duumvires ; duumviri〕は被告をどのように裁くか。上訴は民衆に向かって為され，民衆のみが死刑を宣告し得る。過度に厳格な法は，至高の行政官により，時として，減免される。殺人は，無罪になったとしても，供犠と儀式により浄められなければならない。不思議な前兆が出現した場合には，供犠を行なう。三人の

子に恵まれた者には，子供が青年になるまで〔Jusqu'en l'aage de puberté〕，公けの養育費が授与される。その他トゥルスは，野戦評議会，凱旋祝賀〔ovation〕などの制度を創設した〔col. 1330〕。

(60) p. 18, ℓ.derniere〔前註との兼ね合いでこの註は必ずしもページ順に従っていない〕への註。トゥルスの出自。王位に上るにあたって，トゥルスが民衆に領地を分け与えたこと〔cols. 1330-1331〕。

(61) p. 19〔ページ指定に誤りあり。原著ではp. 9〕, ℓ.4.への註。ローマとアルバとの戦争に関して，ローマ側からホラティウス家の三つ子，アルバ側からクリアトゥスの三つ子がそれぞれ撰ばれて決闘し，それを以って戦争の結果とした，という逸話の紹介。この6人は父が異なるが，同じ母の息子だった〔col. 1331〕。

(62) p. 19〔p. 20.の誤り〕, vers la fin.への註。前註の決闘にあたってトゥルスとアルバ王とが取り決めた事柄。トロイア戦争でもパリスとメネラオスの間で決闘が行なわれたこと。二つの決闘に先立つ儀式の差異（犠牲とする獣の違い），話柄の儀式に際して屠られる獣の種類。その獣を殺すための石について。古代の和平協定の書式。獣を屠る図を刻んだメダル〔cols. 1331-1334〕。図版あり。

(63) p. 20, vers la fin.への註。フェキアリスとパテル＝パトラトゥス〔＝従軍伝令司祭長。Pater patratus ;pere patrat〕について。大項目。フェキアリスはヌマが敵状査察のために設けた一種の伝令である。パリスとメネラオスの決闘にあたって，ギリシア王とトロイア王が交わした宣誓の儀式に立ち会ったのもフェキアリスであった。「フェキアリス」という言葉の語源。20人のフェキアリスが一団を作り，パテル・パトラトゥスを戴く〔cols. 1333-1336〕。

(64) p. 20, ℓ.penultime.への註。フェキアリスがアルバ王に要求した神聖なる草について。神儀にあってそれぞれの神にささげる固有の草木があり，草木なくして神儀は行なわれなかった。現代（16世紀）のキリスト教世界にもその痕跡が残っている〔cols. 1336-1338〕。

(65) p. 22, ℓ.34. への註。古代ギリシア・ローマの決闘の例〔cols. 1338-1339〕。

(66) p. 23, ℓ.1. への註。ホラティウスが訴えられた公敵の罪〔perduelion〕について。この罪状は正確ではなく，親族殺人〔patricide〕である。親族殺人は親族のみならず，共同体の構成員全員を対象とした。如何なる行政官も民衆の同意なくして，ローマ市民を死刑にすることは出来なかった。プレトル〔法務官。pretor ; preteur〕が出廷する裁判の形式について。公敵の罪とは何か。罪の程度に応じた降格処分〔cols. 1339-1341〕。

(67) p. 23, ℓ.2. への註。ホラティウスの法文が恐るべき内容であった，との文章について，「法文〔carminis〕」の代わりに「罪状〔criminis〕」と読む者もいるが，それは間違い。〈carmen〉は詩句を指すだけではなかった。ホラティウスは絞首刑にされるはずの「不幸の樹〔arbor infaelix〕」について，「不幸の樹」の意味がやや曖昧であること。新約聖書とマクロビオス，プリニウスを引用する〔cols. 1341-1342〕。

(68) p. 23, ℓ.19. への註。古代ローマにおける父権の絶大さについて，それでも子供を殺したり，売買したりすることは，次第に禁止されるようになった〔cols. 1342-1344〕。

(69) p. 23, ℓ.40. への註。ホラティウスの父が息子に贖罪を命じ，ホラティウスが贖罪の供犠を行なったことについて。古代ローマではどのような時に贖罪の供犠が行なわれたか。その迷信深さ。贖罪の儀式は人間，場所（疫病などに襲われた），事物を対象とする。人の罪を贖うには主に水，空気，火を用いる。残酷な贖罪の例。事物や場所の禊には誓言や断食を行なう。ヘブライ人は贖罪の日を決めた〔cols. 1344-1347〕。

(70) p. 24, ℓ.24. への註。フィデナス族〔Fidenas〕との戦争に際して，味方である筈のアルバヌス〔Albanus〕族が撤退したのを知り，トゥルスは驚愕して，マルス神に12年のサリイ祭司を捧げ，且つパウォル〔＝恐怖。Pauor〕神とパルロル〔＝戦慄。Pallor〕神のための寺院建立を誓ったことについて。ダンスは戦闘のときの動きに役立つこと。このときのサリイ祭司とは何者か〔cols. 1347-1350〕。パウォル神とパルロル神の図版あり。

(71) p. 26, *l*.penultime.への註。トゥルスが、ローマ人商人がフェロニア神〔Feronia〕の神殿の傍らの広場で捕らえられたことを嘆く素振りをしたとの記述を、ハリカルナッセウスを援用しながら補う。問題の神殿はどこにあったか〔cols. 1439-1353〕。フェロニア神の図版あり。

(72) p. 27, *l*.22.への註。アルバヌス山に石の雨が降った〔cols. 1453-1454〕。

(73) p. 27, *l*.30.への註。ローマ人がこの奇蹟（石の雨）のために9日間の供犠を行なったこと〔col. 1354〕。

(74) p. 27, *l*.44.への註。トゥルス王がこの奇蹟を境に信心深くなったこと〔col. 1354〕。

(75) 註解ではない。アンクス・マルティウスの全身像と碑文が紹介される〔cols. 1355-1356〕。

(76) ページや行指定なし。前註に直接繋がる。第四代国王アンクス・マルティウスの略歴。大項目として、アンクスが設けた制度と法を述べる。前置きとともに、第一の法、何人も妄りに宗教を捏造してはならず、慣習に基づき一定の神殿で皆が奉ずる信仰に従うべし、が挙げられる。第二に、祭日や供犠は暦に従うものとする。敵に奪われたものの返却を要求し、儀式に即して戦争に入ること。かかる要求や戦争の布告は元老院の命令に基づくこと。これらの儀式は従軍司祭が差配した。徴兵などは厳かな宣誓を以ってなされること。公共の牢獄の設置。外国人でも、人格、資産、忠誠心で問題がなければ、公共の行政に携わることが出来る。遺言は合法的であれば一定の形式のもとで実効される。孤児・遺児は適切な後見人に拠って教育される〔cols. 1357-1360〕。

(77) p. 29, *l*.12.への註。嘗てのラティウヌ人はどのような部族だったか〔col. 1360〕。

(78) p. 31, *l*.22.への註。アンクス王の子供たちは成人に達しかけていた。併し民衆は人民集会〔comitia：comices〕を通じて、タルクイニウスを国王に撰出した。この過程に分かり難い箇所がある〔col. 1360〕。

(78-1) 前註を受けての項目。総項目としては〔col. 1408〕迄続く。人民集

会もしくはローマ民衆会議について。人民集会の主たる目的は，行政官の撰出，法令の公布，戦争や和平の決議など。三種類の人民集会（都市評議会〔curia ; curies〕；百人隊〔centuria ; centurice〕；部族会議〔tribus ; comice des Tribus〕）。ロムルスが「3」と「10」という数字を重視したこと。数秘学。ロムルスが1年を10か月に分けたこと。各会議で構成員数とその撰出方法。国王を撰出するのは都市評議会総会である。ただし国王に能力のある子息がいる場合には，継承を妨げない。人民集会の移り変わり。都市評議会総会において投票権を有するのは誰か。都市評議会の開催方法。ローマ古史の闇がこれ以上の探索を妨げる。人民集会は広場〔Forum〕などで開かれる。〈curia〉の語源と起源には諸説ある〔cols. 1361-1367〕。

(78-2) 百人隊について。元老院や都市評議会の権限により，招集される。ティトゥス=リウィウスの記事が概括的なので，ハリカルナッセウスに詳細を尋ねる。ローマ市民を富裕度で分類した五階層。百人隊の目的＝行政官の設置と撰出・法律の公布・ローマ市民の裁判。ディクタトル〔＝独裁官 ; dictator〕の任務について。戦争の布告も百人隊の役目である。百人隊の裁判の対象となる人間の犯罪。毒殺はローマ起源422年前には知られていなかった。百人隊の員数は一定していない〔cols. 1368-1372〕。

(78-3) 人民集会を招集しうる権限を有する人間について。年頭の行政官撰出のための人民集会は執政官のみが招集し得る。祭日以外の平日に法を公布するのであれば執政官，または執政官の許可をえてプレトル〔＝法務官（pretor ; preteur）〕がこれを招集する〔cols. 1372-1373〕。

(78-4) 百人隊で投票権を有する者は誰か。ローマ市民の誰もが投票権を有する訳ではない。例えばケンソル〔＝調査官。censor ; cemceur〕が名誉刑を言い渡した者はその中に入らない。真のローマ市民には35部族の者，植民地や総督府の者が含まれる。ローマ市民の資格と権利。ローマ市民の階層や職種組合〔leges〕。集会の役員。投票方法。何ら

かの高位をえようとする者は2年間努力しなければならなかった。立候補者は白衣を纏った。行政官には満27歳以上でなければなれなかった。身分によってはより高い年齢を必要とした〔cols. 1373-1379〕。図版あり。

(78-5) 百人隊の開催儀式。開催の通知は主として（書式に応じた）掲示，場合により掲示と（役人が伝える）布告を以ってする。新たな律法を制定しようとする者は擁護演説者を伴うことが出来る。裁判や行政職創立，王令公布については元老院が介入する。吉兆占いに基づかない百人隊は合法ではない。集会の最中に雷鳴が轟いた折りには，これを中止する。百人隊を司る執政官は，そこに赴くまえに卜占を行なう。招集する準備が整うと，市民は都市城外のマルス広場に集まり，そこで開会の辞が述べられる。票決方法。執政官は人民集会を中断し，護民官以外の行政官の活動に反対することが出来る。百人隊に於ける発言の序列ははっきりしない。撰挙の間，ロガトル〔＝集票係；rogator〕が票の動向を知らせる。得票結果はどう反映されるか。百人隊が開催される場所はローマ市外で，卜占によって決められる。また人民集会は暦に従った日時に招集される〔cols. 1379-1389〕。

(78-6) 部族集会について。部族の歴史が混乱している理由。部族集会の目的＝平民行政官の撰出・祭式者会教会聖職者の指名・法令の公布・裁判。ローマの外での任務を遂行する行政官について。教会聖職者の指名にあたっては35部族の裡17部族にしか投票権が与えられなかった。ローマ市民に極刑の判決が下される可能性がある場合，百人隊がこれを裁く。部族会議の招集は，大きな問題に与るなら，執政官やディクタトル，些細な問題ではエディリス〔＝按察官。aedilis；edile〕や護民官がこれにあたる。各行政官の任命と就任について。護民官は天空の徴候のみを判断材料として撰挙を中止させ得る。この点に関するキケロとティトゥス＝リウィウスの記述の不一致に，プルタルコスに依存しながら，整合性をもたせる。護民官の設置は何時に遡るか

〔cols. 1389-1408〕。

(78-7) ローマの35部族について。但しこの項目の標題は，《ロムルスによって制定された三つの最初の部族について》である。35部族の列挙〔cols. 1401-1408〕．

(79) 註解ではない。タルクイニウス・プリスクスの全身像と碑文が紹介される〔cols. 1409-1410〕。

(80) 第五代国王タルクイニウス・プリスクスの略歴。大項目として，タルクイニウスが設けた法と制度を述べる。14歳以上の子供は後見から自由になること。国王の撰出は人民集会で行なわれること。官吏や行政官の派閥は贈賄や腐敗に基づくものでなければ犯罪とは見做されないこと。27歳未満の者は公務に就けないこと。王や行政官の仕事は私的であるよりも公的であること。新たに元老院議員となった者も古参の者と同じ権威と信用を有すること。壮麗な催しが，神に感謝し，民衆に気晴らしを与えるため，模擬戦争や人心を高揚させる朗唱などにより為されること。上記の目的のために公共の場所を設置すること。身分の制約は厳かな形式を踏んで為されること。王や側近が病気で勤めを果たせない場合には，別の者にその任務と権力を託すこと。原告と被告は混乱を避けるため，一方ずつ弁明すること。上訴しうること。タルクイニウスは更に騎兵の百人隊を増員し，新たな兵法を編み出した。またパトリキ〔＝貴族階層〕の子弟に緋色の服装をさせた。トスカナ人を真似て王冠と王杖，象牙の椅子などを王の徴としたのもタルクイニウスである。ローマに夥しい偶像崇拝を導入したのもこの王である〔cols. 1411-1415〕。

(81) p. 30, ℓ.31. への註。名門の娘タナクイルとタルクイニウスが結婚したこと。著述家の間に，タナクイルの結婚を巡る異論がある〔cols. 1415-1416〕。

(82) p. 32, ℓ.2. への註。古代ローマの催しや娯楽について。大項目。公けの催しは神への感謝，民衆の気晴らしという二つの目的を担っていた。私的な催しは葬儀，婚礼，出産，健康回復などの折りに行なわれた。催しの形態的分類＝肉体競技と演劇。前者の下位区分と起源に纏わる諸説。場所は

第2章　註釈者ブレーズ・ド・ヴィジュネール　77

円形競技場であることが多い。ローマ人の催しを司るのは高位エディリス，平民の催しを司るのは地域のエディリス。ティトゥス゠リウィウスが略した催しの詳細を，ハリカルナッセウスを援用しながら補う。イシドルスによる，頽廃した催しの批判。カシオドルスの誤解〔cols. 1416-1428〕。

(82-1) 大項目。剣闘士の起源。強いられて剣闘士になった者，自ら望んでそうなった者。いつ剣闘士がローマに現れたか。ヴィジュネールの記憶では，ユニウス・ブルトゥスが父の葬儀に際して剣闘士の戦いにより気晴らしを考えた。剣闘士の様々な呼称。剣闘士に加えられた残酷な仕打ち。異教徒の忌まわしい振る舞いは現在まで残存する。剣闘士の競技が廃されるに至った次第〔cols. 1428-1434〕。

(82-2) 円形競技場での獰猛な動物の狩り，及び戦いについて。獰猛な野性動物の狩りがもう一つの血腥く恐ろしい催しである。第一の犠牲者は武具を与えられずに戦わされる奴隷や罪人である。彼らが動物に引き裂かれるのを観衆が喜んで見物したこと。その幾つかの例。キリスト教徒の殉教者。第二の犠牲者は金のために動物と戦おうとする者。第三に，栄光を求めて戦おうとする者。第四は武装した者。第五は多数の獣と多数の人間の戦い。自ら望んで動物と戦おうとする者は武器を手にするか，策略を用いる。その策略の数々〔cols. 1434-1441〕。

(82-3) 円形競技場について。ローマで催しが行なわれる場所＝劇場，円形闘技場〔Amphiteatres〕，円形競技場〔Cirques〕，模擬海戦場〔Naumachies〕，スタジアム，臨時に設定された大広場。円形競技場の形状＝多くの飾りをつけた船に似る。それらの飾りには何らかの意味が託されている。円形競技場の中央にはオベリスクと寺院がある。ローマには九つの円形競技場があった。大円形競技場の位置と構造。歴代の皇帝がその構造を改造した。円形競技場の中に何があったか。オベリスクに刻まれた象形文字の解読。装飾された円形競技場の意味を「人間と人生」の暗喩以上に求めるべきではない〔cols. 1441-1452〕。図版あり。

(83) 〔cols. 1453-1454〕にかけて白紙。理由不明。

(84) p. 32, ℓ.25. への註。アキウス〔アクティウス〕・ナウィウスが当時最も著名な卜占官の一人であったこと。初め粗野であった様式も時を経て優美になり，頽廃する。幼いアクティウスが，卜占の資質を明らかにした逸話〔col. 1455〕。

(85) p. 32, vers la fin. への註。タルクイニウスが卜占官の警告に従い，兵を増強しただけで動かなかった場所について〔col. 1456〕。

(86) p. 33. ℓ.penultime. への註。排水し難い場所の水を除去するため下水道を造ったこと。タルクイニウス・プリスクスが着手した三大事業＝大円形競技場・ユピテル神殿・下水道。その筆頭が下水道。カシオドロスやプリニウスの描写。プリニウスは下水道工事のため民衆を酷使したのがタルクイニウス・プリスクスであるとするが，ティトゥス＝リウィウスやハリカルナッセウスはタルクイニウス・スペルブスであるとする。ヴィジュネールは後者に賛成。ケンソルたちが下水道から出る汚物を高い値段で商ったとの逸話。下水道〔Cloaca〕という語の起源。後続する本文の訳について，曖昧な表現を好む〔とヴィジュネールは見做す〕ティトゥス＝リウィウスの原文を検討し，ヴィジュネールは自らの訳を説明する〔cols. 1456-1460〕。

(87) 註解ではない。セルウィウス・トゥルスの全身像と碑文が紹介される〔cols. 1461-1462〕。

(88) 第六代国王セルウィウスの略歴。その制度と法を述べる。セルウィウスは民衆の同意なしに，元老院の黙認のみで王国を奪取した最初の王である。王位継承制が撰出制よりも優れている理由＝撰出制では派閥の争いが生じる。善君の理想像。善君の例。停戦・休戦などは誠実に守らるべきこと。人々の間には階層や資格の序列や差異があるべきこと。ヴィジュネールによると，この法こそセルウィウスの最大の功績であり，ローマに繁栄を齎せたものである。次に，人民集会などに於いて，投票は百人隊単位で為さるべきこと，及富裕な者から始めらるべきこと。寡婦や孤児は戦争の賦役を免れること，併し資産に応じて軍費を負担すること。国事に於いて富裕な者は経済的な負担を，困窮せる者は肉体的な負担を為すべきこ

と。5年毎に人口調査を為すべきこと。義ある戦争によって獲得した敵方の領地は人頭毎に分配さるべきこと。近親婚の禁止。王，もしくは至高の行政官以外の何者も元老院を招集し得ないこと，同じく宗教や国事を扱うために集会を開いてはならないこと。上流の婦人は神殿にゆくとき以外，外出したり，顔を曝してはならないこと〔cols. 1463-1467〕。

(88-1) 大項目。古代ローマ人の貨幣について，及び度量衡について。セルウィウスがローマで最初に，銅製であれ，貨幣を鋳造させ，度量衡の基準を定めたこと。ローマ史に於ける貨幣問題の難しさ。貨幣導入以前は物々交換であった。貨幣使用の利点と，貨幣原材料の多様さ。『旧約聖書』に記された貨幣はどの様なものであったか。先ず古代のピエとタイユを換算する。刊行から歳月を経たビュデの〔『古代貨幣論』での〕計算をそのまま受け入れられないこと。金属の優れた点＝変質し難い。新大陸土着民は貨幣を知らない＝土着民の愚かさ。貨幣は悪徳を増長させ易い。貨幣の発明者は不詳。ヘブライ人の貨幣単位。アラビア人の貨幣単位。アテナイ人その他の貨幣。ローマで最初の貨幣はセルウィウス・トゥルスの治世で鋳造との説と異説。太古の資産は家畜であった。罰の代価も家畜。古代貨幣アスについて。最初の貨幣は銅製，のちに金製。嫁資や遺産。貨幣の刻印。ローマの貨幣の単位。ローマの金貨の換算。ユダの30枚の銀貨について〔cols. 1467-1491〕。

(88-2) ローマ貨幣の列挙。古代貨幣の現代の価値。メダルと貨幣の類似点。古代のメダルは歴史を学ぶときの史料となる。メダルの語源〔cols. 1491-1494〕。

(88-3) ローマの各階層とその収入。第五階層の収入（1万1千アス）未満の者は兵役免除。アスの下位貨幣として銀貨を鋳造し，セステルティウス〔sestertius〕を単位とした。セステルティウスの価値。更にタレントゥム〔talentum〕銀貨を鋳造した〔cols. 1494-1497〕。

(88-4) ローマ数字の記号。数字のフランス語表記，ローマ数字表記，ア

ラビア数字表記，ヘブライ語表記，ギリシア語表記〔cols. 1497-1498〕。

(88-5) 貨幣鋳造長官〔maistre des monnoyes〕，貨幣鋳造総督〔superintendant〕，貨幣鋳造総監〔general〕。キケロは貨幣鋳造を公けの権威の許でしか認めない。国王すら鋳造を自由に為しえなかった。ユリウス・カエサルは鋳造管理者の範囲を広げたが，アウグストゥス帝は再度管理者数を制限した。時代と共に鋳造権が弛緩。フランス各地での貨幣価値の差異。スペイン，英国，フランドル，イタリア，フィレンツェ，ミラノ，ジェノヴァなどの通貨の価値〔cols. 1499-1502〕。

(88-6) 重量について。重量の基本単位はアス及びリブラ〔libra〕だった。重量は数や尺度と並んで交易など，人間社会の紐帯の要である。ローマの秤。リブラの下位単位。各国で用いているリブラ＝リーヴル〔cols. 1502-1509〕。図版あり。

(88-7) 尺度〔musure〕について。線。面積。体積。尺度の基本単位はアス及びペス〔＝ピエ；pes〕。大麦の穀を最小単位とする積算尺度〔mesure pleine〕。その上位単位各種。ヘブライ人，ギリシア人，ペルシア人の単位。ペスの上位単位。耕作地などを計る場合ラテン語を用いる。ユゲルム〔＝耕地の一種；jugerum〕の測量について。ペルシュ〔＝長さの単位；perche〕の不統一，その他〔cols. 1509-1518〕。図版あり。

(88-8) 乾燥穀物や，特に流動体を計る升尺度〔mesure creuse〕について。1重量単位アスが12ウンキア〔＝オンス；uncia〕に分かれる。「12」という数の不思議。油，ワイン，水の重量比率。流動体を計る場合の単位と測定容器。各地方独自の容量をパント〔pinte〕換算する〔cols. 1518-1534〕。図版あり。

(88-9) 乾燥穀物の尺度〔mesure seiche〕について。特別に乾燥穀物の計量用に，モディウス〔modius〕と半モディウス〔semodius〕があった。小麦のセクスタリウス〔sextarius〕の例。小麦を精粉した場合の目方〔cols. 1534-1537〕。

(88-10) ライ麦のセクスタリウス。燕麦，大麦，塩，石灰，石炭などを計

量する場合の単位。それらを計量する容器について〔cols. 1537-1539〕。

(89) p. 34, ℓ.37.への註。概略であれ，セルウィウスが，以上のように貨幣や度量衡を規定した最初の王であった。卑しい生まれではあったが，優れた業績を残したこと。セルウィウスの出生の神話〔cols. 1539-1540〕。

(90) p. 35, ℓ.41.への註。タナクイルが通りに面した窓から民衆に語りかけたこと。ローマの城門の一つが「窓」と呼ばれるようになった〔cols. 1540-1541〕。

(91) p. 36, ℓ.16.への註。ケンスス〔＝人口調査；census〕について。ティトゥス＝リウィウスは建国初期のローマ事情について，不確かな情報しかないので詳述しないとする。対してハリカルナッセウスはティトゥス＝リウィウスが略述した事柄を丹念に語る。『第一デカド』は470年以上の期間を扱うが，『デカド』が進むにつれて，その範囲が短くなる。ケンススについてもハリカルナッセウスに頼らざるを得ない。セルウィウスが定めた階層区分と百人隊〔centuria：centurie〕。百人隊の定義の曖昧さ。百人隊は当初の「百人」の意味を次第に失っていった。百人隊の隊数が常に203隊だったので，総人口の推移とともに構成員数も変化した筈。各階層の員数は百人隊を組織出来るものだったろう。最下層階層〔proletariatus：proletaire〕に何が免除されたか〔cols. 1541-1547〕。

(92) p. 37, ℓ.36.への註。マルス広場に軍隊が百人隊を単位に整列し，セルウィウスが供犠を捧げたこと，これを「浄め〔lustrum〕」と呼んだことについて。初期にあっては王がケンススも浄めも執行したが，のちに執政官がその任を負い，やがて執政官の任務が過多になるとケンソルが役職として創設された。この制度は五年毎に行なわれるようになった。供犠の対象はマルス神。タルクイニウス・スペルブスの時代から，これを契機に地獄の神々を祭るようになる〔cols. 1547-1550〕。図版あり。

(93) p. 37, ℓ.45.への註。「聖域〔pomerium〕」が拡張されたが，謂われを知らない人々がその地を「城壁外地〔postmoerium〕」と呼んだことについて。ティトゥス＝リウィウスは聖域が城壁内にもあったことを知っていたが，

カトーやフェストゥスはそれを知らず誤解した〔cols. 1549-1552〕。

(94) 註解ではない。タルクィニウス・スペルブスの全身像と碑文が紹介される〔cols. 1553-1554〕。

(95) 第七代国王タルクィニウス・スペルブスの略歴とその治世に関する考察。元老院や民衆が撰出したのではなく，義父を殺害して王位についた。古代の知識は現代人に善を行ない，悪から遠ざかるように勧める。スペルブス批判。スペルブスは悪女に唆された。暴君の運命は神の復讐であり，他の君主への警告となる。スペルブスがどの様な悪事を働いたか。好戦的な初代王ロムルスの継承者が宗教心に篤い王であったのは，ローマの発展に都合が良かったこと〔cols. 1555-1560〕。

(96) p. 39, ℓ.3. への註。スペルブスがプリスクス王の子息であったかどうか。ティトゥス゠リウィウスは子息であったと考える。この推測を反駁するヴィジュネールの根拠。ハリカルナッセウスやルキウス・カルプルニウス・ピソは寧ろプリスクス王の孫であったとする〔cols. 1560-1561〕。

(97) p. 39, ℓ.34. への註。セルウィウスの王女トゥリアがスペルブスの野心に油を注いだ件。オウィディウスの『祭暦』の詩句と合致すること〔cols. 1561-1562〕。

(98) p. 41, ℓ.29. への註。スペルブスが，王となるために自分が用いた邪悪な方途で自ら滅ぼされまいかと恐れた点について。スペルブスが追放されたのは敵がいたからではなく，古来の慣習を守らなかったためである。君主一般への教訓。厳しくとも然るべく統治されている限り，民衆は反乱を起こさない〔cols. 1562-1563〕。

(99) p. 41, ℓ.36. への註。スペルブスがローマ人を束縛するため，刑事裁判を一人で行なうようにしたこと。ハリカルナッセウスによればスペルブスは既に，元老院やパトリキの権威低下を企み，先王たちとは異なって，私的な訴訟は他の裁判官に任せていた〔cols. 1563-1564〕。

(100) p. 42, ℓ.3. への註。スペルブスが娘を，ウリクセスとキルケの末裔に与えたことについて。その系譜〔col. 1364〕。

(101) p. 45, ℓ.24への註。スペルブスが最も高いケシの花を薙ぎ倒すことで，息子の使者に答えた逸話の典拠〔col. 1364〕。

(102) p. 46, ℓ.8.への註。ユピテルの神殿を完成させるために，他の神の神殿の土台を掘り起こすと人間の頭部が出てきたこと。他の史家のヴァージョン。卜占官は，その場所が全イタリアの中心となると予言した〔cols. 1364-1365〕。

(103) p. 49, ℓ.4.への註。ルクレツィアの自刃について。この故事を述べる史書や碑銘〔cols. 1565-1566〕。

(104) ページ指定も標題もないが，「第一巻」の纏めとなる。ティトゥス＝リウィウスのみならず他の歴史家のローマ史理解のために必要な古代の事項を述べてきた。但し軍制についてはカエサルの『ポンペイウス戦史』の中で語った[12]。これから王制から共和制へと移る。執政官に権力が集まり始める。パトリキの権力が絶大化。実情は 1 人の国王を捨て 2 人の権力者を戴く羽目になる。やがて民衆の暴動を経て再度，1 人の支配者の許に戻る。「第二巻」の冒頭にあたり，行政官のそれぞれを概説する。法については，現段階では『第一デカド』が扱う時代のそれを述べるに留める〔cols. 1566-1567〕。

　(104-1) ローマ帝国の行政官及び官吏に簡潔な概要。直ちに細分化された項目が続く〔col. 1567〕。

　(104-2) 王制の時代。国王。ケレレス。摂政王〔entre-roy〕。二頭政治家〔duum-vires〕。上記の役職は既述。都市知事〔gouverneur de la ville〕。知事は民衆の撰出ではなく，国王や執政官により設置された。至高の行政官が不在の折りは知事が強大な権力を握っていた。プレトルが置かれたあと，知事の任務は象徴的なものに変わった。帝政になると知事の権力は復活することになる。古代ローマ史の理解には不可欠な事柄である〔cols. 1567-1570〕。

　(104-3) 高位行政官に関して。執政官。ディクタトル。二頭政治家。ケンソル。プレトル。これらも既述〔col. 1570〕。

(104-4) 下位行政官に関して。クアエストル〔＝会計検査官；quaestor：questeur〕。護民官及びエディリス。これらに関しては個別に論ずる〔col. 1570〕。

(104-5) 司法に関して。二頭政治家。ローマ暦465年頃創設される。それ以前はクアエストルが同様の任にあたっていた。クアエストルは徴税のみならず司法にも関与していた。二頭政治家は当初，監獄の看守や処刑者も兼ねていた。百人裁判官〔centum-vires〕，審問官〔inquisitor；inquisiteur〕等については既述した。財政弁護士〔advocat fiscal〕について若干〔cols. 1570-1572〕。

(104-6) 内政に関して。総督〔praefactor：superintendant〕の起源については，好んでことを量すティトゥス゠リウィウスからは，よく判らない。ヴィジュネールの考えでは，総督はローマ暦314年頃，臨時の措置として置かれた。ローマが拡張するにつれ，各地方毎に総督が配された。3人の夜警。夜警番騎兵。3人の保健委員。3人の貨幣長官。2人の海事委員。3人の徴兵委員。3人の元老院議員撰出評議員。地区警吏〔quarteniers〕について〔cols. 1572-1575〕。

(104-7) 建造物に関して。公共建築監視官，下水清掃官。公道管理官。城壁修復委員。負債返済委員。3人の財政監督官。ローマ帝国の官職は無数で列挙し得ない。ローマ市内を離れては権限がなかった職務。聖職者もこの範疇。地方でしか権限を発揮し得なかった職務。使節や大使〔cols. 1575-1578〕。

(104-8) 行政官について。書記官。リクトル。クルソル〔＝飛脚；cursor〕。飛脚の起源はよく判らない。キュロス王が創設したとする説。クセルクセスであるとする説。アケンスス〔＝廷丁；accensus〕の職務も明確でない。補充兵か，執政官補佐か。統治者の役目は正義の履行，国民の擁護，領土の拡張。裁判官は当初これらの任務を担った。共和制初期にあって執政官とプレトルは混同されていた。判決を読みあげる役目のプラエコ〔＝布告者；praeco〕。行政官については『第一デカド』「第

二巻」に続く〔cols. 1578-1581〕。

(105) p. 52, ℓ.premiere. への註。事実上，執政官についての大項目。「第二巻」冒頭でティトゥス゠リウィウスはキケロの『法律について』を意識した発言をする。行政官は法に仕えるのであり，逆ではない。共和制への移行期，行政職と法が重視された。王制から解放されたローマ人は執政官に恵まれた。優れた指導者が連綿と輩出される確率は継承君主制より共和制の許での方が大きい。但し，皇帝や教皇の例が示すように，君主撰出制は継承制よりも危険。初めはプレトル，次いで裁判官と呼ばれた職務が執政官の名称を得た。「執政官」という言葉の起源。執政官の撰出は市外のマルス広場で行なわれた。被選出基準。選出は通常 1 月 1 日。或る時期までは 5 月半ばだった。執政官の強大な権限。任期はローマでの 1 年と地方での 1 年。地方で執政官が不在となった時，プロコンスル〔＝前執政官；proconsul〕が代理を勤める。執政官は形式的にせよ，民衆の同意を得て地方に派遣される。プロクアエストレ〔＝地方会計検査官；proquaestore〕の職務＝地方財務長官。官職名の略記はヴィジュネールの思いつき。ポンペイウスは臨時にプロコンスルに任命され，絶対的な権力を委託された。その為には部族会議を媒介とする民衆の同意と法廷〔curie〕の同意を必要とした。このほかの行政職については個別に論ずる予定。併し，執政官以下の主たる役職については，年代に応じ意味するところが異なるので，更なる説明を加える。初めに，『第一デカド』期に於いては特に，その任にある者を指す。次に，その職務を求める者を指す。第三に，特に帝政期には，その名を与えられた名誉職を指す。第四に，これも帝政期にあってだが，親族にその職務を果たした人物がいる者を指した〔cols. 1581-1594〕。

(105-1) クアエストルに関して。執政官の任務は大変重要だが，クアエストルは執政官職以前に導入された制度であり，また行政職の中で最初に就任し得る職務なので，特筆に価する。クアエストルが最初に制定された行政職であることには疑義が残る。クアエストルと二頭政治家は混同された。クアエストルは納金と出費をともに担当した。クアエ

ストルの員数は徐々に増加したが，常時 2 人は都市に留まった。員数の増加が地方会計検査官のポスト数に追いつかなかったので，クアエストルは他の職務にもあてがわれ，名誉職にさえなった〔cols. 1594-1597〕。

(106) p. 52, ℓ.3. への註。『第一デカド』が対象とする期間内で，王制廃止後に制定された法や制度を述べる。国王の代わりに 1 年限りの至高の行政官を撰ぶ。民衆への上訴権。民衆の判断がなければ，如何なる官位からも追放出来ない。ディクタトルの創設。債務を理由にしてローマ市民を投獄したり奴隷にすることは出来ない。出兵者の資産を差し押さえることは出来ない。人民護民官の創設。平民行政官の創設。2 名の執政官の代わりに十人委員会を創設。執政官の復活。執政官権限による，平民・パトリキを問わない戦時護民官の創設。2 人のケンソルの創設。最終的な任期は 5 年。歩兵の参戦に公費を用いること。パトリキの中からプレトルを創設。行政職への名誉毀損法。奴隷解放条件の緩和。民衆を部分的に集合させて投票させてはならないこと。マルティウス・ルティリウスが平民ながら最初のディクタトゥルとなる。次いでケンソル。ディクタトゥルのププリウス・フィロが民衆に好意的な政策。フィロが最初の平民出身のプレトルとなる。強制労働の廃止。祭司の増員。以上が『第一デカド』で紹介される制度と法のほぼ概略である〔cols. 1597-1600〕。

(107) p. 52, ℓ.38. への註。共和制に移行した折りの元老院議員補充について。彼らを「長老たる父と，新たな元老院議員」と訳した。ティトゥス＝リウィウスの原語に打倒する的確なフランス語がないので，この註で補足する。また初期の元老院撰出は，後世でのように民衆にまでは開かれていなかったこと〔cols. 1600-1601〕。

(108) p. 52, ℓ.derniere. への註。祭司長の下位に「供犠王〔Roy sacrificateur〕」を創設したことについて。古(いにしえ)の慣習を懐かしむ民衆を満足させるための措置であった〔cols. 1601-1602〕。

(109) p. 53, ℓ.32. への註。ルクレツィアの夫コラティヌスは執政職を辞任さ

せられたのみならず，ローマからの隠遁を余儀なくされた。ティトゥス＝リウィウスのこの記述が甚だ曖昧で，矛盾することを他の史家を引いて検証〔col. 1602〕。

(110) p. 55, ℓ.7. への註。タルクイニウス一族の土地をマルス神に捧げ，以後マルス広場としたこと。マルティリアリス広場とマルティウス広場とを混同しないこと〔cols. 1602-1603〕。

(111) p. 55, ℓ.32. 執政官ブルトゥスが目の前で，王政復古の密謀に加担した己れの子供たちを処刑させたこと。この行動への評価様々〔col. 1603〕。

(112) p. 55, ℓ.40. 大項目。奴隷制について。最初の解放奴隷。奴隷は古代ローマ人の主要な富の一つ。万人が平等である・完成されたキリスト教社会では，差異や階級はあっても，奴隷は許されない。奴隷獲得の方法＝戦争捕虜，貢ぎもの，奴隷の主人から買い取ったもの。奴隷売買の方法。奴隷の扱いの種々。奴隷状態から解放される方法と儀式〔cols. 1603-1608〕。

(113) p. 57, ℓ.2. への註。喪について。女たちがブルトゥスの死を１年間嘆いたこと。ヌマが服喪期間を十か月と定めたこととの矛盾。女性が夫の死後十か月再婚出来ない理由。喪を止めてよい理由と時期〔cols. 1608-1610〕。

(114) p. 57, ℓ.12. への註。ブルトゥスの死後，執政官ウァレリウスが自らの身に降りかかった疑惑を晴らすため，民衆を招集し，その前に身を曝して安心感を与えたこと。ローマが共和制であった頃，繁栄も遂げたが混乱も止まなかった。国政の三形態。執政官が絶対的な権力を有する場合，これも君主制と見做される〔col. 1610〕。

(115) p. 58, ℓ.9. への註。ホラティウスが，子供を失い，神殿の奉納を取り止めたこと。一族の間に不幸が生ずると，汚れた状態にあると見做された。神殿の奉納の儀式について〔cols. 1611-1612〕。

(116) p. 58, ℓ.17. への註。タルクイニウス一族がどこに撤退したか〔col. 1613〕。

(117) p. 58, ℓ.35. への註。タルクイニウスに味方するポルセナ王の襲来にそなえ，ローマの民衆の動揺を懸念して，国家が塩の専売権を保有した，と

の一節について。ティトゥス゠リウィウスのこの文章は難解である。諸家の解釈。その一つにヴィジュネールが与した理由〔col. 1613〕。

(118) p. 59, ℓ.38.への註。敵を破ったコクレスの勇気を讃え，像を立てたこと。アウルス゠ゲッリウスからの引用〔cols. 1613-1614〕。

(119) p. 61, ℓ.16.への註。暗殺に失敗し囚われたムキウスをポルセナ王が松明で拷問しようとしたこと。プルタルコスの『対比列伝』に見られる類似例〔col. 1614〕。

(120) p. 61, ℓ.36.への註。この行為によりムキウスがスカエウォラと命名された件について。ヴィジュネールはこの命名に混乱があると考える〔cols. 1614-1615〕。

(121) p. 62, ℓ.23.への註。ポルセナ陣営を欺いて，捕虜をローマに連れ戻したクラエリアを讃え，初めて女性の騎馬像を建てたこと。プリニウスの言及〔col. 1615〕。

(122) p. 64, ℓ.premiere.への註。サビヌス族からクラウディウス一族がローマに帰属したこと。この一族はのちのローマで大いに繁栄する。併し，共和制下では動乱の種子も蒔いた〔cols. 1615-1616〕。

(123) p. 65, ℓ.8.への註。ディクタトルについて。臨時行政職で，任期は原則的に6か月。執政官ププリコルによる民衆むけの政令に対抗すべくパトリキが創設した行政官職。ディクタトルの絶対的権限に制限が与えられたケース。その語源。ディクタトルは執政官の一人から選出される。ディクタトルは嘗て最高のプレトルとも，民衆の主とも呼ばれた。後者は戦争に赴くにあたり馬に乗らなかったためである。どのような時にディクタトルが設けられたか。緊急事態に対応し元老院が執政官の一人に命じて撰出させた。ディクタトルは騎馬長官を任命できた〔cols. 1616-1622〕。

(124) p. 66, ℓ.44.への註。ローマ兵は騎兵としてよりも歩兵としてよく戦ったこと〔cols.1622-1624〕。

(125) p. 68, ℓ.12.への註。債務奴隷について。この概念は説明を要する。債務を負った者は完全返済に至るまで債権者に奴隷として奉仕する。キリス

ト教徒もこの点についてはユダヤ教徒や回教徒ほど憐れみ深くはない。利息を伴なう貸借は常に存在した。利息の害。この制度のため反乱が多発し，ローマを苦しめた。債務者を守る政治的配慮〔cols. 1624-1629〕。

(126) p. 75, ℓ.41.への註。民衆が反乱を起こしてモンス・サクルスに立て籠もったこと。アウェンティヌスの丘もこの目的で使われた〔col. 1629〕。

(127) p.76, ℓ.28.への註。モンス・サクルスで二人の人民護民官が創設され，神聖法も初めて制定されたこと。次の大項目の前置き〔cols. 1629-1630〕。

 (127-1) 人民護民官について。「護民官」という言葉の曖昧さ。ローマ初期には多数の護民官が様々な役職を担っていた。人民護民官には当初1人，やがて2人が充てられた。護民官はやがてディクタトル，ケンソル，エディリスなどの名誉職にも任命されるようになった。初めは人民を権力者から保護するだけの役目を負っていた護民官の権威も次第に増大し，ディクタトルを除く誰もが護民官の権威に従うようになる。コモドゥス帝に至るまで，実質的には王制と変わりなかった〔cols. 1630-1636〕。

 (127-2) 人民エディリスについて。人民護民官と同時に，人民エディリスも創設された。初めは食料管理などに従事していたが，民衆の娯楽や建造物監督にも携わり，民衆との接触が多いことから，徐々に権力を有するようになり，他の名誉職への入り口となった〔cols. 1636-1639〕。

(128) p. 76, vers la fin.への註。マルキウスが一軍の兵とともに敵の攻囲を破るのに成功したこと，その後占領品横領の罪で罰せられ，追放刑を受けて不遇を託ったことを他の歴史家を援用しながら詳述する。そこから得られる教訓〔cols. 1639-1640〕。

(129) p. 78, ℓ.36.への註。大項目。追放刑について。マルキウスの運命から派生する註である。ローマ市民を追放に処す刑罰は存在しなかった。追放は罰ではなく，隠遁だとする説。古代には追放刑があったとする説。追放には強制的なものと志願してのものの二種類あった。追放に価すると判断された者を匿ったり，水や火を与えたりすることは禁じられた。その結果

ローマを離れざるを得なくなる。水と火の意味するところ〔cols. 1641-1643〕。

(130) p. 80, vers la fin. への註〔前註との関連で付された註であるが，ページ数では後註と前後する〕。ローマ軍の力が兵卒よりも将校の優秀さに存したこと〔これは傍註の言葉である〕。この文章の敷衍〔cols. 1643-1644〕。

(131) p. 79, ℓ.4. への註。何者かが肩に熊手を背負った奴隷を鞭打ちながら通った，という文章について。ヴィジュネールが自分の訳文を弁護する。根拠として，当時のローマの慣習。この史書の，特に年代に関する不確実さの指摘〔cols. 1644-1645〕。

(132) p. 83, ℓ.27. への註。敵と内通していると疑われた執政官カシウスが，退職後死刑にされ，その邸宅も打ち壊されたこと。家の解体は反逆者への刑罰。この事件の顛末には史家によりヴァリエーションが認められる〔cols. 1645-1646〕。

(133) p. 92, ℓ.17. への註。エトルリア族を相手にローマを守るため，14歳の子供1人を残して306名全員が戦死したファビウス一族の物語。事実関係に於いて聊か疑わしいが，どの史書もこの挿話を取り上げる。ヘラクレスの末裔とする説。ファビウス家はローマのパトリキの中で名門となった〔cols. 1646-1647〕。

(134) p. 96, à la fin. への註。執政官アピウスが，護民官は平民に対してのみ権利を有するのであり，民衆のではなく平民の行政官である，自分も己れの絶対的な権力を行使して，何者かをこの場から立ち去らせることは出来ない，と主張したことについて。ヴィジュネールは多数派の解釈に従ったが，ティトゥス=リウィウスが曖昧な表現の愛好家であるので，子細に検討する必要がある。多様な解釈を許す言葉。古代作家の文章を援用して解読する〔cols. 1647-1649〕。

(135) p. 105, ℓ.15. への註。大項目。興奮〔tumulte〕について。何故そう訳したか。ラテン語の〈tumultus〉の語義〔cols. 1649-1650〕。

(136) p. 124, ℓ.8. への註。クインクティウスが耕していた畑について。畑の

広さをアルペンで表記した理由と補足。この一節の判に難さ〔cols. 1650-1652〕。

(137) p. 124, ℓ.35. への註。ローマ軍の規律の厳しさについては『カエサル〔のガリア戦記〕』註釈で述べた[13]〔col. 1652〕。

(138) p. 127, ℓ.17. への註。人民護民官がアウェンティヌスの丘を平民に分与する法を制定したこと。ティトゥス゠リウィウスの判り難さを批判する。ハリカルナッセウスに頼って解釈する〔cols. 1652-1653〕。

(139) p. 128, ℓ.28. への註。執政官の権力が十人委員会に移ったこと。十人委員会は王制ローマ初期から存在していた。十人委員会の元来の目的は法の起草〔cols. 1653-1654〕。

(140) p. 129, ℓ.32. 十二表法が問題になっていることの指摘〔col. 1654〕。

(141) p. 130〔136 の誤記〕, ℓ.23. サビナ地方に偵察に派遣されたシキウスについて、ティトゥス゠リウィウスが疎略に扱っているので、これを補う。その武勇。その最期〔cols. 1654-1655〕。

(142) p. 137, ℓ.23. への註。十人委員会委員クラウディウスが、百人隊の父をもつ娘ウィルギニアを裁判で強引に奪おうとしたが、父親の出廷まで娘に自由が保証されたことに関して。ローマの裁判の有り方。所有権の主張の方法〔cols. 1655-1658〕。

(143) p. 138, ℓ.5. への註。リクトルが審議終了を告げるところだった、との文章に関して。裁判に於ける危険について、小プリニウスの言及〔col.1658〕。

(144) p. 138, ℓ.26. への註。娘の婚約者イクリウスが、クラウディウスを非難した文章をめぐって。〈filiae〉という言葉が所有格か与格か〔cols. 1658-1659〕。

(145) p. 146, ℓ.27. への註。ティトゥス゠リウィウスの文章で争点が明確に見えない部分を補う。パトリキが勢力を有する百人隊の法が優先するか、人民会議の法が優先するか〔col. 1659〕。

(146) p. 159, ℓ.25. への註。ローマ軍には 2 人の執政官がいるにも拘わらず、

統帥権を1人に絞ること。ヴィジュネールはこの方法を大いに評価する〔col. 1659〕。

(147) p. 165, ℓ.11.への註。「年代記」の定義。他の類似概念〔cols. 1659-1661〕。

(148) p. 168, ℓ.4.への註。大項目。執政官権限をもつ軍事護民官について。執政官の権力と権限を託された3人の護民官を撰出するための人民集会が布告される。これはパトリキと平民が対立していたローマを統一させるには必要不可欠な制度であったろう〔cols. 1661-1662〕。

(149) p. 169, ℓ.24.への註。大項目か。ケンソルについて。ローマ暦310年ケンソル制度が創設された。ケンソルの任務。ローマ市民の資産，所属部族，員数，階層，建造物の賃貸関係などの調査。発足当時は些細な役職と考えられていた。やがて最も名誉ある職分と見做される。語源。ローマ市民に及ぼし得る権限。併しケンソルによる判断に絶対的な強制力はない。任期は概ね5年。ケンソル撰出（民衆による）の儀式。市民を昇格させたり降格させたり出来る権限を付託されていた。その他の権限。元老院議員を失職させる権限あり。「元老院の君主」を撰ぶ権限。広長舌となったが，ケンソルはそれだけ重要な職分であった〔cols. 1662-1671〕。

(150) p. 169, ℓ.36.への註。文書保管はケンソルの任務の一つ〔col. 1671〕。

(151) p. 175, ℓ.35.への註。ディクタトルのキンキンナトゥスが，王政復古を目論んだメリウスの邸宅を徹底的に打ち壊したこと〔cols. 1671-1672〕。

(152) p. 181, ℓ.33.への註。行政官を1人削減させたディクタトルのマメルクスを恨み，ケンソルたちがその身分を降格させ，且つ8倍の税を課した，との文章について。〈aerarius〉を〈tributaire〉と訳した理由を述べる〔cols. 1672-1673〕。

(153) p. 233, ℓ.13.への註。アポロン神に捧げる金杯を拵えるのに貢献したローマの女性に報いるため，元老院が，彼女たちが平日でも馬車に乗る許可を与えた件に関して。〈pilentum〉を本文では〈lictiere＝駕籠〉と訳したが，不適切であった。二輪馬車その他〔cols. 1673-1675〕。図版あり。

(154) p. 251, ℓ.17.への註。ガリア人がローマ軍を破り，「敗者に不幸あれ！」

第 2 章　註釈者ブレーズ・ド・ヴィジュネール　93

と叫んだことについて。この言葉は定型表現化した。ティトゥス＝リウィウスがガリア人に対して聊か不公平であること〔col. 1675〕。

(155) p. 252, ℓ.19. への註。ガリア戦争の前に和平を勧告する声を聞いていたこと，そのためにノクティウス神殿を建立したこと。他の歴史家からの引用。これらはローマ人の迷信である〔cols. 1675-1676〕。

(156) p. 259, ā la fin. への註。ディクタトルのカミリウスが兵卒に，武器以外の装備を放棄させ，サトゥリウムを急襲してエトルリア人を破った経緯。戦争に於ける，迅速な行動の大切さ。サトゥリウムがどこにあったか〔cols. 1676-1678〕。図版あり。

(157) p. 261, ℓ.41. への註。新たに四部族をローマに加入させ，都合35部族の構成員を有するようになったこと。「35部族」という数値に関する疑問。21部族にしかならないのではないか。ローマ初期史の混乱〔cols. 1677-1679〕。

(158) p. 273, ℓ.10. への註。マンリウスが民衆を煽動した演説の中で，債務者への訴訟がもう出来なくなるのを止めさせよと述べた一節について。その判り難さ。再考した結果，本文の訳を訂正する。考証過程〔cols. 1679-1680〕。

(159) p. 274, ā la fin. への註。王になろうとしたマンリウスが有罪を宣告され，タルペイウスの岩から突き落とされたこと。マンリウスの死因をこの外に求める文書に信憑性はない〔col. 1680〕。

(160) p. 282, ℓ.33. への註。ディクタトルのクインクティウスがプラエネステ市を陥落させた記念にユピテル像をローマに持ち帰り，9都市を制圧したことを感謝する碑文とともに奉納したこと。それと同時に献納したとフェストゥスがいう，金の冠の重さを計測する〔cols. 1680-1681〕。

(161) p. 286, ℓ.10. への註。ローマの行政官が戻ったとき，リクトルが扉を叩いて，主人の帰宅を知らしめる慣習があった〔col. 1681〕。

(162) p. 292, ℓ.22. への註。護民官たちが民衆に法を押し付けようとするのを見て，クラッスが，自分たちに法を撰択する権利がある，とした発言につ

いて。これは以後制度化された〔col. 1681〕。

(163) p. 293, ℓ.30.への註。卜占を管轄するのがパトリキであったことについて。これはパトリキの特権で民衆の手には渡らなかった〔cols. 1681-1682〕。

(164) p. 296, ℓ.3.への註。大項目。プレトルについて。司法と軍事に携わった。ローマ初期に於いては執政官がプレトルの役目を担ったが，国家が拡張するにつれ，都市プレトルが設けられた。プレトルは法の改廃も含め，大きな権力を有した。筆頭プレトル。「プレトル」という名称の曖昧さ＝統括する者皆を指し得る。判決を下すに際してはプレテクスト〔＝白衣〕を着用し，象牙の椅子に座った。当初はパトリキからしか撰出されなかったが，のちに平民からも撰ばれるようになった。国外プレトル。プレトル制度は何時まで存続したか〔cols. 1682-1686〕。

(165) p. 296, ℓ.10.への註。エディリスやプレトルに撰出された人々が，マルス広場に集まった民衆によって喜んで受け入れられたこと。ヴィジュネールがそのように訳した理由（ニザール版の訳文とはまったく異なる）[14]〔col. 1686〕。

(166) p. 296, ℓ.derniere.への註。大項目。演劇について。この頃演劇の催しが始まった，とする記述の矛盾。演劇が行なわれた場所・題材・様式。場所は劇場・円形競技場など。劇場の構造。悲劇・喜劇・諷刺劇などに応じて舞台が異なった。初期の演劇形態は混沌としていた。次第に悲劇・喜劇などに分かれる。村民のバッコス祭が起源。喜劇の語源。題材面での悲劇・喜劇・諷刺劇の違い。幕間喜劇。ミモス劇。悲劇役者とコトゥルヌス，喜劇役者とソクス。エディリスが演劇の催しを差配していたこと〔cols. 1686-1699〕。

(167) p. 298, ℓ.2.への註。疫病を終息させる為に，ディクタトルが釘を打ち込む，という伝承について。こうした迷信の謂われは何か。その喩。釘の材料。ヴィジュネールの体験でも，蝋人形に釘を打って呪いをかける者がいた〔cols. 1699-1701〕。

(168) p. 299, ℓ.44.への註。ローマを永遠にするためには，地震で開いた陥没

第 2 章　註釈者ブレーズ・ド・ヴィジュネール　95

地に生贄を捧げる必要があるとの託宣を受けて，勇猛な青年が華やかな武具をつけ馬もろともその穴に飛び込んだこと。その陥没地の位置について諸説あり〔cols. 1701-1704〕。

(169) p. 302, ℓ.39. への註。ガリアの巨人がローマ人に，双方の代表による決闘で戦争の決着をつけようと挑戦したこと。マンリウスがその任を引き受け，ガリア人を破った。ティトゥス＝リウィウスはガリア人に偏見を持っているので，他の歴史家の記述を借りる。ローマ軍の隊列が正方形であったことの説明〔cols. 1702-1704〕。

(170) p. 328, ℓ.10. への註。大項目。軍事的栄誉への報奨について。サムニテス族を破ったデキムスやその部下に与えられた金の冠や牛など。この文章は考証と訂正に価するので引用した。軍事規律がローマを支えた。賞罰の徹底。印刷工にもヴィジュネールにも責任がある誤解。報奨品にはどのようなものがあったか。後世にまで残るもの。紋章や肖像画〔cols. 1704-1712〕。

(171) p. 330, ℓ.8. への註。大項目。兵役解除と免除について。「解除」という表現では〈missio〉という言葉を充分に説明できない。フランス軍に存在する不名誉な解除と名誉ある解除。ローマ軍では三種の解除。徴兵年齢の変転。第一の解除＝徴兵期間満了による兵役解除。第二の解除＝戦闘不可能な状態になったときの兵役解除。彼らのための基金。第三の解除＝失態による不名誉な解除。軍事的失態のみならず兵士に相応しからぬ言行もその原因になる。武勲に対して授けられる特典。個人の場合も，共同体の場合もある。一度限りのもの。末代迄のもの〔cols. 1713-1718〕。

(172) p. 341, ℓ.39. への註。戦闘体形の変遷。ティトゥス＝リウィウスには実戦体験がなかったので，以下の文章から得られるところは余りないと思う。ローマ軍の戦闘体形については『ガリア戦記』の註釈・考証で記した通り[15]。ティトゥス＝リウィウスの原文が曖昧なのでそれを引用し，訳文の成立過程を述べておく。初期は密集軍団で戦った。この形態を採用する他の国家。次いで歩兵部隊や騎兵部隊が複数結成された。ティトゥス＝リ

ウィウスの難解さは第二のオイディプスを必要とするほどだ。各軍団は，ローマ軍を表象する鷲の軍旗の他に，軍団固有の軍旗があった。平和な時には軍旗は神聖なものとして保管されていた。副司令官を戴く各歩兵隊は規律正しく，必需品に欠けることはなかった。百人隊第一司令官が第一歩兵隊を指令した。歩兵隊は五つの，百人から成る部隊に，また百人の部隊は十人毎の中隊に分割された。軍旗はそれぞれに類似しながらも色彩などで差異をつけられた。但し中隊は往々異なる員数を抱えていたようだ。ローマ史の各時代による軍事単位の変化。この種の言葉を文法だけで翻訳することの危険。『デカド』のイタリア語訳[16]は誤解し兼ねない箇所を避けている。再度ティトゥス゠リウィウスの混乱の指摘。曖昧にしようとする性癖に加え無頓着さが原因〔cols. 1718-1729〕。図版あり。

(173) p. 348, vers la fin. への註。反乱に加担したラティニ族には，相互の交通〔commerces〕が禁ぜられたこと。〈commerce〉の多義。結婚も禁ぜられたが，それは部族間の問題であり，部族内の禁止ではない〔cols. 1729-1730〕。

(174) p. 352, ℓ.28. への註。反乱に加担したウィトリウィウスの財産が没収され，セモ・サンクス神に捧げられたこと。セモ神とは何か。下級の神〔cols. 1730-1731〕。

(175) p. 773〔373 の誤記〕, ℓ.20. への註。サムニテス族との戦闘のためにローマ軍が通過した平野について。プルタルコスの叙述とは異なる〔cols. 1731-1732〕。

(176) p. 378, ℓ.34. への註。大項目。元老院に於ける発言の仕方について。発言の仕方がフランスでのそれと違うので触れておく。執政官が元老院議員に発言を求めるとき，時代によって流儀はかなり異なる。最も長老で高い位階に属する者から発言するのがローマ風。発言者は起立する。誰も発言を途中で遮ることはできない。自らの見解を前以ってしたため，それを朗読するのが通常。ローマ人の流儀はアテナイ人の流儀と一致する。フランスでは若く，位階の低い者から発言するが，年長者の意見に若輩が反論するのは難しいので，フランス風の議事進行が理に適うとヴィジュネールは

考える〔cols. 1732-1736〕。

(177) p. 386, ℓ.37. への註。「韋駄天〔＝飛脚：cursor〕」と異名をつけられたパピュリウスについて。そのメダルが残っていること〔cols. 1736-1737〕。図版あり。

(178) p. 397, la fin. への註。サムニテス人の一部が逃げ込んだマレウェントゥムの町が今ではベネウェントゥムと改名されていることについて。ローマ人は名前の善し悪しにこだわった。その例〔col. 1737〕。

(179) p. 408, ℓ.17. への註。ウァディモン湖の付近にトスカナ人が陣営を張ったことについて。小プリニウスがウァディモン湖を見事に描写している。美文にして且つ仏訳が難しい書簡なので試行として訳出する〔cols. 1737-1739〕。

(180) p. 415, ℓ.35. への註。書記官のフラウィウスを彼が最初に属していた部族がエディリスに任命した件について、ティトゥス＝リウィウスの推測。その推測の根拠はアウルス＝ゲッリウスの『年代記〔『アッティカの夜』(?)〕』。「最初に属していた部族〔pro tribu〕」を巡る疑義とヴィジュネールの解釈〔cols. 1739-1740〕。

(181) p. 416, la fin. への註。ディクタトルのファビウス・ルリアヌスが下層民を四部族に振り分け、それを都市部族と呼んだこと。そのために《偉大この上ない》との称号を与えられたこと。プルタルコスはこの称号授与の契機を別に求める。下層民の危険性。当時の部族の実情〔col. 1740〕。

(182) p. 416, tout à la fin. への註。同じくファビウスが騎兵の閲兵式を7月15日に定めたこと。閲兵式の神話的起源。儀式の模様〔cols. 1740-1742〕。図版あり。

(183) p. 421, ℓ.14. への註。ディクタトルが敵のエトルリア人に、ローマに使節を送り講和を結ぶ許可を与えたことについて。ディクタトルでさえローマ人を拘束し兼ねない条約を締結する権利を有していなかった。ローマの民衆は和平や同盟などを、人民集会やカピトルの広場での集会で、昼前に決める習慣だった〔col. 1742〕。

(184) p. 435, ℓ.41.への註。凶兆を恐れて祈願の行列を行なおうとするが,「貞潔の女神」の神殿で女たちの間に争いが起こったこと。「貞潔の女神」と「幸運の女神」の混同。混同させ得る事情。「貞潔の女神」のイメージ。ヴェールを被っていた。マホメット教徒の女性は未だヴェールを着用〔cols. 1743-1744〕。

(185) p. 436, ℓ.23.への註。エディリスたちがカピトリウムの丘にユピテル像と,牝狼とレムスとロムルスの像を作らせたこと。それらの像の所在〔cols. 1744-1746〕。図版あり。

(186) p. 436, ℓ.38.への註。エディリスたちが,他人の地所で育てられた家畜から徴収した罰金を以って競技会を催したことについて。《他人の地所で育てられた家畜から徴収した罰金》とは甚だ曖昧な表現である。イタリア語訳も不明瞭。ヴィジュネールは公共の牧場でこっそりと家畜を養った者を指すと考える〔cols. 1745-1747〕。

(187) p. 440, ℓ.18.への註。一方に死んだ鹿が女神ダイアナに捧げられ,他方には勝者であるマルス神の狼がいる。鹿と対比して狼を勝者と呼ぶのが正しいか否か,読者に判断を一任する。マルス神とアポロン神と太陽は同一視され,戦闘に向かう兵士の勇気を燃え上がらせる象徴である。狼を「勝者」と形容するのは,一般的な事例で見る限り納得し得る〔col. 1747〕。

(188) p. 454, ℓ.38.への註。執政官の甥のパピリウスがユピテル神に,勝利を得たらワインを飲むまえに,初搾りのワインを捧げると願をかけたこと。初搾りのワインを甘いワインと解するのは不註意である。成熟段階でのワインの区別。マホメット教徒はワインを飲まない。加工されていないものを捧げるのが古代人の風習であった〔cols. 1747-1750〕。

(189) p.458, ℓ.12.への註。パピリウスが敗者トスカナ族から得た戦利品の一部で「幸運の女神」の神殿を建立したこと。この文章にはよく考えると仏訳し難い要素がある。⟨aes⟩,⟨manubiae⟩,⟨locare aedem⟩ もしくは ⟨templum⟩ など〔col. 1750〕。

(190) p. 458, tout à la fin.への註。疫病の蔓延を防ぐためローマに,エピダウ

ロス市にある医神アスクレピオス像を呼び寄せなければならないと考えたこと。この経緯は紛失した『第二デカド』「第十一巻」で語られたらしい。その模様を告げるウァレリウスを写す。但しエピダウロス市民はアスクレピオス像の代わりに、その使いである蛇を送ったという。アスクレピオスについて〔cols. 1750-1752〕。

後註全体の掉尾にヴィジュネールは1ページ（2欄にまたがる）10行弱を割き、最後の後註の話柄にかけながら、己れの労苦と願望とを記した。この小論の終わりに置いてもよいその文章を、ひとまずは後註の要約に段落を付す意味を込めて引用しておく。

（引用−1）〔cols. 1751-1752〕
《疫病が3年続けてローマを支配したのち、この『第一デカド』の終わりになって終焉するに至ったということが、吉兆であるように。そののち同じような歳月を通じて、この国家を侵略し、踏破したこの疫病はまた、1580年に始められた、このわたしたちの労多き企てに終わりを齎すように。そしてこれは嫌悪すべき、致死的な、人類の積年の敵のではなく、正しく穢れない、勝利を齎す死によって、受難がこの地上でこの方の頭をあらゆる側面から砕き、いまは全能なる神の右手に負わします方の徳とお尽力とご援助によってそうならんことを。その場所からこの方は聖霊とご自身と、この方と共に永遠である神との合一に於いて、生を受け君臨されているのだ。この方へ讃辞と栄光と名誉が世紀から世紀へ永劫にありますように》

3

上記のようにヴィジュネールが『第一デカド』に施した後註の圧倒的な部分は、内容からいうと事項註であり、該当箇所からいうと「第一巻」への補註である。ティトゥス゠リウィウスの『ローマ史』に事項註が付されること自体が

不思議なのではない。19世紀の，或いは20世紀の仏訳書を繙いても古代ローマ事情への解説に少なからぬ行数が費やされているからだ。驚くべきは王制ローマに捧げられた事項註の多岐性とその濃度である。お読みいただいた該当項目の数々には筆者（高橋）の無能ゆえに，前半の註釈，中盤の注釈と後半の註釈の要約密度に温度差が生じているが，各註釈に与えられた欄数は偏向した温度差を十二分に補正してくれるはずである。「第一巻」が担う大量の註釈と，その巻が扱う国制とに何らかの関連を想定しうるものであるかどうかはさて措いて，「第一巻」へのそれへもふくめた註釈は，ティトゥス゠リウィウスが書きとめたひとつの単語，ひとつの文章を起点にして枝葉をのばし，時間と空間を越えて，ヴィジュネールが生きる世界の傍らに，異なる次元の宇宙を拵えている。

　その傍証として上記（7）の註釈を例にあげても宜い。『第一デカド』「第一巻」の文章，《同じ災厄により故郷を離れ放浪することになったアエネアスであるが，運命が彼を導いてもっと高貴で偉大なものに至るチャンスを与えたので，先ずマケドニアの地に到着し，定住地を捜しながら，そこから海の気紛れの所為でシチリアに運ばれた。そしてシチリアから彼の船団とともにラウレントゥムの領土に着岸するにいたった。やがてアエネアスたちはこの地を領有することになるのである》〔p. 3〕，に本来付された筈のこの註釈は，建国神話一般やローマ建国神話の解説，その検討を先ずは試みる。併しヴィジュネールの筆はそこに留まらず，建国されたローマが拡張してゆく様子，拡張のシンボルである城壁や市外へと延びる街道，街道と並んで二大驚異と謳われた水道，豊富な水道の産物である・特殊ではあるがローマの繁栄を如実に示す公共浴場や模擬海戦，ローマの壁内にあって日々の必需品を与えるマーケットでもあり，政治討論の場や司法手続きの場でもあった広場＝フォルム，そしてローマ市を分割する14の区域[17]の名所旧跡案内へと伸びてゆく。註（7）とその派生註だけで140ページ，280欄を占めているのだ。註釈の契機となったアエネアス伝承，或いは建国神話はまさしく「契機」でしかなく，アエネアスのトロイア脱出（紀元前1300年頃〔……〕）からローマ建国（紀元前753年〔……〕）を経て，紀元

210年代のカラカラ帝の治世（或いはそれ以後）まで，アエネアス神話も，更にはヴィジュネールの註釈の元来の対象であった筈の『第一デカド』の時代区分をも大きく踏み越え，ティトゥス゠リウィウス描くところのローマ世界史を補足しつつも，それと並行してヴィジュネール独自の「ローマ世界」(の一端)を，読者の前に提示してみせる。

　註 (7) を偶々例にとったが，こうした枝分かれの模様は，筆者が敢えて紙幅に憚らず前節で列挙させて戴いた，註釈とその派生註の多さが端的に教えてくれる。『第一デカド』に書きとめられた一節，一語が註釈の起点となり，ティトゥス゠リウィウスの記述の背後にある事件，彼が語らなかった（語る必要を感じなかったのか，語るべきでないと判断したのか）経緯を取り込んでゆく。註釈の膨らみを示すには必ずしも適切とは思えないが，行数の関係で註 (72) の文章を冒頭から半ばまで，省略せずに書き出してみる。これは上述したとおり，トゥルス王が，ローマ商人がフェロニア神の神殿で捕らえられたことを嘆く素振りをした（サビヌス族と戦争に入る口実である）,とのティトゥス゠リウィウスの素っ気ない叙述を，ハリカルナッセウスを借用しながら敷衍した文章である。

　(引用－2)〔col. 1349 et suiv.〕
《トゥルスはローマの商人がフェロニア〔解放奴隷の守護神〕の寺院のそばで逮捕されたことを嘆いた。わたしたちはすでに col. 965. でディオニュッシオス・ハリカルナッセウスから幾許かの事柄を移入した。しかし以下にあるのがここで問題となっている話柄に関して，彼が第三巻で更に述べているところで，この箇所の解釈に役立つだろう。何故ならティトゥス゠リウィウスは歴史を全く素っ気なく叙述し，更に多くの場合，この第一デカド全体に於いて甚だ欠如が大きい。もう一人が，ティトゥス゠リウィウスが飛び越えるところを遥かに長々と探究しようとする。彼は従って以下のように語る。**この戦争（すなわちアルバニア戦争）ののち，サビニ族の側からまた別の戦争が巻き起こった。その原因は次のようなものだといわれている。サビニ族 から**

もラティニ族からも甚だ敬虔に敬われている神殿があって，女神フェロニアの栄誉を讃えるために捧げられている。ギリシア人このフェロニーという言葉を自分たちの言葉に翻訳して，或る場合にはアンテーポルス，即ち「花をもつ女神」，とか「花咲ける女神」と，或る場合には プシオステパノス，即ち「美しい帽子と花束で飾られることを好む女神」とか，また或る場合には「女神プロセルピナ〔冥界の女王〕」と呼んでいる。そこに一年の一定の日々近隣の町の大多数の人間が集まって，或る者はこの女神に捧げられた供犠を果たすために，また或る者は商人や職人，農耕者が夥しく集まる場所の市場のお陰で不当な利益を得るために——何故ならそこはイタリアでもっとも評判の高い市場の一つだからだ——。この華やかさに高名なローマ人が集まったが，彼らは幾人のサビーヌ人によって捕らえられ剣で殺された。この話のあとに続くのが，以下の事柄である，この寺院と市場があった場所については，ストラボンが第五巻で記載している。ソクラテス山の麓に，その周辺の重任全てが甚だ崇めている，或る女神の名前をとって，フェロニアと呼ばれる町がある。この同じ場所にその神殿があり，大層な奇蹟が認められる。というのも霊感を受け，忘我した者たちが裸足で燃えている燠の上を歩き，しっかりした足取りで大量の熱い灰の上を進むのだ。その場所で開かれる市場のためにも，またかくも不思議で奇蹟的な事柄を見物するためにも，毎年非常に多くの人々が訪れるのである。<u>しかしここで遥かに不可思議で信じ難い，1554年，わたしが本当に見たことを保証する，或るケースの余談を差し挟んでもお許し戴かねばならない。</u>偲ばれること甚だしい君主，シャンパーニュとブリーの総督であった故ニヴェルネ公殿がバザニーのショーモン砦に要塞を築かせようとしておられたが，時間をつぶすべく，そこからほど近いシャトー・ヴィランに赴かれた。するとその地の領主でムイ家の息女で現在もご存命のご夫人と結婚されていたジャワシャン・ド・ラ・ボーム殿が，ピアペップ家出身のラングル司教，のちにフランス軍元帥におなりになられたブルディヨン殿，更に百人以上もの貴族たちを紹介された。更に12歳から13歳の少年を紹介されたが，この少年は裸足で竈から出させた許りの鋳鉄の流

れに沿って歩いたのである。鋳鉄は手に取れるどころか，未だ炎を吹きだしていて，その場にいたわたしが太い松明を手にして，鋳鉄に近くまで近づくやいなや，松明は突然炎となって燃え出したほどなのだった。その少年は身軽にその上を走り，それから，両脚のあいだ以外，どこに火傷を負うこともなく，その流れの端にあった，水でいっぱいになっていた桶に飛び込んだ。少年は下着一枚であって，幾分か焼かれ，下着もそうだったからである。上述のシャトー＝ヴィラン殿が物語るには，この少年の父親は，地面で幾許かの跳躍をさせるように，燃えさかる鋳鉄を炉床から炉床へと計測しているとのことだった。わたしは一度ならずこの光景を目の当たりにした。今も健在な少なからぬ人たちもいる。併しそれ以外のことは分からなかった。<u>さて本題に戻れば，幾つものフェロニー神があった筈である</u>》〔太字はヴィジュネール，下線は筆者〕

単調に「物語＝歴史」しか語らない，否寧ろ太古の知られざる，《虫に喰われた〔eschancree〕》歴史しか語れないティトゥス＝リウィウスを補足すべく，ヴィジュネールはポリュビオスを，サルスティウスを，コルネリウス・ネポスを，そしてハリカルナッセウスのディオニュッシオスを，また（筆者には同定の自信が全くないが）フェストゥス〔Festus〕を援用し，傷跡の残る古代史に充全な姿を回復させようとする。所謂「ルディ・キルケンセス〔ludi Circenses〕」への註釈の一部にハリカルナッセウスの文章を仏訳して填め込んだヴィジュネールは，《ここ迄がディオニュッシオス・ハリカルナッセウスの文章である。思うに彼は，ティトゥス＝リウィウスが空白のままに残したところを，ローマ史を知らしめるため〔pour la cognoissance de l'histoire Romaine〕必要以上に沢山の古代の事象を以って埋めるべく，こうした全てを殊更書き綴ったのだろう。そのためわたしたちは，この註釈の中に段落をすっかり挿入せざるをえなかったのである》〔cols. 1423-1424〕，とハリカルナッセウスと自らを重ねながら語った。

ティトゥス＝リウィウスの史書への批判は，註釈全体をつうじ，二面的に現れる。一つは註釈の存在理由に関わり，一つは執筆するティトゥス＝リウィウ

スの姿勢に関わる。何故ヴィジュネールは膨大な註釈を付さねばならなかったのか。額面どおり受け取るのは一先ず保留するとして，註釈の冒頭で高らかに唄われる，ヴィジュネールの宣言に差し当たり耳を傾けてみよう。これも長い引用となるが，かの地の16世紀学者さえ，恐らくは殆んど眼を通さないであろう文章ゆえにお許し願いたい。

　　（引用－3）〔cols. 463-465〕
《かくも多くの転変した世紀。かくも長きに亘る時の流れによってかくも深い廃墟の奥に鎮められ埋もれた，この古代の内乱に何がしかの説明と光明を齎せることが神のお気に召すよう，この僅かな事柄を述べる前に，一つの噂の，手から手にわたる緩慢な不安定さの，定かでない意見の相違に於いて，全ては空中の楼閣であって，確実な聊かの基礎も持たない。何故ならローマ帝国の最初の拡大期において文芸は花開いていなかったし，絶頂期に於いてもそうであった。高位聖職者たちによって粗雑に，且つ成長不全のように起草された，彼の極く僅かな年代記は，この都市がガリア族によって占拠され灰燼に帰したときの略奪と荒廃のために，或いはその他のその後の出来事により，失われてしまった。ここに至るまえに，従って，わたしは，既に或る者たちによって，思うに，囁かれている異論の機先を制すべきかと考えた。ここにある，簡略で短縮され，短く纏められるべきであるかもしれないこれらの註釈に於いて，しかも実際のところこの第一デカドに溢れている，ティトゥス゠リウィウスが殊更に短く，理解し辛くするように努めている，曖昧で不確実な箇所にだけに留めておけばよいのに，何の役に立つと言うのか。かくも多くの常套句を挿入し，適正な論考のではなく，各巻の冗漫さに至るまで膨張する。幾つもの小川が集まって川に水を齎し，幾つもの川が大河を満たし，その大河が今度はそれを受けて全てを海に流れ込ませるように，である。これに対してわたしは，カエサルの著作やピロストラトスの著作についてわたしが既に行なったと同じことを答えよう。わたしはそれらの翻訳を学識ある諸氏のためには企てなかった，と。わたしが思うに学識者は

わたしに，わたしたちの時代まで乾いて不毛であったフランスの平野や田野を潤せるために遠方から導き寄せられた，これらの運河をつうじて生き生きとした源泉から直ちに自分たちが大量に汲み出せるほど豊饒であると信じ込ませるほど，単純でも自惚れてもいない。同様に，ギリシア語やラテン語を使わず，著述家が航海するように，帆をいっぱいに張って河岸に沿い，どこにも錨を降ろすことなく，軽々と飛び越えた，無数の知識のために要求される書物を繙く手段も便宜性も持たない，わたしの同国人のためでなければ，これら３人の著述家の註釈を基に，仕事を進めた訳ではない。わたしはこの機会に，わたしの脂も労苦も惜しまず，あちらこちらと探索をし，更にわたしの考察を付加しつつ，ただ単に一方では錆で内部から壊れ，他方では外側の大きな表層で覆われ，そこに刻まれている人物像を見分けることが出来ない，あの種の古代のメダルを（こういう言い方をするなら）綺麗にし，発見するだけではなく，同じ手段で人間生活への教えと教訓をそこに探索するために，出来る限り骨を折ってみた。〔……〕従って，ことがローマ人とローマに関わることなので，彼らの例示にわたしが聊か広めに拡大していてもお許し願い大層でなければわたしは手を付けられなかったろう。併しその所為でなんらかの益がない訳ではない〔下線は全て筆者〕》

ティトゥス゠リウィウスの『第一デカド』の仏訳に挑んだヴィジュネール自らが躓いた箇所，上梓された大フォリオ判の大冊の上に，喜びに胸を膨らませながら身を屈める読者一般が躓くであろう箇所，それらをヴィジュネールは少しでも削減しようとした。「註釈」が簡潔にして要領よく，適切な語や文章に付される可きであることを（建前としては）熟知しながら，ヴィジュネールは「ローマ帝国」の巨大な規模に準えて，敢えて自らの「註釈」の幅を聊か（？）広げる弁明とした。引用文中でも述べるように，かかる目的を託された膨大な註釈は，必ずしもティトゥス゠リウィウスの史書を意識してのものではなく，カエサルや擬カエサルの史書，ピロストラトスの図像集，そして後年の『ダビデ詩篇』にも付される類であろう。ティトゥス゠リウィウスの史書の仏訳を中

心に据えながら，読者のために（？）ありとあらゆる知識を用い，古代ローマのより完全な宇宙を造ること，そこに先ず以って，ティトゥス゠リウィウスへの批判に仮託された註釈の存在意義を認めうると考えてよいだろう。

　ティトゥス゠リウィウスの『第一デカド』，或いはそれに後続する史書，つまり残存する『デカド』各巻の訳本（殊にヴィジュネールのそれ）がなかなかに難解であることは，古代ローマ史の専門家ならいさ知らず，それらを通読したり，断片的に眼を通した経験のある（門外漢の）誰もが感ずるところであろう。そして語義註・事項註を問わず，難解さには幾つかのレヴェルを想定することが出来る。一つはティトゥス゠リウィウスには自明であっても，時間と空間を隔てた16世紀（から21世紀に至る）人間には秘匿されている事象。先にヴィジュネールの註釈の存在意義として触れた事柄だ。極めて抽象的な位相ではカエサルの史書などへの註釈と重なるが，具体的には勿論固有の註釈群となる。また一つに――これ以後はティトゥス゠リウィウスの歴史家としての姿勢に係わる――ティトゥス゠リウィウス自身も確信をもてぬままに，伝承や神話，伝聞に基づいて記した事象。アエネアス伝承からローマ建国神話などはその代表であろうが，この超古代の出来事に限っていえば，ヴィジュネールがティトゥス゠リウィウスを咎めることは殆どない。第三に特殊な事情のもとでティトゥス゠リウィウスが明言を避けるケース。そして最後に，（ヴィジュネールに拠れば）ティトゥス゠リウィウスの，殊更曖昧を好む性癖がそれである。

　くどくどしさを承知でいえば，ティトゥス゠リウィウスの名前を直接表面に出すにせよ出さぬにせよ，数ある事項註の大部分が，（引用－３）で披瀝された「註釈」の存在意義に基づいて作成されたものである。古代ローマの歴史と事蹟，市民生活の日常や催し，生活をしきる宗教や法制度――そうした諸々の，一語から派生しながら，凡そその語と直接的な関係を保持しない莫大な註釈，線的な編年史を囲いこみ生きられた社会を髣髴とさせる，真に興味深いこれらの註釈については，残念ながらその圧倒的な紙数ゆえに，前節で書きとめた後註の要約以上に例示できるものではない。けれどもティトゥス゠リウィウスが克明な記述の必要性を，意図的もしくは無意識のうちに認めなかった（と

思われる）小規模な事項の補足は、といえばこれは例示に困らない。（引用‒2）の前半部はまさにその類であり、またサビヌス族の起源について、《ティトゥス゠リウィウスが多くを、いやこれに纏わる全ての古代の事柄の極めて大部分を、沈黙の裡にやり過ごそうとしているのだから》〔col. 964〕、としてハリカルナッセウスを1欄に亘り引用する註釈もそれに属するし、パトリキと人民会議の優先順位に与かる註（146）などもその典型であろう。

　併し語られた事柄の検証さえ覚束ない事態を考慮するなら、語られなかったものの復元が真に難事であった筈だ、と改めて想い至る。ヴィジュネールは往々、ティトゥス゠リウィウスの言葉と同時代人（ハリカルナッセウス）や先駆者（ポリュビオス）、或いは後継者たち（プルタルコスやアウルス・ゲッリウス、その他）とを対照させ、立ち竦む。一例としてティトゥス゠リウィウスは決然と、ヌマに教義を教えたのがピュタゴラスとする説を排除、その理由にピュタゴラスはヌマの百年後にイタリア半島の端に在る町で弟子を採っていたのだから時代錯誤も甚だしい、と述べた〔p. 16〕。ところがここでヴィジュネールは立ち止まるのである。註釈の長さゆえに（2欄半）引用は控えさせて戴くが、ヴィジュネールは、《この箇所を巡り、大きな見解の相違と不分明がある。従ってわたしたちは、この問題についてもっとも厳粛な著述家が書き残しているところを、以下に紹介することで満足しよう》〔col.1052〕、と特定を断念、オウィディウスや（ルキウス・カルプルニウス・）ピソ、プリニウス、ハリカルナッセウス、聖アウグスティヌス、ディオゲネス・ラエルティオス、（マルクス・テレンティウス・）ウァッロその他を動員し、諸説を述べさせたあと、結論を留保するのである。

　第二のレヴェルの難解さには、ティトゥス゠リウィウスの不明や誤解を補正する註釈が対応する。後註よりも地名註の項目に、この註釈を象徴する一文があるので紹介したい。「リグリア地方〔La Ligurie〕」には地名註の中で1ページほどが割かれている。ヴィジュネールはこの地方とパエトンとを結び付ける伝承とその展開をセンプロニウス（・トゥディタヌス〔……〕）を借用したあと、《わたしは心からこのことをここに挿入したかった。何故ならこれが歴史に大いな

る光明を齎すであろうからだ。歴史に於いては単に行為や武勲だけではなく，年代も，そして全てが出来したであろう場所もまた知られるべきなのである。こうした事態は著述家にあって頻繁に，ティトゥス＝リウィウスにあってさえ酷く混乱し，解決されないままになっているのだ》〔1767 v°〕と誇らしげに書きとめた。また年代表を見ると，ローマ暦264年の２人の執政官，スルピティウス・カメリヌスとラルギウス・ルフスの名と共に，《これらの２人の執政官，及びその後継者について，ティトゥス＝リウィウスは全く言及していない》〔NNNn iii v°〕と記したり，同暦460年１月13日のカルウィリウス（・マクシムス）の凱旋と同年２月13日のパピリウス（・クルソル）の凱旋に関し，《ティトゥス＝リウィウスはパピリウスの凱旋をはじめに据える》〔SSSs v v°〕と訂正を図った。但しヴィジュネールにティトゥス＝リウィウスの欠陥をあげつらう気持ちがあったとは断言し難い。それは註釈の底となるのがあくまでもティトゥス＝リウィウスの『第一デカド』だったからであり，「精確の魔」に憑かれた考証家の居た堪れない発言だったように思える。補足や訂正の対象となるのが必ずしもティトゥス＝リウィウスではなく，ヴェクトルを逆に働かせ，百人隊会議での発言順序についての錯綜した歴史の糸をティトゥス＝リウィウスに頼って解した一節〔col.1384〕は，その僅かな証となるかも知れない。

　難解さを生む第三のレヴェル，即ちティトゥス＝リウィウスが明言を避けるケース。稀な例ではあるが一つ，註（156）の少なからぬ行を引用しておく。

　　（引用－ 4 ）〔col. 1679〕
《討論の訴えに靜いたまえ。或いはもしくは然るべき金銭で訴追を更に行なうことを止めさせ給え。ラテン語ではこの箇所を 金銭ニツイテ判決ガ下サレルコトヲ禁止セヨ，と言っている。：これに関しては縁飾りを不快に思う者も，それに文句を言う者もいないのだ。それほどまでにこのことは端折られている。何故ならこの第一デカドで何かにつけ，税のことで騒擾や反乱が民衆の間から発生しているのだ。併しより仔細に考察してみて，わたしはこれがティトゥス＝リウィウスの謂いたいところだとは思わなくなった。彼は

出来る限り身を隠し，身を潜め，最小限可能なことしか聞き取らせまいとしているのだ。わたしが先に十分述べたように，このことを非常な栄誉にして繊細であると思っているのだ。；わたしは対照的に，次のように翻訳しよう。**訴訟が金銭で裁かれることを止めさせ給え。どんな金銭で，か。206ページの最初の行で，先に話された人々のそれだ，と言いうるだろう。彼は彼らを大量のガリア人の金を隠したといって責めた。**民衆の相続地を独占するのに満足したのみならず，同じく民衆に属している，明らかに民衆がその負債を支払うに必要なものとなっている金銭を民衆の手にわたるのを邪魔した，としたのだ。そう，だが，事情は正反対だ，と反論するだろう。何故ならもしこうしたことが十分明確になったら。貧しい民衆はその負債を全て弁済することになるだろう。或いは二つの事柄の裡の一つで，即ちマンリウスが現実に自分のために，中傷の深さを測ろうと欲したのだが，事態は良くないと見て取って，民衆にこのことに対する或る種の不信を曖昧で疑わしい言葉で植え付けた，独裁官がこのことを遥か彼方まで押し遣ろうと欲したその点に於いて，彼はこう言った。270ページ，20行目。**独裁官はかかる曖昧さと謎めいた表現を脇に退けて，中心にいたるか，彼に命令したので，事態をはっきりさせるか，それとも誤って元老院にこの罪をきせた罪を心から認めるか。民衆の悪しき評判を捏造された泥棒ひとりの所為にして，独裁官ガ曖昧ナ言辞ヲヤメルヨウニ命ジ，正シイ裁判手続ヲオコナウカ，或イハ罪ヲ捏造シテ元老院ヲ告発スルトトモニ，謂ワレノナイ盗ミノ悪口ニ元老院議員タチヲ委ネタコトヲ告白スルコトヲ強イタ；彼は民衆に向けてこの，彼によって装われて訴えられた審判は，最終審までいくことなく消滅するままに留まるだろう。何故ならこれは自分自身にとって最も辛いことだからだ，併し法律は金銭について語ることを禁じている。さもなければより尤もらしく思えるのだが，このガリアの黄金を押領使大盤振る舞いをして，民衆に鷹揚に振る舞ったのはこの者自身であった。** そして訴訟が自分に対して起こされるのを予見して最初にカメリウスと元老院議員たちを攻撃したのだ。それに拠って彼は民衆をてなずけ，民衆にお裾分けしたこの金銭について訴追されるのを妨

げたのだ。》〔太字はヴィジュネール，下線は筆者〕

　さて頻度的にかなりの回数にのぼるのが，第四のレヴェルでの『第一デカド』の難解さに対するヴィジュネールのクレイムであろう。ヴィジュネールの註釈の端々から漏れてくる苦情によると，『第一デカド』には語義的・文法的に，両義性を有する言葉・表現が少なからず用いられる。「序論」冒頭の文章にかかる註（1）で，ヴィジュネールは総論的にティトス=リウィウスの執筆姿勢を述べるが，その論評はのっけから，《ティトゥス=リウィウスが厳粛にして重厚，且つ険しい天性の傾向に加え，出来る限り錯綜し曖昧な，独自の文体の鍛錬に努力したということを容易に判断出来ない知識人〔hommes de lettres〕は殆どいない。ティトゥス=リウィウスはそのようにして称賛を集め，丹念に再読，再々読させようとしたのである》〔col. 545〕，との批評から始まる。言葉を重ねれば，ティトゥス=リウィウスが意味を精確に取り辛い表現を好んで多用したこと，或いはヴィジュネールがそう判断したことは，嘆きとも怒りとも取れるニュアンスを伴い，註釈の随所に見受けられる。そうした批判を二，三拾ってみると，《ティトゥス=リウィウスは両義的で曖昧な言葉を大層好み，自らを理解させ難くしている。こうした晦渋さを大いなる栄光と考えているのだ》〔col. 1459〕。はたまた《ティトゥス=リウィウスは通常，物事を明確にするよりも寧ろ錯綜させることに喜びを覚える》〔col. 1572〕とも断ずる。要するにヴィジュネールにとって《ティトゥス=リウィウスは両義的で曖昧，不確実な言葉の大変な愛好者なのだ》〔col. 1648〕。

　ヴィジュネールの註釈の圧倒的な部分が古代ローマ世界の再現に費やされたことは幾度となく繰り返した。この点でヴィジュネールは，例えば，同じく『第一デカド』に依拠しながら現在（16世紀）の政治論を展開したニッコロ・マキャヴェッリとは逆のヴェクトルでティトゥス=リウィウスと向き合っている（マキャヴェッリの政治思想を問題にしているのではない）。つまり現在への言及が稀なのだ。筆者が読みえたヴィジュネールの3冊の翻訳――いずれも古代世界

に於いて著された書物のそれだ——全てに共通してそうした傾向があり[18]，それがヴィジュネールの考証家としての資質である，といえばことは解決するのかも知れない。併し稀であろうと現在への言及は存在する。では言及は何に，或いは誰に，そしてどのように為されるのか。

差し当たりマキャヴェッリの名前を捜してみる。註（96）ではマキャヴェッリが『ティトゥス゠リウィウス論』で，タルクイニウス・スペルブスが王位に就いた方途に関連し，何事かを語っていると〔col. 1562〕，その事実のみを報告する。また歩兵が騎兵に優るかどうか，マキャヴェッリが兵法家よりも外交官を思わせる『ティトゥス゠リウィウス論』で説いているが，説得力に欠けると〔col. 1623〕，これもさほど反マキャヴェッリ的な見解の表明とは考えられない。確かに《義なる人物〔homme de bien〕は君主にこの道を辿るように勧告すべきではない》〔col. 1564〕とする「義なる人物」の対局に「マキャヴェリストたち」を置きはするが，他方，《ケンソルの職務がどれほどローマに有益であったことか。それは長きに亙って風俗の改革の手綱を引き締めることで自由を維持し，奢侈や快楽を妨げる原因であった。奢侈や快楽が最終的には自由を失わせ，ただ一人の人間の支配に従属させる主要な道具となったことは，あれこれとマキャヴェッリが〔『ティトゥス゠リウィウス論』の〕「第一巻」第49章で論ずる通りである》〔col. 1671〕と，改革派は無論，ポリティック派が，そして角度を変えれば人文主義の流れを汲む知識人の大多数が声を揃えて誹るマキャヴェッリを，甚だ冷静に見つめているようである。

同時代人の名前を更に求めると，エラスムス（一度はその誤読を指摘し〔col. 627〕，一度は『格言集』から関連文章を引用する〔col. 1676〕），古代貨幣や度量衡に関しギヨーム・ビュデ〔cols. 1471；1506〕，新大陸の海で見聞され，その腕を送られたアンブロワーズ・パレ（これはヴィジュネールの《過ぐる年，1581年の実見聞》〔col. 1318〕），墳墓の種類に関係なく「墓〔tombe〕」という言葉を用いたクレマン・マロ，『神秘哲学』で疫病祓いの魔術を紹介しながら，それを使用する方法を決して述べなかったアグリッパ・フォン・ネッテスハイム〔col. 1700〕，聊か年代を遡れはマルコ・ポーロやジャック・カルティエ〔col. 1468〕，年若いヴィ

ジュネールが末席に控えた食卓で，アウグストゥス帝の優れ，且つ慎重な統治について論じたフランソワ１世〔col. 1091〕などの著名人がそこにいる。人間に限らず，同時代や近代の事件もまた註釈の中に現れないではない。例えば，征服以前の新大陸原住民の忌まわしい風習〔col. 1233〕，彼らの貴金属への無関心〔col. 1474〕，その他に触れた事項註を挙げることも出来よう。だがこの類の直接的な「現在」への言及は，実のところ莫大な註釈にあって殆ど目立たず，大フォリオ判1,400欄余の圧倒的な行数の狭間に埋もれてしまう。マキャヴェッリと異なり，ヴィジュネールがティトゥス゠リウィウスを素材にして現在を，もしくは未来を語ろうとはしないからだ。ヴィジュネールの関心は「太古」そのものにある。だが併し，古代ローマを活写しているのは将に今，「現在」を生きるヴィジュネールではないか。そう，『第一デカド』への註釈の中に「現在」を尋ねるとしたら，それはヴィジュネールの考証の現場，考証の瞬間を捉える必要がある。

4

　註釈の中にどのような「現在」が垣間見られるか，幾つかの事例を列挙してみた。併し実のところそうした列挙に先立って，この小論の中に，ヴィジュネールが己れの属する「現在」について口を滑らせる文章が出現していたのだ。（引用－２）の後段に御註意戴き度い。そこで語られたのは，1554年にヴィジュネールが自ら目の当たりにした《些細な余談〔une petite digression〕》であった。註（72）は元来，ローマ商人がソラクテス山の麓，フェロニア神殿の市場でサビヌス族の捕虜となった経緯を補うべきものだった。ヴィジュネールはハリカルナッセウスから関連記事を借用しティトゥス゠リウィウスを補足したあと，更にストラボンを引いてフェロニア神の信者たちが裸足で炎の上を歩く，という超常現象を教える。この時点で既に本来の話柄から逸脱しているのだが，この超常現象を媒介にして自分が直接見た類似現象を物語り始めるのである。（引用－12）の「余談」は二重に，つまり一つにそれが現在（16世紀）の出来事

であるという点で，一つに語る主体であるヴィジュネールの意志が働き，閉じられ・完結した「太古」の世界を揺るがすという点で，「現在」を写し出す。「現在」への言及については既に略述したので，余談を紡ぎ出すヴィジュネールをいま少し紹介してみる。

　初めに以下の註釈の対象となる筈の，ティトゥス＝リウィウスの文章を掲げておこう。それは凡そ次のようなものだった——《ロムルスがこうしたこと〔軍を起こすこと〕を行なうにあたり卜占官の忠告と意見とに従っていたがために，当時，この術で最も名高かった者の一人，アキウス・ナウィウスはそれに反対し，鳥が何らかの吉兆を知らせる前に何事かを変更したり革新したりすべきではない，と具申した。すると国王は怒り始め，（伝えられるところでは）この術を嘲弄した。それならば卜占官殿よ（と彼は言い始める），そなたの卜占術で，予が考えておることが為されうるか否か，調べてみよ。ナウィウスはこの件について鳥の舞いを確かめ，然り，紛うことなく，と答えた。それなれば（と国王は返した）予が心の中で考えていたのは，短刀でこの研ぎ石を真っ二つに切断出来るかどうか，ということだ。短刀と研ぎ石を取って，そなたの鳥が約束することを為すがよい。すると（伝えられる処では）卜占官は自信たっぷりに怯むことなくその石をすっぱりと二つに切ってのけた。それ以来，元老院があった位置の左手，人民集会が開かれた階の，奇跡が起こった将にその場所に，顔を覆った彼のアキウスの像が置かれたのである》〔32〕。そして本来なら以下の文は，卜占官アキウスへの人物註である筈だった。

　（引用−5）〔col. 1454〕
《アッキウス・ナウィウス（アッティウス・ナウィウスの方が名前としてよくとおっている）当時のもっとも高名な卜占官のひとり。プリニウスは『博物誌』の「第三十四巻」第5章〔プリニウス『博物誌』雄山閣，では「第三十四巻」第22節〕で，以下のことを確実なものとして記している。アッキウス・ナウィウスノ像モマタ元老院ノ前ニ立ッテイタガ，ソノ台座ハプブリウス・クロディウスの葬儀ノサイ，元老院ガ放火サレタトキ焼ケテシマッタ。そして

少し先で，コレラノ像，ソシテマタアッキウス・ナウィウスノ像ガタルクィヌス・プリスクスノ時代ニ建テラレタト考エラレテイル：この人物について詩人にアクティウスが子孫だと見做されている。アウルス・ゲッリウスが〔『アッティカの夜』〕「第十三巻」第2章がこの詩人に言及して，パエウィウスにその悲劇『アトレウス』を見せたとき，その者が彼に，文体が少し粗野だと言ったので，彼はこの男にこう答えた。これはまるで林檎のようなものだ。樹から聊か青いうちに摘み取り，時間がそののち甘くして，最後には完熟するのだ。甘さが充溢するときは長く続かず，間もなく腐ってしまう。事実，同じことがものを書くときの遣り方にも言えて，当代の最も優れた詩人も，初めの頃は殆ど野次られ，幸運にも，勇気を以って俗衆の話し方の上をいくようになろうと決心するのだ。併し悪しき著述家に関しては事情が違う。彼らは文体というものを持たず，謙虚さや度合いを超え，並外れて高慢になる。或いは一段と引き立つことが出来ないまま，低きをのろのろ進むべく余儀なくされ，地上を這うことになる。あらゆるソースと食欲を奪われた南瓜よりも張りがなく生気もない。これは自ずから多作で，豪壮，高みまで上った歴史家を描写する方法ではないし，加えて更に，国王の役柄を演じなければならない，誰かしら悲劇訳者が以降或るその威厳を素朴で平民の賎しく勇気のない，間抜けな振る舞いと態度で表現しようとするようなものだ。<u>さてわたしたちの本題に戻れば</u>ウェルギリウスはこのアッキウス をフュルギアのアッティスの子孫と想定しようとしている。**第二に，アッティス，そして移民タチノモト，コノアッティスハアキウス家ノ祖トナッタ**》。〔太字はヴィジュネール，下線は筆者〕

近年の関心を集める「カバラ学者ヴィジュネール」，「自然哲学者ヴィジュネール」の面影を髣髴させる「余談」も数箇所〔cols. 1261-1262; 1345〕散見出来るし，ヴィジュネールの広範囲な学識を知って戴くにはその方が適切なのかも知れないが，「カバラ学」や「自然哲学」になるとヴィジュネールの舌が滑らかすぎて，ただでさえ長い引用の域を越えてしまう。上記（引用－5）で代用させて

いただく。

　さて初めにお断りしたようにこの註釈は卜占官アキウス〔アッティス〕・ナウィウスの人物註である筈なのだが，註釈の冒頭からその限定が崩れてゆく。プリニウス[19]の文章は，ナウィウスの像が元老院の前に建っていたこと，元老院がププリウス・クロディウスの葬儀の折りに焼失したとき，その像の台座も焼け落ちたということ，またナウィウスの像がタルクイニウス・プリスクスの治世に建てられたことであり，本文の主題であるタルクイニウスと卓越した卜占官ナウィウスの確執にも，ナウィウスがタルクイニウスの無理難題に平然と応じて卜占官の超常的な力量を知らしめたことも，それ以後卜占官への敬意がローマ人の間で高まったことも，またナウィウスその人の逸話・来歴──そのような伝承があるとして──にも凡そ触れていない。ティトゥス゠リウィウスがナウィウスの像に言い及ぶのは，タルクイニウスの眼前で彼が示した奇跡を語り終えたあと，つまりナウィウスの名前が初めて書き留められてから，数行を経過した箇所に於いてなのである。奇跡譚を述べてから像の設立（或いは，註釈としてはその崩壊）に移るのが順当な手順であるのに，ヴィジュネールは余りにも先走る。脱線は既に当初から始まっていた，もしくは脱線が本来の進路に先行していた。そしてアキウス・ナウィウスの像から，ナウィウスの末裔に数えられる，詩人アクティウスの逸話に及び，爛熟した作品よりも硬質な文体の悲劇の方が長きに亘って愛好される，という説話，この教訓は現在の詩人にも妥当する，との判断へと展開される。そして（引用－5）の最後になって漸く，《さてわたしたちの本題に戻れば〔Mais pour retourner à nostre propos〕》との定型表現とともに，アキウスの人物紹介を開始する。参考のため（引用－5）に直続する，註（83）の残余の註釈を挙げておく。

　（引用－5 bis）〔col. 1454〕
《加えてキケロが『占い』の「第一巻」で，またディオニュッシオス・ハリカルナッセウスはキケロを受けて「第三巻」でこの卜占官のアッキウスは，まだ幼い時，困窮のため豚を飼っていたが，或る時1頭が逃げ去ってしまっ

た。取り戻すことが出来なかったので，英雄たちに捧げられていた，木造の小さな礼拝堂で祈り始め，彼らにその近隣の最も大きな葡萄の房を捧げると約束した。彼の祈りは満たされたが，誓言を完遂するのは大変難事だったので，彼は一番近い葡萄園に行き，南を向いてその場の真ん中に立って，葡萄園を心の中で四方面に分け，注意深く現れる筈の兆候を見守った。鳥たちによって三方面は棄却された。彼は第四の方面を更に分割し，最終的に兆候はそれらのうちの一つに留まり，驚くべき大きさの房が見つかり，彼は英雄たちへの誓いを守ることが出来た。これが明らかになると，そのエトルリア人の許を訪れ，占いの学を学んだ。彼はエトルリア人の許で生まれたので，謂わば自分自身率先して取り掛かったのである》

《さてわたしたちの本題に戻れば》，との表現がどれ程無意味であるか，お分かり戴けると思う。アキウスの人物註として有りうべきは（引用－5 bis）であり，それ以前の（引用－5）は寧ろその後に回されて然る可きなのだ。（引用－5）の論旨〔……〕の展開が典型的に示すとおり，「余談」は時として一つの「余談」に留まらず，更にまた一つの「余談」を生み出してゆく。ヴィジュネールにあって（恐らく16世紀人に共有されるところであろうが）[20]「余談」は自己増殖するかの如くである。とはいえヴィジュネール自身が「余談」の自己増殖に無自覚であった訳ではない。《さてわたしたちの本題に戻れば》とは（引用－5）のみならず，（引用－2）末尾にも記された定型表現であったし，類似の言葉は「余談」から本来の註釈へ戻ろうとする各所に見出される。「考証の魔」に取り憑かれ，自己増殖する「余談」に呑み込まれながら，そうした自分を自覚し，抑制を試みる。併しその「抑制」への努力も時を経ずして再度，「考証の魔」の力に屈してしまう。それ程までに「余談」を語ることは魅力的であった。

　ところで，「語る主体＝ヴィジュネール」の姿が反映されるのは，必ずしも純粋に学術的な註釈や「余談」に於いてのみではない。（引用－5）の「余談」が「考証の魔」に導かれているとするなら，（引用－2）で引かれた超常現象

第 2 章　註釈者ブレーズ・ド・ヴィジュネール　117

の見聞録は「考証」——実はそれすらが「余談」であったのだが——の裏付けという意義を託されていた一方で，より単純に語ること，直接的に己れを語ることへの渇望の発露であったように思える。そしてヴィジュネールは「考証」過程に関わる言辞（この過程については後述しよう）以外にも，自らの意見を幾つか，さり気なく披露している。「考証の現場」を捕らえるまえに，『第一デカド』の翻訳註解の構造そのものに直接与からないそれらの発言を，『第一デカド』の翻訳註解過程の産物という特殊性に配慮しつつ，一瞥しておきたい。

　マキュヴェッリはティトゥス＝リウィウスの『第一デカド』を以って，自身の政治思想の一端（或いは根幹）を語った。マキャヴェッリの撰択の的確さは，ティトゥス＝リウィウスの著作以上に，その論考がいまなお読み継がれている事実からも推論出来よう。聖バルテルミーの虐殺から10年，リーグ派が台頭するアンリ3世の治世を生きるヴィジュネールが『第一デカド』の翻訳註解に挑みながら，僅かに漏らした政治的発言も或いはティトゥス＝リウィウスの力作が誘ったものかも知れない。殊に王制から共和制へと移行する時期を扱った『第一デカド』は，当然，国制への反省を呼び覚ましたであろう。そして翻訳考証にあたりながら，ヴィジュネールがふと漏らした国制論には，『第一デカド』の忠実な仏訳への誠実な註解とは考え難い，「批評家ヴィジュネール」が「考証家ヴィジュネール」を差し置いて自らの思想を露わにした箇所が，些少とはいえ存在しないでもない。膨大な註釈からすれば錯覚かと思わせる程度の瑕瑾に過ぎないが，「現在」が「古代」を変形させた例として，或る政治的発言を紹介したい。

　ヴィジュネールの政治観をそれとなく写し出す若干の言葉を拾いあげてみる。ヴィジュネールが註 (19) で，アリストテレスやソポクレス，キケロを借用しながら，《王制は他のどの制体にもまして称賛され，優れたるものである》〔col. 917〕と君主制を讃えたのは，当時の国家論の文脈に於いて何の不思議もないし，意見の開陳というより考証の延長に属するだろう。けれどもタルクイニウス・プリスクスが設けた法の一つ，国王の撰出方法を定めた箇条に触れ，《これは先ずわたしたちに，ローマ王国が撰出制であったことを示す〔……〕。

これは註記に価する〔ce qui est digne d'estre noté〕》〔col. 1411〕と述べたのは，私的なコメントだと思う。併し《これは註記に価する》と付記することと，撰出制王権を支持することとは異なる。優れた統治者が二代続く国家はこの上なく繁栄する，との判断を示したのち，ヴィジュネールは，《こうしたことは往々にして継承君主制に於けるよりも，秩序正しい共和国〔Republique〕に於いて，より起こり易いところである。このことが継承君主制をとる国家で不可能だ，という意味ではない。一人一人が先代を継承してゆく多くの優れた，勇猛な国王が認められるように，である。フランスにあってさえ同様なのだ。撰出君主制はこれよりも危険であり，継承制君主国家よりも一層の不都合をきたすからである。丁度多くの皇帝や教皇がそれにあたる。彼らは理性的な被造物であるよりも寧ろ，怪物や奇形の類に帰せられるべきであるのだ》〔col.1582〕，と語ってみせた。この文章の冒頭でヴィジュネールは，継承君主制よりも《秩序正しい共和制》に比重を置いているが，これは恐らく「国王タルクイニウス・スペルブスの追放＝王制の廃止と共和制への移行」に関する註釈での表現だからであり，ヴィジュネールをその当時，欧州のどこにも実態的には存在していなかった「共和国」（ローマの広大な領土を鑑み，領邦国家や都市国家は別とする）の支持者と見做すのはアナクロニスムに陥るだけだと思う。いずれにせよ，撰出制であった（神聖）ローマ帝国皇帝やカトリック教会教皇よりも，フランスに代表される継承君主制を是とする発言に着目した方が宜い。全くの印象でしかないのだが，継承制によってフランス国王となり，撰出制によってポーランド国王となったアンリ３世（周知の如くポーランド国民はアンリのポーランド脱出と不在に失望して間もなく彼を廃位したが，アンリの方はその最期まで，「フランス及びポーランドの君主」という称号に固執していた）に阿っての発言とは，必ずしも思えないのだ。何故そう思ってしまうのか。ヴィジュネールの王国像が同時代の少なからぬ，ガリカン派知識人の王国像，換言すると，理念的に把握された「現状」維持派の王国像を連想させるからである。そしてここから註釈の逸脱が始まる。

　ヴィジュネールは国王と家臣の絶対的関係を説く。だがその反面，国王の絶

対性を拘束しもする。次の二つの引用を重ね併せていただきたい。

（引用－6）〔cols. 1557 ; 1029〕
(A)《上記のようなあらゆる災難にあって、彼〔＝タルクイニウス・スペルブス〕の邪悪で忌まわしい振る舞いから見ればそれ相応の見返りだったのだが、併しながら彼を攻撃し、彼から王冠を奪った最初の計画者たちは、不正で、不相応で、暴君的で、自分の義父を殺害して奪った王冠の乱暴な簒奪者だったにもかかわらず、1年も経たないうちに、神の復讐は彼らに、国王がどのようなものであるにせよ、家臣から尊敬されなければならず、聖にして不可侵であると教えられたのである。<u>何故ならブルトゥスは、自分の目の前で自分の二人の王子を処刑させるという懲罰を受けたのち、厳格にして厳正に法にそって処すのではなく、野蛮という形容以上の残酷さによって、彼の王子の子供の1人と最初の戦闘のときすでに、お互いに殺し合ってしまったのだ。従って彼の死後いかなる彫像も捧げられなかった</u>〔……〕〔下線は筆者〕》

(B)《家臣、即ち神が彼の保護と統治の許に置き、彼らに理性と正義を与えるようにされる人々に対して至高の君主が避けなければならないすべての事柄とは、弱者を権力者の侮蔑と暴力から守り、彼らが共に兄弟のように揃って暮らすようにさせることで、彼はその父親なのである》

(A)はタルクイニウス・スペルブスの廃位について、(B)はロムルスの死去（失踪）についての註釈の一部である。一つにこれは、「主権〔souveraineté〕」の概念を確立したジャン・ボダンにすら窺えるところであるが、(A)・(B)ともに、国王の絶対性・非拘束性の上部概念に「神慮」を置いている。古典的過ぎるほど古典的なこの王権論をひとまず置いて、殊に註目したいのは、（引用－6）(A)の下線部である。タルクイニウス・スペルブスを追放した中心人物ブルトゥスは王族の一員であり、且つ王制廃止後に設立された共和制ローマの初代執政官の一人であった。ヴィジュネールは国王に

反逆した者の典型としてブルトゥスの運命を否定的・消極的に描き出す。自らの子供たちの処刑判決を自ら下し，その惨い処刑に立ち会った冷酷無比な反逆者，追放した前国王軍の指揮官アルンテスと指揮官同士，1対1の騎馬戦で相打ちとなり，死後に像すら建立されなかった，悲惨な運命を辿った者――。だがそれは本当なのか。伝えられるブルトゥスの実像はそのようなものであったのか。答えは，否，である。誰よりもティトゥス゠リウィウスその人がそのように記さなかったし，ヴィジュネール自身もそのような訳文を提出しなかった。『第一デカド』の仏訳に依れば，エトルリア軍（前国王はそこに亡命していた）が撤退したあと，《執政官ウァレリウスは死者の遺体を集め，ローマに凱旋帰還した。そこで彼は同士たちに，為しうる限り荘厳な葬儀を行なわせた。だが公けの喪と哀悼とが，それに最も》立派な栄誉を加えた。その上記憶さる可きは，汚された貞淑に対しかくも厳しい復讐者の姿を示したがために，ローマの婦人たちがちょうど自分の父親に対するが如く，丸一年，彼〔＝ブルトゥス〕を悼んだことである》〔cols. 56-57〕。確かにブルトゥスを記念して像を建てた形跡はないし，そうした記述もない。併しローマ市民は彼の死を厳かに追悼した，というのだ。であるなら（引用－6）（A）下線部のコメントはティトゥス゠リウィウスの原著（及びヴィジュネール訳）を歪めて解説している。これは意図的な操作であろうか。判断がつきかねる問いである。時代の文脈の中で，(引用－6)(A)・(B)から導き出せる「君主論」は，聖バルテルミーの虐殺を分水嶺に過激になりつつあった「暴君討伐論」―――誰が（何が）討伐しうるかにより，異なる幾つかの論調が見られるが，その代表的な機関の一つが「行政官」（「執政官」も「行政官」の一人だ）であったことを想い起こそう――を真っ向から否定するものであり，他方君主に倫理的な義務を課すことで所謂（特に改革派の理解する）「マキャヴェリスム」とも一線を画している。ヴィジュネールの政治的信念の程度はさて措き，註釈を施すヴィジュネールの「現在」が古代ローマの再現を目指す「考証」に影響を及ぼした現場，「考証の魔」が有する増殖力やその成果を知らしめし

たいとの，謂わば内部からの欲求とは位相を異にする，「考証」作業そのものとは差し当たり直接的な関係を持たない「現在」が作用する現場を目撃した，といっても構わないのかも知れない。——けれども，幾度も繰り返すところだが，こうした例は極めて稀であり，註釈の圧倒的な迫力を聊かも損ねたりはしない。「余談」にしても政治思想（或いはカバラ思想）にしても，莫大な註釈の中では，余程意図的に捜すのでない限り，眼を惹きはしない。註釈に「現在」を尋ねるとすれば，それは註釈を註釈たらしめているもの，古代ローマを総合的な宇宙として髣髴させるもの，つまり「考証」の成立地点に立ち会う必要がある。「考証の場」こそヴィジュネールの「現在」，然も「絶えざる現在」を指示しているのだ。

少なからぬ註釈が単なる断定や例示（勿論「余談」や「体験」，「思想表明」ではない）に留まらず，恐らく時としてヴィジュネール自身にさえ馴染みのない事項の探索・点検や，読者が躓くであろう訳文に落ち着いた（落ち着かざるをえなかった）理由の説明に多くの行数・欄数を惜しげなく費やす。「考証の場」とはそうした註釈の施し様を指している。以下に書き写すのは，極めて密度が高く数多なる文献を傍証として「考証の過程」を如実に現す，興味深い註釈である。もともと風格を欠くこの小論を更に殺風景にし兼ねない引用であり，紹介を断念す可きかとも考えたが，今更容姿に配慮するような文章でもないので，ヴィジュネールが「考証家」として渾身の力を籠めて綴った註釈の一つとして，お眼にかけることにした。註釈を一読いただければお分かりになるように，この考証の史的背景には，デケムウィリの要職にあったアピウス・クラウディウスによる平民ウィルギニウスの娘ウィルギニアの監禁と，それに憤り，父親の怒りに同調したローマ市民たちの実力行使がある。

（引用－7）〔cols. 1658-1659〕
《わたしのもの以外の党派を，彼は探さなければならない。ラテン語では，モシ彼ノ求メニ屈スルナラ娘ノタメニ結婚相手ヲ探サネバナラナイ。この箇

所に聊かの曖昧さがある。リウィウス風にいって，この娘〔filiae〕は属格なのか，もしくは，わたしが訳したように与格なのか，ということである。何故なら誰でも知っていることだが，夫婦〔condio〕という言葉は夫をも妻をも，或いは恋する男も，恋する女をも指す。そしてこのテーマについてより不誠実なその他の事柄がある。『マルクス・アウレリウスの生涯』に於いてユリウス・カピトリムスは，ファウスティナがカィエタ（ラティヌムの港町。現在のガエタ）ニ於イテ自分ノ相手トシテ船員タチと剣闘士タチヲ撰出シタノハマサニ確カナ事実デアルカラダ。彼女ニツイテハ，モシ生キテイレバ拒絶シテイタノダガ，トアントニウス・マルクスガ聞イテイル。さらに『ヘリオガバレスの生涯』においてランプリデスは，要スルニローマデハソノ者タチノ愛人ヲ楽シムコトガデキルヨウニ，彼ノタメニ目端ノキク連中ヲヨク訊イテマワッテ，彼ラヲ屋敷ニ連レテキテクレルヨウナ，取リ巻キタチヲ手元ニ置いてオクタメ以外何ヒトツオコナワナカッタ。そして最後にカリウスに関してキケロが，ヨソニ転地シタマエ。君ハテベレ河ノホトリに別荘ヲ持ッテイル。君ハ実際，丹精ヲコラシテソノ場所ニシツラエタノダッタシ，若者タチガ皆，ソコニ泳ギニクル。ダカラ毎日恋人ヲ撰ブコトモデキル。ドウシテ君ヲ拒絶シテイルソンナ詰マラナイ奴ノタメニ，苦シンデイルンダ。もし偶々この語を属格でとろうと望むなら，それは謂わば，ボールの後を追いかけなければならず，娘の境遇から，彼女が奴隷であるが，自由であるかを明らかにさせなければならない，ということである。併しながら，この疑念の間，彼女は一時的に容赦されるだろう。彼女が自分のものだと主張する者は，こうした手段で占有権から物権的請求権に転嫁させられる。併しこうしたことはありそうもない。従ってわたしは第一のものよりも沈黙することを撰んだ。加えて法曹のパウルスが第一の法について，ディゲスタに於けると同様，こう解釈している。：婚姻ハ離婚ヤ死，捕因ノ身ニナルコトヤフタリガトモニマタ別ノ隷属状態ニ陥ルコトニヨッテ中断サレル。ソコデイキリウスハ戸口カラ，モシ父親ガ自由ノタメニ請求ヲ差シ控エルナラ，ウィルギニアロノ婚約ヲ中止スルコトヲ告ゲタ。再ビ奴隷ノ身分ニオチタ婚約者ヲ妻

ニシヨウトシテイルノデハナイ。ダカラ，ソノ者ノタメニ，別ノ配偶者ヲ探サナケレバナラナイ。ウェルギリウスについてはその悲劇的で大層哀れな死が140ページで長々と明示されている。わたしはローマで古代の大理石に刻まれた，以下の墓碑銘を見たことがある。わたしは，にも拘わらず，それがそれほど古代のものではないと思いながら，書きとめている。誰か才知に富んだ者が上記のように振る舞ったのであろう。〔……〕〔太字はヴィジュネール〕》

　「娘」という名詞を訳すにあたり，なぜ与格ととり，属格でとらなかったのか，自らの解釈を説明するために，「夫婦〔conditio = condictio〕」という言葉が夫と妻の双方を指すものであることを，先ず古典古代の著述家ユリウス・カピトリヌス，アエリウス・ランピリディウス，キケロからの三つの事例を引用・証明し，次いで属格に置いた場合の文脈を想定して，無理が生ずると指摘する（因みに『ガフィオ篇　羅仏辞典』の一項目，「condicio」の引例にまさしくこのティトゥス＝リウィウスの文があり，ヴィジュネールと同じく与格〔pour sa fille〕で仏訳をつけている）。更にこの事件について自分と同じ解釈を下した法曹人〔西暦3世紀の人，ユリウス・パウルス（？）〕を援用する。そして最後にローマ滞在時に偶然（？）発見したウィルギリアの碑銘を，その古代性に疑念を挿みつつも引用し史料として提示する。左程「余談」に紙幅を割かず，例示を重ね，蓋然性に依拠し，乾いた註釈で自分の考証結果の正当性を訴えるのだ。紀元前5世紀の事変を紀元間もないティトゥス＝リウィウスや，帝政期の歴史家の援用が支え得るのか，時代差を充分に還元しているのか（「尊属殺人〔parricide〕」という語が与え兼ねないアナクロニスムに注意を喚起するヴィジュネールではあったが〔col. 1064〕），心許ないといえば心許ない。

　成程確かに懐疑の精神は芽生えている。デーモンを巡る諸説を経めぐった後で慎重に（これが懐疑精神の発露という視点でのみ語られているかどうか，疑問の余地はあるが），《併しこうしたこと全てについて，わたしは何かを是認しようという心算も，自説を導入しようという心算もない。単にわたしが何かの論考で読んだところをそのまま復唱し，残る残余は全て「〔ローマ〕教会」の検閲にお

任せしたいと思う》〔col. 1314〕と結ぶヴィジュネールではある。或いはまた，《これらはみな好き勝手に捏造された寓話であり物語であり，如何なる学説的根拠も真理の気配もない，という人もいるだろう。わたし自身も尚一層そう考えたことだろう，もし権威ある著者が類似のことを真剣に論じたのを見たりしているのでなければ》〔col. 1316〕と，信憑性の所以に制限（「権威原理」）をつけて語るヴィジュネールではある。「ローマ教会」や「権威ある著者」に考証の最終分析を預けてしまうヴィジュネール――その「考証」が果たして「考証」と命名するに価するかどうか，各人各様の判断になると思う。自説に都合のよい断片の切り張りに過ぎない，とも言いうるだろう。時として自らの体験に基づく「余談」を挿入するとはいえ（そして「自らの体験・見聞」がどれほどの錯覚や既成概念に支えられていることか），（引用－7）で立ち会った「考証の現場」が教えるとおり，「権威原理」への依存は強く，また推論の根拠も緊迫した論証どころか，ヴィジュネールには通じる「もっともらしさ」であるからだ（或いはガフィオの根拠も案外経験則であったかも知れない）。

けれど如何に博識な知識人と雖も，時代の壁は絶対的に存在する。それは特に，「抽象」や「一般」に走らず，時代の最先端の武器を携え，一歩でも壁の向こうに達しようと欲する者，天才とはほど遠く・分限を弁えない者の宿命でもあろう。併しヴィジュネールが己れの手の内を明かし，「考証の現場＝考証の現在」を知らしめたのは，博識を誇りたいとの願望に基づくよりも，「考証家」・「註釈家」としての良心に忠実だったからともいいうる。それはヴィジュネールにあって「考証の現在」が「進化」（敢えて「変貌」といった修辞学的な用語は避けたい）していることからも窺われると思う。

5

「進化する註釈」とは何か。謎めいた物言いは控えよう。長文で恐縮だが，先ずは以下の註釈を御一読いただきたい。

第 2 章　註釈者ブレーズ・ド・ヴィジュネール　125

(引用－8)〔cols. 1051-1052〕

《こうした手段によって民衆の好意をかい，至上の権利と権力が彼のもとに委ねられるようにしたのだ。このあとに 8 行から10行の言葉が続く。この一節は，より正確に考えてみると，翻訳の熱意に燃えて最初に目にした時よりも，聊か曖昧で混乱しているように，わたしには思える。この人のような著述家にあっては尚更のことだ。この人はここで読者の眼を欺いて積み荷を作るのだ。従ってわたしはここで，より一層明確になるよう，改めてこの一節を再翻訳しようと思う。元老院議員タチハ，ソウシタ事態ガ進行シテイルコトヲ感ジトッテイタノデ，将来失ウコトニナルデアロウモノヲ自分カラ提供スルベキデアルト考エソノヨウニシテ人気ヲ得テイタ。最高権力ヲ平民ニ約束シタノデアル。自分タチガ手ニシテイル以上ノ権能ヲ与エナイヨウニシテデアル。実際，彼ラハ，平民ガ王ヲ定メルト，モシ元老院議員ガ認可サレタ場合ニカギリ，ソノコトガ認メラレルト，決定シタノデアル。今日デモ法案ノ提出ヤ，官吏ノ推薦ニオイテ，力ズクデ奪イトラレタ，マサニコノ法律ガ用イラレテイルノデアル。平民ガ投票スル以前，国民議会ノ結論ガ確定シテモイナイノニ，元老院議員ガ認定スルノデアル。一字一句辞書で探してみると，わたしの考えでは，以下のようにしか訳せないように思われる。長老たちが民衆のあいだにかかる事変が飛び交っているのに気づき，自分たちを滅ぼすことになるであろうものを彼に託し，授ける方がよいだろうと判断して，至高の権力を彼に与えて彼の好意を得ようとしたのだ。併し長老たちが自らから切り離した以上の権力を彼に与えないような遣り方であった。何故なら長老たちは民衆が王を認めるようになったら，この撰出は，長老たちが批准する限りにおいて，有効となるだろうと命じたからである。律法を交付し，行政官たちを創設するする日に，実力で獲得したこの権利を彼は自分のために，不当に奪い取るのである。何故なら民衆が議論に入るまえに，これからなにが起こるのか分からないので，長老たちは彼を認め，権威を与えるのである。ちょうどこの簒奪者が力ズクデ奪イトラレタ，正ニソノ法律，という点で民衆に拘わっているのだ。なぜなら425年，フィロンが独裁官で

あった時，〔この本の〕「第八巻」，346ページ，42行目でご覧になれるよう，以下の律法を公布したからだ。**百人隊議会ニ対シテモ，貴族院ニ対シテモ，元老院議員タチハ認可シナイ**。このことはキケロもまたプランキウス弁護演説で註目したところで，この古代の時代についてこう話したのである。**スナワチ当時，官職ニツイタ者ハ，モシ元老院議員タチノ認可ガナサレナイカギリ，官職ヲ司ルコトハナカッタノデアル**。「第六巻」の294ページ，2行目あたりで，こうしたことが 未だ行なわれていたことが見て取れる。**百人隊議会ニ対シテモ，クリアニ対シテモ，元老院議員タチハ認可シナイ**。：不注意によって見誤り，次のように「**長老たちが百人隊とクリアを司会した**」と書いてしまったところは，「**長老たちはもはや民衆が集会で決議したことを認めなかった，等々**」と訳すべきである。そのうえ文字通り「百人隊とクリア」と訳してしまったが，護民官の集会に於いて元老院は姿を見せないからである。併しピロンのこの律法は，平民に対してすっかり緊張したスッラによって法律の角を聊か丸くされ，アッピアノスが第一次内戦について言っているように，また別の法を制定した。即ち特定出来なかったが，古来の法の提唱者に従って（と彼は言った），先ず元老院によって検討されなければ，上記のとおり，民衆に，その票を授けるために何事も提唱されない，という法である。ユリウス・カエサルが民衆を優遇するため，マリウスの後を継いでこのピロンの法を立て直した。これがティトゥス゠リウィウスが暗黙裡に結論を引き出そうとしていることであり，それ以上は敢えてはっきり話さず，その存命中に『建国以来のローマ史』を執筆していたので，アウグストゥス帝を恐れたのである。彼は元老院のこの権威を実力で奪い去った。何故なら元老院は名立たるポンペイウス派だったからである。このことは元老院を大きく後退させた。それ故ディオニュッシオス・ハリカルナッセウスは，どれほど自分が殆んど同じ意見だと「第二巻」で述べているにも拘らず，この件についてもっと簡素に語っている。**平民ハ全員一斉ニデハナク，クリアゴトニマトマッテ呼ビ出サレ，発言シタ。最モ多クノクリアニトッテ相応ワシイト判断サレタコトガ元老院ニカケラレタ。コノ慣例ハワレワレノ時代ニ変更サ**

第2章 註釈者ブレーズ・ド・ヴィジュネール 127

レタ。ナゼナラ，平民ニヨッテ投票サレタコトヲ元老院ガ決定スルノデハナク，元老院ノ決定ニ対シテ，平民ガ決定権ヲ持ッテイルカラデアル。**民衆は全員纏めてではなく，クリア毎にわけられて，票を投じた。それから民衆を元老院に連れていった。こうした事情は現代とは異なっている，何故なら民衆の決定を批准するのは元老院ではなく，元老院の命令を確認するのが民衆となっているからだ。併しながらこれは彼がこのことに付加しているところである。何故ならこれは**ティトゥス゠リウィウスや彼〔ディオニュッシオス・ハリカルナッセウス（?）〕よりも五百年以上も前にタルクィヌス・スペルブスはローマから追放されたのであるから。〔……〕**このことは行なわれるであろう，とそのときブルトゥスはすっかり喜んで言った。もし最初に元老院で討論されたことが知らされたら，諸君は諸君自身の投票によって確証するのだ。**ティトゥス゠リウィウスはその他，そしてディオニュッシオス・ハリカルナッセウスもまた，民衆が，長老たちが彼らに国王の撰出権を付託し，委ねたことに非常に喜んだ，と記している。ティトゥスによれば，平民ニハ，ソレガ大層有難イコトデアッタノデ，利益ノ前ニ膝ヲ屈シタトハ，思ワレナカッタ。彼ラハソレヲ可決シ，誰ガローマヲ治メルカ，元老院ガ決定スルヨウ命ジタ。併しながらその後，彼は撰挙を我がものとした。トゥルス・ホスティリウス，18ページ，最後から2行目で，人民ハ王ヲ撰出シタ。元老院議員ガ承認シタ。更にアンクス・マルティウスが綴るには，228ページの10行目で，平民ハ，アンクス・マルティウスヲ王ニ撰出シタ。元老院議員ハ承認シタ〔太字はヴィジュネール〕》

「進化する註釈」に価するのは，この長い註釈（ほぼ全文）の，特に前半である。ヴィジュネールはこの註釈の冒頭から，自分が既に仏訳し，本文として上梓した文章そのものに疑念を投げかける。我を忘れて翻訳の作業に没頭していたときには気付かなかった欠陥が，冷静に精読するうちに現れ，この註釈の直中で《もう一度》より明確な訳文を提出する，というのだ。第一の訳文の論理的展開（欠陥は美的なものではない）の不条理な箇所，整合性に欠ける箇所が，

読み直し，反芻し，改めて史料と対照させるうちに，浮かび上がってくる。その史料とは『第一デカド』綜体であり，或いはティトゥス゠リウィウスを補完して余りあるキケロの演説やアッピアノスの史書である。そしてこの，「権力の委託」を中心とする一節が一過性の出来事ではなく，前例となりうる（なしうる）類であったため，検討作業は『第一デカド』の他の部分の再訳にまで波及する。更に後段では，この事例を通してティトゥス゠リウィウスやディオニュッシオス・ハリカルナッセウスが，当時の皇帝アウグストゥスを暗黙の裡に批判している，とまで推測する。

とはいえ（引用 - 8）後段の部分でのヴィジュネールの判断——これも「現在の介入」であろうが——を，いま問おうとは思わない。驚く可きは本文を変更させる註釈の存在である。註釈は本来，本文理解のための補助である筈だった。ここでは本文を否定し，部分的にせよ本文に代替させる文章を差し出している。16世紀当時の印刷技術の関与するところでもあろう。幾度も述べたように，同一の刊本の印刷にあたっていても文字や文章のみならず，検閲をクリアするために一時除去した紙葉をその後挿入することもあったといわれる。ヴィジュネールの『第一デカド』翻訳註解が検閲の対象になったとは思えないが，本文に手を加える機会が全くなかったとはいえない。他方，殊に『第一デカド』のような大フォリオ判千数百ページを数える書籍の，印刷から出版にいたる過程の費用が非常に高額だったことも容易に想定出来る。短期間に印刷，校正，出版，販売出来る書物とは凡そ程遠い『第一デカド』の，完成した訳文から作業工程に送り，後註や地理註，年代表などは後回しになったのかも知れない。既に完成した部分を破棄することなく，訂正するとしたら，後註で代行させる以外になかったのかも知れない。

併し何故敢えて註釈の場で本文との差し替えを企てたかとの，こうした推測を幾ら重ねても，ヴィジュネールの翻訳によせる強い執念に傷を与えるものではない。寧ろ「考証の現場」に於いて尚，自らの翻訳を顧みて已まないヴィジュネールの姿勢がくっきり」と浮かんでくる。本文が註釈によって乗り越えられる——「進化する註釈」とはこうした現状を指す表現（の心算）なのだ。

第2章　註釈者ブレーズ・ド・ヴィジュネール　129

付言すると，「註釈」が進化するのは，『第一デカド』の内部に限られる訳ではなかった。『〔カエサルの〕内乱記』末尾の地名註と『第一デカド』の地名註に，偶々同一事項への解説があったので，これを比較してみる。

（引用－9）[21]
《ヘラクレア。この名前を持つ都市が沢山あり，二十三にものぼる。併しセンティヌム族はカエサルがここで指しているのは，センティウム族の支配するマケドニアの都市で，ストゥリウム川に面している。もう一つ，エリゴン川に面している都市もある。プリニウス「第四巻」第10章。プトレマイオス。ティトゥス＝リウィウス「第四十五巻」。現今ではケスキアと呼ばれている》

（引用－9 bis）〔1764 v°-1765 r°〕
《ヘラクレア：全く多くの，この名前を名乗る都市がある。ヘラクレスから呼称をとったもので，ヘラクレスが創設した訳ではない。わたしたちの話題に関わるものには二つしかない。一つはカルニア地方の，ピアーヴェ川の河口に位置している島にある。ここには嘗てアキリア族の都市があった。この都市はアキレ族によって破壊され，コンコルダとアルティムの住民が安全な場所であるこの地に落ち着いた。630年頃統治していた皇帝ヘラクレスの名前からヘラクレアという都市を再建した。こんにちではチッタ・ヌォーヴァ呼ばれている。シャルル・マーニュの息子ペパンがその後この都市を廃墟とし，大部分の民衆はヴェネツィアに逃げ込み，ヴェネツィアをその分だけ補強した。：更にベレンガリア1世の頃フン族が来襲し，その結果こんにちでは殆ど道標しか残っておらず，併しこの場所はこの地方の司教区の資格を保持している。もう一つのヘラクリアはディオドロスの「第十二巻」によればメガヘレスにあって，タレンティウム族の植民地であった。ティトゥス＝リウィウスは「第八巻」316ページの25行目，また「第一巻」16ページ，22行目でも言及している。何故ならタレンティウム族はシリティドの都市を屈服させ，そこに住民を移民させたからである》

或いはこの二つの地名註を並列させるのには，無理があるかも知れない。同じ都市のことを語っている訳ではなく，カエサルの『内乱記』にはその内容理解に即応した，『第一デカド』にはまた，理解に必要な（時として不必要なまでの）解説が施されており，両者が扱う時代が（そして多くの場合，地理的空間も）全く違うからだ。寧ろかかる差異こそを，仮令違っていても，「進化」と，敢えて時代錯誤な言葉を以って呼びたいのである。『第一デカド』を註解するヴィジュネールは頻繁に，自らの作品である『〔カエサルの〕戦記』註解やピロストラトスの註解に言及する。それは恰もそうした古典作品の註解群が一つの連続した世界を造り，個々の註解では表明し切れなかった何某かの，一層充実した機能を，相互的な統合・綜合の力によって齎すかの如くである。言う迄もなくそのような相互指示が可能になったのは，『第一デカド』の完成によってであって，この註解がなければ，カエサルやピロストラトスへの註解は孤独な営為として，16世紀の知的世界に佇む許りだった。カエサルの翻訳註解に着手したとき，果たしてヴィジュネールの脳裏に，相互に伝えあう「古典古代」の綜合的註解の世界を最終的には構築するという目標があったのだろうか。

　それはともあれカエサルの翻訳註解からピロストラトスのそれを経てティトゥス＝リウィウスの註解に至るまで，ヴィジュネールの「古代」への関心は高まり，知識も増え，考証もより深く精密になっていった。同時に更に広範囲な人々の裡に，「古代世界」への興味を覚醒させ，恐らくは自らの成果を知らしめ度いと願うようになった。こうした絶えざる拡張と深化，先鋭化，構築しては崩し再構築を目指す過程，それを（「弁証法」と換言するには抵抗があったので），ここでは「進化」と仮に呼んだに過ぎない。弁明すれば「進化」に価値的共意を含める心算など毛頭なく，「考証の魔」に憑かれたままに，考証に考証を重ねて止まない（あるいは外部から見れば不健全な）姿勢だと考えて戴ければ，それで充分である。

第 2 章　註釈者ブレーズ・ド・ヴィジュネール　131

【補遺】『第一デカド』の書誌学的側面

　ブレーズ・ド・ヴィジュネールの『第一デカド』翻訳註解書（及びその続篇）の文献学的側面で，聊か誤解を招く記載が幾つかの論文に見られるので，筆者が底とした版を出来るかぎり詳細に記述しておきたい。

　LES DECADES, QUI SE TROUVENT, DE TITE LIVE. MISES EN LANGUE FRANCOISE : La premiere, par BLAISE DE VIGENERE Bourbonnois : avec des Annotations et figures pour l'intelligence de l'antiquité Romaine : Plus une description particuliere des lieux : et une Chronologie generale des principaux Potentats de la terre.

　La tierce, tournee autrefois par JEAN HAMELIN de Sarlac ; et recentement recourüe et amendee presque tout de neuf. Le reste, de la traduction d'ANTHOINE DE LA FAYE. A PARIS, Chez Jacques du Puys, Libraire juré, à la Samaritaine. M.D.LXXXIII.AVEC PRIVILEGE DU ROY.

　内容は以下のように分割される。

a r°〔扉＝タイトルページ〕
a v°〔空白〕
a ii r°〔スエトニウスからの引用〕
a ii v°〔アンリ 3 世への献辞〕
a iii r°〔アンリ 3 世の肖像画〕
a iii v°〔ティトゥス＝リウィウスの略伝〕
a iiii r°〔ティトゥス＝リウィウスの肖像画〕
a iiii v°-vi r°〔肖像画の説明。略伝の続き。讃辞〕
a vi v°-vii r°〔大項目の目次〕
a vii v°〔允許状〕

a viii rº〔アンブレーム〕

a viii vº〔空白〕

p. 1-458〔『第一デカド』「第一巻」から「第十巻」までの仏訳〕

p. 459-462〔『第二デカド』「第一巻」から「第十巻」までの,アンナエウス・ユリウス・フロルスによる梗概の仏訳〕

Q rº〔アンブレーム〕

Q vº〔空白。この Q rº-vº にはページ・ナンバーも欄ナンバーも付されていない〕

cols. 463-1752〔後註〕

AAAa iii vº〔AAAa iiii rº の地図の紹介〕

AAAa iiii rº〔関連地図。AAAa iii vº - AAAa iiii vº にはページ・ナンバーも紙葉ナンバーも付されていない〕

AAAa iiii vº -1786 vº〔地名註。但し,AAAa iiii vº に紙葉ナンバーはない〕

GGGg iii rº - GGGg v rº〔演説等の目次〕

GGGg v vº〔空白〕

GGGg vi rº -SSSs vi vº〔年代表。但し,SSSs vi vº には表枠のみ記載される〕

〔TTTt rº〕〔正誤表。但し,TTTt rº の指示は付されていない〕

〔TTTt vº〕〔アンブレーム〕

次に,この小論では対象としなかったが,一部ヴィジュネールが翻訳に携わったとされ,上記『第一デカド』と対をなす,『第三デカド』,『第四デカド』及び『第五デカド』の合冊本の標題と結構を示す。

LA TROISIESME DECADE DE TITE-LIVE, CONTENANT LA SECONDE GUERRE PUNIQUE, SOUBSLA CONDUITE D'ANNIBAL : Mise cy devant en François par JEHAN HAMELIN de Sarlat ; et depuis resuyvie presque tout à neuf, par B. D. V. A PARIS. Chez JAQUES DU PUIS, rue sainct Jean de Latran, à la Samaritaine.

M.D.LXXX.

第 2 章　註釈者ブレーズ・ド・ヴィジュネール　133

AVEC PRIVILEGE DU ROY.

『第三デカド』の内容は以下のように分割される。

1 r°（a r°）〔扉〕
1 v°〔次の注意書きが記されている。《Ce premier livre tout expres a esté seulement esbauché, et presque laissé en son entier comme il souloit, horsmis quelques petites choses parcy et parlà, qui ne pouvoient passer pour n'estre assez bien exprimees : et ce pour la satisfaction de ceux qui paraventure pourroient desirer de voir la procedure et stile de sa premiere traduction. Tout le reste est plus exactement recherché, non tant toutesfois qui'〔sic〕il ne soit bien requis d'y remettre encore la main à meilleur escient, et plus à loisir, aumoins es cinq ou six premiers livres ; car les quatre derniers sont de la pure traduction de B. D. V.》〕
2 r°-201 r°〔『第三デカド』「第一巻」から「第十一巻」までの仏訳〕
201 v°（LL iii v°）〔アンブレーム〕

LA QUATRIESME DECADE DE TITE LIVE, CONTENANT LA GUERRE MACEDONIQUE : ET CE QUI RESTE DE LA CINQUIESME ; De la traduction de ANTOINE DE LA FAYE.

『第四デカド』及び『第五デカド』の内容は以下のように分割される。

1 r°（AAa r°）-160 v°（DDDd iiii v°）〔『第四デカド』「第一巻」から「第十巻」までの仏訳〕
161 r°（DDDd v r°）-230 r°（PPPp viii r°）〔『第五デカド』「第一巻」から「第五巻」までの仏訳〕
230 v°（PPPp viii v°）〔空白〕
a r°-h iiii v°〔『第三デカド』から『第五デカド』までに含まれる重要事項の索引。但

し，手許の刊本には乱丁があり，次の索引と途中で入れ代わる〕

a r°-d v v°〔『第一デカド』に含まれる重要事項の索引。乱丁がある〕

したがって筆者の手許にある刊本は，B. N. cote J. 979-980. と同じ版かも知れないが，D. Métral, *op.cit*., Bibliographie, I-X-1. I-X-2（pp. 254-255）とは異なる版のようである。メトラルは，ニスロンが引く『第一デカド』の「第一巻」から「第五巻」までを収めた1579年版の翻訳の存在に疑いを抱いているが，この疑義は正当であると思う。またシオラネスキュは，*Les annotations de B. de V., sur la première décade de Tite—Live, par luy mise en langue frnçoise*, P. (1580). Fol.〔21743〕を『書誌』に記載しているが，この書物の実在も甚だ怪しい。P. Chavy, Vigenère, traducteur baroque, p. 72, note 11. に記される同標題の註釈書（恐らくシオラネスキュを丸写しにした）の存在も同様である。

〈付記〉本稿脱稿後，*Les Antiquitez Romains de Deny d'Hallicarnasse*, traduites du Grec par P. Gabriel François de Jay, de la Compagne de Jesus, avec des Notes Historiques, Critiques et Geographiques, 2 vols, Gregoire Dupuis, 1722. を入手した。ハリカルナッセウスは本章をご覧いただければお分かりのように，ヴィジュネールが最も依拠した歴史家の一人であるが，本稿が対象としている起草年代とこの仏訳の刊行時期が余りに離れているため，また本稿を書いた時点でわたしにとって本稿の目的が達せられていたため，敢えて本稿の中に組み入れなかった。

またリウィウスの仏訳については，ヴィジュネール版のあと，19世紀版までしか参考資料がなかったが，その後，Les Decades de Tite-Live, avec les supplemens de J. Freinshemius sur le mesme Autheur. De la Traduction de P. Du-Ryer, de l'Academie Française. 2 vols., in fol., Antoine de Sommaville, M.DCLIII. を入手することが叶った。併し残念ながら，本稿の執筆にはやや遅すぎた。来るべき研究者に期待する。

〔補足〕最近，ヴィジュネールとティトゥス=リウィウスについての二本の考

察に触れることができたので，遅ればせながら報告しておく。一篇は短論文で，

> Guislaine AMIELLE, La *Décade* de Blaise de Vigenère, in *Hommage au Professeur P. JAL*, Université de Tours, Centre de Recherches A. Piganiol, 1994, pp. 27-33.
>
> Richard CRESCENSO, *Vigenère et l'œvres de Tite-Live, Antiquités, histoire, politique*, Champion, 2014.

後者はさすがにヴィジュネールの専門家による学位論文だけあって，ティトゥス゠リウィウスの古代からルネサンス期にいたるまでの位置づけや，古代を巡るルネサンス期の関心の有り様などを丹念に位置付けてから徐にヴィジュネール論に突入するが，傍で見る限りでは，学位論文の中心に据えるにしてはヴィジュネールとティトゥス゠リウィウスについての議論が浅いような気がする。またそれに伴ってアミエルの短論文を歯牙にもかけないという素振りの言動をするが，これも先達に対しては聊か礼を欠くような気がする。尤もこれは論者の程度の低い雑考を認めたあとでの自己弁明に違いなかろうが。

第 3 章
第三の人, ニコラ・リシュレー

1

　同時代人の手で註釈を施された16世紀のフランス語作品, と言えば, デュ・バルタスの『聖週間』を名指すような物好きな愛好家でなければ, ラブレーの『第四之書』か, ロンサールの『恋愛詩集』を挙げるのが妥当なところであろう。そしてラブレーの著書に捧げられた註釈が, 16世紀では凡そ孤独な行為であったのに比し——ル・デュシャ版を嚆矢とする, 18世紀以降の批評版の多さとは如何にも対照的だが——, ピエール・ド・ロンサールの詩作には『恋愛詩集』のみならず, 『オード集』, そして個々の長編詩（数ある詩作中でもここでは, 筆者がマイクロ・フィルムで読み得た『「永遠」の讃歌』,『哲学の讃歌』,『星辰の讃歌』などを想起しているが[1], 眼にし得なかった『ラ・フランシヤード』,『当代の惨禍を論ず』その他も忘れてはなるまい）にも膨大な註釈が捧げられた。註釈者を指折り数えれば, 先学ジャン・マルタンや[2]放浪の人文学者, マルク゠アントワーヌ・ド・ミュレ, プレイヤード派の, 謂わば同窓（というより先達後進の関係にあったか, それとも師弟関係か）詩人レミ（ルミ）・ベローを筆頭に, パンタレオン・テヴナンの名前は直ぐに浮かぶし, やや細かな文献を繙けば,《ロンサールの最後の弟子》クロード・ガルニエ, ピエール・ド・マルカシュスなどの16世紀末から17世紀初頭を生きた, 今となっては無名の文人たちと出会うことも出来る。だがそうした註釈者の群像にあって最も報われないのは, 恐らく最大の行数をロ

ンサールの様々な詩作に手向けながら，ミュレやベローの陰に埋もれてしまったニコラ・リシュレー[3]ではなかろうか。

　実際，『恋愛詩集』や『続恋愛詩集』註解書のファクシミレ本〔本章後註1の⑥・⑦がそれに該当する〕を上梓したジゼール゠マチウ・カステラーニ研究チームや，マリー゠マドレーヌ・フォンテーヌ研究チームの編纂作業は，ミュレとベローの註釈，及びそこに施された改変を示した後，先に進むことはなかった。何故ミュレで，リシュレーではないのか。何故ベローで，リシュレーではないのか。『恋愛詩集』や『続恋愛詩集』註釈付与に自ら積極的に関与したと言われるロンサールそのひとが，リシュレーの註解作成には携われなかったからか。いや，それぞれの研究チームの口は重いが，僅かに漏れるその解説は，＜ロンサール＞を＜リシュレー＞等閑視の理由にするのではなく，直截に＜リシュレー＞その人の否定的な局面である。例えばマリー゠マドレーヌ研究チームが告げるのは，《キュメのシビュラについての》レミ（ルミ）・ベローの《美しい考察》を，1623年版でリシュレーが，《平板で，おまけに中世的な註釈》〔XXXIV-XXXV〕に改竄してしまった，ということだ。或いはそれは，モレリが指摘する余りに重苦しい《学識〔érudition〕》を意味するものでもあろうか。併し，仮令リシュレーの註釈が《平板で，おまけに中世的》〔本章後註5末尾を参照〕であろうと，「決定版」との定評を有する，ローモニエ゠ルベーグ゠シルヴァー篇『ロンサール全集』[4]が今も尚そこから解読の方法や情報を汲み上げているのは，紛れもない事実である。《平板》で《中世的》，過度な《学識》を盛られたリシュレーの註釈，それは本当に検討するに価しない註釈だったのか。そうではないとしたら，今世紀を代表する『ロンサール全集』が無視し得ないほどの，時間を超える力が，註解のどの部分に託されていたのか。そもそもリシュレーにとってロンサールの詩編に註を付すとは，どのような意義があったのか。現代の研究方法と成果を採り入れた註解研究チームからも，その他の碩学たちからも好意的には迎え入れない，16世紀の影を引き摺った17世紀の初頭を飾る知の，一つの在り方を簡単に紹介するのも，満更無駄ではないと考える。

2

　モレリやフォンテーヌ研究チームの言葉は表面的・結果的に見ると（筆者の印象では）かなり当を得ている。けれどもその発言を実証的に裏付けること，説得力を以って訴えることは中々に難しい――その難しさの一端に註釈者たち，殊にリシュレーの衒学的な学識の披瀝が与っているのだが。どこから手をつければよいのか。実のところ，まやかしに過ぎないのかも知れないが，取り敢えず，「カッサンドル詩篇」，「マリー詩篇」，「エレーヌ詩篇」から，共通する背景を従えて主調を展開するソネを一つずつ選んで，ミュレやベロー，リシュレーがどのような註釈を施しているか，対照してみる。〔　〕内は〔後註１〕で示した底本の番号，中黒(・)後の算用数字はページ数，もしくは紙葉数である。但し，綴字法上の微細なヴァリアントは考慮にいれていない。

　（引用－１）
(A) 〔⑥・5〕
《人気のない鬱蒼と茂った灌木，
　自然のままの岩の尖りきった先端
　　　人里離れた川の荒れに荒れた荒地。
　　　静まり返った洞穴の恐ろしさ。
　それらはわたしのため息とわたしの声を慰め。
　　　密かな木陰の人里離れた場所のみで，
　　　わたしはこの荒れ狂う恋を治すかに思える。
　　　清秋の盛りにわたしを狂気に陥れたこの恋を。
　そこでは固い地面に仰向けになって，
　　　わたしの意識の外でわたしは一枚の絵を描く，
　　　わたしの不運すべての唯一の楽しみ，
　その美はドニゾによって閉じ込められたのだが，

ただ一瞥するだけで突然

千もの返信をわたしに感じさせる。

ミュレ

人気のない：彼は自分の苦しさを，仲間たち皆を避け，孤独な場所を訪れ，美術の面で卓越しており，優れた優美さで人後に落ちない，ニコラ・ドニゾ（アルシノワ伯と渾名されている）が描いた懸想人の肖像を眺めることでしか，慰めることが出来ない，と言っている。**茂った**：鬱蒼とした，葉に満ちた。

わたしのため息とわたしの声：溜息に満ちたわたしの声，もしくは溜息で一杯になったわたしの声。ラテン語法の模倣による。「金ノ供物皿ニ載セテ捧ゲル」，を，「供物皿ト金ノ器ニ載セテ捧ゲル」，と言っている。諸氏はこの書物の中でその種の語法に数多く出会うであろう。**変　身**（メタモルフォーズ）：変貌のこと。ギリシア語》

(B) 〔⑦・35 r°-v°〕

《都市も村もわたしには厭わしく

もし人の痕跡を見つけたら死んでしまうだろう，

ひとり森の中で物思いに耽りながらわたしは散策し。

人気のない場所よりわたしに好もしいものはない。

　　これらの森には猛り狂った猪もおらず，

行く手を阻む岩塊も小川や泉も

樹もわたしの苦しみを知らぬほど聾ではない

そしてわたしの不幸に同情しないほどまでには。

　　ほかの者から絶えず生まれ続ける或る考えがわたしに付き添ってくる，

わたしの胸を濡らす苦い涙と共に，

わたしをかくも憂鬱にする溜息に苦しめられるこのわたしに。

　　だれかしら通りすがりの者が，繁みにいるわたしをみつけて，

わたしの逆立った髪，わたしの恐ろしい顔を見ても

わたしを野生の怪獣だとは言わないでくれたまえ。

ベロー

都市も村も：著者は何かしら想いの人の剣呑な表情を見たか，或いは何らかの嫉妬に駆られて，引き下がり，どこか孤独で何の痕跡もない人里離れた場所に籠ることを決意し，自分の憤慨から解放されより自由になり，自らの情念を明らかにしようと決心する。情念はひどく激しく，彼は岩山や森や，小川すら，それ自身は感情を持たないのに，彼の内心を分かつ者として困惑し，苦悩し，悲しみ．殆ど同情へと動かされる。(**絶えず生まれ続ける或る考え**：彼には自分自身で彼の不運の一部が解釈出来ず，恰も永遠に一息一息湧いてくる無数の溜息，彼の眼から絶えず流れ出る涙。次々と生ずる様々な考えに苦しめられ，自分と自分の惨めな状態に註意を払わないので，何かしら自然の人間より，野生の怪獣のように思うだろう，と示している。) 詩人というものは自分の情念をより適切に描写するためには，都会の上品や雅さから離れた，野趣のある場所に引き籠るという考えを常に抱いている。ペトラルカ。《いつも捜し求めた　孤独な生活〔//〕──「岸辺も野も森も知っていようか」──》〔ペトラルカ，『カンツォニエーレ』，池田廉氏訳，名古屋大学出版会，1992年，「259ソネット」〕。プロスペルスはこのテーマで歌っている。《「ここは確かに人里離れて，嘆くにはうってつけの静かな場所だ〔//〕誰もいない森を　西風の息吹が占居している〔//〕ここでなら密かな悩みを，咎められずに，口にすることができる〔//〕もしも孤独な岩が，秘密を守れさえすれば」》(『プロペルティウス詩集』「第一巻」「18，森の中で」，〔『ローマ恋愛詩人集』所収，中山恒夫氏編訳，国文社，1985年，204ページ〕。(併しながら著者は別の考えに動かされていて，彼が行なっているのは憤慨によってしかない)。

もしひとの痕跡を見つけたら死んでしまうだろう：ティブルススから採られている。《アナタト一緒ナラ人里離レタ森の奥〔//〕マダ誰モソノ緑ニ踏ミ入レタコトガナイトコロデモ幸福ダロウ》〔ティブルスス『エレゲイア』「第四巻」18歌（偽書），ニザール版による〕》。

(C)〔①・512-513〕

《わたしは人々が踏み荒らした街道を避け，

　民衆が集合する都市を避ける。

　岩山や森林は既に十分

　わたしの常軌を逸した孤独な顔がどう刻まれているかしている。

　　　しかしわたしは一人ではなく，わたしの秘書のアモルが

　わたしの衰弱し，折れた足跡を辿らないほどではないし，

　わたしの過去と現在の不幸を物語り，

　この黙ることを知らない，肉体をもたない声に物語らないことはない。

　　わたしの情動に阿るように，屢々語ることで一杯になり，

　わたしは立ち止まり，こういう。あやつが考えに耽り

　語り，わたしのことを想い出すことなどありえようか。

　わたしの病を憐れむのが不快になりはじめることなどありうるだろうか。

　思うに，気に入ってもらおうとして，エレーヌよ，

　正反対のことに騙されて，わたしが間違えなければ。

　　　　　　　　　　　　　　　　　　　　　　リシュレー

わたしは街道を避け：彼がどれほど孤独を捜そうと，いつもアモルが彼の後を追い，過去の辛さを想い起させる。その辛さのうちで，自分が不在の時，エレーヌが彼のことを思い出し，彼について話していたと確信して慰めを得る。殆んど全てがペトラルカから採られている。**岩山や森林**：以下のようにオルペウスは孤独しか愛さない青年カレーに心を奪われた，とパノクレスは述べている。〔……〕

肉体を持たない：幾人かの哲学者は肯定的に主張している〔アウルス＝ゲリウス，「第五巻」15章，およびスイダス，「肉体」という言葉について〕。**わたしは立ち止まり，こういう**：ペトラルカは喜んでこのように瞑想をしている。

《やがて　そっと独りごちて，

「ああ，哀れなお前よ　分かって

彼の地にても，遠いわたしに溜息を吐くか」と
かかる想いに我が魂は　暫しの安らぎ覚える》
そしてルキアノスはこの愛人たちの真似事にずばりと触れている。《熱愛する人々と一緒にいられない人たちは，その人々の行為の幾つかや，その口にした言葉を想い出したり，彼らと心を通わせて，苦痛を鎮めたりする》

　これらの詩編の情景は似ている（そのために比較対照する詩作の先陣として引用したのだから当然ではある）が，執筆された年代（ロンサール個人の，そして文学史的な環境での）も，想を得た女性も，語られる内容も，用いられる言葉も異なる。その上にミュレやベロー，リシュレーの註釈方法や方法論の違いも加わる。更に言ってしまうと，上記の註釈が彼ら3人の註解の特徴を充分に示している訳でもない。そうした前提に立って尚，贅言を重ねながら註目しておきたいことがある。

　(A)から始める。冒頭の句への註釈でミュレはソネ全篇を，詩句から修飾を剝ぎ取り，骨格だけの意味内容に還元して，日常の言葉で辿ってみせる。ソネに限らずその他の形式をとる作品（オード，マドリガル，讃歌など）の註釈にあたっても，冒頭の詩句を引用し，そこで作品全体の鳥瞰図を抽出もしくは紹介する，というのが当時の註解の通例であったから，ミュレのこの註釈の添え方それ自体に特異性がある訳ではない（ミュレの註釈の施し方がその後の「同時代詩」の註釈方式に影響を与えた可能性は否定出来ないとしても）。

　ミュレは骨格の紹介の中に，更にニコラ・ドニゾの人物像を含めている。この人名註は，他の註釈者なら別項目を立てたものだろうし，また，これがなければ骨格の紹介（以後，一応「総論」と呼ぶ）に割かれる行数も少なくなっていた筈だ。次の註は〈Touffu〉なる形容詞の語義説明で，この形容詞がそれ程新奇なものとも思われないが，やや「高度な」語彙に属したのであろう，より平易な語句で置換されている。〈Touffu〉は既に「総論」で引かれた詩句に見られる形容詞であったが，そこで扱われず，新たな項目として立てられた。このような「総論」註と各註の重複も，ミュレに続く註釈者たちが採用した方法で

ある。第三の註〈Mes souspirs, et ma voix〉も語義註の一種と言えるだろう（精密に言えば，多分「語法註」に相当する）。二つの名詞を独立した意味にとらず，形容詞と名詞の関係で捉え，ラテン語文脈の影響を，例示を挙げながら，指摘する。そして同様の語法が『恋愛詩集』各所に認められる，という。最後の註はギリシア語をフランス語綴りに置換した〈Metamorphoses〉の語義と語源を指示する。

　レミ（ルミ）・ベローの場合はどうか。ミュレが「総論」を2行（つまりドニゾの人名註を除いて）で済ませたのに対し，(B)の註解でベローはほぼ6行を「総論」に捧げている。(A)が10音綴，(B)が12音綴（アレクサンドラン）で，それぞれの詩編の含み得る情報量が異なる以上に，大きな差異であると思う。然もミュレの「総論」が当該詩篇の骨格を提示しているとすると，ベローは詩篇に描かれていない「物語」を教え，「物語」の中に詩作を位置づけようとする。著者（＝ロンサール）が愛人（＝一応マリーとしておく）につれなくされたとか，嫉妬したとか，(B)の詩句そのものには1行も割かれていない「動機」をまことしやかに告げ，更に詩作を丹念に散文に置き換えて，作品を恋愛史の一挿話に見立てている。〈Un penser qui renaist〉への註釈にもベローは多くの行を割く。然して難解とも思えない「挿話」の構文をより平易に組み立て直し（5行余！但しこの部分は後年削除された），この詩篇の前面となるテーマ――要するに，第三行詩句が端的に示すように，《solo e pensoso》[5]だ――が古来，様々な詩人たちから愛好されたこと（例：「ここは確かに人里離れて，嘆くにはうってつけの静かな場所だ。〔//〕誰もいない森を，西風の息吹が占居している。〔//〕ここでなら秘かな悩みを，咎められずに，口に出すことができる。〔//〕もしも孤独な岩が，秘密を守れさえすれば」。セクストゥス・プロペルティウス〔中山恒夫氏訳〕；「いつも探し求めた 孤独な生活〔//〕――岸辺も野も森も知っていようや――」。ペトラルカ〔池田廉氏訳〕)，併し先達が雑踏を離れて詩作に耽るために田園を訪れたのに対し，ロンサールの動機は自らの昂ぶる感情であったことを確認する（この「動機」に割かれた2行も後年の削除の対象となった）。ベローの最後の註は，前註を1行溯った，〈Que je meurs si je voy quelque tracette humaine〉の出典がアルビウス・ティ

ブルス(「オ前トー緒ナラ，ドンナ人間ノ足モ草ヲ踏ミツケタコトガナイ，〔//〕人里離レタ森ノ奥デモ仕合ワセニ暮ラスダロウニ」)であることの指摘に過ぎない[6]。

　(C)におけるニコラ・リシュレーの註解は一読して，ミュレやベローのそれと少なからず異なる性格をもつ(ミュレやベローの独自性も忘れられないが)との印象を与えると思う。どこが異質なのか――それはリシュレーの註釈を再読し検討するとして，先ず「総論」はミュレに似て相対的に簡素で，詩作の骨格を抽出するにとどまる。ミュレとの差は二つある。エレーヌという実名の紹介と出典(ペトラルカ)の明示がそれだ。前者は勿論，註釈を付された当該詩句最終行でその名前が明示されている事実を受けているが，他方リシュレーの註解の，一つの側面，つまり「詩人」ロンサールと同じく「実在人物」ロンサールにも照明を当てる註釈の施し方の延長とも考えられる。この点については後段で二，三例を重ねる予定だ。それはともあれ出典の指示や，類似表現の指示は，ミュレやベローが道をつけたとしても，リシュレーにあってほぼ頂点に達する。これは(C)の「総論」から先の註釈で直ぐに判明するであろう。〈Les rochers, les forests〉への註では，美少年カライスを愛したオルペウスも，孤独を好み，「屡々恋慕ノ情ヲ歌イナガラ，聖ナル木陰ニ座ッテイル」，と述べたアレキサンドリア期の叙情詩人パノクレスを引いて，恋する詩人と人里離れた森の木陰との組み合わせが，古代から知られていたことを例示する。続く註釈，〈A ceste voix〉でリシュレーが援用するのは，クウィントゥス・クルティウス・ルフスであり，この声とは木々や岩山に囲まれた場所での木霊を意味するとする。〈A ceste voix〉に後置されその補語となる〈sans corps〉にも改めて註を施し，「木霊」の非身体性についての，異論が哲学者の側から提出されていることを教え，その傍証にアウルス゠ゲッリウス(の，恐らく『アッティカの夜』)や，ギリシアの辞典編纂者(と見做されていた)スイダス(の，恐らく『語源』)の名前や彼らの議論が展開される出典を指示する(直接引用する訳ではない)。詩人が立ち止まり，彼方の――つまりロンサールは森の中にいるのだから――エレーヌの，ロンサールに対する関心を慮るとき，リシュレーの註は，またしてもペトラルカを，更には，恋慕する人々は仕種・言葉を想起しては恋の苦し

みをなだめる，と語るルキアノスを持ち出して，これがロンサール固有の特殊な瞑想ではなく，むしろ詩人たちが喜んで素材とするテーマであることを示す。ここでもロンサールは，過去からの膨大なトポスの貯蔵庫に収納されてしまうのだ。

（引用‐1）がミュレやベロー，リシュレーの註釈の有り様の典型を示しているとは必ずしも言い難いが，現段階で（A）・（B）・（C）から垣間見られるそれぞれの特色を挙げてみる。ミュレを基準にとると，註釈が徐々に細かくなってゆくのが分かる。「総論」の部分に組み入れた人名註は，ベローやリシュレーなら別項目を立てたであろう。この箇所の，ドニゾに関する人名註を除くと，ミュレの註釈は語義註（語法註もふくめ）に限定される。然も語義（語法）自体が決して難解なものではなく，16世紀も半ばを過ぎた時代の知識人なら，誰でも分かるような語（語法）を素っ気なく日常の言葉で言い直した。「教師」が学生に諭すが如く。――ベローの念頭にも，日常性への配慮は存したと思う。カッサンドルをめぐる恋愛詩の詩作からマリーをめぐる詩作に移行する段階で，ロンサールが意図的に自らの詩法を大きく変化させたことは余りにもよく知られている。ベローもその姿勢を，少なくともその姿勢の一部を理解していた。ベローはこのソネをロンサール個人の恋愛史の断片として表現し，非知識人にも馴染みやすい「物語」を創造した。つまりベローの註解は原詩を起点とする創作だと言える。そして「物語」の世界を構想したうえで，主人公ロンサールの内面に立ち入る分析批評を展開した。後年ロンサールは内面に触れる批評を嫌ってか，それとも分析の不正確ゆえにか，この箇所の公開を許さなかった。ベローの「文学的」解釈はソネの「物語」化に留まらず，長い西欧文学史の中に作品を位置づけた。――リシュレーの註釈は，ベローのそれを受けてか否か，文学史への配慮に溢れている。詩篇から「物語」の世界を創造する訳でもなく，詩人の内面を分析する訳でもない。更にまた，出典を明らかにするためでもない。リシュレーの学識は「博識」というよりも「衒学」的であり，或る表現，或る詩句を原点に過度に負荷をかけられた文学史的記憶が蘇ってく

る。記憶の貯蔵庫は重苦しく，ミュレの「教師」めいた註解や，ベローの文学的饒舌を耐え得た非知識人も，流石にこの重さには耐え切れなかった。記憶の貯蔵庫へと絶えず作品を送り返すリシュレーの註釈は，確かに《平板で中世的》，言葉を換えればスコラ的な印象を与えるものでもあろう。併し他方，フォンテーヌブローはアンリ4世の御前で火花を散らせた，デュ・プレシ゠モルネとデュ・ペロンの壮絶な討論の模様を仄聞すると，リシュレーも彼らと同じく，ルネサンスを駆け抜けた，最後の16世紀人であったかも知れない，との印象も拭い切れない。

3

　ミュレ註「カッサンドル詩篇」，ベロー註「マリー詩篇」，リシュレー註「第二マリー詩篇」，リシュレー註「エレーヌ詩篇」に収められたソネに限定し，各詩篇に付された註の数と，註の行数を拾い出してみた。但しミュレやベローの註解については，それぞれ版形が異なるので，ここでは敢えてリシュレーの註釈の底としている『著作集』版〔上記註3①〕を収集の対象とした。(引用－1)(B) でも触れたように，底とした版と『著作集』版では少なからぬ異同があり，研究者の指摘するところでもあるが，概数の枠内と考えた。言い訳めくが，以下の表に何らかの意味を認め得るとしても，その解析は素人の力が及ぶところではなく，本格的な研究者の方に精密な測定をお願いしたい。また，「ソネ番号」は『著作集』で付されたもので，例えばベロー註「マリー詩篇」初版のソネは番号を有さない（初出誌ではここで扱うソネ全篇のインチーピットを網羅したが，この稿をご覧いただく方々にはご迷惑であろうと考え，削除した。そのことをお断りしておく）。

　「カッサンドル詩篇」(ソネのナンバリングで漏れている詩篇は，ソネでないにも拘わらずナンバーがふられている作品である)

ソネ番号	註数	註の行数	ソネ番号	註数	註の行数
1	3	8	2	3	12
3	3	9	4	11	40
5	2	7	6	1	12
7	4	12	8	7	48
9	4	11	10	3	12
11	3	9	12	3	18
13	4	17	14	4	22
15	8	108	16	4	30
17	5	25	18	8	16
19	9	28	20	5	34
21	3	15	22	4	7
23	11	16	24	4	47
25	3	8	26	5	43
27	3	18	28	6	17
29	2	10	30	1	11
31	5	22	32	12	58
33	2	28	34	2	28
35	1	19	36	3	5
37	4	25	38	5	16
39	3	7	40	7	15
41	6	58	42	4	15
43	3	19	44	9	127
45	1	5	46	4	11
47	2	6	48	6	13
49	2	23	50	1	4
51	1	2	52	3	28
53	2	14	54	8	31
55	7	28	56	10	16
57	5	32	58	7	29
59	1	16	60	4	6
61	1	3	62	4	16
63	2	7	64	7	27
65	4	17	66	4	10

67	5	14	68	6	34
69	1	8	70	2	9
71	8	27	72	6	53
73	7	44	74	7	12
75	3	8	76	1	5
77	3	26	78	1	10
79	3	30	80	5	18
81	4	26	82	1	4
83	1	1	84	1	7
85	4	12	86	2	6
87	6	13	88	2	4
89	1	10	90	2	13
91	2	15	92	1	4
93	3	12	94	1	11
95	1	2	96	1	3
97	2	3	98	1	8
99	2	3	100	3	12
101	3	10	102	3	11
103	1	4	104	4	18
105	1	10	106	5	25
107	6	17	108	3	4
109	2	5	110	1	5
111	3	7	112	2	2
113	6	16	114	5	13
115	7	30	116	2	3
117	5	25	118	6	46
119	4	20	120	1	2
121	10	26	122	4	10
123	4	16	124	8	17
125	10	16	126	3	7
127	1	5	128	5	12
129	1	4	130	2	4
131	1	2	132	1	6
133	3	9	134	4	9

135	4	18	136	3	7
137	5	15	138	4	26
139	3	78	140	7	12
141	5	14	142	6	17
143	8	20	144	2	9
145	1	9	146	4	9
147	6	24	148	4	17
149	4	9	150	1	6
151	5	11	152	2	16
153	5	7	154	5	15
155	4	7	156	11	89
157	2	11	158	4	11
159	4	12	160	1	2
161	4	29	162	4	13
163	4	13	164	5	18
165	1	4	166	8	22
167	6	13	168	1	18
169	2	3	170	9	17
171	2	4	172	3	10
173	2	11	174	2	8
175	1	4	176	2	2
177	2	14	178	2	4
179	5	23	180	4	22
181	5	19	182	2	4
183	4	8	184	8	39
185	3	8	186	1	4
187	3	13	188	7	17
189	6	16	190	2	8
191	1	5	192	5	6
193	2	8	194	3	3
195	4	12	196	〔Madrigal〕	
197	3	6	198	6	14
199	4	7	200	1	1
201	4	7	202	5	20

第 3 章　第三の人，ニコラ・リシュレー　151

203	3	5	204	4	8
205	2	2	206	4	12
207	3	11	208	4	14
209	3	4	210	4	15
211	3	7	212	1	4
213	4	7	214	1	2
215	1	2	216	1	2
217	8	16	218	2	5
219	7	8	220	1	1
221	3	6	222	2	8

　この『著作集』での「カッサンドル詩篇」に於ける，①一作品中での註数の平均は，凡そ3.7註（小数点以下 2 桁切り捨て），②一作品に対して割かれた註の行数の平均は，凡そ15.5行，③一つの註に割り振られた行数の平均は，凡そ4.1行である。

　②「マリー詩篇」（ベローの註解付き。但し，既にお断りしたように，ベローの註解付き「マリー詩篇」初版と『著作集』版との間には大きな異同があり，加えてこのベローの版ではそれぞれのソネに番号が付与されていない。詳しくは〔本章後註1〕⑦の最後におかれた，マリー゠マドレーヌ・フォンテーヌ研究チームによるヴァリアントと解説を参照されたい）

ソネ番号	註数	註の行数	ソネ番号	註数	註の行数
1	5	40	2	11	84
3	1	29	4	2	18
5	3	22	6	2	13
7	4	22	8	3	18
9	1	9	10	3	30
11	2	20	12	2	15
13	3	39	14	2	10
15	1	14	16	1	44
17	2	15	18	2	8

19	2	15	20	1	8
21	2	16	22	4	52
23	2	16	24	3	29
25	1	24	26	2	10
27	2	25	28	4	28
29	4	40	30	3	16
31	1	10	32	1	13
33	2	27	34	2	19
35	2	18	36	4	24
37	2	18	38	〔chanson〕	
39	1	3	40	1	4
41	2	6	42	2	4
43	2	8	44	2	19
45	2	11	46	1	20
47	1	14	48	1	6
49	1	6	50	3	17
51	2	11	52	2	7
53	2	11	54	2	19
55	5	28	56	2	22
57	5	36	58	3	12
59	1	10	60	1	3
61	1	7	62	1	5
63	1	3	64	2	16
65	3	23	66	1	2
〔67〕の番号をふられた作品なし			68	5	41

　この『著作集』での「マリー詩篇」に於ける，①一作品中での註数の平均は，凡そ2.3註，②一作品に対して割かれた註の行数の平均は，凡そ18.6行，③一つの註に割り振られた註の行数の平均は，凡そ8.1行である。

　③「第二マリー詩篇」（リシュレーの註解付き。ベロー註釈版「マリー詩篇」には全く収められていない作品群）

第3章 第三の人，ニコラ・リシュレー

ソネ番号	註数	註の行数	ソネ番号	註数	註の行数
1	4	15	2	5	14
3	4	14	4	4	14
5	5	21	6	3	11
7	3	11	8	4	21
9	4	15	10	2	7
11	4	16	12	3	10
13	3	24			

この『著作集』での「第二マリー詩篇」に於ける，①一作品中での註数の平均は，凡そ3.6註，②一作品に対して割かれた註の行数の平均は，凡そ14.8行，③一つの註に割り振られた註の行数の平均は，凡そ4.0行である。

④「エレーヌ詩篇第一部」（リシュレーの註解付き）

ソネ番号	註数	註の行数	ソネ番号	註数	註の行数
1	8	20	2	3	11
3	6	17	4	4	21
5	5	25	6	5	17
7	6	26	8	9	22
9	4	14	10	4	13
11	4	14	12	7	22
13	4	18	14	6	21
15	5	17	16	4	20
17	4	24	18	4	14
19	2	13	20	4	20
21	3	12	22	7	17
23	9	49	24	5	21
25	4	15	26	5	24
27	10	23	28	5	25
29	4	12	30	4	24
31	5	18	32	6	18
33	3	10	34	5	34

35	6	32	36	5	21
37	8	27	38	4	15
39	6	22	40	7	12
41	9	17	42	4	16
43	2	15	44	4	12
45	3	9	46	3	19
47	7	22	48	8	25
49	4	12	50	10	26
51	7	28	52	8	23
53	5	9	54	3	15
55	7	19	56	8	24
57	4	18	58	6	19
59	3	10	60	5	20
61	10	23	62	5	15
63	4	17			

　この『著作集』での「エレーヌ詩篇第一部」に於ける，①一作品中の註数の平均は，凡そ5.3註，②一作品に割かれた註の行数の平均は，凡そ19.2行，③一つの註に割り振られた行数の平均は，凡そ3.5行である。

⑤「エレーヌ詩篇第二部」（リシュレーの註解付き）

ソネ番号	註数	註の行数	ソネ番号	註数	註の行数
1	8	25	2	2	11
3	6	19	4	3	13
5	2	11	6	2	13
7	5	14	8	9	33
9	5	37	10	6	21
11	4	13	12	4	13
13	4	17	14	7	26
15	3	13	16	4	14
17	5	22	18	3	15
19	4	15	20	6	29

第3章 第三の人, ニコラ・リシュレー 155

21	11	20	22	4	18
23	4	14	24	4	13
25	2	10	26	7	16
27	5	15	28	5	19
29	6	29	30	3	18
31	5	13	32	3	13
33	5	13	34	3	20
35	6	15	36	5	13
37	5	18	38	2	18
39	3	7	40	10	18
41	4	22	42	4	17
43	7	11	44	7	30
45	7	17	46	2	10
47	3	17	48	5	15
49	2	11	50	5	12
51	1	5	52	7	13
53	7	17	54	5	11
55	5	17	56	6	17
57	2	8	58	4	9
59	4	11	60	3	13
61	4	9	62	2	5
63	3	9	64	3	21
65	5	24	66	4	17
67	5	16	68	4	6
69	3	12	70	5	15
71	4	11	72	6	16
73	9	21	74	4	9
75	6	16	76	1	3
77	6	13	78	8	19
79	2	6			

　この『著作集』での「エレーヌ詩篇第二部」に於ける, ①一作品中の註数の平均は, 凡そ4.6註, ②一作品に割かれた註の行数の平均は, 凡そ15.5行, ③一つの註に割り振られた行数の平均は, 凡そ3.3行である。

また「第二マリー詩篇」、「エレーヌ詩篇第一部」及び「エレーヌ詩篇第二部」をまとめ、リシュレーが施した作品の総数を合算すると、ソネの数は、155篇（内、「エレーヌ詩篇」は142篇）、註の総数は、750註（内、「エレーヌ詩篇」は702註）となる。この場合、①一作品中の註数の平均は、凡そ4.8註、②一作品に割かれた註の行数の平均は、凡そ16.9行、③一つの註に割り振られた行数の平均は、凡そ3.5行である。

　上記の表に何らかの意味があるとして、そこから何が読み取れるか。一つに、ベローの註解のオリジナリティが浮かび上がる。一つのソネに施される註の数は、ベローに於いて最も少なく、対して註に割り振られる行数は「エレーヌ詩篇第一部」に次ぐ。従って、一つの註に捧げられる行数は最大となり、平均的な行数（凡そ、4.9行）もミュレのそれも大きく凌ぐ。上記の数値はあくまでも『著作集』版を基にした結果であり、（引用－1）（B）の解説で述べたように、後年の編集者は（恐らくロンサールの意向を汲んで、と言うと過ぎた推測の謗りを受けようか）、ベローの註を削減・縮小する方向で対処したから、註釈付き初版本を精密に検討すると、この特徴は一層顕著になるかも知れない。一般に、先行した詩句への註釈が繰り返されることは余りないので、ソネ番号が大きくなると、註釈数もそこに割り振られる行数も少なくなる。つまり作品集の前半の数値は平均値を上回り、後半の数値は下回る傾向がある。そこで敢えて「第一マリー詩篇」の後半に置かれたソネから、ベローの平均的な数値に依然として近い註数と註の行数を維持している作品を引用してみる。

　　（引用－2）〔⑦・77 r°-78 r°〕
《わたしはいつも心にこのキヅタの若木を抱いているだろう、わたしの病の原因、
とある貴人を恐れて彼女が
自分の口からわたしに言う勇気をもたない
愛情を初めて書いて下さったものだ。

第3章 第三の人，ニコラ・リシュレー

　お前のうえに梟も尾白鷲も鴉も
決して止まりになどせぬように，枝に止まり決して害を及ぼさないように。
鋏がお前の若木を害さぬよう，そしてお前のうえに
おお，愛らしいキヅタの，あらゆる灌木の帝国があるように。
　セメルの偉大な息子がその不滅の兜の周りに
おまえを巻いたのは，お前が彼に行なった善行を，
報いるためでしかなかった。
　ディ島の畔で解放されたアリアドネはそのとき，
紙の上でのように，お前のうえに愛情と思いとを綴るが如くして，
彼女の苦しさを彼に語ったのだ。

ベロー

わたしはいつもこころに：彼は凶兆を運ぶ鳥たちがキヅタに，それが彼の愛情の忠実な伝令であったため，止まらぬよう欲している。次いで，バッカスが，不忠で背信のテセウスに海辺にとり残されたアリアドネに恋したとき，彼のためにキヅタを役立てたと想定した。アリアドネはまだ溜息ですっかり一杯になって容易には話すことが出来ず，バッカスが頭に戴いていたキヅタに助けられて結婚の愛情の繋がりを記したとしたのである。**セメレの偉大な息子**：バッカスはセメレとバッカスの息子である。オウィディウスの『転身物語』を見よ。アリアドネはクレタ島の国王ミノスの娘でテセウスは彼女の援助と策略によって，ミノタウロスから助けられた。それからこの善行の感謝のしるしにこの娘を父親から奪い去り，或る晩密かに彼女の許を去り，ディと呼ばれる小島に，野獣に任せて，一人で泣き崩れる彼女を置き去りにした。これらの嘆きとミノタウロスとテセウスの神話についてはカトゥルスを見よ》

　聊かのヴァリアントはあるものの，リシュレーはベローの註釈を概ねそのまま受け継いでいる。(引用－1) (B) で例と共に観察したベローの註解の有り

様は，ここでも変わらない。「総論」部では，作品の言葉を敷衍しつつ，構文を解き，判りやすい口調で言い直している。作品の語り手「わたしは〔je〕」は三人称の「彼は〔il〕」で置き換えられ，「物語」の挿話の記述導入に役立っている。ただ神話喩に多くを拠っているため，「物語」の展開に制限が設けられ，ベローの文学的創造も底が浅いものとなる。「総論」註の半ばから神話喩は既に解説されているが（このソネの構成からいって必然ではあろう），第二の註はそれを一層深め，バッコスやアリアドネ，テセウスといった古代異教神話の人名（神名）の系譜やロンサールの言及の根拠となる伝承を紹介し，このソネの文脈をほぼ正確になぞりながら，補足すべきところは（つまりロンサールやベローと学識を同じくしない人々に対しては）それを補う。韻文作品の非日常的な語法や省略を日常的な言葉に戻し，差し当たり古典古代に関する知識を知の中層までに分かち与えようとしたために，ベローの註釈は紙幅を取らざるを得なかった。幸いなことに「（第一）マリー詩篇」が意図的に平易な構文や語彙でしたためられたゆえに——詩的評価の優劣を論ずる心算はない。誰が《Mignonne, levés vous, vous estes paresseuse》に心奪われずにいられようか——，「カッサンドル詩篇」や「エレーヌ詩篇」に比べて，ベローが取り組まねばならない詩句は少なかった。

　「カッサンドル詩篇」の特徴と言えば，220篇余のソネを均してしまうと，先に掲げた表の平均的数値に，作品あたりの註数でも，註の行数でも，一つの註あたりの行数でも，極めて接近している点が挙げられる。ただそういうためには，これが危険な判断であることを承知しておかなければならない。221篇のソネのうち，ただ一つしか註を託されていないものが40篇あり，そのうち註が4行以下である作品が21篇に及ぶ，ということだ。「第一マリー詩篇」にあっても，ただ一つしか註を施されていない作品は20篇を数え，比率的には「カッサンドル詩篇」にまさる。併しその一つの註が4行以下に留まる作品は，僅かに4篇に過ぎないのである（因みに一つの註しか付されていない作品は「第二マリー詩集」では皆無。また「エレーヌ詩篇第一部」でも皆無。「エレーヌ詩篇第二部」に至って漸く2篇出現するが，その一つの註は5行，もう一方は3行）。そうした事柄をお

第3章 第三の人,ニコラ・リシュレー

断りしたうえで,数値的に「カッサンドル詩篇」を代表するようなソネを撰んでみる。

(引用-3)〔⑥・65〕
《わたしの恋人の跡をつけてくるこの子犬は
　だれの見分けもつかず,吠えかかる。
　そして彼女の嘆きを繰り返すこの鳥は
　四月に一晩中鳴き明かす。
柵は暑さが過ぎ去ると
　想いの人だけが一人でお考えになって塩梅され,
　この庭では西風が育てた全ての花を
　彼女の親指がお摘みになる。
そしてこの舞踏ではこの残酷な矢が
　わたしを貫き,そして新しい季節は
　毎年のようにわたしの苦しみを新鮮にする。
同じ日,同じ場所と時間,
　わたしの胸に留まる彼女の物腰は
　わたしの瞳を二つの涙の川で濡らす。

ミュレ

この子犬は:彼は様々なものを列挙する。それらは或いは眼差しが,或いは聴覚が彼に恋の始まりを想起させ,涙するように強いるのである。あらゆる花を摘み取る〕花を集める。**西風**:それは暖かさと湿り気によって育成に適した強い風である。ユスティヌスはこの風が吹くと,スペインの牝馬は他岸の牡馬のいななきだけで子を孕むという。このことはウェルギリウスもその『農耕詩』で認めている〔ウェルギリウス『農耕詩』,『牧歌・農耕詩』所収,小川正廣氏訳,京都大学出版会,2004年,158ページ〕。**新しい季節**:以下のようにペトラルカも語っている。《かの日の古傷　年毎に蘇る〔//〕

あらたまの季節迎えるころともなれば，〔//〕わが心の奥に　深傷負わせた〔//〕あの面ざしも　あのことばも〔//〕わが両の光に誘うは　ただ涙への憧れ》〔ペトラルカ『カンツォニエーレ』，前掲書，「100　ソネット」〕。残余の全ては殆んどこの詩から採られている》

初めに「総論」としてこのソネの概要が素っ気なく紹介され，語義註がそれに続く。一つは動詞〈moisonner〉の言い換えであり，一つは古代神話に基づく〈Zephyre〉の説明である。その説明を受けて，この「風」の特異性を述べた，ローマの歴史家ユスティヌスとウェルギリウスの『農耕詩』に依拠する逸話が含まれる。最後の註は，このソネの最終4行余がペトラルカを出典とすることを明らかにする（「かの日の古傷　年毎に蘇える〔//〕あらたまの季節迎えるころともなれば，〔//〕わが心の奥に　深傷負わせた〔//〕あの面ざしも　あのことばも〔//〕わが両の光に誘うは　ただ涙への憧れ」〔池田氏訳，「100　ソネット」〕）。必ずしも恣意的に撰択した訳ではないが，（引用-1）（A）の註と註釈の方法に差があるようには見えない。一定の非知識人を想定し，基本的にはその人物に説き聞かせるような註だ。であればこそ，「総論」註に「このソネは明らかに十分優しい」，といった「解説」を載せるだけで済ませ得た（1行からなる一つの註しか有さないソネとはそのような類だ）。ゼピュロスに註を施す一方で，ユスティヌスには人名註を与えない（「カッサンドル詩篇」でユスティヌスが言及されるのは，この箇所だけだ。即ち先に解説したから省略した訳ではない）。また，ペトラルカのイタリア語詩には仏訳をつけない。ラテン語はおろか，ギリシア語の原文を挿入するケースさえ，極めて稀という訳ではない。つまり註釈の施し方が揺らいでいる。恐らくこうした揺らぎは，古典的な註釈方法に添いながら，同時代人の作品に註を付けようとする場合，避け難いものだった。ラブレーの「難語略解」をさて措くと，註釈とは註釈される文書に権威を与えると同時に，註釈者の学識を喧伝する役割を託された。対象となる文書をどう解釈するか，その解釈の発表とそうした役割とは不即不離のものだった。ミュレのような放浪の大学者が不特定の，もしくは特定の非知識人を想定して，時代の最先端を突っ走る詩人の作品

を，単に理解可能にするためだけに註を振ったと考えるなら，多分時代錯誤に陥ると思う。ミュレは優れた教師であり，そうであることを示さなければならなかった。学識が表に現れない註釈を誰が信用しただろうか。そのような註釈でしか飾られないロンサールの詩作が時代を切り開くと，誰が考えただろうか。

さて上記の表から，リシュレーの註解についてどのような印象を抱くことが可能か。リシュレーが註を施した「第二マリー詩篇」，「エレーヌ詩篇第一部」，「エレーヌ詩篇第二部」を通じて平均すると，一つの作品に託された註の数で，ミュレやベローを上回る。逆に一つの註に捧げられる行数は彼らを下回り，殊にベローと比較するとその半ばにも及ばない。具体例として，作品の出来不出来を問わず，註数や註に与えられた行数の点で，数値的に平均に近いと思われるソネを引いてみる。

（引用－4）〔①・566〕
《ああ，なんとあなたの律法は正しく，学ぶに値するものであったか，
偉大なるモーセ，偉大なる預言者，神の偉大なるミノスよ，
偉大なる律法者として，ヘブライびとを指揮され
七年ののち，自由を獲得された。
　わたしはわたしが想いびととして獲得した女性が，偉大なる戦士よ，
わたしの心の中心にいて
わたしの代わりにあなたの戒律がなされ，
七年の後わたしを解放することを望まれた。
　七年は既に過ぎ，わたしは未だ隷属の状態にいる
喜んでさらに7年お仕えすることは出来るが，
歳が経たら彼女の心を享楽することが出来さえすれば，の話だ。
　しかしこのギリシア女のエレーヌは，ヘブライびとの律法を
頑なな心で歯牙にもかけず，
神の律法に反してわたしの隷従を解放しない。

162　第Ⅰ部　フランス・宗教戦争前後の考証と註釈の変遷

リシュレー

ああ，なんとあなたの律法は正しく：詩人は既に7年間仕えたエレーヌが，快楽への自由を授けてくれることを望むよう，願っている。次善の策としてもう7年ののちにはそうしてくれるように。これはヤコブの愛情の暗示である。**あなたの律法**：「出エジプト記」第21章。**偉大なるモーセ**：ヘブライびとの律法者。その生涯はフィロン・ル・ジュイフ〔フラウィウス・ヨセフス〕やニュッサのグレゴリオスで読むことが出来る。**偉大なミノス**：〔……〕ミノスはユピテルと非常な親交があり，ユピテルはミノスと顔を合わせて会話した。《ユピテルが秘儀を授けたミノス》〔鈴木一郎訳，『ホラティウス全集』所収，玉川大学出版部，2001年，334ページ〕。**隷属状態に**：恋愛状態に。クセノポンは「奴隷ニ陥ルコト」と呼んだ。ティブルルスはこう言っている。「悲惨な隷従」〔ティブルルス。前掲書。「エレゲイア，第二巻『四、**彼女はお金を催促する**』」〕《悲喜こもごもの二つの鍵は〔//〕あなたの掌中に，それでもわたしは満ち足りていた》〔ペトラルカ，前掲書，「63　バッラータ」〕

　「総論」で略述されるこのソネでのモティーフは，七年間仕えたエレーヌから開放されたいとのロンサールの願望と，それを許さぬエレーヌの気紛れである。以下の註釈で十二分に展開される，神学的暗示が既に，「旧約書」のヤコブに言及することで，「総論」の中に明らかにされている。次の事項註で，「あなたの掟（律法）」の出典は「出エジプト記」第21章であるとし，モーセの人名註では，余りにも知られた神話的人物の伝記的文献に，更に，フィロン・ル・ジュイフとニュッサのグレゴリオスの『モーセ伝』を加えてみせる。
　フィロンは別として，ニュッサのグレゴリオスの伝記が果たして一般の読者の（知的中層以下に属する人々）手が届く範囲にあったかどうか，あったとしても容易に読める状態にあったかどうか，はっきり言って心許ない。それに続く，やや唐突な（ヘブライ神話をギリシア神話からの借用で補おうとするのだから，如何にロンサールといえども，意外の感は免れない）クレタ島のミノス王の喩に註

をほどこしては，テルトゥリアヌスの，「モットモ近イ神ノ裁定者」との断片的言辞や「最大ノ神ノ侍者」とのナジアンゾスのグレゴリオスによる形容「偉大ナル神ノ随伴者」とのホメロスの言葉や，「ミノスハ隠レタル神ニ会ウコトヲ許サレタリ」との詩句を引いてみせたりする。つまりリシュレーは，ミノス王によりモーセの偉大さを示そうとするロンサールを懸命に正当化しようとしている——多分，神との近さを示すために，ナジアンゾスのグレゴリオスや，テルトゥリアヌス，ホメロス，ホラティウスを際限なく列挙するより，ミノス王と「7年」の関わりを示唆した方が，ロンサールの連想に根拠を与え得たと思うが，それはここでは語るまい——。最後の註も同時代の恋愛詩，ましてやリシュレーが註解を手がけた頃の恋愛詩の読者には，必要のない註釈だと思う。「隷従状態で」が《恋愛に於いて》であるのは言うを俟たないし，クセノポンの《服従》という言葉を引いたり，ティブルスの一句やペトラルカの一節，《酷き軛に捕らえられて，〔//〕忠実なる臣民に ひどい仕打ちの首枷に》〔池田氏訳，『カンツォニエーレ』，前掲書，「62 ソネット」，p. 108〕を引用してみても（ペトラルカの場合には，出典指示の意味合いもあろうが），このソネ自体の鑑賞にそれほど役立つ註だとは思えないのである。筆者は先に，（引用 - 1）（C）のリシュレーによる註解を評して，《過去からの膨大なトポスの貯蔵庫》にロンサールの詩句を収納する作業だ，と記した。（引用 - 4）の註釈はそうした作業がリシュレーの註解の基底を構成していたことを示すと同時に，その貯蔵庫がロンサールに然るべき位置を与えるのみならず，逆にロンサールの詩句を鍵として，貯蔵庫の（ある項目の）扉が開き，内部に収納されていた無数の記憶が，表現や概念のわずかな関連を頼りに拡散してゆくのを目の当たりにさせる。それはロンサールの表現史的・思想史的な知識の有無よりも，リシュレーの貯蔵庫の大きさを知らしめるかのようだった。

4

　数値化の操作が妥当である場合とそうでない場合が存することを重々承知で、リシュレーが註釈の中で解説のために引用した、もしくは言及した実在の、もしくはそう考えられていた人名を、「第二マリー詩篇」、「エレーヌ詩篇第一部」及び「エレーヌ詩篇第二部」から、出現頻度と共に表にしてみる。数字は『著作集』でのソネ番号であり、ローマン体は引用を、イタリック体は言及を示す。ここで引用とは、一語一句であれ、原文が記載された註を、言及とは、如何に行数を重ねようと、それがフランス語による梗概であったり、原著の指摘である註を意味する。尚、大プリニウスと小プリニウス、父セネカと子セネカについては、周知の如く、16世紀の知の上層に属する人々にあってさえ、時として、否、往々に混同されており（混同しない謂われはなかった）、リシュレーの註釈にもそれらを峻別する姿勢が認められないので、単に「プリニウス」、もしくは「セネカ」と表記した。因みに、ニュッサのグレゴリオスとナジアンズスのグレゴリオスは、上記（引用−4）の註釈にあったように、リシュレーはこれを明確に区別していた。同名の人物の実在が知られているケースでも、殊に特定化が必要と思われる場合を除いて、通称を記すにとどめた。更に、以下の表で同一作家に関する場合、作品の違いには顧慮しなかった。『書名』の引用・言及は『聖書』に限り（そもそも『聖書』への言及は極めて稀で、恐らく上記の引用註釈に限られる）、書名から著者を同定できるケースでも、著者名は数えていない。当の著者ロンサール自身を指す、名詞・代名詞も散見されるが、固有名として現れていないので、これも勘定に入れなかった。これまでの（引用）でご覧いただいたように、註の原典表記・著者表記は極めて簡略であり、どの程度まで同定できたか、リシュレーが用いたであろう著書の殆んどが参照不可能な状態であるため、全く自信がない。実在した（と思われる、もしくは思われていた）人名と虚構の人名の混同にも、率直に言って、困った。実在と虚構をリシュレーがどれほど判然と認識していたか、どこにも保証はないの

第3章 第三の人,ニコラ・リシュレー 165

である。マイクロ・フィルムのもたらす物理的事情で,遺漏・誤解が増えたであろうこともお断りしておく。出現頻度が一度の作家については,紙幅の都合で纏めて表示した。

① 「第二マリー詩篇」

出現回数	人名：出現箇所
7	ペトラルカ：1, 2, 7, *8*, 8, 9, 9
5	オウィディウス：4, *5*, *5*, 10, 11
4	ルキアノス：3, 7, 8, 13
3	エウリピデス：6, 6, 11
2	アルノビオス：5, 13
2	ピンダロス：2, *4*
2	クインティリアヌス：8, 11
2	セルウィウス：1, 13
2	スイダス：11, *13*,
2	ウェルギリウス：4, 8
1	アリストパネス：1；アウソニウス：4；コッタ〔C.アウレリウス・〕：5；エインハルト：6；フラミニウス〔ティトゥス・〕：4；グレゴリオス〔ナジアンゾス・〕：3；ホメロス：1；イアンブリコス：1；マルーロ〔ミケーレ・〕：13；ミムネルモス：6；オルペウス：1；ペンタディア：10；ファヴォリオン〔本名ガリアーノ〕：12；プラトン：9；プリニウス：3；プルタルコス：*12*；サンナザーロ：*13*；ソポクレス：6；ストラボン：*13*；トリスメギストス：*1*；クセノポン：2；或る古代人：5；古代のギリシア詩人たち：*5*

② 「エレーヌ詩篇第一部」

出現回数	人名：出現箇所
31	ペトラルカ：1, 4, 4, *9*, 10, 10, *11*, 11, 12, *12*, 13, *14*, 16, *24*, 26, *26*, *27*, 29, *31*, 32, 35, 36, *39*, 39, 45, 46, 49, 54, 57, 62, 63
21	ルキアノス：6, 9, 17, 20, 23, 26, 27, 28, 31, 32, 34, 40, 42, 43, 48, 50, 52, *53*, 56, 58
11	オウィディウス：5, 12, 24, 30, 30, 31, *34*, 42, 51, *61*, 61
10	プラトン：*12*, 15, 17, *31*, 34, 36, *50*, *51*, 52, *53*
10	プルタルコス：5, 19, 23, *23*, *24*, 25, 30, 31, *39*, 59

10	プロペルティウス：	9，11，14，24，*30*，38，43，51，56，63
10	スイダス：	2，3，*14*，*26*，27，*28*，34，40，48，50
10	テオクリトス：	1，*14*，20，24，*34*，46，47，*47*，61，62
9	プリニウス：	*3*，6，6，34，*35*，56，*62*，63，63
8	アプレイオス：	19，27，28，32，42，*47*，*57*，58
8	ウェルギリウス：	5，6，8，10，22，31，36，*47*
7	ホメロス：	*3*，*5*，5，12，*17*，37，62
6	アリストテレス：	*14*，*27*，38，*50*，52，*54*
6	アルノビオス：	1，8，25，27，48，55
6	グレゴリオス〔ナジアンゾス・〕：	6，12，15，28，29，34
5	エウリピデス：	3，7，16，*52*，61
5	ミュレ：	18，*48*，*50*，*53*，*58*
5	クインティリアヌス：	13，*23*，30，32，42
5	セルウィウス：	*7*，*14*，24，*31*，*63*
4	アンゲリアヌス：	4，47，60，62
4	アリストネトス：	8，34，34，42
4	オルペウス：	21，23，*23*，48
4	ピンダロス：	1，5，21，52
4	タッソー：	41，43，50，56
3	カトゥルス：	18，22，36
3	フィッツィーノ：	*2*，*14*，25
3	ヘシオドス：	*12*，21，*23*
3	ルクレティウス：	20，28，*51*
3	マルーロ：	2，3，*14*
3	ミムネルモス：	2，33，49
3	プラウトゥス：	15，17，28
3	ピロストラトス：	*7*，*34*，*37*
3	サルウィアヌス：	18，31，36
3	サッソー（＝サクスス）：	33，52，60
3	ジャン・スゴン：	22，43，62
3	セネカ：	27，44，59
3	テレンティウス：	39，46，58
3	ティブルス：	44，46，56
2	アクロン：	*42*，*55*

第3章 第三の人，ニコラ・リシュレー 167

2	アナクレオン：7, 47
2	アルヌルフ：50, 55
2	アリオスト：47, 61
2	アウソニウス：4, 7
2	ビネ：*16, 52*
2	カリマコス：*20*, 52
2	クラウディアヌス：38, 51
2	コリュトス：*17*, 34
2	イシドルス：7, 31
2	マカリウス：27, 50
2	メナンドロス：*57*, 59
2	ナヴァジェーロ〔アンドレア・〕：20, 48
2	ペトロニウス：34, 43
2	フィロン・ル・ジュイフ：*13, 56*
2	哲学者たち（レ・フィロゾフ）：*46*, 50
2	シドニウス〔・アポリナリス〕：1, 63
2	著者・わたしたちの詩人（＝ロンサール）：13, *51*
1	アレクサンドロス〔・アフロディシアス〕：*14*；アポロニオス：48；アルキロコス：32；アリストパネス：28；アテナイオス：*24*；アウルス＝ゲッリウス：*26*；ベンボ：49；ビオン：5；カシオドルス：47；キケロ：39；コッタ〔C・アウレリウス・〕：28；クルティウス〔クィントゥス・〕：26；キプリアヌス：55；エピクテトス：36；エウストラティオス：8；フロリディドゥス〔サビヌス（？）・不詳。[注]〕ヘロドトス：38；ホラティウス：37；ヒギヌス：*48*；イソクラテス：8；イアンブリコス：58；ユウェナリス：37；リュコフロン：*3*；メナイクモス：11；モスクス：*17*；〔ニギディウス（著書の引用のみ）〕：38；ネメシアヌス：1；パカトゥス〔ドレピアヌス〕：49；パラエパトス：*48*；パノクレス：26；ファヴォリン：17；ポルフュリオス：*5*；ポキュリデス：48；幾人かの哲学者たち（ケルク・フィロゾフ）：*26*；プロクロス：*56*；ルフィヌス〔トラニウス・〕：38；サポー：*2*；シモニデス：*23*；ソポクレス：13；シュネシウス：50；シンマコス：16；ストラボン：61；タキトゥス：*9*；テルトゥリアヌス：4；ウァッロ：30；ヴィジュネール：*24*；クセノポン：7

③「エレーヌ詩篇第二部」

出現回数	人名：出現箇所
22	ペトラルカ：1, 3, 7, *10*, 11, 12, 14, *16*, 16, 17, 20, 29, 31, 35, 36, 38, 45, 45, 47, 50, 51, *54*
20	ルキアノス：1, 1, 8, 11, 17, 20, 22, 24, 26, 26, 30, 37, 40, 44, 46, 53, 53, 56, 58, 72

12	スイダス：8, 10, 30, *31*, 34, 41, 44, 55, *65*, 66, 67, 70
11	ホメロス：7, 13, *32*, 34, *40*, 50, *54*, 56, 57, 66, 70
10	アリステネス：5, 9, 17, 19, 29, 41, 53, 58, 60, 67
10	オウィディウス：*1*, 10, *31*, 40, 〔45〕, 46, *46*, 47, 50, 57（〔　〕内は著作名が記され，著者名は暗示にとどまる）
10	テオクリトス：3, 8, 11, 20, 22, 22, 26, 41, 49, 70
10	ウェルギリウス：1, 8, 15, 43, *48*, 55, *56*, 62, 64, 70
9	セルウィウス：*24*, 28, *35*, 40, 42, *53*, 55, *65*, 73
8	アナクレオン：*3*, 27, 27, 35, 43, *45*, 52, 52
8	アプレイウス：2, *13*, 14, 29, *40*, 44, 64, 69
8	プラトン：*14*, 20, 33, 35, 58, 67, 74, 77
8	プロペルティウス：8, 14, 19, 20, 20, 44, 58, 75
8	ティブルス：7, 17, 29, 34, 35, 36, 42, 71
7	プルタルコス：1, *6*, *13*, *19*, 28, 47, *72*
6	エウリピデス：6, 18, 21, 27, *75*, 77
6	ピンダロス：20, 23, *39*, 48, 50, 57
6	クインティリアヌス：12, 14, 16, 19, 20, 78
6	クセノポン：7, 20, 22, 23, 65, 67
6	わたしたちの詩人・わたしたちの作家（＝ロンサール）：*17*, *21*, *22*, *24*, *39*, *53*
5	アルノビオス：1, 8, 14, 62, 77
5	カリマコス：20, 33, *54*, 56, *56*
5	テルトゥリアヌス：7, 48, 53, *77*, 79
4	ホラティウス：7, *36*, 69, *73*
4	ミムネルモス：20, 58, 65, 78
4	プラウトゥス：35, 49, 64, 75
4	プリニウス：12, 15, 28, *43*
4	セネカ：27, *71*, 72, 78
3	アリストテレス：29, *37*, *43*
3	ベンボ：*13*, 18, 49
3	マカリウス：14, *65*, 65
3	モスクス：45, 58, 78
3	フィロン・ル・ジュイフ：*7*, *14*, *60*
3	サルウィアヌス：17, 69, 75

第3章　第三の人，ニコラ・リシュレー

3	タッソー：*3*, 9, 47	
3	トリピオドロス：9, *9*, *9*	
2	アクロン：*44*, 72	
2	アルカイオス：*16*, 20	
2	アリストパネス：1, 63	
2	アルヌール：25, 31	
2	アテナイオス：38, 44	
2	クラウディアヌス：28, 37	
2	キプリアヌス：6, 23	
2	ディアスコリデス：*2*, *18*	
2	ドナトゥス：4, 47	
2	ヘシオドス：*26*, 73	
2	ミュレ：52, 61	
2	ムサエウス：32, 45	
2	ニギディウス：6（著書の引用），6	
2	ペトロニウス：13, 44	
2	サンナザーロ：*8*, 8	
2	サポー：16, 20	
2	シュネシウス：14, 31	
2	テオフラストス：24, 74	
2	アテナイの人々（レ・アテニアン）：*9*, *33*	
1	アンゲリアーノ：*55*；アンティステネス：37；アウソニウス：42；著者未詳（オトゥール・アンセルタン）：28；ビネ：*59*；ボッカチョ：33；カシオドルス：47；カスティリオーネ〔バルタザーレ・〕：3；カトー〔マルクス（大・小）の銘記なし〕：69；カトゥルス：8；クレアンテス：*71*；コルネリウス〔・ガルス〕：61；ダンテ：78；ディオメデス：*9*，「エピグラム・グレック」：5；「出エジプト記」（書名のみ）：7；フェリクス〔ミヌティウス・〕：*71*；フィッツイーノ：17；フラミヌス：13；ガレノス：*18*；ギリシア語作家たち（レ・グレク）：59；グレゴリオス〔ニュッサ・〕：7；ヘラクリトス：14；ヘシュキオス：38；イシドルス：*48*；ユウェナリス：4；ラテン語作家たち（レ・ラタン）：59；リュコプロン：44；マルーロ：10；マルティアリス：64；メルキュリアリス：*39*；ナエウディウス：22；ナヴァジェリウス：72；ニカンドロス：30；オルペウス：20；パウォリヌス：74；ピロデモス：65；ピロストラトス：*1*；ポルヌトゥス〔Phornutus（不詳）〕：24；詩人たち（レ・ポエト）：34；プロティノス：65；ピュタゴラス書簡（レトル・ピタゴリク）：48；ラビたち（レ・ラバン）：60；ソポクレス：*26*；テレンティウス：61；ゼノン：*71*	

170　第Ⅰ部　フランス・宗教戦争前後の考証と註釈の変遷

　上記の表に現れた著者の名を，ミュレの註釈版「カッサンドル詩篇」やベローの註釈版「マリー詩篇」に於いて，それぞれのソネ（ソネに限る）の註解で言及された著者たちと対照してみる。著者名はあくまでもカステラーニ研究チームやフォンテーヌ研究チームの調査結果に基づいており〔⑥・73-74；⑦・85-86〕，且つ言及回数は省いた。

	ミュレ	ベロー
1	アルクマン	
2	アナクレオン	アナクレオン
3		古代人たち（アンシアン）
4	ギリシア詩歌集（アントロジー・グレク）	
5	アポロニオス	アポロニオス
6	アプレイウス	
7	アラトス	
8	アルキロコス	
9	アリオスト（同時代）	
10	アリストパネス	
11	アリストテレス	
12	バイフ（同時代）	バイフ
13	ベロー（同時代）	
14	ベンボ（同時代）	ベンボ
15	ビオン	
16		ブリュエス（同時代）
17		カルカグニヌス
18		カリスト（同時代）
19	カリマコス	カリマコス
20	カピルーピ（同時代）	
21	カルダーノ（同時代）	
22	カトゥルス	カトゥルス
23	カヴァルカンティ（同時代）	
24		カルデア人（カルデー）
25	キケロ	
26	「哲学者の天空」（シエル・デ・フィロゾフ；書名）	

第3章　第三の人，ニコラ・リシュレー　171

27		チノ〔・デ・ピストイア〕（同時代）
28	クラウディアヌス	
29	コンティ（同時代）	
30		コルネリウス〔・ガルス〕
31	ダンテ	
32	ドラ（同時代）	
33	ディオニュッシオス〔・ペリエゲテス〕	
34	ディクテュス	
35	デメトリウス〔・トリクリニウス〕	
36	デモクリテス	
37	ディデュモス	
38	デュ・ベレー（同時代）	デュ・ベレー
39	エンペドクレス	
40	エピキュロス	
41	エウリピデス	
42	フィッツィーノ（同時代）	フィッツィーノ
43	フルゲンティウス	
44		ギリシア人だち（レ・グレク）
45	グレヴァン（同時代）	グレヴァン
46	エロエ（同時代）	
47	ヘシオドス	ヘシオドス
48	ホメロス	ホメロス
49		「ホメロス讃歌」（書名）
50	ホラティウス	ホラティウス
51	ユスティヌス	
52		アンベール（同時代）
53		ジョデル（同時代）
54		ラスカリス
55		ラテン語作家たち（レ・ラタン）
56	レオニダス	レオニダス
57	レウキッポス	
58	ルクレティウス	ルクレティウス
59	リュコプロン	リュコプロン
60	マロ〔クレマン・〕	

第Ⅰ部　フランス・宗教戦争前後の考証と註釈の変遷

61	マルティリアス	
62	マルーロ	マルーロ
63	メナンドロス	メナンドロス
64	ミムネルモス	ミムネルモス
65		モルツァ（同時代）
66		ミュレ（同時代）
67	ムセウス	
68		ナヴァジェーロ
79	ニカンドロス	ニカンドロス
70	ノンノス〔・パナポリタノス〕	
71		オッピアノス
72	オルペウス	オルペウス
73	ホラポロン	
74	オウィディウス	オウィディウス
75		パスキエ（同時代）
76		ペルティエ〔ジャック・〕
77	ペトラルカ	ペトラルカ
78	ペレキュデス	
79		ピエタス
80	ピロストラトス	
81	ピンダロス	ピンダロス
82	プラトン	プラトン
83		プラウトゥス
84	プリニウス	プリニウス
85		ポンターノ（同時代）
86	プロペルティウス	プロペルティウス
87	プトレマイオス	
88	キュアンテイル〔・オラシアン〕（同時代）	
89	キュイントス〔・スミュルナ〕	
90		リッキエーリ（同時代）
91	リニエーリ（同時代）	
92		ローマ人たち（ロマン）
93	「薔薇物語」（書名）	
94	ロンサール（同時代）	ロンサール

第3章 第三の人、ニコラ・リシュレー

95	ルフィヌス	
96		サポー
97		スゴン（同時代）
98	セネカ	
99	セレヌス	
100	セルウィウス	
101	ソポクレス	
102	タレス	
103	テオクリトス	テオクリトス
104		「テオクリトス註解」（書名）
105	テオドロス〔・プロドロモス〕	
106	トマス〔・マギステル〕	
107	ティブルルス	ティブルルス
108	ティヤール〔ポンチュス・ド・〕（同時代）	
109	テュルテイオス	
110	ヴァレリアーノ〔ピエリオ・〕（同時代）	
111		ウァレリウス〔・フラックス〕
112	ウァロ	
113	ウェルギリウス	ウェルギリウス
114		「ウェルギリウス註解」（書名）

　上記の表に現れた人名（書名）とリシュレーの註解に現れた人名とを対照し、①ミュレとベロー（もしくはそのうちの一者）により言及され、且つリシュレーによっても言及された名前、②ミュレとベロー（もしくはそのうちの一者）により言及されたが、リシュレーの註釈には見当たらない名前、③ミュレによってもベローによっても言及されず、リシュレーによってのみ言及・援用された名前をそれぞれ拾い出してみる（順不同）。尚、著書名のみの言及は、対象としない。また、不特定（単数・多数）の名詞も対象から外した（例：古代人たち）。

①　ミュレ、ベロー、もしくはそのうちの一者、及びリシュレーによって言及された名前）ペトラルカ；オウィディウス；エウリピデス；ピンダロス；セルウィウス；ウェルギリウス；アリストパネス；ホメロス；マルーロ；

オルペウス;プラトン;プリニウス;ソポクレス;テオクリトス;アプレイオス;アリストテレス;ミュレ;カトゥルス;フィッツィーノ;ヘシオドス;ルクレティウス;ミムネルモス;プラウトゥス;ジャン・スゴン;セネカ;ティブルス;アナクレオン;アリオスト;カリマコス;クラウディアヌス;メナンドロス;ナヴァジェーロ;アポロニオス;アルキロコス;ベンボ;ビオン;キケロ;ウァロ;プロペルティウス;ロンサール;マルティアリス;ムサエウス;コルネリウス・ガルス;ダンテ;ニカンドロス;ピロストラトス;サポー;ホラティウス;リュコプロン;ルフィヌス〔計50名〕

② ミュレとベロー,もしくはそのうちの一者により言及されたが,リシュレーの註釈には見当たらない名前)アルクマン;アラトス;バイフ;ベロー;ブリュエス;カルカグニクス;カリスト;カピルーピ;カルダーノ;カヴァルカンティ;チノ;コンティ;ドラ;ディオニュッシオス・ペリエゲテス;ディクテュス;デメトリウス;デモクリテス;ディデュモス;ジョアシャン・デュ・ベレー;エンペドクレス;エピキュロス;フルゲンティウス;グレヴァン;エロエ;ユスティヌス;アンベール;ジョデル;ラスカリス;レオニダス;レウキッポス;クレマン・マロ;モルツァ;ノンノス;オッピアノス;ホラポロン;ペルティエ;ペレキュデス;ピレタス;ポンターノ;プトレマイオス;キュアンティル・オラシアン;キュイントス;リッキエーリ;リニエーリ;セレヌス;タレス;テオドロス・プロドロモス;トマス・マギステル;ティヤール;テュルテイオス;ヴァレリアーノ;ウァレリウス・フラックス;パスキエ〔計54名〕

③ ミュレによってもベローによっても言及されず,リシュレーによってのみ言及・援用される名前)ルキアノス;アルノビウス;クインティリアヌス;スイダス;アウソニウス;コッタ;エインハルト;フラミニウス;ナジアンゾスのグレゴリオス;ニュッサのグレゴリオス;イアンブリコス;ペンタディウス;パウォリヌス;プルタルコス;サンナザーロ;ストラボン;トリスメギストス;クセノポン;アンゲリアヌス;アリスタイネトス;

第3章　第三の人，ニコラ・リシュレー　175

タッソー；サルウィアヌス；サッソー；テレンティウス；アクロン；アルヌルフ；ビネ；コリュトス；イシドルス；マカリウス；ペトロニウス；フィロン・ル・ジュイフ；シドニウス；アレクサンドロス・アフロディシアス；アテナイオス；アウルス＝ゲッリウス；カシオドルス；クルティウス；キプリアヌス；エピクテトス；エウストラティオス；フルディドゥス（？）；ヘロドトス；テオフラトス；ヒュギヌス；イソクラテス；ユウェナリス；メナイクモス；モスクス；ネメシアヌス；パカトス；パライパトス；パノクレス；ポルフュリオス；ポキュリデス；プロクロス；シモニデス；シュネシウス；シンマクス；タキトゥス；テルトゥリアヌス；ヴィジュネール；サルフィアヌス；トリュピオドレス；アルカイオス；ディオスコリデス；ドナトゥス；ニギディウス；アンティステネス；ボッカチョ；カシオドルス；カスティリオーネ；カトー；クレアンテス；ディオメデス；フェリクス；フラミヌス；ガレノス；ヘラクリトス；ヘシュキオス；メルクリアリス；ナエディウス；ピロデモス；ポルヌトゥス；プロティノス；ゼノン〔計86名〕

　対象とした範囲を「ソネ」に限定したので，殊に「マリー詩篇」に関しては偏りが生じた可能性は十二分にある。更に，時間的な理由で——率直に言って『ロンサール研究　第十号』の刊行にタイミングをあわせたかった（外部の人間であるが，フランス16世紀研究の一翼を担ってきた同誌の十周年を寿ぎたかった。これは日本の学会の慣行にはないかも知れないが，諸外国の学術雑誌の慣行には存在する）——ミュレの註解書やベローの註解書にあっては，それぞれの復刻版（⑥・⑦）を底本にし，ヴァリアントを検討の範疇に加えなかったので，抽出の客観性に問題が残るのも承知している。加えて菲才浅学の身であるから，遺漏も多いと思う。とはいえ，「カッサンドル詩篇」のソネ「221篇」，「マリー詩篇」のソネ「66篇」，「第二マリー詩篇」・「エレーヌ詩篇第一部」・「エレーヌ詩篇第二部」のソネ「(総計)155篇」と上記の言及人名数を対照させると，①と②の総人名数「103名」（総ソネ数「287篇」；1篇あたり，0.36名），及び①と③の総人名数「135名」（総

ソネ数「206篇」：1篇あたり，0.66名）と，単純な数値でリシュレーは，ミュレ及びベローの2倍近い人名に言及している。印象に過ぎないが，先の註数，及び註に割かれた行数から判断して，述べ員数ではそれ以上の比率にのぼる人名が援用されていると思う。恐らくこの数値や印象が，リシュレーの註の評価に繋がる，重苦しい学識の根拠の一つに数えられる筈だ。併し，古今東西の知の貯蔵庫（殆ど知的中層以下に属する人々――その中には無論，筆者も含まれる――には無縁の存在からなる）の自在な援用のみが，リシュレーの註解に近づき難さを与えるものなのか。これも厳密な統計をとった訳ではないので，説得力に欠けるであろうが，リシュレーの「註解」把握と，ミュレやベローのそれとの間には，少なからぬ懸隔があるように思われてならないのだ。その懸隔とは何か。

5

　以下の例は，ミュレの註解の有り様において，必ずしも平均的とは思えないが，象徴的であるのは確かなので，リシュレーを尋ねるまえに，部分的であれ紹介しておく。

　　（引用－5）〔⑥・13-14〕
《あなたの雅な瞳はわたしに，お願いする勇気をもたない
　　贈り物を約束している。
　　併しわたしはその瞳があなたの祖先ラオメドンの
　　種族に属しているのではないかと大いに懸念する。
　その二重の燠の輝きに
　　考えるだけで希望はわたしを燃え上がらせ，
　　すでに，その瞳の優美さに騙されて，
　　わたしのご奉仕が何かしら報いをえられるだろうと予感している。
　あなたの口元はただ話すだけでわたしを戦かせる
　　預言をする口元よ，あなたの愛の眼差しと

全く逆であることが真実だと謳っている。
かくして疑念のうちにわたしは生き，死んでゆく。
　片方はわたしを呼び，もう一方はわたしを撥ね付ける。
　わたしは唯一の対象により，仕合せになり不仕合せになるのだ。
ミュレ

（「総論」部もふくめ，註解の冒頭の数行を略す）**ラオメドン王**：ラオメドンはプリアモスの父だった。プリアモスについて詩人たちが語るところに依ればこの男は大層裏切者で信用ならない者だった。トロイアを建設したとき二柱の神，即ちネプトゥヌスとアポロンが，当時神々の座から追われていたのだが，プリアモスと，毎年一定の代価で都市を建設することに合意した。仕事が終わったときこの哀れな神々が自分たちの報酬を求めに行くと，プリアモスは彼らに断った許りでなく，もし彼らが自分を邪魔しに来るのだったら，二人とも耳を削ぎ落としてやると脅し，手と足を縛り，拘束して，どこか遠方の島に流刑にするぞ，と言った。ホメロスは『イーリヤス』の第21歌でこう語っている。これらの神はいたく憤激し，アポロンはプリアモスのもとに疫病を送り込んだ。ネプトゥヌスの方では都市の内部まで海を氾濫させ，水浸しにさせた。卜占によって市民たちが毎年ひとりの生娘を海獣が貪り喰らうようにしないのでなければ，これは鎮められないだろうとの答えを得た。市民たちは困窮の果てにあったので，そのようにした。そして籤で生娘を撰んだ。或るとき籤がラオメドンの，ヘシオネという娘に当たった。そのため市民たちは彼女を掴まえ，真っ裸で海岸の岩に括り付けた。市民たちは他の娘たちもそこに縛り付ける習いだったのだ。かくして彼女はそこにいて，海獣が彼女を貪り食いに来るのを待つだけとなったそのとき，ヘラクレスが折り良くそのそばを通りがかり，彼女が嘆いているのを聞いて，哀れに思い，彼女を解放した許りか，海獣を殺してしまった。ラオメドンは彼に報酬としてユピテルが授けた30頭の馬を与えた。黄金羊毛の旅の最中であったヘラクレスは目下のところは礼を言い，帰国時にそれらを受け取ろうと言っ

た。ヘラクレスが馬を受け取るべく，戻ってくると，ラオメドンはこれを断った。このためヘラクレスは怒り狂い，トロイアの都市を略奪した。この物語は半ば，ウァレリウス・フラックスの『アルゴナウティカ』第二巻で，半ばはホメロスの『イーリアス』の第5歌に見られる。詩人〔ロンサール〕は彼の懸想びとの目がラオメドンの種族を思い出させる，即ち詐欺師ではないかということを懸念している，と述べているのである》

四百年後の人々には単なる贅言に写るところだが，ナターレ・コンティの『神話学』のラテン語版原著が刊行されたのが1551年だから，「カッサンドル詩篇」に註釈が施された1553年の時点で，知的中層以下の読者層（併し政治権力を握っていた）を想定し，これだけの行数を費やしたのは当然とも言えるし，必要であったともいえる。権威の陰に隠れるつもりはないが[8]「註釈というものは，実のところ，コミュニケーションの過程の三つの局面，即ち，コード，レフェラン，メッセージ〔au code, au référant, au message〕に関係する。コードについての註釈はミュレの中で特権的な場所を占めている。殊にミュレは，メッセージの理解度を回復させ得る，あらゆる情報を与えるべく努めるのだ〔……〕」〔⑥・xxxix〕，とマチウ＝カステラーニ研究チームは判断する。ミュレはその註解で，時代の最先端の学識を非知識人にもらさず伝えようとした。一見して贅言に思えるラオメドンの神話を詳細に述べることは，ドラの門下生，ロンサールのフランス語詩を世人に理解させるためには不可欠だった。逆に言えば，ミュレ篇「カッサンドル詩篇」の註釈で，《このソネは自ずと明らかである》，といった「総論」註を付すのみで解説を済ませる作品が目立つのは──註釈の行数が1行であるのは，そういう意味だ──言葉を費やす必要を認めないからだったと思う。ラオメドン（イクシオンやタンタロスでもよい）の神話の解説は，どれほど長かろうと，「教師」ミュレが避けて通れない類であった。リシュレーの場合はどうか。3篇の「ソネ」とそれに添えられた註釈の一部を以下に纏めて紹介する。

第 3 章 第三の人，ニコラ・リシュレー　179

(引用 - 6) 〔①・561; 568-569; 606-607〕
(A)《世紀から世紀へと生まれ変わりロンサールの全き愛情が
　あなたを生き生きと伝えるために，
　あなたの美しさが彼から理性をどのように奪ったかを
　どのようにあなたが彼の自由を囚われの身にしたか，伝えるために，
　　歳を重ねあなたの甥御たちに，
　わたしの血のなかにあなたの肖像が悉く存在すると伝わるように，
　そして貴女以外の何者もわたしの心臓は望んでいないと伝わるように，
　センペルヴィーヴの輩の贈り物をしよう。
　　彼女は青々とした若さの裡に長く生きる。
　　その死後長い間わたしはあなたを再生させよう，
　優しい従者の該博な配慮が非常に大きく
　　あなたに仕えながら，あらゆる美徳を追い求めたいと願う。
　あなたは偉大さにおいてラウラのように生き，生長するだろう，
　ペンと書物が生きる限り。

　　　　　　　　　　　　　　　　　　　　　　　　　リシュレー

世紀から世紀へと生まれ変わり：彼はエレーヌにセムペルウィウムを贈った。それは彼の愛情が後世への証となるように，である。**このセムペルウィウム**：多年草の草の類。その性質からこの名前をとった。《常シエニ若イ葉ヲモツ常緑ノ植物。ディオスコリデス。》彼が彼女に，セムペルウィウムが愛情を抱かせる習慣があることから，セムペルウィウムを贈るのは理由のないことではない。それゆえに，とアプレイウスは言っている，これは或る人々から <u>媚薬</u>，と呼ばれている，《ナゼナラ催淫作用ガアルト信ジラレテイルカラ。》<u>ここから幾人かの人々がかつて，あらゆる憎しみや敵意を追い払うために家々の扉にそれをつけていたという慣例が生じた</u>》（下線は筆者）

(B)《優しい憐れみも,哀れな涙も,
あなたの名前をあなたに授けなかった。あなたのギリシア風の名前は
わたしの精神,わたしの心臓,あなたの悲惨な餌食を
奪い,浚い,殺し,掠め,持ち去ったばかりだ。
　ホメロスはあなたと戯れながら神話を創った。
わたしは物語を真実にする。アモルはあなたに媚びるために,
あなたがトロイアに対してなしたように,わたしの心に
わたしの骨を飽くことなく貪り食う焔を投げ入れた。
　そこを見たまえ,あなたは馬の周囲にギリシア人を騙すために装った声は,
わたしを賢明にさせるはずだった。
しかし自然の人間は自らの不運に盲目なのだから。
　自らを守ることが出来ず,その被害を予見することも出来ない者は
次善の策としてわたしはこの運命的な美しい名前のために死のう。
アジア全土とヨーロッパを略奪に晒したこの名前に。

　　　　　　　　　　　　　　　　　　　　　リシュレー

(「総論」註及びその他の語義註,出典註,補足註はこれを略す)あなたが装った声:この箇所のプラン〔discours〕は次のように解読される。ミネルウァの忠告にしたがってギリシア人が,自分たちが怒らせた女神を満足させるという口実を装って,トロイアの中に,馬を入れたあと,ウェヌスは彼らの策略を知り,彼らの都市を保護してやろうと,その術数をトロイア人に示すべく,夜,老婆の服装で床に就いていたヘレナのもとに向かい,この馬について警戒心を煽り,就中ギリシア軍指導者の中に夫のメネラオスがいると教えた。この報告を聞いて,すぐさま彼女は飛び起き,この馬の方に赴き,その周囲を数回まわって,そこに隠れていたギリシア人に話し,名前や姓で彼らの妻や友人を思い起こさせた。これはそこにいた彼らを大層感動させ,危うく危険に陥れるとこだった。アンティクルスさえ彼のラオ

ダミアのために心動かされ死に，ウリクセスは妻のペネロペイアについて泣き，ディメデスはエギアレイアのために泣いた。もし誇り高く愛されていたミネルウァがヘレナを叱り，彼女を引き戻さなかったら，ギリシア人は大変な危険に陥っていたろう。トリピオドロス》（下線は筆者）

(C)《冬のこれらの長い夜，ものうげな月が
その車を一周させるのにかくも長きに亙り，
この季節には鶏はわたしたちに夜明けを告げるのにかくも遅く
気がかりな魂には一夜が一年のようだ。
　　あなたの朧げな姿がなければわたしは死んでいたろう
おお，甘美な薬よ，あなたはわたしの愛情を鎮めにやってくる，
すっかり裸になって，わたしの腕にもたれるような振りをし，
わたしの熱を冷まそうとする。勿論それが幻影だとしても。
　　本当のところあなたは残酷で残虐さに於いて驕り高ぶっている。
わたしたちは馴れ馴れしくあなたの装いを楽しんでいる，
あなたの傍でわたしは眠り，あなたの傍でわたしは休む
　　何ものもわたしには拒まれない。ぐっすりと眠ることはこのようにわたしの愛の懸念を偽りによって欺く。
愛において見誤ることは悪しきことではない。
　　　　　　　　　　　　　　　　　　　　　リシュレー

（「総論」註及び残余の註釈は略す）**鶏はかくもおそく**：恰も鶏が一日を早めたり遅くしたりするかのように。併し鶏は陽が射し初めるや否や歌うのである。このためテオクリテスは鶏を「最初ノ歌イ手」と呼んでいる。鶏はかつてマルス神から大層愛された少年であったという。マルス神はウェヌスと情を交わしていたが，ウゥルカヌスにそのことを告げた太陽によって不意に襲われてしまった。少年がウェヌスの扉のところで眠りこけてしまったのだ。以後彼はその名前をつけられた鳥に変えられ，その過ちを思

い出すために，太陽が近づくのを感ずるや否や，歌うことになった》(下線は筆者)

　以上の三つの註解はそれぞれ纏まった行数を費やして，歴史(トロイア戦記も歴史的伝承と神話の狭間に位置していた)や古代異教神話，恐らく日常の名詞ではなかった植物の特質を，古代の思想家や文学者の言葉を借りながら説いている。ただミュレの註解に相当するような，作品の理解度を深める註解は，多分(B)にとどまる。「この箇所のプラン〔discours〕は次のように解読される」，との説明が示すように，ロンサールの詩句の背景となる「トロイアの木馬」の喩，然も余り人口に膾炙していない高度な喩を知らなければ，含意が理解されず，ひいては詩篇そのもののメッセージがぼやけてしまうからだ。併し，この種の，理解度を深めるための註解，作品に即し，奥行きを与える註解は実のところ，さほど多くない。寧ろ目立つのは(A)や(C)に属する註釈である。
　(A)において，リシュレーの筆は先ず薬草についての語義註から発し，ソネの中でロンサールがその薬草をエレーヌに送った理由を述べ，それを受けて古代人の風習の紹介へと敷衍してゆく。作品の理解に必要なのは，註解の前半に過ぎないとはいえ，後半への移行もスムーズであり，註解と註解される作品との間に不自然な，もしくは無理な関係が生じてしまう訳ではない。対して(C)の註釈は，該当する詩句とも作品全体とも，凡そ関連をもたない神話の梗概に，その半ば以上の行数を充てている。(A)や，まして(B)と比較したとき，註を付与しなければならない必然性が見えてこないのだ。ひたすら夜の長さを嘆くこの1行(或いはこの一節でもよい)が，通常の人間の理解力を越えるとは，どうしても考えられない。また，《あたかも鶏が太陽の運行を進ませたり，遅らせたりするかの如く》，とのリシュレーの言い換え，或いは理解が，ロンサールの意図とどれほど重なっていたか，疑問を抱かざるを得ない。更に，この註の後半，《鶏はその昔，マルス神から大層愛でられていた青年であったという》，以降は本来の註の敷衍とさえ言えず，註釈者リシュレーの，己れの学識を知らしめる，非本来的な余談，脱線になってしまう。そしてそれはリ

シュレーの註解の，独自の有り様を明らかにする。

　この小論で，リシュレーの註解を幾つか引用してきた。既にお気づきかと存念するが，即物的な次元で言えば，それらの註解にはかなりの比率で，ラテン語，古代ギリシア語，イタリア語の引用が挿入されていた（正直なところ，リシュレーの註解を巡るこの感想をしためている筆者自身も，そうした言葉には極めて疎く，彼の註解を十全な形で消化し得た，とは思っていない）。イタリア語作品の仏訳さえ盛んに上梓された時代であるのだから——そう，フランス16世紀は「翻訳の時代」でもあったのだ[9]——，ましてやラテン語や古代ギリシア語が原文のまま，即ち意訳も大意も添えられることなく表記される註釈とは，一体誰を読者に想定して作成されたものだったのか。けれども，と反論はあるだろう，ミュレにせよベローにせよ，古代ギリシア語，ラテン語，イタリア語を援用したではないか。確かに彼らも原文を挿入した。併し，その頻度が全く異なるのだ。この小論考で紹介したリシュレーの註解は，筆者の能力と技術的な問題（端的に言ってリガチュールのことである）もあり，可能な限り古典語を含まない文章を撰択してきた。にも拘わらず，ミュレやベローの註釈と対比させるうえで，古典語を挟まない註解を取り上げるのは不可能であった。印象に過ぎないが，ミュレやベローが古典語やペトラルカその他の異国詩人の原綴を持ち出したとしても，それは本来の註解の，言わば修飾に留まる。そして必要な箇所では，概ねフランス語の語義を添えている。他方，リシュレーにあって，古典語の存在は註解の本質，中枢に深く関与する。リシュレーの註解が「スコラ的」であるとか，重い「学識」を負わされている，との評価は，恐らく少なからぬ部分でこの点から発するものだ。筆者は先に，リシュレーの註解の重苦しさを，過度に負荷をかけられた文学史的記憶にある，と述べた。この表現に付け加えれば，「過度に負荷をかけられた文学史的記憶の，生地のままの再現」，とでも言えばより正確になるであろうか。そうした註解を正面から受け止められる読者は，極く少数であったに違いない。それでは『著作集』版の，一般の読者は，リシュレーの註解の中に何を読み取っていたのか。

　一般の読者が読み取っていたもの，それは「権威」ではないかと思う。古典

語を自在に操作できる学識者の「権威」，そしてその学識者が註解を施すに価するほどの，ロンサールの「権威」――。そしてそれこそリシュレーが註解を通じて世に問おうとしたものだったように思える。発端からミュレの註解作成に大いに関与していたと想定されるロンサール，ベローの註解本初版を積極的に改訂（改竄〔？〕）したと伝えられるロンサール――。詩人と註解者は肯定的にせよ否定的にせよ，相互関係をもち，殊にミュレの場合はロンサールに「権威」を与える一方で，自らの「学識」を広めていた。また，ロンサールの詩人としての名声が高まるにつれ，ロンサール自身が「権威」となり，作品も「古典」となる。改革派の攻撃に「父権」を唱えながら反論したロンサールの姿が「権威」でないとしたら何であろう。そして「権威ある古典」に註釈を与える者もその「権威」の恩恵に与かるようになるだろう。「名声」の相互授与は知識人のしきたりであった（ロンサールとピエール・ド・パスカルの例を見よ）。ミュレもベローもロンサールの作品で親しく呼びかけられるという栄誉に浴したではないか。

　だがそれでは，時代を共有しなかったリシュレーに関してはどうなのか。この小論の後註4に引いたモレリの『大歴史辞典』の記事を訂正しながら読むとそこで引用したように，デクスピイが晩年，1624年に詩の中で呼びかけ，称賛したとは，リシュレーが同じ時代を生きたということだ，リシュレーとロンサールの間に直接の面識はなかった，もしくは殆んどなかった。リシュレーが巨大な知の貯蔵庫から記憶を引き出し，己れの註解に衒学的知識を散りばめ，その学識の誇示によって「権威」を獲得しても，ロンサールの側から讃辞を与えられることはなかった。リシュレーの註釈は一方的で，無償であったのか。

　リシュレーがロンサールに対し，一定の距離を保つ場合がある。「エレーヌ詩篇第一部」の或るソネの一句に註を施し，「この詩句はその意味が曖昧である。わたしが思うに，アモル〔＝愛情の神〕がエレーヌを，心を籠めて育てようとしている，という意味だろう」〔①・526-527〕と，「エレーヌ詩篇」が恰も古典であるように振る舞った。併し他方，実在したロンサールと同列に並ぶ自らの立場を知らしめる言葉も残した。直接的な関係を中々に認め難いロンサー

ルとリシュレーを繋ぐ存在，それがクロード・ビネであった。

（引用－7）〔①・500-501〕
《あなたがお従姉妹御の傍にすわるのを見，
お従姉妹御は燭光のように美しく，あなたは太陽のように美しい
お一人お一人が美しさに於いて次第に成長している，
わたしは同じ色をした二つの花を見ていると思った．
　　清楚で，清らかで，美しく，唯一のアンジュー女，
わたしのうえにその眼差しを稲妻のように素早く投げよ
あなたは怠け者のよう，眠さをいっぱいにあらわして，
ほんの少しの眼差しだけであなたはわたしに十分なのだ．
　　あなたはひとり顔を垂れたまま，自分自身に思いを馳せて，
あなた自身以外何も愛さず
一人一人を眉を顰めて軽蔑しているかのようだ．
　　誰かがあなたを探し訪することを望んでいない女性のようで，
わたしはあなたの沈黙を恐れる，そしてすっかり青ざめて
わたしの別れの言葉があなたの眼を怒らせるのを恐れて立ち去ったのだ》
　　　　　　　　　　　　　　　　　　　　　　　リシュレー

あなたがすわるのを見：かれは彼女がいる場所に挨拶をするために行ったとき，自分を見る素振りも見せない，異常なまでのエレーヌの厳格さに驚いている。<u>親しく詩人の意図をご存じであったビネ殿は，このソネの着想は，ブリサック元帥の御長女，マンスフェルト伯爵夫人であり，その後彼の懸想びとのために書き換えたのだと，わたしに教えてくれた</u>》（下線は筆者）

リシュレーがビネの証言を導入するのはここだけではない。ビネの証言により作品で歌われた女性の特定が可能になる場合もあれば〔①・624〕，詩篇の背

景に具象性が備わる場合もある〔①・543〕。要するに，註解の信憑性が高まるのだ。ビネの証言はこの時代の註釈の在り方，情報の把握の仕方から見て，その役割を十分に遂行している。だがビネの証言は，それがロンサールの知己「ビネ」の言葉であるがために，単なる註解以上のものとなる。「ロンサール」という神話があるとすれば，「ビネ」という伝承もあり，「ビネ」を通じてリシュレーは，遠い存在であった「ロンサール」の傍らに赴くことも出来る。かくしてリシュレーの「権威」は二重に保証される。その該博な識見と，「ビネ」を媒介にして得た，知的上層に占める特権的な位置によって。そしてそれはまた，二重に権威を纏ったリシュレーの註釈に，「権威」を保証することと，表裏一体でもあった。

　ミュレにはユマニストとしての優れた見識があり，時代はその知識の伝播を求めていた。ミュレはロンサールのうちに伝道の場を見出し，ロンサールも詩的革命の伝道者をミュレのうちに見出した。ベローは，如何にも文学的細密画家らしく，ロンサールが点として残した断片的なソネを丹念に織り，虚構の世界を拵え，読者をそこに誘いこもうとした。その世界がロンサールにとって満足出来るものであったか否かは，別の話である。リシュレーの時代，或る一定以上の知識を有する人々なら既に，イクシオンが何者であるか，タンタロスが何者であるか，十分に弁えていた。ロンサールは最早詩的尖兵ではなく，恐らく自らの意に反して，却って古典詩人の座に祀り上げられていた。リシュレーはそうしたロンサールと，古典古代以来の長い西欧文学史とを対照させ，表現史・思想史の，膨大な知の貯蔵庫の中に，相応しい地位を与えようとした。リシュレーは知の貯蔵庫を開放するためにロンサールを撰んだ。擬人的に言えば，フランス16世紀を通じて蓄積された，というより寧ろその存在が発見された，古典古代から教父たちの時代を経てこの世紀に至った知が，リシュレーとロンサールを突破口に，堰を切って流出した。流れ出した知の総量は真に大きく，時代には未だ，それを整理する用具も方法も，能力もなかった。そして時代の知の水位が上昇した分だけ，特殊な知が差異化され，未整理の状態である

にも拘わらず，知の権威の構図が，恐らく試験的に，人々の幻想の中で描かれるようになった。知はこの時期に，幻想的にではあれ，ビュデが夢見たような，或いはロンサールが恋焦がれたような，社会的ステータスを獲得するのである。多分，リシュレーの註解はそうした背景のもとに生まれ，物理的に豪華な体裁を与えられ，僅かな期間であろうと，凡庸な知識人の讃辞を浴びた。尤もそれは「知」というイデオロギーがあくまでも虚構の裡に存在し，欲すると欲せまいと，謂わば現実から疎外されてしまったからかも知れない。であるとすると「知」は現実から排斥されたがために独自の領域を獲得し得たのだろうし，「知」に君臨すると思われた「権威」も，実のところ，限定された世界における幻想であったのだろう。

「知」というイデオロギーがいつから独り歩き出来るようになったのか，或いはそう評価されるようになったのか，常に興味を覚えてきた。フランス16世紀を通じ，何らかの形で政治的・情勢的価値を託されない文献の存在が，物珍しかったからだ。文士も，学僧も，法制家も，政治家も，何らかの意見を有する者はそれぞれに，状況を論じ，政体を批判し，新たな構想を提示した。

知る限り，リシュレーの註解で僅かに一度，間接的ながら宗教戦争に言及した箇所がある。

（引用－8）〔①・541-542〕
《アモルはわたしの胸にこれほどまでに
　その矢を封じ込め，その打撃はそこに見事に閉じこめられているので，
　エレーヌがわたしの心全て，わたしの血，わたしの話題となり，
　それほどまでにわたしの精神の中に彼女の美貌は刻印されたのだ。
　　　もしフランス人たちがわたしと同じような愛情で
　魂を点したら，わたしたちは安らぎの裡にあり
　モンコントゥールの平原はわたしたちの骨を腐らせることもなく
　ドルーもジャルナックもわたしたちの軍勢を見ることがなかったろうに，
　　　ウェヌスよ，マルス神の髯を愛撫しにゆくがよい，

優しい眼差しによってあなたの軍神に懇願して
彼が平和を齎し，あなたの腕で彼を抱きしめるように。
　　あなたのトロイアの種族であるフランス人たちを憐んでください。
わたしたちが平和の裡にアンシーズがイダ山で
あなたに対して行なっていたのと同じ戦をするように。

リシュレー

アモルはこれほどまでに：わたしたちの詩人はフランス人が内乱を終わらせ，彼がエレーヌに抱いているのと同じ位の愛情を相互に抱き合うことを願っている。彼は平和のために祈っているのだ》（以下略）

　ロンサールの原詩はともあれ，リシュレーのこの註記に限って筆者の印象を言えば，どう読んでも情勢的とは思えない文章だ。禍根を残しながらも剣とパンフレの応酬に一応の区切りがついた（と思われた）世紀の狭間にあって，「知」の世界がそれ自体で充足する時代の到来を予告するものなのか，それとも全く個人的・一過的な印象で，法曹界の実務の煩わしさを聊かなりとも離れたいとの願望を反映したものであったのか。或いは何れも深読みであって，リシュレーの側にはどのような思い込みも存せず，単に筆者の誤読に過ぎないのか。十有余年来の宿題──この小論のことだ──に満足した結果を出せぬまま，改めてフランス16世紀の重層的な位相での，錯綜した「知」（或いは「非知」）の在り方を巡る問いを，厳しく突きつけられたような気がする。

〔補足〕この稿を書き終えて随分と時が流れた或る日，マルティ゠ラヴォー版の『ロンサール全集』を漸く入手することが出来た。これで手許の『デュ・ベレー全集』のマルティ゠ラヴォー版，お呼びその他の，選集がスラトキン社から刊行されている所謂プレイヤード派詩人のリプリント版と併せ，この『プレイヤード叢書』が全巻揃ったことになるので，別巻の『固有名詞註・語彙註全2巻』も使えるようになった。今回は成果を生かすことが出来なかったが，いずれフランス以外の土地のどな

たかのお役に立つ日があるかも知れないので（年齢を考えると筆者には無理であろうが）報告しておく。

第 4 章

『テュアナのアポロニオス伝』と
その註解者トマ・アルチュス

1

　トマ・アルチュス，もしくはアルチュス・トマは，17世紀初頭に数版を重ね，18世紀前半にも註目を浴びた，その社会諷刺書『両性具有者たちの島の描写』によって有名だが，その人物を伝える史料は限られている。つい先頃，20世紀の暮方にこの諷刺書の批評版を世に問うた碩学クロード＝ジルベール・デュボワもその著者をアルチュス・トマに帰するのが今日でも最も受け入れられ易い仮説であり，著者をカトリック教徒と見做した方が無難だろうという程度の，新書版十数行の解説しか施していない。『両性具有者たちの島』がトマ・アルチュス，もしくはアルチュス・トマの作品であるかどうかはさて措いて（これに対する疑問は後段で再度提出されるであろう），トマ・アルチュスがどのような人物であったか，現時点で最も詳細なフランス人名事典を尋ねてみよう[1]。

　（引用－1）
《アルチュス（トマ）アンブリー領主（16世紀から17世紀）は，余り知られていない著述家，もしくは数篇の作品の翻訳者である。たった一作がわたしたちの注意を喚起する権利を有している。おまけにその作品は無名ではない。それは恐らくアンリ3世治下に書かれたかなり長篇の攻撃文書で，『両性具有者たち』という標題で1605年になってから漸く印刷され，1624年〔マ

マ〕に，言われるところでは『アンリ3世治下の日記』の補遺として用いられるべく，標題を『両性具有者たちの島の描写』と改訂されて再刊された。同時代のパンフレより遥かに乱暴でも過激でもなく，『両性具有者たちの島』は幾つかの点で『サチール・メニッペ』と比較され得る。この諷刺書は非常に写実的な価値を有している。シャルル・ルニアンが極めて適切に述べていることだが，この著者は文才と才知にかけては劣るが，『ガリヴァー旅行記』のスウィフトに似ている。この人物は創意に富んだ著述家であり，「己れ自身とその筆を律している」。二つの版の巻頭には，寵児の貴族，とてつもなく流行に乗っている貴族の素敵な肖像画が，以下の詩句とともに飾られている。

　わたしは男でも女でもない。
　もしわたしの頭脳が明晰なら，
　二つのうちのどちらかを選ぶ筈だ。
　でも誰に似ようと構うものか。
　二つながら一緒であれば，
　そこから二重の喜びを得るのだから。

祖国を悩ませている災厄を逃れるために，一人のフランス人が延々と旅をする。帰路にあたって，フランスがスペインと和議を結んだとき，彼はフランスが内乱によって揺れ動いたように嵐によって右往左往する，ある浮島に到着する。彼はその島を訪問し，この奇妙な島で見たこと，観察したことを物語る。彼はこの島の宗教，司法，軍事法，国家機関を点検する。「バッコスとクピド，ウェヌスへの儀式が絶えることなく，信心深く順守され，他のあらゆる宗教は永遠に追放される。とはいえそれが明らかに外見のもとで，信仰によるものでなければ，他の諸宗教に従うことも妨げられない」。この見え透いたアレゴリーの最も辛辣なところは王宮とその住人の描写にある。邸宅は豪奢であって，彼はそこに潜り込む。彼は何を見るだろう。湿って香が

焚き込められた空気の中での自由奔放な装飾，化粧をし，女性に扮し，科を作る人物たち。閲兵の寝台にはコノ島ノ精霊，両性具有者たち，白粉や香水，髪粉を振り撒かれた女性的な国王，もしくは男性化した王妃，宮廷人たちに誰もが媚びている。これは正しくヴァロワ朝の最後の者，アンリ3世とその寵臣たちの宮廷である。

　　恥知らずのガニュメデス，慎みのないごろつき，

とアグリッパ・ドービニェは告げていた。併し多くの人々にとって何も価値がない訳ではなく，売れ行きがそれを示していた。

　この攻撃文書は法外な流行となった。レトワルは「これはどうにか10ソルの価値に価し得ただろうが，2エキュまで競り上げて販売した」と書いている。「アンリ4世に献呈されると，彼はこの本を聊か奔放で大胆だと思ったが，著者を脅かすことを禁じた。真実を述べたが故に一人の男に心労をかけるのを懸念したので」。『両性具有者たちの島』は1606年にジョナタス・プチ・ベルティニ（或いはブレティニ）に次の標題の一冊の作品を刊行する機会を齎した。『反両性具有者たち　もしくは立派な秩序を修復するように国王に進言された，沢山の意見が甚だ望んでいる秘密〔……〕，この王国内のあらゆる無秩序，不敬虔，不正，誤謬，邪悪，腐敗』がそれである。これは標題から見られるような反駁書ではなく，アルチュスの『両性具有者たち』の一種の続編である。178ページで著者はこう述べている。「哀れなフランスの民衆は自分の服が未だ嵐で濡れており，自分の傷跡が未だ生々しいと考えているに違いない」。そして彼は長々とアルチュスによって寓意的に提出されたフランスの現況に齎すべき倫理的・物質的な対処法を列挙する。

　トマ・アルチュスはまた碩学でもあった。彼は1611年にピロストラトスの『テュアナのアポロニオス伝』に註釈を付している。1612年から彼は，ブレーズ・ド・ヴィジュネールが手を初めたデメトリオス・カルコンデュロスの『ギリシア帝国の退嬰とトルコ史』の翻訳を続行した。1616年には，部分的にバ

ロニウスの『聖職禄取得献納金』を翻訳した．1614年には，学識者としてではなく，詩人として，『ブレーズ・ド・ヴィジュネールによりフランス語に翻訳された〔……〕二人のピロストラトスの図像もしくは平塗りの〔つまり浮彫もしくは凹彫でない〕絵画』の刊行に際して参加した．この興味深い作品の一葉一葉の凸版製版毎に，彼は小品の詩句，エピグラムを添えた．以下の作品を紹介しよう．魅力なしとするものではない．

　　D——かくも多くの愛情はどこに由来するのだろう．
　　R——人間の情念から．
　　　　なぜそれらは争いあうのだろう．
　　　　わたしたちの苦しみを証するため．
　　　　〔……〕なぜアモルは羽根をもっているのだろう．
　　　　定めなさを示すため．
　　　　なぜアモルは子供なのだろう．
　　　　無思慮を示すため〔……〕》

　上記の『フランス人名事典』の記載が示すように，現代になってもトマ・アルチュスが『両性具有者たちの島の描写』の著者であることは十二分に喧伝されていても（僅かな伝聞から「事実」が拵えられる有り様を後註で例示してみた），その生涯や，思想については殆ど伝わっていない．僅かにブレーズ・ド・ヴィジュネールとの親交が伝えられる許りである．この親交は記事が示す通り，ピロストラトスの『画像』1614年版所収の図絵に警句を残すという栄誉を与えたが[2]，併しヴィジュネールとトマの親交は更にトマに積極的な知的営為の場を与えた．それがこれからご案内するピロストラトスの『テュアナのアポロニオス伝』への註釈である．

2

　ピロストラトス『テュアナのアポロニオス伝』そのものについては，全八巻のうち「第四巻」までが，秦剛平氏の手で邦訳されており，京都大学学術出版会の西洋古典叢書の一冊に収められているので，親しまれている方もおられると思う。テュアナのアポロニオスに関し知られていることは，西欧紀元の初期にカッパドキアの生まれで，ピュタゴラスを師と仰ぎ，放浪生活の間，バビロニアとインドに赴いた。魔術師で，異能人，様々な奇蹟を起こし，その中にはローマで死者を復活させた逸話もある。反キリスト教的な論争家たちはキリストの図像の代わりにアポロニオスの図像を対峙させた[2]。説教の外にもその言行録から成立する『テュアナのアポロニオス伝』は異教の聖人伝として著名であった。わたしたちが用いたのは1599年，アベル・ランジュリエ書店から刊行された初版[3]である。ヴィジュネールの翻訳は四折判にしてほぼ300紙葉，600ページから成り，これも大著という以外にはないが，トマはこのヴィジュネール訳を底本に，索引を除いた，本文及び註釈だけで1,650ページ余りの，四折判二巻本を上梓した。本文（翻訳）はヴィジュネール版と同様の体裁で，計算してみると1ページあたり1,350文字（単語ではない），一方註に充てられた文字数は，本文に比べ遥かに小さくなって，本文を1,000文字ほど超える2,400文字ほどになる。どれほどトマが註解に熱意を込めていたか，その一端を垣間見させる。

　トマはヴィジュネール訳の再版を上梓するにあたり，ページ付与がなされていない「序文」で，殊更註を施した理由をこう述べている。

（引用－2）〔ù iv v°-ùù　v°〕
《テュアナのアポロニオスはかかる忌むべき思い上がりのうちに，自分の師〔ディオゲネス〕に従いながら，この伝記を読めばお分かり戴けるように（ピロストラトスがどれほど粉飾を施そうと欲しても）師と同じような悲劇的な最後

を遂げたのだ。〔……〕わたしがテュアナのアポロニオスの実在を否定したいがためでなく，わたしたちの本性の敵が忿りの石，躓きの石として，同時代を生きていた（信仰に強固であったにせよ）キリスト教徒たちに誤りを犯させるため，この人物の後をつけて回っていたことを否定したいためでもない。この時代のキリスト教徒たちの間には，この人物の魔力と，上辺の聖なる容貌に欺かれて頻りに彼と交わる者もいたのだ！　ピロストラトスと同様ヒエロクレスも，一方は己れの知識を役立て，他方は己れの弁論を用いて，物語に多くを付け加えて，わたしたちの幸福に害をなし，わたしたちの救済の信仰を霧散させ，我らが主なるイエスを嘲弄したのである。〔……〕この恩寵の創設者，この正義の太陽は間もなく，デーモンに対し，暴君に対し，誤謬に対し，常にこの方が獲得されて来られ，永劫に獲得され続ける勝利を通じて，あらゆるこのお伽噺の筋立てを世界に向けて知らしめ，そしてまた虚偽が真実に場を譲るべきだと知らしめたのだ。このことはこうしたことがすべて意図的に書かれたものであるという見解に関する信念をわたしに確証させてくれる。即ちアポロニオスはドミティアヌス帝の治世下，キリスト教徒の第二次の迫害期に生きており，ピロストラトスは210年頃，セプティミウス・セウェルス帝の治世下，第六次迫害の頃に活躍し，この当時異教徒が術数によっても公然たる戦争によってもキリスト教を壊滅しようと企てていたのである。この物語を読めば上記の真相をより明晰に且つ完璧に知らされるであろう。この物語はかの卓越した稀な精神，かの博識にして能弁なる人物，その勤労の果実から日々抽出する効能の故に公衆は堪えて永遠の感謝の念を負うであろう者によって翻訳された。この人物は異教徒の時代ならわたしは大いなる叡智のデーモンと呼んだであろう，何も知らぬことはないように思える人物，ブレーズ・ド・ヴィジュネールである。この第二版においてピロストラトスのあらゆる作品に同等な，恐らく他の古代人の書物に劣らぬほど必要な註釈を付与するようにという考えだった。或いは歴史のものにせよお伽噺のものにせよ，古代の探索であり，序でに一言述べただけのアポロニオスが旅した地方の描写，哲学や神学の幾つもの要点ですべからく，或る

ものは様々な学派,取り分けピュタゴラス派の哲学を巡って解釈され,或るものは邪悪に把握された,異教の過てる信念を巡って解釈されるべきだし,この者はまた非常に頻繁に自然の様々な秘密について,或るときは植物の効能について,別の時は動物の性質について述べるのを歓びとし,またしばしば同じ音楽や占星術や魔術や絵画と彫刻の口伝,幾つもの倫理的生活の掟や政治についても語っているからである》

初めに種明かしをしてしまえば『アポロニオス伝』に施されたトマの註釈の特質について冒頭からよく暗示している文章なのだが,書記されたものとそれに付された叙説の類がどれほど同質的でないか,フランス16世紀に親しんだ者なら身に染みて分かるところなので,ここでも論者の先入見をひとまずは措いて,トマの註解に分け入ってみることにしよう。註釈には出典註,固有名詞註と事項註,文脈註といった本文を明解にする目的を有する註釈,啓蒙註と,本文が伝える思想や理念,情念を批評する論評註があり(論評註は語られた思想の賛否について語り得る),更にそうした様々な位相での註釈の内部によく言えば敷衍,ありきたりの言い方をすれば逸脱が派生する場合もある(こうしたものも啓蒙註と言えなくはないのかも知れない)。ピロストラトス作と言われるこの文献の成り立ちからいって,まず本稿で拘わらなければならないのは固有名註であろう。邦訳の『テュアナのアポロニオス伝』でも冒頭の「サミオス」の「ピュタゴラス」に註が割り当てられているが,トマの『アポロニオス伝』はそうした註の域を遥かに超えるページ数が最初の「ピュタゴラス」に与えられている。そもそも十二折判のループ希英対訳版で各2ページ,都合4ページの「第一章」にヴィジュネール版で対応するのが既に述べたように四折判本文4ページ(急いで予告しておかなければならないが,邦訳及び邦訳が底としているループ版とは章の文字数が聊か異なっている,というかヴィジュネール版の方が各章が僅かずつ長い),それに付された84ページ半の註釈が託されている中[3],60余ページを費やして4人の著名な「ピュタゴラス」たちの同定から始まり,所謂「サミオスのピュタゴラス」の学説まで縷々と述べ,更にエンペドクレスに十余ページ,複数の

アポロニオスから本編の主人公アポロニオスの同定に尚十余ページその他が，充てられている。ピュタゴラスに捧げられた註解50余ページをそのまま翻訳してご紹介すれば，この稿の目的の半ば以上が達成されるであろうが，それでは読み手の方々に礼を欠く仕業となろう。その代わりに，ピロストラトスの書き様（ヴィジュネールの翻訳の仕方）とトマの註釈の一例，あまり参考にはならないがこれを越えると止処なくなってしまうのであくまでも例外的な一例として，〔この稿の脱稿時点で〕未だ邦訳が陽の目を見ていない『テュアナのアポロニオス伝』「第五巻」第5章の本文全てと，異例的に短いその註釈を全文，以下に訳出してみる。論文とは本来そういうものではないというお叱りを受ける可能性が高いが，本稿でもそれ以外でも幾度もお断りする（してきた）ように，所謂古典主義的なきっちりした論文構成に異論を覚える愚かな学徒が愚かに綴った愚かな文章として提出するので，お気に染まなければ飛ばし読みをしていただきたい。さてその「第五巻」第5章の，先ずは本文から。

（引用－3）〔II.52-60〕
《テュポエウスとエトナ山について。神聖な霊感により想を得たというアイソポスの寓話について。

第五章
　そこから一行はエトナ山の傍に位置しているカタネの都市に赴いた。エトナ山には，現住民に依れば，巨人のテュポエウスが閉じ込められており，山が燃えているのが見て取れる炎がそこから立ち上っていた。併し一行は，次のように議論しながら，こうした詩的な虚構ではなく，真実により適い，哲学者たちにはより説得的なこの焔硝の原因を尋ねた。アポロニオスはそこで言葉を引き取って，次のように一行の人々に問い質した。「度外れた言説や叙述は，諸君たちには，何かしら訴えるところがあるのかね」。「ええ，確かに」とメニッポスが答えた。「なぜなら詩人たちは意味なくそうしたことを語らないからです」。「それではアイソポスについて諸君はどう思うかね」と

アポロニオスは続けた。「彼は完璧に神話的な詩人です」とメニッポスは答えた。アポロニオスは「アイソポスの寓話の中に，教義に溢れた幾つもの話があるとは諸君は思わないかね」と言った。「仰るとおりです」とメニッポスは言った。「まさしく起こったことがないながら，恰も生じたように詩人たちによって物語られるものがあります」。「では諸君にはアイソポスの叙述はどのように思われるかね。それが何だと諸君は判断するのかね」とアポロニオスは再び言った。メニッポスは答えた。「蛙やら，驢馬やら，幼い子供たちを喜ばせるためや，婆さん連中の足を止めさせるに相応しい，その他の類の他愛のない話ですよ」。アポロニオスはこう反駁した。「逆にわたしが判断するに，アイソポスの寓話はあらゆるその他の虚構の如何なるものよりも叡智と教義に相応しい。何故なら詩人たちの主題が完全に依拠している，英雄たちによって捏造された虚構というものは聴き手の耳を堕落させ，例えば兄弟姉妹の近親相姦のように，ああした人々の法に適わない恋情でそれを冒瀆するのである。即ち神々がご自身の子供を喰らったという中傷だったり，あらゆる話柄に於ける相互の不当で淫らな背信だったり，謂われのない諍いであったりするものだ。それと言うのもこうしたこと全てが，詩人たちによって真実の事柄で昔日に起こったものとして引き合いに出されるに至ると，そうしたことに於いて神々を真似ても過ちを冒してはいるとは聊かも考えず，人々をかかる恋情に導き，富貴や領主権を渇望するように誘うのである。アイソポスが倫理的叡智に主として馴染むために，先ず第一にそのように語った者たちに追随しようとは全く欲せず，別の道を発見したのだ。それはすべからく，美味ではあっても甚だ有り触れており，併しよく調理された肉で，宴会に招くが如くに，多分に些細な物事を以って十二分に大きな物事を理解せしめるのである。そして諸君に，大いに信じ難いと見える幾つもの話柄から提供しながら，それに応じてすべきこと，してはならないことを示している。この方法によって彼は，わたしが思うに，詩人たちがそうするよりも遥かに近く真理に到達するのである。詩人たちは強引に自分たちが述べていることが真実であると信じさせようと望んでいるのだ。ところがこの人

物は，実際そうなのだが，各人が最初は彼によって殊更装われ，でっち上げられていると弁え得る言述を強調することで，何やら分からない真理が隠されても覆われてもいない物事について，外套と衣装の下で語られていると認識するものを呈示しているのである。詩人たちはその上聴き手に自分たちの虚構を呈示したあと，彼らにそうした虚構が真実かそうでないか検証するのを任せている。アイソポスは，そこから風俗について幾つかの素晴らしい教えや規則が収集され得る，明白に出鱈目である事柄を物語りながら，この真実ならぬ言説が人間生活の流れのための，何らかの有益さや利益に適用される筈であることを示しているのである。それからこうしたことはアイソポスにあって，大層楽しいものなので，彼は諸君たちの裡に如何なる話し言葉の使用ももたない，登場人物の間で彼らが適切になすべきことを行なうことによって，説明を要しない物事を導きいれるのだ。わたしたちの幼少の頃からこうしたことに慣れ，否，揺籠にいる時分から，そうしたものの内に養われてきたので，最終的にはそこからそれぞれの動物の本性について或る見解を育むに至るのである。動物たちの或るものは王侯的で，或るものは愚鈍，或るものは狡猾で悪賢く，或るものは単純で甚だ欺き易いという具合に。更にエウリピデスは次のようにいう。

　デーモンたちには様々な外見がある〔傍註：悲劇『アルケスティス』におけるエウリピデス〕。

　もしくは合唱隊が，何かしら類似のことを歌う終結部として歌ったあとで，舞台から下りた。アイソポスがその言葉を有益さに適応させるとき，彼はわたしたちの目の前に自分が呈示した説諭を蘇らせているのである。ところでわたしが未だ幼い子供であったころ，母はアイソポスの叡智あるこうした寓話をわたしに教えてくれた。アイソポスは羊飼いだったので，或る時その群れをメルクリウスの寺院の周辺で牧草を食べさせに連れて行った。母が言うには，アイソポスは既に学ぶことに気を引かれていた。そのために

往々この神に入念で熱心な祈願をしていた。同じ頃また，この神に同様のことを願っていた少なからぬ者たちがいた。その所為で，みなが一緒に寺院に入ったとき，銘々が，或る者はこれを，また別のものはあれをといった具合に，別々に奉納品を捧げた。或る者は金を，或る者は銀を，或る者は象牙のメルクリウスの杖を，そしてまた或る者は何やら判らぬものをといった具合に，だ。アイソポスはというと，彼はそれほど大した財産を持っておらず，それに加えて自分の持ち物に聊か吝嗇であったので，既に乳を搾られた山羊からなお搾り取れるだけの極く僅かな乳だけを，メルクリウスに注いだ。そしてその祭壇に自分の全ての蜜蜂の巣板や巣から指先で取り出せた蜜を添えた。時としてその上ミルトのいかほどかの種子と初穂を捧げ，それとともに繊細な薔薇や菫を添え，神にこう言っていた。『麗しきメルクリウスさま，わたしの羊の群れの番をしないで，あなたさまにこれらから花飾りや花輪を別な風にお作りするために時間を割くどんな必要がありますでしょうか』。そののちメルクリウスの叡智が分かち授けられる予定の日がやってきた。メルクリウスは銘々が捧げた貢物のことを思い出し，彼らにその供物の豪華さに応じて叡智や教義を分かち与え，或る者には『汝はわたしの寺院に沢山の立派な物事を持ってきたのだから，汝には哲学を授けよう』，また或る者には『汝はわたしの第二の寄進者であるので直ちに優れた能弁家になるがよい』，『お前には分け前として，占星術の学問がある。またお前は音楽家になるがよい。お前には英雄詩の能力を授ける。お前には短長脚詩の能力を授けよう』。しかしメルクリウスが，意に反してかのように，自分の叡智の全ての部分を分かち与えるやいなや，彼はアイソポスを忘れていたことを思い出し（何という見事な記憶力を持っていたことか），どのようにしてか彼に報いたいと願ったところ，ある寓話を思い出した。それはメルクリウスがまだ襁褓に包まれていた頃，オリュムポス山の頂で彼を育てていた「時」が一頭の牝牛の寓話を聞かせてくれたことであった。その牝牛はその昔自らについて，また大地について人間と対話をしたことがあり，「時」が，牝牛が牡牛たちを，太陽〔アポロン〕から望むように，仕向けたのである。かくしてこのこ

とをメルクリウスは思い出し，アイソポスに寓話を作る技術と伝える能力を授けたのだったが，それはメルクリウスの叡智の舘で唯一残されていたものなのである」。アポロニオスはメニッポスに次のように力説した。「従ってわたしが最初に学んだところを気に掛けるがよい。以上がかくも多様な寓話を工夫する術がどのような具合でアイソポスの手に入ったかという事情である。そしてその技術に於いてそののち，かくも名声ある人物となったのである」。

*

註　釈

　　そこから一行はエトナ山のそばに位置しているカタネの都市に赴いた。これはシュラクサイにかなり近いシチリアの一都市である。ティモレオンがイケテス〔ヒケテス〕とカルタゴ軍に対して行なっていた戦争の間，ティモレオンの穀倉として役に立った。プルタルコス『英雄伝』「ティモレオン」[4]を見よ。

　　これらの寓話について。ソピストのアフトニウスはその『弁論演習もしくは基礎問』[5]の初めで寓話について語りながら，次のように語っている。「寓話は当初，詩人によって齎されたが，その後演説家や修辞家に伝えられた。それというのもそれが若者を訓育するのに相応しいと見られたからである。〔傍註：三種類の寓話〕ところでこれは気晴らしに作られた小噺で，図像のように真実であるものを描写するのに役立っていた。そして寓話の創案者の名前の相違を受けて，「サバリティクスの」，「キリクスの」及び「キュプロスの」と呼ばれていた。併しアイソポスが他の誰よりも自然に自分の寓話を書いたので，寓話はそのため，アイソポス寓話と称される栄誉を獲得した。そのほかには，寓話は「合理的」，「倫理的」及び「混淆的」の三種類に分類される。合理的な寓話は何事かが何者かによってなされたように装う寓話で，倫理的寓話は理性のない動物の仕草の真似をする。混淆的寓話は二つの性質を共に

有する。即ち野生の動物と理性的被造物のそれである。もしその目的で起草された寓話の説諭や奨励が前面に出れば，諸君はそれを「先んじられた寓話」と名付けることが出来るだろうし，後景に隠せば「後ろに隠れた寓話」と呼ぶことが出来るだろう。〔傍註：詩人たちの寓話は悪徳を唆し，推奨する〕併し詩人たちのあらゆる寓話にあって，著者も述べているように，古代人が更に英雄の列に加えるであろう，自分の行動に類似している大人物の行動を手許に有するとき，そうした青年を毒し，自分の不品行の弁明に役立たせるための幾千もの有害な事例以外，寓話からどのような学識を引き出し得るであろうか，何を学び得るであろうか。アカデメイア学派の哲学者たち皆の中で正しい判断力を有する者が，どのように詩人を読むべきか，殊更弁じていたのは謂れがないことではない。何故ならもし新しい船がひとたび，寓話が孕んでいる有毒な匂いを受け取るなら，前以って神聖な教訓によって備えが出来ていても，それを振り払うのに大いに苦労し，この白い布は黒く染められた場合，もはや色を変えることはない。そしてこの，あらゆる肉欲の火花，この売春斡旋業，この絶望感，この冒瀆，誘拐，その他類似の事柄であらゆる詩的な寓話が散りばめられているとしたら，純情な精神の無垢を黒ずませること以外，何であろうか。誰がすべからく若くして，初めて飲む酒を染み込ませられるだろうか。

　アポロニオスはこう反駁した。「逆にわたしが判断するに，アイソポスの寓話は」。〔傍註：アイソポスの寓話の賞讃〕確かにアイソポスの寓話はそれほど低い評価を受けて来た訳ではなかったし，それはプラトンがその『パエドン』の中で甚だ褒めちぎっているほどであり，ソクラテスさえも寓話の幾つかを韻文化するのに専念するのを疎かにしなかった。それほどそれらの寓話は率直で物柔らかな工夫とともに，素朴で物事をありのままに呈示する薫育を有しており，他の寓話とは真逆に訓育しようと欲しているのである。他の寓話といえば表皮の下では慎みがなく，その内容については度外れている。それらに比べてアイソポスの寓話は文字通りの寓話の姿をし，内容は何やら分からぬが口当たりがよく，ソピストや修辞学者の装われたあらゆる談話よ

りも説得力を有する。何故ならわたしたちの著者が述べるとおり，アイソポスは獣を媒介にしてわたしたちに教訓を施し，それぞれの動物の，狡猾だったり，底意地が悪かったり，王侯的であったり，或いは魯鈍だったりする性質だけを教える許りではなく，わたしはもっと大胆に言うが，彼は獣の性質の陰に隠してあらゆる人間の性質を，彼らが理性を十分に用いる術を知っているかどうかに応じて，見せようと望んでいる。アイソポスのからだのように不完全なからだ，尖った頭をし，鼻ぺちゃで，首は短く，厚ぼったい唇，色黒で，腹は太って，捩じ曲がった脚，瘤背，おまけに喋るのに大いに骨を折り，声は大層低くてもぞもぞと話し，おまけに社会的立場と言えば奴隷であった者のからだのようなアイソポスのからだだ。こうしたことは，言わせてもらえば，彼が行なったり語ったりしたことはみな各人の教育の為でしかなかったほど，公益のために捧げられている，麗しい叡智を目の当たりにしたことは，讃嘆に価する。プリニウスは「第三十六巻」第12章で，かくも評価されているエジプトのピラミッドを建立させた，かの有名な遊女エジプト女のロドペは，奴隷状態にあったアイソポスの仲間で，二人ながら同じ主人の奴隷で，一人は悪徳のために評判をとり，もう一人は有徳のゆえに評判をとった。

　「時」が牝牛が牡牛たちを，太陽から望むように仕向けた。〔傍註：泥棒たちの神メルクリウス〕ここでのこの神は世界で最も酷い泥棒である。何故なら『アポロンとウゥルカヌスの対話』の中でのルキアノスによれば，メルクリウスは母親の胎内から出るや否や，ネプトゥヌスの三叉の矛を盗み，マルスから鞘に収まっていた剣をあっという間に引き出し，ホメロスの『メルクリウス讃歌』〔『ヘルメース讃歌』，邦訳『ホメーロス讃歌集』所収，170ページ〕とホラティウスの『歌唱』「第一巻」の告げるところでは，生まれたその日にアポロンが番をしていた国王アドメトスの家畜を盗んだ。以上がこれらの寓話全てから学ぶことが出来る立派な教訓である。ピロストラトスはこれらの寓話に甚だ強く没頭しているので，彼がこの章で寓話を断罪しているように思えるにも拘らず，併しながらそれらを援用するのを控えることが出来な

かった。事実，異教のあらゆる神話とその宗教は寓話にしか過ぎないので，寓話を混じえず神話について長々と弁ずることは出来ない》

3

　上記『テュアナのアポロニオス伝』「第五巻」第5章の註釈は「カタネ」という地名註から始まっている。『テュアナのアポロニオス伝』は聖者遍歴譚なので，主人公は滞在期間はともあれ，終始旅路にいる。その遍歴の旅路にあって逗留する場所場所の地名が先ず註釈の対象となる。もう一例，「第六巻」第1章の最初の註を引用してみよう。これも地名註から敷衍された文章である。

　（引用－4）〔II 198-199〕
《エチオピアは西方の突端を占拠している。ストラボン〔『世界地誌』〕「第十七巻」（?）及びポンポニウス・メラ〔『世界地理』〕「第一巻」〔「第4章」（?）以降〕はアフリカが世界の第三の部分と称されるに価するほど大きいとは主張していない。併しまたその当時，彼らがその半分しか知らなかったのである。それというのもシルトから，というよりむしろジブラルタル海峡から喜望峰に至るその広大さをよくよく観察する者は，一つの回帰線からもう一つの回帰線へとこの地が広がっているのを見て取るだろう。赤道のこちら側ではわたしたちの北緯35度に至るまでこの地は隣接し，ヨーロッパとアフリカを分割する上述のジブラルタル海峡がその高みであるように，仰角が非常に大きく，南緯に向かっても同じ広がりを抱合している。北回帰線のこちら側に於いて大いなる広大さに接近し得ないヨーロッパは，世界の一角として北極に向かい，緯度に於いてよりも経度に於いて広がっている。併しアフリカは一方の回帰線から他方の回帰線へと，幾つもの緯度を縦断しながら，経度よりも緯度に於いて連なっている。ところでアフリカは西方と東方の二つの沿岸と部分に分かれている。アトラス山（現在ではアンキセス山と呼ばれている）によってその一方の部分は南方の地域に広がっており，もう一方はよ

り小さいが，わたしたちの地中海の方に向いている。この山を越えて南に向かう地方に属するものは全て，エチオピアという名前のもとに包括されている。エチオピアは北方や北部に於いてエジプトと現代人が定めた境界を接し，その境界によりヌビアと接し，東方にはインド洋の一部である紅海があり，古代人には知られていなかったメリンダとエチオピアの国に至るまで，バルバリカという名の湾がある。南方ではエチオピアは自然の壁，兼，堀として役立つ月光山に向かい合っている。併し西方ではこの国はニゲル河，もしくはセネガ河，ヌビア王国，マニコンゴ王国，それを潤しているナイル河によって囲続されている。これらの広大な地域を全て統治しているのは，キリスト教徒からプレスター＝ジョンと呼ばれ，ムーア人はアティクラバッシ，即ちアケゲ，及びネグスと呼ばれている上記国王の家臣と称している。アケゲ，ネグスとは国王とか皇帝の謂いで，ジアンの名前が貴重で秀でたものを意味するのと同じようなものである》

聖者遍歴伝である『テュアナのアポロニオス伝』本文それ自体も地誌書的な記述を含んでいる。例えば上述の註釈が施された「第六巻」第1章の本文は冒頭から半ばまで次のような言説を告げるものであった。

（引用 − 5 ）〔Ⅱ 194-196〕
《エチオピアは，インドが東方に向いた部分を占めているように，赤道領域のあらゆる地帯の場所の西方の突端を占拠しており，メロエ島に沿ってエジプトに結び付き，そこからそれ以上知られていないリビアの彼の地まで広がっていて，その場所で詩人たちによってオケアノス〔大洋〕と言われている海で境界を定められている。詩人たちはオケアノスの名称を用いて大地全土を取り囲むこの広大で測りがたい領域を呼んでいる。併しナイル河はエジプトに属し，その源流をカタドピエンス山脈に遡り，河とともにエジプトを押し流し，その全土はエチオピアに至るまでその河によって氾濫するのである。エチオピアの広さはインドのそれに肩を並べるものではない。また少な

くともわたしたちが知る限り、またナイル河が及ぼすところではあるけれど、エジプトをエチオピアに加えなければならないとしても、如何なる地上の部分もまたそうではない。それというのもインドの甚だしい広大さに比べればそれら二つの地方を一緒にしても、おっつかっつというところには達しないであろうからである。それぞれの地方には、もしその水質と効果を眺めて見たければ、ナイル河とインダス河という相似た河があるのは、全く確かなことだ。夏の時季、大地が最も渇き乾燥し、最も潤されるのを欲する時、二つながらそれが通過する国を水で溢れさせるからである。鰐と河馬を生息させるのはこの二つの河しかなく、それぞれそれらに供儀を捧げる同じ儀式を有している。何故ならナイル河に於いてもインド風に、それらがうようよしているからである。ところで揺るぎない大地を有するこれら二つの地方に生える芳香植物や、その地で繁殖している動物たちは両地域の類似性と相似性を証している。ちょうど捕えられた獅子や象が同様に飼いならされ、屈服させるように、だ。併し地上の他の如何なる地域にも見られないその他の動物も、そこには生息している。この地以外では人間は褐色のまま生誕しない。二つながらにピグミー族がいる。マスティフ犬のように吠える犬頭族、もしくは犬の顔をした人間、その他の類似の怪物がいる。更にインドのグリュプスとエチオピアの犬狼は全く違った形状をしているが、にも拘わらず同じ役割を務めている。それというのもこれらの地域のどちらに於いても、これらの二種類の動物は、伝えられるところでは、黄金の見張りをするのに大層熱心で、金が生産される場所を徘徊するのを驚かんばかりに喜ぶらしい。しかしわたしたちはこうしたことについて、既に十分に話してきた。従ってアポロニオスのもとに戻ることにしよう。わたしたちはアフリカで彼に起こったあらゆる事柄を物語ることにしよう》

インド、アフリカ、そしてヨーロッパ遠隔地を経巡ったアポロニオスの遍歴譚の魅力のひとつに、ペディカ張りの異郷驚異譚があったのは間違いない。『テュアナのアポロニオス伝』にトマが註釈を施すとき、その立ち寄ったロー

マから始まる都市都市から読者が聞いたこともない世の果ての地域まで，トマはその地を，出来るだけ時代錯誤を犯さないように（特にネロ帝時代のローマに関しては），調査するのに嬉々として働いた。併し事項註は地名註（とその逸脱）に限る訳ではない。数十ページにおよぶピュタゴラスの例は極端としても，人名註にも数多くの紙幅が割かれるし，博物誌的註釈にもトマの関心は及ぶ。以下はティトゥス帝がその毒で暗殺された経緯についての註釈である。

（引用-6）〔II 407〕
《この魚は何やら分からぬ毒をもっている。これはプリニウスが〔『博物誌』〕「第九巻」第48章で，取り分けインド洋にいるものについて語っているところである。プリニウスが述べるには，この魚は非常に有毒で，それに手で触れるだけで毒に感染させ，甚だ危険な吐き気や下痢を催させる。アウィケンナは「基準3」で，海兎は飲み物の中に加えると有毒であると言っている。そうすると息が荒くなり，眼が血走り，乾いた咳をし，血痰を吐き，用を足すのが困難になって，紫色の尿，胃痛，血の胆汁による過度の吐き気，黄ばみ，腰痛，臭い汗，肉への恐れが起こる。そして病人が魚を見ると，恐慌をきたし，腐った魚肉への嗜好を有する。その治療のために用いられるのは，女性の乳，牝驢馬や牝山羊の乳，ザリガニの灰，鴛鳥の雛の血，老人の尿，新しく熱い河に浸かること，その他幾つかの処方策がある。併し真の健康の徴候は患者が魚肉を見て，それに聊かの恐れも抱かず，食することである》

例示がこれで十分かどうか分からないが，以上の二例から抽出し得るものを検証してみよう。一つに地名註にせよ博物註にせよ，それが啓蒙を目指したものであるということ。これは人名註や出典註にも該当する筈である。併しこれらの註は，わたしたちの臆断かも知れないが，実のところ危うい。何が危ういのか。人名註にせよ地名註にせよ博物註にせよ，畢竟はトマが時代的には無論，空間的にもアポロニオスの足跡を辿らず（辿ろうともせず，辿り得もしなかった），むしろ書斎の王党派（これについては後述する）が，著名で学識ある先達者

第4章 『テュアナのアポロニオス伝』とその註解者トマ・アルチュス　209

の仕事を広めようという意図，より明確にしようという意図に基づいた註釈であろうと思われるのだが，その書斎がどれほど完備されたものであったか，それが危ういのだ。トマはヴィジュネールの仕事を一層読み易く，一層完備したものにしようとする。そのため彼はヴィジュネールの翻訳をピロストラトスの原文と比較対照し，訳し過ぎの箇所を［　］で括り，訳し足りなかった箇所を★　★で括りその中に不足していると思える文章（の一部）を書き加える。その操作が連続して表出する箇所が，全『テュアナのアポロニオス伝』に於いて1箇所だけ認められるので，紹介する。

　（引用－7）〔II 688〕
《アポロニオスはそこで彼を隠して，彼の心の中だけで困惑し混乱したままに放置した。そしてその場にいた者全員の前で彼の職業である奇術の技を示したので，ローマ人もギリシア人も，その他の異邦人も大層仰天したまま立ち尽くした。この折り，凡そ正午だったが，アポロニオスは突如ポゾルのデメトリウスとダミスの前に現れた。この者たちは彼が弁明するために，［彼の慣例にはなかったことだが，］★自分が考えていたことについて★それ以上のことは教えず，前以って送り込んでいた人々であった。》

　もう一つの危うさは，トマの書斎がどれほど普遍性・一般性を備えたものであったのかという疑念である。ここで数値を挙げるのは避けるが，トマが事項註，殊に地名註や人名註，博物註で援用し，源泉とするのはプリニウスの『博物誌』であり，ストラボンの『世界地誌』であり，或いはナターレ・コンティの『神話学』であり，時にホメロスやホラティウス，アリストテレス，ディオドロスであったりする。併しトマは，そうした文献を手許に置いて忠実に引用・援用するのではなく，記憶の底から引き出し，或る意味自らの都合に応じて操作していたような気がするのだ。これだけを言えば，論者の無知という一言で片づけられそうだが，全くの根拠がない論難ではない。例えばプリニウスの『博物誌』の巻数の誤記がある。勿論，底本が確立していない16世紀後半に

あって，様々な刊本が存在したであろうことは確かだ。併しトマがこの註解書を上梓する前に仏訳されていた版を，方途がどのようなものであれ，参照しなかったというのは註釈者として咎めらるべき振る舞いではあるまいか。或いはまた，出典を示さずあたかもそれが定説のように「事実」として文章を積み重ねる場合もある。けれどもそれは確認されない限りトマの文章を信ずるか信じないか，「信」の領域に入ってしまうのだ。例を挙げる。

（引用 − 8）〔I 172-174〕
《アッシリア人の青年キュパリッソスの思い出にこれらの糸杉がその地に保存されていること。ナターレ・コンティはその『神話学』「第四巻」〔第10章〕[7]の中で「キュパリッソスはケオス島のテレポスの息子で大層な美少年だった。この少年は或る日誤って自分が非常に可愛がっていた飼い馴らされた鹿を殺してしまい，それをひどく悲しんで病気になってしまった。そして仕舞いにはアポロンの情けにより，彼の名をとって糸杉〔キプレス〕と呼ばれているかの樹木に変身した」。そして「第五巻」〔第10章〕ではシルウァヌス〔森の神〕について話しながら「彼はキュパリッソス，即ちキパレスという青年に大層恋をしてしまったが，この青年がアポロンにより同じ名称を有する樹木に変身させられたので，彼は何時も手に糸杉を持つようになった。これが，ウェルギリウスが『農耕詩』「第1歌」で，

「若い糸杉を根こそぎにして運ぶシルウァヌスよ！」

と伝えようとしていることなのだ」と言っている。『ポリピュロス』の著者はその『ヒュエログリフ』〔ママ〕で，門扉に刻まれた卓越した建造物について語りながら，こう述べている。「左側には，矢で貫かれた自分の美しい女鹿のせいで，半ば息絶え，すっかり意気消沈したキュパリッソスがいた。彼の傍らには愛しげに涙を流すアポロンが横臥している」[8]。糸杉に関して言えば，これは葬送の樹木であるが，その謂われは，一度び切り取られる

第4章 『テュアナのアポロニオス伝』とその註解者トマ・アルチュス　211

と，上述の著者が述べようとしているように，二度と再び芽を出さないからだとも，それが苦く，死よりも苦いものがないからだ，ともいう。ウェルギリウスは『アエネイス』「第3歌」でポリュドロスの葬儀に際してこう語っている。

「うず高く
土が塚の上に盛られ，死者の霊のために祭壇が設けられる。
祭壇は黒ずんだリボンと黒い糸杉で喪を表し」[9]

　以下はプリニウスが『博物誌』「第六巻」〔現行の版では「第十六巻」〕第33章〔現行の版では，第60章もしくは第33章〕でどのように描写しているかである。「〔糸杉は〕頑固デ成長セズ，果実ハ何ノ役ニモタタズ，実ハ顔ヲ歪マセル。葉ハ苦クテ，ツントクル匂イガアリ，ソノ木陰モ快適デナイシ材モ貧弱デアル。ダカラソレハホトンド灌木ノ部類ニ属スル。ソシテソレハ他界ノ神ニ捧ゲラレタ木デアルカラ，喪中ノシルシトシテ家ノ戸口に置カレルノダト言ウ」[10]。併し同じプリニウスは「第十六巻」〔現行の版では「第十七巻」〕第17章〔現行の版では第39章〕で，「これは水を嫌う，糸杉ハ水ヲ軽蔑スル」[11]と述べている。併しながら糸杉で充ちているダプネの聖域には幾つもの泉があった。ピロストラトスが彼をアッシリア人のキュパリッソスと呼んでいることについては，彼は以下の民族と意見をともにしている。何故ならギリシア人たちは彼をシュニシア半島もしくはシュカン岬から数十里離れ，周囲13里のケオス島，もしくはジオズ島の出自，テレポスの息子と告げているからだ。この島は三日月の形状をし，ストラボン『世界地誌』「第十巻」に依れば，嘗てはコオスと名付けられていた。その昔コルキドス地方全域にその名前を与えていた，著名で強力な都市ケオスもしくはキュテアに由来させたくなければ，であるが。そのためにコルキドス人はキュテア人の名称を有しており，その地域はキュタイカの名称を有していた。アポロニオス・ロディオスは『アルゴナウティカ』「第二巻」で次のように歌っている。

「帆を風に向けよ。日和の良い海の果てに辿りつくまで
幸運を追いかけよ。
そこに至れば
キュタイカを見ることができるだろう」[12]

　ところでこうしたことはティグリス河の彼方の，その昔，ギリシア人からアディアベネアと呼ばれ，今ではペルシア王国の領国であるため，或る者からはアルドニシア，他の者からはサルクラビアと言われているアッシュリアからは遠い処で起こった。併しわたしたちの語り手は，このあとでラドンと名付けられている大河について話すアポロニオスの言と，折り合いをつけている。何故ならアッシュリア人はかかる寓話全てを自分のものとするため，名称をこのように変えてしまったからだ》

　上記の引用から例を拾えば，恰もストラボンがケオス島をコオス島と呼んでいるような錯覚を覚えるが，邦訳の『ギリシア・ローマ世界地誌』を参照にするとこれはストラボンが援用する詩人シモニデスの一節で「さて島々，先ずはニシュロスやクラパトス，またカソスや/コースの島を領する者ども，/またはエウリュピュロスが都するカリュドナイ」とある韻文中に辛うじて言及するだけでそれ以外ではない[13]。繰り返すことだが，勿論底本が定まっていない時代だから異本文も多々存在するであろう。また論者としても原書を確認する労を疎かにした咎は甘んじて受ける。併し，そうした事情はさて措いても，このストラボン言及には知識の羅列の感が残る。それはまたアポロニオス・ロディスの『アルゴナウティカ』を引く手口も同様である。更に最終部分で出典を明記せず《ところでこうしたことはティグリス河の彼方であるため》等々の断言も註釈者の該博な知識を見せびらかす目的を有しているだけのような気がする。或いはカルコンデュロスの『トルコ史』を翻訳した折に得た知識の披瀝の可能性も十分に考えられるが，このミステリアスな文献は本家本物のフランス

国立図書館さえ収めてはおらず，極東の学徒の参照出来るところではなく，疑念を呈するだけに止めざるを得ないが，トマの註釈の危うさの例としておく。

4

前節最後の引用でも垣間見られたが，トマの註解の目的は啓蒙にある許りではない。己れの博識・博捜を知らしめるためにも書かれているように思える。これは今となっては，否，当時にあってさえ知の上層にあっては，余りに著名な伝承だが，パエドラのそれをトマの註釈で見てみよう。

（引用－9）〔II 210-211〕
《ヒッポリュトスに向けてかつてパエドラが用いたのと同様の罪科。このパエドラはアテナイ王アイゲウスと，クレタ島の国王ミノスと〔その妻〕パシパエの娘の息子，テセウスの妻であった。ヒッポリュトスはヒッポリュテーというアマゾネス族の女性と，同じテセウスの息子で，テセウスは伝承によると友人のピッテウスを伴って，プルトンの妻プロセルピナを掠奪しようと欲した。テセウスの妻パエドラは義理の息子ヒッポリュトスに激しい恋情を抱き，そのため廉恥心をすっかり脱ぎ捨て，厚かましくも自分自身で己れの気持ちを露わにした。併し彼の方では徳と節度に傾いていて，悦楽よりも狩猟や骨の折れる鍛錬に涵養され，非常な刺々しさと厳しさを以って彼女を撥ね付けたので，彼女はその屈辱に猛り狂い，その愛情を憎しみと怒りとに変えてしまった。その所為で彼の父親のテセウスが旅から戻ると，ヒッポリュトスが自分を力ずくで凌辱しようと欲したと彼に息子を告発した。余りに信じ易く，またかくも大きな大罪のために苦悩で憤った父親はネプトゥヌスに息子を死なせるよう祈願した。ネプトゥヌスは海の怪獣を遣わせてこれを実行した。怪獣は大層ヒッポリュトスの馬車の馬を脅かせたので，彼は大地に放り出されてしまった。運の悪いことに彼は馬車の引綱と頸木に絡まれてしまい岩や灌木の間を馬たちによって引きずられ，哀れにも四肢がばらばらに

なってしまった。『戴冠したヒッポリュトス』と呼ばれているこのテーマを基に製作された悲劇でエウリピデスは，ディアナが神々の栄誉を授けられるように命じられたと言った。この悲劇はフランス悲劇詩人の名誉である，ガルニエ殿によって，わたしたちの言葉で正確に巧みに真似られ，読者はこの物語を詳しく観劇することが出来る。この物語にはどこかしら信じ難い処があるが，必ずしも多くの真実を含んでいない訳ではない》

　上記（引用－9）の註はエウリピデスの『ヒッポリュトス』に纏わる事項註だと思えるが，併し記されているのはそれ許りではない。就中ほぼ最後に置かれたロベール・ガルニエへの言及はわたしたちの注意を惹かざるを得ない。『ヒッポリュトス』の概要は，トマ自身も告げているように，ガルニエが当時としては前衛演劇であった人文主義演劇を通じて知の上層・中層に発信した志を，また彼らに向けて訴えている。エウリピデスがディオドロスやプリニウス，ストラボンよりも周知率が高いと考えるとしたら，それは恐らくこの論者が目下書いている文章の不運な読み手の方々が文学系の知識人で，その現代の文学的常識に基づいた錯覚に過ぎない。知の上層によく知られていたとしたらそれは古典古代の思想作品よりも文学作品に親しみ，古典神話に馴染み，読者に馴染ませようとしていたロンサールらプレイヤード派の詩人たちとその註釈者たちの営為の積み重ねの結果としか言いようがない[14]。この引用が告げるのはそのようなトマの博識自慢だけではなく，一つの事項註から逸脱が派生しているという事態である。文脈註に移る前に，註釈の逸脱，もしくは派生という問題を扱っておかなければならない。

＊

　これは必ずしも長大な逸脱ではないが，次の事項註から派生する「脱線」もその例示となるかも知れない。

(引用 - 10)〔II 705-706〕

《アルペイオス河の河口で。パウサニアスはその〔『ギリシア記』〕「アルカディア」でアルペイオスはテゲア人とラケダエモン人の二つの地域の裁判管区と臨界の間に境界として定められていた河であると述べている。その水源はピュラケア山から発している。〔傍註：アルペイオス〕アルペイオスとその水源から遠くないところから他の川も降りてきており、それほど大きくない他のいろいろな泉もあるが、数に於いては多数である。そのためにそれらは〔河の〕徴候と呼ばれている。ところでパウサニアスが語るには、アルペイオス河は他の川の性質と異なる固有の性質を帯びているようであり、それは甚だ頻繁に大地に呑み込まれ、そしてそののち以前と同じように姿を現し、流れてゆくのである。外に出て、ピュラケア山から降りて来るや否や、テゲアの近郊で集まった川と一緒になり、それからアセオスで姿を現して、そこでエウロタス河と合流するが、その後大地の中へ消失してゆく。そしてアルカディア人が様々な泉と呼んでいる場所に至り、ピセオスとオリュムポスの地区を通過し、エレナエ人の造船所があるキュレネの少し上で海に注いでいる。にも拘らずこの河は非常な激流なので、アドリア海としては、それが流れ込まないよう警戒することなど出来ないほどである。それどころかこの大きく激しい海を越えて、シチリア島のサラゴッサの前で、真のアルペイオス河として、姿を現し、アレトゥサ河に合流する。これが、プルヌトスが、エーゲ人がシチリアにおいてアルペイオス河が海中でアレトゥサ河と合流しにゆくという考えを植え付けられている理由である。彼らは救済の女神に捧げられている寺院を有しており、その摸像を拝めるのはただ司祭たちにしか許されていない。彼らが毎年女神の最愛のアレトゥサ河に、河が海からそれを受け取って言付けを携えてゆくだろうと、アルペイオス河が彼らに代わって言付けを託すのを欠かさないだろうと推測して、次の食卓の肉類（即ちデザートである）を贈り、アルペオイス河を通じて海へと投げ込んできた謂われがここにある。パウサニアスは「エレニカ〔『ギリシア記』〕」でこう語っている。即ち上述の件、つまりアルペイオス河が海の中を通り、アレトゥサ河

と合流しにいっているということはアポロンの神託によっても保証されていた, と》

　アルペイオス河という単純な地名に付された事項註に, 知が及ぶ限り原典から知恵を借り, 本来必要のない物語や如何にも史実めいた史譚を装飾の用具に使っている。地名註としての必要十分条件はアルペイオス河の地理的状況を語るのに限定すればよいだけの話だ。この地名註が指示している原文（ヴィジュネール訳による）の試訳は次のとおりである。

　（引用－11）〔II 737〕
《そこ〔トーロメニア〕からそれらはサラゴッサに着いて湧き出るのだが, それはペロポンネソス半島を通過しての結果であって, 秋はその地では既に始まっており, マレア岬を迂回して6日目にアルペイオス河の河口に到着し, その地点で飲料に適した淡水と, アドリア海とシキリア海の塩水と混じり合う。それらが地上に潜った後, 何よりも先ずオリュムポス山にあるユピテルの寺院に敬意を表しにいく。アポロニオスが心身ともに健康になってエリディアに戻って来たという噂は, 羽ばたくように非常に素早く至る所に広まった》

　明らかにトマはヴィジュネールの（もしくはピロストラトスの）原文を敷衍している。

　次も長い引用になるが, この稿での目的の一つがこの極東の地は勿論フランス本国でも余り知られていないトマの仕事ぶりの紹介になるのでお許しいただきたい。邦訳では「第四巻」第2章であるが, ヴィジュネール訳では「第四巻」冒頭から邦訳第4章までを一括して「第1章」とする, 長文の仏訳に施された註釈の一部である。

(引用 – 12)〔I 726-734〕

《ひとたびお互いの結びつきと相和すことについて話しながら。併しこの異教の哲学者が贖い主の教えのもとに参加したら大層仕合せであったろうし，この者は何を語らなかったろうが。何故なら不和の君主の教えの許を歩みながら，何やら分からぬ優れた性格がアポロニオスをして，皆に慈愛の絆を説得するよう誘うのだろうか。だが彼の議論は自分がそう弁えているとしてそれ以上にどれほどしっかりしていたのだろうか，それよりも寧ろかの全能なる人としての神が永遠なる父に，そのいとも痛ましい受難の前夜捧げた祈り，即ち「ヨハネ伝」第17章「父と子が一体であるように，弟子たちが皆一体となれますように」という祈りを信じさえしていたら。〔傍註：キリスト教徒の災い〕何故なら聖パウロが語っているように，彼は彼の畏敬の念ゆえに願いを叶えられたのであり，キリスト教徒が皆，彼と意見を同じくする者であったら，彼らには，同じ聖パウロが「ヒトツノ麺麭ヲ分カチアウ」と述べているところだが，一つの頭と一つの糧食しかないように，一つの心臓と一つの霊魂しか有さないであろうからだ。併しこうしたことは，毎日行われているのを見て分かるように，聊かも実践されていない。わたしたちがわたしたちに相応しくない名前を担っており，真理よりも偽善がわたしたちの舌を動かしているのだと，誰が言わないであろうか。この悩める哀れな国のうえに慈悲の恵み深い影響を降らせ，わたしたちの内面に触れられて迷えるわたしたちの精神と正気でない意志とが，霊的にしても現世的にしても行政官たちの服従に於いて聖なる裁きの許に再び集うことが，天なる善意の御心に叶いますように。〔傍註：いとも痛ましく苦悩を伴った追憶〕しかし，読者よ，フランスを，更には周辺諸国を襲った，最も嘆かわしく，最も驚異的で，最も忌むべき，最も不敬虔にして最も残虐な出来事と同時期に，こうしたことを綴っているのであるから，わたしは読者にお許しを請わねばならない。そう，言ってみれば，かのいとも偉大なる，かのいとも勝利を収めたる，かのいとも寛仁なる，かのいとも端倪すべき君主よ，あなたは，もしお望みになられたらキリスト教諸国に和平と戦争を齎すことがお出来になり，何時のと

きにも，お打ち破りになられると同じくお赦しを下される御力を保持されているというのに，かくも不条理に生命を落とされ，かくもご不幸に其の血を流されたのだ。もしわたしがわたしの殉教のさなかで沈黙を破り些細な脱線をしても，わたしを許し給え。願わくば容赦し給え，わたしの苦しみの真っ盛りに幾許かの溜息を漏らしたとしても。おお，血よ，汝はフランスの救済のためにかくもふんだんに流れ，これほど多くの危険を伴って，わたしたちをこれほど頻繁に甦らせた。血よ，汝の生命によってわたしたちの生命を生かしめ，動かしていたが，何故いまわたしたちに死を与えるのか。血よ，汝は同朋の休息の裡にしか一息入れることがなく，その民が仕合せに栄えるのを見たいという願いの内に溢れ出る！　何故汝はわたしたちの庇護をする方の片腕，わたしたちの至高の方の思召しであるわたしたちの父の存在を，わたしたちから奪うのか？　血よ，世界で最も輝かしい方，君主たち皆の中で最も高邁な方，嘗て存在したあらゆるカエサルたちやアレクサンドロスたちの中で最も勇敢な方！　どのようにしてあなたは寛仁さと鷹揚さにかくも溢れるこの心臓を見捨てられたのですか？　少なくとも，血よ，あなたはわたしたちにとってかくも尊いものでした。何故あなたはかくも夥しく，これほどの瞬時に流れ出てしまわれたのですか？　だが遺憾にも！　おお，災いかな，災いかな，この王国に嘗て出現した最も著しい方，あなたはフランスに一息入れる暇を辛うじて与えるか与えないかのうちに，かくも繁く，かくも多くの軍隊に，かくも多くの危難に，かくも多くの危険に抵抗されたあなた！　あなたは背信に対して，父親殺しに対して，暗殺に対して力をお持ちにならないのでしょうか？　もしわたしたちがあなたを永久に失わなければならないとしたら，おお，血よ，人類のうちで最も気高き方，あなたを悼むのに何故，涙と溜息しか持たないのでしょうか！　陛下に負っている崇拝と恩恵を以ってして，フランスにその劇場で敵のではなく保護者の，外国人のではなく己れの兄弟の，誰であろうと何人のではなく，己れの国王たちの演ずる恐ろしい悲劇を観劇させるために，いまわたしが綴っているこの僅かな紙幅に彩を齎せるよう，そうしたものを掻き集めるのをお許し下さい。

「おお 世界の栄誉であるフランスよ，
もしわたしの悲壮な詩句の調子が，
ありのままに汝を描きえるとしても，
わたしは汝を涙で描くだろう。
何時の日かわたしたちの子孫が
十二分に汝を嘆くことが出来るように」

〔傍註：フランス人への激励〕だがこうしたあらゆる常軌を逸した言動は汝，もし汝がキリスト教徒であり，フランス人であるとして，今や汝の右腕を失ったのだから，汝がお互いに姿を現すべきであると汝に示す目的以外，何の目的があるというのか。わたしが言いたいのは，汝が汝の同郷人との間に友愛と慈愛の解きがたい絆によって結ばれるべきだということ，汝が隠し事，偽善，全ての偽りの方策を捨て去るべきだ，ということだ。これらの方策は率直，鷹揚，包み隠しがなく技巧を嫌うフランス人気質とは全く相容れないものである。そうした気質を以って汝は，臣従の儀式や虚偽というもの，往々にして裏切りというものの双子の兄弟である，慇懃悉皆を以ってしてよりも千倍も多くの栄光を勝ち取るであろう。何故なら永遠の神の叡智は，既にこの国の指揮を手に取られているからである。それというのもこの平和，この静謐，この秩序，これは格別な恩寵，至高の神の全能なる御手の特別な助け以外の何であろうか？ 併し汝はこの静穏にまどろんではならない。神に協力して汝の生命が神の御心に叶うよう配慮すべく努め，神の裁きが宥められ，そのご慈悲がこの哀れな国の何処にあっても広まるように，である。今度は汝の党是が国王の党是となるように，彼の煽動的で謀反を企て，党派的な気質を地獄に落とすがよい。汝は父にかくも多くの恩義を負っており，どのような義務を，どのような感謝の念を，父を通じて受け取った，かくも多くの資産のために，汝は嘗て父に返したことがあったろうか？ 父が汝に残したかくも貴重な証，それは汝が汝の祖国の父に負っている格別な責務であ

る。それというのも，もし花がなければ百合〔筆者註：言うまでもなく百合はフランス王国の紋章〕はどうなってしまっただろう？　しかしもし百合の花がその茎に寄らず支えられもしなかったら，汝は何をするだろう？　叡智と決断力と深慮と恒心と王家の鷹揚さにかくも溢れる，かの偉大なる王妃，どのようにその息子は決意と年齢に於いてネストルを，幸福に於いて何れかのアウグストゥスを，勇気に於いてそのお父上ご自身を上回ってはおられないだろうか。かの偉大で鷹揚で雅量ある王妃が，幾世紀にも亘ってわたしたちを平和と平穏の裡に統治され，全フランスが彼女にすべからく栄誉と服従と臣服とをお返しするように。何故なら王妃が実際そうであるように，敬虔へと向かい，神への愛に溢れているのだから，乳とともにかくも素晴らしい栄養を吸ったそのいと愛おしいご子息が，いつの日にか全世界に，ただ一人の男性の裡に，わたしが上に述べたこれら二つの優れたる資質，即ち勇気と敬虔が出逢うのが難しい旨を示すことが出来るだろう。これらの二つの徳はご子息の裡に幸いにも宿り，自身のために自身がそのお名前を戴いている祖先の，彼の大王の王冠と同等かそれ以上の栄光と不滅の王冠を獲得させるであろう。〔傍註：フランスの民は祝福に於いてイスラエルの民の後継者〕それと言うのもフランスの人民が神の家の長子であるのが真実である以上，嘗てイスラエルの民に譲られたあらゆる恩恵が御子の裡に齎されると言うことは出来ないであろうか？　それは何故，かのヘブライ民族に天から授けられたかくも稀でかくも貴い百合が（これは彼らの寺院で最も貴重な聖遺物匱の中に収められているのが発見され，それを讃えて彼らの大王にして預言者〔ダビデのこと〕が一篇の特別な詩篇を作り，彼らの王たちの中で最も賢明なその息子〔言うまでもなくソロモンのこと〕がその「雅歌」で非常に大切なことだと言った），いとも至高なる神の恩寵とご厚意の恒常的なご援助の特別な御徴として，天からフランスに授けられたかの理由である。それゆえに永遠なる叡智である神は，どのようにしてわたしたちがあらゆる事柄に於いて摂理に身を委ねるべきか，わたしたちにお教えになろうと欲せられ，甚だ傑出し，且つ折よく「マタイ伝」第六章28節で「なぜお前たちは衣服のことで気を煩わせるのか？　野の百合に思い

を馳せよ。どのようにそれらは育っているか？ それは働きもしないし紡ぎもしない」と百合の喩を撰ばれたのである。このテーマについてよく耳を傾けてもらいたいがために弁論を張っても神のお気に召すように。わたしたちのフランスの衣装、それはわたしたちの国境であり、わたしたちの都市であり、わたしたちの国である。それはわたしたちを保全し保護する。わたしたちは野の百合であって、即ち囲いのない土地であるかのように、自分たちの気にいったものを奪い取る、近隣諸国の羨望に晒されている。野の直中の百合、即ちそれは自由のうちにあって、わたしたちが自由な民と呼ばれる如くである。百合は大地の花の中で最も美しく、最も高みに登り、フランスも最も美しく、最も富み、最も肥沃で、教会の麗しい野の中で最も飾られた王冠である。併し咲き誇る百合を誰が見ないでいようか。わたしたちが最底辺に堕したときでさえ、わたしたちが最も高みにいることを見て、わたしたちの敵が驚愕してしまうというのは本当ではないだろうか。過ぐる諸世紀の合戦での無数の例は数えなくとも、百年来幾度となく、そうした証拠を見てきたのではないか？ わたしたちが皿の一方に恭順、痛悔、悔悛、祈禱を入れるや否や、わたしたちの国は天秤となるのである！ もう一方の皿はわたしたちを忽ち天に連れて行く。〔傍註：「ユディト書」第五章23節〕そしてイスラエルの民の真の後継者として、わたしたちはわたしたちのホロフェルヌスに対するアキオルのように、こう述べることにしよう。「もしわたしが至高の陛下を聊かも怒らせなかったとしたら、もしわたしたちが神と上手く折り合いをつけているとしたら、如何なるものもわたしたちに抵抗し得ないということを確信しよう。何故なら主なる神がわたしたちを守護され、わたしたちの敵は残りの世界中の不名誉にして笑いものとなるだろう」。かくして軍勢の神がわたしたちのために戦って下さるだろうから、辛苦はわたしたちには必要なくなるだろう。地上の民がどれほど骨折って陰謀、工作、攻撃にあたり、際限ない人間の手段を以って自分たちの国を守ろうとしているか、そして周辺隣国の民族が幾度も一つに結束してこの国家に歯向かってきたが、何時でもその花を散らせなかったということが、諸君には分からないのかね？

わたしたちは彼のギデオンのイスラエルびとなのだ。わたしたちの灯を消してはならない。つまりわたしたちの敵を恐怖に陥れ逃亡させるために，神の前でわたしたちの勇気を挫いてはならないし，わたしたちの霊魂を撒き散らしてはならないのだ。この註釈はわたしが今そうした事例を列挙することを許してはくれない。併しわたしたちの歴史に通暁している者は，何時にあっても立派な数の事例を数え上げることが出来ようし，最も愚かな者でさえわたしが真実を口にしていると，わたしと一緒に証言するのに十分な哀しみを抱いたことだろう。併しわたしたちは逃げ去ることは断じてすまい。即ちわたしたちの王国は紡錘棒の掌中に陥るどころか，臆病で女たらしい心根で縮まったまま留まろうとはすまい。それどころか，いとキリスト教的なる民として，わたしたちは鏝を片手に，もう一方の手には剣を持って聖なるエルサレムの都市の寺院を建立するであろう。ローマ聖庁は幾度となくわたしたちがそれの維持のためにわたしたちの血を流してきたことをご存じだ。しかしわたしたちの救世主の以下の話の続きは大いに註目すべきである。〔傍註:「ネヘミヤ記」第四巻27節〕「にも拘らずわたしはお前たちに言うが，ソロモンがそのあらゆる栄光を以ってしても，彼らの一人のような衣装を纏うことは決してなかった」。おお，被造物でないにも拘わらず人間となられた，永遠なる叡智たる神よ，あなたの高さに然るべき謙譲と畏敬の念を以ってわたしがあなたを崇拝しつつあなたがわたしたちの国についてお話にならなかったかどうか，偉大なユダヤの女性がフランスの女性に匹敵したことがないと仰りたくないかどうか，お尋ねすることをお赦し下さい。併しおお，わが主よ，このある者とはどなたなのでしょうか。就中，恩恵と徳にかくも飾られたこの百合〔Lys〕とはどなたをさすのでしょうか。それはあなたがわたしたちに授けられた，このルイ〔Loys〕のことではないでしょうか。あたかもその言葉がその香り，その偉大さ，その美を告げようとしているかのごとき，この一つの文字〔即ち Loys の o〕を取り囲んでいる，この単語〔Lys〕以外の何を意味するのでしょうか。わたしが申し上げたいのはその名声，その威厳，そしてその敬虔が，何時の日か全世界をその栄光の輝きで覆うであろうとい

うことなのです！　わが王たる神よ，あなたの聖なるみ言葉の裡にわたしが読み取れるように思えるのは，あなたがいつもダビデの家系の最も幼い王たちを祝福されてきたということです。〔傍註：「列王記4（？）」第四章2節（？：不詳）〕ヨナという者は7歳にしてその王国を享受するに至りましたが，かくも多くの麗しく聖なる行いに励まれたので，あなたの前を常に真っ直ぐに歩みました。〔傍註：「列王記4（？）」第二十二章1節（？）〕ヨシュアは8歳にしてまた，父であるダビデのあらゆる路を歩むことで，あなたが好もしく思われることを行ない，右側にも左側にも傾きませんでした。わたしたちの国王は，おお，わが愛しき庇護者たる神よ，同じ年齢であるのにあなたは同じ，否，いや勝る祝福を授けられないのでしょうか？　あなたはこの方の貴いご尊父を永遠なる栄光の座に上らせられました。そのためにいま，この全き無垢の幼い機関によって，わたしたちがあなたの聖なるご意志を執行するよう，彼の父にして彼の王となり給え。〔傍注：「士師記」第十四章14節〕そして最も忌まわしい営為から，最も美しく，最も聖なる作品を抽出することをご存じの至高の善たる神よ！　かくも不幸かつ残虐に流されたあの血から齎された乳，その旨さが外に現れたのはこの奥深いところからです。不敬虔者たちは，この国の生命は血で浸されていると考えました。併し讚嘆すべき摂理である神は彼らに，あなたの霊魂に他ならない恩寵と慈悲，そして生命は滅びることがないと諭されたのです。彼らは，過水症は，栄養の源である静脈を切断したら，造血機能を最早有さないので，直ちにわたしたちの肝臓を襲うと信じておりました。併し義なるユディトは，あなたがこの血を乳に変えたと申しました。そのためにわたしたちも彼女と一緒になって〔傍註：「ユディト書」第十六章20節〕「われわれの民に歯向かおうとする民族は不運である。なぜなら全能なる主は彼らに復讐されるであろうし，裁きの日には彼らを訊問されるであろうから」と義に適って告げることが出来る。にも拘わらずかくも多くの恩寵を見，感謝しはしても，わたしたちはまだ動揺するのです。あなたは海と風に凪ぐように命ぜられましたが，併し荒れ狂う海の思い出がわたしたちの信仰を揺れ動かし，わたしたちは極く僅かな信仰を以ってしか

あなたの偉大さに近付けません。「伝道の書」での，彼の賢明なソロモンの昔ながらの一節をわたしたちはなぞることにします。そこでソロモンは「国王が子供である土地には災いあれ」と言っていたのです。このことでわたしたちはあなたの聖霊の感覚ではなく，わたしたちの感覚に結び付くのです。何故ならもしそうしたことが文字通りとられなければならないとしたら，ソロモンが王座に就いたとき彼はまだ若く，12歳ではなかったでしょうか。そしてわたしが先に挙げたあれらの国王たちは幼年ではなかったでしょうか。あらゆる幸いが彼らの国を補佐してきたのです。とはいえこの王国は聖王大ルイの御代ほど仕合せであったことはありませんでした。併しこの方が後継に就かれたのは幼少のみぎりでありました。文書が告げるところでは，幼児が国王である土地には災いが降りかかるそうです。併しどの国の幼年王なのでしょうか。何故なら各人が国の維持のため自分の資産を持ち寄ろうと努力するならば，幼年王を戴くことは災いではありません。絶えず警戒心を抱いて，この方の警護に一層励むのです。しかし全く気のままに振る舞い，幼児ほどにも思慮も先見の明も持たない幼年王，実際のところこうした王は大きな災厄ではないでしょうか。そして幼年王について言うなら，均衡と結合しか必要ではないのです。けれども更にそれが意味することはそこにはないと示すとしたら，〔傍註：「マタイ伝」第十九章14節〕この年齢が最も好もしいものとしてあなたのご奉仕のために求められており，あなたが望まれ，更には必要とされるのがキリスト教徒は皆，幼児期の年齢に立ち戻ることだというのは真理ではないでしょうか？〔傍註：「マタイ伝」第十八章3節〕心を改め幼子の一人のように振る舞わなければ，わたしたちは天の王国に分け前を持たないであろうと断言されてはいないでしょうか？　これは使徒たちの王〔聖パウロ〕は最初の書簡の第二章1節で次のように語りながら，わたしたちに確言しています。わたしたちが嬰児のうちに救済に向かって育つためには，理性的な（もしくは言葉による）（率直ナ言葉ノ乳），乳を欺瞞なく望めるよう，悉く生まれたての嬰児のようにあらゆる悪徳，あらゆる欺瞞，偽装，羨望，破壊を捨てねばならない。何故ならあなたは，おお，化肉した言葉であるキ

リストよ，あなたの偉大な奉仕者であるアレクサンドレイアの聖クレメンスが『教育者』「第一書」69章で幾度も述べているところに従えば，あなたは甚だ巧みにも，父なる神の乳房と呼ばれ得るのでしょうか？　あなたの身許にある栄誉を担っている人々は，このいとも豊かで幸多き乳房から，その生命と栄養を受け取ることになるのでしょうか。併し乳房がそのためにあるのは嬰児のためなのですから，あらゆる疑念が退けば，わたしたちは人間に依ってではなく，あなたの摂理に依って導かれておりますし，導かれて参りました。わたしたちは指揮者として常にあなたを欲して参りました。わたしの心からの祈りとしてお願い申し上げますが，であればこそこの母と子をご祝福ください。わたしたちの聖なる宗教の保護者をあなたのために育てるのは，もう一人のブランシュ王妃〔言うまでもなくブランシュ王妃は聖王ルイの母〕なのです。キリスト教徒の敵どもがこの偉大な君主の治世の許ほど恐怖に打ちひしがれることは決してありませんでした。その末裔にも同じ恩恵を賜り続けられますように。そしてこの方の民に相互の和平と調和を賜りますように。併しそれよりもむしろ，神よ，聖なる方への大逆罪を犯すことで涙に暮れながら，わたしたちの痛悔と贖罪であなたのご慈悲を得，あなたの手からの鞭を弱めることが出来るように，わたしたちの心を撃ってください。そうすればもしあなたのお怒りが続いたとしても，わたしたちの異国の民が，わたしたちの神は何処におられるのかと尋ねては，わたしたちの罰を笑いものにし，中傷することなどないでしょう。フランス人よ，従って勇気を持つがよい。もし汝が神と汝自身の裡に結ばれているなら，汝の敵たちは戦勝の証としてのみ役立つに過ぎないのだ。最も強力な君主たちでさえ汝の名前を聞いただけで震え上がるのではないか？　汝の宗教は汝を調和へと誘導した。現在の国難はそれを要求し，汝の資産と汝の充足は汝をそこへと招く筈で，もしこうしたあらゆることが汝にこの歌，

　どんな小国も調和のうちに大きくなる。
　もしひとが不和の裡に暮らすなら，大国も滅びる！

を聞かせるに強すぎることはない。そしてもしわたしの説得がこの格率を汝の心に彫り込むには余りに弱いとしても，少なくともこの哀れな異教徒の哲学者に耳を傾け給え。この哲学者は時として，わたしが提出していると同じテーマについて無知であった民衆の拍手喝采を浴び，傾聴されたのだ。過去の悲惨の継続が将来に向けて汝を懸命にするのだということを思い出すがよい。しかし現在の痛ましさと将来の不安は既に控えめな承認の縁のこちら側へとわたしを連れてきている。それ故ピロストラトスがここで鳥の話を聞き分けることをわたしたちに示してくれる当のアポロニオスにわたしは戻ることにしよう》

ひとつの語義註からどれほどの脱線が進行し，展開されてゆくか極端な見本を挙げた。秦剛平氏の邦訳では『テュアナのアポロニオス伝』「第四巻」第3章の全く冒頭の一文にあたる。その文章を含む2行ほどを紹介してみる。

　（引用−13）〔邦訳．『テュアナのアポロニオス伝 I』．284ページ〕
《あるとき彼が分かち合いの精神について講話し，互いに養い互いに養われることの大切さを説いていた。そのとき雀たちが木の上に鳴かずに止まっていた》

この《あるとき彼が分かち合いの精神について講話し，互いに養い互いに養われることの大切さを説いていた》から派生したのが上記引用文，原著で凡そ8ページに及ぶ「脱線」の一部始終である。これは文脈註の敷衍と考えてよいが，「互いに養い互いに養われることの大切さ」の例示として新約聖書から麵麴をともにしたキリストの弟子たちの営為に思考が移ってゆく。そこからトマは何時しか内乱時の回想，生きられた体験へと跳んで，更に何時しかマリー・ド・メディシスを摂政とするルイ13世への期待と讃辞へと変わり，現在を暮らすフランス・キリスト教徒への激励で終わる。長大な逸脱である。けれども，ここに紹介した一節が最大の脱線かと言えば実はそうではない。思うに『テュ

アナのアポロニオス伝』にトマが施した最大の事項註の敷衍は，既に触れたように「第一巻」第1章の冒頭，従って全『アポロニオス伝』の冒頭《サモス人ピュタゴラス》に加えられたものであった。因みに欧文と邦訳文の語順の違いによって，殴文脈ではピュタゴラスが原著及び欧文訳の文書の冒頭となる。トマはこの人名註に全てを賭けたという印象さえある。本稿でこれ以上引用するのは流石に憚られるが，上記の引用から推察されるように『テュアナのアポロニオス伝』の長い訳註の中には，往々，というよりも頻繁にトマが時代を憂い，叛乱を嘆き，政体を論ずる文章が認められる。以下にそうした言葉を拾ってみよう。

5

上記引用文中にアンリ4世への讃辞があるが，このヴェール・ガランへの讃辞は一回的なものではなく，往々にして反復される。例えば次の国政の喩にもアンリは欠かせない。

(引用−14)〔II 158-159〕
《邪悪にも新奇な事柄によって騒乱を起こそうとする者たちに対し，にも拘わらず彼らを罰するよりも脅かすことで厳格であることを示すがよい。よき君主にせよ悪しき君主にせよ耐えることが出来ないこれらの公共の休息の攪乱者について言えば，わたしはアポロニオスよりも大きい区分を齎したく思う。何故ならこうしたことが極度に微妙である地方もあれば，誕生し得た者が誰であろうと一瞬の間に成長することが可能な地方もあるからだ。だが鉞を使うよりも鉈鎌を使う方がよくはないだろうか？ 地上に未だ近いうちはもの静かに鉞を用いる。併し切株の残る広い耕地を作るには鉈鎌の助けを借りるのであり，そして度々生ずるところだが，そうしても如何なる非難を受けることもない人たちについてであって，諸君は如何なる危害を加えようとも欲しない。併し彼らは，薪にする外ない，実のならない木々の傍に出くわ

すと苦しんでしまう。肌が痒みを与えるあれらの人々については，いつも彼らからその肌を奪い去ろうという過ちを犯すのではないだろうか？　彼らに血の気が多すぎ，瀉血しなければならないとしたら，蛇をそのようなものと認識しても，何故彼らの胸に自分たちの胸に飼わなければならないのか。平穏の直中で口実を設け，検閲官に不満を抱き，最終的には休息の麗しい日を心行くまま楽しまない，公けの安寧を攪乱する者は，太陽に相応しくない。自分の君主の命令なくして地上を攪乱しようと願う者は，賛同を受けるに価しない。もし諸君自身が悲惨の淵に埋められたくなければ，そうした者は，地上では暮らせないものの下に直ちに埋められるべきである。何故ならこうした何にでも首を突っ込みたがる精神とはかくの如くで，それらは飼い馴らすことも出来ず，頸木を我慢することも出来ない。それらを何処に連れていっても，それら自身で折り合いをつける。この伝染性の態度は通り過ぎる地方を損ねており，この壊疽には医学よりも剣や炎がより適している。おお，フランスよ，わたしの貴い祖国，この話題についてわたしが何を言わないでいられようか。あらゆるこの古くからの騒乱を忘却の河に沈めるのがよいのだ。それというのもいとも偉大な，いとも寛仁なアンリ4世は，いとも幸多き回想に包まれているが，こうした騒乱に誰よりも関心を寄せられ，誰よりも激しくそれにお苦しみになり，にも拘らず万事をその優しさで消去し，埋葬し，わたしたちに平和を齎されたのである。わたしたちはその平和を享受し，その維持のために善きフランス人たちは皆，請願といとも熱烈なる祈願をもって，いとも善良で全能なる主たる神にわたしたちの日々の暮らしを平和に保ち，その復讐の手が，今ではわたしたちの血と涙によって鎮まっている内乱の炎を最初に転嫁するであろう者の上に伸びるよう，懇願しなければならない》。

ここで語られたアンリの功績は無論ナントの勅令を念頭に据えたものだが，その延長には先の引用で触れたルイ13世と女摂政マリー・ド・メディシスによるアンリ4世が齎した内乱の終息の継続願望がある。実はトマがナントの勅令

そのものをどう評価していたかどうかは別の話になるのだが，ここではさて措く。ここで一度問うておきたいのは，16世紀のリーグ派戦争時代を通じて論争の種となった君主継承論，ひいては君主制論である。以下も長い引用となるがご海容をお願いしたい。

(引用－15)〔II 458-460〕
《実のところ，わたし〔アポロニオス〕にはそう思われないのだが。わたし〔トマ〕の意図は，これ以降最後までこの物語がわたしを潜主へと誘うとしても，ここで潜主について論ずることではない。そうではなく正しく貴族制や民主制に対抗して君主制の味方をすることである。何故ならこの点に於いてこそ問題の根源が在るのであり，それは共和国に生まれた古代哲学者たちが挙って，わたしたちが君主に行なっている「臣従」を「隷従」と呼び，忌み嫌っているからだ。彼らは大多数の共和国が非常に屡々君主国家であると同様潜主制であったことを考えに入れていない。〔傍註：共和国時代の哲学者たちの目的。及び何故彼らは潜主に対してかくも多く語ったのか〕その証人となるのはアテナイであり，ローマであり，これらの国はその人物たちをかくも大いなる厳格さで扱ったので，ペロポンネソス戦争では真っ先に軛を振り払えず，ラケダエモン党派に寝返ったのだが，ラケダエモン人も最後には彼らを同様に扱うに至った。ローマ人について言えば，元老院は民衆に対して，民衆は元老院に対してそれぞれが出来る限り最悪のことを行ない，彼らは自分たちの許にありながら少しも休まることがなかった。全ては自分の仲間に命令権を有するためだった。だが民衆制党派を選択する最も強力な理由は，民衆というものが指揮を必要としており，君主というものが至高者として己れとその国を自由にするからである。民衆の間にあって民衆は王であるが，王たちの間にあっては，彼らは評定官になりうるに過ぎない。ところで野心をもたない異教の哲学者などいた験しがなく，清貧で倫理的に優れた生活を送っている者は名誉を授かったり，首席の位を保持したり，俗事に召喚されたり，民衆や規律，信仰を改革したりすることを欲せず，仕舞いには自分には貨幣

がないし，貨幣を気に懸けたりすることもなく，とはいえ己れの財布にこの金属を持ち歩く人々同様，風には苦しめられているという口実を持ち出した。わたしたちは既に幾度もこの類をこの物語によっても，またその解釈によっても見てきた。しかし古典古代を繙く労力を望む者なら，たった一つの例外すらなく（尤もわたしはソクラテスをその中に加えるべきかどうか分からないのだが），それ以外の者はみな改正したり，改革したり，忠告とかそれに類する事柄を授けようとしたり，関わり合うようになった。特に後塵を拝することを決して欲しなかった。そのような具合で彼らが前の戸口を通って野望に燃えながら外出したとしても，そののち後ろの戸口から戻ってきたのである。それというのもかかる職業の口実の許に彼らはあらゆる人間の中で最も自由であると自称し，また実際そうであったのだ。何故なら民衆が彼らを気の向くままに暮らさせていたからだ。だがこうしたことは活動がすぐ傍から注視されている君主国家では，彼らに生じたことがなかった。これが何故，彼らがしょっちゅう自由という見栄えのする言葉を口にしていたかの理由であり，何故彼らが潜主制ばかりでなく，どれほどそれが正当で公平なものであろうと，君主制の軛から解放されるように民衆を焚き付けるかの理由である。何故ならわたしたちが直前で潜主制を支持するのに夢中になったアポロニオスを見たとき，彼は，複数の人間によって統治されるには余りに広大に，余りに豪奢になってしまったローマ国家に慣れていたからである。それに加えて彼は，その地の皇帝たちから探し求められているのが分かっていたこともある。併し彼が解放されるや否や，彼はその君主に抗する徒党に参加し，出来る限り君主に対して皆を反抗させるのである。けれども，ピロストラトスが何を言おうと，彼はエレアのゼノンやレガのペトーほどにも，著しい何事も断じて行なわなかった。それというのもこれらの人物は市民を解放するために死に身を晒したのであるが，わたしたちはアポロニオスが最も揺るぎないように見せなければならないときに，逃亡し，デーモンどもの助けを借りて移動するのを目の当たりにするのである。それまでは彼の言葉以外の何物も見たことがなかったのである。プラトンに関しては，本当のことを

言えば，わたしは他の者たちよりも賞讃に価すると思いたい。彼の国は彼を援助するにどうしたらよいか分からなかったので，アポロニオスよりも遥かに苦労して，他人を救いに赴いたからである。アポロニオスは魔術を使ってドミティアヌス帝をどのように殺害すべきか十分に承知していたのである。併しプラトンは危難に身を晒して，彼に背負わせようとする恥辱や屈辱を受けざるを得なかったのである。自分の叡智と揺るぎない心以外の解決策も武器も持たず，加えて潜主ディオニュッシオスは残虐で，非正統的であった。併しドミティアヌスの帝国は彼がどれほど甚だしく残虐であろうと，元老院とあらゆる身分から確認された，父から子への継承によって正統性を有していた。それ故アポロニオスが行なったこと全てにも拘わらず，これは叛乱することに民衆を恐れさすものであった。というのも彼の演説は実際これ以外の何の役にも立たず，あらゆる彼の説法は如何なる陰謀も惹き起こし得なかったのである。ドミティアヌス帝が死に追いやられた陰謀に，アポロニオスは何の関わりも持っていなかった。さもなければピロストラトスが後段に任せているのであろうが，わたしたちにはアポロニオスがドミティアヌス帝に対しそれ以外の謀略を働いたと読めない。何故なら，述べられているようにドミティアヌスは大層頑健な男で悦楽など気にも止めない人物だったので，近づくのも難しく，銘々が自分の皮膚を懸念している。彼の全ての逸楽は人間の血が流れるのを見ることだからで，この残虐な怪物はこれに飽きることがなかった。何故なら誰もが間違えないように言っておくと，わたしはいささかもドミティアヌス帝の肩を持つ訳ではなく，わたしは彼が神の栄光を邪魔したか，どれほど彼がその時代に起きた第二次迫害で福音史家聖ヨハネを油でいっぱいの桶に投げ入れさせながら，神の四肢を残酷に扱ったかを弁えている。併しわたしが言いたいのは，アポロニオスがドミティアヌスが幾人もの哲学者たちを死なせ，その他の者たちを追放させたということに復讐するために，その言葉とお喋りしか披瀝しなかったということだ。それというのも彼の弁護のためにローマを訪れたというのに，次巻で見られるように，彼が演じようとするのは笑劇でしかなかったし，ピロストラトスが先に

援用したように，危険に身を晒すことではなかった。だがわたしたちはこののちに，この問題についてもう一度論ずることにしよう》

ご覧になってお分かりのように，トマの政治に寄せる関心とは「政治思想」と命名し得るような，古典古代の政治観・歴史観の精査に基盤をおく綜合的な体系などではないし，またトマの生きる現代世界の政治的事象を鋭く抉って細断する分析的な操作でもない。それどころかリーグ派戦争を生き延びたにしては余りに能天気な，或いは言葉を撰べば，杜撰な政治観に過ぎない。ピエール・ド・レトワルのような一介の「市井人」の苦渋に満ちた「政治観」と比較してさえトマの筆は冴えない。言ってしまえば『両性具有者たちの島の描写』で彼が諷刺した筈の，時の権力者に阿る，阿諛便佞の徒の思惑しか窺えない。こうした発言だけを取り上げると『両性具有者たちの島の描写』が果たしてトマの筆になったものかどうかさえ危ぶまれるほどだ。

とはいえ上述の阿諛便佞がトマの政治的原則発言の全てではない。政教分離を説く一節もある。

(引用－16)〔II 175-176〕
《殿，神を讃えなさい。わたしはこの点についてエウプラテスが間違っているとは思わない。何故なら王侯であった者は，虚構にせよ迷信にせよ，神話にせよト占にせよ，腸卜にせよ易学に関するあらゆる事柄について当時抱かれていた，非常に様々な見解について哲学しようとして，理解力を喪失してはならなかったからだ。上記の事柄についてどのような哲学することが出来ただろうか？　感じ得る事柄について，その探索は正しく有益である以外ない。それというのもその探求は単に普遍的である許りでなく，個別的でさえあるからだ。だが問題は，今もし何らかの君主が宗教を混ぜこぜにすべきかどうかであり，こうしたことに於いて最も賢明で経験を経た人々の建言に耳を貸したのちに，〔傍註：君主は宗教に変更や改革のためでなく宗教を維持するように斟酌すべきである〕わたしが言いたいのは，宗教執務官が尊敬されるかど

うかを見張り，執務官自身が自分たちの聖なる執務に応じて，誠実且つ，正義に基づいて自分たちの職務を行なっているかどうかを見張り，宗教が正しい秩序をもち，分裂することなく，不和になることもなく，混乱することもなく履行されるように，その救済に必要なように見張らなければならない，ということである。こうしたことは実際，彼らの執務に適したことである。併し信仰や儀式に依拠する事柄を革新し，奪い取り，変革しようとするのは，聊かも彼らの職分ではないように思える。サムエルなくして燔祭を捧げようとすること，それはサウルの呪いを引き寄せるという危険に身を晒すことである。ちょうどそれは祭司が自分の領域に留まるべきで，わたしたちの主がカエサルに負うべき貢物と神に負うべき貢物を分けられたことを思い出すべきであるように，である。何故なら主の王国はこの世にあるものでは全くなく，主のお勤めは王国の諸事情に命令を下すためでは全くないからである，レビトびとはイスラエルの子供たちの遺産として土地を全く所有していなかった。彼らの富と戒律はその地の所管であって，生贄に基づいて，神に身を捧げながらこの世の諸般の事情に干渉しようとすることは，聖なる物事を穢すことである。聖なる教会もいとも賢明に司られており，聖職者たちは暮らしのために稼ぐ苦労をすることなく，俗事からすべからく分かたれるように，自分たちの生活の維持のための収入を得ていた。義なる神父イグナティウス，この偉大な神父の返答は，わたしの気にいるもので，この方は，君侯たちから大きな信頼をうけていたため，幾たりかの人間にこれこれの問題で味方してくれるよう執念く付きまとわれ，こう述べた。〔傍註：「マタイ伝」第九章1節及び『聖イグナティウスの生涯』〕自分は王たちの主たる王の宮廷とでなければ共にする何も持っていないし，もし彼らが近づきたいのなら，祈禱とかその他の献身の念により主たる神の最も昵懇で親愛な友人たちの間に場所を占められるよう，その方たちに仲介して貰えるべく努力するがよい，と。事実この方の謙虚さと聖性に相応しい返答である。そして聖職者各々は，もし君侯が忠告と助力を必要とするなら，彼は一家の主人のように時と場に応じて，常にそうしたことを要求することが出来るものだと，肝に

銘じておくべきである。この問題について人は色々なことを言えるだろうと承知している。併しそれを邪しまであり得ると考える者は，完成の最も見事な点の一つは，君侯がト占をしたり，祭司が野戦の長となることなく，その場にしっかりと踏みとどまること，その位置をよく守ることを弁えていることだと思い出すがよい。すべからく善良な神，至高の王はわたしたちの宗教制度においてこの二つ〔地上の事柄と天の事柄〕をきっぱりと区分なされたので，宗教を大いに苦しめることなくして両者が立派に結び付けられるとは，わたしは決して思わない。だがアポロニオスの哲学に話を戻すと，君主が恐れなければならないことがあるとしたら占師，魔術師といった国家を毒する邪悪な輩であり，この者たちからは国家は災厄以外のなにものも断じて引き出せないし，期待をすることも出来ないと言っておこう。〔傍註：魔術師に抗して〕神が，キリスト教君主が聖書にあるように，これらに怖気を奮うよう欲せられますように。しかしキリスト教徒が悪魔に勝利した者を信ずる誓願をして，けれどもこの勝利を得たあと，その者に臣従の誓いを立てるのを目の当たりにするのはぞっとするようなことではあるまいか？　忌まわしくも呪われた人々よ，誰がお前たちをかかるほどに盲目にしたのか。おお，万人の幸福と公益のために生まれし君主よ，もしあなたとあなたの人民が守られることを欲するなら，そうした者たちを最後の一人にいたるまで抹殺し給え》

天の王国と地上の王国は乖離されて然るべきである。臣民は俗世界の国王に反逆してはならない。

　　（引用－17）〔II 447-449〕
《なにものもこれ以上によく知らしめることは出来ない。このことは当時，異教が支配し，共和国の時代だったので正しかった。併し現在わたしたちはキリスト教徒であり，君主の許にある。誰が正統に自分の君主や王に武器を手に取り得るだろうか。真のキリスト教哲学とは，「汝ラノ所有セル忍耐ニ

依ッテ，汝ラノ霊魂ヲ許容スル」ことである，と同じ「忍耐」は告げていた。キリスト教哲学者の武器は生命の聖性と祈祷なのである。何か一層優れたものを目指して自己規制から解放された者は，既にカルヴァリオの丘に通ずる道と，「わたしたちを迫害する者に善を施せ」という，彼の優れた欠くべからざる掟を去っているのである。キリスト教徒の王国は地上には聊かもなく，天にある。もしそこに至ろうとするなら戦わなければならず，先に述べたところの，聖性，義，忍耐，敬虔をもってしてでなければならない。「ワタシタチノ武器ハ肉ノモノデハナイ」からだ。イエス・キリストにおいて敬虔に生きようと欲する者は皆，迫害を耐え忍ぶ，と使徒パウロは「テモテ書」第三章12節で述べているし，「マタイ伝」第五章で，迫害を耐え忍ぶ者はさいわいである，と永遠の叡智なる主は仰っている。それ故主は，殊更わたしたちを迫害する者のために祈ることを命じておられる。だがもし統治しなければならず，もし苦しむが故にさいわいでなければならないとしても，己れの君主のために武器をとることはそこに至る方策ではない。〔傍註：どのような口実を設けようと如何なる者も己れの王に武器をとるべきでない〕諸君がお好みの口実を用いたまえ，お好きなようにそこに区分を設けたまえ，安心するために武器を取らなければならなかったとは思わなくなるだろう。「ヨブ記」第十六章33節の，「コノ世ニオイテ迫害ヲ占有スルガヨイ」という預言は如何にも真理である。そこで彼がわたしたちに訴えているのは，殺すことでも虐殺することでもない。そうではなくて，「シカシ信頼セヨ，ワタシハコノ世ニ勝利スルデアロウ」と付言されているのである。従って彼は，わたしたちが彼の真似をして，彼のように打ち克つこと，即ち耐え忍び，揺れ動かぬ忍耐を有することであり，王侯の雅量をあてにすることではない，と教えている。以上が何故初期教会に於いてキリスト教徒たちが皆，喜んで首切り台の上に頭を乗せたり，また幾つもの軍団が揃って，武器を手にしながら，その許に彼らが臣従している権力に対し，皇帝たちが，こんにちキリスト教君主たちがそうであるほどには正統的でも絶対的でもなかったにも拘わらず，抵抗せずに死を忍ぶ方を好んだかの理由である。こんにちのキリスト教君主

たちは正統的な継承権によって自分たちの国を治めるに至っても，あれら古代の潜主の性格の持ち主ではない。彼らがそうしたとしても，いと高みにおられる神にその行政官たちによる復讐をお任せしなければならない。わたしたちはもしそうする勤めを課さなければ，わたしたちの下僕の一人を誰か別の人間が罰することを欲さないだろう。幾度びかその預言者をつうじて，剣を他の者に渡しはしない，と仰られた妬み深い神が，傍らから悪しきご命令を発し，わたしたちが神に教訓を与え，神の摂理と賢明な振る舞いを咎めるのを，極めて良からずと思し召しになるだろうとは考えられまいか。あれら全ての忌むべき暗殺者たちが罰を受けたことには留まらず，神がこうしたことを恐れておられることを示すために，その場で，もしくは通常の司法によって処罰されることが起きるのを，見たことがないだろうか。何故なら，さもなくば，神はお仕事にお使いになった者が探索され，面倒を耐え忍ぶどころか，その者が見事に逃亡する術をご存知だし，誰かを排斥することがお気に召すなら，ご意志の履行者はいつも栄光と名誉で報われていた。こうしたことは殆んど古代全てに於いて欠けるところのない徴であった。現在に於いても，今日この頃では殆んど，皆が皆，正統的な家臣であるので，この世の君主にこうしたことは起こりそうもない。生まれついての家臣は君主に対し，己れ自身の生命によって行動するならば，ほんの僅かな邪まな考えも抱けないし，そうすべきでもないからである。家臣はその生命を，その当時命令を下している君主が何を命じようと，公共の安寧を混乱させるよりもむしろ，祖国のために捧げるべきなのだ。それというのも事態は決してその枠内に留まらないからだ。これは共和国や，国王や君主が名前だけにしか過ぎず，潜主が死ぬと，万事が彼のために死んでしまう王国にしかあり得ない。併し君主の主権は死を克服し，現在の，及び到来する災厄に対する贖いや，その他の対処法よりも，却って家臣の方が後継者によって，もっとこっぴどく扱われるのである。この世に存在した最も凶悪な君主，わたしが言いたいのはこれ以上なく世界的に邪悪な君主，即ちネロ帝だったとしても，にも拘わらず死後彼を悼む人々，更には彼の党派に属していた人々がいた。実際，

彼らは、オトーが証言するように、復讐に手を染めたのだった。併し一層着目すべきは、ドミティアヌス帝がずっと経ってからネロ帝の解放奴隷エパフロディトゥスを、ドミティアヌスがネロに短剣を突き刺す手助けをし、ネロ帝を助けないように教えたことがあったにも拘わらず、処刑させたのである。かかる処刑によって彼は解放奴隷をいたく威圧し、奴隷たちが同じような行為を企てる勇気をもたないようにした、とディオン・カッシウスが『ドミティアヌス帝の生涯』で述べている。かくも忌まわしく邪悪でないかも知れない、それ以外の人物について起こり得ることを参照せよ。併しこのテーマについて述べている〔『テュアナのアポロニオス伝』〕「第七巻」全体を、わたしたちはこの後でまだ語ることが出来よう》

トマは天の王国と地の王国を分け、地の王国にあって治める者が賢君であろうと暴君であろうと、家臣が君主に逆らうのはキリスト教的ではないとしている。併しトマの内部では正統的な君主と非正系的な暴君＝潜主の別があったと思われる。

（引用－17）〔II 594-595〕
《彼らは自由な人々に君臨しようとしている。わたしは先にわたしの意図は潜主制ではなくて、君主制を擁護するものだと述べた。従ってわたしは、ドミティアヌス帝の行き過ぎに触れようとは少しも思わないが、併しアポロニオスの要求には聊か足を止めたい。〔傍註：人々が最も盛んに自由を説くときは、人々が最も残酷な隷従状態を耐えているときであり、彼らが世界を通じて主権者たちを認めたときは、彼らが最も多くの自由を満喫しているときである〕アポロニオスは銘々が自宅に奴隷を置くのを義に適い、主君が家臣に命ずるのを適っていないとしている。どのような自然の定めによって人々はそれぞれの奴隷となりうるのか？　何故、これらの人々がかくも自由を謳った時代から、自分たちの奴隷に生殺与奪の権利があるとし、人間には相応しからぬ残虐さで彼らが死に至るまでにしているのか？　併し悪しきことは各人が自らの家では国

王になりたがり，他方誰からも命令されたがらないことだ。使徒パウロは「ロマ書」第十三章で，あらゆる霊魂はより高い権力の家臣であるべきであり，その権力に逆らおうとする者は神の命令に背いている，と遥かに巧みにわたしたちに教えた。加えて使徒聖ペテロは「ペテロ前書」第二章13節で，我々は神への愛ゆえに，最も卓越したものとして国王にせよ，或いは神から遣わされた者たちにせよ，全ての被造物に従うべきであると述べている。併しわたしは，或る人々を自由にし，或る人々を奴隷にするこれらの者たちに，心から尋ねたい。彼らが家で皆，行なっているのはドミティアヌスが家臣に対して及ぼした暴政と同じほど残虐な僭主制ではなかったのか？　何故なら絨毯の上に真理を置かなければならないなら，何もかも神がこの世に下されたご命令に由来し，或る奴隷が何の理由もないのに悪しき主人の数多くの卑劣な行為にしょっちゅう苦しんでいるのと同様，また家臣が時として，わたしたちに恨み言を漏らさないまま，不機嫌な君主の支配を耐えざるを得ない羽目に陥っていることを見出すだろう。何故ならわたしたちは，永遠なる神の摂理により彼らと同様，身を任せている以上，もしわたしたちが賢明ならば，彼らが犯している営為よりもむしろ，わたしたちがいと高き神に対して犯している犯罪を見るであろう。それらがわたしたちの罪を知らしめるため，わたしたちの中に潜り込んで，後悔を目覚めさせ，わたしたちの痛悔を媒介にし，恩寵が導くまま，わたしたちの主たる神の御許に立ち返るよう，天上から遣わされた多くの災厄，もしくは慈悲であることを確信するがよい。わたしたちを現世の者のうちに回心させるというのは永遠なる業罰であり，それはわたしたちの深い眠りの直中の目覚まし時計である。何故なら正しくもわたしはこう言い得るからだ。即ち悪しき君主が，民衆が憐れみを持たず，自分よりも比較の仕様もなく悪意があったし，また現在もそうであるのでなければ，断じて国家に到達することがないのは必定の結果である。併し，わたしたちは正しくわたしたちの汚物を浄化したいし，吐瀉物をこの海に吐き出したいと欲し，わたしたちの腐敗の直中，わたしたちの盲目の中で正しい行ないをしたいと望んでいる。わたしたちの頭上に全能なる神の厳

しい手を感じているので、わたしたちは叫び始めており、誰を批判してよいか分からない。それは至高の行政官たる神が劇場の最も高みにいらして、相変わらず最も多くの雷を手にされているため、より一層、また、先ず最初にこの方に声をかけるようになるのである。併しもし各人が己れの内側から不純物を取り除こうと願うなら、あらゆる腐敗物は自分自身から出てきていると発見するだろうし、それは足の一番小さな親指から始まった壊疽で、仕舞には心臓と頭に達したものだと分かるだろう》

勿論流石に『両性具有者たちの島の描写』と勘繰られる謂われとなる箇所もない訳ではない。以下は現代批判の一註である。

（引用－18）〔II 91〕
《**人間たちと見なすのか。**〔傍註：現代は黄金時代。何故なら全てが黄金のためになされるから〕もし嘗てこうしたことが実践されていたら、それは正しくこの哀れな時代に於いてで、先行する時代の排水渠で、ここでは富が第一位を占め、万事を操り、全てを思うがままにし、あらゆることに悪用し、何もかも簒奪して、結局のところ徳は偽善とか誤魔化しの裡にしか、その生まれながらの誤解され、軽んじられ、罵られ、迫害された姿を現さないのである。

　黄金の時代よ、あらゆる悪徳の吹き溜まり、
　悪徳が何もかも隔離された大海、
　ああ、無念にもお前はお前の汚物を
　一掃する還流をもつことは決してないだろう。

古来の世紀の間、そして異教の時代では、こうしたことが見受けられても奇妙と思ってはならない。それというのもこれ以外の目的で暮らし、別様に教育を受け、啓発されているキリスト教徒たちは、彼らと同様、もしくは彼ら以上に徳〔ここでは富を指す〕を、そして徳を実践している人々を軽蔑してい

るからだ。加えてこれはネロ帝時代に属し，古代のあらゆる世紀に勝って最も氾濫していた時代だからである》

　尚以下の引用文は直接政体論に関わるものではないが，『両性具有者たちの島の描写』を著したとされるトマの現代諷刺が註解中に現れている珍しい例なのでご紹介したい。

　（引用－19）〔I 799-800〕
《そしてあなたの豪奢さ。甚だ奇妙なことだが，豪奢というものが何時の時代にあっても人々の間で非常に尊敬の念を集める故に，人はかかる虚栄と大仰さを以ってしか，公衆の面前で罪を告白しなくなったので，この悪徳に染まっていない民族は存在しなかったほどである。古代人は皆，このことを嘆き，いとも聖なる神さえも預言者たちを通じて，就中「イザヤ書」第三章に於いて，豪奢は誇示することなしに見当たらず，淫欲は通常羽目を外し，放縦な願望は衣装に比例するものであるので，シオンの娘がありとあらゆる色で着飾っているのを描写している。舞踏がそれに続くのは間違いない。かくしてわたしたちが目にしてきたし，またこんにちでも目にするのは，〔傍註：放蕩に抗して〕銘々が羞恥も気品もなく大胆になって，穢らわしく破廉恥で，ただ単にキリスト教徒という名前にとってだけではなく，理性を有する人間にとってさえすべからく不相応な舞踏を工夫してきたことである。わたしたちはどのようにして異邦人の退嬰を咎めたり，悪しきものと見做し得ようか。何故なら退嬰はキリスト教徒たちの間にあって，ことごとき放縦とともに君臨しているのであり，ラケダエモンたちとは真逆だからである。ラケダエモン人は暮らしぶりや衣服，鍛錬に於いて常に慎ましく，高邁で，廉恥心を持っていた。プルタルコスが『リュクルゴス伝』で報告するには，横笛の音色で戦闘に赴き，頭には花々の帽子を被り調子をとって荘重に進軍していた。彼はピンダロスの以下の詩句を援用している。

第4章 『テュアナのアポロニオス伝』とその註解者トマ・アルチュス 241

彼の地では老人は賢明で，
　若者は勇敢にして快活，
　　舞踏をしたり歌を歌う術を心得て，
　　　物憂さを宥めている》

　この節の最後に『両性具有者たちの島の描写』にも大きく与るであろう宦官の存在についてトマがどう語っているか聞いてみよう。宦官制度については大きな註を２つ，『テュアナのアポロニオス伝』「第一巻」19章の註で２ページほど，「第六巻」17章で１ページ半ほど割いている。ここでは雑談の多い「第六巻」からではなく，比較的纏まった「第一巻」から引いてみよう。

　（引用－20）〔I 324-325〕
**《何故なら彼らの一人が仰天したので。このことは恐らく何故，昔は睾丸しか奪わなかったのに現代では宦官たちの全てを切除しているかの理由である。人間はかくも獰猛で飼い馴らすのが難しい動物であり，自分の情念に命令するよりもあらゆる痛みを耐える方を好むように思われるほど，自らに苦痛を齎すかくも多くの工夫を行なっている。これが何故，凡そ300年頃に生きていた異端者のウァレシウヌスたち，別名エウニュコスたちが自ら去勢し，更に彼らの館に滞在していた客を，客が覚えたであろう不快さを斟酌せず，去勢したかという理由である。という訳は，客たちを閉じ込めた後，縛り上げ去勢してしまったのである。これは聖エピファニウスが『異端について』第58章，バロニウスが『歴史』249年９項及び260年69項で報告しているところで，このようなやり方で神に仕えるべきだと納得してのことであった。彼らは肉の悦楽の欲望に陥るのを恐れて，生命あるものも去勢する前には敢えて食さず，併し去勢されたあとでは見境なくあらゆるものを食べるのに躊躇しなかった。まるで（同じく聖エピファニウスが述べるところでは）キリスト教的完成は聊かも望まないということを考慮すると，運動が拭い去られたとき肉欲も最小になるかのように，である。何故なら古代哲学者たちは活

動を自己制御する能力を有していたからだ。併し自ら肉欲の主人となること
は恩寵の業である。これはアレクサンドレイアの聖クレメンスが『雑纂』「第
一部」「第三巻」でこう述べていることである。「ソレユエワタシハ申シ上ゲ
ルガ，ヒトノ自己制御ハギリシア哲学者タチノ叡智ニ由来スルソレデアル。
意気軒昂ニ戦闘スルト公言シナガラ実態ハ炎ト煮エタギルコトハナイノダ。
ソレハワタシタチノ自己制御ニツイテノ叡智トハ切望スルコトデハナイカラ
デアル。スナワチ何モノカガ依怙地ニ振舞ウコトヲ切望スルヨウニデハナ
ク，自制スベク律スルコトニヨッテナノデアル。シカシナガラ何モノモ神ノ
恩寵ニヨル以外，己レヲ律スルコトヲ引キ受ケルコトハ出来ナイ」。これは
アポロニオスの見解とほぼ結び付くが，後者が神の恩寵に先行している分け
ではない。そうではなくてこの無効による取り消しは，ドミティアヌス帝が
その帝政の冒頭，宦官を作ることを禁止した理由となる，節度を生まないた
めである。アブガレス王は，シュリア人のバルドサネウスが言うところで
は，イデア人もしくはベレキュンティア人，またはキベレ人の母親の名誉の
ために，自らを去勢するというこの忌まわしい風習を断ち切るべく，オスロ
イエンスの勅令を発布し，自らを切断した者はみな両腕を切断するようにと
命令した。このことはその風習を止めさせた。王侯からあらゆることで信用
されており，常に厚意を受けているあれらの宦官に関しては，こんにちのト
ルコ皇帝さえその王宮にほかの役人は置いておらず，時として軍勢の指揮を
任せさえしている。何故ならこうしたことは彼らの誰であろうと〔帝位を簒
奪しようという〕勇気をもつことを妨げるからだ。ユスティニアヌス帝の，
彼の優れた士官ナルセテスがその証人である。そのような具合でかかる権力
まで上り詰めたのだ，とプリニウスは〔『博物誌』「第十三巻」第四章で述べ
ている。彼らは王位に上り詰めた。彼が「王の」と命名されているナツメヤ
シについて語っているのが次の事柄である。「実際のところ，それはバビロ
ニアでしか見つからない。それもバゴンと名付けられた庭園や果樹園（即ち
宦官たちの庭園という意味だ）に於いてだけである。その訳はペルシア人と
アッシリア人たちはその昔宦官たちの支配下にあったからである」。アエリ

アノスによるとこのバゴンはオキュスと綽名されていたアルタクセルクセス王を殺した宦官だった》

　どのようにしても諷刺の対象となりそうな「宦官」の項目を見てきた訳だが、上記の引用で如何にトマがそうした宮廷諷刺から遠ざかっているかお分かり戴けるだろうか。そしてこれは本章〔後註15〕で紹介したもう一つの「宦官」に関する註釈でも同じ、否、更に悲惨なのだ。トマは教える。トマは博識をひけらかす。トマはお喋りをする。併し『両性具有者たちの島の描写』にあった宮廷諷刺・社会諷刺は影を潜めている。かのレトワルも唸らせた諷刺パンフレの舌鋒鋭い筆遣いはどこにいってしまったのだろうか。トマはもう何にも怒りを示さないのか。否そうではない。トマが怒りを隠しきれず、幾度となく呪詛するテーマがある。次の節では、本節で語り残した改革派へのトマの思いの丈を簡単に紹介した後、その問題のテーマをお目に掛けたい。

6

　『テュアナのアポロニオス伝』に付した註解は前世紀の後半、フランスを二分三分して国王から農民まで苦しめていた宗教対立が一応の終末を迎え、そこここで論争は起こるものの武力衝突にまで発展するケースは少なく、フランスが中央集権化して再度軍事強国となり始めた機運を受けてか、トマが前世紀をひきずる宗教問題に正面から口を挿むケースは極めて稀である。併し皆無という訳ではなく「第六巻」の一節に与えられた註釈にはトマの激情が迸るように思える。

　（引用−21）〔II 298-299〕
《お前たちは今やインドから来たエチオピア人とは全くの別人と見做されたがっている。自分たちの師匠の見解に決して従おうとしないのは徒党の常である。かくしてアカデメイア学派はソクラテス学派に逆らったし、逍遙学派

はアカデメイア学派に，犬儒学派は逍遙学派に，ピュタゴラス学派はその先行者たちに，ストア派は殆んど全ての学派に逆らった。わたしたちは今日日(きょうび)まで教会に君臨していた諸々の異端説について同じことを見て来なかっただろうか？　この者たちがお互いに何か言わないことがあったろうか？　誰が，カルロシュタッド，エコランパディウス，ツウィングリ，マルティン・ブッツアーがルターに対し何を言っているか見ようと思うだろうか。カルヴァンがルターに対してさえ，またファレルに対して，及びその他のあらゆる者たちに対して，セルベトやカステリヨン，ムセウルス・アレマーニ，その他無数の者たちがカルヴァンに対して，真の教会が神の聖霊とともにあるのを見ることだろう。自由に運行したいと考え，聖ペテロの小舟と同行して進みたがらない船は錨泊地から出航するや否や，驚愕してしまう。こんにち尚，自分たちの誤りに従う者たちが，この点を冷静に考えることを神がお望みになるように。それというのも彼らは自分たちの著書を読んで，自分たちが教会の内部にいることは出来ないのだと分かるでありましょうから。教会は神のみ子が安らぐための番人，「ワタシハアナタ方ニワタシノ平和ヲ授ケル，ワタシハアナタ方ニワタシノ平和ヲ遺贈スル」。お互いに殴り合うために手を出している者たちがどのようにしてこの平和の精神を獲得し得ようか？　わたしたちの信仰の主要箇条で彼らはお互いに苛立っている。各人が自分こそ聖霊の側にあるのだと言っているのだから，誰を信ずべきなのか？おお，フランスよ，汝は闇の中ではっきりと見てきた。そして真実が汝の目を抉る！　もしこうした考えを抱く誰かしらがこの僅かな数行を読むに至ったら，わたしのあらゆる感情を以ってこの些細な探索をしてくれるように頼みたい。わたしは確信するが，その者は大して努力することなく，直ちに真理がかくも矛盾しあい，その信仰に揺らいでいる者たちの許にはないということを認めるだろう。併しアポロニオスに戻れば，ギュムノゾフィストたちがブラクマン学派の教えを離れ（何故ならわたしたちが先に注意を喚起したように彼らがインド人だからだが），ピュタゴラス学派の教義に反して生命あるものを捧げたことを嘆いている。けれども贋の，もしくは本物の奇蹟について

第4章 『テュアナのアポロニオス伝』とその註解者トマ・アルチュス　245

は，わたしたちは先の物語を通じて，ギュムノゾフィストたちが，恐らくそこには情念が存在するのだろうが，多くの真理を以ってそれについて語ったと知り得た》

　ご覧のように心象としてトマは強硬なカトリック教徒であろう。併しトマの発言は積極的にカトリック教会の教義を打ち立てる類ではない。むしろ非カトリック教徒たる改革派諸派の揚げ足を，然も個別的な理論をではなく相互の見解の相違という現象面だけを捉えて，消極的に論難している。つまりここでもトマは信条として強硬派カトリック教徒なのであって，カトリック教会を建設的に擁護する訳ではない。こうして見るとトマが理論家ではなく諷刺家であったということが出来ようし，その意味では『両性具有者たちの島の描写』を書きえたという可能性も捨てられない。併し繰り返すことだが，改革派批判が正面から取り上げられるのは，（筆者の杜撰な読み方は承知の上での放言だが）ほぼこの一節だという事実も忘れてはなるまい。『両性具有者たちの島の描写』と『テュアナのアポロニオス伝』とが真っすぐに連なるという保証は未だ，いたしかねるのである。

＊

　『テュアナのアポロニオス伝』を通じて改革派に対する罵倒が珍しい類に属するとして，より手酷く，言わば痛罵されるのは誰あろう，トマが註釈を施している文献の当の主人公，テュアナのアポロニオスその人である。比較的短い註釈だが，文脈註に加えるべき以下の言葉をお聞き戴きたい。「第三巻」に施された註の一つである。

　（引用－22）〔I 700-701〕
《彼らは彼〔アポロニオス〕を神と見做すに価すると判断した。このことは彼らがこの点で有している権利と理解される。併しこれらの哲学者たちの，死

んでからのちだけでなく生きている間に於いてさえ，被造物を神格化しようとする慢心を見るがよい。併しわたしたちは既にこの問題について幾つもの箇所で論じてきた。ここでは序でながら，世俗の栄誉や富を避け，粗末な衣服しか欲せず，被り物を被らず，裸足で，地上の果実しか食さない，このかくも倹しい男が神と見做されることを撥ね付けないことを註記すれば十分である。つまりこの男は裏の戸口を通って豪奢と野心から去り，正面の門から中に入ったのだ。この門は敷居が彼にとって非常に危険な入り口になっていて，誰も永遠なる至福の代わりに絶えることのない劫罰を覚悟しないではそこを通過することは出来ないのだ》

上記（引用-22）にもあるように，トマはアポロニオスの神格化とその否認について，幾度も幾度もページを改め，繰り返し非難している。神格化はまず現象的にアポロニオスについて離れない「倨傲さ」として現れる。幾つか例をあげよう。

（引用-23）〔II 258-259〕
《**彼は大層物思いにふけり，憂鬱だった。**併し自分自身にさえ全能である人間がどのようにして憂鬱だったのか。ピロストラトスがわたしたちに先に謳った揺れ動かぬ心はどこにあるのか？　何も失うものを持っていない人間，誰も気に掛けない人間，かくも正しくかくも聖なる人間が，何らかの憂鬱を抱き得るだろうか？　内部と外部に平穏を有する者は悲しみや憂鬱を，仮令それが例外的に訪れるものであろうと，持ち得ない。けれども彼がどこに行こうと，アポロニオスが自分と一緒に常に，つまり野心とか復讐とか驕慢とかを抱いていたというのは事実である。彼の憂鬱はあれらの賢者が彼を賞讃しなかったということ，エウフラテスがその原因であるということに由来している。そして，かくして彼は前以って復讐する手段を夢想し，エウフラテスが至る所で彼の評判を落としたことで，栄誉への欲望や，中でもエウフラテスはと言えば，真実であることを沢山語っていたのだが，その彼に対

する憎しみが彼の体を衰弱さえるほどになった。これが彼に最も打撃を与えた事柄であり，これが彼の憂鬱の原因であり，憂鬱の所為で彼は物思いに耽るようになったのである》

もう1箇所。

　（引用 − 24）〔Ⅱ 460-461〕
《わたしは見なかった。即ち，あたかも徳が世俗の支配を免れさせるように，ちょうど聖パウロの，最も卓越した者として王に服従してはならないし，彼から遣わされた者としてその行政官に服してはならない，という忠告に基づいて，〔傍註：隠遁瞑想生活は世俗の権力を免れる訳ではない〕この哲学者は，権力に反抗する者は神に反抗する者である，つまり支配者を認めるという，かくも正しい事柄から人間たちを解放したかのように，わたし〔アポロニオス〕は神以外の何者をも主権者として認めていない，と述べている。そしてこの無作法な哲学者は主権者の権力を明らかにし，永遠の摂理なる神が平和と社会生活のために人間の上に据えた軛を揺り動かそうとしている。このことによってわたし〔トマ〕はこれらのあらゆる哲学者たちの意図を証明し，この驕慢で尊大なアポロニオスをご覧に入れたと思う》

更にまた聊か長めの引用となるが，角度が異なる批判も加わるのでお赦しいただきたい。

　（引用 − 25）〔Ⅱ 402-403〕
《そして民衆が。この聖なる都市の荒廃とそこで行なわれた大虐殺については先に述べた。何故なら，ヨセフスが言うには，復活祭の祝宴に際してティトゥス帝がこの地に攻囲陣を敷くと，ユダヤの地のあらゆる所から全ての住民がそこにやってきて，彼らが皆，揃って自分たちの罰の宣告を受けるため，そこに彼らを終結させた死の手により避け難く引きずられ，導かれて来

た。この哀れな都市に当時いた者たちの数は三百万人で，皆，その時々に飢餓や疫病，自分たちの内乱，ローマ人の内乱によって滅び，遂には永遠の奴隷状態になってしまっていた。併しこのことはティトゥスが，自分が神の復讐の履行者であったと言いながら王冠を拒否していることを，どう十二分に考察しなければならないことになるのだろうか？　何故なら何に於いて，何を以って神はかくも厳格に，当時，更に現代に至るまで，そこまでに民族が罰せられたことがないほどまで，ユダヤ人に復讐されることを望まれたのだろうか？　もしそれが悪徳故であったら，処罰したローマ人たちは彼らよりも邪悪なのではあるまいか。わたしたちは先の話でそのことを見てきたのではないか？　それはローマ人に対して反抗したから故ではなかったか？　何故ならヨセフスの歴史書を繙く苦労を欲する者は，ローマ人が彼らを暴虐的に扱い，そしてもし彼らに何らかの落ち度があったとしても，少なくとも彼らには，かくも酷い統治を嘆く何がしかの謂われがあったのだろうということを，理解するであろう。偉大な神の全能の威光が，処罰させるために殊更君侯を派遣しなければならないこの大罪とは，彼らの王，彼らの君主，彼らの贖い主を死なせた故でなくて何であろうか？　彼らが聖人たちの中の聖人を死なせた故に聖なる土地を奪われた以上に尤もなことが，あらゆる大地の主権者なる方を死に追いやったが故に（彼らが今日でもそうして暮らしているように）あらゆる大地から追放され，放浪している以上に尤もなことがあろうか。併しこうしたことはティトゥスが授けられた王冠を拒むよりも一層着目に価することではないだろうか？　自分は神の奉行にしか過ぎず，そのご指導の許に戦えばこそ，特にこの地に於いて名誉と栄光が自分の許にあるのだとした回答を通じてもそうではあるまいか？　何故ならティトゥスはローマでは凱旋式を拒まず，嘗てご自身をユダヤ人の王であり，格別な特典により彼らは神の民であると仰った，神の民であるユダヤ人の許に於いてそうしたのだから，この裁きが神に属し，ユダヤ人を罰する人々は神の復讐の行政官でしかないのだ。従って彼らの帝国の許に何らかの民族を飼い馴らし，陥らせるとき，彼らがそうするのを習慣としているかかる名誉とかかる栄光を自

第 4 章　『テュアナのアポロニオス伝』とその註解者トマ・アルチュス　249

らに帰すべきではなかったのだ。併しどのようにティトゥスがアポロニオスよりも優れた霊感によって巧みに動かされているか，見るがよい。それというのも彼は，自分はその企ての創案者ではなくただ単に，神の復讐の履行者としてそうなのだから，この名誉には価しない，と言ったのである。ここに於いて彼がこれ以上見事に，これ以上真に言うことは不可能だ。しかしアポロニオスは逆にこれを謙虚さに解釈し，彼が人間の血を聊かも流したくないからだとして，人間らしさの口実のもとに万事を迷信に転換してしまった。この点をわたしは特に注目して，この哲学者の精神を常に明らかにさせたい。ピロストラトスはこの人物が神的なかくも多くの事柄の秘密を知っていたとわたしたちに信じ込ませたがっているが，それは彼の神々の秘密なのであって，本当の神の秘密ではない。彼はこの神を聊かも信じてなどいなかったのだ》

アポロニオスが神々，即ち異教に通じた哲学者であったということ，これこそトマが絶えず攻撃する人格否定の点であった。トマはそれこそアポロニオスが奇蹟を起こす都度，それはデーモンの助力に依るものだ，と繰り返す。トマが同時代の思想家のうち呼び続けたのは，モンテーニュでもシャロンでもなく，或いはユストゥス・リプシウスでもジェロラモ・カルダーノでもなく，マルティン・デル・リオ，ヨハン・ヴァイヤー，ヤーコプ・シュプレンガー，ピエール・ロワイエ，そしてジャン・ボダン，そう国家論の著者でも，歴史論の著者でも，ましてや七賢人の対話の著者でもなく，悪魔学の権威としてのジャン・ボダンであった[16]。

　（引用−26）〔I 669-670〕
《**まだ若い少年のわたしの息子が**。わたしたちは既に女性を犯す夢魔，男性を犯す夢魔について論じ，どのようにデーモンたちが取り分け自分たちに身を任す者たちの体を弄ぶか，論じてきた。夢魔たちが一見して愛情深くなるということは，聊かも奇妙ではない。それというのも事実は，彼らは人間以

上に憎んでいる者は何もないからである。そうではなくて全能の神の造物を弄ぶことに喜びを覚えるのである。何故なら古代を通じても，わたしたちの現代の間にあっても同じく，その無数の例が見て取れるからである。その『神の国』の諸巻に於ける聖アウグスティヌス，『悪魔狂』におけるボダン，『悪魔たちの欺瞞』におけるヴァイヤー，『魔術論』におけるグリランド，シュプレンガー，その他無数の人々が十分詳細に限りない例を通じて，どのような具合で悪魔がこの嫌悪すべき淫らな言動を楽しんで来たか，またこんにち尚楽しんでいるかを示してきた。このことは当代よりももっと頻繁に立証されるのが慣例であった，妖術師や魔女の供述によって知られるところである。併しわたしがこのことに関して主として留意するのは，この物語がこの世の救世主に抗して故意にはっきりと作成されており，その最良の箇所といえど途方もなく捏造されているからである。つまりこれらの賢者たちについて，彼らに奇蹟を起こさせることなしに話してはならなかったのだ。加えてこの者は「マタイ伝」第九章33節にある，喋ることが不自由な悪魔に憑かれた者の肉体から追い払われたかのデーモンと殆ど異なっていない。というのもこの者が喋ったとしても，それは，逆しまに喋ったが故に，理解されなかった言葉であった。このデーモンが追い払われたのが事実としても，こちらが追い払われたようには，わたしたちには少しも思われない。ヤルカスの胸から取り出された書簡は，妖術師の恋文を甚だ強く思わせる。それを書いた者と同じ内容を述べていないのだから，彼はどうしてそんなに素早く準備できたのだろう。ところで〔ピエール・〕テュラエウスが〔『悪魔学』〕「第一部」第十六章第7番，及び「第四部」第五十章第12番，及び第五十八章第8番並びに第9番で，またデル・リオが『探求』「第三巻」第一部第四問題第7節で主張しているように，この手紙はどのようなものであるのだろうか。それはこのデーモンをどこか外に遣わせるためか，更には他の人々を治癒するために幾人かを死なせることさえ出来るためであるのか，即ちシュプレンガーが『魔女の鉄槌』第二部第四問題で，或る老婆の魔女が，若い魔女が病気にした一人の司教を治癒するために，或いは当時行なわれていた可能

性があることだが，その司教が少なくとも大部分の世界の土地の君主であった悪魔と結んだ契約ゆえ，その若い魔女を死なせたと語っているように，であるのだろうか。その悪魔は意のままに別の場所に入れるのを確信して一つの場所を去ることを気に懸けていない。併しピロストラトスはこのデーモンが退いてこの哀れな不幸者を苦しめるのを止めたとは全く言っていない》[17]。

*

『テュアナのアポロニオス伝』に付されたトマの註釈を巡っては今迄挙げた以外にも紹介したい文章は山ほどもある。例えば覚束ない言葉使いだが，キリスト教教会博士の文章をそのまま引いてきたような，教会は神秘的統一体だとする一節とか，ナントの勅令を発布したアンリ4世への讃辞にも拘わらず，改革派の存在を許そうとはしない強硬カトリック派の姿とか，恐らく同時代もしくは近過去のフランスを意識しての占星術の濫用批判だとか，同じ時期に流行していた魔術や妖術への依存批判，アポロニオスがその宮廷に滞在していたと物語られているネロ帝やドミティアヌス帝などの皇帝の資質批判，キリスト教の奇蹟譚とアポロニオスの奇蹟譚の（トマの目から見た）本質的相違，等々。トマの筆の奔りは凄まじく，この引用だらけの雑文の論者の文章を外しても，未だ紹介していない文章をご覧にいれるべきではなかったかと思われるほどだが，無理を言っても仕方あるまい。

　トマ・アルチュスとは一体何者であったのか。トマが註を施した当のヴィジュネール訳との対象作業は当然ながらさて措くとして，その註で引かれた文章の出典を尋ねても，およそ古代，現在，もしくは16世紀に翻訳された文献と対照させることは殆んど不可能である。一例として本稿後註に挙げたプリニウス『博物誌』の邦語訳，ニザール版の羅仏対照版，16世紀に刊行されたフォリオ判の仏訳のどこを探しても，トマが註で，然も明示された文章を引用することは先ず稀である。論者なりに頼った希英対訳版ストラボン『世界地誌』，仏語訳のディオドロスやメラの『神代地誌』，パウサニアス『ギリシア記』など

が教えるのはトマが残存する版とは全く違った版を用いたか（そしてその版はその後消息不明になった），或いはトマが杜撰なノートに頼ったか，否，ノートにさえ頼らずに朧げな記憶で註記したかのいずれかではないかと思わせるし，可能性としては後二者の方が高いとさえ思われる。比較的直接依存した可能性が高い『アエネイス』や『ホメロス讃歌集』も近現代の版と参照すると，その正確さに大いに疑問が残る（尤もこの両者のうち，前者はニザール版，後者は，ギリシア語に疎いので仏訳・邦訳に頼ったのだが）。

そして脱線の多さもご覧いただいた通りである。自らも（ここでは一つ一つ列挙しなかったが）「さて本筋に戻れば」という決まり文句で本来の註の主筋に向きを変えることは少なからず存在する。脱線の種類も分類不可能なほど多様で，或る言葉をきっかけにトマの見聞録，体験記が始まるかと思えば，（何処から仕入れたか分からない）歴史譚，歴史奇譚，異郷地誌・歴史（これは圧倒的に多い。『テュアナのアポロニオス伝』がそもそも異教聖人の諸国漫遊記だったからだろう）への，必ずしも脱線とは言えないのかも知れないが，註釈にしては長すぎる解説，その他無数の逸脱がある。然もそれらの逸脱は散漫であり，逸脱から逸脱へと話が飛び，中に含まれる批判的言辞は生温い。例外があるとすればアポロニウスをあくまでもデーモンに操られた異教人とするカトリック強硬派からの度重なる痛罵である。現代風俗批判も混じるには混じるが，回数も滅多になく批判の内容も表層的である。

こうした学問的不正確さや非体系性，目的性への無感覚や逸脱を承知しながら，もしくはそれと気づかないでの解説がトマの註釈の特徴であるとしたら，それはわたしたちが本書で紹介してきた如何なる註釈者の類にも入らない。敢えて言えば，これはよく言ってジャーナリスト，悪く言えばゴシップ記者の註釈である。それではトマはそもそも批評家ではなかったか。然り。『両性具有者たちの島の描写』は優れた現状分析の視点をもち，その眼に映った情景を力強く描写する文章力を併せもつ著述家を現前化させはしなかっただろうか。だがトマが『テュアナのポロニオス伝』の註釈家だとして，『両性具有者たちの島の描写』の執筆者は本当にトマ・アルチュスなのか。そうだ，と文学史家

たちは言う。〔後註1〕でほぼ年代的に列挙した状況的発言（端的に言って「噂」のことだ）はそのことを聊かも疑っていない。併しその根拠は何か。遡ればそこにはピエール・ド・レトワルの記事がある。彼の市井の大蔵書家で大読書家のレトワルがそう言っている。併しレトワルの記事は本当に『両性具有者たちの島の描写』がトマの作品だと断定しているのか。否そうではない。彼は直接トマの名を出しているのではない。彼は伝聞として「国王はこの本を知りたいと欲せられ，朗読させられ，それを聊か過度に放縦で大胆であると思われたものの，アルチュス・トマという著者の名前を知るだけで満足され，その者を探索することを望まれなかった」と日記に書き留めているのみなのである。レトワルは慎重に自分自身の判断を控えている。筆者のようなやくざな本読みが文学史の定説に異論を唱えるのは笑止千万であろうが，ヴィジュネール訳『テュアナのアポロニオス伝』に施されたトマの註釈を通読する限り，『両性具有者たちの島の描写』の著者と註釈を執筆したトマが同一人物であるとは思われないのだ。

　尤もこれは画一的すぎる恐れがない訳ではない。トマと同時代人に過激なアンリ・ド・ヴァロワ（即ちアンリ4世）の批判書『アレテー伯爵の宴会と午後』[18]を著したパリ・リーグ派の代表格，ルイ・ドルレアンがいる。ルイはリーグ派敗退ののちアンリ4世に恭順の姿勢を示し許されて，晩年は『アンリ大王の逝去に際しての人間植物論』[19]などを書き，反改革派ではあるものの反フランス王権の立場からは大きく離れた。『両性具有者たちの島の描写』で王宮批判を舌鋒鋭く行なったトマもその鋭角的な姿勢を保つことが出来ず，その初期の批判的文書では積極的・改革的であったジャーナリスト精神も晩年の註釈作業の遂行に及ぶと消極的・保守的な御用記者精神になってしまったということなのかも知れない。

　トマの註解を巡る断章は，凡そこれまでの「攻め」の註解史から後退し，更には「守り」の「註解」の名に価するかどうか判断できない，散漫な「註解」の存在を露呈させてしまった。万人が事の推移に集中し，唾を呑んで推移を見守り，危機に全身全霊おののき，知識人の誰もがそれぞれに尖鋭な意識を有し

で，誰もが固有の思想家であったリーグ派戦争時代から時は流れてしまったという印象を，寂寥感とともに強く抱かせる。

第 II 部
模写と自立

第 1 章

ロンサール『ラ・フランシヤード』の影：
クロード・ガルニエ

　1601年から1630年にかけてロンサールの「弟子」を名乗ること，それはロンサールの対立者や否定者となるよりも，結果的には遥かに苦しい撰択であった筈だ。ロンサールに異を唱えるのが易しいという意味ではない。確かにロンサールは，例えば「当代の悲惨を論ず」を核とする所謂論説詩で，イデオロギー的にカトリック教会を論難するフロラン・クレティアンやアントワーヌ・ド・ラ・ロシュ＝シャンデューら改革派の詩人政治思想家を，「フランス詩」の父権を盾に（思想の問題と表現形式の問題を混同している，との現代の視点からの非難は凡そ時代錯誤である）一刀の許に切り捨てたほどの影響力を維持しえた。併し如何にロンサールが数世紀を経てますます関心を集める存在であり続けるとしても，それでも尚，ロンサールは彼が生きた時代の子であり，時代の好みや知的水位が変化すればその水位に埋没する，或いは水流に取り残されるのは必然だった。文化的趣向の点でもフランソワ１世の治世は，アンリ２世やシャルル９世の治世とは違い，そしてシャルル９世の治世はアンリ３世の治世とは違った。短いフランソワ２世の時代を挿んで，アンリ２世とシャルル９世に最も寵愛を受けたロンサールは（このことが格別な経済的厚遇を享受したことにはならない），アンリ３世の宮廷では筆頭宮廷詩人の栄誉を，自分とは異なる感性で恋愛を語るフィリップ・デポルトに実質的に奪われ，他方でフランス語を母語としない改革派のギヨーム・デュ・バルタスの壮大な叙事詩の価値を否応なく認めなければならなかった（仮令デポルトやデュ・バルタスがロンサールへの敬意を忘れなくとも）。ロンサールの盟友は一人一人鬼籍に入り，ロンサールが鬼

籍に入ったのち4年を経て没したアントワーヌ・ド・バイフは，プレイヤード派の詩想や詩法，理念といった朧げな概念で包括出来ない方角に触手を伸ばして既に久しかった。17世紀の初期，ロンサールやプレイヤード派にプレイヤード派の遺産に基づいて影響を受け優れた詩作品を残し得た者はいても（その代表にジャン・ベルトーを挙げておこう），既に知識人の誰しもが（そう，本当に誰も彼もが）ロンサールやプレイヤード派に倣って「詩神に憑依された」と言い〔fureur poétique〕，韻文を綴った時代は過ぎ去っていた。詩を書くことがロンサールに範を仰がずとも可能であるとの理解が行き渡り始めていた。スポンドがおり，シャスィニェがおり，アンドレ゠マージュがおり，デ・ズィヴトーがいた。ギ・ド・トゥールも，またクロード・ビヤールも。そしてマレルブやテオフィルも。

けれども尚且つ，ロンサールに異を唱えるのが難しかったとすれば，それはロンサールが文明史的な「現象」であり，この「現象」が意識的に時代を形成したからだ。マニエリスム文学やバロック文学といった概念は後世，殊に1900年代後半になって，西欧やフランスの表現史上に登場した，一定の特徴を共有する（と思われる）作品群を，体裁よく構成し直すために発案されたイデオロギーに過ぎず，時代を反映した流行の総体に過ぎなかった。

フランス語の語彙は（ロンサールの批判者の眼には過度に）豊饒になり，統辞法は二百年のちまで用いられる基礎を固められ，定型詩の作詩法にもそれなりの秩序が生まれていた。日常生活から汲まれた喩に代わり，ジャン・ルメールが導入を試みた古典古代からの喩が（恐らく過度に）援用された。阿諛追従や言葉の戯れ（詩のための詩）の外に，独自の思想・考察を訴えうる表現形式が数十年をかけて産み出されていた。これらはどう見てもプレイヤード派の遺産だった。遂に来たったマレルブは，彼なりの詩論を抱いてロンサールの極北に立とうとしていた。併し彼がどれほどロンサールを糾弾しようと，その作品は文明史的な「影響」を与えるどころか，文壇内に賛同者を見出す程度のものだった。それはプレイヤード派の詩論あっての否定であり対立概念であった。

第 1 章　ロンサール『ラ・フランシヤード』の影：クロード・ガルニエ　259

ロンサールと先駆者を隔てる深淵と比較すれば，マレルブとロンサールの間の懸隔は狭いものだった。

　ただ，ロンサールに異を唱える詩人が進出する場があったとすれば，それはフランス国王にしてナバラ国王，アンリ 4 世とルイ13世の治世そのものがロンサール的な，もしくはプレイヤード派的な学識を要する詩作，越境する詩作，参画する詩作を嫌ったからに他ならない。詩神から「詩的霊感」を授かった真の詩人が，無骨な王侯貴族に何事かを諭す時代は終わった。一つの時代にはその時代が好む表現形式があり，好まない表現内容がある。そしてロンサールの弟子を称するのが難しいのも，恐らく同じ理由からだった。この時期にロンサールの影響を受け，オリジナリティを加えて成功した詩人については多く語られた。フランス詩の流動期に名を成すということは，それだけで関心を引く値打ちがある。だがそうでない無数の敗者たち，愚直にロンサールの教えに従いながら，それを表現する才能にも恵まれず，時代の風にも乗り遅れた敗者たち，マニエリスムやバロックといった概念によってさえ救われなかった敗者たちはどうなのか。以下に「ロンサール最後の弟子」を敢えて名乗ったクロード・ガルニエ（1583年？ –1633年？）の幾つかの作品とともに，17世紀初期の詩人たちの存在し難さについて何事か考えてみたい。

*

　クロード・ガルニエは師に敬意を表するに，様々な方法を以ってした。例えば1604年，クロードは『ラ・フランシヤード』の続編（以下『続ラ・フランシヤード』と略）を発表した。『ラ・フランシヤード』の新編や続編を企画したり，実際に執筆した者はクロード以外にも指折ることは出来るが（後述），クロードの「弟子」たる自覚は，その続編の標題にはっきりと見て取れる。即ち，『ラ・フランシヤードの書　ロンサールのラ・フランシヤードの続篇〔Livre de la Franciade, A la suite de celle de Ronsard〕』がそれだ。それではガルニエの作品は，ロンサールの国家創世叙事詩をどのような形で継承した，否，継承しようとし

たのか。極東のこの国でガルニエを語るには，差し当たり先ず，師の『ラ・フランシヤード』全四巻の概要を略述する必要があろう（なお以下の梗概で固有名詞の表記に原則はない。フランクス神話に中世以来の伝統はあっても，ロンサールの叙事詩は大枠以外に想定史実や伝承に依拠しない「創作」だからである）。

（第一巻）トロイア戦争の直後，ゼウスはトロイアを破壊させた己れの行為を悔い，敗北後ギリシア軍の眼を逃れて無為に過ごしている，ヘクトルの子息フランクス（フランシオン）にトロイア再建の使命を伝える。叔父エルナンの指示の下，フランクスは船団を組織し，生き延びたトロイア兵士とともに，己れの宿命に向かって船出する。

（第二巻）海神ポセイドンは未だトロイア人への復讐心を捨てず，フランクスの船団に嵐をおくり，船団を失ったフランクスはクレタ島に流れ着く。クレタ島の王ディセは好意的にフランクスを迎える。暴風雨のなか海底に沈んだトロイア兵士の亡霊がフランクスのもとに現われ，フランクスは彼らのために鎮魂の儀式を行なう。ディセの娘クリメヌとイアントはクピドの介入により，ともにフランクスに恋心を覚える。フランクスはディセの子息オレを虜囚としている巨人を，死闘のあげく退治し，ディセの感謝を受ける。

（第三巻）ディセは娘のイアントの婿になるように，フランクスを説得する。クリメヌはフランクスの愛をえようと術数を巡らすが叶わず，「嫉妬」に毒され猪に変身して海に身を投ずる。

（第四巻）ディセはクリメヌの死を知って激怒，その原因がフランクスにあるのではないかと疑う。他方フランクスはイアントに愛を告白する。翌日２人は神殿を訪れ，フランクスは自分の末裔の運命をイアントに尋ねる。生け贄を捧げ，冥界の神々に祈願すると，イアントはトランス状態に陥り，人間の霊魂の行く末などの思弁を論じ，イアントはフランクスにガリアの地で栄える彼の子孫の王族の名を，ファラモンからシャルル大帝を経てペパンに至るまで次々と，それぞれの人物にまつわる特色とともに列挙する。

第1章　ロンサール『ラ・フランシヤード』の影：クロード・ガルニエ　261

　当初全二十四巻構成を予告されていた長編叙事詩が，その予定の六分の一の巻数の終了を以って放棄された事情を述べる場ではないが，二十余年以前から喧伝されてきた『ラ・フランシヤード』の慌しい結末は，ロンサールの周囲の識者には如何にも物足りなく思えた。国父フランクスの子孫の栄華が点描的にではあれ，語られてしまった以上，建国叙事詩の使命はもう果たされてしまったのではないか。そして典拠とされるウェルギリウスやホメロスの叙事詩と比べて，フランクスの物語は如何にも中途半端ではないか。併し1572年，サン＝バルテルミーの虐殺の直後に初版が刊行された時点では，それでも未だロンサールの側には「第五巻」以降を継続執筆する意志があったようだが，その2年後シャルル9世が病没すると，

　（引用−1）〔Ronsard, *Œuvres Complètes*, STFM, t.XVI, p.330〕
《もし国王シャルル〔9世〕がご存命なら，
　わたしはこの長編詩を完成していたろうが，
　死がこの方を打ち負かすや否や，
　この方の死がわたしを打ち負かしてしまった》

と断念をはっきりと表明した。クロード・ガルニエは，知る限りその第三作で，ロンサールが放棄したまさにその情景から，『続ラ・フランシヤード』を開始する。18世紀の文芸愛好家グジェ師も読み得なかったこの続編を聊か細かく紹介しよう。

　本編の前に「王太子へのオード」が置かれる。そこでは二つのモティーフ，一つに王太子がガルニエの詩作を受け取り，父たるアンリ4世に執り成すこと，一つに幼いアキレウスが蛇を殺したように，無知を殺すことがこのオードを締め括っている。世に疎んじられる詩人の嘆きというトポスをクロードは生涯訴え続ける筈である。

ここで1,500行を数える本編を線的に辿ってみる。

　ガリアの地で自らの子孫が繁栄するというイヤントの予言に，恋人を見つめる乙女の如く，言葉も出ないほどフランクスは狂喜する。イヤントはフランクスの悦びを我がもののように感じ，兄を巨人から救ってくれたこと，姉（クリメヌ）よりも自分を撰んでくれたことへの感謝を述べる。フランクスもイヤントが宮廷を棄ててくれたこと，自分の末裔の運命を教えてくれたことを感謝する。「謝辞の交換」という手法を用いてロンサールの『ラ・フランシヤード』との直接的な関係を明らかにしたあと，イヤントが告げるには，フランクスの血族に他を圧する王が未だ一人いる（即ちアンリ4世）。

　（引用－2）〔15-17〕
《知るがよい，あなたの血族の一人の君主が他の王を，
　凌ぐのを見損なうのを残念に思うだろう。〔……〕
《ここでわたしは彼の槍が荒れ狂い，
　彼の剣が炎に輝き，
　斬り，切断し，くつ返し，打ち壊すのを見る。
《既に，この上ない優しさで高貴な善意と，
　唯一の驚くべき寛大さ
　に気づく。既にわたしは彼の内に
　輝く敬虔の念に気づく。〔……〕
《あなたはブルボン朝の幸運，
　偉大な王侯アンリ〔4世〕を知るだろう。〔……〕，
《そして（恐らく）彼のご子息の徳を
　知るだろう。その神々しい賞讃を讃えるために
　もっとも相応しい富を，
　天から奪って集めるのを知るだろう》

第1章　ロンサール『ラ・フランシヤード』の影：クロード・ガルニエ

併しその偉業を自らの口から語るのは難しいと告げ，フランクスの亡父ヘクトルの亡霊に，その大王と子息（ルイ13世）について語らせようとする。再度トランス状態に入ったイアントに呼び出されたヘクトルは，生け贄の血を啜り，眼に見える姿をとる。

　ここから約10ページに亙って，ヘクトルが纏う甲冑に描かれた細密画（ミニチュア）が織り成す，様々な歴史＝物語の解読に捧げられる。フランクスはそこに，トロイア建設者ダルダノスの像やその他のギリシア神話神の像，トロイア建設の図，トロイア戦争の歴史絵巻き，トロイアの木馬とトロイア陥落の逸話を読み取る。数百行に及ぶエクフラシスの中から，必ずしも優れた詩句とは言い難いが，トロイア陥落の図と父子再開の場の同入部を引用してみる。

　（引用－3）〔31-32〕
《ここではダンスがオーボエを活気づけ，
あちらででギリシア人たちが巨大な木馬で
（偽装のおかげで）城内に潜り込み
急襲された年をあっという間に占拠している。〔……〕
《ヘクトルの子息はかくしてその眼を
至る所から父の甲冑を違った仕方で
眺めていた。王妃イアントは快活にも
満足したその口を開いて，
彼にこのように言った「おお，幸多き王子よ。
ここに武具に於いて優れたるあなたの父，
勇敢なヘクトルがいます。彼はあなたに
あなたの霊魂が欲している真実を教える筈です》

フランクスはヘクトルに抱き着こうとしてそれが影にすぎないと悟る。ヘクトルに何者か尋ねられたフランクスは，ヘクトルとアンドロマケの子フランクスであると告げる。更にフランクスが航海に乗り出した次第，クレタ島に漂着

した次第，如何にこの地の王に見出されたか，巨人を倒し，王の好意を得たか，併し言い寄る王の姉娘を拒み，彼女の自死の原因になったとして王の恨みを買ったか，妹娘のイアントに惹かれ，イアントの尽力により己れの家系がガリアの地で繁栄する様を目の当たりにしたか，などをヘクトルに教える。ヘクトルは長じたフランクスに会えた悦びを表す。フランクス，王の列の最後に現れる者，大王アンリ（固有名詞が上げられる）とその子息について語るよう，ヘクトルに請う。ヘクトルはアンリの偉業はここで語れるが，神のご意思により，王太子のことはガリアの地セーヌの河の精が教えるであろう，と答える。

　ヘクトルがアンリの武勲を語ろうと口を開きかけたとき，冥界の亡霊たちがヘクトルに襲いかかる。かくして『続ラ・フランシヤード』はアンリ4世の歴史を全く知らせることなく（1604年の作品であれば当然だが），最後の10行を割いてフランクス一行の海路の平安を詩神に祈って巻を閉じる。

　未完であろうとロンサールの『ラ・フランシヤード』は「第一巻」から「第四巻」の詩句には叙事性がある。換言するとその語りは詩的かつ史的展開性を有する。そのために雄大な構想に導かれた筈の叙事詩が，「第四巻」の後半になってガリア＝フランス国王の名辞の予言的列挙で，唐突に幕を下ろすとき，読者は困惑を隠せないのだ。他方『続ラ・フランシヤード』は叙事詩というよりも寧ろ歴史の断章を素材とした演劇を連想させる（20年後の論争相手，テオフィルがいみじくも「ガルニエなら，ロベール・ガルニエしか知らない」と嘯いた，という逸話が思い出される）。クロードの詩句は閉ざされた空間での描写と登場人物たちの台詞の交換に費やされる。新たに齎される情報はアンリ4世とその王太子の存在だけだ。残余は既にフランクス伝承に組み込み済みの，トロイア脱出や漂流譚，ガリア＝フランス王朝の予言に過ぎない。強引に国王アンリ4世と王太子ルイ（のちの13世）の名前を引き出すためにロンサールの名を借り，ロンサールが手を加えたフランクス伝承を背景に呼び出したのだ，という他はない。クロード・ガルニエには国王に阿り，自らをロンサールの弟子たちの一人に名乗り上げる以上の目的はあったのだろうか。

第1章　ロンサール『ラ・フランシヤード』の影：クロード・ガルニエ

『ラ・フランシヤード』の執筆には少なくとも公的な理念があった。ロンサールが1572年の「第四巻」を刊行したときには，既にフランクス伝承の信憑性は疑惑の範囲を遥かに超えていた。古代史を探求する学者たちは多かれ少なかれ，中世以来，正史に於いてさえ知的上層に浸透していたこの伝承を，無視していた（言うまでもなくフランクス伝承の徹底的な破壊者は，16世紀の終末に自説を唱えたラ・ポプリニエールだった）。そして確かに16世紀の後半，カトリック教徒と改革派信徒，更にはリーグ派が，それぞれの理念の絶対性を旗印に掲げて血を流し続けたフランスの国土，理論闘争・武力闘争が渦巻くフランスの国政，またそれらの理論武装として古代ガリアの実証的検証（パンフレではあるが『フランコ＝ガリア』を思い出して欲しい）が進みつつあったフランスの国家に，その史的実在すら危ういトロイアや，尚更信じ難いフランクスの脱出行に関心をよせる知的上層や知的中層が，言わば高等遊民的にいた訳なぞありえなかった。にも拘わらずフランクス伝承に公的な意義が託されたとすれば，それは先ずトルコも含めて欧州全域を対象とするフランクス伝承の虚構性が，次の世紀の前半にあってもカトリック教会と改革派相互の，「真剣な（文字どおり刃を交わすような）」古代性の主張を止揚する（というか棚上げにする）可能性を秘めていたことにあった。別の視角から見るなら，ファラモンをフランスの王朝の太祖とする，サリカ法典を継承理論の根幹に置く「実証的な」史観には，少なくとも二度の説明不可能な王朝の断絶があった。メロヴィンガ王朝とカロリンガ王朝，カロリンガ王朝とカペー王朝の非継承性である。この断絶があればこそ，16世紀後半，即ち『ラ・フランシヤード』の執筆と平行する時代に，ロレーヌ家がシャルル大帝（シャルル＝マーニュ）の家系に列なる者として王位要求をしかねない事態が生じていたのだ。優れて魅惑的なロンサール研究の大家，ミシェル・ダソンヴィルが《どのように言おうと〔……〕，ロンサールは使命を果たした》〔*Ronsard*, V. 122〕とし，

《ロンサールは血族による王権の継続をもっぱら声高に断言している。〔……〕王権はただ単に世襲性であるだけではなく，「王は死なない」のであ

る。これが或る意味で何故，シャルル9世がフランクスであるか，の意味である》〔id. 121〕

とロンサールを弁護したのも，王位継承問題で『ラ・フランシヤード』が現在の王権の側面援護となった（なりえた）からに他ならない。であればまた，クロード・ガルニエの『続ラ・フランシヤード』も露骨にアンリ4世に阿る風情を保ちながら，尚且つ（カトリック教会から見て）異端の匂いがし，アンリ3世から数えて，極めて薄い血筋にあたる（無論当時の系譜学者たちはヴァロワ朝とブルボン朝の区別など行なわなかったが）アンリ・ド・ナヴァールをフランクス直系の大王と宣言し，師ロンサールの例に倣おうとしたのかも知れない。ただクロードが生きた時代はロンサールの時代以上に「フランクス伝承」に懐疑的であり，また王権もフランソワ2世やアンリ2世，シャルル9世以上に人為的な幻想の輔弼など必要とせず，より有効な統治機構や幻想制度を配備することで，（逆説的な物言いだが，相対的な）絶対王制に向かっていた。

表現史的に見れば，『続ラ・フランシヤード』はプレイヤード派の掌中にあった。ロンサールの作品のままに，アレクサンドランではなく叙事詩には不自由な1行10音綴を採用し，詩全編の中で大きな部分を占め，その特徴とも映る細密画手法は，どう読んでもレミ（ルミ）・ベローには及ばない。イヤントのトランス状態の描写がロンサールに勝る道理があろうか。以下のような喩とロンサールの喩の間にどれほどの差異が認められようか。

　（引用－4）〔20〕
《兜のうえには恐ろしい飾りが
二重の恐怖となって立っている。そして長い鬣をもつ

その頂はここそこで長い鬣の
戦きが波うつ
多くの色彩を投げつけている。

第1章　ロンサール『ラ・フランシヤード』の影：クロード・ガルニエ　267

優しい苔と花咲く叢で
縁どられた小川の水に
若き色彩が豊かに田園で
見られ，波の水辺に
反射しているのが見られる》

或いは次の古代神話からの援用に一人のアントワーヌ・ミュレ，一人のニコラ・リシュレーは註釈を施そうと考えただろうか。

　（引用－5）〔13〕
《おお，女神ユノーよ，わたしはあなたに感謝しよう
人間を侮辱しようとしてわたしの名前を高めてくださった。
アルクメネの息子も同じような危険にあった。
おお，汝，自然よ，わたしはあなたに感謝しよう，
おお，キュベレよ，年老いた母，あなたは
親しいベルガモスたちに，かくも見事な悪戯をしたのです〔……〕》

こうした師弟の比較を幾ら行なっても虚しい。ただクロードはロンサールに忠実であろうとし，天分の違いも弁えず，また時代の推移も計れず（師の方は時代の流れをきちんと読んでいた），師への愛着ゆえに表現史的に，また無謀にも政治的に，師の模倣を行なおうとした。そして模倣の対象は『ラ・フランシヤード』だけではなかった。

＊

『ラ・フランシヤード』から10年後，ガルニエが発表した作品には『現代の悲惨についての自由論説〔*Libre Discours sur les Miseres du temps present*〕』（1615年）との題名が冠されていた。言うまでもなく，ロンサールの傑作『当代の悲惨を

論ず〔Discours des Miseres de ce temps〕』を意識した標題である。クロード・ガルニエの処女出版も『当代の悲惨をめぐる詩篇，国王陛下に忠誠を尽くすようフランス国民を励ます〔Poème des Miseres de ce temps, exhortant les François à se maintenir en l'obéissance de sa Majesté〕』（1602年）と，類似の題名をもっており，ガルニエが宮廷の「状況」のみならず時代の情勢にも関心を寄せようとしていた様子が窺える（だが，それは本当だろうか）。そして1623年，ロンサールのフォリオ判『綜合作品集』全二巻の『当代の悲惨を論ず』の註釈を引き受けた動機も分かるような気がする。──併しどうも事情は違うようなのだ。千行ほどの『現代の悲惨についての自由論説』の内容を辿ってみる。

（本論）最近の嵐は不吉の兆しであり，神の罰を思わせる。それは水害，彗星，空中に現れた常ならぬ不思議，人狼，亡霊，ダイモン，怪物などの出現にも見て取れる。併し神は本来優しい存在であり，予兆は神の警告なのだ。〔pp. 7-8〕

我々が罪の中にいることを忘れてはならない。近年の国王の死（具体的に名前を出さないが，その死に様からアンリ2世，シャルル9世，アンリ3世，加えて恐らくアンリ4世と分かる）も神の怒りを示す。併し神はルイ13世を守られるだろう。〔pp. 9-10〕

現代は鉄の時代である。背教，無神論，虚栄が蔓延り，神殿は汚され，成り上がり者たちが権勢を奮い，女たちは奢り昂る。〔pp. 10-12〕

黄金時代への郷愁。船乗りも商人も，農民も牧人も安全だったし，税も戦争もなかった。現代の兵士や行政官のなす悪に対し，昔は正義が行なわれていた。黄金時代は退廃してしまった。〔pp. 13-15〕そして一般的な退廃の直中に詩人を取り巻く環境の悪化もある。

　　（引用－7）〔15〕
　《雑言で膨れ上がった嫉妬深い者たちは，
　　そこに繰り返し語るべき何事かを見つけ，

第1章　ロンサール『ラ・フランシヤード』の影：クロード・ガルニエ

あれらの韻文家は髪を逆立て，ロンサール風を気取って
わたしを告発する心算でいるが，
お手本がない自分たちの書き物を讃え
新しい茶番劇を生産しながら，
戸口から地口まで，スタンスを（それは
笑わせ，涙を流させるが）作り，自分たちの顔を誇り高気にするだろう》

併しカッサンドラの運命はガルニエのそれでもある。再度フランスに眼を向けると，市井はパリサイびとにあふれ，貴族は快楽を，奥方たちは虚飾を求めて止まない。法曹人や銀行家もガルニエの非難を免れない。ノアの洪水から再生した人類であっても，石から生まれたその本性は隠し切れず，非人間性は彼らに常に付きまとう。〔pp. 16-18〕
人類はまたパンドラの災いからも逃げることが出来ない。オリュムポスの神々がプロメテウスへの報復として人類に送ったパンドラの神話を，恰も独立した物語のように長々と展開し，現在の悪の原因に神話的解釈を与える。〔pp. 18-25〕

　（引用−8）〔20〕
《かくして多くの優しさに満ちて
多くの才能と多くの富に満ちて
これらはユピテルが怒りのうちに撰び抜いたものだが，
この不幸な者はそのとき正しく
パンドラと名付けられた。巧みな被造物であり
その名前の由来は，神々の君主の望みで
神々が与えた贈り物全ての
不運の預言として，つけられたものなのだ》

この神話喩を受けてガルニエは，神は絶えず罰する用意をしていると論じ，過

去の災厄を記憶に留め，義に則して生きよ，と勧告する。売官制批判や教会への進言を耳に入れたのち，わたしたちは次の一節に出会う。

　（引用－9）〔31〕
《さて，人間は幾つもの身分に分かれているが，
　にも拘わらず同じ国家の裡に
　同じ意見をもっている。
　正義の集団の，その最も高きにある者たちに，
　彼らは手に律法の運営を任されているのだが，
　何にもましてわたしは声を届けたい》

　この一節が恐らく，「現在の悲惨」についての論説詩集で最もアクチュアルなものだ。勿論ガルニエが念頭に置いているのは1614年から1615年にかけて開催された全国身分会（三部会）である。『現代の悲惨についての自由論説』を締め括るのも全国身分会の動向を意識したであろう，無秩序〔desordre〕がフランスの地を去るようにとの願望表明〔p.33〕であった。

　『当代の悲惨を論ず』は，宗教戦争により二つに引き裂かれるフランスの国土（理念的にいえば「国家」であるが，ロンサールに「国土・郷土」を捨象した「国家」の概念があったかどうか疑問）を前にした伝統的（つまり急進的ではない）カトリック教徒の憤りと嘆きに具体的な像を与えた点で，極めて情勢的な作品であった。併し如何に情勢的とはいえ，アレゴリーを用いながらも詩的技法に溺れることなく自らの主張を述べ，且つ格調を損なわず堂々と論陣を張った故に，ロンサールの論説詩はその情況を超え，普遍性を獲得し，またしてもこの詩人が《フランスのムーサの第一の藝術者》〔Dassonville, *op. cit.*, t.IV, p. 137〕であることを示した。

(引用-10) 〔Ronsard, *op.cit.*, t.XI, pp. 29-30〕

《全てがより悪い方向にむかっている。静謐の裡に暮らしていた
都市は当然の律法を破壊した。
偽りの熱意と虚しい外見で膨れ上がったマルス神と
我がフランスを混乱させている狂気とともに働いている。
フランスはその君主に敵対心を示し，頑なに
それをフリアイのままに導いている外国人の過ちに従っている。
《これは余りに強い口をもつ馬に見られるようなもの，
森や岩山にその乗り手を連れてゆき，
拍車や鞭や手綱にも拘らず，
勒はつけさせるが，轡には従わない。
ちょうどそのように，分裂して武器を持ちながら走る
理性にもう権威が亡くなって以来》

　勿論宗教戦争の前夜からリーグ派の壊滅までの政治的・思想的緊張をこの時期に期待しても無駄だ。併しクロード・ガルニエにも彼を取り囲む情勢があった。アンリ4世の治世後半からその暗殺に至るまで，マリー・ド・メディシスの摂政擁立から1614年暮の全国身分会まで，時代は常に動いていたし，前世紀の興奮を覚えている人々も少なくなかった。数多くの政治的・社会的パンフレの存在が証明するところだ。だがガルニエは一般論としてしか嘆かなかった。然も多くのページを神話喩の挿入に割いて。端的に言ってガルニエには愁うべき政治的・思想的・社会的な対象を発見することが出来なかったのではないかと思う。1593年（この年代が妥当か否かはさて措く）以来二十余年ぶりで開催された全国身分会を口実に，「情勢詩」ならぬ「状況詩」，即ち折節の詩を綴ってみたように思える（ガルニエが形振り構わず折節の歌を，それがどの立場にいようと構わず，権力者に捧げたことは知られている。寧ろ権力者に捧げるために「状況」を探していたのかも知れない）。ロンサールが苦悩した「当代の悲惨」は漠然としかガルニエの視野に入らず，総論をプレイヤード派が開拓した神話喩に頼りなが

ら訴えることで、「ロンサールの弟子」の面目を保とうとした。因みに1623年、ロンサールのフォリオ判『綜合作品集』の「当代の悲惨を論ず」に註釈を施すにあたり、上記の《全てが悪い方向にむかっている》以下の12行に次のような説明を与えた。ガルニエは確かに表現史的な知識を持ち合せたが、それだけでロンサールの継承者になれる道理はなかった。この解説はガルニエとその時代が前世紀からどれほど隔たってしまったか、その例証と思える。

　（引用－11）〔Ronsard, *Les Œuvres*, vol., II. Paris, 1623, p. 1335〕
《**マルス神**：トラキアノ国王、戦争の神でユノーの息子。**フリアイ**：詩人は彼女たちを三柱と想定している。彼女たちは鞭と蛇によって人間の心を動揺させ、どのようなものであろうが人間に災いを思いつかせる。彼女たちはメガイラ、アレクトー、デインポネーと呼ばれている。ウェルギリウスを見よ。**外国人の過ち**：マルティン・ルター（もしくはルダー。汚らわしい意味合いで）ドイツのアウグスティノ派修道士。ジャン・カルヴァンの師匠にして家庭教師。**轡をつけさせるが**：Resister 抵抗する、強情をはる》

　これは註釈を媒介にして作品が広がるような、そうした註釈ではない。ガルニエのロンサール理解はここでも表層の継承に終始する。このころ彼の脳裏にあったのは師ロンサールの豪華判『綜合作品集』を上梓することで、師の名誉を高めること、ロンサールの流れを汲む詩人たちに然るべき待遇を要求することであった。この稿の最後に『綜合作品集』と時期を同じくして刊行された『不運な詩神　当代の冷酷な友人に対して〔*La Muse infortunee. Contre les froids amis du temps*〕』の一部を挙げる。

　（引用－12）〔3〕
《え、どうかね、デ・ズィヴトゥよ、大したことではないと思うかね、
　無知な詩人、未完成の韻律家が
　望むものを見つけて、

真の詩人がこの不運な時代に
春の終りの枯れた花のように，
彼の巧みな物言いを嘆くというのは。
《高みで劣り，遅すぎてやってきた者が
運において恵まれ，資産と
賞讃を認められるというのは。
そして知識が忘却の中に置かれ，
価値が泥の中に沈み，
よい友人に恵まれているので，過ちはパクトリア河に流すのだ》

第 2 章

ロンサール『ラ・フランシヤード』の影：
ジュフランとデガリエ

　ロンサールの『ラ・フランシヤード』がどう構想され，どのような経過を経て取り組まれ，どのように失敗作の烙印を押されるに至ったか，そのどこが失敗作と見なされるのか等々については，既に名だたる研究者が各者各様に意見を開陳しており[1]，この点で何らかの新説を提出しようという訳ではない。ただロンサールのこの主題への挑戦の失敗を受けてほぼ半世紀，アンリ4世からルイ13世の時代にかけて，ロンサールの直弟子を名乗る者から，新しい詩法を提唱する者まで，不徹底ながら筆者が散見出来た続編，もしくは新作の『ラ・フランシヤード』が，単発的に歳月を隔ててではあれ，出版されたのは事実であり，題材としてのこの物語の魅力の存続ははっきりしている。そのうち源泉となるロンサールの作品の梗概とクロード・ガルニエの『続ラ・フランシヤード』の梗概については前章で触れたとおりであるので，ここでの論評は控えたい[2]。残された2人の詩人（韻文作家？）の『ラ・フランシヤード』を名乗る作品のうちから，先ず，刊行年代はルイ13世の時代の作品であり，それに先行するアンリ4世時代の他の『ラ・フランシヤード』の後塵を仰ぐことになるが，ノワイヨンのひと，ニコラ・ジュフランとその『ラ・フランシヤード』の周辺を探索してみる[3]。

1

　現在刊行中の『フランス人名事典』[4]にもその名を見い出せず，ただブリュ

ネの『古書店主の手引き』5)に取り上げられ,またその記事の中で辛うじてヴィオレ・ル・デュックが何事か書き残していることが知られる(筆者未確認)以外,そしてクロード・フザンの遺作となった大著『ラ・プレイヤード派の死と再生』6)でジュフランの名前がニコラであること以外,ジュフラン本人が『ラ・フランシヤード』の扉で名乗る,「ノワイヨンの塩税庫管理人にして故マイエンヌ公殿の秘書」という肩書しか知られていないこの韻文作家が,1623年に大法官府の傍らのアントワーヌ・ド・ソマヴィル書店から,国王允許付きで刊行したその著作には,二通の序言,即ち「国王陛下への書簡」と「読者諸氏への序言」が付されており,先ず前者には次のような言葉が認められる。

(引用-1)〔Geuffrin ã iii r°-v°〕
《両方の徳〔忠告に耳を貸すことと慎重にふるまうこと〕に於いて先王皆に秀でていたように思えるルイ11世は,慎重であることが王者らしい振る舞いの第一の指針であることをそれ以上疑わせませんでした。しかし陛下,国王に必要なこれら二つの徳を兼ね備えた偉大な指揮官の列に,ここでルイ11世を加えようと望むとしたら,陛下を退屈にさせ,更には時宜を得ぬ行為でありましょう。それらの徳を身に纏い,それらの徳を実践するもっと確実な方法とは,抜きんでて秀でた君主たちの生涯を読むことによってであるからであります。陛下に,歴代の国王の歴史をご紹介することにおいて確信しておりますが,その歴史の第一には陛下のご先祖たちの素晴らしいこと限りない戦争でのご活躍が,特に陛下の優れたご尊父のご活躍が描かれているのです。それはこの書を開いたままにさせ,陛下が,もし宜しければ,地上で優れた国王がいるとしてその方を推薦するに価するものとし得る滅多にない徳を全て汲み取られるでありましょう。これは,陛下,世界中の最も義にして最も栄光あるかの君侯の資質に加えて,陛下によって既にすべからく獲得されている徳なのであります》

要するに,フランス各地方に分権する豪族の家臣たちにフランス人たるアイ

第2章 ロンサール『ラ・フランシヤード』の影：ジュフランとデガリエ

デンティティを自覚させるため，ロンサールが中世以来のフランクス伝承を詩的に構成し直そうとしたのに対し，ジュフランは同じ目的を有しながら，端的に言って，国王の列伝記を韻文化しようとしているのだ。ロンサールとの接続を否定する文言は，同じく序詞である「読者諸氏への序言」にそのまま記されている。

　（引用－2）〔Geuffrin iiii r°–v°〕
《諸氏よ，わたしがこの『〔ラ・〕フランシヤード』を創作するよう命じられたとき，わたしにはかくも稀有な作品をそれに相応しく遂行し完結するに十分な暇がありませんでした。栄光に満ちたロンサールがそこで筆を止めたシャルル・マーニュから始めればよいとさえ命じられたとしても，であります。そこでわたしは，文体の相違が大きな奇形となると思い，詩句が至る所で等しくなるようにファラモンから現在の御代までの歴史のあらゆる系譜を辿りなおし，十音綴から，より重厚な書き方だと思い，十二音綴に変える以外いたしませんでした。このようにして，わたしはこの作品を国王ルイ13世の御代まで導いたのです》

　繰り返しになるが，国民のアイデンティティの拠りどころを，ロンサールの『ラ・フランシヤード』の最終歌が残した国家創設の神話的イデオロギーであるフランクス伝承から，それと真っ向から向かい合い，ロンサールの「英雄音綴」〔十音綴〕から，より情報量を託し得る（要するに1行を2音綴分長く使え，意味を託しうる訳だ）アレクサンドラン音綴〔十二音綴〕に変え，ロンサールの『ラ・フランシヤード』との接続を断ち切って，王国の統治イデオロギーである実証的な（と思われた）国王史を執筆したというのである。実はこれはジュフランの『ラ・フランシヤード』の標題そのものにも告げられていたものであった。ジュフランの標題を可能な限り正確に和訳すれば，

　『ラ・フランシヤード　もしくはファラモンから現在その御代であるルイ・

ル・ジュストまでの国王の歴史　ノワイヨン塩税庫管理人にして故マイエンヌ侯爵閣下の秘書ジュフラン殿によりフランス語韻文にされしもの　パリ大法官邸傍の裁判所内，アントワーヌ・ド・ソマヴィル書店　1623年　国王の允許状つき』〔後註3を参照〕

とでも表現できるであろう，この韻文作品の標題はもう一人の，否，ただ一人純血の血統に連なるべく意識していたであろうクロード・ガルニエにあっては，先に見たように，『ラ・フランシヤードの書　ロンサールのそれの続篇　王太子殿下に捧げる　パリの人クロード・ガルニエによる　1604年』[7]となっており（両者の出版年代については後述する），既に触れた通り，その第一行は正しく，ロンサールにあっては，憑依状態になりフランクスにその末裔を告げかけていた巫女イアントの名前で始まっていたのである[8]。このことはガルニエのイアント言及と非常に対照的なジュフランの『ラ・フランシヤード』の書き出しの《諸王の誉，諸王国の栄光，ルイよ》〔Geuffrin 1〕と阿る１行にも見て取れる。そして１ページを経てジュフランは己れの韻文とロンサールの詩作をこう対比して，神話ならぬ実証的（？）歴史考証の直中へと入ってゆく。

　　（引用－３）〔Geuffrin 2-3〕
《このような具合で，賢明な読者よ，驚いてはいけない，
　もしわたしが栄光に包まれたロンサールの足取りに
　沿って歩いたとしても，そしてわたしが彼に続けて
　ヘクトルの種族を褒め称えるのと見るとしても，
　更には彼がわたしに作ってくれた橋を，わたしの作品が
　等しく完全なものになるように，渡ったりしても，
　世界図の構成を変えることなく，
　わたしは新しい歴史を新しい文体から作るのだ。
　怒りでいっぱいになった死の女神が，わたしたちの時代まで
　英雄詩の声を宇宙に満たす目的を持っていた

彼に，書くことを許さなかったことを無念に思う。
ルイは真に王侯たちの中で屹立した存在であり
ファラモンから生まれたかくも多くの諸王の中で，
彼はたった一人でフランスの栄光の相続者となるのだ。
従って破り難き国王よ，この若きトロイアびとの勇気と
優美と顔(かんばせ)を受け継いでいらっしゃる，
かくも多くの戦いの後で，危険極まりない攻撃を加える方，
優雅に迎えて，これらの文書をお受けください，
そして多くの，正しく多くの祖先たちの事績の中に，
その王杖をあなた以上により相応しく揮う者が，誰か一人でもいて，
そのもっとも若き日に障害をあなた以上に見つけなかったかどうか，
そして勝利の月桂冠の重みをあなた以上に味わなかったかどうか，ご覧下さい。
さて沢山の虚しい寓話で煩わされることなく，
わたしはただ運命がフランクスの味方をして
あれらの不敗のトロイアびとを彼とともに導き，
岸から岸へと伝い渡りした後で，
ダニューブ河の入り江で，その旅を止めさせた。
そして心からもてなしてくれる主(あるじ)のディセの舘で，
彼の娘から自らの運命の顛末を，
何百という危険極まりない戦闘の危難のあとで，
パリの周壁を建設させるだろうと知らされた。
そしてこの王の二人の娘が父の掟と
神々の掟を顧みることなく，フランクスの勇猛さに
心を奪われ，一人は彼の酷いこと極まりない軽蔑に心乱れ，
大海の底へと身を投げた。もう一人は希望を胸に，
魔術を用い，栄誉ある結婚から産まれる．
フランクスがマルコミールからもつ全ての息子の雄姿を見させた。

そしてどのようにしてライン河畔に帝国を築くか、も。
だがこれらの余計な思惑は何の役にも立たないし
全て脇に退けて、フランクスの種族について真実を記し、
ファラモンが最初にここで彼の地位に取って代わったことを申し立てよう》

　以上の二十余行がフランクス伝承に充てられた全てであり、フランクス伝承を受ける全てである（因みにマルコミールとはニコル・ジル゠ドニ・ソバージュ゠フランソワ・ド・ベルフォレ版『フランス年代記』で後述の、ガリア人からフランク人への改名の由来を託された人物）。ロベール・ガルニエが巫女イアントを用いてフランクスの盾に刻まれた細密画を解読し、シャルル・マーニュまでのフランク族の栄誉を告げた、その手法のかけらもない。全6歌からなるジュフランの『ラ・フランシヤード』にあって、主たる目的は第6歌で讃えられるアンリ4世の功績と彼の後継者たるルイ・ル・ジュスト（ルイ13世）への阿諛であり、第五歌以前はアンリ4世までの国王史にあてられている。ジュフランは必ずや出典をなぞっていた筈だが、残念ながら浅学菲才の身には、これといって在りうべき一冊に絞り込むことは出来ない。ただジュフラン程度の歴史認識なら当時の啓蒙書（専門書とも言えなくもないが）に溢れていた筈だ。例えば『ラ・フランシヤード』の堰を切ったロンサール自身は、ローモニエによると、ロベール・ガガン、ニコル・ジル、ジャン・ブーシェ、トゥールのグレゴリウス、修道士エモワンから想を得ていた、という[9]。ロンサールから数十年を経たジュフランの時代には、更に歴史というイデオロギーを担わされた無数の大著がカトリック・サイドであろうと改革派陣営からであろうと、ポリティック派の手によるものであろうと、ものされていた。ロベール・ガガンやニコル・ジル（これは初出からフランス語で書かれているとはいえ）、パオロ・エミリオ、パオロ・ジョヴィオの年代記を訳出してもよいのだが、残念ながらわたしの手元には（ラテン語版もあるが能力を超えるので、仏訳の）ガガンやジル、エミリオ、ジョヴィオ、グレゴリウス、エモワンの描写（といっても引用の繋ぎあわせに近いのだが）があるだけで、ブーシェの年代記は『アキタニア年代記』しかない。然もそれ

らの年代記を散見しても，そこにはジュフランの，以下の（引用-4）にでてくる逸話が物語られてはいないのである。そしてまた16世紀後期から17世紀初頭にかけての正統的な歴史学派（古代史の代表格は勿論クロード・フォーシェだが，勿論そこには（引用-4）の類の，見て来たような嘘はない〕にもその種の逸話はない。そこで出典探しは差し当たり控え，ここではジュフランの出版に数年先立つ，併し歴史書としては一応（「一応」と言うのは，このカトリック派に改宗した，嘗ての改革派を巡る著者の人品にまで及ぶような毀誉褒貶があったからだが）権威があり，出版後数十年に亘って，17世紀の中期まで幾度も内容を改定され，判型を変えられつつも，人口に膾炙して来たジャン・ド・セールの大著と，ジュフランの韻文作品を，メロヴィンガ朝の名前の由来となった，メロヴェに捧げられたそれぞれの文章に例をとって比較してみることにしよう。

　　（引用-4）〔Geuffrin 4-5〕
《恐ろしげに進んで来る，このもう一人の国王は誰だろう。
　この方の全ての勅令においてご自身が公正であることが明瞭になるであろう。
　この方はフランクスの計画をより良く進めるためにその家臣たちによって
　撰ばれた初めての国王となるであろう。
　かくしてその勇猛な心根を明瞭にするために
　長髪の君主の幼い四人の息子たちを
　投げ捨てるのを見るだろう！　その君主の名前はメロヴェであり，
　武器によってその名声を永久のものにするだろう，
　その腕は軍勢の中にあって，雷のように
　フン族の猛り狂った部隊を押し返すだろう。
　そしてアッティカ族が打ち破ったシャロンの近くで，
　己れの力と心根を余りにも見せつけたので，
　異国の軍勢の勝利者として佇み，
　敵は彼の前で，西風が吹き散らず

薄っぺらな木の葉のように逃げ去るであろう。一方，怒り狂った
メロヴェは侮辱を伴う雷の先駆けとなるのだ。
このように誇り高いトロイアの名誉を再建するため，
この勇猛な国王はかくも多くの獲物を担い，
パリの市壁の縁に辿り着くだろう。
その地で軍法会議の意見に支持され，フランクスよ
あなたの思い出として，自分の王国を確立するための手段を探すであろう。
そのために，その国のガリアという名前をフランクという名前に変えさせる
　だろう。
そして彼の豪奢な盾に，その砦の側壁を描き，
その四方にフランクという名前を刻ませるだろう。
そしてピピンに至るまで，誰一人としてその高みにある思い出を，
メロヴェの子孫以外は纏うことが出来ないであろう》

次に1613年刊行のジャン・ド・セール『歴史総目録』[10]からの引用。

　（引用－5）〔Serres I 36-40〕
《第三代国王メロヴェ。この方はこの第一王朝に名前と偉大なる光輝を与えた。クロディオンの息子，もしくはその最近親であるメロヴェは，彼に続いて王位に就いたが，これは国家基本法のおかげであると同時に，フランク人たちの自由な撰挙によるものであり，451年のことであった。

　彼はクロディオンよりも遥かに幸運であった。何故ならライン河を再渡河し，ガリアに土地を獲得するという自分の目的を実践した許りか，その新しい王国の国境を運に見守られ，拡大したからである。そしてこの，クロディオンの地を踏破したアエティウスはそうと知ることなく，この機会にその計画を実現すべく，メロヴェのために道を切り開いたのである。

　アエティウスは，ゴート族，ヴァンダル族，その他の蛮族が欧州で大いに勢力を伸ばしているのを見て，憤懣やるかたなく，過ちをその下僕たちの所

為にしていた主人のホノリウス帝の機嫌を損ねる。このようにして，アエティウスに対する疑念が生じたので，彼をガリアの総督府から召喚し，彼の代わりにカスティヌスを派遣した。カスティヌスはガリア人の事情に新参者であるばかりか，ローマ人たちの共通の敵と対峙するために合流する命令を受けていたアフリカ総督のボニファキウスに対してライヴァル心を掻き立てられていた。この間に，テオドシウスは東方に，ウァレンティニアヌスは西方にと，二人の若い王侯をそれぞれ異なる機嫌のままに残し，ホノリウスは死んでしまう。

メロヴェはこの機会を逃さず，その隣人であるガリア人たちの心を大層巧みに探らせ，自分への献身の思いに十分に傾いているのを発見する。そして軍を起こしライン河を渡り，まず最初にトレーヴを，続いてアルジャンティーヌを，つまりストラスブールとその近隣諸国を占拠し，そこからカンブレシスとトゥルネンシスまで領地を拡大し，目論見をガリア諸国の中にまで更に推し進める。カンパーニュ地方の主要な都市を我がものとする。それは如何なるローマ人も勝利の路を遅らせることが出来ないほどの迅速さを以ってである。

ウァレンティニアヌス帝はこの〔メロヴェの〕成功を知らされ，この炎を消火すべくアエティウスを召喚する。そしてフランク族に対する軍を率いてガリアの地に彼を再び送り返す。併し彼にとっては解決しなければならない問題が沢山あった。

なぜならフン族の王アッティラ（この者は自ら，帝国を罰するために神から遣わされた人物と名乗っていた）が，アシアの荒れ地から50万人の戦闘員という信じ難いほどの人々を掻き集め，荒れ狂う洪水のように降りくだって，通り過ぎた国々を全て荒廃させ，ポーランドからドイツまでも蹂躙しつつ，ライン河を渡河し，ガリアの地を襲いに来ると脅迫した。この地はその肥沃な美しさの所為でこの民族全てから羨望されていたのである。

かかる嵐を回避するために，アエティウスには，この同じ嵐が脅かしているフランク族と，ガリアの地のあらゆる占拠者たちと，友好関係を相互に結

びあうこと以上に簡潔で有効なことはなかった。かくして戦争の代わりにかかる必要性に応じて，彼はメロヴェと和議を結んだのである。

アッティラはガリアの地に侵入し，その地でオルレアンの攻囲に至るまで展開する（オルレアンではそのころ高名な司教アウィアヌスがいて，敬神の念と熟慮によって，攻囲されている人々を大層折よく慰めた）。その一方で，アエティウスの仲介でアッティラに対抗して，ローマ人，フランク族，ゴート族，ブルグンデ族の並々ならぬ員数の勢力が集合する。

オルレアンは降伏する一歩手前だったとき，ゴート族の王ティエリがうまい具合に襲来した。ティエリはアッティラにオルレアン攻囲を解かせ，他の路を辿らせた。

アッティラはその広大な軍勢とともに出発したので，アエティウスとその同盟軍によって猛烈に追撃され，カタロニカの平原で攻撃された。この地については，或いはシャロンの周辺の地域だとか，トゥルーズの地域だとか，様々に解釈されている。

戦闘が交わされ，戦いは激しかった。併し敗北したのはフン族サイドで，（終始一貫して書かれているところでは）18万人の戦闘員を失った。勝利は分け隔てなくローマ人やフランク族，ゴート族のがわにあった。凱旋と栄誉は勇猛に戦った故に，メロヴェとその部下に捧げられた。ゴート族の王ティエリは，メロヴェの事績を飾るのに相応しく，そこで殺された。

アッティラを追撃する議論が交わされた。アエティウスはこの意見に与しなかった。このようにしてアッティラは打ち負かされて逃走したが，へし折られた訳ではなかった。何故なら自分の同じ諸部隊を率いて，彼は肥沃なパンノニア地方の大部分を侵害し，そのために，不和の種を撒いただけに終わり，自分が始めたことに彼の繁栄がとどめを刺したアッティラの没後にあってさえ，ハンガリーという名前が由来している。このとき，アエティウスを動かして，アッティラが半ば戦闘不能になっているのに放置したことで，議論がなされている。敗走した軍勢の遺したものは，大打撃のあとにあっても，小さくはなかったのだ。そうした訳で，救いを期待しないということし

か，敗者に救いがないのだから，彼らを絶望させない方が宜しいと思われたのである。アエティウスもまた，フランク族に嫉妬を覚えて，このように考えていたのだろう。フランク族は，あの野蛮人の完璧な敗北によって，更に一層優れたものになると思っていたのかも知れない。併しアエティウスがどのような意図をもっていたとしても，それは彼にとって酷く悪いものとなった。それというのも主人であるウァレンティニアヌス帝が彼に対して大層不満をいだき，彼を殺させて，自分の賢く忠実な家臣を自らから始末してしまったのである。そして（その罰であるかのように）自らの右手を窓で切り落としてしまった。この間に，メロヴェを巡る出来事が，家臣たちに何の利益も齎さないまま，至る所で持ち上がっていた。彼は汲めども尽きせぬ名声を手に入れていた。彼はローマ人からは怖れられ，ガリアびとからは讃えられ，皆から畏怖され，愛されていた。ゴート族の王ティエリは死に瀕して，彼を継承者に撰んだが，ローマ兵たちは彼と殆んど混じわることがなかったであろう。ティエリはメロヴェを打ち破った軍勢だったから，アエティウスの熟慮と勇気が彼にそれ以上反対させなかったのである。このようにその王国を創設させるべく彼を用いようとの神の摂理は，至る所で彼に光を齎したのである。メロヴェはまた，大層巧みにそうしたあらゆる便宜を管理することが出来たので，運命の前髪を掴まえて，この地方に深く潜り込み，パリやサンス，オルレアンやその周辺の地域を住民の意志によって我が物とする。そしてこれらの地方を他の地方と連合させながら，ガリアびとをとても立派に扱い，懐かせたため，自分たちを指揮するのに相応しいと評価させた。このように何の異論もなく，国家の体制を築き始め，自分の嘗ての地域の名前から取って，新しく征服し支配したガリアの地方をフランスと名付ける。

　ここから，ウァレンティニアヌス帝がフランク族に，その著しい奉仕の報いとして自由を与え，ローマの歴史をよくよく考慮せずに，そのために彼らが自分たちをフランス人，即ち拘束されることなく自由な人々であると自称したのが，尤もらしいかどうか，考えることが出来る。そのためこのローマびとの註釈が合理的に引き出された筈なのである。

かかるところが、従って、この偉大で高名な王侯の、勇気と深慮と幸運とである。彼は熟慮の末、メロウィング王朝と呼ばれる、第一王朝に自分の名前を与えた。自分をその機構の主柱と認めるが故に、である。

彼は451年に統治を開始し、わずか20年間君臨した。彼はほんの1時間も善をなすのに失いはしなかった。

彼の時代、教会に驚くべきことが起こった。一方で蛮族たちが国家を壊乱し、他方で異端者たちが、古代から続くカトリック教的教義の真理に反して生まれた。その怪物的な新奇さによって、教会を攪乱していたのである。彼らの主要な狙いは、神の御子の位格に対して向けられた。ネストリウスはこの点で本性から離していた。エウテュコスは両者を混同していた。テオドシウス2世帝はネストリウスと彼の後継者であるマルティヌスに反して、エペソスに公会議を、もう一つの公会議をエウテュコスに対抗してカルケドンに招集させた。

またオランイエやウァランス、カルパントラ、アルル、トゥール、ヴェネツィアで、規律の命令が有効に備えられるように、教会の様々な喫緊事のために、宗教会議が開かれた。

キュリロスとテオドレトゥスがこの時代に活躍していた。二人とも真理のための非常に偉大な人物であり、忠実な擁護者であった》

長い引用になってしまったが、ジャン・ド・セールの文章が今後邦語訳されることなど考えられないので、メロヴェを論じた一章をまるまる訳出してしまった。どうかお許し願いたい。両者を対比した場合、セールをジュフランが利用したのではないとしても、共通の祖を有することは明らかである。わたしのような歴史愛好家でも以下に挙げる幾つかの要素を共有するパンフレや誹謗文書、自称歴史家たちの著作をすぐと、幾篇も想起することが出来る。ただわたしたちにはありうべき共通の祖を特定出来なかったので、幾つかの要素で似通っており、且つ知の中層に属するひとびとに受けがよかったジャン・ド・セールを引き合いに出しただけだ。それらの要素とは、

第2章 ロンサール『ラ・フランシヤード』の影：ジュフランとデガリエ

1. メロヴェが王国基本法に則り，フランク族の撰挙により国王に指定されたこと。
2. メロヴェがフン族を蹴散らしたこと。
3. シャロンが闘いの場として撰ばれたこと。
4. 上記の（引用－3）も下記の（引用－6）も冒頭でメロヴェの姿を指揮官に据える。

等が挙げられる。逆に合致しない点では

1. メロヴェによってガリアびとの名前からフランク族の名に変わったのか，それともマルコミール〔マルコミールはフランクスをもてなした国王ディセの娘で，フランクスの妻〕によってか。
2. 創作であれば当然であるけれど，メロヴェが4人の息子に対してなした行ないを詳述しない，

等々，これも無数に挙げられるが，それほど角を立てるほどのことではあるまい。併しジュフランには，必然的に，もう一篇，下敷きにしえたし，下敷きにしなくとも絶えず意識に上っていた作品があった。勿論ロンサールの『ラ・フランシヤード』を指している。

*

（引用－6）〔Ronsard, XVI, 293-295〕
《これらの二人に続いて，戦士の相貌の
星々に顔を高く向けたまま
この真っ先に歩んで来る者は何者か。
それは勇猛で正義なるメロヴェであり，
フン族の酷な敵，フン族は霰よりも激しく

降り来たり，力尽くで，略奪し，
燃やされた炎で熱気を帯び，
(すっかり血まみれになったマルス神が彼らの軍勢を導くであろう)
トレーヴやケルン，その他あなたのライン河がその水で潤す
無数の要塞を占拠するだろう。
そしてメッスを大地に沿って襲いかかるだろう，
戦争に際し馴らし難い，残虐な種族である。
西欧を略奪するために，
ローマ帝国の極めつけの禍，
非人間的で残酷な君主，アッティラのもと
金髪の醜い兵士たちが
部隊また部隊と，集結するほどには，
大海も海辺にかくも多くの砂粒を運ぶことはない。
激怒に刺激され，虐殺と破壊にすっかり熱中し，
三本の曲がった切っ先の雷のように怖れられる
かかる民族に対抗して，
このメロヴェはシャロンの傍らで己れの勇気を
対峙させ，剣を以って不敵な大胆さを一刀両断にするだろう。
この平原で細断され，
一人また一人と地面に顔を打ち付け，彼らは倒れてゆくだろう。
彼らは腹をすかせたマスティフ犬に取り憑かれ，
平原に裸で，その腐肉で脂ぎって，
犬どもの恰好な墓場となるだろう。
その配下のトロイア人を従え，彼は先頭をきって，
パリの岸辺，サンス，オルレアン，そしてラ・ロワール河の河岸を
ふたたび平定するだろう。
それから，フランクスよ，あなたの名前を思い出して，
ガリアの名をフランスに変えるだろう。

第2章 ロンサール『ラ・フランシヤード』の影：ジュフランとデガリエ

そして武器によって，あなたの流された血の復讐をするだろう。
そしてかくも多くの獲物を背負った，あなたの部下の誰一人として，
かくも大声にトロイアの名前を叫ぶべきではない。
勇猛な君主よ，打ち破り難く，不敗で，
勝利を収める者よ。血腥い戦争の
恐怖と戦慄である彼の盾の周囲には，
月桂冠と棕櫚の勲章，武具飾りが生まれるだろう。
そして甲冑で勝ち取った名誉が如何なるものか，
フランク族たちに見させる最初の者となろう。
それから彼は歿するだろう。何故なら生を受けたあらゆるものは
生まれながらにして死すべきように定められているからだ》

　ジュフランは，ロンサールが描いたメロヴェの盾の様子に見向きもしない。この一事をもって象徴とすべきではないだろうし，真に拙い私訳が，十分には，或いはその数分の一でも両者のフランス語の違いを伝えられていないのは明瞭だが，それにしてもロンサールの詩人，創作者としての才能はジュフランとは比べようもない。その懸隔の甚だしさ故にだろうか，ジュフランが，ロンサールがその人への言及で預言を辞めさせたシャルル・マーニュまでに割くのは，「王への書簡」及び「読者への序詞」を除く，韻文に捧げられた全181ページ中，30ページ迄で，あとは自らの筆の走るに任せている。
　わたしたちはジュフランが作品を語るにあたって建国神話のイデオロギーによるフランス人のアイデンティティの発見を捨て，事実的統治のイデオロギーを撰択した，と述べた。謂わばティトゥス＝リウィウスの壮大な歴史書の標題を援用すると『建国以来のフランス史』にも擬せられる，種々の障害故に完成こそしなかった，詩作による建国神話である。フランクス一行のトロイア脱出と，航海の奇譚を悠々と語り，トランス状態に陥った巫女の口を通してしか，そしてそれ故にシャルル・マーニュ迄にしか名指されない，歴代のフランス国王，如何にシャルル9世が歿したとはいえ辛うじてフランス建国の途上で

止まるロンサール，——それに対して時の権力に阿る御用作品の上梓を主目的とし，ために過去を語るジュフランの筆はロンサールの詩才と比べ，略述的になり，更に韻文作品にとっては致命的なことだが，詩的霊感を犠牲にしさえする。

先ずジュフランの詩句から。

　　　（引用－7a）〔Geuffrin 11-13〕
《そのあとに来たれる者は堕落した生活の王，
　死に至るまでその霊は屈辱的な快楽で
　満腹になることなどなかった。その名はシルペリク，
　家臣の誰からも愛されることはないだろう。
　それどころか酷く憎まれていたので，その歿後であってさえ，
　極度の悪行のため引き受け手がいなくなるだろう。
　彼の臣民は税金やタイユ税，租税に苦しみ，
　シルペリクの許で聊かの休息も持たないだろう。
　或る夜，彼は後添えのフレデゴンドと一緒になるために，
　妻のガルソンドを殺すだろう。
　フレデゴンドは装われた愛情と欺く魅力で，
　その貞潔な半身の逝去の復讐をするだろう。
　何故なら或る日この国王が狩りに出かけるとき，
　王妃は苦しみ始め，顔のおもてを長い髪が靡くようにして，
　破廉恥な話をするだろう，
　国王にランディの愛情を暴露し，
　そこで王妃は忽ちの裡に狂乱状態となり，
　それは王侯や国王の嫉妬を呼び覚ます危険を恐れてのこと，
　自分は心の中に，自分を強いて自分の主人への
　悍ましい殺人を犯させようとした自分の忠実な恋人への
　憎しみや恨みを曝け出しはしないだろう，と。

これに対して国王が狩りから戻るであろうとき，全てはきちんと準備され，
ランディは国王のそばに身を構えるだろう。
かくしてフレデゴンドに唆された2人の暗殺者が
国王がほんの僅かなお供に付き添われて王宮に入ったとき，
恋敵の暗殺者が国王を馬から引きずりおろし，
怒り狂って国王の上に突進し，
それは命を奪われなければ王を放さないほどだろう。
そしてそれからこの国王の骨を，泣くことさえなく埋葬し，
フレデゴンドは揺り籠にいるわが子の
百合の紋章の女摂政となった。厚顔な母親は
子供に後見人として，恥ずべき姦通者を与えるだろう。
そしてフランス人の戦闘を平定するため，
腕に3歳の王太子を抱えるだろう。
そしてまる7年間豪奢に，また豪華に
フランスという船を導くのが見られるだろう》

続いてロンサールの詩句。

　（引用－7b）〔Ronsard, XVI, 306–307〕
《そのあとにもう一人，すっかり陰鬱になって腹を立て，
胸を張り，歩きながら思いを嚙みしめ，
多くの者を脅迫し，自分が万事になることを夢見ている。
それはシルペリク，王に相応しくない者，
家臣を喰らい，貪欲さですっかり錆びつき，
残酷な暴君，あらゆる悪徳に奉仕する者，
この者は租税によって臣民を破壊するだろう。
その市民を流刑の罪で追放するだろう。
黄金に飢え，そして逆しまに向けられた軍隊をつうじ，

兄弟の土地を奪おうと欲するであろう。
誰をも愛せず，誰からも愛されず，
娼婦たちから成る恥辱に塗れた後宮を
自分が赴く先々にどこであろうと同行させるだろう，
平時であろうと戦時であろうと。
日々を悦楽のうちに使い果たし，
腹と欲望しか神としないだろう。
臣民の嘆きに耳を傾けようとせず，
古きガリア人たちのあらゆる徳，
あらゆる健全な風習はこの王の前から逃げ去るであろう，
その掟を守る司祭たちの強敵として。
学生たちは聖職録に与からないだろうし，
資産家は公務の録を授けられないであろう。
万事，恥知らずのおべっか使いによってなされ，
悦楽が徳の役割を果たすであろう。
天の権力は高みから
明らかなその憤怒を，かくほどまでに示すことはなかろうし，
あらゆるものの偉大なる父，神も決してこれほどまでには，
人間に対してその激怒を示しはしないだろう，
血と暗殺と戦争の徴。
あらゆる場所から地震が，
動揺した人々にとって恐るべき恐怖として，
地の底から高みに至るまで，都市を打ち崩すだろう。
これまで一度も大地が火をこれ以上の箇所で，
吐き出すことはなかった。これまで一度も天に，
彗星の長い毛髪がこれほど伸びることはなかった。
大胆不敵な精霊である風がこれまで一度も，
森や山をこれほどまでの物音を立てて，

野原を一掃しながら，粉砕することはなかった。
切られたパンは血で赤く染まるだろうし，
真冬に木々は花をつけるだろう。
しかしこれらの天の脅威にもかかわらず，
この邪悪な国王は自らの過ちを償おうとはしないだろう。
それどころか，全く以って尊大に，悪徳に染まり，
天に眉をもたげながら
屈辱的な放蕩に燃える心で，
約束された掟に反して，婚礼の聖なる褥を
侮辱し，いと不実なる夫として，
自分の妻を，絞め殺す。
褥も，掟も，愛の夜も
不運なガルソンドを守りはしないだろう，
彼女の喉元を腕で締め付けながら，
非人間的な人殺しが，彼女を窒息させることを。
スキュタイ人の仕業であり，フランス国王のそれではない。
フランス国王だったら彼女を救うために
防御のため対峙すべきだったのだ。そして自身，
自分の妻が囚われの身になったり，傷つけられたりするのを見て
苦しむよりも，寧ろ百度も死に，身を晒すべきだったのだ。
そして彼女の傍らに横たわり，
からだをくっつけ，寝床で抱擁しながら
腕のなかで安らぐ彼女を，夜になって絞殺するだろう。
残虐なる暴君よ！　この者の頭上に
神の憤怒が既にすっかり準備を整え，
汚辱の死去で彼女の血が彼を染めるだろう，
そして彼の娼婦が妻の仇をとるであろう。
妻のゴルサンドの死後，

かの娼婦フレデゴンドと結婚する筈だ。
この女は見るからに恥ずかしい面立ちをしており，
好色で猥褻な物腰をし，
慎ましやかさと尊大さの間の話し方で，
この主人たる国王を奴隷に貶めるだろう。
その欲望によりすっかり彼を愚かにするので，
彼女の快楽の下僕として仕えるだろう。
それから彼の生命を犠牲にして，娼婦をあてにする
者は気違いだと学ばせる筈だ。
さて彼女は夫を寝取られ男にし，
彼女の自堕落な王国の任務を全て負っていたランドリと
一層楽しむために，
愛情のために愚かになったこの女は二つの暗殺を引き受け，
猟の帰り，大層遅くなった国王の
喉に短刀を突き立て，引き裂いた。
このように自分の妻の手で，このシルペリク，
王侯たちの中で不名誉なこの者は死ぬだろう。
神への恐れも，掟への怖れもないこの女は，
鉄面皮そのもので，夫の血で赤くなった
指をもち，殺人と姦通を
見事なお手並みで隠すために，
戦闘の直中に女戦士として赴くだろう。
そして彼女の腕の中で，3か月の赤ん坊を差し出すだろう。
裏切りの憐憫だ！　彼女の乳房にしがみついているが，
彼女の好色はその後見人を務めるだろう。
それからフランス人にとって悍ましいこの王妃の，
否，寧ろフランス人にとって最悪の狂乱の，
頭は刑罰を待っていたが，

恰も神が悪徳に好意をよせるかのごとく，
7年ほど，フランス人の統治者，
ランドリとともに奢侈と栄誉のうちに暮らすだろう。
一層悪いことには，死してのち人々は彼女を聖女と見做すであろう。
かくして全ては欺瞞と罠の裡に行なわれるのだ》

　両者の違いは明瞭であろう。十音綴を用いてもロンサールはロンサールであり，十二音綴をもちいて，より説明的にしようとしてもジュフランはやはり無名の韻文家である。
　ただジュフランの特徴を知ろうとすれば，ロンサールが筆を止めたシャルル・マーニュ以後であり，本格的な王誉めの詩句となるアンリ4世の出現以前の出来事の描写を尋ねることになるであろう。その幾分かでも紹介できれば，ジュフランが王家お抱えの御用詩家になれるほど悪王に笑顔を振り撒いたりしている訳ではなく，歴史的に評判の悪い君主には口を噤むどころか，これを譏謗する平板な韻文作者であったことの例示となろうが，それには紙幅が足りないし，そのためにわざわざ紙数を戴く韻文作家でもない。

2

　履歴の分からないジュフランだが，その詩句の中にその幾分かを知らしめる一節がある。ことは近年，アンリ3世の御代に発する。ジュフランの詩句はアンリ3世を讃えるどころか，むしろ当時のパンフレ作者に似て，舌鋒鋭くこの不法（この「不法の」という形容だけでもわたしがなにを念頭においているか，お分かりであろうが）の君主を攻撃する。度々の長い引用で恐縮だが，以下の一節をお読みいただきたい。

〔引用 - 8〕〔Geuffrin 139〕
《だがこの国王がこれらの勇猛なロレーヌ人の
闘いに慣れた血に，その手を浸すや否や，
その王は，最早王であることを辞め，すべからく武装したフランスが，
眼に涙を流しつつ，互いの甲冑を撃ちつけあって，
この忌まわしい振る舞いの不吉な話に，
天へとその溜息を送り，嘆きを訴えるであろう。
この話は余りにも衝撃的にフランス人を驚かせ，
市民の間の喧噪で動揺した民衆は
二派に分かれるであろう。彼らの君主は心を打ちひしがれ，
この不幸な出来事のうちにブロワ城に取り残され，
内心の不安に怖気づいて苦しめられ，
どこへいけば隠れ家を保証してくれるか，分からないでいる。
見るがよい，この邪悪な家臣が自らの君主に対抗して
如何なる義務も果たさぬまま，党派を旗揚げし，
最悪の災いで悲惨を織り上げる。
見るがよい，実父に武器をとる息子が，
頑迷固陋な災いの党派人として，
最後には自分を破壊する愚かな野心の跡をついてゆく。
その怒りに満ちる気違いじみた，そして残虐な野望は，
畝の間を鞍に乗せたまま，楽しむかのように
手綱を操る小姓を，己れの気の向くところへ運び去る
口から轡を外された馬を真似ている。
〔……〕
見るがよい，大した努力もせずにエタンプ州は国王の軍隊によって
奪い取られ，反逆したポントワーズの町は，
国王の大いなる寛仁によるご好意の許
臣従の足枷の許へと戻るのを。

国王は彼らの罪をお忘れになり，彼らに慈悲を賜わるだろう。
それから王の軍勢はポワシーを越えて，
サン゠クルーに駐屯するだろう，その地で王の歳月が邪悪な剣により
貫かれ，その悲劇的な終焉を見ることだろう。
王の全ての家臣は，悪徳の温床である，気の狂った修道士により
一振りの短刀で王の横腹を刺されるのを見て，
霊魂は悲痛を感じ，心は怒りで溢れ，
道を外した卑劣漢は護衛兵による自らの処刑を見ることになるだろう。
一千倍もの残酷で，恐ろしく厳しい
罰が相応しい，この悍ましい振る舞いを考えれば，
情けともいえる苦痛だ。
そしてこの，フランスの高貴な血から生まれるに相応しくない蝮の
種族を罰するのに適切な処分だ。
何故ならその宮殿でこの輩はわたしたちの国王を殺しているからだ，
そしてまたこの輩はひどく大胆で，信じられないほどの行為に及び，
国王の栄光の直中で打ち倒すのである。
ちょうどあなたが，もう一人の偉大なアンリが
その親愛なる民衆の祝福にあって，
公けにして王道の喜びの前夜，啜り泣きの声で
首都の喉を詰まらせるのを見るであろうように》

　ジュフランの『ラ・フランシヤード』が刊行されたのはルイ13世の政権が安定し始めた1624年のことだから，上記の引用にあらわれる未来形の時制は，ドービニェもよく頼った，既成の事実を過去に遡って予言してみせる詩的手法である。それはともあれ，上記（引用 – 8）の前半でジュフランは2人のロレーヌ人（勿論ギーズ公兄弟だ）を暗殺させたアンリ3世を明らかに非難している。これは先に暗示したように，ユグノーの文脈ではなく，ポリティック派の文脈でもなく，リーグ派の文脈で捉えるべき，もっと踏み込んで言うとリーグ

派の説教師の口吻に載って書き留められたような文章である。この種のパンフレには引用するに事欠かないが，一応修史官という職目をアンリ4世から得て，客観的な同時代史の体裁を採っている作品から類似の文章を捜してみよう。例えばギーズ公暗殺を巡り，パルマ＝カイエの『九年記』[11)]にはリーグ派のヴァージョンだとして，次のような文章が差し挟まれている（それにしては穏健だが）。

　（引用－9）〔82(d)-83(d)〕
《〔1588年〕午前7時，ギーズ殿を顧問会議に立ち会うよう請いに使いを遣った。王室召使頭が7時半，弟君の枢機卿猊下を迎えに行った。猊下が城内に泊まっていなかったからである。国王がクレリーに食事に行きたがっていて急いでいるのだという口実で，ご兄弟に急いで戴くよう懇願した。顧問会議室に到着し，そこにラルシャン殿とその配下の弓兵全員がいるのを見て「お前がここにいるとは並みならぬことだ。何が起こったのだ」。──「両閣下，とラルシャンは言った。これらの哀れな者たちは閣下が，陛下がいらっしゃる迄ここでお待ち戴くよう，わたしが顧問会議に哀願するよう望んでおります。これは陛下が自分たちに賃金を支払って戴くための哀願であります。それというのも財務官が彼らに支払う賃金は1ソルもないと申したからでございます。そうなるとこの者たちは4，5日後にはこの地区から追い出されるでしょうし，顧問会議が命令を下さなければ，暮らしのために自分たちの馬を売り，銘々徒歩で自宅まで帰らなければなくなるでしょう」。これを聞いてギーズ殿はこう答えられた。「わたしはこの者たちとお前を，全力を尽くして助けてやろう」。それから腰を下ろしに行かれた。すぐさま経理部主席のマルセル殿が立ち上がり，ラルシャン殿とその弓兵に，差配してある1,200エキュの一部がそこにある，と告げに行った。ラルシャンは返事を渋って，それは少なすぎると言った。こうしたやりとりの間に，ギーズ殿は胃に痛みを覚えられ，ズボンの中から銀製の箱を1つ取り出し，何かしら葡萄があるだろうと思い，中に何も入っていないのを知り，陛下のお部屋つき

第 2 章 ロンサール『ラ・フランシヤード』の影:ジュフランとデガリエ

侍従のサン・プリに国王の駄菓子を幾らか呉れるように頼まれた。サン・プリは閣下のためにブリニョルの4つの杏を捜しに行かせた。閣下はそのうちの1つを召し上がり、残りの3つを上記の箱に入れられた。ちょうどその時、この方が名誉の負傷をおった瞳から涙が出て、ズボンの中にハンカチを捜されたが、見つからなかったため、こう漏らされた。「余の臣下は今日、必要なものを余に渡して呉れなかったなあ」。閣下は財政局長であったオトマン殿に、扉のところまで行って、小姓の1人でも、或いは幾人かの家臣でもいないかどうか、そして、もしいたらハンカチを1枚捜しに行くよう命ずるよう、頼んだ。オトマンが外に出るや否や、サン・プリはギーズ殿が1枚のハンカチを必要としていると知らされ、彼に1枚を与えた。

《8時ころ国務次官のルボル殿が執務室から外に出て、顧問会議室に腰を下ろしていたギーズ閣下の許に、国王がお召しであると告げに行った。直ぐに閣下は出発し、手に帽子を持って国王の執務室に行った。そしてもう一つの部屋との扉に掛かる壁掛けを持ち上げて、扉がひどく低かったのでそこに入れるよう身を屈めると、忽ち、国王が暫く前からお傍で勤めるよう撰ばれていた45名の貴族のうちの6名が、マントの下に抜き身で持っていた短刀や大きな短剣で、あっと言う間もなく刺したため、閣下には辛うじて「神様、わたしをお憐みください!」と言う時間しかなかった。そして立派な寛仁の心で部屋のなかへと数歩、自分を殺した者たちに抱き着いて後ろ向きに押し戻し、国王の足元で倒れた。何も話すことなく最後の息を、死への噦り泣きとともに、引き取った》

筆の赴くままに長文の引用となってしまったが、実は当時のパリ・リーグ派の筆致はこれほど生温くなかった。併しそれらのパンフレや誹謗文書的な歴史書には散々お付き合い願った覚えがあるので、ここでは殆ど感情の混じらない上記の引用を(引用-7)の前半と対照させることにより、詩人がどれほどギーズ公らの暗殺の描写を簡略化したかの一つの例証としよう。そしてこれと並べてもう一つ、かなりヒステリックに詩文化されている、後半のアンリ3世

の暗殺の場面もパルマ゠カイエの筆でどのように描かれたか，確認しておこう。

　　（引用－10）〔159(g)-(d)〕
《〔パリ攻城の準備が上首尾に整えられているという〕かくも多くの目論見とは逆に以下のようなことが起こってしまった。〔1588年〕8月朔日，7時と8時の間，国王は，サン・クルーのジェローム・ゴンディ殿の素晴らしい舘に逗留されていたが，王は，格別に王を弑逆するためにパリから忍び出てきたジャコバン僧が，一通の書簡を差し出す一方で，僧服の袖から短刀を引き出したため，脇腹を刺されてしまった。国王は傷を受けたのを知るとご自分でジャコバン僧が放置した短刀を抜き取られ，その僧の眼の上あたりを刺された。幾人もの貴族が，ちょうど国王の寝所に入ってきた処だったが，このジャコバン僧に跳びかかり殺してしまった。それからその僧を中庭に面している寝所の窓から下へと放り投げた。死体は中庭にかなり長い間，放置されていた。彼がジャック・クレマン坊と呼ばれるジャコバン僧であると確実に認知される迄，或る者は彼がジャコバン僧に変装した兵士だと言い，別の者は，そうではないと言っていた》

　『九年記』にはまだまだアンリ3世暗殺の余波が述べられているが，そこにはジュフランのようなけたたましさはない。ギーズ公兄弟の暗殺を糾弾して止まないリーグ派の立場からすると，アンリの暗殺は正しく天誅であり，ジャック・クレマンは天からの使いであり，これを喜ぶパリ・リーグ派の祝祭的演出については今更書きたてる必要もあるまい。これらを勘案するにジュフランはギーズ゠ロレーヌ家に何らかの縁がある（自称ではあるが，故マイエンヌ公の秘書だったとは，そういうことだ）転向リーグ派であり，アンリ4世の御代から始まる王誉めの文章は，転向者が禄を食むのにそうせざるを得なかったからではないか。
　そう，直接仕えたルイ13世の実父，ブルボン家の祖アンリ4世の治世を歌う

第六巻からは一切，王たちの政治手法や人柄を批判する言葉は出てこない。女摂政であったマリー・ド・メディシスとルイ13世の親子の暗闘にも触れることはない。ここでもジュフランは建国神話によってフランス人にアイデンティティを与えようとした大きな発想の詩人ではなく，自分の過去の憤懣やるかたなさを思わず口にしながらも，生計のために現実に阿る，現実の政治統治イデオロギーの追随者であり，或いは提唱者でさえあった。

3

　ピエール・ド・ローダン・デガリエは16世紀末から17世紀初頭の文壇では決して無名な存在ではない。その『詩法』は現在でも原典のリプリント版と近代批評版リプリント版の二種がなお，スイスの出版社から刊行されているような，作詩法とその実践に於いて，己れが生きた時代では或る程度の著名度を獲得していた。先に触れた『フランス人名事典』にはほぼ1ページ，2欄弱の紙幅が費やされている。この人名事典によれば，ピエール・ド・ローダンは，ラングドック地方のユゼス公爵領の名門エガリエ城で1575年に生まれた。父親も判事代理の本業の傍ら，詩作と音楽に関する著述を遺産として遺したらしい。ピエールは父の死後，母方の叔母の家に預けられ，法学を修めたのち代訴人となった。コンデ公家の訴訟の当事者をしたこともあったらしい。帰郷後は父の任務，判事代理の役職を継ぎ，1629年にその地でペストにより歿した。この先紹介する『ラ・フランシヤード』の序文を参考にすると，『悲劇的物語』その他多数の著書で知られるピエール・ロセの血縁者でもあったらしい。『フランス人名事典』のこの項の執筆者，シャルル・ユルバンの記述をそのまま転載すると《詩に於いて，彼はロンサールとラ・プレイヤードの，どこにも属さない弟子であった。そして幾つかの点で彼はマレルブの到来を予告している。併しながら彼の詩句は大抵の場合凡庸であった》〔col.864〕。ユルバンは彼の作品を列挙し，特に『詩法』について十分すぎるほど紹介しているが，ここでは省く。

*

　ド・ローダンはその『ラ・フランシヤード　エガリエ領主ピエール・ド・ローダンによる　全九巻　いとキリスト教的なるフランスとナヴァール国王アンリ４世陛下に捧げる　1603年　パリにて，宮廷の大広間の階段に面して店舗を構える，アントワーヌ・デュ・ブルィユ書店　王の允許状つき』[12)] の「読者への著者による序文」中で，自分の『ラ・フランシヤード』が物語にも寓話にも富んでいない理由を述べる。

　（引用－11）〔ｂⅱｖ°〕
《それというのもわたしがそうするのを妨げる二つの理由があるからだ。第一にわたしは殆んど閑暇がなくて，走り読みしか出来なかったからだ。このことは詩句の構成と徹底的に対立するものであって，そうした構成はすべからく暇がある人物を必要とするのである。もう一つの，そして主要な理由は，わたしがこの件について賢明で慎重な船乗りの真似をして来たからであって，そうした船乗りは最初から海の深淵の直中に乗り出すことはしない。続く者たちが沖合に出たら，難船したり，恐怖に捕われ，かくも険しい海路にうんざりして，不完全なままにその船旅を遂行する危険に晒されるであろうと怖気づくのを恐れてのことである。そうではなく賢くも沿岸沿いに進み，海が静かな折には沖合に乗り出し，海に大波が立って来たら引き返し，後続する者に勇気を齎し，機会があれば海上の真っ直中で，どこにあっても乗客を怯えさせることなく，最初から航海するようにそうするのである。それと同じようにわたしも理解されないことを恐れ，また自分が晦渋であるように見せたり，自惚れているように見えることを恐れて，荘重であるように誇示するのを欲しないのである。そしてまた誰からも見られ，読まれ，伝えられることを望んでいる作品についてもそうなのである》

　つまり物語や寓意といった，言わばプレイヤード派以来の詩法を高踏的だと

第2章 ロンサール『ラ・フランシヤード』の影：ジュフランとデガリエ

して，これを拒否したのである。ド・ローダンは上記の引用にほぼ直続して，自分の作品の総合的な結構を予告している。これも引用しておく。

(引用 – 12) 〔b iij r°-T iiij r°〕
《わたしのこの作品のテーマは，シカンブリア族とサンブリア族第17代の国王であるフランクスの戦争であり，これらの種族はローマの執政官，ドミティウス，カルウィニウス，アシニウス・ポリオに対抗するため，自分たちの種族の名前を捨て，フランクスの名前を採用したのであった。これは天地創造暦3928年のことであり，主のご来臨より15年以前，ローマ建国以来714年経ってのことであった。これらのシカンブリア族とサンブリア族はフランコニー，もしくはドイツの東方フランスに住んでいた。ここからわたしたちの起源が始まるのである。彼らの戦争の箇所でわたしは，初代国王マルコミールから現在幸多く君臨されているアンリ4世王の系譜と物語を描写しよう。総数104名の国王と2人の公爵となる。これは63名しか言及しない修史官皆の不興を買うことになろう。さらに一層彼らが面白からずと思うであろうことは，ファラモン以来数えて65名としたことである。わたしは，ヘロドトスに倣って，この本を九巻に分けた。
〔……〕

「第一巻」では，戦争の始まりと起源を，神々の序言，彼らの依怙贔屓とともに，叙述し，フランクスの盾の上に第三王朝の描写まで述べた。

「第二巻」では，二度に亘るローマ軍とフランク族の戦闘が挙げられる。それらの戦闘に於いてフランク族が勝利を得たのである。

「第三巻」では，フランクスが葬送の儀を司り，戦死した兵士たちの墳墓を建設する。その地で叛乱が起き，それを鎮めるためにフランクスは彼らに弁舌を奮い，自分に至るまでの祖先について，またファラモンに至るまでの彼の後継者について物語る。それらの名前はドルイド僧によってフランクスに明らかにされたものだった。またフランクスの息子クロディオンの，未知の国を目指しての旅路の様子が述べられる。

「第四巻」では、クロディオンの帰還と恋愛、一人の娘の雀への変身が語られる。

「第五巻」では、クロディオンが亡くなった母の遺骸を壮麗に焼却させる。のちの妻である少女が第一王朝全ての系譜を予言する。

「第六巻」では、クロディオンの結婚と、豪華な大宴会が物語れる。

「第七巻」では、クロディオンの妻が第二王朝について予言する。この巻では槍試合やその他の余興が描かれる。

「第八巻」では、ローマ人がローマを出発して、フランクスと戦争をするためにやってくる。フランクスも彼らに備えて武装する。

「第九巻」では、両軍の指揮官が衝突に備え、相互に準備する。休戦と著者の約束。

しかしド・ローダンがこの枠組みに囚われていないことは確かなので、その例示をロンサールやジュフランと比較するために、シルペリクに捧げられた一節とともに紹介しよう(ド・ローダンは詩篇を幾つもの単元に区切り、各単元毎に罫線を引き、その単元に対する註解を付与する)。

(引用−13) 〔184-187〕
《この者は、まるで残虐さで充たされた[1]シルドベールや、
極度の貧困に急かされ、自分の子供を
私生児とはいえ火で焼かせた[2]クロテールと
同じく、気だるげな淫蕩が
この国王[3]シェルベールの心を操るだろう。
クロテールの息子であり別名をアリベールと呼ばれるだろう。
しかし誰かが岸辺が決壊するのを目の当たりにしたり、水が通り過ぎ、
到達するあらゆる箇所を、畑々を観察しているのを目の当たりにするときのように、
その隣人たちは終わりが訪れるのを待ちながら、出来る努力をするが、

具合は一層悪くなってゆく。次第次第に事態が悪化するとはこのことだ。
この王朝も同じこと，
なぜなら彼の弟の[4]シルペリクは怒りと大胆さに突き動かされて，
非人道的な行ないをするだろう！　彼の妻で許婚者を絞め殺し，死なせるのだ。
フン族と闘っている，不倶戴天の敵，
シルペリクに襲いかかるだろう。
クロテール[5]はフランク族の大地の唯一の統治者となるだろう。
ダゴベール一世はガスコーニュ人を懲らしめ，
強固なスカヴォン族の傲慢な振る舞いを飼い馴らすだろう。
そののちダゴベール[6]は彼らの大いなる忠義の報酬として
フランク族に年貢として支払っている500頭の牝牛を与えるだろう。
彼はサン＝ドニと呼ばれることになる建造物を建立するだろう。
そこにはパルカが死の影を落としたその後継者全てが
休息のうちに安らぐだろう――

1）シルドベールは父の後を継いだ6人目の国王であった。15年間君臨したが，甚だ残虐な男だった。彼と弟のクロテールでブルゴーニュのゴンドマール族を追い払った。次いでイタリアに渡り，ユスティニアヌス帝に戦闘を仕掛けようと欲したが，狩りの折，猪に殺された。サン＝ジェルマン＝デ＝プレに埋葬されている。

2）クロテールは360年に兄の後を継いだ7代目の国王。貧窮に喘ぎ教会の収入の三分の一を取り上げた。これに対決したのがトゥールの大司教たちであった。彼は私生児の息子グラニーと，自分に対して反抗的になっていた妻のガッラを生きたまま焼き殺した。サン＝メダール＝ド＝ソワソンに埋葬された。

3）シェルベール，もしくはアリベールは556年に父の後を継ぎ，9年間君臨した。8代目の王で淫蕩に甚だしく溺れ，正式な妻インゴベルジュを追放し，幾人もの愛妾と快楽に耽った。579年に，継承者がないまま，ブレの町で歿した。サン＝

ロマンに埋葬された。

4）シルペリクは574年に兄を継承し、9代目の国王となった。彼は弟のシジスベールの妻、ブルニシルドの妹、ガルソンドを妻に娶ったが、フレデゴンドの示唆で絞殺させた。彼はフン族相手に戦争していたシルペリクに襲いかかり、彼からランスの町を奪い取った。これにシジュベールは激昂し、追いかけすぎてトゥルネの町に至ったが、その町でフレデゴンドの策略により、シジュベールは殺された。シルペリクはフレエゴンドの姦夫ランドリによって殺され、遺骸は587年、サン＝ジェルマン＝デ＝プレに埋葬された。

5）クロテールは588年に父王の後を継ぎ、サクソン人を相手に戦争を行なった。彼はサクソン人を残酷に殺しまくり、自分の剣よりも大きい、如何なる男性も容赦しなかった。彼が君臨し始めた時、彼は9か月でしかなかった。サン＝ジェルマンに埋葬された。彼は44年統治し、10代目の王であった。

6）ダゴベールは彼の父を継承し、631年にフランス国王となった。11代目の国王であった。石女であったため最初の妻を離縁した。ナンティルドという名前の2番目の妻からシジスベールとクロヴィスという2人の息子をえた。彼は反乱を起こしたガスコン人を罰した。スクラヴォン族のデベラは、フランス国王に支払うのが慣例であった500頭の牝牛を返した。また洗礼を受けていないユダヤ人を全てフランスから追放するように命じた。彼はサン＝ドニの聖堂をフランスに建造させた。エピネーで、西暦904年1月29日、下痢のため歿した。サン＝ドニに埋葬された》

　上記の（引用－13）で分かるように、ド・ローダンは自作の韻文に自註を施し、過去の歴史をどのように韻文化したのか、或いは韻文からどのような過去の相貌が窺えるか、読者に提供して見せた。この自註の問題はド・ローダンが無名であったにも拘わらず、私見ではフランス・ルネサンスの註釈史に於いて極めて重要な問題なので、あとで聊か敷衍してお話ししたい。それはともあれ、わたしたちが引用したのがメロヴィンガ王朝の一側面にすぎないため、如何にも歴史の教科書然とした面しか姿を覗かせないが、フランクス伝承への言

及がより明白な古代史を歌う一節も引用してみよう。

(引用 – 14)〔98-101〕
《クロドミール[1]が継承し，彼のあとには[2]ニカノール，
マルコミール[3]，クロディオン[4]，クロドミール[5]，アンテノール[6]，
メロダック[7]，カッサンデル。この最後の方はわたしの祖父で
如何なる咎もなく生きたのです。
彼らのあとに来るのはわたしの父上，あなたがたの国王，
彼の偉大なる[8]アンタリウス，この方はマゴンティノワ人を
ご自分の律法のもとに置かれ，彼らの荒れた平原に戻らせる。
そこにはあらゆる獰猛な獣たちが彷徨し，
彼らの都市を略奪し，家々を放火し，
自分たちの愚かな理由づけをさえ，
聊かも顧慮することがありません，
ドイツ人にとっては恐怖，何故ならその長い戦争で，
彼はドイツ人の故郷を荒れ地にしてしまったからです。
彼らがシカンブリアン族の方法と，
暮らしぶりと名誉を有してきたことを誇らないように。
何故ならムーズ河を越えてしまったために
彼らがわたしの父上を力尽くで，もしくは術数で破ったとしても，
「すでに老境に入った者を弓の力で
容易に屈服させたにせよ，全く名誉にはならない」というもの。
そのうえ，彼らの災いに対して，わたしの復讐をする右手は
彼らの卑劣な武勲による努力を罰してやりました。
わが友よ，わたしの祖父が，更にわたしの先祖たちが
平穏の裡に暮らしただけでなく，
彼らの家臣たちが不和の裡に暮らしてなどいませんでした。
かれらの戦のための力をそのために用いていたのです。

彼らのように生きようではありませんか。喧嘩をするのはやめましょう。そしてわたしたちの敵どもの死を早めましょう。

1）クロドミールは父バサヌスを継承し，第8代国王となった。18年間君臨した。
2）ニカノールは父クロドミールの後を継いだ。第9代国王で34年間統治した。
3）マルコミールはその父ニカノールを継承した。そして第10代国王となった。
4）クロディオンはマルコミールの息子で，第11代国王であった。
5）アンテノール，もしくはラディウスによれば，クロドミールは第12代国王であり，その父クロディオンの後を継いだ。
6）メロダックは彼の兄クロドミール，もしくはアンテノールの後を継ぎ，第13代国王であり，26年間君臨した。
7）メロダックの息子カッサンデルは父の後を継ぎ，第14代国王となった。
8）カッサンデルの息子アンタリウスは父の後継者となり，第15代国王となった，そして35年間統治し，天地創造暦3891年，主のご生誕以前37年に没した。彼の統治の第30年に詩人のオウィディウスが生まれた。彼はあらゆる隣人諸国に戦争を仕掛け，とりわけマゴントワ人に対してそうだった。王は彼らの都市に放火し，彼らの国を略奪し，ガリア人に対して戦争を開始した。彼の治世に初めて，エルサレムの都市がポンペイウスによって，ローマ人の権力下に置かれた。最後に，ガリア人がムーズ河を渡って国王を捕らえようとし，2万人以上のシカンブリア人とともに，殺戮された。

フランクスはここでは次のように理解さるべきである。この系譜において彼は第17代目の国王であり，彼は父の後を継いだ。これは彼の詩人〔ロンサールのこと〕がその作品のテーマに採りあげた国王である。彼は天地創造暦1929年，ローマ暦では714に執政官ドミティアヌス・カルウィヌスとガイエヌス・アシヌス・アポロニウスの時代に統治し始めた。この国王がフランクスという名前だったので，そこからシカンブリア人はその名を改め，フランソン人，もしくはフランス人となった。そのことはフニバルドゥス，トゥリトゥミウス，ラディウス，フンクティウス，トゥールのグレゴリウス，さらにはベアトゥス・レナヌスが『ガリ

ア人の事績』第一巻で証言している処である。フランクスは激しく残酷な戦争をローマ人やガリア人に対して行なったので，最後にムーズ河の上に一脚の橋を作らせ，そこを通って，治世14年目にガリアの地に乗り込んだ。そこで彼は虐殺を行ない，ガリア人に口実を与えたため，20万人以上の兵士がその地で歿した。そしてその他の戦争行為を行ない，28年君臨した後，主〔イエス〕の生誕前9年に息を引き取った》

　建国以来の伝説・神話の類が淡々と，余計な装飾を一切入れず，語られている。それが預言であれば用いられる時制は単純未来や前未来，註になった場合は単純過去と，まったく飾り気がない。そして驚いたことに，アンリ4世が言及されるのは『ラ・フランシヤード』本編にではなく，本編の最後に付記された国王の系譜に於いてのみなのである。それではド・ローダンの正式な（？）『ラ・フランシヤード』本編とはどのような結構を託されていたか，近現代のフランス王への言及を扱う前に本編の各巻の冒頭に置かれた内容の要約を全て取り出しておこう．

　《「第一巻」この第一巻に於いて神や女神たちの会議についての物語が語られる。そこで将来の戦争が決定されるが，神々の中に党派が出来てしまう。或る者は涙ながらに，或る者は満足げに別れたのち，自分たちが贔屓する人々の心を激励すべく立ち去っていく。ミネルヴァはフランソン族の国王フランクスに甲冑と素晴らしい盾を授ける。盾にはユーグ・カペから現在君臨しているアンリ4世迄の歴代のフランス王の肖像が印刻されている。

　「第二巻」カラスコピウスという名のローマ軍の斥候がフランス軍に捕らえられる。彼はローマ軍の遠征を物語る。ローマ軍は接近している。職人のゲキロポエウスが海豚に変身する。対決が始まる。フランス人の騎士ヘルバンとローマ人騎士カピトヌスの決闘。両者の死去。ヘルビポルムにおけるフランクスの勝利。

　「第三巻」モルフェウスは国王フランクスとアンテノールに，墳墓を欲し

がっている死者たちの幻影を見させる。フランス人の中で不和が搔き立てられる。ケノタポスが死者のために建立される。不和の結果。フランクスはこの不和を或る演説で鎮める。彼はマルコミールから先ず彼を媒介にし，ファラモンまでのあらゆる国王について演説する。ヘルビポリスに帰還し，息子が狩猟から戻ってきたのを見てとり，これを叱る。彼は息子を他国の風習を学ぶよう旅路につかせる。世界の諸国の簡単な描写。

「第四巻」クロディオンが到着し，母親が歿しているのを知る。彼は豪壮な弔いを行なうことを母に誓う。クロディオンを巡るマンティスとストロウトの恋慕。公共の宴。ウルカヌスがクロディオンのために鋳造した武具。ストロウトが雀に変身する。

「第五巻」荘厳な儀式を伴った，王妃の葬送。アポロンはマンティスに，彼女がクロディオンと結婚するだろうと約束する。そして彼女に予言の才能を与える。彼女は憑依した精神状態でファラモンからシルデリクまでの第一王朝の系譜を述べる。

「第六巻」クロディオンは父に，自分のマンティスに向けられた愛情を述べる。彼の父親はそれに耳を貸さない。フランス人たちの悲しみ。マルス神の援助。フランクスによって認知されたクロディオンとマンティスの結婚。メルクリウスがフランス人を全滅さるように派遣される。クロディオンとマンティスの結婚。

「第七巻」フランクスの起床時におけるクロディオンとアンテノールの雑談。弟のネプチューンとプルートゥスも参列した，ユピテルのフランス人への怒り。マンティスによる国王の系譜の物語。彼女は第二王朝について語る。模擬戦記における陸上・水上での壮麗な催し。

「第八巻」ユピテルはローマ兵をフランス人に対して，彼らが慰労している間に，武装させる。フランス人の後見人マルス神はこれに抵抗する。嵐とローマ海軍戦隊の沈没。これはローマ軍が出発前に風の神に供物を捧げなかったためである。ローマ軍のビュテルおいて港への到来。ローマ軍はそこからフランス人との国境へ。フランクスに対し，プレベウスが使節として送られる。フラ

ンクスの怒り，軍勢戦闘準備。

「第九巻」プレベウス，ドミティアヌスによってクロディオンへの使節として派遣される。翌朝までの休戦。両軍双方の大護衛軍と小競合。ドミティニアヌスへの沈没死した兵たちの亡霊の出現と墳墓の要求。フランクスとマンティスの夢。戦闘の日》

　こうした概要が韻文化されたド・ローダン・デガリエの『ラ・フランシヤード』に於いて展開される。わたしたちは既にこの韻文作品の特殊性について幾つか例を挙げてきた。併し，最も大きな特殊性は，先に見てきたように，この全九巻を通じて施される「註釈」の存在であり，第二に『ラ・フランシヤード』全九巻のあとに「フランク族の初代国王マルコミールからフランスとナヴァール国王アンリ4世に至るフランク語圏とフランスの国王の系譜。彼らの起源と武勲，及び古代の住生活についての簡潔な報告を含む。先ず第一に，フランス人がトロイの子孫であり出身であると述べる者たちに抗して」〔321-369〕という一節が続く点である。第一点は一言で言い切れないので，第二点の概要を述べる。そのため以下にシルペリクの相貌とアンリ3世のそれを捜してみよう。そこにはこうある。

(シルペリクの記事)
　《シェルベールもしくはアリベールの弟シルペリクは9代目の，或いは48代目の国王であり，西暦574年に王位に就いた。彼は14年間統治した。姦婦である妻のフレデゴンドの示唆によって殺された》
(アンリ3世の記事)
　《アンリ・ド・ヴァロワ，この名前の3代目，フランスとポーランドの国王，63代目の，もしくは103代目の国王，1574年に即位。15年間統治する。賢明で慎重，平和主義者。彼に対して民衆は不当にも反乱を起こした。神聖ローマ帝国皇帝はマクシミリヤン。教皇はグレゴリウス》

*

　さてド・ローダンの『ラ・フランシヤード』の提出する最後の難問が残されている。註釈の問題である。これまでいく度も述べて来た処だが，註釈の理念そのものは古典古代以来の歴史を有しており，特にルネサンス期前半には古典古代の作品や聖書に註釈が付され，特殊専門家以外の知識人にもそれらの原典に接近できるようになった。アトランダムに記憶の底を尋ねれば，初期ルター派の大学者シャルル・デュ・ムーランによる『パリ慣習法註解』を初めとする各地方の慣習法註解，未完に終わったカロンダス，ルイ・ル・カロンの『学説彙纂註解』，その他，裁判記録に付された判例集の註釈，法律書（成文法，慣習法もふくめて）への指示を註釈として載せたことなどが直ちに思い起こされる。こうした法律関係での註釈とほぼ（この「ほぼ」については直ぐ述べる）時期を同じくして，或る意味でフランスの知識人層（この言葉が時代錯誤であるのは重々承知している）には註釈への誘惑が蔓延するようになる。古典古代の神話喩とか哲学者の文献，歴史家の文献，文人たちの文献の写本を尋ねての旅路がそれである。キリスト教・神学関係を尋ねると，ラテン語は勿論，ギリシア語・ヘブライ語の原典の写本の研究は，ユマニスムの体現であるロッテルダムのエラスムスをはじめ，各国のユマニスト，改革派，加えて対抗宗教改革の先頭に立つイエズス会の学者や学僧が競って試みた。イエズス会のフロントン・デュ・デュックの上梓した，とある教父の校閲版は19世紀のミーニュの「ラテン教父著作集」の底本に採られたほど完成されたものであった。事は学術書への註解に留まらない。古典古代文学・歴史への註解も忘れる訳にはいかない。カエサルの『戦記』や偽カエサル文書を翻訳し，膨大な註釈をつけたブレーズ・ド・ヴィジュネール──本書第Ⅰ部での繰り返しになるが，彼が，ミシェル・フーコーが指摘した暗号論のほかに，ティトゥス＝リウィウスの著作を翻訳し，就中『第一デカド』本編に倍する註釈を施したことを誰が忘れようか。この大考証家は『ダビデ詩篇』を翻訳・註解し，更には四折判1,500ページを超えるオノサンドロスの『軍事書』を，死後出版ながら翻訳・解説し，ピロストラトス

第2章　ロンサール『ラ・フランシヤード』の影：ジュフランとデガリエ

の『テュアナのアポロニオス伝』を翻訳し，彼のアルテュス・トマが原著以上の豊富な註釈を付け加えた増補改訂版を世に問わせたきっかけを与えたことでも知られている。

　さてこれらの註は古典古代の作品をフランス語で受容する場合，王侯貴族や知の中層に佇む人々（古典語のかけらほどの知識を有し，古典古代の世界にモーリス・ド・ラ・ポルトの『形容語彙』やナターレ・コンティの『神話学』の仏訳を頼りに，潜り込もうと欲する人々）に示唆を与える註釈であった。併しこれと異なる種類の註釈も存在した。わたしたちは取り合えずピエール・ド・ロンサールのことを念頭に置いている。

　古典古代の作品を前提に註を付すのが特にフランス16世紀初期からの課題であったとすると，同時代人の作品にも応用されるようになったのは，フランスでいえば16世紀の中葉，ロンサールの『恋愛詩集』に古典学者アントワーヌ・ミュレが当時の最先端の学問，神話喩や古代喩を付したのを嚆矢とする。これはロンサールが己れの作品を古典古代の作品と同レヴェルにおきたいがために，ミュレに註釈をつけてくれるよう依頼したという風聞もあるが，この風聞が実証されているかどうかはわたしの怠慢でまだ調査が終わっていない（終わるかどうかも判らない）。ありうる話だとも思うが，『第一恋愛詩集』だけを見れば，当時の最先端の学問である神話学の韜晦さを知の中層にまで啓発する目的を託されていたのは確かであろう。しかし『続恋愛詩集』がプレイヤード派の中で最も奇を衒わない（大衆迎合的だと言っている訳ではない。寧ろ衒学的な語彙や詩法に敢えて頼らない，当時としては平易な，細密画的な描写力を備えた，新しいタイプの詩人だと思う）レミ（ルミ）・ベローに任されているのは何故か。本書の第Ⅰ部で論じた結論だけを述べれば，如何にも細密画手法に優れた註釈者として，ロンサールが点として遺した断片的なソネを丹念に織り，虚構の世界を拵え，読者をそこに誘い込もうとしたように思える。ロンサールの生前，もう一人，同時代の知識人が註を施した。『哲学の讃歌』に註を捧げたパンタレオン・テヴナンである。テヴナンについては，デュ・バルタスの『聖週間』に，テヴナンとは別に，註釈本を上梓した改革派牧師シモン・グーラールとともに

出来れば，稿を改めて紹介したいのでここでの論評は控えさせて戴きたい。問題は『エレーヌへのソネ』を筆頭に，様々な讃歌その他に註釈を施した，ニコラ・リシュレーである。これも結論（と思しきもの）だけを反復すれば，ミュレの註釈がロンサールの作品の「古典化」のために尽力したとしたら，リシュレーの註釈は，ロンサールという大詩人家を出汁に己れの教養の高さを知らしめようとするものであった。

　閑話休題。それではド・ローダンの『ラ・フランシヤード』に付された註釈には如何なる意味があったのか。

　（引用－15）〔30-31〕
《〔盾の〕今少し下にはまた別の種族が描かれていた，
敬うべき君主たちからなるすべからく高貴で偉大な種族，
それらの君主は自分たちの立派な事績を万人に推奨すべきものとする。
フィリップ[1]・ド・ヴァロワ[2]，ジャン，シャルル[3] 5世と6世[4]，
そしてそれに続いてもう一人の[5]シャルルがいる，どれほど英国人が
パリに中で，そしてその他の幾つかの地方で，その王杖を担っていたとしても。

1）フィリップ・ド・ヴァロワは第50代の国王で，ルイ，フィリップ，シャルルの実の従兄弟であり，血統的に最も近親であるとして1327年に上記のシャルルのあとを継いだ。彼は，家臣に叛逆されたフランドル伯ルイを救援した。彼はカッセル山で叛逆者の2万人を殺した。他方で英国軍はカレー市を占拠した。ノジャンで歿し，サン＝ドニに埋葬された。

2）フィリップの息子ジャンは第51代の国王である。婿のナバラ王シャルルの陰謀によって英国軍に対して戦争を起こした。捕虜となり，身代金を支払うためロンドンに渡った。1363年にロンドンで歿し，サン＝ドニに埋葬された。

3）シャルルは1363年，父を継承し，第52代の国王となった。彼は英国軍をフランスから追放し，ナバラ王から婚姻によって彼が保持していた城々を奪い去った。サ

第2章 ロンサール『ラ・フランシヤード』の影:ジュフランとデガリエ 315

ン゠ドニに埋葬された。

4）1380年にその父のあとを継いだのはシャルル6世であり，第53代の国王であった。彼はフランドル人と闘った。国王の弟であるオルレアン公は花の盛りに，ブルゴーニュ公ジャンの策謀で殺された。英国軍はフランス王侯の間に不和が生じているのを看取して，フランスに進軍し，パリを占拠し，その地でヘンリーがフランス国王として戴冠した。サン゠ドニに埋葬された。

5）シャルル7世は，1422年に父のあとを継ぎ，第54代の国王となった。英国王の息子ヘンリーがパリで戴冠され，議会をその地に置いたので，この国王シャルルはポワティエまで撤退し，そこに高等法院を置いた。彼の王国としてはポワトゥ，ベリー，トゥレーヌ，ラングドックの各地方，および英国軍に攻囲されているオルレアン市しか残っていなかった。オルレアン市は乙女ジャンヌとその他の君侯の手で解放された。彼らは勝利を続け，英国軍をピカデリー地方とシャンパーニュ地方から追放した。そのような次第でシャルルはランスで国王として戴冠された。サン゠ドニに埋葬された》

　先ほどこの『ラ・フランシヤード』の全体的結構を，各巻の冒頭に記された概要を媒介に紹介したが，また別の方法で全体像を見ることもできる。それは直前の引用で示したような，韻文からなる本文と叔父ロベール・デガリエの（恐らく）手になる註解部分を一つの単元として——つまり上記の引用が一つの単元となる——その単元の集合を註釈つきの『ラ・フランシヤード』と見る方法である。その場合『ラ・フランシヤード』はどのような単元の集合と見られるのか。以下に要約を試みる。

「第一巻」
第一単元：　註1）エンペドクレスについて。註2）エトナ山について。註3）ウェルギリウス言及。註4）ユピテルについて。註5）ネプチューンについて。註6）タブレットの説明。
第二単元：　註1）ウルカヌスの説明。註2）ウルカヌスの片足が不自由と

なった理由。註3）ギリシア人によるトロイア侵攻。註4）トロイア人の末裔だとするローマ人の主張。註5）フランソワ1世はフランクスの末裔か。フランソワ1世治下での文芸の隆盛。

第三単元： 註1）埋葬されなかった霊魂は彷徨う。註2）香について。註3）古代人は死者の灰を壺にいれていた。註4）ローマに於ける葬送の儀式。註5）ネプトゥヌスの三又の槍について。

第四単元： 註1）眠りの息子モルペウスについて。註2）オーロラについての神話学的解釈。註3）第三王朝の武勲が描かれている盾

第五単元： 註1）ユーグ・カペの説明。第三王朝の祖にしてマルコミール王から数えて75代国王，ファラモン王から数えて36代国王。註2）ユーグの息子37代国王ロベール。註3）ロベールの息子38代国王アンリ1世。註4）アンリの継承者39代国王フィリップ・ル・バルビュ。註5）フィリップの後を継いだ48〔ママ〕代国王ルイ・ル・グロ。註6）前出ルイの息子41代国王ルイ・ル・ジュヌ。註7）前出ルイの息子42代国王フィリップ・オーギュスト。註8）その後を継いだ43代国王ルイについて。

第六単元： 註1）44代国王聖ルイについて。註2）その後を継いだ45代国王フィリップ。註3）46代国王フィリップ・ル・ベル。註4）47代国王ルイ・ユタン。註5）48代国王フィリップ・ル・ロン。註6）息子なく残した49代国王シャルル・ル・ベル

第七単元： 註1）50代国王フィリップ・ド・ヴァロワ。註2）51代国王ジャン。註3）52代国王シャルル。註4）53代国王シャルル6世。註5）54代国王シャルル7世。

第八単元： 註1）55代国王ルイ11世について。註2）56代国王シャルル8世。註3）57代国王ルイ12世。註4）58代国王フランソワ・ド・ヴァロワ。註5）59代国王アンリ2世。註6）60代国王フランソワ2世。註7）61代国王シャルル9世。註8）62代国王アンリ3世。註9）アンリ4世。

第九単元：　註1）フィレンツェの紋章。註2）イドマヤについて。

「第二巻」
第一単元：　註1）歴史の連続性への配慮（デュ・バルタスにはその意識がない）。註2）ドミティアヌス・カルウィヌス。註3）農耕神ケレスについて。註4）ヘルビポリス（ヴィルツブルク）は市場の都市。註5）ヘニオコスとは馬車の輿。
第二単元：　註1）パエトンについて。註2）フランクスが建立したリヨン市。註3）ルーアンについて。
第三単元：　註1）供犠に捧げられる人物に許された自由。註2）戦争の神エニュオー。デュ・バルタスに加えたシモン・グーラールの註の誤りに驚く。
第四単元：　註1）カタスコープとは斥候を指すこと。註2）デュ・バルタスおよび　グーラール参照。註3）風の神アイオロスについて。
第五単元：　註1）ダニューブ河について。
第六単元：　註1）ゲピュロポエとはギリシア語で「橋を作る人」註2）ここで道とは河を指す。註3）ペッリウスとは当時の大技術者。
第七単元：　註1）カロンは地獄の船頭の名前。
第八単元：　註1）ヒエルスとは聖職者の謂い。註2）エラスムスの格言集を参照。註3）マルセーユの建設，およびどのような都市か。
第九単元：　註1）フォイベーとは月の女神。
第十単元：　註1）リュキネーとは出産を助ける神ユノーのこと。註2）ケリュックスの意味は使者
第十一単元：　註1）カピトンは頭が固いことを意味する。
第十二単元：　註なし

「第三巻」
第一単元：　註1）夜の舞踏会とは何か。註2）モルペウスについて（前出参

照)。註3）戦闘がおこなわれた，チュービンゲン付近の場所。註4）ギリシア人の甥とはローマ人のこと。

第二単元：　註1）当該描写の出典はオウィディウスの『変身物語』

第三単元：　註1）トロイの木馬について。註2）木馬の二つの出口

第四単元：　註1）物語の流れについて。註2）エトナ山の別名について。註3）ユピテルがサテュルニアンと呼ばれる理由。註4）メルクリウスがカドゥケレスの杖を持っている理由。註5）イクシオンの神話。註6）タンタロスの神話。註7）プロメテウスの神話。

第五単元：　註1）ヘスペリデス島人にまつわる神話。註2）イチイ（針葉樹）について。註3）薔薇の指という形容語について。

第六単元：　註1）月の女神ダイアナについて。

第七単元：　註1）エリュシオンについて。註2）霊魂の食べ物は芳香である。

第八単元：　註1）戦いが行なわれたのはサル川の畔。註2）黒い牝牛を捧げる儀式。註3）冥界の女王プロセルピナ。註4）冥界の裁判官。註5）ケルベロス。註6）遺骸のない場所に建てられる墓標キノタピウム。

第九単元：　註1）フランコン族の初代国王マルコミール。註2）2代国王アンテノール。註3）3代国王プリアム。註4）4代国王ヘレヌス。註5）5代国王ディオクレス。註6）6代国王ヘレヌス（追放される）。註7）7代国王バサヌス（ヘレヌスの弟）。

第十単元：　註1）8代国王クロドミール。註2）9代国王ニカノール。註3）10代国王マルコミール。註4）11代国王クロディオン。註5）12代国王アンテノールもしくはクロドミール。註6）13代国王メロダク。註7）14代国王カサンデル　註8）15代国王アンタリウス。註9）16代国王フランクス。この国王の名前にあやかり，シカンブリア人はフランコン族もしくはフランク族と呼ばれるようになった。

第 2 章　ロンサール『ラ・フランシヤード』の影：ジュフランとデガリエ　319

第十一単元：	註 1 ）17代国王クロディオン。註 2 ）18代国王ヘリメルス。註 3 ）19代国王マルコミール。註 4 ）20代国王クロドメール。この治世中に三つの太陽が見えた。註 5 ）21代国王アンテノール。註 6 ）22代国王ラテルス。註 7 ）23代国王リシメルス。註 8 ）24代国王オデマール。註 9 ）25代国王マルコミール 4 世。註10）26代国王クロドミール 2 世。註11）27代国王ファベル。註12）28代国王スヌオ。註13）29代国王シルデリク。
第十二単元：	註 1 ）30代国王バルテルス。註 2 ）31代国王クロディオン。註 3 ）32代国王ヴァルテール。註 4 ）33代国王ダゴベール。註 5 ）34代国王クロディオン。註 6 ）35代国王　クロドミール。註 7 ）36代国王リシメール。註 8 ）37代国王テオドミール。註 9 ）38代国王クロディオン 3 世。註10）マルコミール。第一王朝最後の王。以後25年間フランク族は国王不在のまま暮らした。註11）フランク族初代公爵ダゴベール。註12）2 代公爵ゲネボー
第十三単元：	註 1 ）オリエント諸国。註 2 ）世界の円環。
第十四単元：	註 1 ）古代地誌学。ヨーロッパ，アシア，アフリカの三区分。註 2 ）リビア。第一の区分。註 3 ）ヨーロッパ。中心として第二の区分。註 4 ）アジア。　註 5 ）カリス島　註 6 ）アフリカ。
第十五単元：	註 1 ）海がアシアとアフリカを分かつ，註 2 ）ミスニアはドイツの地方。註 3 ）チューリンゲン。註 4 ）サクソン地方。註 5 ）デンマーク。註 6 ）ビュテル。ドイツの都市国家。
第十六単元：	註 1 ）大西洋。註 2 ）片目のスキュタイ族。これはアリマプス族のこと。
第十七単元：	註 1 ）エリトレ海。
第十八単元：	註 1 ）この詩人（ド・ローダンのこと）は嵐の海を描写するのに喜んでいる。
第十九単元：	註 1 ）カストールとポリュックス。
第二十単元：	註なし。

「第四巻」

第一単元：　註1）フランコニアとはどのような国か。註2）ウェルギリウス借用。註3）ヘルビオポリスと呼ばれているのはフランコニアのこと。

第二単元：　註1）冥界の船頭カロン。註2）豹はどのような動物か，註3）雌鹿の習性。註4）野ウサギ。註5）狐。

第三単元：　註1）ドルイド僧について。註2）アンフィトリールとは水のこと。大地を丸く囲んでいるためこう名づけられた。註3）哲学者たちの見解。あらゆるものは何らかのものから構成されている，註4）太陽は動物の生命，

第四単元：　註1）ボレアス（北風）。註2）アンテノールの娘マンティス。註3）アンテノールの次女ストロウテー。註4）レアは神々の母。

第五単元：　註1）「神々が結んだものはひとには解けない」という格言。デュ・バルタス指示。

第六単元：　註1）マギュールとはフランクスの食事係。註2）ヒュシェーとは古代フランス語で「呼ぶ」を意味する。註3）ソースの起源。註4）レムノスはエーゲ海の島。註5）「結婚のとき呑む」という風習。註6）ホメロスにおいてヘクトルとアキレウスの運命を天秤にかけた。

第七単元：　註1）詩人たちは，神々は運命に従うという，

第八単元：　註1）テルパンデルの語源と薬効（憂いをとる）。註2）ロウァアスはフランク族の勇猛な戦士。註3）リュサルシュはフランク族の大貴族。註4）クピドは矢を放つ神。註5）愛はすべての父。註6）クピドは母の名前にちなんでキュトリアの君主と呼ばれる。註7）クピドはまたパピアンの，とも呼ばれる。註8）古代人は地上での愛情が死後も続くと考えた。註9）イル・ド・フランスについて。

第2章　ロンサール『ラ・フランシヤード』の影：ジュフランとデガリエ

第九単元：　註1）ウゥルカヌスだけが父を持たない。註2）エリュモーヌはウゥルカヌスの乳母
第十単元：　註1）アクテオンは父なくしてクレタ島で生まれた。註2）レテの川。

「第五巻」

第一単元：　註1）ティテネーは一般名辞として乳母をさす。註2）喪のときは髪を半分切る。註3）古代の鳥占いについて。
第二単元：　註1）ハルピーについて。註2）詩人はティテネーを良きキリスト教徒と見なす。
第三単元：　註1）舌鼓の音。アリストテレス言及。註2）誘拐罪を成文法ではラテン語の動詞から「decernno」と呼ぶ〔著者不詳〕。註3）霊魂と身体が雀の変身するケース。
第四単元：　註1）屍という語は元来王妃の遺骸を指していた。註2）ポエブスの変身とは日の移り変わり。註3）獣道帯について。
第五単元：　註1）かつて死者を火葬した。註2）火刑台のうえにどのようなものが捧げられたか。註3）火刑台にイチジクが使われた習慣。註4）火刑台の周囲に集まった理由。フランク族は自由の徴として髪をのばしていた。
第六単元：　註1）古代人は髪をネプトウルヌスに捧げ、海路の無事を祈った。註2・3）油と脂身を一緒にして良く燃やすこと。註4）百頭の牝牛を捧げること。註5）鹿を風に捧げること。註6）著者はここで「9回」としている。「9」に対する著者の偏愛。註7）「27回」は3×9で著者の偏愛を示す。註8）古代人は生贄に人間を捧げた。註9）供犠の際にはワインを用いた。
第七単元：　註1）この話の出典について（クラウディアヌス）。註2）ジベル山について。註3）オーロラはタイタンと大地の子供という説。註4）骨は一か所に集められ船に乗せられる。それ以外の描写は

著者の独創。

第八単元：　註１）古代人は金銀を通貨とせず，牝牛などを交換の単位とした。註２）アポロンは卜占の神とされていた。註３）カッサンドル。註４）巫女ピュテイアはアポロンの愛人。

第九単元：　註１）シビュラが預言するとき，月桂樹を食んでいなければならない。ロンサール言及。

第十単元：　註１）ベルギー人とは現在のオランダ，フラマン，ゲルドロワ，ブラバント各民族の総称。註２）詩人は神々との通訳と考えられていたので月桂冠を捧げられていた。註３）「９」という数の偏愛。註４）預言者や巫女が預言するとき，聖霊が憑依する。

第十一単元：　註１）40代国王ファラモン。註２）41代国王クロディオン・ル・シュヴリュー。ファラモンから数えて２代目国王。註３）３代目国王メロウェ。その家系はペパンまで続く。

第十二単元：　註１）４代目国王シルドリック。註２）５代目国王クロヴィス。15年間は異教徒として，15年間はキリスト教徒として暮らした。

第十三単元：　註１）６代目国王シルトベール。註２）７代目国王クロテール。註３）８代目国王シェルベールもしくはアリベール。註４）９代目国王シルペリク。フレデゴンド言及。註５）10代目国王クロテール。註６）11代目国王ダゴベール。

第十四単元：　註１）12代目国王クロヴィス２世。註２）13代目国王クロテール。註３）14代目国王シルドリク。註４）15代目国王テオドリク修道王。註５）16代目国王クロウィス３世。註６）17代目国王シルドベール２世。註７）18代目国王ダゴベール。註８）19代目国王クロテール３世。シャルル・マルテルの手で追放された。代わりにダニエル司祭王が立てられ，フランク族は上記ダゴベールの歿後このダニエルを国王としたが，パウルス＝アエミリウスは国王と認めていない。註９）20代目国王シルペリク２世もしくはダニエル。ダゴベールの子供たちが存命している

にも拘わらず、シャルル・マルテルの手で国王となった。註10）21代目国王（または2代目国王）テオドリク2世。註11）22代目国王（または3代目国王）シルドリクⅢ世。ペパンの手で追放される。ファラモン王朝最後の国王。

第十五単元： 註1）悪魔の呼称。註2）その他の悪魔の呼称。註3）神学的な格言。註4）フランクスの妻の葬送儀礼。註5）吉兆となる鳥の飛び方。

第十六単元： 註1）太陽の運行は他の天体に支配されず、却ってそれらを左右する。註2）巫女の預言は強いられない運命。註3）ダヌネが月桂樹に変身した故にテッサリアの月桂樹と呼ばれる。註4）詩人たちは「3」という数を尊重する。

第十七単元： 註なし。

「第六巻」

第一単元： 註1）エスペリデスとは灌木のある庭園のこと。註2）ヘリコン山がムーサたちの庭園。註3・4）アフリカとエジプトのテーバイは庭園で名高い。註5）空中庭園。註6）テュイローとはフランクスの庭師の名前。註7）ルーシャントはテュイローの妻の名前。

第二単元： 註1）果実の神パレス。註2）水辺の白鳥。

第三単元： 註1）アムブロシアは神々の食物。註2）ネクタルは神々の飲料。註3）ヒューブレアーの群とは蜜蜂のこと。註4）ナパイアは庭園と灌木のニンフ。註5）サテュロスは森の神。註6）ポエニニクス。

第四単元： 註1）クピドについて。註2）ネソトルが「幸多き」と形容される由来。註3）フランク族の領土にあるネカール川について。註4）沈黙の神パルポクラテス。註5）ヒポクラテス。註6）サルドニオスの笑い。註7）ヒュメッティアノスの胆汁。註8）ア

プシンティアノスの砂糖。

第五単元：　註１）アリストテレスによれば一方の腐敗は他方の生成。註２）花の女神フローラ。註３）アウロラの息子モムノン。註４）アパレアの息子リュノシウスはアルゴ探検隊の一員。

第六単元：　註１）オウィディウスを出典とする。註２）神々の数が無数であること。

第七単元：　註１）古代人は婚礼にあたって結婚の女神ヒュメナイオスが同席しないと悪しき徴と考えた。註２）上記のユノー・リュキネを参照。

第八単元：　註１）雷はユピテルの武器。

第九単元：　註１）クジャクのアルゴスをクピドが眠らせたという寓話。註２）メンフィスの真珠とはクレオパトラの真珠のこと。註３）パリスの妻とはヘレナ。

第十単元：　註１）ユピテルが怒っている出典。註２）サトゥルヌスは「時」の神である。

第十一単元：　註１）ウェスペルとは，金星のこと。註２）ヒュメナイオス。

第十二単元：　註なし。

「第七巻」

第一単元：　註１）奇妙な顔（かんばせ）という表現で，詩人たちは空中で起こる様々な現象を指した。註２）ローマ人はアエネアスの子孫だと自負している。

第二単元：　註１）モルカ人とはモリュスカ諸島の住民。註２）カンディアのみに育つワインをカンデイオと呼ぶ。註３）カナリア諸島は古代人のいう楽園の島と考えられてきた。註４）クロトンは死を司るパルカのひとり。

第三単元：　註１）クピドは母ウェヌスがパポスで厚遇されたので「パポスの」と形容される。註２）キプロス島について。

第四単元：　註1）宗務会は秩序ある会議なので，自らの立場を考えて意見を陳述するように，と詩人（ド・ローダン）は述べている。註2）稲妻は常に雷鳴を伴う。註3）妖術師や魔女は早朝か深更に魔力を一番発揮する。註4）この詩人（ド・ローダン）はプトレマイオスのことを話している。

第五単元：　註1）ここでクロディオンは世界が永遠であるとする哲学者たちに反駁している。註2）古代の王は壮大な企てに着手するまえ，豪華な宴を開いた。

第六単元：　註1）ローマは牝狼と呼ばれている。ローマ発展史。註2）ローマ人を牝狼の子供と呼ぶことについて。

第七単元：　註1）記憶の神ムネモシュネと9人のムサイ。註2）23代目国王ペパン・ル・ブレフ。

第八単元：　註1）24代目国王シャルル・マーニュ。註2）25代目国王ルイ・ル・デボネール。註3）26代目国王シャルル・ル・ショーヴ。

第九単元：　註1）27代目国王シャルル・ル・ベーグ。註2）28代・29代目国王シャルロンおよびルイ兄弟。30代目国王シャルル・ル・フネアン　註3）31代目国王シャルル・ル・サンプル。この間に，エウドまたはオドが後見人になる。貴族たちの要請で31代目国王となる。併しエウドがノルマンディに戦争に行なっている間にシャルルが31代目国王シャルルとして王位を確定的なものとする，

第十単元：　註1）32代目国王シャルル・ル・サンプル。註2）33代目国王ラウール。註3）34代目国王ルイ4世・ドゥトルメール。イギリス軍の捕虜となるも，パリ泊ユーグが身代金を支払う代わりに，王座を自分の息子カルロマンに譲るよう要求。

第十一単元：　註1）35代目国王ロテール。註2）36代目国王ルイ5世。

第十二単元：　註1）記憶はムーサの子供。ムーサたちの各人各様。

第十三単元：　註なし。

「第八巻」
第一単元：　註1）ローマから一万マイル，フランク族の地からは4マイルほどの場所をローマ人は戦闘の場所に撰んだ。註2）フラックスについて。
第二単元：　註1）鶴について。
第三単元：　註1）ニュムペーは水の女神。註2）トリトンは海の神。註3）アイオロスは風の神で風を甕（普通は袋）の中に閉じ込めている。註4）プロレテスは海軍指揮官の名前。註5）回文。
第四単元：　註1）フォルトゥナは気紛れな女神。
第五単元：　註1）イリスは虹の神でユピテルの使者。
第六単元：　註1）ビュテルはドイツの港湾都市。註2）デンマーク人とはデンマークに住んでいる人々。註3）クウイテスはローマ人の名称の1つ。
第七単元：　註1）ドドナの柏について。
第八単元：　註1）プレベウスはドミティアヌスとフラックスがフランク族に送った使節の名前。
第九単元：　註1）一方の軍の司令官が他方の軍の司令官に使節を送って，戦闘の時刻などを決めている。
第十単元：　註1）ローマにおける凱旋式。
第十一単元：　註1）冥界の王はプルトン，海の王はネプトゥヌス。
第十二単元：　註1）かつては城門を破壊するのに槌を用いたが，その先端には雄牛の頭がつけられていた。
第十三単元：　註1）昔の戦士は敵を脅かすために兜に羽飾りをつけていた。

「第九巻」
第一単元：　註1）川の水を飲み干すほどの軍勢について。ヘロドトス言及。註2）古代人は女神それぞれに，それぞれの勝利を捧げたが，やがてその代わりにローマに寺院と祭壇を建立して，一本化した。

第二単元：　註1）著者（ド・ローダン）はウェルギリウスに倣って，勇敢な馬を描写するのを喜びとしている。

第三単元：　註1）ヒッポコメスとはローマ軍元帥の名称で，元帥と馬を世話するという掛け言葉になっている。

第四単元：　註1）ブリアレオースは天と地の息子である巨人，ユピテルに反抗した。註2）アトラスについて。註3）ヘラクレスの息子スキュテスについて。註4）北風ボレアス

第五単元：　註1）メデューサについて。

第六単元：　註1）喜びのあまり失神する者もいれば死ぬ者もいる。ウァレリウス・マクシムス，プリニウスへ言及。

第七単元：　註1）「魚あふれる海」という表現。註2）鶏は夜明けが近づくと三度鳴く。

第八単元：　註なし。

*

　以上の要約から得られるものは何か。抽象化した抜粋だけを見ると，17世紀の初頭の知の中層の有り方に心動かされるところであるが，具体的に分け入る訳にもいかず，また実の処，分け入るほどの知のシステムがある訳でもない。それはともあれ，これらの註が客観的な言葉で要約されているなどと主張する心算は毛頭ないが，それでもわたしの眼には以上の要約を通してそれなりの心の傾きが映ってくるように思われる。即ちド・ローダンの歴史的な記述と非歴史的な記述の併置である。非歴史的な記述とは何か。短い単元であるがすべて訳出してみた。何はともあれ以下の韻文と註釈をご覧いただきたい。

　（引用－16）〔234－237〕
《わが親愛なるお義父さま。
　この世で二番目にわたしが尊敬しております方，

わたしが望むのは，彼の偉大なるマルス神が，わたしたちの手に武器を与えて下さり
「この方の武勲をわたしども人間の鏡にはお映しにはならず，
「その聖なるお考えを光り輝く水晶にお映しになり，
「そのお考えにわたしどもの隊列が神聖にも基盤をおく」マルス神が。
あなたさまがこの武装した民衆によって口説かれ，
あなたさまの敵どもが突然疲れ切り
あなたさまを一目見ただけで誰が恐ろしくも
ポエブスの戦車をパエトンの手で御しているのか，
見て，過信し，羅針盤を調べることなく，
その羅針盤とは力強いマルス神がその動きを制限されておられたのですが，この神は
「前にも後ろにも何も進むに任せず，
「無益な運行以外は何もさせません」
あなたさまが彼らの卑劣な災いの過ちを罰せられるように。
かれらの頭(こうべ)のうえにあなたさまの鉄拳が下るに任せ，
この君主たるわたしがその父上，お義父さま，フランク帝国のために
その他，多くの願いを望みます。
彼は，ビロードが下地に群青の
その外套を落ちるがままに放置し，
金箔を散りばめた，羽毛で飾られた金の容器を
自然の母が真珠の
採れるインド諸島で
見させてくれた宝石でできた長上着とを。
インド諸島ではプルトンの許に呑み込まれた者たちに
天が隠しておいたのにその腕から
漏れ落ちたこの上なく素晴らしい，与えられた外套が地に落ちたもののようだ。

併し突然，領主たちが皆，円くテーブルを囲んで，結託し，
足取りも速く軽快に，その外套を奪いに走り
銘々がその役割を果たし，彼にそれを着せようとし，
尊敬の念を以って，その意見と考えを述べる。
フランクスは微笑んで，優しい眼差しで
つい先ほどまで愛しい夫であった，自分の息子に目配せし，
彼はその者にこう言った。「なんだって？ お前の妻はどこにいるのかね。
「いまその美しい眼（まなこ）があるところを涙で濡らしてはいないかね。
「お前の愛情を保つために？ 彼女は泣いてなどいない，
「そうではなくお前と長い人生を歩むことを願っている。
「日々の暮らしをわが手に入れ
「鋏をもつ盲目のパルカと対決するために
「彼女が何をしているか見に行こうではないか」。するとアンテノールは同意
　して，
フランクスは忙しなげな足で真っ先に降り，
続いてアンテノール，クロディオン，その他の士官や
盾持ちや小姓，従僕たちが，息を整え，
大貴族に雇われていても。
各人がそれぞれに身分，功績と威厳に従って，自分たちの領主の後を追うの
　だ。
彼らは真っ直ぐに，多くの人々が未だ残っている部屋に急ぐが，
そこでは人々が物思いに耽り，立ち尽くしている。彼らはぶつかり，或る時
　は，
格子をまえに敷居で立ち止まって，恋人が，或いは恋の神が
愛情に満ちた心に矢を射る一撃を見つめていた。或る場合は，彼らは聞き入
　り，
恋人が一歩一歩歩んでいる足音に彼らは安堵し，
恋人は一言も発せず，併し彼の言葉は安堵で溢れ，

クピド神に挑戦状を叩きつけ，
心の底で結婚の安らぎと将来の家族から得られる
希望を瞑想している。
彼らはその寝室に入り，彼の話に耳を傾けると，
フランクスは彼女にこう言った。「マンティスよ，わたしが思うに
「あなた自身にあなたが話すべき話を
「あなたはわたしたちに語っているようだ」。あまりの喜びを伴って，
彼の頬は真っ赤になり，彼女の方では自分の心が
勝ち誇る幼い神の悦楽に擽られるのを感じた。
"世界を支配する[1]パピアのこの神の
"最も深い霊魂の扉を開けるがよい。
"貴重極まりない乙女たちの柔らかな胸を穿つがよい。
"優しい[2]キュプロスの女神に彼らの心を捧げるがよい。
"そして彼らを悦楽の報酬で報いながら
"彼らの愛情で彼女たちが喜ぶようにせよ"
彼女たちは漸くクピドが何たるかを弁える。
クピドの熾火の炎を形経験した今では。

1) クピドは「パピアの」と称される。その謂われは母親のウェヌスが，上述の通り，彼女がとりわけ崇拝されていたパポス島ゆえ，パピアと呼ばれているからだ。
2) キュプロスはキリキアとシュリアの間のイシキア海に抱かれた島で，水に恵まれ，肥沃なところから，古代人は「幸多き」と呼んでいた。そして利便性が高いと悦楽に陥りやすいので，淫蕩もこの地では甚だ多く，その為にこの島はウェヌスに捧げられた。これについて詩人のホラティウスが『歌唱』「第一巻」で何と言っているか見るがよい。そしてこの島でウェヌスに生贄がささげられたので，ウェヌスは「キュプロスの」とか「キュプロス生まれの」とか「キュプロス女の」と呼ばれていた。ここには昔，9人の国王がいた。この島にはキュテラのように美しい大都市があって，この地名からウェヌスを「キュテラの」とか「キュテラ

第2章　ロンサール『ラ・フランシヤード』の影：ジュフランとデガリエ

女の」とも呼ぶ。ここにはまた，パポスとか，パレパポス，サラミスなどの町があり，その名からウェヌスが呼ばれることもある。この島がキュプロスと名付けられたのは，キュプラという娘の名前からである。ステパノス，ストラボン「第十四巻」キュプロの項を見よ》。

ド・ローダンの『ラ・フランシヤード』にあって特筆すべきは，この引用に於けるような超歴史的・非歴史的な記述や註釈が過度に多いことだ。それはロベール・デガリエが身晶屓でド・ローダンに託した，アンリ4世までのフランス国王史・王国史を遥かに凌ぐ。上記の引用では例証にならないとお思いの方は，先に記した各単元の註の概略をご覧になって戴きたい。恣意性も働いていようが，その恣意性をひとたび棚上げしても，ド・ローダンの脱線ぶりが，そこには如実に表れている。これはロンサールが逃避行で描いた様々な挿話とか，巫女のお告げとはレヴェルが違うものだ。ド・ローダンは国王の系譜（成程そこにはフランクス伝承とファラモン伝承を繋ぎあわせようとする努力は見られるものの）を用いて，己れの夢想を紡いでゆく，そのような意図的もしくは無意識の動機が働いているように思えてならないのだ。そして単元註を付したロベール・デガリエの方にも尚更。

度々繰り返すことだが，16世紀後半から自らの作品に註を施すよう知識人に依頼するという傾向が見られるようになった。自作自演で『第四の書』に「難語略解」を付したラブレーのようなケースは別として（ラブレーを除いて誰がラブレーの書に註釈をつけようと思うだろう。この神聖冒瀆の禁を破るには2世紀後のル・デュシャを待たなければならない），註釈者と作品は表裏一体のものであった。註釈が作品を古典化し，作品が古典化することによって，作者も註釈者も古典化する。16世紀初期までの韻文作家の多くが（皆が皆，そうであったという訳ではない）が宮廷作家であり，或いは御用歴史家であって，宮廷に阿り自らを貶める形でしか生計を立てる道を知らず，文芸，特に「詩」の自立性など考えも及ばなかった時代から半世紀，ロンサールはアレクサンドロスの事績もその武勇を伝える文筆家がいなかったら二千年を経たこの時代まで生きることがな

かったろう，と文筆家として（そして特に詩人として）矜持を高らかに謳った（尤もロンサールとて宮廷に，或いは政治的上層に配慮をしなかった訳ではない）。当時としては前衛的な主張はすぐさま物書きの間に広まり，同時代史を書くと喧伝し，詩人たちや宮廷から厚遇を受け，僅かなページを遺したに過ぎないパスカルなどはそうした傾向を裏返しに利用したものであろう。更にそうした傾向を助長したのが，ミュレに註解を依頼したロンサールの「恋愛詩集」である。註解を受けることによって詩作が権威を与えられるとすれば，次第にその逆の現象が起こるようになる。先に幾度も繰り返した処だが，本来知的中層を対象に，彼らがより良く作品を理解するための用具であった筈の「註解」が，註解自体にギリシア語・ラテン語が無数に散りばめられ，もはや知的中層を相手になどせず，註解者自体の存在が浮き上がり，註解が註解として新たなジャンルを有することになったのだ。その中で，勿論パンタレオン・テヴナンやマルカシュスを忘れるわけにはいかないが，まず挙げるべきは「エレーヌへのソネ」その他に註解を施した，ニコラ・リシュレーであろう。そしてリシュレーがロンサールの諸作品に齎した「註解」は，やがてもう一人のフランス・ルネサンス詩の代表，デュ・バルタスの註解にも繋がってゆく。本来ならここでデュ・バルタスの註解者シモン・グーラールにも一言あって然るべきと思う方もいらっしゃるだろうが，機会を改めるということでお許し願いたい。

さて筆が奔りすぎてしまったが，ド・ローダンの註釈にはそうした背景があるということをご理解戴きたかった。リシュレーほどの衒学性はないが，それでも歴史的王朝を確保するとともにフランクス伝承の，しかもド・ローダンの創作になる逸話に僅かな話柄となるクピドの神話に長々と註釈を施す。これがド・ローダンの『ラ・フランシヤード』の創作の秘密であり，特性であった。

4

さて，文学的評価には価しないのであろう，フランス本国でも殆ど紹介されない２篇の『ラ・フランシヤード』に多数の紙幅を戴いてしまった今，何事か

第2章　ロンサール『ラ・フランシヤード』の影：ジュフランとデガリエ

纏める義務がわたしたちにはあるとおもう。

　17世紀初頭，前世紀の70年代に執筆され，失敗作の烙印を押されたロンサールの叙事詩『ラ・フランシヤード』と同名の長編詩が少なくとも3篇（この第Ⅱ部の第2章以下で取り上げたのはそのうちの2篇）執筆されたのを確認した。ロンサールの『ラ・フランシヤード』が失敗作と呼ばれるのは，16世紀の後半に入って，フランクス伝承がそれ迄のような史実ではなく，虚構の概念であることが当時の史学の発達や，ユマニスムの理念の熟成などの要因で，通念として受容されるとともに，神話を史実としようと捻じ込んだ元凶としてロンサールは激しく指弾された。ロンサール自身も寵愛されたシャルル9世が病没したためもあろう，当初の写実的であり，叙事的であり，且つ精緻な描写を捨て，最後の巻に於いては巫女の口から，シャルル・マーニュに至るフランク王国の末裔を数えるという設定で終わらせてしまった。研究者の殆どは，そうした事情を勘案し，『ラ・フランシヤード』を失敗作と評し，ロンサールその人もそう考えていたとしても，果たしてその評価はどれほど説得力があるのだろうか。

　『ラ・フランシヤード』のタイトルを借用する作家たちに共通するのは，現王朝の現在統べる国王を讃美する目的を有しているということだ。何事か優れた者を列記したその最後に，現在統治する国王を讃えるといったトポスは，『ラ・フランシヤード』の新篇，或いは続篇に限ったことではなく，ペトラルカの『凱旋』が初めてフランス語に訳された折にも，あろうことか時のフランス国王アンリ2世にその凱旋の掉尾を飾らせてしまった。併しこれは必ずしも文芸作品が，阿諛追従の具であった所為ではなく，それまでの史書・詩篇の重みをもつ約束事なのである。

　そうした背景を敢えて汲み取り，虚構の世界と現実の世界を，天地創造暦，ファラモン暦，キリスト紀元の三者を併記することで，結ばれるような錯覚を齎し，ロンサールも為し得なかったフランクス伝承を強引に編み上げ，詩的世界に於けるフランス人のアイデンティティを提供しよとしたのがド・ローダン・デガリエであったように思う。時の君主アンリ4世はフランス王国とナバ

ラ王国の両国の主権者であり，またカトリック教に改宗し，ナントの勅令を発布することで，八次に及ぶ内乱に一度は終止符を打った。とはいえ改宗するまで忠実にアンリを宗主と仰いでいた改革派信徒とカトリック教徒の軋轢は多く，世情も安定するどころではなかった。拡散する家臣の意識を中央の，扇の要たる国王に，然も「絶対的」な（勿論，絶対的な王権など妄想以外にありえない）国王に集中させるには，どのような方法が可能か。国民が一つとなるような，どのようなアイデンティティの神話を与えればよいのか，過去の事例を見ればそれは国民皆が共有する国家創造神話であり，制度的にはレジストたちが発見したサリカ法に代表される王国基本法の存在であり，絶対的な外敵の存在であった。外敵は位相が違えば違った相貌を現しうるが，内乱に陥る懸念がければ，ひとまずは王国の中枢を脅かしそうなものでさえあれば，それでよかった。カレー市の攻防を巡って，「つい先程まで味方だったではないか」と詰問する英国の国教会信徒に対してフランスの改革派信徒が，「内戦時の味方でも，平和が戻ったら王軍に仕える」と言い放ったのは愛国心と信仰心の有り方を巡るよい例である。併しこうした虚構のアイデンティティが崩れても，時の王権が一切を止揚して内部の神話を外部から法制度的・実効的な箍を嵌め，不満をもたせないよう，否，不満が残ったとしてもそれを発　散させ，或いは抑圧出来るだけの物理的な力があればそれで十分と言えた。

　ド・ローダンも，先に触れた「ロンサールの直弟子」クロード・ガルニエもその『ラ・フランシヤード』や『続ラ・フランシヤード』の刊行年代を見れば等しく1604年，アンリの個人的魅力によって成り立っている脆弱な政権運営が行なわれていた時代である。如何に詩的創造神話という虚構が，虚構と見做されていたとしても，王権の正統性を表明できれば，それなりに国民のアイデンティティの発見に寄与出来るのではないか。一方，ジュフランの『ラ・フランシヤード』が刊行された1623年も摂政マリー・ド・メディシスと大貴族，ルイ13世の権力争いの真っ直中の年代であった。この年にルイ13世の正統的な継承権を前面に出すということ，それはこの韻文作家にとって危険なことであった。ジュフランは，恐らくそのパリ・リーグ派の近辺にいたのではないかとい

う想定に立てばますます，その危険性を承知していなかったという保証はない。にも拘らずこの時節に王朝の正統性を訴える韻文作品を出版した思惑には，この親ルイ13世的文書に国王の允許状が付されていた，その事実が反映されているように思われてならない。

*

　時代錯誤をしないようにしよう。ロンサールが『ラ・フランシヤード』を物足りない形で出版したのは1572年，聖バルテルミーの年であった。一見ロンサールの未完の長編叙事詩に想を得てそれを書き継ぐかのごとき体裁をとっているにもかかわらず，それらの書かれた動機も状況も違っている。その違いを無視して単に「文学史」的側面から作品の価値を言い募るのは，その作者にも作品にも失礼ではないか，気の毒ではないか，という非論理的な，敢えて言えば倫理的な憤りがあるからだ。「文学」という神話，「文学」というイデオロギーが出現したのは，（わたしたちの生きる21世紀の現代から見て）つい1，2世紀以前に過ぎない。それ以前の文学を「文学」という神話やイデオロギーで拘束しない方がいい。第一，そうした拘束を嫌うもの，それこそ「文学」ではないか。取り立ててジュフランやド・ローダンの著作を持ち上げる心算は毛頭ないが，我が身を顧みても，文学にはもう少し丁寧な配慮が必要なのではないか——というのがこの長いエセーの果ての結びの言葉である。

第 3 章

デュ・バルタス『聖週間』の影：
（擬？）ドービニェ

はじめに

　以下にご覧にいれるのは，筆者が26歳にして初めて駒澤大學外国部に任用された年の夏休みに執筆し，翌年の3月に『駒澤大學外国語部研究紀要』に掲載された雑文である。当時『天地創造』はジュネーヴ大学図書館に所蔵されているドービニェの他の草稿とともに発見され，愚作ではあるが詩人の真作と考えられていて，当時流行していた学術誌（科学詩），とくにギヨーム・ド・サリュスト・デュ・バルタスの『聖週間』の影響下に執筆されたと信じられていた。この稿もそれを前提としている。併しその後，半世紀余，畏友ジル・バンドリエが行なった精緻な研究の結果，遂にその学位論文『世界の光』で『天地創造』がドービニェ本人の作品ではないことを断言するに至った〔Gilles BANDERIER, *"Lumière du Monde" La Création attribuée à Agrippa d'Aubigné. contribution à l'étude de la poésie scientifique en France*, Séptentrion. Thèse à la carte, 1995 (soutenance en 1992)〕。バンドリエの根拠は簡略化していえば以下の点に絞られる。ドービニェの草稿を遺されたテオドール・トロンシャンは他のドービニェの作品（『悲愴曲』，『世界史』，『ディアーヌに捧げる犠牲獣百頭』，『エピグラマータ』）とともにトロンシャン資料153の記号のもとに，以上の作品とともに紛れこんだ，遺贈された『天地創造』も無造作に収めてしまった。ジュネーヴ当局の手で『悲愴曲』や『サンシー殿のカトリック風懺悔』などの，当局からいかがわしいと見做された草稿の出所

在所は入念に調査され、トロンシャンもそれらを隠匿するのに苦労した模様だが、『天地創造』に関しては当局もそれほど探求する熱意をもたず、トロンシャンも隠す熱意を持たなかった。トロンシャンに託された草稿は自筆原稿ではなく、複数の筆記者の手になるものであった。『天地創造』は遺贈の時点ではもともとトロンシャン資料153以外のものであったが、1796年にフランソワ・トロンシャンは「わたしの一族の書物と草稿のカタログ」の名の許に一本に纏め、以後ドービニェの名を冠されるようになった。この時期、草稿はトロンシャン資料159と同160の許に纏めなおされ、同じ判型に細断された『天地創造』の草稿も、トロンシャン資料161の番号を付与された。分かり辛いかもしれないが、以上が、バンドリエ自身認める、「この草稿と転写の——複雑な——問題」（同書26ページ）の要諦（になっていればよいと願う）なのである。

次いでバンドリエは『天地創造』の筆跡がドービニェのものではなく、精々その筆記者と対応することが可能であるが、それは表面上の類似で、注意深い検討には抵抗するにも叶わないと語る。更に1874年以来指摘されてきた『天地創造』の異常さについて纏めたマリー＝マドレーヌ・フラゴナールの文章を引用〔同ページ〕、『天地創造』が晩年の作品だとする見解もあるが、同じ晩年に第二版を上梓した『悲愴曲』の文体から見てもこの疲れ切った韻文を『悲愴曲』や、同じく晩年の散文作品『世界史』の熱意溢れる（？）作品群（筆者は更に『フェネスト男爵冒険奇譚』や『サンシー殿のカトリック風懺悔』、『詩篇瞑想』も付け加えたいと思う）に後続させるのは無理がある、と告げる〔同書30ページ〕。

また別の角度からの論証もある。デュ・バルタスに触発されてカトリック教徒クリストフ（ル）・ガモンが1620年に『デュ・バルタス殿の作品に抗する、第一週もしくは天地創造』を上梓した〔ガモンについては後出〕。ところが、当然と言えば当然だが、ドービニェは同時代の若い詩人たちを論じた書簡で、こっぴどくガモンをやり込め、デュ・バルタスに味方しているのである。併し展開として、また文体として似ているガモンの詩を罵倒したあとで己の『天地創造』を執筆しうるものだろうか〔同書31ページ〕。

更にバンドリエは、『悲愴曲』と『天地創造』に、宗教戦争に疲弊したフラ

第3章　デュ・バルタス『聖週間』の影：(擬？) ドービニェ　339

ンスを巡る同一のイメージが見られるとして『天地創造』もドービニェの作であるとする保守穏健派のドービニェ学者故ジャック・ベルベの言葉に異を唱えて，それらの要素はこの時代のあらゆる詩に何らかの形で表れているし，『天地創造』に古典古代からの影響があり，『聖週間』にも認められると主張する〔同書33ページ〕。

　バンドリエは『天地創造』ドービニェ説を纏めて以下のように結論付ける。「何事も，決定的に，草稿が彼の作品のコレクションに纏められている以外，ドービニェが『天地創造』の著者であるとする仮定を裏付けるものはない」〔同書34ページ〕。バンドリエは最後に『天地創造』の作者を捜すが，未解決のままに終わる〔同書35-36ページ〕。

　バンドリエはこの博士論文をもとに2007年に『天地創造　16世紀の匿名人による8音綴誌』を刊行した (*La Création poème hexaméral anonyme du XVIe siècle*, Texte étabi, présenté et annoté par Gilles Banderier, PUL. 2007)。

　以上のような経緯は現在のドービニェ研究の基礎をなしている。例えば浩瀚な案内書兼専門書を上梓したマドレーヌ・ラザールはその『アグリッパ・ドービニェ』で《人々は長い間，ドービニェの書類の中に発見され，残余の詩的営為に少なくとも大いに劣ると判断される，一篇の長篇詩『天地創造』をドービニェに帰してきた。ドービニェがその著者でないことが近年になって論証された》〔Madeleine Lazard, *Agrippa d'Aubigné*, Fayard, 1998, p. 501〕と言明している。

　わたしたちは本稿でこのバンドリエ以来の見解に立たず，『天地創造』をドービニェの作品として扱っている。それは一つに本書では拙文を書かれた状況のもとに戻して，読者の方々が齢七十に垂んとしている筆者のほぼ半世紀に亘る16世紀との付き合いに，このほぼ処女エセーが何かしら意味があったか，それとも無駄死にだったか〔どうも最近の日本の学術状況を見ると後者に近いような気がするが〕御教示いただきたかったという願望，加えてわたしに残る，バンドリエの緻密な検証にもかかわらず，この結論に一抹の疑念が拭いされなかったご報告を委ねたかった欲目の所為である。後者の欲目の根拠は，先にバンドリエ側の証人として召喚されていたフラゴナールもかつて述べていた「可能性」で

ある。フラゴナールは既にその学位論文で次のように同定の苦悩を表現していた。《『天地創造』のテキストの作者の同定はデリケートである。このテキストのドービニェへの同定が、自筆ではないこの草稿が彼の文書類に纏められているという事実がなければ、明白でないことは確かである。併しながらこの同定に対し形式的な証拠で対処することも出来ない。如何なる天才的作家も、ホメロスさえ、その者にとって新しいジャンルに立ち向かったとき、失敗、もしくは少なくとも批判を避けることが出来ないからだ。わたしたちはアルマン・ガルニエに倣って、主題と出典の類似が少なくとも存在するという確かさに基づき、ドービニェをこのテキストの著者にすることを受け入れよう》〔Marie-Madeleine Fragonard, *La pensée religieuse d'Agrippa d'Aubigné et son expression*, Didier, 2 vols., 1986, t.1, p. 131〕。わたしたちもバンドリエの草稿研究を大いに評価するものだが、にも拘わらず、生成批評を行なうには資料が少なすぎ、またこの新しい研究方法を適用するには作品の時代が古すぎるのではないか、との疑念をもつ。そしてこれはわたしたちなりの懸念だが、ドービニェには時として過度に形式的になり、過度に羅列的になる傾向があるのではないかと思うのである。わたしたちの引用の出発点は他ならぬ『世界史』の記述スタイルである。わたしたちの『世界史』を巡る感想文は拙著『歴史の可能性に向けて』（水声社）に収めてあるが、敢えてその無味乾燥ぶりを振り返ると、先ず世界史を宗教戦争の和議ごとに、その和議と和議のあいだが狭くとも広くとも、区切るという形式主義、次いで同時代の世界を扱うにあたって、必ず、西欧、南欧、北欧、東欧に分け章立てしているという形式主義、中には伝承的な説話や逸話を盛り込むとしても、その総体は退屈な戦闘描写と戦死者の列記に終始するという点である。この形式主義的側面はある意味で『天地創造』の形式主義に似ているのではないか、と思うに至ったのである。

　わたしたちはドービニェへの同定に固執しているわけではない。章題にも「（擬？）ドービニェ」と銘打ったのはそうした次第があるからである。読者の方々には「ドービニェ」という人物名には拘泥せず、「匿名プロテスタント」とか「擬ドービニェ」と自由に読み替えていただきたい。

冒頭でも述べたように，これは筆者26歳の試論である。当時流行していた構造主義やそのリーダーと目されていたミシェル・フーコー，更には高校時代からの（渡辺二郎に多く依存していた）ハイデッガーからの借用語もある。実証性が殆んどない，青年の格闘記録である。どうかそのようなものとしてご覧いただきたい。無論責任は七十歳に近づいて尚，昔の文章をお見せする，わたしにある。

1

フランス・ルネサンス後期にあって天地創造神話を主題とする叙事詩が流行したのは周知のごとくである。殆んど最後期のルネサンス文人に属するアグリッパ・ドービニェも，その数多い作品の中に一篇，『天地創造』と銘された長篇詩を遺している（？）[1]。この詩人のもう一編の長篇詩『悲愴曲』と比較されることも原因して，この詩の評価は非常に低く，数あるドービニェ研究者も正面からこの作品を論じたことはないように思われる[2]。言葉少なく語られるその評価を要約すれば，不毛，の一語に尽きよう[3]。ドービニェを英雄視してやまないドービニェ愛好家サミュエル・ロシュブラーヴも，詩人の裡にこの長篇詩が占める位置は皆無であるとし，何故この詩人がこの詩を執筆したのか，その答えを求めるのに苦労している[4]。更にドービニェ研究にあって決定的ともされている学位論文を発表したアルマン・ガルニエも，自らこの作品を十分読んだか否か疑わせる極めて単純な事実誤認を繰り返しているほどである[5]。

確かに諸研究家の蔑視は謂われのないことではない。一読することさえ不可能なほど，この長詩は一つの「詩」作品として完成度を欠いている。連続した四行詩で構成されるその文体は平板であり冗長であり，悪しき散文とさえいえる。『天地創造』の原型となったとされるデュ・バルタス領主ギヨーム・ド・サリュストの，同じく天地創造詩『聖週間』[6]と比較すれば，こうした欠陥はますます浮き上がるであろう。後者も現代では読者に退屈感を生じさせるかも

知れないが[7]、例えばゲーテの《フランスにはデュ・バルタスがいる》[8]との讚辞があったように、詩的完成度から見ても当時の多くの類型の詩作品の中で、或る一つの頂点に達した叙事詩であることに間違いはあるまい。

当人の代表作『悲愴曲』と比べ、或いはデュ・バルタスの『聖週間』と比べ、余りにも欠点ばかり目立つとはいえ、併しながらドービニェ研究の立場から見て『天地創造』を論ぜずに済ませる態度は採るべきではないように思われる。サント＝ブーヴが告げるように、このドービニェが真にフランス16世紀を体現する詩人であるならば[9]、その欠点もまた16世紀に本来含まれたものでもあろう。事をそれほど大きく構えないとしても、この欠点を有していたのがドービニェ自身であるかも知れない以上、その存在を訝しんでばかりいては、詩人の全体像など把握出来はすまい。欠点が露わになればなるだけ他の作品の長所も理解し易くなるかも知れないのだ。それ故に『天地創造』に改めて幾許かの照明を当てることは許されはしないか。ドービニェは如何なる理念の許にこの長詩を書いたのか。長詩の不毛はどこに由来するものであるのか。その時代との関わりはどのようなものであったのか。

これらの問題を考えてゆく上で、幾つかの行論上の前提を設けておく。先ず『天地創造』の詩的形式については扱わない。紙数の関係もあるが、詩的形式に関して論ずるに価しない作品であることは明らかだからである。従って本稿は叙事詩としての展開、主題の扱い方、構成等を、専らその理念を中心にして論ずる。更にこの長詩をドービニェの作品群の中で孤立したものとして扱う。即ちドービニェの他の作品や個人史への言及は、可能であるとしても、作品の考察を終えた段階で必要最小限な推定に留められるであろう。この長詩に関する実証的研究が十数年前まで皆無といってよいほどのものであるのが主たる理由であり、現段階でそうした空白を埋めるのが不可能だからである。最後に『天地創造』の検討に際し、そのモデルと推測されている[10]上述のデュ・バルタスの作品『聖週間』を常に比較の対象として求めることとする[11]。『天地創造』はドービニェの詩作の中でも孤立したものと認められている以上、その独自性を尋ねるには却って影響関係が推定されている作品との照会が適切であろ

う。16世紀後半から17世紀初頭にかけて流行した天地創造詩の代表ともいえる『聖週間』[12]との類似と差異の間で，『天地創造』に於ける主題の了解が明確になる筈である。同じく熱烈な改革派信徒であり[13]，個人的な面識もあった[14]デュ・バルタスからドービニェは何を学び，そして何を捨て去ったのか。

2

天地創造詩は原則として旧約聖書の「創世記」をモデルとする。数々の詩人によりその対象とする箇所は異なるが，ドービニェとデュ・バルタスの場合，ともに所謂祭司伝承の創造伝説の一日一日を一つの日として詩化しているが，ドービニェは『天地創造』を全15歌に分割する。全15歌の内容を示している標題とその詩行数を次に挙げる。

第Ⅰ歌　「神」の永遠と力について。全252行。
第Ⅱ歌　光と空気の「創造」について。全216行。
第Ⅲ歌　「天」の拡がり，水の分割について。全172行。
第Ⅳ歌　「地」について，及び石について。全210行。
第Ⅴ歌　樹，植物，草及びそれらに依存するものについて。全184行。
第Ⅵ歌　「植物」と草について，及びその性質について。全184行[15]。
第Ⅶ歌　「天体」について，及びその活動について。全216行。
第Ⅷ歌　「魚」について，及びその体質について。全272行。
第Ⅸ歌　「鳥」について，及びその美しさと歌について。全232行。
第Ⅹ歌　「四足獣」について，及び爬虫類について。全324行。
第ⅩⅠ歌　ひとの「創造」とその尊厳について。全312行。
第ⅩⅡ歌　「頭部」について，脳について，及びそれらの活動について。全336行。
第ⅩⅢ歌　骨，四肢及び筋肉について，及びそれらの効用について。全244行。
第ⅩⅣ歌　「霊魂」，人体の生命，「神」の真の像について。全176行。
第ⅩⅤ歌　霊魂の特殊な活動の続き，及び最後の歌。全232行。

これらの歌を祭司伝承に基づく創造の日々に分けると，第一日＝第Ⅰ歌及び第Ⅱ歌，第二日＝第Ⅲ歌，第三日＝第Ⅳ歌，第Ⅴ歌及び第Ⅵ歌，第四日＝第Ⅶ歌，第五日＝第Ⅷ歌及び第Ⅸ歌，第六日＝第Ⅹ歌から第ⅩⅤ歌まで，となる。『聖週間』とは異なり『天地創造』は，神の業を讃える安息日に相応する第七日に関する特別な記述を持たない。或いは既に第Ⅰ歌がそうであったように，神を讃える精神は大前提であり，殊更安息日，つまり第七日について言葉を費やす必要を見出さなかった故なのか。これについては後述するとして，少なくとも第七日に与かる詩が存在しないにせよ，『天地創造』と祭司伝承の創造伝説との密接な関係を否定しえないのは，長詩全体の展開の示す通りである。

長詩全体にわたって精密に紹介し論ずることは紙幅上不可能である。創造伝説は以下の四要素に還元出来よう。即ち光の創造，天地の創造，天地に存在する，もしくは棲まうものの創造，及び人の創造である。以下に『聖週間』と『天地創造』のこれらに関係する詩句を取り上げ，具体的な解説を試みる。

（Ⅰ）光の創造に関して

　光の概念はその対立概念である闇とともに，キリスト教思想にあっても最も根源的であると言える。故に創造伝説を，光の創造を除いた他の三つの創造より成立するとの考え[16]をここでは採用しない。ともあれ神が最初に命じたのは光の創造だったのである。

『天地創造』に於いては第Ⅱ歌で光の創造が語られている。必ずしもこの創造を巡って統一的な記述が保たれている訳ではない。先ず光の効能について詩行が費やされる。

　　（引用－１）〔『天地創造Ⅱ』65-76〕
《人々が維持されている秩序について熟考する場合でさえ，
　この点で製作者が確かに，判断の母，
　秩序の第一位である光を創造したがために，

権力があり至高の存在であると認められるのだ。
　なんの契機もなしに光をそのようなものとして主張しているのではない,
光なしに如何なる資産も享受することが出来ないことを考慮すれば。
闇が覆い,光が閉じ込められている処では,
眼は何事も真に判別することは出来ないだろうに。
　万事が眼には禁じられており,あらゆる喜びも遠ざけられる。
光と明るさを過度に見積もることなく,
卓越した金銀細工師がなにを為し得るだろうか,
光が失せるときにはその仕事も終わるのだから》

　以下なお数行に亘ってドービニェは光の有効性を説く。そののち40行許りを使って光との関連から太陽や熱を論じ,漸く光の創造伝説そのものが語られる。

　（引用−2）〔『天地創造Ⅱ』116-128〕
《〔……〕生き生きとしたイメージで
そのイメージは日毎にわたしたちの眼に映るが
それを目の当たりにしながらわたしたちの感覚が,波間から
そして薄暗い舘からこの世の光を引き出す術をご存じの
製作者がどれほど偉大であるか,よりよく観相するためである。
　光を創造するために
その製作者が「光あれ」と仰るや否や光は存在し,
すると神はその光で包まれた。
こうしたことが為されると,光がよいものであることを確認され,光を祝福
　　された。
この光が完璧な効能を示したため
夜と昼から最初の一日が創られ,
神はかくも素晴らしい光明を昼と名付けられ,

昼に対峙する闇を夜と名付けられる》

この詩節以降ドービニェは大気とその効能について話を進め，更に諸要素について語って第Ⅱ歌を終える。つまりここで唄われる光の創造は，神話としては，祭司伝承を若干言葉数多く援用したものに過ぎない。光の創造の世界に及ぼす恩恵も純粋に物理的な領域にとどまり，例示や喩もほぼそうした光学的な領域内で機能しているといえよう。

　デュ・バルタスの語り口は流石に卓越している。先ず神を《叡智の父，光の父》と讃え，光の創造を描く以前に光の効能を述べ，創造を導入する手法は同じだが，例示の撰択にせよ喩の用い方にせよ，多面的であり起伏に富んでいる。

　　（引用－3）〔『聖週間Ⅰ』439-446〕
《おお，叡智の父よ，光の父よ
それなしには美も美しさを失うように思える，
この混沌とした世界から光以外の何が，
最初に放たれうるだろうか，またそうされるべきだろうか。
　ティマンコスがそのキクロポスを描いても無駄だったろうし，
パラハシスもその緞帳，ゼウクシスもそのペネロペを描いても，
アペレスがそのウェヌスを描いても，虚しいだけだったろうに，もし太陽が
それらの画像を見させるためにそれらの上を一瞥しなかったなら》

異教神話・異教伝説からも十分に絵画的なイメージを汲み取っていることも注目すべきであろう。このようにして展開を漸増させ，筆は光の創造に達する。

　　（引用－4）〔『聖週間Ⅰ』479-486〕
《「光あれ」と仰るや否や，
この不定形の塊はその完璧な姿に向けて進み始め，

巨大な松明の光に照らされたまま，その喪服を
もっと美しい衣裳を身に纏うため脱ぎ捨てる。
　　無為を追い払うもの，喪を追い払うもの，夜を追い払うもの，恐怖を追い
　　　払うもの，
宇宙の灯明，真理の母，
盗賊たちのまさに恐れ，美の唯一の鏡，
神の長姉，なんとあなたは善良で美しいのか》

　巧みに造語（「無為を追い払うもの＝ chasse-ennuy」等）を操り，光の形容は豊かである。デュ・バルタスもこの箇所では，光を多分に視覚的に捉えているが，光の同格語として《真理の母》を撰んでいる事態に注目する必要があるであろう。光の概念が物理的なものに限られないのは，光の創造後の筆致が物語っている。光の創造神話に続いて天使と悪魔の論述が加えられるが，悪魔はまた《夜の「王侯」》〔『聖週間I』612〕とも呼ばれるのである。光の欠如たる夜は，時として《優しい「夜」》〔『聖週間I』507〕であり，時として「闇」のイメージと重なり，悪しきものを喚起させる。光はその対立物として神に属するものとなるのだ。この対立概念はキリスト教思想にあって余りにも基本的・根源的であるがために[17]，敢えて特筆すべき類ではないかも知れない。併しドービニェの『天地創造』と比べ，光学的な概念と象徴的な概念が切断されることなく連続している事態は，ドービニェにあっては，光に続き，空気や諸要素へと，謂わば物理的な側面で，展開の整合性を保っている事態とは，極めて対照的であるように思われる。

(II) 天地の創造に関して
　祭司伝承の創造伝説に於いて，天地の創造は第二日から第三日に亘っている。ドービニェもデュ・バルタスもかなりの詩行数を費やしており，ここで全体を俯瞰するのは不可能である。従って地の創造神話に焦点を合わせるものとする。地に満ち，地を従わせるように，神の模像たる「人」が創られたからで

ある。

『天地創造』は地の創造を第Ⅲ歌で，地の有用性を第Ⅳ歌で述べている。

　（引用－5）〔『天地創造Ⅲ』9-16〕
《夕と夜からなる第二日が創られるや否や，
　神はその後直ちに仰られた「この天の下に在る水が
　一か所に集まり，渇いた場所が現れるように」
　このみ声とともに間もなく水は引いた。
　　乾いた場所がそのとき顕われたが，それは高い山脈であり，
　丘であり牧場であり，平野であり谷間であった。
　川や海は乾いた場所により区切られ，
　夕が来て朝が来て第三日となった》

以上は創造伝承の神の言葉をなぞっただけのものに過ぎない。このあとには水に関わるもの，つまり海や川の説明や効能が続く，水と分けられて天の下に出現した大地の解説は「第Ⅳ歌」に回されている。ドービニェは「第Ⅳ歌」を以下の詩節から始めている。

　（引用－6）〔『天地創造Ⅳ』1-8〕
《水の驚くべき効能をわたしは
　上述したのだからそれと同じように
　地と地が生み出す財産について，人の性質ゆえの
　激しい労働が齎す同様のことを語ろう。
　　もし水が人間にとって幸いな贈り物
　であるかどうか示すにしても，
　大地は人類にとって更に一層そうであり，
　好もしい乳母にして，その乳房によって，
　人々を潤わせ，自分の子供のように住まわせる》

第3章　デュ・バルタス『聖週間』の影：(擬？) ドービニェ　349

　ドービニェが創造の目的を如何なる点に見出していたか，この一節だけで明らかとなろう。この詩は次いでこの天の下で地が不動であることに関して神のみ業を讃える。そして地の効用を極めて一般的に説いたのち，《その表面がひとの眼にどれほど好もしく映ろうと，その内部が人にとって一層の益がない訳ではない》〔『天地創造Ⅳ』43-44〕として，詩篇の中盤以降ほぼ200行を費やして，岩，石或いは鉱石の説明に取り掛かる。この部分から一例を引いておく。

　（引用－7）〔『天地創造Ⅳ』141-144〕
《或る石は，青銅で砕かれた場合は死に至る毒となるのに
　治癒には有効で適切である。
　或るものは本性的に大層致死的な毒であり，
　また或るものは粉砕されるとこの毒の治療薬となる》

　詩作としての劣性はあえて取り上げる迄もなかろう。この四行詩の第2行目と第4行目はその極みといえる。この種の劣性は誌全体を貫いている。指示の曖昧さも同様である。或るものはどうであり，また或るものはこうであるといった表現はこの四行詩に限られたものではない。性質は説明されるが，その性質を有する当の石は多くの場合名指されていない。更に限られたものを除いて，石の描写は現象的でなく，且つその性質も一部が特にその効用に於いて述べられている。
　『聖週間』の場合はどうか，デュ・バルタスは「第三日」のほぼ冒頭に，次のような語り口を見せている。

　（引用－8）〔『聖週間Ⅲ』21-28〕
《あらゆるこれらの切り立った山脈は，その頂は鋭く，
　厚く揺れ動く雲海に接し，
　最初に誕生した波の下に己れの起伏ある背を隠し，

大地は不精な沼地にしか過ぎなかった。
このあらゆるものの王が，鷹揚に，わたしたちに封地として
この低い地の帝国を授けようと望まれ，
ネプトゥヌスに，その波を脇に寄せながら，
すぐさま大地の背中を露わにするよう命じられた》

　これが創造そのものに関わる叙述であり，ここでもドービニェとの差は歴然としている。デュ・バルタスは直接，創造伝承の神の言葉を引用していない。異教的図像もあり，祭司伝承のイメージを遥かに絵画的なものに変型させてしまった。この対比によって「詩」という観点に立つ限り，ドービニェの欠点は否応なく露呈されてしまっている。表現だけの問題ではないのだ。デュ・バルタスはこののち，水に関わる事柄を述べ，「第三日」の半ばに達する頃，再び地を取り上げている。デュ・バルタスの言葉によれば，水と地はこの世界の中核をなす〔『聖週間Ⅲ』354〕。地の周辺がどれほど不安定なものであろうと，アダムの種族を住まわせる地は原則的に不動である〔『聖週間Ⅲ』397-398〕。デュ・バルタスは地の優しさを説く。

　（引用－9）〔『聖週間Ⅲ』399-408〕
《地は誕生した人間を受け入れ，受け入れては育て，
　その他の要素から打ち捨てられ，自然から追放された
　人間を大地自身の胸に埋葬する
　女性である。
　大気が幾度となくわたしたちに反抗し，
　下線の氾濫がその怒りを死すべき
　か弱き者に繰り広げるのを目の当たりにする。天界の火は
　地上の火と同じように人間にとって忌まわしい。
　併しこれらの四要素の中でただ一つ低い要素が
　何時にあっても，何時の日にも人間にとって肝要である》

第3章　デュ・バルタス『聖週間』の影：(擬？) ドービニェ　351

　ひとの罪を神が怒って、地の動きをもって罰を加えようとしない限り、地はひとの巣立つ場であり、死しては土に戻る。この観点はまた恐らく、ドービニェの告げる処でもある。しかし基本的な構図は同じでも、例えば地を讃える、その讃え方の密度が遥かに異なるように思えるのだ。ここで長篇詩として『聖週間』と『天地創造』のほぼ二倍近い詩行を有しているといった、物理的な制約を前提にする訳にはいかない。仮に『天地創造』がドービニェの真作だとして、青年期の恋愛詩集や宮廷詩篇で、或いは老境に書かれた宗教的にして且つ雅びな詩想を綴った作品でも、自然の美しさを巧みに、心を込めて唄ったドービニェではなかったか。それがこの『天地創造』では何故か、無視しているとは言わないまでも、歌い急いでいる感がしてならないのである。だがこの問題については後述するとして、ここではそうした問題を提起するだけに留めさせて戴きたい。
　ドービニェとデュ・バルタスは、地の創造の記述以降、少しく異なる歩みを示す。鉱石などに関連する叙述は、『聖週間』では「第三日」の後半、及び「第七日」に登場する。一例を挙げる。

　　（引用－10）〔『聖週間Ⅶ』535-541〕
《虹石という名で呼ばれている鉱石は、
日の運行を司る松明から美しい顔を受け取り、
そののちに傍らの壁に、反射によって
その明るい光線を照らし出す。
そのようにして、或いはそれと同じことだが、心の中に
神的な炎の幾分かを戴いた人間は
隣人の眼にその炎を輝かせねばならない》

　宝石の描写はむろんドービニェも試みている。例えば、以下の詩句がある。

（引用－11）〔『天地創造Ⅳ』125-128〕
《結婚の誓約として採用された担保，
　それは指輪であり，結婚の掟を
　穢さない女性の証言の徴として
　渡されたものであり，高価な宝石が嵌められている》

　比較は最早無用であろう。付言すればドービニェは数多くの鉱物に言及するが，その各々に費やされる詩行は少なく，デュ・バルタス場合には逆の傾向が窺える。後者はその詩句を効能や性質よりも寧ろ，華やいだイメージや説話に捧げているように思える。

(Ⅲ) 天と地に存在する，もしくは棲むものに関して
　祭司伝承では天地創造ののちに，植物，天体，水と空に棲む生き物を天地創造第五日までに創造している。ドービニェはこれら全てにかなりの詩行数を費やしているが，ここでは第六日の被造物である動物，四足獣の創造から例を拾ってみたい。
　四足獣の創造について『天地創造』には神の言葉が直接引用されていない。《四足獣と爬虫類について》という副題を託された「第Ⅹ歌」では，四足獣の創造とその人間との一般的関係が先ず述べられる。

　　　　（引用－12）〔『天地創造Ⅹ』1-20〕
《海からあらゆる魚類，あらゆる鳥類が取り出され，囚われたあと，
　永遠なる神は，ご自身の企図された計画を遂行されながら，
　この薄暗い地上から同じように，
　その他の無数の真新しい獣を取り出そうと望まれた。
　それまでに魚類を活きた動物になされたと
　同じ方法を用いられて
　サフラン色の曙がこの世に

第六日目を生みに来たときそれらは身体を持った。
　このように，わたしが思うに，あらゆる獣は創造され，
それらが地上や，山岳や草原や平野や，谷間を進んでいくのが見て取れる。
それらは全て霊魂を有し，霊魂が生きている間は，
その霊魂は働き，感覚的以外の何ものでもない。
　仮令それらの獣の或るものに理解する能力や
知識を持っているように思われたとしても，
それらに於いて理性が主人どころではなく，
そうではなく自然が人間の役に立つように，それらに遺贈した
　特別な能力が備わっている。何故なら大きくとも小さくとも
全能なる神はその模像たる人間の頸木と能力の許に，
獣たちを服従させた。それは野生のライオンに至るまで，
如何なる例外もなく》

　上記の引用だけでもドービニェの四足獣に関する叙述はその性格を露わにしている。解剖学を予見させる論述があり（動物の霊魂），それらの創造の目的が人間に対する奉仕であると断言されている。語彙を見ても詩的というより，適切な表現かどうか分からないが，学術的な言葉で詩句が形成されている。この一般的な叙述は「第X歌」を通じて変化しない。詩篇は四足獣の各部分を，脚，角，体毛という具合に述べ，それぞれの部分で特徴を有する動物を例にあげるが，知名度の高いものを除いて，個々の種属が名指されることは滅多にない。脚を論じた詩句から引用してみよう。

　（引用−13）〔『天地創造X』25-32〕
《獣たちの脚の形状は相互に大層異なっており，
　ある種属のものたちは双つに裂けた足を有するが，
　その他のものはそうではない。併しながらそれらはみな頑健な爪をしており，

ただ一種だけが例外で、それは爪ではなく五本の鉤角をもっている。
　他の獣は幾つもの指を持っていて、その先端には
丸く尖った爪があり、ある動物たちはその爪で、
餌で暮らしているので、動物たちに戦いを挑み、
また別の種属は地中にその巣を掘削する》

　形態を追求する段階で動物は分類され、一種類の動物が、時として、短い詩句内で幾度も言及される場合すらある。「第Ⅹ歌」はこの形態論、解剖学的記述が中心であるが、のちに雌雄の関係を論じ、生活様態を描写し、最後に爬虫類に触手を伸ばして幕を下ろす。
　デュ・バルタスの長篇叙事詩では、詩句がやはり根本的に異なる発想から由来しているように思われる。デュ・バルタスはドービニェと同じく創造そのものについては語らない。「第六日」は序にあたる詩行のあと、詩人は直接動物を唄い始める。

　　（引用－14）〔『聖週間Ⅵ』23-30〕
《あなたの指が今日、草原や岩山、森林の
主(あるじ)にされたかくも多くの動物の中で、
わたしは象を認めるが、それはそれらの群の副官で、
獰猛な陣営の前衛の命令にあたり、
この任務に適任で、沢山の兵士を乗せた
山車が載ったその背中についてであろうと、
人類の智慧を曇らせるかに思える
彼の慎重な器用さを考慮に入れようとそうなのだ》

　まだ象の歌は続く。勤勉な動物であり、礼儀を弁え、様々な長所の他に、伝説的な背景にまでデュ・バルタスは文献を駆使し、筆を及ぼしている。そこにはドービニェの多用する解剖学的な、或いは形態論的な描写はまず存在しない

といってもよいであろう。言及される幾つかの動物は，凡そ命名され，その性質が描写され，逸話が語られる。時としてその名だけが，或いは時として数十行に亘り全面的に叙述される動物は，詩の中に十分溶け込んでいる。ドービニェの言わば概括的・単色的な体系に比べ，デュ・バルタスは各箇別的な言及で整合性を保っているのだが，それは或いは，箇体的・色彩的な体系ともいえよう。いま一つだけ引用をお許し願いたい。

（引用－15）〔『聖週間Ⅵ』111-116〕
《併し動物たちの中で何ものも，城塞を守り，
庭園を守り，城舘を守り，すばしこい予見者である
犬ほど死すべき人間の役に立つものはない。犬は本物の鼻を以ってして
大領主の食卓を美味しいご馳走で充たすのだ。
死に至るまで友であり，狡猾な狼を脅かすもの，
おののく盗賊の恐怖，よく目端のきく狩猟者である》

このように動物は概ね興味深い，暖かな眼で見られているが，中には猛々しい種属がいない訳ではない。こうした猛々しい動物の創造の意味は何か。デュ・バルタスはかかる問を発した処で神に謝罪する。動物は本来人に害意を抱く筈ではなかった。少なくとも人がエデンの園にあって神の命令に背くまでは。動物の中に人に害を及ぼす種属がいるとすれば，それは人の原罪ゆえである〔『聖週間Ⅵ』179 et suiv.〕。世界は本来調和的なものであって，人はその世界の主たるべく創造された筈なのである。

(Ⅳ) 人の創造に関して
　人の創造についてドービニェは『天地創造』の最後の5歌を費やしている。創造そのものは，祭司伝承を拡大した形で語られる。

(引用 - 16) 〔『天地創造 XI』 36-48〕
《「創ろう」と神は言われた。「わが姿形に擬えてひとを創ることにしよう，
眼に見えるあらゆるものの上に，人が至上の帝国を創るようにしよう。
万事が人の手の下にあるようにしよう。
海の魚類にせよ，天界の鳥類にせよ，
誇りに塗れた爬虫類が，全ての獣とともにそうあるようにしよう。
　こうしたあらゆるものが人の権力の許に渡され
ひとに可能な限りそれらを自由にさせるようにしよう。
生命と存在を有するもの全てを，主なる神にして主たる神が
それらを創造されたものとして支配するように。
　この至上の権利において，そうしたものを導き，
よりよく維持するために，あらゆる動物を人の方に，
今や来させよう，そしてそれらが皆，人に従属する徴として，
人がそれらを全て，名付けるように」》

　こうした神の言葉に則って人は創造された。地から創られた人は地の主であり，地に棲まうものを従える。天と地とそこに存在するものは人のために創られた。ドービニェは神の模像である人の叙述を開始する。ドービニェはここでまた解剖学的に人の肉体を描いている。殊更必要あるまいと思われるが，その解剖学的知識の衒学的までの有様を示すために，一つ二つ例を挙げておく。先ずは「第XII歌」にある眼の分析である。

(引用 - 17) 〔『天地創造 XII』 189-200〕
《感官の中でこの顔(かんばせ)に置かれた
最も確実に有益で貴重なものは両眼に於いて明らかで，
併しながらそれらの眼の明かりによって正しく
その身体を導くための格別の能力がそこにある。
　この視覚の用具のこうした明晰な双眸に於いて，

それぞれの瞳に七つの筋肉がその動きのために存する。
加えて両眼のそれぞれは五つの膜で覆われている。
それらの効果については，それは視覚神経に由来しており，
　両眼は三つの気質からなされており，そのうちのひとつは房水と呼ばれ，
第二のものは水晶体で，第三は白膜と呼ばれている。
房水は空いている場所を満たすため齎されているので
水晶体が常に潤っているように保つのである》

　眼の解剖学的既述は尚続くが，ここでは略して，「第XIII歌」に見出される肩甲骨と筋肉の解説の一部に移ろう。

　　（引用－18）〔『天地創造XIII』101-108〕
《脇腹に張られた幅広い腕は，
その脇腹には腕の軸が固定されているのだが，
六つの筋肉を有していて，それぞれがその動きをなし
あらゆるその他の運動がそれらにとって主となっている。
　そのうち四つはそれらに固有で，その他の二つは
それらで二本の腕の使用に共通している。
一方は靭帯と呼ばれ肩甲骨に結ばれ，
もう一方はそれとは逆に菱形筋と名付けられる》

　この類の記述が人体の各部に亘って，余す処なく続く。これは最早「詩」の名前には相応しくないように思われる。四行詩，音綴，脚韻が辛うじて定型の中に散文を押しこめている。そしてこれは人の身体の記述に限ったことではない。人がそれによって将に動物と異なる，霊魂を論じても事態はさほど変化しないのだ。その実体性に関心が寄せられていたにも拘らず，霊魂は勿論物理的な存在ではなく，この点で「解剖学的記述」と形容するのは当たらないのかも知れない。実際のところ，霊魂を扱う最終2歌は，或いは神への讃歌であり，

時として物理的ならぬ，人の精神状態の解説でもある。とはいえ例えば霊魂の機能を語る詩句を見るとき，そこに身体を論じたと同じ分析的な筆致を見分けることは容易であろう。

（引用－19）〔『天地創造XV』137-144〕
《霊魂は上記に論ぜられたあれらの効能の他に，
自然から受け取った五つの効能を呈示する。
そのひとつは感覚であり，もうひとつはその要求を満足させるよう
身体の器官に命ずるものであり，
　第三のものはあらゆる感情に命ずるための
能力と影響力である。
そのお陰で人は過去と現在と，将に来たるべき事柄を
正しい方向でよりよく瞑想することが出来るのである》

ドービニェに対してデュ・バルタスは人の創造神話に50行以上もの詩句を捧げている〔『聖週間Ⅵ』427-483〕。人は究極の被造物であり，人の創造に比べればそれまでの業はほんの試みにすぎない〔『聖週間Ⅵ』447〕。神は人の創造に関して格別に配慮し，その結果漸くにして自らの模像である，地の主たる人を世界に送るのである。

（引用－20）〔『聖週間Ⅵ』467-476〕
《様々な姿形の動物を創造しながら神は，
海は魚類で，地は動物の群で
久遠に富むように命じられる。
併しアダムを創造するにあたって神は御自らに指令を与えられる。
神はそれ以外の動物を創造するにあたって，
　一時に体と精神をお創りになった。けれどもわれわれの裡に
滅ぶべき資質と不滅の資質が因果関係にあることをよく弁えられて

結び付けられることを企てられたとき，
神は猶予期間の援けを借りられ，異なる時に
世界の長〔たる人類〕の霊魂と身体を形成された》

　デュ・バルタスは続いて人体の各部の記述を開始する。200行を費やして，眼，鼻，口，耳，手，脚という具合に各部分が具体的に描写されるが，その具体相は勿論，『天地創造』の場合と質が異なっているように思える。比較し易いように眼の論述を引用しよう。

　（引用－21）〔『聖週間Ⅵ』509-528〕
《身体の案内人である眼は，この砦の最も
際立つ場所に斥候として配置され，
遠方から発見でき，如何なる災いも
不意をついて神々しい動物を襲わないよう番をしている。
その両眼を用いることで，あれほど誇りにしていた汝の手が
殆どそれ自身に優位に立っているように思われるが，
茎を通じて太陽を眺めながら，掘割の両岸がそれらの見晴らしを
狭めているので，かくも大きな空間の
僅かしか注意しない眼のようにはわたしたちの両眼が
働かないようにするために陽の光に眩ませることを妨げながらのことだ。
そしてこの地上世界の主たる方の御顔を
余りに多くの開いた穴で歪めないために
これらの双子の星辰，それらは優しい炎で
極まりなく冷え切った霊魂にさえ熾火を灯すのだが，
これらの精神の鏡，これらの優しく光る灯，
これらの愛の甘い餌は大層柔らかな皮膚をしていて，
それを通じて（恰も二つの輝くガラス窓の如く）
それらの双眸は時としてそれらの最も輝ける光明を放ち，

もし神があらゆる処で岬角によりそれらを覆って下さらなければ
たちまちの裡に消え去ることだろう》

　デュ・バルタスはドービニェのように，精緻な分析によって叙述を完成しようとはしない。語彙が違うのは当然だが，それ以前の，対象を捉える視線そのものが違っているように思われる。ドービニェは内部を細断する分析的な視線を保持し，デュ・バルタスは寧ろ調和的な総合的全体へと視線を向ける。人体の各部が如何に巧みに，世界の種たるべく創られているかがその主眼であり，その各部は描写されても，神のみ業を讃えるための詩を呼び起こす手段として扱われているとすら思われるのである。更にデュ・バルタスは「第七日」の最後でも人体を論じている。だがこの場合も，教訓を，喩を用いて告げるためであり，やはり人体ほど調和的に創られた存在はない，というためのようだ。
　「第六日」の人体の言及のあとで，霊魂が俎上に上る。神は将に御自らの息を土から出来た人体に吹き込んで人に霊魂を与えた。霊魂と精神の機能を論ずること自体では『天地創造』と大差がないが，説き方はやはり異なっている。その一例を挙げ，天地創造の各要素を通して見た，両長篇詩の展開の解説を終わりたい。

　　（引用－22）〔『聖週間Ⅵ』735-742〕
《わたしは如何に眼がそれ自身を除いて全てを見るか，知っている。
　わたしたちの霊魂がそれ自体の働きをのぞいて同じように
　あらゆる事柄を承知しているかを，そしてそれ自体の歩幅で
　霊魂の大きさを測ることが出来ないかを，知っている。
　併し流出により害されることがない眼は
　幾分かは波やガラス器に己れを見出す。
　それと全く同じにわたしたちの霊魂は神聖な効能を有する
　輝く鏡の中に聊かは己れの姿を眺めるのである》

3

　祭司伝承中の創造伝説の中心と思われる四つの要素に応じて『天地創造』と『聖週間』から適宜例を引き、部分的な差異を長篇詩の展開に添って採りあげて来たが、二つの天地創造詩の比較対照はまた、その全体をつうじても行なう必要があるように思える。全体に関わる考察は、題材、記述、構成の三者の面から行なおう。先ず題材に与かる考察を試みる。

　二つの長篇詩のテーマは天地創造であり、最も基本的な構想は旧約聖書の創造伝説から借りられたものであるが、それらが長篇詩として成立し得ているのは、基本的な構成を肉付けしている種々の題材である。この題材は大きく分けて三つに分類出来るだろう。即ち伝承的要素、学術詩的要素、及び信仰的要素である。伝承的要素とここで便宜上命名したのは、祭司伝承に関わるものではなく、キリスト教的（ユダヤ教も含む）もしくは異教神話、或いは教父伝説からの援用、言及に与かるものを指すとする。長篇詩の内部で、長篇詩の枠を決定する祭司伝承からの叙事的部分を差し当たって省いた、その枠の構成に参与する、謂わば物語である。学術的要素とは、実証性の有無に拘わらず、単に他の権威ある文献の敷き写しに基づこうと、幻想性にではなく、敢えていえば論証性に導かれるものを指すものとする。信仰的要素とは、宗教という組織的な存在に基礎付けられるべきものであるにしても、両長篇詩に於いてより個的であり、寧ろ共同性へと訴えるものをいう。これら三つの要素から、両天地創造詩の「詩」としての存在意義が成立していると考えてもよいと判断した。

（Ⅰ）伝承的要素
　デュ・バルタスの長篇詩を成立させている題材で、最も眼に止まるのはこの伝承的要素である。ユダヤ・キリスト教的な、或いは異教的な神話や伝承が『聖週間』の展開の上で重要な役割を負わされていることは少なくない。勿論「詩」という個人の幻想の中で、伝承の原型は巧みに変形されてはいる。ルネサンス

期のキリスト教文化圏内で天地創造という，言わば「世界解釈」の詩を認める以上，こうした伝承への依存は通例であったかも知れない。だが問題とすべきは，伝承的要素の取り扱い方なのである。

「第五日」に見られるイルカの物語を例に採ろう。創造伝説では，その「第五日」に水に棲むものと天を飛ぶものが創造された。イルカは前者の一つとして言及されている。イルカそのものの描写は以下の如くである。

　（引用－23）〔『聖週間Ⅴ』437-434〕
《塩辛い領地に生ける民衆の国王，
　殻に覆われた一団の負けを知らぬ征服者，
　生きながらにして日々を活きるお前（どれというのもお前の骨にあっては
　アトロポスの本当の模像である眠りが流れたことなどあるべきもないのだから），
　船を愛し，人を愛し，詩句を愛し，竪琴を愛するお前，
　塩辛い世界の石弓よりもしっかりと流れを昇り，そして下り，
　お前はとても海原を大切に思っているから，お前の花盛りの年頃にあって，
　水がなくなると途方に暮れてしまうほどだ》

イルカそのものを対象とした描写は殆ど以上に尽きており，その直後からほぼ90行を用いて，彼のアリオン伝説とその中でのイルカの役割を忠実になぞりながら語り始める。イルカの生物学的な記述など全くない，といってよい。イルカという生物がどのような形態をし，どのような器官を有し，どのような習性の持ち主であるか，どのように繁殖するかなどといったことは，デュ・バルタスの好みではない。伝承にあるイルカのイメージを損なうことなくどのように生彩を以って歌い上げるかが肝要なのである。これは如何なる事態を意味するのだろうか。

　根本的にはデュ・バルタスの，己れの世界了解と己れの天地創造詩の理解に関わって来る筈だが，これについてはあとで纏めるとして，ここで指摘してお

きたいのは，一般に，彼の長篇詩の読者に少なくともルネサンス期の知的上層を先ず第一に念頭に置いていたとすれば（「アトロポス」や「アリオン伝承」の釈義のない導入がその証左だ。尤もプレイヤード派以降これらの概念が知的中層にまで広まっていたのは事実だろうが），その共同的な幻想，共同的な伝承にその座標軸の零点を有していたということであり，この類の長篇詩が「詩」それ自体として完結するものではなく，読む者に訴えかけるものであるとすれば，また共同的な幻想性に言葉を与え，具象的なイメージを齎すことを目的としたのではあるまいか。デュ・バルタスが問題とするのは，箇別的な幻想に一定の位置付けを行なうこと，幻想のこの世界での意味付けにあったように思われる。

例示にはこと欠かない。四足獣に触れる折りには，ライオンの項で，ローマ時代の逃亡奴隷とライオンの友情物語が長く，また細部に亘って語られる。鷲を論ずる際しては，鷲を育てた乙女の物語が百行に亘って描かれている。これほど長く，また詳しく語られていない場合でも，語り手と聞き手（または読み手）の間に，その伝承の原型となる神話についての暗黙の了解があると考えられるだろう。「第四日」の星座の件を一瞥していただきたい。ここでは星座の由来に関する伝承は，そのままの形では先ず語られていない。けれども前提には星座の名に附随する共同的なイメージの喚起力があるのであり，その前提を基盤に様々な星座が次々に語られてゆくと考えられる。大切なのは天文学的な解説でも，占星術的な断定でもなく，共同的な幻想の喚起力なのである。

反してドービニェにあってはこの種の伝承的要素は全くと言ってよいほど眼につかない。共同的な幻想は，殆んどキリスト教的な共意の範囲に抑えられる[18]。祭司伝承も含め，旧約聖書の創造伝説を延長したものが，この要素の出現する殆ど唯一の場合である。大文字で強調され，本来のキリスト教思想とはやや離れた位置にあると思われるものは，「自然」が眼にとまる程度である。ではドービニェは伝承的要素に替えて，長篇詩の素材をどこに求めたのだろう。それが学術的要素であると考えられる。

（Ⅱ）学術的要素

　試みに先ず両長篇詩に於ける「蝕」の記述を引用しよう。

　　　（引用－24）〔『聖週間Ⅳ』711-722〕
《このようにあなたの蝕は彼の方の蝕と正反対であり，
　あなたの蝕は度々起こり，あなたの兄君のそれは稀である。
　あなたの蝕は心底あなたの美しさを損ない，
　彼の方の蝕は，ご自身の相貌ではなく，わたしたちの眼から光を奪い，
　地球こそがこのようにあなたに闇を齎すものであって，
　太陽の蝕はあなたの影に起因する。
　あなたの相貌は東方から昏くなり始め，
　彼の方の相貌は西方から昏くなり始める。
　あなたの蝕はあなたの貌が最も輝くときに起こり，
　彼の方の蝕は陰り始めたあなたの美しさが消失するときに生ずる。
　あなたの蝕は地球と天空のあたりで全般的であり，
　彼の方の蝕はこの地にあっても限られた地域でしか知られない》

これは『聖週間』に見られる叙述で，二人称で呼びかけている対象は月，三人称は太陽を指す。一方以下の詩句は『天地創造』からの引用である。

　　　（引用－25）〔『天地創造Ⅶ』711-722〕
《ところがどれほどこれら二つの炎が光を放とうと，
　それらは蝕になる可能性があり，それらの一方が，
　蝕となる線上の傍らでそれらが合するとき，蝕を創るが，
　それは同じ地帯で一方が他方に対峙するときなのである。
　　何故ならどれほどこの太陽が非常に高温な星辰で
　光の創造者であろうとも，昏い月が
　その輝かしい天体とわたしたちの視覚の前に

ちょうど延長されてしまうとき，この事故に陥ってしまうのである．
　それ故この炎が月という昏い天体に
対峙するとき，地球がそれら二つの間に入って
直接に妨げるのだが，それは蝕となる線上の傍らに月がいるとき
月に太陽の輝きが渡るのを妨げるのだ》

　両者の差異は明白であろう．記述の問題にも絡むが，今はそれに触れないまでも，題材の把握の点でも両者は遥かに隔たっている．仮りにデュ・バルタスの学術的知識とドービニェのそれとが同等であるとしても，敢えていえば前者はその学術的知識を隠すかの如く語り，後者はその知識をより論証的に，より精確に語ろうとする．喩も関係するが，デュ・バルタスは蝕とは美が隠されることだという．彼は学術的な知識を背景に持ちながら尚，共同の伝承，共同の経験に基づく感覚に訴えかけるのである．デュ・バルタスの叙述はこの意味で近代科学の成立する基盤とは異なった場所に佇んでいるように思われる．伝承を（亜）学術的な議論で飾ろうとしようとしている．月蝕が屡々生じ，日蝕が滅多に起こらないというのは学術的な事実の叙述と見えるかも知れないが，実のところ共同の経験に裏打ちされた叙述に過ぎない．その事実を体系的かつ論証可能的に探れるとすれば，それが所謂学術的な記述の姿勢なのである．尤もこう断言してしまえば，ドービニェにも「学術的な」という形容語を与え難くなるのは確かだ．ここでは相違を相対的な範囲に絞るべきであろう．そうであるならドービニェが「より」学術的であると判断することも可能となるのではあるまいか．二つの詩句で如何なる場合に蝕が生ずるかを述べた箇所を比較していただきたい．ドービニェの議論が相対的であるにせよ，デュ・バルタスのそれに比してどれだけ論証可能的で精密であるか理解されるであろう．そこには論証可能性の極北，幾何学的なイメージさえ認められるのだ．ドービニェは世界を把握するにあたって，伝承に基盤をおかず，学術的精神を撰択したといえる．換言すれば，伝承の有する共同的な幻想性の代わりに，体系的・学術的な知を以って共同性を囲繞することを撰んだのである．学術的な体系は無論一

人ひとりの人間が有するものではなく，それらの人間の「生活」を律するものでもない。律しているのは伝承や共同的な幻想性である。デュ・バルタスが支柱にしたのは正しくその類なのだ。つまり彼は共同性を基礎的な事象と認めて，その共同性の直中で，共同性に即して[19]詩篇を執筆した。ドービニェの長篇詩は，それが彼の真の目的であったか否かは別として，共同性に依存せず，共同性に対して超越的な立場から，共同性の新たな構造化を目論んでいるような気がする。

　共同的な伝承や幻想も体系的であり，学術も自ずと体系的である。けれども後者は前者により一般に外化されている。少なくとも基本的にはそう言ってよいだろう。何故なら伝承や幻想を人は生きるが，学術は人の生きる世界そのものを対象化するからである。『天地創造』に於けるドービニェの視点は共同性を主体的・実践的なものに非ざるものとして客体化するものといえる。言うまでもあるまいが，学術的であることと現実的であることとは全く異なる。学術もまた一種の幻想には違いない。異なるのはその幻想が共同性に支えられているか，論証性に支えられているかである。即ち時間的であるか，超時間的であるかの相違である。デュ・バルタスは時間を撰び，ドービニェは今一方を撰んだ。

　一般にデュ・バルタスの長篇詩は「科学詩〔poésie scientifique〕」（「科学」という語を現代のように「自然科学」を専ら指す，とは採らないようにしよう。寧ろ人文諸科学，社会諸科学，宗教諸科学，亜科学の全てを包括する，いってみれば対象の非主観的描写に関わるものだという程度にご理解いただきたい）の系列に属するとされる。科学と詩が本来相反するものであるかどうか[20]，大いに疑念が残るところだが，それを質すのは本稿の目的ではない。併し通説に従えば，デュ・バルタスは前者に反撥せず，その両者を融合した詩人に分類される。勿論ルネサンス期に於いて「学術」は今日の意味するところとは異なり，《科学，哲学及び魔術の混合》[21]であったにしても，デュ・バルタスのそうした混合としての科学＝学術は共同的な幻想を裏付ける限りのものであり，またそこから出発したものであった。ドービニェの場合は初めから土着的な共同性を無視している。その

精密な解剖学的知識，生態学的知識などは世界を対象化する過程でしか出てこないのではあるまいか。ここで学術的要素として述べたものは，世界の対象化に関係していたのであり，この点で，ドービニェの長篇詩は学術的要素を基本的な素材としていたと言うことが出来るだろう。

(Ⅲ) 信仰的要素

　天地創造の主題をユダヤ・キリスト教の内部に棲む人間が考察する以上，その主題を唄う詩篇も宗教的要素を含む筈である。ここでは共同的な幻想性としての宗教ではなく，個的な幻想性としての信仰的要素を扱うものとする。個的な幻想性ではあっても，構造的には共同的な幻想性に支えられ，また逆に後者を支えるものであることは言うまでもないけれど，ここで問題としたい視座は，構造や制度，歴史を抽象した，謂わば実存的な要素である。言い換えれば「祈り」と言ってもよいかも知れない。即ち個の，超越的な世界への超出に関わる。

　「祈り」は二つの天地創造詩に満ちているように思われる。先ず『聖週間』を例に採る。

　　(引用-26) 〔『聖週間Ⅰ』1-12〕
《炎を運ぶ天の運行を司り，
　真のネプトゥヌスとして水の湿った轡を操り，
　大地を揺るがし，その言葉は曙の
　馬車の鐙を締めたり緩めたりするあなた，
　わたしの霊魂をあなたの許まで高めて下さい，わたしの精神を純化して下さい，
　そして学識あふれる技巧でわたしの書物を富ませて下さい。
　おお，父なる神よ，わたしが達者な声で，
　わたしの甥たちにこの世界の誕生を唄うことをお赦し下さい。
　おお，大いなる神よ，わたしがわたしの詩句の裡に

この偉大な宇宙のこの上なく稀な美しさを繰り述べることをお赦し下さい。
宇宙の額にあなたの権力をわたしが読み取ることをお赦し下さい。
そして他人を教化しながら，わたし自身が学ぶことをお赦し下さい》

これは「第一日」の冒頭である。この種の神に向けられた「祈り」は長篇詩のかなりの箇所に認められる。「第二日」の27行目から30行目の詩句もそうだし，「第三日」の冒頭の詩句もそうである。概ね詩が新たな展開を示す場合，神の業を讃えるべく「祈り」が引き合いに出されるといってよかろう。神そのものでなくとも，超越的な世界と自己の関係を確認し，強めるための言葉が「祈り」であるなら，超越的な世界に本来属する出来事を語るには，その力を借りなければならず，従って「祈り」は必須であるように思える。だが実のところ，こうした「祈り」はどれほど実存的なものであるのか。そうではなくて寧ろ，これは古典古代以来の詩的儀式に属するものではないだろうか。ドービニェの場合も事態はさほど変化する訳ではない。

　　（引用－27）〔『天地創造Ⅰ』29-36〕
《神々しい詩神よ，わたしの上にあなたの恩寵とご厚意を
注ぎにいらして下さい。そしてわたしにわたしの詩句と
これらのわたしの詩篇によって，この大いなる神の中の神の
素晴らしい御業(みわざ)を賞揚するに必要なものをお授け下さい。
　何だって，とひとは申すでしょう，それは大それた企てだ，
おまえの堅琴の響きは小さく，仕事は非常に価値が高い。
それを企てる者は誰であろうと，気高き神に鑑み，
その者は叡智に於いてダビデに似通うだろう》

神と自己の関係の直接性が想定されていることは間違いなかろう。二人がともに改革派信徒であるからではない。例えば引用した『聖週間Ⅰ』の冒頭をモーリス・セーヴの『小宇宙』の導入部と比較する研究者[22]は，先ずこの「祈

り」を完全に詩の内部に封じ込めている。改革派信条の基本が，神と個の直截的関係を前提としていることを関連させて考察しようとはしない。こうした方針は恐らく正しい。その所以は，ここで扱っている詩人たちの改革派信条に対する姿勢に与かっている。

　デュ・バルタスによるカルヴィニスムの教義の把握はどの程度のものであったろうか。優れて戦闘的であったこの改革派詩人がカルヴィニスムに大層傾注していたことは疑いをいれない。けれどもその教義から逸脱する点が存したことも既に証明されている[23]。例えば聖母マリアへの篤信はカルヴァンを喜ばせるものではなかったろうと言われている[24]。彼はまた信仰の自由（良心の自由）についても穏健カトリック派大法官ミシェル・ド・ロピタルと意見を共にもしていたようだ[25]。ここでは一人の「詩人」が教義を抑え込んでいると考えてよいだろう。デュ・バルタスは彼なりの方法で神を讃えたのであり，つまり神の業を讃えたのである。そのための方法とは無論「詩作」であり，教義を説くために詩を綴ったのではあるまい。「祈り」の存在はこうした事柄に求めてよいように思える。確かにデュ・バルタスは神の援けを必要としただろう。だがその援けは「詩」の内部には見当たらない。神は絶対であり，デュ・バルタスが「詩」を書くかどうかは神に訴えたところで，如何ようにも為しがたい事態だからである。ただ，神に祈ることによって自らを励ますことは可能であった。彼の「祈り」にもし意味があるとすれば神秘的な何ものでもなく，ただそれだけのことに過ぎまい。そしてその意義があったにしても「詩」の内部で「祈り」はまた，詩的技法として姿を顕す。先に僅かに触れたことだが，当時の数多くの詩人たちが「祈り」をその叙事詩の中で用いている。「詩人」としてデュ・バルタスの内部に神の援けを追求し，個的な関係を通じてその力を感受しようという意志はあったかも知れない。併し書かれたものとしての「詩」の内部で，それはまた形式的な，共同性の範囲内の言葉に転化していることもまた事実なのである[26]。

　これはドービニェの場合にも言えることであろう。ドービニェの生まれついての資質がジュネーヴに拠点をおくカルヴィニスムのフランス細胞，所謂ユグ

ノー派とどれだけ完全に合致したか疑わしいところがある[27]。恐らく彼は熱烈に箇として神との一体化を熱望したであろう。けれども『天地創造』の「祈り」にその切望がどれだけ明確に反映されているのだろうか。ドービニェは神の業を讃歌し、神の援けを希求する。但しこれは「祈り」の発言に留まらず、長篇詩全体がそうした讃美や希求の目的を有しているのである。侵攻的要素と呼べるものは事実、これら二つの天地創造詩に一定の役割を果している。部分的にそれだけを、あくまでもそれだけを取り出してみれば、神と箇の絶対的な関係の中で「祈り」を捧げているように見えるのも確かである。それだけから判断するなら、制度でも歴史でもなく一人の「詩人」としての実存を賭けた訴えと採ることは可能である。ただ長篇詩の中にこの要素を置いて、その位置を考える場合、どうしても「詩作」が「祈り」を要請しているのだと考えざるをえない。『天地創造詩』にしても『聖週間』にしても先ず以って叙事詩であり、その枠の内部で詩人が有する世界解釈が展開される。実存的な、信仰的要素が真に存在し得たにしても、それはこの枠組みの内部で、形式に吸収され、詩的技法の伝統に組み込まれてしまっているように思われる。素材としての信仰的要素とは、実のところ、詩的慣習の変型に過ぎないのである。

　基本的な題材については今迄検討してきたとおりだが、いま一つ、特に『聖週間』に認められる、仮令断片的であるにせよ、或る点で重要性を有すると思われる要素を挙げておこう、即ち情況的要素である。一見、天地創造という主題は直接情況性と関わらないようにも思われるが、個と超越界との関係に触れたついでに、箇と情況との関連にも言及しておきたいと思う。前者を例えば「祈り」という言葉で表現したとすれば、後者は「叫び」の如きものと言えるだろう。デュ・バルタスの長篇詩から一例を挙げる。

　　（引用－28）〔『聖週間Ⅵ』73-80〕
　《反抗的な右手が自分たちの短刀を
　　自分自身の胸に突き立て赤く染めるフランス人にも似ている、

第 3 章　デュ・バルタス『聖週間』の影：(擬？) ドービニェ　371

その間に憐れみの情など持たず，気違い染みた熱狂に駆り立てられ，
同国人の血で自分たちの町を穢し，
或るときはモンコントゥールで，或るときはドルイド僧の平原で
彼らは残酷にも，父親殺しの自分たちに向けて剣を血塗るのだ。
そして自分たちの祖国を忌まわしい墓にし，そこにはその骨とともに，
世界で最も美しいものが横たえられるのである》

　デュ・バルタスの長篇詩ではこうした類の，主題から一時離れて，時代に向けて書かれた詩句が少なからず眼に止まる。時としてそれは内乱への批判であったり，時として堕落した風俗への怒りであったりする。個の側からの声としては，先に挙げた「祈り」などの場合より，こうした情況に向けられた「叫び」の方が遥かに明確なメッセージ性を有するように思われる。勿論そこにも時代を共有する共同的な意識が介在している訳で，時代が異なれば，最も退屈な箇所とも成りうるであろう。然も過去を背負った共同的な伝承に向けられたものでなく，過渡的な現象に対する言葉であるだけに尚更である。けれども逆に，これらの発言によってデュ・バルタスは自己の時代的な立場を明確にしえた訳であって，長篇詩の内容に関するものとしては，今迄述べた意味での共同的な幻想に依らず，然も幻想の外から，個的な発言をものす，数少ない場合であったといえる[28]。

　ドービニェの長篇詩では，こうした「叫び」は全く眼を惹かない。喩として意識したと考えることが可能な詩句も含めれば，全く無い訳ではないが，デュ・バルタスの場合と違って，その質も量も問題とするに当たらないのである。『天地創造』に限っていえば，青年期の恋愛詩集，壮年期の宮廷詩集，そして何よりも晩年に刊行された『悲愴曲』を支えていた強烈な時代への怒りを忘れてしまったかのようである。だがこれは一体何の故なのか。何故ドービニェは時代から離れ，時代を告発する立場も捨ててしまったように見えるのか。ドービニェの意図は何であったのだろうか。

4

　主題（の一部）については以上，見て来たとおりだが，記述について二つの天地創造詩はどのような特徴を有するのだろうか。記述の問題を扱うにあたり，次の三点を中心に論ずるものとする。即ち学術詩，所謂「科学詩」としての対象の記述の個別的な様式，全体的な記述の態度・姿勢，及び詩的記述に関わるものとして喩の問題を扱いたい。

（I）記述様式

　対象の記述様式の点で，二人の詩人の差異は明らかである。既に長篇詩を四つの創造神話から見て来た際にも述べたところであるが，デュ・バルタスの対象の記述は基本的に個的・線的であり，ドービニェの記述は総合的・構造的であるといえよう。前者には箇体のイメージへの関心が強く博物誌的との形容も出来るかもしれない。個的・線的であるとはこの場合，例えば動物を個々に採りあげ，その形状・性質・逸話などについて次々と列挙してゆく様式を指していると考えて戴いて差し支えない。四足獣，鳥類，魚類許りではない。星辰にしても星座にしても，植物にしても原則的にこのような記述様式は変わらない。勿論『聖週間』も学者ならぬ詩人の作品であって，場合に応じては構造性が線性を凌ぐことも見られるが[29]，長篇詩全体を通じて読むと，その種の執筆方針は寧ろ例外であって，主たるトーンは個的・線的（博物誌的）に在るといえる。

　このような記述スタイルはどこで誕生したものであろうか。敢えて博物誌的という形容を試みたが，デュ・バルタスには当時のルネサンス文化人に共通する，世界を「学舎」や「書物」に擬える喩が所々に現れる。「博物誌」という喩で述べたかったのは，デュ・バルタスは世界という「書物」を1ページ1ページ捲ってゆく調べ方・歌い方を好んだのではないか，ということである。「書物」である世界には全ての神のみ業が隠されており，その「書物」のページを

開くことにより，順を追いながらも世界の全てを知ることが可能であると考えたのではないだろうか。デュ・バルタスは「書物」の中に棲んでおり，そこに見出せるものを魚類，植物という具合に分別はするものの，分別された項目内で片端から，知識にある限り語り尽くそうとするのである。デュ・バルタスが属から種へと下降的に生物を描いていると論じられるのは[30]，最早この点では問題とならない。属であろうと種であろうと「書物」の中の大項目か，或いはその中の更に小項目かの差異に過ぎない。下降的に小項目が中心となるのであれば尚更である。全ての小項目が集まれば全ての大項目が構成され，全ての大項目は世界という「書物＝百科図鑑」を構成する。デュ・バルタスにとって世界はその構成要素の集合として顕現する。『聖週間』には「詩」という形式上の枠組みが課され，またデュ・バルタス個人の能力にも当然限界はあった。また『聖週間』が読まれ・歌われるべく定められた作品であれば，読み手や歌い手の側の限界も考慮しなければならなかった。けれどそうした限界はあろうとも，もし可能ならば構成要素をすべて十全に語り尽くすことによって「世界」は解き明かされる筈である。恐らくデュ・バルタスの個的・線的な記述の背後には，或いは反省的でないにせよ（この「反省」という言葉は哲学史的に用いられている。念のため），このような前提が存していたに相違ない。世界は創造伝説に応じて，幾つかの根本的存在者から成立し，その存在者は独立した属へ，更に独立した種から個体へと辿る道のりを逆に昇れば，世界を構成し得るのである。

　ドービニェの場合は，構造概念が記述様式の基調になっているように思われる。彼の場合，この基調がデュ・バルタスに於ける列挙という方針のように，統一的な枠組みを構成しうるか否か疑念が残るが，それについては後で触れるとして，ともあれデュ・バルタスの了解と比べた場合，その構造的把握の裡に極めて強いアクセントを感じざるをえない。四足獣の記述がその良い例となるであろう。ドービニェは個別な種から，或いは個体から記述を始めはしない。記述を纏める項は諸箇体の有する共通点であり，その共通性は高度に抽象化されている。個体の特性が姿を顕すのは抽象化された項目内部の例，もしくは例

外としてなのである。多分「脚」という項目に関してドービニェは「それは身体を支える器官である」とだけ述べてもよかったろう。だがデュ・バルタスの場合とは逆しまな方向で「詩」の形式と「天地創造」なる主題が種々の動物の「脚」について語らせたのである。

(引用−29)〔『天地創造Ⅹ』81-88〕
《動物たちは自分たちを虚弱にするであろう
「時」の力に抵抗するため,皮膚と体毛に覆われている。
或る動物の体毛は短く,或る動物のものは長く,剛毛である。
寒い地方にあってあるものは垂れ下がった体毛を有している。
  アラビアのアルマジロ,獰猛な犀などは
からだ一面を,体毛ではなく,甲羅で武装した。
ナイルの蜥蜴が涙を流すのは,
  人間に向かって襲いかかり,それと同じ武器を使うときだけだ》

上記の引用は動物の表皮に関する記述である。項目の内部に登場する動物について列挙的であると見るのは当たっていないだろう。確かにこの項目の内部では様々な動物が言及されるが,それはあくまでも「例示」であり,例を列挙することにより項目が一層具象的になることはあっても,例がその数を尽くすことにより上昇的に項目を構成することなどありえない。どれほど無数の例といえども,それらと項目の間には「抽象化」という過程・契機が存在するのである。ドービニェの「項目」と「例」の関係とデュ・バルタスのそれを混同することは不適切である。前者にとって肝要なのは「項目」というより「抽象」であり,後者にとってはむしろ個々の「例」なのである。デュ・バルタスにとって属よりも種が,更には時として種よりも伝承の中の個的存在が重要なので,マルセル・レイモンはこの下降を,世界を直接性に於いて捉えることだと断言している[31]。この違いは明確にしておく必要があるだろう。

ドービニェの言及する個的な存在が屢々具体的な名称を付与されないとは,

既に例を挙げたことでもあり，研究者の指摘するところでもある[32]。その理由はどこにあるのか。これまで述べてきた事柄から少なくも一つの解を得ることは可能であろう。即ちその必要性をドービニェは感じなかったのである。個体はあくまでも「例」として挙げられる。その項目の特殊な，或いは典型的な具体例を与えるのが肝心であって，その具体性以外の如何なる具体性も必要なかったに違いない。気候の故に毛皮を生やすこと，そのことが記述の要諦であり，その毛皮を負っている動物が熊というものであろうと犬というものであろうと，最早その個的な名辞は無関係な筈である。時として動物の種名が言及されることはあっても，それはこの長篇詩が「詩」として共同的なものに依存している故であり，本質的な必要性は存在しなかったと思われるのである。

　列挙を中心とするか，構造を中心とするかは勿論，その世界解釈の差異を意味するであろう。構造という言葉を多用してきたが，それは個々の存在者の集合によって成立するのが「世界」ではない，という程度を意味するに過ぎない。世界には先ず構造があり，構造を媒介にして個々の存在者が「世界」に結びついている。例えて言えば，個々の存在者を「構造」化という過程によって積分することが全体性としての「世界」を齎すのである。今迄述べていたことにも関連するが，この「構造」とは確かに抽象であって具象ではない。個々の表皮を離れて「表皮一般」などというものが存在する訳はない。けれども構造と抽象を同義で考えることは避けなければならない。敢えてこの差異に言い募るのは抽象という概念がルネサンス期にあって，天地創造の主題の中でも，ネオ・プラトニスムと結びついて「一者」とか「存在（ネオ・プラトニスムの用語での）」といった超越的な概念に結びつく可能性があるからである。こうした抽象と構造とは根本的に異なる。この場合の抽象は寧ろ列挙に近いといえるかも知れない。列挙は大項目の下部としての小項目が中心となるのであり，その方向性は下降的である。謂わばピラミッド型の分類の底辺に於いて列挙はその特性を最もよく示しているだけの話だが，抽象は逆に上昇的であり，頂点に向かおうとする。列挙は無限の箇体を目的とし，抽象は「唯一者」が焦点となるが，ともに垂直性を世界の基盤と考える点では同じである。構造は寧ろ多重層的であろ

うと,水平的な把握が関心の中心となる。言語の記述レヴェルを変えればこれもまた列挙的であるかも知れないが,それは別の問題である。ともあれ記述様式の点で,ドービニェとデュ・バルタスは時として全く異なる世界把握をしている。ただそれが統一的なものであるのか否かは全体的な構成を論ずる場に譲らねばならない。ここでは二人の詩人の極めて対照的な記述様式の存在を指摘するに留めておく。

(Ⅱ) 記述態度

　ここでは両詩人の長篇詩の記述にあたっての,その全体を把握する記述の方向性を扱う。具体的にいえば,デュ・バルタスの記述は総合性に支えられている。総合性とはこの場合,世界に棲む詩人の,世界への超出の様態を指す。つまり詩人が「世界」をどのように世界に向けて記述しようとしたか,である。

　総合的であるとは,分析的であることを否定しない。当時から『聖週間』の解剖学的記述を賞讃した文章があるように[33],デュ・バルタスの長篇詩にも当然分析的視線が含まれている。彼が幻想性に訴えない場合,事実性として対象を記述するにあたり,学術詩(科学詩)として十分に分析的であるのは確かである。

　　(引用-30)〔『聖週間Ⅵ』677-686〕
《完璧な料理人として食料を大層見事に調理するので
　僅かな時間の裡にそれを養育者たる乳糜に変え,
　忠実にその乳糜を肝臓の空洞へと
　運び手たる静脈を通じて送り込む胃を切り裂かなければならないだろうか。
　肝臓はそれを血液に変え,それを肝臓外に送り出しながら,
　この身体の四肢に正確に分配するが,それは,
　己れの流れを百もの小川に分け,
　散りばめられた水によって美しい庭園を潤す
　生き生きとした泉に似た,或いはそれと同然の,

第3章　デュ・バルタス『聖週間』の影：(擬?)ドービニェ

大静脈の枝管によってである》

　啓蒙的な教科書のような解説であり，この詩句ではっきりとした喩として用いられている語句は《完璧な料理人》と《生き生きとした泉》以下の二つに限られるだろう。残余は解剖学的な記載である。けれども総合的と形容するのは，数少ないながらも用いられる，殊に引用詩句の最終3行をデュ・バルタスが綴ったことにかかっている。分析をした結果をそのまま提出して終わりにせずに，共同的な幻想へと持ち帰る態度を総合的と，ここでは形容しているのである。『聖週間』の基調として土着的共同体への依存があることは既に指摘したが，この長篇詩が総合的であるという場合，長篇詩の枠内で主題の展開が伝承に負っていることを繰り返している訳ではない。分析が伝承や幻想に存在している事態を指しているのではなく，分析が必ず，長篇詩の幻想性を支えている共同体の幻想への指示を命じていることを言っているのである。共同的な幻想とは，敢えていうなら「生活」である。事実でも現実でもない「生活」への指示が分析の前提にあることが問題なのである。分析は事実やものを対象として行なわれる分析であるが，事実やものを含み，且つ超越的に存在する「世界」に戻る心的な態度・姿勢，それを長篇詩が総合的だ，という謂いである。或いはそれは逆に，喩の問題から生じた詩的技法であるのかも知れない。だがここでは，学術詩（科学詩）が世界解釈の詩であることを前提として，世界を分析しつつその世界に戻る回帰的な性格を，記述する心的態度が有しているものと考えたい。後述するように喩そのものがまた，世界解釈の有力な場として存在しているからである。

　ドービニェの長篇詩はデュ・バルタスの長篇詩が問題とならないほど，甚だしく分析的である。勿論分析は総合（化）を前提とし，その逆もまた真であろうが，その前提たる総合（化）の位相が両詩人の間では異なっている。試みにデュ・バルタスと同じく，胃とそれに接する人体の各部位を論じた箇所を巡るドービニェの詩行を追ってみる。ドービニェは胃につづき腸，腰部，排泄器を細部に亘って詳述し，「第X歌」の終わりを以下の四行詩で締め括っている。

付言しておけば,「胃」以下を記述した最終四行に至るまで,ドービニェは喩を全く用いていない。

（引用－31）〔『天地創造XI』309-312〕
《これら全ての躯幹や脈管は,下腹部と呼ばれているが,
安全な場所として腹膜の中に納められ,
排泄物を出るようにし,それによってその腹部を圧迫し,他の部位から
如何なる腸内ガスも躯幹や脈管の中に入らないようにする》

形容をするなら,部分的な結論とでもいうより仕方のないものであろう。この四行詩は,各論で扱われた各部位を纏めているだけで,「第XI歌」全体の結びにすらなっていない。或いはこれは,「第X歌」から「第XIII歌」までが人体を論じたものであるため,その各々の歌を結びつける必要がないと判断した所為なのかも知れない。併しながら『天地創造』の各「歌」の末尾が,既に述べたような総合には,全体として遠いものになってしまっていることは直ぐと理解されるだろう。以下の四行詩は天体を論じた「第VII歌」の末尾に置かれている。

（引用－32）〔『天地創造VII』217-220〕
《結論。この光り輝く天体は
この丸い機械を至高の力で
維持し支配される全能なる神によって
人間の役に立つよう適切にまた相応しく創造されている》

結末の四行詩の冒頭に「結論」などと,凡そ詩句には相応しからぬ語彙を用いるとは,如何にも論証的ではないか。併し「結論」と断って結ぶのはこの歌ばかりではない。「要するに〔Somme toute〕」という言葉で結ぶ詩節も含めると,全15歌のうち5歌がこのように明確な結論詩節を有している[34]。「第X歌」の

ように各論の続きという体裁で終わるものは，多分，「第Ⅹ歌」から「第Ⅻ歌」の外に「第Ⅳ歌」と「第Ⅴ歌」を数えてもよいだろう。『天地創造』に於ける結びの特徴は神の讚辞が多く謳われていることである。神が直接関係しない結びは「第Ⅳ歌」,「第Ⅴ歌」,「第Ⅸ歌」及び「第Ⅹ歌」から「第Ⅻ歌」である。神の讚辞は概ね,「第Ⅶ歌」の結末のようにその歌に綴られた被造物の分析に関連しており，多分に類型的である。それでもこの種の神の讚辞は総合的といえないのだろうか。デュ・バルタスのような意味ではいえないと思う。ドービニェの告げる神の讚辞は，確かに，キリスト教文化を背景にしている。だがそれは語彙の面でであって，実のところドービニェがそれまでに分析してきた世界の構造そのもの，或いはその構造の創造者たる神に対して讚辞を送るのであり，結びが論証的な用語で導入される事実がそれを示している。こうした結びは従って，この場合全く分析の内部の出来事であり，対比するならデュ・バルタスは分析を開放し，ドービニェは分析の内部で閉塞的である。その描写が解剖学的な描写に見られるように，常に細部を問題とし，統一的なイメージを与え難いからドービニェを分析的だというのではなく，彼の空間が閉鎖され，主として分析によってその枠組みが成立しているからなのである。

(Ⅲ) 喩の問題

詩的記述が提出する様々な問題の中で，ここでは喩を論ずる。「喩」はルネサンス期の世界観の中で重要な役割を果たしているからである。

一般に喩は詩作にあたって基本的な要素の一つである。けれどもドービニェの『天地創造』にあっては喩そのものの絶対数が少なく，更に用いられる喩でも詩的喚起力に乏しいものが大半であることに気が付くであろう。喩の貧しさを例証する詩句に事欠く訳ではないが，既に引用した『聖週間』の詩的喚起力と比較するために『天地創造』「第Ⅰ歌」の冒頭を挙げてみよう。

(引用−33) 〔『天地創造Ⅰ』1-12〕
《白髪の「時」が尊大な権力で

見渡すかぎり全てによく打ち克つように思えようとも,
大地と海原の領主たる人間が,
「時」の鎌のもとで深い穴の中に陥れられようとも,
　結句, 支配者としての「時」の厳格さに
万事が服従しようと, 併しながらわたしは
天界と天界の軍勢によってであろうと,
二つの炎によってであろうと, 世界の運行を示したいと思う。
　更にまたあらゆる場所に散在する繊細な大気を通じ,
加えて, 誰もが収穫することなくして,
大地が与える贈り物で養われる十万もの存在の
中心にしっかりと根ざしたこの丸い世界を通じて示したいと思う》

　第1行目から喩が用いられているが, 例えばこの《白髪の「時」》にどれほどのメタファーとしての喚起力があるのだろうか。勿論喩が齎す衝撃, 即ち喚起力は, その喩が発言された時代的・文化的背景に負うところが大であることは事実であるにしても, 「時」と《白髪の》結びつきは常套句の域を出ていないように思われる。老人の姿をとった「時」のイメージは既にこの時代でも, 知的中層以上の人々にとっては手垢のついた寓意であった筈であり, 《白髪の》という形容詞もこのケースと比べれば他のドービニェの様々な散文・韻文の文脈の中に置かれる方が遥かに生彩を放つ喩となったと思われる。一つ一つの喩を立ち入って検討することは差し控えるが, この12行の引用句で見られる喩が, 暗喩にしても直喩にしても或いは寓意にしても, 長篇詩の他の箇所の喩と比べ, 量的に劣る訳でもなく, また恐らく詩的にこの程度以上に優れた喩が眼を引くという訳でもない。却って幾分, 力を籠めた感を与える「第Ⅰ歌」の冒頭にしてこの有様であり, 他は推して知るべしである。こうして見るとドービニェ研究家の『天地創造』という「詩」に下した評価や困惑も, 尤もと思われる。多分この長篇詩はドービニェが遺した他のどのような作品よりも文体的に劣っていよう。併し逆に考えれば, この文体上の劣性, 特に喩の欠如によって

こそ『天地創造』は特徴づけられるのかも知れない。

　喩とは何か。類推である。実のところこの類推という思考様式ほどドービニェの天地創造詩で拒絶されているものはないように思われる。既に引用した多くの詩句を見てもよい。幾らでも類推によって暗示を与え，イメージを定着させうる記述を殊更ドービニェは，ものそのものを示して避けていはすまいか。解剖学的な記載を見ても，生態学的な記載を見ても，類推の稀少により記述が完結しているともいえる。無論そうしたものが絶無である訳ではない。以下の詩節では水に棲む生物を，陸の，名の知れた生物に擬して語っている。

　　（引用－34）〔『天地創造Ⅷ』81-84〕
《或るものは馬に，別のものは狼に，また別のものは雄牛に，
　角を生やした雄羊に似ている。海の中では新たに
　一匹の大きな魚が釣られたが，それは半ば魚で半ば修道士であって，
　ケープを纏い，何かしら人間の形状をしている》

　これはドービニェが用いた類推の代表的な例であり，何故ドービニェが類推という技法に頼ったかその理由を解き明かしてくれる例でもある。ドービニェはこれらの魚類を実際に見たことがあったのだろうか。この問いには否定的に答えざるをえない。仮にドービニェがどれほど優れた知的能力の持ち主であったとしても，一個の人間が世界一般についてあらゆる物事の知識を有するのが不可能なのはいうまでもないことである。だが天地創造という主題が尚且つその不可能を可能ならしめるべくドービニェに要請するならば，ドービニェは他者の知識に依拠してそれに応えるだろう。この場合も，実をいえば，出典がある。『聖週間』の「第五日」に引用した詩句に極めて類似した一節があるのだ[35]。これを援用といわなければ，ドービニェの長篇詩が全くの独創性の裡に成立していると断言せざるをえないほどの類似である。その他の詩句にしても，その出典を個々に明らかにする能力はないし，またそうする場でもないが，ドービニェが多々援用を試みたのは紛れない事実と思われる。生物学（生

物誌)的知識にしても『天地創造』後半三分の一程を占める，人についての学術的知識にしてもそうである。ただ人体の解剖学的記述については，自身解剖の経験があったと思われないにしても，資料的に撰択の，或いは再構成の可能性が無きにしも非ずであったように思える。意識的にそうだったと想像出来るほどに喩を拒んでいたドービニェが類推を用いて対象を語るとすれば，そうした類推という方法でしか告げ得なかったからかも知れない。人体を喩的に語ることは幾らでも可能だ。けれどもその方途を採用しなかったドービニェが或る対象群に類推を用いるのは，類推に拠る方法でしか語れなかったからであり，然もその類推は，類推の根拠である実在に触れえない対象に向けられた，ぎりぎりの論述に止められていると感ずるのは，果たして誤読なのだろうか。これが，『天地創造』に於ける時として気紛れに映る喩の用い方を統一的に説明しうる，一つの仮説であると思われる。その他の資料的でない喩は恐らく，己れの長篇詩を前にしたドービニェの躊躇に求められはすまいか。定型である「詩」を自らに課したがために，詰まらない喩を用いざるを得ない結果に陥っている。寧ろドービニェは形式を誤ったのであり，形式に縛られてしまった。「詩」としての形式がそれを要求し，詩人が幾分かはそれに応じようとしたにもかかわらず，喩の欠如が根源にあるとすれば，問題は欠如を支えていた視点を問うことに移ってゆくであろう。

　デュ・バルタスの場合はどうか。余り適切な例とも思えないが，先に引用した彼の長篇詩の冒頭の，同じく12行詩に立ち戻ってみよう。比較すると2人のそれぞれの詩篇に含まれる喩の量は変わらないと判断されるかも知れない。だがドービニェにあって冒頭12行の喩の頻度は『天地創造』全篇を参照してみると高い方であり，デュ・バルタスの方は『聖週間』全篇の中に置くと低いような気がする。更に後者の喩の方が質的にも優れているように思える。デュ・バルタスの冒頭12行詩の2行目，神と同格に置かれたネプトゥヌスの類推，更にこの海神に《水で湿った鐙》を持たせるとき，これらの喩はドービニェの引用句と比べると，どうしてもデュ・バルタスに軍配を上げざるをえなくなる。そしてこの冒頭の12行はデュ・バルタスの長篇詩で喩的にみて寧ろ凡庸なもので

あり,『聖週間』全図を鳥瞰してみるとこれに遥かに優る驚くほどの喩が見られるのである。言葉の内部で喩が用いられる訳ではなく, 時として言葉そのものを喩とする詩句にも出くわすであろう[36]。大体に於いてデュ・バルタスのイメージや比喩はつまらないが, それとも極めて変化に富むイメージの宝庫が残存していると, アンリ・ヴェベールが分析する[37]のも故ないことではない。そしてデュ・バルタスの《詰まらない》イメージや喩も。ドービニェの『天地創造』に於けるものと比べると遥かに生彩を放っているのである。

　勿論こうした事態は, デュ・バルタスとドービニェの天地創造詩の拠って立つところが異なる点に原因するものであり, また伝承に頼るデュ・バルタスの力量に多くを負うものであろう。けれども事態を資質論や詩論で片づける安易さを避けようとすると, どうしても両者の差異が本質的であり, まだ別の処にそれがあるとの結論に立たざるをえなくなる。つまり世界とはデュ・バルタスにとって類推の場なのである。著名な一節であり, やや冗長に流されるかとも思うが, 先に言及した部分も含めて「第一日」からそのことを直截に述べた詩句を引用してみる。

　　（引用－35）〔『聖週間Ⅰ』135-154〕
《事実この世界は学識に溢れる学び舎であり,
　そこでは神が語ることなしにご自身の栄誉を教えていらっしゃる。
わたしたちの精神を一種の階段を用いて,
　火を運ぶ天界の神聖な舞台にまで昇らせてくれた
一人の御顔(みかお)が休憩している。その舞台というのは, 豪壮な居間で
神がそこにご自身の富を公けに陳列なさっていらっしゃる。
そこにはひとが深淵を怖れることなく,
神聖な秘儀によって広い海を渡ることが出来る橋がある。
世界は雲であり, そこを横切って光を放っているのは,
麗しの女神ラトナの弓を射る息子ではなく,
神々しい, 彼のポイブスであって, そのお顔は

限りなく昏い夜の厚みを通してさえ輝くのだ。
世界は劇場であり，そこで神の全能が発揮され，
正義，愛情，知識，思慮が
自分の役割を演じ，我がちに
もっと重い精神を天界へと攫ってゆく。
世界は一冊の巨大な書物であり，そこでは至高の主の
驚嘆すべき巧みな業が大文字で書かれているのを読むことが出来る。
それぞれのみ業が1ページであり，神のそれぞれの行ないは，
すべからく完璧な筆致で美しい活字となっている》[38]

　ここで敷衍すれば《学び舎》であり《書物》である世界から教えを学ぶには信仰，即ち神の力を知ることが肝要だ，と説いているように思われる。が，それはさて措き，世界それ自体を喩の集合と把握する姿勢はデュ・バルタスのルネサンス的教養の面目を躍如とさせる。個々の存在者間，或いは存在者と世界の間に類推を求め，それぞれが他の喩として機能するという発想は，ミシェル・フーコーの指摘を俟つまでもなく[39]，ルネサンス期・バロック期の思想の基盤であった。無限の相似関係により世界を認識することが可能であるとする世界像の前提があって，デュ・バルタスはドービニェよりも遥かに多く，遥かに巧みに喩を用い得たのではあるまいか。それは共同体的な伝承への依存とも関連してくる。共同的な幻想の中で対象を映すとは「もの」をそれ自体の存在で問うことではなく，「もの」を幻想へと送り込むことあり，伝承的なイメージに基づく類推こそがその記述を支えているのである。デュ・バルタスにおいて喩が可能であったのは，単に詩的技法に拠るからではなく，世界にあって存在者が他の存在者の喩となりうること，更に世界そのものがそうした存在者の喩を全体として囲繞しつつ，また自らも内部の存在者の喩となりうることが前提に存したからであり，それがまた共同的な幻想の前提ともなっていたからに他なるまい。このような前提の上に安らかに乗って，デュ・バルタスは世界を諸存在が放つ意味の集合として把握した。世界に棲む存在者は神の意志すると

ころに則り，その意味を，その世界を理解しようとする者のまえに開く。そしてその開示の仕方が類推であり，喩であるのだ。何やらシャルル・ボードレールの詩の一節を思い起こさせそうな引用詩はそうした事態を告げているのであり，そしてこの詩句が『聖週間』の「第一日」の初めに近い箇所に置かれているのは，意味のないことではない。デュ・バルタスは，確かに当時の通念であった世界と《学び舎》，《劇場》，《書物》などの類比を借用して，独自性の如何は別にして，自己の立つ世界観が如何なるものであり，その長篇詩を如何に読むべきか，告げているのである。

5

構成という観点から二篇の天地創造詩を検討しようとすると，少なくも二つの点が問題として浮かび上がってくる。ともに『天地創造』の側から多く提出されるものであるが，その一つは祭司伝承の創造伝説の第七日に相応する歌の，『天地創造』に於ける不在，今一つは，これも『天地創造』を念頭に置いているのだが，詩篇全体に於ける人の記述の均衡の欠如である。

(1) 第七日の不在

創造伝説にあって，第七日の存在は無視することが出来ない。第七日そのものは，一切の創造行為が行われていないにしても，第七日を以って神による天地創造が完成されたと考えるのが通例である。祭司伝承はこれを，次のように綴っている。

(引用−36)〔「創世記」第二章1−4節〕[40]
《こうして天と地と，その万象とが完成した。神は第七日にその作業を終えられた。すなわち，そのすべての作業を終わって第七日に休まれた。神はその第七日を祝福して，これを聖別された。神がこの日に，そのすべての創造のわざを終わって休まれたからである。

これが天地創造の由来である》

　第七日までを終えて天地創造の由来は説明される。ここに「週」の概念が基づいている。勿論その文化史的な文脈はここで問題にすべくもない。「週」とは，実のところ，歴史の発端に他ならない。一日一日の「日」によって世界が徐々に構成されていったならば，全体としての世界は「週」の出現を俟って歴史を有し始める。デュ・バルタスがその『聖週間』で世界の創造を描き，続篇となる未完結の『第二聖週間』で，創造された世界の終末へと向かう歴史を追おうとしたのは「週」の完成が世界と歴史の接点であるからである。「第七日」が存在しなければ「週」は完成せず，少なくとも祭司伝承の創世伝説を参考にする限り，世界と歴史とは結びつきなどしない。デュ・バルタスの「第七日」は神を讃え，その被造物である世界とその存在者を讃える。安息日がそもそも讃美を目的とするのであるゆえ何の不思議もないが，今迄多くの詩行を費やして行なってきた６日間の業を再び全体として眺望することが可能となるのは，この「第七日」の時点で世界創造が完成したからである。「第七日」の設定はかくしてデュ・バルタスの長篇詩の理念に優れて意味を与える。即ち『聖週間』にあって問題となるのは，創造された「世界」そのものなのだ[41]。神によって創造された存在者全ての集成としての世界なのである。人々はその世界に於いて確かに重要であろう。神の言葉がそれを保証している。併しながら人もまた「世界」における存在者である。人が存在しなければ世界になんの意味もないが，逆もまた然りである。「第六日」に於ける人体と精神の記述は確かに多大なページを占めている。だがそれも創造伝説での，人の創造に纏わる神の言葉の，全体に於ける比率を損ねるほどではない。アンリ・ビュッソンは特に霊魂の記述の多さを護教詩人デュ・バルタスの中に見出そうとするが[42]，ビュッソンが言うほど，そこに護教詩人としての面目が見出されるようには思えない。乱暴な物言いだが，250行の霊魂の記述よりも100行近い鶯の記述の意味を考えた方が益しなのである。ともあれ「第七日」に在るのは世界と人と，そして神の意図の全き調和である。デュ・バルタスの長篇詩の背後にはこの調和の理念

が色濃く浮き上がっている。創造行為や被造物を語る際のこの詩人の言葉の絵画性や優しさについては幾度か触れてきた。その極みとして，引用を憚れるほど著名な一節だが，今一度「第七日」の冒頭を挙げておこう。

　（引用－37）〔『聖週間Ⅶ』33-40〕
《ここでは羊飼いの女が草原を横切り，
　ゆっくりとした足取りで彼女の肥えた群を日陰に連れてゆく。
　彼女は歩きながら糸を紡ぎ，その様子を見るに
　彼女はどうやら甘い歌を歌い始めたようだ。
　こちらには川が流れ，あちらには泉が湧き出している。
　こちらでは山が聳え，あちらでは草原が広がっている。
　こちらでは館が煙を出し，あちらでは町が煙を出している。
　あちらではじりじりしたネプトゥヌスによって舟が流されてゆく》

勿論これは二重の意味で直接的な自然描写ではない。「二重」というのはデュ・バルタスがこの牧歌的風景を直截目の当たりにしていた訳ではないという意味もあるが，それ以前にこの情景が，喩として，神の立場にあるとされる画家の眼に映じたものと設定されているからだ。が，この場ではそうした展開上の，もしくは詩的な技法を問題とする必要はない。調和のとれた牧歌的な世界が，歴史が出現する以前の本来的な世界なのである。従って，その世界で人間の占める位置は，仮令この宇宙が人間が中心となるべく創造されていたとしても，世界全体の調和と堅く結びついているだろう。ルネサンス期特有の[43]，屡々指摘される「存在者の連鎖」という発想をここで喚起するのも可能である。その「連鎖」の中で人は，神や天使から無生物に至る段階的な鎖の一つの輪に過ぎない。無論これは比喩であり，実際にデュ・バルタスが世界を連鎖的に，即ち垂直的に考えていたか否か，疑問なしとはしない。寧ろ神を頂点としたピラミッド型の世界構図を想定していたのではないかというのが本稿の立場である。ただ人間も他の存在者とほぼ同等の位置を占めているのは二つの構図に共

通しているであろう。そうすれば「第七日」が，この調和的世界の描写で始まるのは，単なる詩的技法や偶然によるものと判断し難いことが納得戴けると思う。

　ドービニェの長篇詩の場合，このデュ・バルタスの世界了解を当て嵌めることは極めて難しい。指摘したように，全15歌のうち創造伝説の「第七日」に該当する「歌」は存在しない（もしくは残されていない）。その長篇詩全体は，かなり神学的な色彩が強いにせよ，神の讃歌で開始され，天地とそこに棲む存在者の世界記述を経て，人体と霊魂の機能を語り，以下の詩句で終わっている。

　　（引用－38）〔『天地創造XV』221-232〕
《理性を牢獄に囚われていると主張する地上にあって死すべき身体よ，
　このように霊魂の裡に理性が宿っているのだから，
　お前を終わることなく生かしめる理性の内なる霊魂の
　あとを追うことをお前に妨げている経緯というのはどのようなものなのか。
　　何故ならお前は霊魂が理性へと導き，理性をそれに相応しいものとしている
　意志を霊魂が有することなど否定出来ないからだ。
　お前の裡に霊魂の働きをつうじて，見ることが出来る，
　どのように霊魂がこの世界で人間以外の敵など持っていないかを。
　　さてそのようなものであるなら，人間が天上の幸いなる滞在を
　人間が疎んじたというのも疑いをいれない。
　いつの日かこの至高の栄光を所有する権利を己れ自ら
　奪った者は災い多き者である！》

　上記の引用末尾の感嘆符だけでは，恐らく，それまでの霊魂に関わる複雑な議論は昇華されない。ドービニェの場合「第XV歌」は無論のこと，その最後の最後の詩句に至っても「詩的」というより遥かに論証的な性格が抜けきれず，当面の分析対象たる霊魂に言葉が殆んど集中している次第である。『聖週間』

に於いて「第七日」は神の創造行為を閉じ，その創造の結果である世界に反省の眼を向け，世界の調和を意識させる役割を果たしていることに比較すれば，『天地創造』の叙述は，神の創造から存在者の分析を経て，尚且つ霊魂の機能を論じ続けて終わっている点で，線分的であるといえよう。ともに閉ざされている事態に変わりはないが，後者のケースでは安息日の主たる目的である世界とその創造者への反省意識がきれいに削り取られている。反省意識とは時間的な事象を空間的に把握することであり，この点でデュ・バルタスは，謂わば原時間的に生起した創造過程を「第七日」を描くことで空間化している。既に触れた情況への彼の関心を見るなら，この空間化の操作は二重であるといえる。即ち『聖週間』の終末における「詩」の内部での想像力に基づく反省意識による世界の創造過程の空間化と，情況に生きる人間としての，既に空間化されている世界の，情況からの再空間化である。ドービニェの長篇詩にあってこうした空間化の操作は何れにしても認められない。天地創造過程が生じたままに述べられており，「詩」の内部にその過程を空間化する契機が含まれていないのだ。そこに流れる時間は不可逆的であり，反省する意識によってその意識の前に空間化されることはない。恐らくここに前述した情況性の欠落の原因がある。情況からの世界の再空間化という過程がなければ，情況に向けられる発声は不可能なのである。確かにドービニェの内には，世界を構造的に把握しようとする視点はある。けれどもその視点は世界創造の時間を空間的に捉えるものではなく，創造された世界そのものの空間化なのである。即ち，空間を空間として解釈しているに過ぎない。したがって『天地創造』に於ける時間の了解は，単一方向的な線分上に置かれた幾つかの点の併記と解することが出来るだろう。無論このような了解も空間的と形容することが可能であろうが，デュ・バルタスに於けるように，意識する主体の側からの空間化ではない。言葉の記述レヴェルが明らかに異なるのである。

　こう考えて見ると『天地創造』の世界は静態的であるといえる。勿論『聖週間』の世界も静態的ではある。けれど前者は原型からしてそうなのであり，一方後者は，調和のとれた世界での，調和を形成する各存在者が表層的な静態性

を保ちつつ、それらの存在者に向けられた意識が反省意識という、空間化を試みる謂わば動的且つ主体的な意識であるために、各存在者の根底には優れた現前可能性が存在するといった態で静態的なのである。『天地創造』の特徴とはこうした現前化に係る反省意識が欠如していることにある。この欠如によって『天地創造』の世界はあくまでも記述的であり、世界が現前化ではなく、言わば超歴史的に常に現在するが如く、その対象性に於いて把握されるのである。従って二つの天地創造詩の、創造伝説中の「第七日」に与かる記述の有無は、単に素材の抽出の問題ではなく、創造された世界そのものの了解の様態に関わるのだといえよう。

(Ⅱ) 人の位置

　『天地創造』における祭司伝承の「第七日」に相応する記述の不在は、いうなれば外部から、つまり『聖週間』との比較のうえで行なわれた構成の検討であった。併しここで扱うひとの位置の問題は、この長篇詩の内部から訪れる難問である。今迄も既に憶測や仮説に則って論を進めてきたことをここに至って否定する心算は毛頭ないが、この問題に対してはそれまで以上の憶断で対処するであろうことを先ず以ってお断りしておきたい。

　ひとの位置が提出する問題とはこうである。『天地創造』は全15歌から構成されるが、その最終5歌全てが人体と霊魂の記述に費やされている。詩行数になおすと、全3,572行のうち892行が人体の、406行が人の精神の、即ち1,298行が人に関する直接的な叙述に用いられている。創造伝説の「第三日」が3篇の「歌」から、「第五日」が2篇の「歌」から構成されている、という創造伝説の「週日」に関わる偏在は確かに存在し、創世記にあっても偏在は存在した。だがそれらにしてもその日その日の被造物の数が異なり、一つの被造物に一つの歌を捧げようとすればそうなるのは道理であり、また植物のように一つの被造物が多種多様であれば2つの歌に分かたれることもありえよう。だがどれほどひとが神の模像であり、この世界の主であるとしても、創世記神話を物語る筈の長篇詩の三分の一以上が人の論述に割かれている事実は、祭司伝承や『聖週

間』の記載と比較しても，極めて異常に思われる。人の位置を改めて問い返すとき，異常に思われるのはこれ許りではない。先ず鉱物や植物を語るときのドービニェの，極めて効用的な側面からの記述が思い起こされよう。或る植物は人にとって毒になり，或る植物は薬になる。それはドービニェ自身が体験したか，或いは単に他の文献から学んだかを問わず，本当のことかも知れない。だが繰り返すが，毒とか薬とかが意味するのは人にとってのものに他ならない。ここでも効用的な側面からの記述は必ず「人」を前提にしている。更に異常なのは最終5歌で詩の定型に収められた人体や精神が全体として，もしくはそのものとして叙述されるのが稀であり，解剖学的な断片の集合として，或いは機能的な諸要素の集成として現れていることである。『天地創造』はこうした様々な異常さの中心として「人」を提出する。これらの異常さの理由は何か。ここでは先ず構成上の異常から原因を尋ねてみる。

　当然念頭に浮かぶのは，ルネサンス期に隆盛であった「人」を小宇宙と考え，世界そのものである大宇宙と対比させる概念であろう。類推がその特色であったとされるルネサンス期の根本概念であり，汎ヨーロッパ的な世界解釈の指導理念であったこの対比は，人と宇宙の相応関係を前提にしている。宇宙を一定の断面で切っても尚この関係は維持され，例えば政治社会体制と人体の機構が類推的に論じられる場合などもある。小宇宙も大宇宙も凡そ等価であり，ともに「人」も世界も平等な立場に立っている。従って人を除いた世界と同様，人も等しい詩行を費やして論じられるべきではあるまいか。

　恐らくこうした大宇宙と小宇宙の対比から導き出される解は誤っている。勿論ドービニェの内部にその計算がなかったとはいえない。それ故に少なくも量的等価によって質的等価を支えようと，つまらない解剖学的・機能論的記述を続けたのかも知れない。だがこの類推関係に基づくひとの位置はそこまでしか推測させないのである。類推そのものが大宇宙と小宇宙の間で成立していないのである。一定の対応関係を述べる記事が存在していない。即ち反映論を支える二つの構造があっても中心となる反映そのものが論じられていない。ドービニェの喩の用い方については既述したが，喩を多用しないドービニェが世界解

釈として大宇宙と小宇宙の関係を是認し且つ取り入れるまでになっていたかどうか疑わしい限りである。更に作品を離れてドービニェの有していたであろう改革派の理念に照会しても，この類推関係から長篇詩における「人」の異常さを説明するのは困難に思える。それでは再び，何故異常なのか。

　デュ・バルタスとの対比において，ドービニェが世界を把握するのに構造的な視点を有したとは既に述べたところである。そしてまたその構造的な視点が必ずしも長篇詩全体を貫くものでないことも述べた筈である。今一度，長篇詩全体を通して如何なる対象を描く，どの歌が構造的であり，どの歌がそうでないのか検討してみよう。構造的という表現で世界内の個々の事物に関わるより寧ろ，それらの事物を共通項もしくは非共通項の中で捉えようとする姿勢を示すならば，先ず，魚類，鳥類，四足獣の動物群がその表現を受けるに価する。4足獣の記述は既に言及したが，魚類にせよ鳥類にせよ，極めて著名なものはかなり個的に描写することもあるにせよ，その記述の展開は，繁殖，習性，棲息領域といった生態学的な，あるいは骨格，器官といった解剖学的な，時として個々の種ではなく類的なものに与かる伝承的な側面からの視点に支えられている。以下は鳥類の食餌記述の引用である。

　（引用－39）〔『天地創造Ⅸ』113-120〕
《鳥類の大部分にとって食餌と扶養は
　農夫の畑に撒き散らされた穀物か，
　畑を穀物で充たすために農夫が穀物を運ぶとき
　穂から零れ落ちた乾きすぎた穀類である。
　　幾らかの鳥類は生きてゆくために魚類に襲いかかり，
　他の鳥類は夜，森や灌木の間を通って，
　小鳥を追いかける。別の鳥類は地中に棲息する
　虫や泥鰌の類に戦いを挑む》

　2つの歌が捧げられている植物の論述もまた構造的といえよう。風土との関

係論や形態論,即ち幹や葉,或いは果実から植物が物語られるのは「第Ⅴ歌」であり,「第Ⅵ歌」ではとりわけ「人」との関係でその効用性から分類される。「第Ⅳ歌」の鉱物篇では構造的な,特に効用的な面からの分析と,その分析にも関連を有しつつ列挙的でもある後半の,金と銀の記述が見られる。この構造性と列挙性の共存は天体について歌われる「第Ⅶ歌」も同様である。太陽と月をその列挙性の中心としながらも,ドービニェの言葉は天文学の効用的側面を告げ,或いは占星術批判も登場したりして,この歌を分類させ難くしているのだが,例えば太陽や月が一か所に纏めて述べられる訳ではなく,既に引用した蝕の箇所にも,或いは形態の箇所にも,気候の箇所にも姿を見せる事態から,構造的な視点を合わせ持っていることも指摘しうると思われる。水を扱う「第Ⅲ歌」もやはり分類し難いが,その種類,即ち海や河川,泉などを挙げ,人に対する,もしくは世界全体に対するその役割を挙げている以上,構造性を中心とするものであろう。その最終四行詩を引用する。

(引用-40)〔『天地創造Ⅲ』169-172〕
《結論。神の中の神によって創造された水は,
あらゆる場所で大きな恵みの契機となっている。
この水によってひとは部分的に永遠なる神がどのように人に欠けているものを
備える術をご存じであるか,弁える》

「第Ⅰ歌」は神の存在についての神学的議論であり,世界の創造以前の問題であるからここでは採りあげる必要を認めない。また「第Ⅱ歌」は光と所謂四大元素についての,これは世界の根源に関わる論述であって,効用的側面も確かに見られるのだが,列挙性も強く,自然哲学的な議論が中心である。併し「第Ⅰ歌」と同じく世界もしくは世界の存在者に関係するよりも,超世界的な問題を扱っていると考えられるので,本稿で特筆する必要はないと思う。さて上述してきたように,「第Ⅹ歌」に至るまでの長篇詩は,冒頭の2歌を除いて

概ね構造的であると考えられる。そして，繰り返すことだが，構造のレヴェルは「人」に対する効用的な側面に位置づけされることが多いであろう。ところが「第XI歌」以降，長篇詩を支える視点は移動する。即ち十分に引用してきた詩句が示すように，「人」そのものに関する解剖学的記述，霊魂に関する神学的・機能論的記述にあって，すべからく列挙性が中心となるのである。これは何故か。何故「人」以外の世界の分析が主として構造的であり，「人」の分析が列挙的となるのか。この問題について，一つの推測を述べておく。

　例えば動物を論ずるにあたって個的種よりもあらゆる類に共通する項によって展開するとは，個的種の列挙よりも共通項の列挙による方がその動物世界全体を把握するにあたって，可能性が高いという判断を示しているだろう。個的種は一人の人間にとって殆んど無限にあるが，共通項もしくは非共通項が有限であるのは眼に見えている。四足獣全てを一つ一つ言挙げするよりも，それらに共通する表皮，骨格，内臓器官，或いは繁殖，習性，棲息地域によりその典型もしくは例外を挙げてゆく方が，その類全般を述べるには容易であり，秩序立っている。構造の意味するところは記述の容易さ許りではない。殆んど無限に近い個的種を一つ一つ類推し，比較する操作が前提とされるからである。列挙する全てに互って本来ならば種間の比喩が行われ，初めて個的種の独自性が証される。この操作が列挙を中心とするデュ・バルタスの長篇詩に於いては殆んど行なわれずに，また無限の種を列挙することもなく完成しているのは，その存在基盤が伝承性にあるからだと考えてよい。つまり幻想性に訴えない限り列挙の中で個的種を位置づけることは，凡そ不可能であると考えられる。どのような百科図鑑にも記すことが不可能な特異性が存在する筈である。一方構造的に類を問う場合，個的種の位置は一つの構造に於いて典型であるか例外であるかに分かれる。既に構造そのものが抽象だからである。一つの構造の内部で個的種は問題とされず，逆に一般的に言って個的種を構造の内部に求めようとすれば，列挙に比べ遥かに有限な多重的構造での差異が問われることになり，差異以外は同一性として問う必要がなくなるであろう。このように構造はその内部での位置の確立を可能にするものであって，構造的な視点をもって一

つの種は相対的な位置を，全体の類の中に獲得する。構造はそれ自体としては絶対的であるが，その内部では構造に属するものを相対性に於いて保証するといえる。

　構造は多重的であるが，ドービニェはその中でも「人」に効用を与える機能のレヴェルでの構造を特に撰んでいることは，既に述べたことが示しているだろう。類を分析可能にする諸構造のほかに，時としてそれらを犠牲にして効用のレヴェルで構造化を図る場合，恐らくドービニェの脳裏には人間中心主義の世界像があった筈である。人の創造に関わる長篇詩中の，創造伝説での神の言葉の拡大の異常さを想い起こすことが出来る。神の模像であり地の主としての「人」に授けられた保証に向かって，構造的に捉えられた世界全体が機能してゆく。個的種ではなく構造が問題となるのは世界をその全体性で把握するためであり，その全体性としての世界が「人」に向かって収束するのである。これが多分機能的レヴェルでの，人以外の世界の構造分析の意図である。それでは何故，人の分析が列挙的と見えるのか。

　人の分析が列挙的と述べたが，実はこれも構造性を有してはいるだろう。即ち解剖学的レヴェルでの構造と，霊魂を扱う形而上学的・神学的レヴェルでの構造である。ただその構造の内部で記述が列挙的であるのだ。そしてその構造は人以外の何ものにもそれまで適用されなかった。言い換えれば「構造」という言語のレヴェルが異なっている。世界を論ずる場合の構造とは，言ってみれば共通項に支えられている。つまり形態とか素材とか機能といったレヴェルで捉えられてきた。ところが人を論ずるとき，構造は確かに存するものの，ここではその名を与えることを控えたい誘惑に駆られる。その意味で「人」の分析は列挙的であるというのである。さてこの列挙性は列挙が可能である点に求められると思われる。即ち解剖学的記述を例にとれば，頭から内臓に至るまでその器官は無論有限である。「人」という種にあってそれを解剖学的レヴェルで分析するとき，その全ての部分は記述しうる。この記述可能性が列挙性を支えている。世界の他の存在者も当然個的種をとればそれは可能であろう。だが世界には無限の存在者がおり，且つそれらの存在者は人のために創られたもので

ある。天地創造の主題を有する長篇詩であっても，その中心は人，大地の主人たる人に赴く。他の，例えば四足獣と同じく，人も表皮を持つにしても両者を同一に論ずることが出来ないのは当然である。人は絶対的な存在者としてその特権的な世界での位置を保たれなければならない。人に対しては特別な注意を以ってその描写を試みる必要がある。恐らくこれが「人」に纏わる記述の列挙性を支えている。そこにあるのは大宇宙と小宇宙の同等性といった，寧ろ異教的な概念よりも，人間中心的な思想であった筈である。世界は最早「人」を含めて静態的に調和を保っている存在ではない。調和よりも寧ろ組織立てられた世界の秩序があり，人体の，或いは霊魂の秩序がある。この二つの秩序は，前者が後者のために機能するという前提に立って共存しているのだ。ドービニェの長篇詩で，デュ・バルタスの長篇詩に比べ「人」の位置に関し多大な不均衡が見られるのは，恐らく，こうした人間中心化の思想，世界と「人」の類推関係ではなく，相関関係・機能的関係の故ではあるまいか。

6

　『天地創造』及び『聖週間』を作品として幾つかの側面から考察してきた結果を，両長篇詩の対比の形式で表現すれば次のようになるだろう。『聖週間』は伝承性に基盤を置き，常に伝承性に回帰しながら世界を個的存在者の調和のとれた集合と見る。人もまたその世界の一構成員であり，各存在者は相互に，また世界とも類推的な関係を保っている。一方『天地創造』は論証性，分析性，即ち近代的な意味での科学性・追認可能性に基盤を置き，科学性・追認可能性の内部に閉塞する。その世界把握は構造的であり，対象的であり秩序的である。人もまた肉体と霊魂の両面で秩序的に描写されるが，世界内での人の位置は特権的なものであり，世界の秩序は人の秩序に向けて機能的に関係している。だがこうした両長篇詩の対比は一体何処に途を開いてゆくのか。

　ミシェル・フーコーは16世紀と17世紀以降の世界了解の根源的な差異に関し，類推的構造の分析への移行，秩序の登場，秩序内での同一性と差異性に基づく

構成要素の位置づけの可能性，存在的了解と認識的了解への変化などを挙げている[44]。フーコーの指摘に則れば『聖週間』と『天地創造』の性質の差異はこうした世界把握の移行の流れの中で，或る程度の意味を持ち始めるように思われる。前者は16世紀的な世界了解の直中にあり，後者は近世的な性格を強く有している。ドービニェの作品に限っていえば，その世界が秩序的な認識対象となっていることは明らかである。認識過程は二重に表わされる。先ず「人」の世界内に占める位置から世界の構造を分析していること，更に「人」そのものがまた構造的に分析可能なものとして対象化されていることがそれを表わしている。付言すれば，論述が人体と霊魂の二部にはっきりと分かれている事実も注目に価しよう。肉体は全く解剖学的な分析の前に，全体の中で各部分の位置づけが可能なものとして提出される[45]。霊魂は精神的諸機能を果たすものとして，その機能の側面で肉体を活動させるものでありながら，空間性を持たない神の贈与の如く描かれる。即ち肉体を記述する言葉は対象に接近し，霊魂を記述する言葉は機能という，謂わば実体そのものでなくその関係性に根差すものである。両者はともに秩序を有するが，肉体は実体的な秩序に於いて各部分の対象化が相対的に可能であり，霊魂の秩序は精神的諸機能の中心から派生し，更に相互的に関係を有するその関係性の網目の中での機能としての位置づけを可能にするといえる。ともあれ肉体を描く場合と霊魂を描く場合の言葉の差異は，肉体と霊魂の明確な分離を前提としているだろう。この種の心身の分離を即座にデカルト的な二元論に結びつけることは出来まい。土から造られた肉体と神の息である霊魂とが全く異なるものであることは神学的な大前提であるのかも知れない。けれどもまた霊魂がひとの全体性を指す言葉としてキリスト教思想の中で説かれる場合もあることを考えると，ドービニェが前者を撰んだことにはそれなりの意味があるのかも知れないのである。デカルト的な二元論は論理的にはコギタチオの明証性から出発していようが，その背景には二元論を可能ならしめる思想史的基盤が存在したはずである。ドービニェの肉体と霊魂の記述言語の差異も或いはこうした思想史の一つの顕われでもありえよう。肉体の秩序とは全く異なる秩序を霊魂は有し始めているのである。そして異なる

にせよ秩序を有する肉体，霊魂，更に世界一般は，秩序が全体と常に関わる相対的な位置の存在によって決定されるものである以上，その秩序内での各構成員の，他とは区切られた位置の測定を可能にする。世界の一つの存在者は，構造における他の存在者との差異や類似の故に独自性を有する。人体で胃はどの位置にあるのかは，食道や腸の記述のあいだで相対的に定められ，その特殊な役割も他の器官との比較で決定される。胃は人体にあって，何か他の或るもののようではなく，まさに胃そのものなのである。解剖学的にも，機能的にも独特なものとなるのだ。霊魂に関してもその計測は可能であろう。実体のないものに計測という言葉は当て嵌まらないかも知れないが，その機能を数え上げることで逆に，機能から向かう諸機能全体の中での位置が明確にされうるのである。

このように秩序的で相対的に計測可能な世界を認識するドービニェの視点とルネサンス的な文化的伝承を負い，それに訴えるべく『聖週間』を綴ったデュ・バルタスの視点は余程異なっていよう。デュ・バルタスの書いた天地創造詩にあっては，人も世界も，或いは世界の存在者も相互に類推関係を有し，「調和」の平安の中に安住している。その「調和」を乱すものは本来的な世界から生じたものではない，時代という存在である。謂わば相互に融合し合っているこの世界に対し，ドービニェの世界はそれぞれの位置が秩序の内部で確定され明確なものとなる。世界全体が秩序的なものとなり，その構成員は相対的な位置を保証されてしまう。構成員それぞれの関係は類推ではなく，むしろ相対的な計測可能性に裏付けられているのである。このような時代思潮の中に両長篇詩を置くと『天地創造』の異様さは尋常なものとは思われなくなるだろう。

諸研究者の言とはまた違った意味で，真に『天地創造』は他の作品群との対比に於いて不思議な位置を占めている。社会思想などを見る限りドービニェの思考の根底には原中世的なものへの志向が存在するように思われる。ところがこの天地創造詩で表わされるその世界了解はルネサンスも，それに後続するバロックをも飛び越えた，寧ろ典型的ともいえるほど近世的なものである。ルネサンス的世界了解との差は今迄述べたことが基調になるが，バロック的世界了

解との差についても一言しておく必要があるかも知れない。バロックに関しては様々な評者がいるが, フーコーを更に援用すれば[46], バロックとは類似によって成立する世界が成立基盤を失いつつある時に生じた思考の, 類似関係に基づく戯れであった。即ちルネサンス的な世界の崩壊過程にあって, それを支えていた世界了解の様式の疑惑が, その様式を形骸化する型で反省を試み始める。ルネサンス的知そのものが問われ浮遊し始めるのである。代表的な例をモンテーニュに求めてもよい。「わたしがなにを知っていようか？」との余りにも有名な懐疑の言葉はルネサンス的知, 調和的世界了解への告発でなくて何であろうか。あらゆるものが相対的なこの世界で知とは一体何か。変化を絶えず続ける存在者の直中で, 統一的な知とは在りうるものか。この種のバロック的な世界解釈に基づく統一的な確立された知への疑惑をドービニェの天地創造詩の何処に求めたらよいのか。知そのものが移ろい易いものである時代に『天地創造』を貫く知への信頼, 仮令それがルネサンス的なものでなかろうと, 否, 寧ろ全く異なる秩序的な世界を了解可能なものとして提出する知への全き信頼をドービニェは何処から獲得してきたものであろうか。認識論により整合的となる近世的世界像は, その対象化作用の故に, 知の根拠を確立することが出来, バロック的な世界を再統合せしめた。ドービニェの知に対する信頼は寧ろこうした認識論的世界像の安定によっているかの如くである。だがその世界像の確立は, 思想史的にはコギタチオの明証性を経た長い苦闘の結果ではなかったか。『天地創造』に見られる知への信頼は, してみると, ドービニェが屢々バロックの代表的詩人と見做されるだけに, また異様さを惹起するものとなろう。一見して近世的とも考えられる『天地創造』の世界把握の秩序的安定性, 知への信頼は何に基づくものであろうか。勿論改革派思想との関連を考えることは容易である。宗教とは一つの世界解釈に他ならないのであるから。だが余りにも安易にその関係のみで解釈することは躊躇われる。こうした性格は現段階で容易く全貌を表わすものではないのかも知れない。ドービニェの全作品, 全生涯の根底的な検討を俟って, 彼の天地創造詩の異様さは何事かを明らかにされうるものなのかも知れない。だが時として, それも僅かな希望に過ぎない

と思えるほど，この長篇詩がドービニェの遺した作品群の中で孤立した作品であるのも確かなことである。駄弁を弄しすぎたようだが，先を急がねばなるまい。予定の紙数を遥かに超過している現状なのである。

　ドービニェが何故この作品を書いたのか。これもまた不明のままに留めざるを得ない。現在までのところ，その理由を述べた論は二種類に分けることが出来る。一つは私生児ナタン・ドービニェの教育のため，いま一つは護教的な目的のためである[47]。可能性はどちらもありえようが，実際は論証性に乏しいようだ。子供の教育のために『天地創造』は果たしてどれほど有効であるのか。その人体の解剖学的記述は医師を試練の場としようとしている者にとって以外，教育的な効果を持ちはすまい。医師を志すなら当時既に行なわれていた医学的解剖に立ち会うとか，少なからず出版されていた医学書を読めばよいのである。総合的な教育は確かにルネサンス人の是とするものであったろうし，ドービニェ自らも総合的な教育を受けた筈である。そしてドービニェが子供たちにそうした教育を授けようとしたこともありうるであろう。だが総合的な教育という場合の「総合」と『天地創造』を「総合」的な詩と呼ぶ場合の「総合」とでは意味が全く異なる。『天地創造』は恐らく教育のためには一助にしかならなかったであろうし，そのために不毛な詩を書くほどの必要がドービニェにあったのかどうか。ナタンの教育を目的とするという論者は，その必然性を述べる義務があるだろう。また護教詩であるとする見解も同様に疑念を残す。デュ・バルタスほどではないにせよ『天地創造』もカルヴァン派思想から逸脱する点はあるようであり[48]，またここまでの分析結果をご覧いただければ，この種の世界観がフランス改革派の理念と密接に関係するか否か，問題は残るであろう。ドービニェが世界の背後に神を見据えていたにせよ（そうでない可能性は全くないが），作品を読む限り問われているのはむしろ世界でありその構造である[49]。個々の存在者の中に神を見，神を讃えるべきであるとの改革派の理念[50]はこの点でデュ・バルタスの『聖週間』によく表現されていよう。更にまた，全くの想像でドービニェの晩年の心的状態と絡めて語ることも幾らでも可能だろう。けれども製作年代すら判然としない現状で[51]，そうした想像を紡ぐこと

は，仮令心的状態と作品とを単純な反映論で結んだとしても，危険極まりない所作と思える。

　『天地創造』が異常な作品であるという，研究者たちの言葉を繰り返す以外，本稿の結論はないという事態に陥ってしまったようだ。だが少なくともその異常が単に詩としての不毛さを指すものではなく，ドービニェの世界把握そのものが問われなければならないと指摘しうる程度の前進はあったかも知れない，と考えるのは傲慢の誹りを免れないだろうか。紙数の関係もあって十分な展開は出来なかったが，ドービニェの近来の評価の向上が，幾つかの側面のみで為されてきたものであり，結果として等閑視されやすい他の側面からの照明も，時代の転回点にいた一人の詩人について考えるうえで，与えられるべきである，というのが本稿の意図であり，また本稿を書き終えた時点での感想でもある。

<h2 style="text-align:center">あ と が き</h2>

　はじめにで本稿初稿脱稿後の『天地創造』の運命については聊か触れた。併し「デュ・バルタス・ルネサンス」などという安易な言葉を安易に用いながら，その実，『聖週間』の近年のエディシオンを若干紹介しただけで，研究文献には殆んど触れていない。そこで簡略ながら以下に，前世期（20世紀）以降の主たるデュ・バルタスの研究文献を挙げて，その不備を幾らかでも補おうと思う。但し雑誌掲載論文は省き（デュ・バルタスの特集号はこれを容れる），単著書及び，研究誌特集号に限定させていただく。何分筆者の手許に在る文献だけなので（つまり責任をもって言及出来る範囲の），遺漏は多々あるに違いない。が，文献操作が追い付かないほど「デュ・バルタス・ルネサンス」は盛んなのだとお思いいただきたい。尚単著以外にもシュミットの学位論文などのように文学史・精神史の視点からデュ・バルタスを大きく扱っているものは無数にあるが，これらは紙幅の関係で割愛させていただいた。お許しを請う。

- Georges Pellissier, *La vie et les œuvres de Du Bartas*, Slatkine Reprints, 1969 (1883)
- Antonie Hendriks, *Joost Van Den Vondel En G.De Saluste Sr Du Bartas*, Leiden, 1892（19世紀の，然も筆者には読めない言語で書かれているので一覧に入れるかどうか迷ったが，ともあれ近代のデュ・バルタス研究の嚆矢というべき学位論文なので挙げておくことにした）
- Harry Ashton, *Du Bartas en Angleterre*, Slatkine Reprints, 1969 (1908)
- A. Neekman, *Influence de Du Bartas sur la Littérature Néerlandaise*, Poitiers, 1912
- Kurt Reichenberger, *Du Bartas und sein Schöpfungensepos*, München, 1962
- Michel Braspart, *Du Bartas Poète chrétien*, Delachaux et Niestlé, 1947
- Michel Proeur, *Le Monde et l'Homme et Du Bartas*, s.l., 1980
- Bruno Braunot, *L'Imagination poétique chez Du Bartas, Eléments de Sensibilité Baroque dans la* Creation du Monde. Chapel Hill, 1973
- James Dauphiné, *Guillaume de Saluste Du Bartas poète scientifique*, Les Belles Lettres, 1985
- Jean Miernowski, *Dialectique et connaissance dans La Sepmaine de Du Bartas*, Droz, 1992
- Yvonne Bellenger, *Du Bartas et ses Divines Semaines*, SEDES, 1993
- Violaine Giacomotto-Charra, *La Forme des Choses, Poésie et savoir dans* La Sepmaine de *Du Bartas*, PU du Mirail, 2009
- James Dauphiné (dir.), *Du Bartas poète encyclopédique du XVIe siècle*, la manufacture, 1988 (Colloque International de Pau 1986)
- James Dauphiné (éd.), *Du Bartas 1590-1990*, Editions InterUniversitaires, 1992 (Actes du Colloque International de Pau 1990)
- James Dauphiné (éd), *Du Bartas et l'Expérience de la Beauté—La Sepmaine (Jours I, IV, VII)*, Champion, 1993
- James Dauphiné (dir.), *Du Bartas, Actes des premières journées du Centre Jacques de Laprade tenues au Musée national du château de Pau le 19 novembre 1993,*

第3章　デュ・バルタス『聖週間』の影：(擬？) ドービニェ　403

Les Cahiers du Centre Jacques de Laprade, 1994

以下に挙げるのは『聖週間』以外のデュ・バルタスの作品の校訂版である。これらの作品は，例えばWorks版などにも収められているが，ここでは単著のみを扱うこととした。尚，最後の三冊は『聖週間』及び『第二聖週間』の註解付き古版で，筆者の手許に在るというだけの理由であげた。本の蒐集が唯一の道楽である筆者の稚気だと思いお許しを請う。研究文献だけ挙げるのは片手落ちかと思い，補遺に指示することとした。

・G. Salluste Du Bartas, *La Judit*, édition critique avec introduction et commentaire, par André Baïche, Association des Publications de la Faculté des Lettres et Sciences Humaines de Toulouse, 1970

・Guillaume de Saluste du Bartas, *La Seconde Semaine* (1584), édition établie, préparée et annotée par Yvonne Bellenger et alii., Klincksieck, 2 vols., 1991

・Guillaume de Saluste du Bartas, *La Suitte de la Seconde Semaine*, édition établie, présentée et annotée par Yvonne Bellenger, STFM, 1994

・Guillaume De Saluste, Seigneur du Bartas, *La Seconde Sepmaine*, Reveue, augmentee, & embellie par l'Auteur mesme. En laquelle ont esté adjoustez argument general, amples sommaires au commencement de chascun livre, annotations en marge, & explications des principals difficultez du texte, par S.G.S., Jaques Chouët, MDCXIII.m.

・Guillaume De Saluste, Seigneur du Bartas, *Premiere Sepmaine ou Creation du Monde*. En cette derniere Edition ont esté adjoustez la premiere & seconde partie de la suite reveuë en divers passages par l'Auteur mesme. Plus ont esté l'argumenent general amples sommaires an commencement de chasque livre, annotations en marge, chasque livre, annotations en marge, & explication des principals difficultez du texte, par S.G.S., David du Petit Val, 1616.m.

・G. de Saluste Seigneur Du Barts, *La Sepmaine, ou Creation du Monde*, divisee en considerations, & illstree des Commentaires de Pantaleon Thevenin Lorrain : Esquels avec l'artifice, Rhetorique, & Dialectique François sont bien amplement deduites toutes les parties de la Philosophie : le tout embelli & enrichi d'infinies sentences, lieux semblables, & histoires, tant sacrees que prophanes : avec enodation des mots, & paraphrase des discours plus difficiles : Ensemble une Table ample des matieres & mots plus remarquables. Hierosme de Marnef, MDLXXXV. m.

第 4 章

デュ・バルタス『聖週間』の影：
クリストフ（ル）・ガモン

（その１）デュ・バルタスを窘めるクリストフ（ル）・ガモン[1)]
——サラマンダー，不死鳥，ペリカン——

　デュ・バルタスといえば，先ずその『聖週間　もしくは世界の創造』（以下慣例に倣って『聖週間』と呼ぶ）が自ずと連想されるであろう。創世記の祭司伝承，天地創造神話から題材を採ったこの作品は発表されるや否や大変な評判をとり，専ら古代人による評価の定まった作品を広範囲の読者が解読出来るように付された註釈書（前章末尾補遺参照）が，初版出版から時を経ず，恰も古典であるように，立場の異なった，つまりデュ・バルタスと教義を共有する改革派信徒のシモン・グーラールにより，他方グーラールとは宗教的には反対の立場をとるカトリック教徒の学者パンタレオン・テヴナンの手で上梓されたことからも分かるだろう（然もナントの勅令の遥か前に）。シモン・グーラールはデュ・バルタスの遺稿となった『第二聖週間』に註解をつけて迄刊行したが[2)]，そうした解釈史や書誌史は本稿の目的ではないので，さて措く。フランス語圏の作者によって執筆されたものではないにも拘わらず（周知のとおりデュ・バルタスはガスコーニュ出身で，フランス語は外国語になる），その影響は大きく，フランス国内に於いても国外に於いても，少なからぬ文筆家が天地創造詩に手を染めた。その一人が『聖週間』と全く同じタイトルを冠した（精確に訳せば，『ラ・スメーヌ，もしくは世界の創造，クリストフル・ガモン殿による，デュ・バルタス殿の

作品に抗して』)，8,600行ばかりのアレクサンドラン詩篇を遺した[3]，クリストフ（ル）・ガモンである（ガモンの『ラ・スメーヌ　もしくは世界の創造』を『聖週間』と区別するために，こちらを『最初の七日間』と呼ぶことにしよう）。以下，顧みられることの少ないガモンの『最初の七日間』の紹介を兼ねて，何故同じ改革派に属するガモンが『聖週間』に異を立てて，同名の作品を世に問うたか，思うところを聊か述べてみたい。

1

　クリストフル・ガモン（以下わずらわしさを避け，「クリストフル」・ガモンと「クリストフ」・ガモンの両表記をもつこの詩人を「クリストフル」・ガモンと統一して表記させていただく）は改革派を父にもち[4]，1574年の恐らく9月，アノネで生まれたらしい。1589年にモンペリエで寄宿生に，翌年ニームで薬剤師を営む改革派の屋敷に預けられたと伝えられる。恐らくガモンも薬剤師と成るべく期待されていたようで，その著書から彼が医学，薬学，自然科学，錬金学の素養を身につけていたのが知れる。1597年，23歳で父を亡くした。それ以前に富裕な未亡人と結婚しており，父も少なからぬ資産を遺していたので，薬剤師の仕事を勤勉に勤める必要がなくなり，健康面に不安を抱えていた事情もあって，この頃から詩作を志していたらしい。ガモンが田舎領主として暮らした短い生涯については殆んど知られていない。1604年に父の相続を巡って兄を相手に訴訟を起こしたこと，1607年，ラ・ロシェルで催されたカルヴァン派宗教会議に地方を代表して参加したこと，1616年に弁済不能者として宣告を受けたこと，1621年，ヴィヴァレの屋敷がカトリック教徒によって略奪されたのを見たあと，47歳で歿したらしい。

　『ラ・フランス・プロテスタント』改訂版「第六巻」は[5]伝記的事績とともに，ガモンの詩作についても一定の紙幅を割いている。それによれば，ガモンの考えでは，天地創造という神の御業（みわざ）である荘厳な事象を描くにあたり，デュ・バルタスはどんな些細な不正確さも，当為として蔑ろにすべきではなかった。と

第4章　デュ・バルタス『聖週間』の影：クリストフ（ル）・ガモン

ころが天然の磁石，緻密な魚類描写，キリスト教徒の情念は，デュ・バルタスの詩作では，博物誌的な記述に於いても神学的解説に於いても，誤った概念に収束するので（ガモンは三位一体の定義について長々とデュ・バルタスを咎める），彼は自分自身で同じようなタッチでありながら純粋な『ラ・スメーヌ　世界の創造』を書き直そうと企てる。虚しい企画であり，もしガモンがその先達・師匠の幾つかの陳述を実際に訂正することになったら，彼自身，当時の先端科学（学問）にあって優れていると自問自答した結果であろう（実際，ガモンは当時の最上位の自然科学であった錬金術と金属の変質の玄義を学んでいたという）。ガモンの詩句が総じて悪しき評価の対象となっていたとはいえ，のちに引くようにデュ・バルタスとマレルブを繋ぐ中間項と見做されるだけあって，熱意と色彩を伝える幾つかの詩句がない訳ではなく，「第Ｖ日」の冒頭の詩句はその一例と言えるかも知れない[6]。

（引用－１）
《底知れない知を以って天地を回転させる方が，蒼穹を球にして
　その方の右手で輝く炎を天球に撒くとき，
　宇宙が誕生する過程で，その堅固な基底を晒すようになったとき，
　その方は多くの葉と茂る種族を吸枝のように出させる。
　同じくアンフィトリテと大気とをそれぞれの座に落ち着け，
　この方はこの日，海と大気を様々な住民で満たそうとなさる。
　様々な，とはいえそれらはそれぞれに特定の年齢をもち
　魚はその鰓を，鳥は羽毛を，
　一方は清澄な空中を切り裂き，他方は透明な水面を切り裂く。
　一方は走り，他方は素早く進む。そのどれもが卵から生まれる。
　併し，おお，神よ，何という誤解か，おお，真なる神よ，何という御伽噺か，
　欺瞞的で愛想の良い多数の著作の中に，
　様々に異なる海の子供たちの群が，
　そして大気の野原を羽搏く住人たちが，

我がムーサは，未だ幼いながら，確かに気づいていたのだ，
影に覆われたそれらの路を辿ると，騙されていたことを。
併しより激しく燃える光線で照らし出され，成熟期に近づくとその眼は，
より明確な局面のもと，真相を見るべく試みる。
鷲は仔鷲のころ雲を使って騎行しながら，
時折眼を木陰に向ける。
しかし年端を重ね，眼差しが定まって来ると，
光り輝く太陽をはっきり見つめるようになる。
それと同じように，わたしの精神は時として輝きの方に向き，
あらゆるとはいわずとも，少なくとも一日の裡に知りうる栄光を数える。
詐欺師の著作よりも真実がどれほど優れているだろうか，
そしてどれほど一介のガモンが純白を捜し求めていることか》

以上の記事で「詩人」ガモンの評価が決定的になるかどうか，わたしたちはこれから考察していく訳だが，併し不毛な文献操作の中，ヴィヴァレ地方史家，アルバン・マゾンにより郷土の誉れとされ，阿られているのはさて措き，やはり，フランス16世紀学の重鎮，クロード゠ジルベール・デュボワ[7]の見解を尋ねずに済ます訳にはいかないだろう。

　（引用 - 2）
《デュ・バルタスからガモンへと断絶は存在しない。ガモンの『最初の七日間』がガモンの〔単純に「デュ・バルタスの」の誤記であろう〕それに〔『聖週間』(?)に〕"抗して"作成されているとしても，それはより遠くまで行くために『聖週間』に依拠する目的で，である。とはいえ連続性は異文と，歴史と，理念の展開である方向転換を排斥しない。ガモンに於いて際立つのは，その時代の政治や，神学や芸術が方向を変える，より発展した統一的な方向である。この作品で合理性という概念が有する重要性と，理性の自由な実現，ポスト・カルヴィニスムの聖書解釈を受容しうる聖書読解にまで推し進められた願

望，形態を変え明晰と簡潔性と公式の場を飾るに相応しい，マレルブが目指す方向に赴く修辞学が看取される》

「合理性」，「ポスト・カルヴィニスム」，「マレルブ的な方向」——如何にも大きな図式でフランス16世紀末から17世紀初頭に至る文学事象を切り取ってきた，デュボワらしい解読である。だがこれは本当なのか。わたしたちは時代にもう少し寄り添えたく思う。もう一度わたしたちなりに，ガモンの『最初の七日間』を丁寧に，検討してみよう。

2

遺漏も多かろうが，ガモンがデュ・バルタスを明確に意識し，恰も時代を隔てた論争を挑むが如く，詩人その人の名を出したり，或いは暗黙の了解の裡に呼びかける場合がある。それは「第Ⅰ日」の天地創造に先立つカオスの有り様から，「第Ⅲ日」の田園生活の謳歌を経て，「第Ⅵ日」に見られる，知性の座である「頭」を最も高い場に認める人体論論争まで，『デュ・バルタス殿に抗して』と謳うだけあって，殆ど無数に存在すると言ってもよいが，ここでは奇獣の伝説を巡って，デュ・バルタスに対しガモンがどのように異論を投じたか，シモン・グーラールとパンタレオン・テヴナンの註釈を借りながら見てゆくことにしよう。

先走って言ってしまったが，既述のとおり『聖週間』には出版後，時を経ずしてカトリック教徒のテヴナンと改革派信徒のグーラールによる註釈本が刊行されている。厳密に言えばテヴナンのものは事実『聖週間』の本文を引き，それに註を施す態の版であるが，グーラールは，当初詩句を載せず，註釈だけで編まれた書籍だったらしい[8]（のちに本文と一括して上梓されるようになった）。

＊

デュ・バルタスの詩句の存在は常にガモンの脳裏にあったろうが，これらの詩句を大雑把に分けると，二つの文脈に分類される。一つは，比率をとると圧倒的であるが，自然学上理論的な（勿論当時の）自らの見解を述べ，展開するケース。もう一つは倫理的な自分の見解を確認し，披瀝するケースで，先に述べた『聖週間』「第Ⅲ日」の103行目がその代表例である。併しここでは，ピブラックを代表とする16世紀末から17世紀初頭にかけて宮廷詩人も好んだ「田園生活の誘惑」や「隠遁生活への誘い」の主題には触れず，自然学的なレヴェルでの異論の代表に，伝承を作るに足る3頭の奇獣についての異論を紹介したい。俎上に載せるのは，不死鳥伝説，サラマンダー伝説，ペリカン伝説である。

① 『聖週間』では，不死鳥は次のように描写されている。

（引用－3）〔『聖週間Ⅴ』551〕
《殆んど同時にこの灰の塵から
一匹の虫が，続いて卵が，次いで鳥が誕生する。
併しながらこれは同じ鳥であって，その種族から産まれ，
二百年の新しい輝きを以って再び死に瀕するが，
炎の直中から美しさを取戻し，
その最期にあっては無限の生命であるにも関わらず，墓へと向かう》

この不死鳥伝説に関し，年代順にみて先ずグーラールの註釈を紹介しよう。

（引用－4）〔「インデックス」318-319〕
《不死鳥：ブロンはその『鳥類誌』「第五巻」の最終章で延々とこの鳥について述べている。オウィディウスの「第十五歌」を見よ。わたしたちの詩人は，プリニウス「第十巻」第2章での物語を楽しんで模写し，色彩を与える。「アラビアには全ての他の鳥に優って有名な鳥（多分架空の話だと思う），不死鳥

第4章 デュ・バルタス『聖週間』の影:クリストフ(ル)・ガモン

がいるが,全世界にたった一羽しかいないので先ず目にすることはないそうだ。その話とはこうである。〔……〕この不死鳥を巡る最初の,且つ最も詳しいラテン語の記事は,教師に就くことなしに極めて高くまた多様な学問を修めた所為で有名な,卓越した元老院議員マニリウスが与えた。彼は次のように述べた。誰もこの鳥が餌を食べるのを見たことがない。アラビアではそれは太陽神に捧げられている。その寿命は540年である。齢をとると,アシア桂皮と乳香の小枝で巣を作り,それに香料を詰め,死ぬまでそこに横たわる。その骨と髄から先ず一種の蛆が生まれ,それが成長して雛鳥になる。すると第一に,前の鳥に然るべき葬儀を行ない,それから巣ごとパンカイアの近くの『太陽の市』へと運び,その地の祭壇に置く」》(邦訳を参考にした)。

続いてテヴナンは,グーラールを更に深める。

(引用-5)〔「テヴナン」484〕
《それはその眼を輝かせる:不死鳥。プリニウス「第十巻」第2章と同じくオウィディウス『変身物語』「第十五巻」から採られている。ブロン『鳥類誌』「第六巻」最終章を見よ。そこではプリニウスを次のように援用している。「〔……〕オウィディウスの『変身物語』「第十五巻」では「一つだけ自分で生まれかわり,自分で自分を再生するものがある。アッシュリア人たちが不死鳥(フェニックス)と呼ぶ鳥で,穀物や草によってではなく,乳香の木の樹脂とバルサム樹の樹液で生きている。この鳥は,五百年にわたるその生涯を生き終えたと知ると,樫の枝か,打ちそよぐ棕櫚の梢に場所を撰んで,鉤爪と穢れない嘴とで自分の巣を作る。そこへ,桂皮と,しなやかな甘松の穂,砕いた肉桂と,黄色い没薬とを敷き,その上に身を横たえる。こうして香りに包まれたまま,生命を終える。すると,この父親の体から,新たに小さな「不死鳥」が生まれ出るという。この新しい鳥も,親と同じだけの歳月を生きるという。この雛鳥が成長して,力をつけ,ものを運ぶことが出来るようになると,高い木の枝から重い巣を取り外し,自分の揺籃でもあり,父親の墓でも

あるこの巣を運んでゆく。それが子としての努めなのだ。虚空を飛び，遥かエジプトの「太陽の都(ヘリオポリス)」に辿りつくと，太陽神の神殿の扉の前にそれを置く」
（中村善也訳，岩波文庫，318-319ページ）》

そしてガモンはこれらの詩句と註釈を経巡ったあとで，次のようにバルタスに説く。

　　（引用－6）〔『最初の七日間V』154〕
《この多様な天空の下で（バルタスよ），十の冬を百回も，
回転させている天の運行を見させることがどれほど無謀か，
また外見というものを持たないカメレオンを
余りにも信心深く，余りにも簡単に信頼しているお前が，
皆，それほど嘘つきでもない人々を教え，今の時代を解明させたのか》

②　一方『聖週間』でサラマンダーの描写は以下の如くである。

　　（引用－7）〔『聖週間Ⅵ』360〕
《神はそれぞれの種に種族を生み出す能力を
吹き込んだことでは満足されず，その叡智によって
如何なるウェヌスの助けも借りず，生命のない物質から
数多くの完璧な動物を，この地上で形成されるようにされた。
かくして冷たい気質はサラマンダーを生み出し，
この動物は己れをその気質そっくりに似通わせ，
百もの冬を越しては大きくなり，赤く波打つ
炎に触れるだけで直ちにその熱さを弱める》

これに付されたグーラールの註釈は次のとおり。

（引用－8）〔「インデックス」367〕

《サラマンダー：プリニウス，「第十巻」第67章．「サラマンダーは全身に星形の斑点をつけた蜥蜴のように創られている。この動物は大きな雨期以外の季節には，決して姿を現さない。そのため天候が良い場合には姿を消してしまう。大変な冷血動物で，あたかも氷のように，火に触れるだけでその火を消し去ってしまう」[8]〔……〕。この詩人はまたプリニウス，アリストテレス，アエリアヌス，カルダーノの『物の機微について』に依拠している》

次はテヴナンの註。

（引用－9）〔「テヴナン」645〕

《神は満足せず：結局のところ，創造主はことのついでに，雌雄が番うことなく産まれる動物に触れている。これについて創造主は四種の記憶すべき事例を引き合いに出している。

ウェヌスの助けも借りず：番うことなく。交ワラズ。

冷たい気質：最初の事例。サラマンダー。サラマンダーは全身に星形の斑点をつけた，蜥蜴捩りに創られている。この動物は大きな雨期以外の季節には決して姿を現さず，天候が良い場合には姿を消してしまう。この動物は大変な冷血動物で，恰も氷のように，火に触れるだけで火を消し去ってしまう。プリニウス，『博物誌』「第十巻」第67章。アリストテレス『動物誌』，カルダーノ『物の機微について』「第九巻」〔……〕。

冷たい気質：水。〔……〕》

デュ・バルタスのサラマンダー描写に抗し，ガモンは次の詩句を残している。

（引用－10）〔『最初の七日間』392〕

《何故なら万物の創造主がそれぞれの種族に産み出す能力を
お授けになったことだけで満足なさらず，如何なるウェヌスも必要としない

まま，
多くの生ける個体に己れを繁殖することを赦されたかどうか，
その誤謬はまたしても冷血なサラマンダーが教えてくれる，
この動物は冬に巨大化し，燃え盛る赤い炎に
ただ触れるだけで小さくしてしまうのだ》

③　最後にペリカンについて。『聖週間』には次の一節がある。

　（引用－11）〔『聖週間Ⅴ』201-202〕
《鶴は懐かしいテッサリアに流し目を送り，
ペリカンと一緒になって，陽気に交わる。
賞讃に価する鳥たちであり，これらの，おお，神よ，あなたは
一方を忠実な父とし，他方を忠実な息子とし，
時を経て鶴は，餌を与え
生命を与えたものに報いる。〔……〕
あなたは，もう一方でペリカンが子孫のために
己れの横腹を傷つけ自らの血を惜しみなく与え，
子供に活力を授けるようになさった。それからその子供が
更にその子供に生命を繋がさせるようになさった。
ペリカンは蛇によって殺されているのを見るや否や，
自分の胸を切り裂き，子供たちのうえに注ぐ。
生命の気質ゆえ，そうすると子供たちが暖まり，
その死から新たな生命が引き出される。
あなたのキリストの喩であって，キリストは虜となって
木に縛りつけられた無実の奴隷を解放するために
その傷口から血を流されて，蛇の致死的な傷口を癒される，
喜んで不死の御身を死すべきものとされた，
アダムが死すべきものから不死のものへとされたように》

第4章　デュ・バルタス『聖週間』の影：クリストフ（ル）・ガモン

この箇所に関わるグーラールの註記は以下のとおり。

　　（引用－12）〔「インデックス」314〕
《**ペリカン**：〔……〕アリストテレスは『動物誌』「第八巻」第12章で，俗見に基づき，ペリカンは子鳥が蛇に殺されると，雄親は涙を流し，その胸を尖った嘴で破り，血を流す。するとその血は子鳥に生命を与え，回復させる，と付け加えている。〔……〕アイリアノスは〔『動物奇譚集』〕「第三巻」第24章〔近代版では第20章〕でペリカンのこの慈愛に言及しているが，また別の角度からである。即ちペリカンは自分の胃から肉を取り出し，子供たちに与えると述べている〔……〕》

続いてテヴナン。

　　（引用－13）〔「テヴナン」501〕
《これらの驚嘆すべき鳥たちに，著者は心の広さ，人への思いやり，憐れみと慈愛を結び付け，子供たちに，父母の義務と慈悲を思い出させ，また全てのキリスト教徒に，子供たちのために自死する真実のペリカンたるイエス・キリストがわたしたちに向けられたこの上ない愛情を想起させ，素晴らしい教訓としている〔……〕》

これらの詩句と註釈を経て，ガモンは，

　　（引用－14）〔『最初の七日間Ⅴ』185〕
《ペリカンが腹の下に子鳥を養い生命を与えており
　その血とその血の流れるのを見て
　ペリカンが無惨にも死に瀕して己れを刺していると
　振る舞わせた理由であるが，
　お前はそれを信じ込んでいる，バルタスよ，わがバルタスよ，

そしてお前はこの嘴に騙されて，我々の甥を騙すのだ》

3

　先ず，これらの動物伝承は勿論，デュ・バルタスその人が『聖週間』で無謀にも，併し当時の常識的伝承に沿って，美しく歌い上げた神話や，その神話の尤もらしい根拠を標的にしているのは間違いない。例えば不死鳥伝説や同じくペリカン伝説，サラマンダー伝説などがその例であり，これらの奇獣やその他の人口に膾炙した動物，珍獣に捧げられる詩行数は引用詩句が示すほど素っ気ないものではなく，またペリカン伝承や不死鳥伝承，サラマンダー伝承にしても引用はこれに尽きるものではない。不死鳥の出鱈目さについては，その合理性により，歴史により反駁され，生殖や生命の長さ，その死について，引用箇所の数倍する詩句を用いて疑問に付される。俎上に上る動物描写は批判を伴った百科事典の類に近い。ガモンはこうした世の「不可思議」に纏わる，併し口の端に昇りやすい「神話」や「伝承」を疑いもせず宮廷内で朗々と歌い上げるデュ・バルタスに激しく噛みついた。これらは世間知ではないか。これらは知の下層に属している「御伽噺」ではないか。これらを公式に認められたとはいえ，いとキリスト教の信仰篤きフランス国王の許で生きていかなければならない改革派信徒が，諸手をあげて歓迎する類の詩句であろうか。然もガモンの筆は単に一介の宮廷詩人（仮令それが改革派の宮廷であるとしても）に向けられているであろうか。先にエチエンヌ＝リエボーの『鄙の家』とオリヴィエ・ド・セールの『農耕劇場』を比較した経験から言って[9]，ガモンの書は専らデュ・バルタスを意識していると言うより，デュ・バルタスに代表されるアンリ4世，もしくは戴冠以前のアンリ・ド・ナヴァール周辺の知的・倫理的環境，あるいは環境の残り香を意識して，アンリの宮廷の外に，言ってしまえばこの世紀の末，竜騎兵に追われ，国外に新たな旅立ちをする改革派の預言のような気がしてならない。勿論ガモンがヴァンタドゥール公に捧げた諸言に見られる《大部分がアモルの虚しいシャンソンで眠りこけ，低俗で儚い甘いミルトの帽子を棕

櫚と月桂樹の誇り高い冠に交換させるために》[10]『最初の七日間』を叙述したと言っていることにも無縁ではない。時代が改革派と教皇派の棲み分けを赦したからといって，改革派の危機，第二の聖バルテルミーの虐殺の報がパリ市内を駆け巡ったのはガモンがデュ・バルタスに叛旗を翻した直後，アンリ4世の暗殺直後ではなかったか。時代はまだ改革派に対してすべからく寛容という訳ではなかった。改革派信徒はそれまでと異なる形で不意の事態に備える心構えをしなければならなかった。わたしたちはかつてオリヴィエ・ド・セールの「科学的」・非土着改革派信条に着目したことがあったが[11]，その『農耕劇場』が刊行されたのは，ナントの勅令直後ではなかったか。

　デュ・バルタスの詩句には，言うまでもなく強いオリジナリティがあって社会的・文壇的にロンサールの詩風に影を齎すほどのものであった。それは同じくロンサールを詩壇から追い落とし兼ねなかったフィリップ・デポルトのそれと対比できるほどのもので，デポルトの詩句が，ロンサール流の過度な装飾や主観性，特殊な語法や異教神話から得られた「霊感」に異を唱え，詩想と言語の明晰性，文体の流麗暢達，詩句の諸調，文体の軽快さによって，ルネサンス詩を近代詩に（ここで念頭に置いているのはその「デポルト批判」にもかかわらずマレルブなのだが）繋げる働きをしたとすれば，デュ・バルタスの詩風はキリスト教伝承と古典古代の神話と土着的伝説を改革派主流のキリスト教解釈に接続させることにより，国内・海外を問わず，或いは改革派・カトリック教徒の多くの詩人，もしくは詩人もどきに圧倒的な影響を与えた。上述した改革派の大著作家シモン・グーラールは『聖週間』のみならず未完の『第二聖週間』に詳述極まりない註釈を施して刊行し，大成功を収めたし，カトリック教徒のパンタレオン・テヴナンも『聖週間』の本文に，彼なりの膨大な註釈を施した四折判の絢爛たる書物を，『聖週間』刊行直後に上梓した。パンタレオン・テヴナンについては，テヴナンの註釈付きロンサール著『哲学の讃歌』を論ずる機会があれば改めて再言する心算だが（もうその余裕はないかも知れない），それはともあれ，デュ・バルタスに対する熱狂ぶりは前出のアルベール・シュミットの学位論文からも窺えよう。しかしデュ・バルタスに対する熱狂は，批判の多さ

も物語る。改革派側でさえ、アンリ4世に仕える改革派信徒デュ・バルタスの天地創造詩が異教的であるとして、つい最近まで強硬改革派アグリッパ・ドービニェの作品と考えられてきた、ある改革派信徒（前行をくり返すことだが、数年前までアグリッパ・ドービニュの作とされてきたし、まだ同定に対する疑念は皆無であるとはしない）は『天地創造』を草稿のまま残し、そしてクリストフル・ガモンは『最初の七日間』を著した（諄いようだが異教性だけがその理由かどうか分からない）。

　正統キリスト者たるガモンにとって、異教的な発想は排斥すべきであった。併しまた厳格な改革派信徒として、世に蔓延る世俗的通念も断罪しなければならなかった（ローマ教会が是認したからだけではなく、まさしくそれが土着的であり、改革派教会がその土着性を振り払って、新しい世界へと飛翔しなければならないのであるから）。異教的発想と土着的思想体系にまだまみれているデュ・バルタスもまた。世はマレルブの時代を迎えようとしていた。併しガモンの詩句がバロックからマレルブへの懸け橋としての側面からのみ捉えられるのがよいかどうか、不明にして分からない。

（その２）デュ・バルタスに異論を唱えるクリストフ（ル）・ガモン
──二篇の『ラ・スメーヌ』をめぐって[1]──

まえがき　以下にお目にかけるのは、タイトルからもご想像できるように、九州大学文学部仏文科紀要『ステラ』2013年号に掲載された「デュ・バルタスを窘めるクリストフル・ガモン」のオリジナル原稿である。敢えて完成原稿と称した文章の外に、オリジナル原稿を併置したのには勿論、それなりの謂われがある。その最大の理由は初稿が、わたしたちの理念からすれば脱近代化を模索して作成されたものであったのに対して、『ステラ』の査読者、更には査読者がその意を体していたであろう主任教授の吉井亮雄さんは一冊の立派な研究誌として所謂クラッシックな、形式と内容が古典的な枠組みの中に納まるような、近代的研究論文を求めていたからだと思われる。これは秀才吉井亮雄さん

第 4 章　デュ・バルタス『聖週間』の影：クリストフ（ル）・ガモン

がパリ第Ⅲ大学の学位論文で高い評価とともに学位を授与されたからかも知れないし，遠い九州の地で自らを見本とするように学生たちを育てて来られたことにも端を発するかも知れない。確かに今ある世界で認められるような論文はしっかりした文献操作と形式が伴わなければ駄目なのだ。ところがわたしの方では世界観として，そのようにして形成された欧米化，近代化の終点にわたしたちは居り，そうした形式を止揚しなければ駄目なのだ，と考えこの数十年間エセー（論文とは自称したくないので）を綴り，少数の読者のお目を穢してきた。

『ステラ』の2012年号に掲載された『ローマの福音書』がこれにあたる。このエセーの執筆時にそのような経緯があったので，この学術誌に文章を書くことはもうあるまいと思っていた。ところがこの夏「『ステラ』には近現代の論文しかなくて古い時代で一本欲しい」というお電話を吉井さんからいただいた。その結果認めたのがデュ・バルタスの周辺（現在纏めようと考慮中）にいたクリストフル・ガモンのデュ・バルタス観であった。2012年号の場合と同じように（2012年号に取り上げたウスタシュ・ド・ボーリューの『ローマの福音書』はフランス国立図書館にも収められていないほどの奇書であったためか，数十ページの紙幅を赦していただいた）ガモンが殆んど知られていない韻文作者であるため一応の約束事は承知していたが，ガモンの人となり，デュ・バルタス論駁書の全体的な紹介もお赦しいただけると，ルーズに考えてお引き受けしたのだった。ところがその後，吉井さんからわたしが校正を疎んじており（わたしは校正の役目は査読者の範疇だと思いこんでいた）論文の態を為していないので，もっと焦点を絞って学術論文にせよ，とお叱りを受けた。途中で棄権するのも九州大学文学部にも失礼だろうと考え，その後は吉井さんや査読者の意見を全面的に採用させていただき，紙幅も数分の一に削った。ところが査読の段階で思わぬことに気付いたのである。紙幅を減らすため，そして学術論文（わたしのエセーが今様の学術論文を目指していないことは直ぐ前に述べた通りだ）に仕上げるため，焦点が合いすぎ，例えば中世の演劇を目指していたのに，突然三単一に拘束される古典主義時代の演劇の枠を嵌められたように，焦点が存在しない，もしくは焦点と同列に存在して欲しかった背景が消失しまったことがその最大の痛恨事であ

る。もうひとつは査読者の質に不審の念が抑え難かったことがある。

　わたしは原稿が一端出版社の手に渡ったら，その後は出版社の方針，査読者の方針で改訂していただきたい，原稿にピリオドを打った以上，その後は万事任せる，と言う姿勢を概ね貫いてきたし，『ステラ』の査読者のご批判にも諾々として従った。併し査読者の或る指摘が，「おいおい，大丈夫なのかな」と疑問を抱かせたのである。それは他でもない，先にご覧戴いた『ステラ』2013年版の拙論の註（7）「サラマンダー」に関してである。わたしはそこに「手元にある簡便なニザール版のプリニウス『博物誌』では，云々」と書いたのだが，査読者は，「簡便な」では学術的でないと判断されたのであろう，「簡便な」を「定評のある」に変更することを提案なさったのである。わたしはニザール版が聊かも「定評がある」と思っていなかったので流石に迷ったが，九州大学文学部ではニザール版をそのように評価されているのかも知れないと思い，査読者の意見に従った。併し徒然思い返してみるに，ニザール版の自由な訳風と，現在ではもっと頻繁に参照対象となっている，英語のループ版，フランス語のビュデ叢書，ドイツ語のトイフナー全書の方が「定評」に相応しくないだろうか（それぞれ正確さに何らかの疑念を呈されているにしても）。若い査読者の方にそう申し上げておくべきだったのではないか，と思ったのである。

　およそ以上の二点で，『ステラ』版で十分意を尽くせなかった処があるため，重複を承知で，以下に初稿を挙げさせていただくものである。いずれにせよこの稿も死後出版（もし可能であったら）のエセー集の一部となれば幸いに思う（その後2017年度中央大学学術出版助成の対象に選ばれ，このようにご覧いただいている）。併し駄弁にお付き合いいただく読者の方には申し訳なさが残る。

　デュ・バルタスといえば，先ずその『ラ・スメーヌ　もしくは世界の創造』（以下慣例に倣って『聖週間』と呼ぶ）が自ずと連想されるであろう。創世記の祭司伝承，天地創造神話から題材をとったこの作品は発表されるや否や大変な評判をとり，専ら古代人による評価の定まった作品を広範囲の読者が解読出来るように捧げられていた註釈書が，初版出版から時を経ず，恰も古典であるように，立場の異なった，つまりデュ・バルタスと教義を共有する改革派信徒のシ

第4章　デュ・バルタス『聖週間』の影：クリストフ（ル）・ガモン　421

モン・グーラールと，それと反対の立場をとるカトリック教徒の学者パンタレオン・テヴナンの手で上梓されたことからも分かるだろう（しかもナントの勅令のはるか前にだ）。シモン・グーラールはデュ・バルタスの遺稿となった『第二聖週間』に註解をつけてまで刊行したが，そうした解釈史や書誌史は本稿の目的ではないので，さて措く。フランス語圏の作者によって執筆されたものではないにも拘らず，その影響は大きく，フランス国内に於いても国外に於いても，少なからぬ文筆家が天地創造詩に手を染めた。その一人が『聖週間』と全く同じタイトルを冠した，8,600行許りのアレクサンドラン詩篇を遺した，クリストフル・ガモンである（ガモンの『ラ・スメーヌ　もしくは世界の創造』を『聖週間』と区別するために，こちらを『最初の七日間』と呼ぶことにしよう）。以下，顧みられることの少ないガモンの『最初の七日間』の紹介を兼ねて，何故同じ改革派に属するガモンが『聖週間』に異を立てて，同名の作品を世に問うたか，思うところを聊か述べてみたい。構成としては１．ガモンとは誰か，２．先行研究の紹介，３．ガモンの著書の全体像，４．ガモンの『最初の七日間』におけるデュ・バルタスへの頓呼法，及びまとめ，とするものとする。

1

そもそもクリストフル・ガモンとは何者か。ミショーやウフェールの人名辞典[2]を捜しても，その名は知られていない。辛うじてモレリの『歴史大辞典』[3]に僅かに《1609年に自分で刊行した著書『最初の七日間』の筆者。バイヤール氏はその『芸術・科学アカデミー』「第二巻」でこの人物を『その教理ゆえに推奨さるべき人物』》という特定があるのみだった。併し幸運なことに時代がモレリの18世紀中葉からから19世紀，更に20世紀に移るにつれて事情は大きく変化した。その理由の一つに後述する地方史家マゾンの貢献があり，それに基づき現在刊行中の膨大な『フランス人名事典』[4]「第十五巻」には次のような内容の記事が見られる〔col. 314〕。この概要を以ってマゾンの実証研究の代わりとする。

クリストフル・ガモンは改革派を父にもち，1574年の恐らく9月，アノネで生まれた。1589年にモンペリエで寄宿生に，翌年ニームで薬剤師を営む改革派の屋敷に預けられる。恐らくガモンも薬剤師と成るべく期待されていたようで，その著書から彼が医学，薬学，自然科学，錬金学の素養を身につけていたのが知れる。1597年，23歳で父を亡くした。それ以前に富裕な未亡人と結婚しており，父も少なからぬ資産を遺していたので，薬剤師の仕事を勤勉に勤める必要がなくなり，健康面に不安を抱えていたためもあって，この頃から詩作を志した。ガモンが田舎領主として暮らした短い生涯については殆んど知られていない。1604年に父方の相続を巡って兄に対して訴訟を起こしたこと，1607年，ラ・ロシェルで開かれたカルヴァン派の宗教会議に地方を代表して参加したこと，1616年に弁済不能者として宣告を受けたこと，1621年，ヴィヴァレの屋敷がカトリック教徒によって略奪されたのを見たあとで，47歳にして歿したことなどが記載されている。

　『フランス人名事典』の著者（ロマン・ダマ）はガモンの詩作の頂点『最初の七日間』は，関心をもつ向きもあろうが，相手取った『聖週間』ほどの魅力はない，と結んでいる。

　『ラ・フランス・プロテスタント』改訂版「第六巻」は[5]伝記的事績とともに，ガモンの詩作についても一定の紙幅を割いており，『最初の七日間』に限定すれば，ロマン・ダマよりも遥かに好意的な評価を下している。『ラ・フランス・プロテスタント』の著者アーグ兄弟＝アンリ・ボルディエによると，《その誤りや不明瞭な饒舌，耳障りな詩句にも関わらず，大層名誉ある記憶に価する》のが『天地創造の七日間，デュ・バルタス殿の天地創造詩に抗して』という大胆な標題をもつ，8,600行を下らない詩篇である。アーグはデュ・バルタスとガモンを敢えて比較してみせる。以下暫らくその記述を追う。

　デュ・バルタスの天賦の才は彼に続く一群の讃美者，模倣者，翻訳家を生み出していた。ガモンは反論者たる立場を貫きながら，最も熱烈な読者であった。ガモンの考えは，天地創造という，神の御仕事である荘厳な営為を描くにあたって，デュ・バルタスはどんな些細な不正確さも蔑ろにすべきではなかっ

た，というものだった。ところが天然の磁石，緻密な魚類描写，キリスト教徒の熱意は，デュ・バルタスにあって，博物誌的にも神学的にも誤った概念に基づいているので（ガモンは三位一体の定義について長々とデュ・バルタスを咎める），彼は自分自身で同じようなタッチでありながら純粋な『ラ・スメーヌ　世界の創造』を書き直そうと企てる。これが児戯的で虚しい企画であり，もしガモンがその師匠の幾つかの陳述を実際に訂正するにしても，彼自身が当時の科学（学問）では優れていると自分から即答出来る自信を抱いていたようであった。ガモンは錬金術と金属の変質の玄義にさえ打ち込んでいた。熱意と色彩を失わない幾つかの詩句があることはあり，「第Ⅴ週〔勿論「第Ⅴ日」の間違い〕」の冒頭の詩句はその一例となる。

　（引用－１）〔Gamon 137-38。誤記は訂正した〕
《叡智ある方が，天地を回転させ，蒼穹を球にし，
その方の右手が輝く炎を天球に撒くとき，
宇宙が誕生させ，堅固な基底を有するようにさせてから，
その方は，繁茂する種族に多くの葉を枝として出させる。
同じくアンフィトリテと大気とを然る場所に落ち着け，
この方はこの日，海と大気を様々な主(あるじ)で満たそうと欲せられる。
様々な，とはいえそれらはそれぞれに特定の年齢をもち
魚はその鰓を，鳥は羽毛を，
一方は清澄な空中を切り裂き，他方は透明な水面を切り裂く。
一方は走り，他方は素早く進む。そのどれもが卵から生まれる。
併し，おお，神よ，何という誤解か，おお，真なる神よ，何という御伽噺か，
本当のことに口を噤み，慮る多くの仕事のなか，
様々に異なる海の子供たちの群が，
そして大気の野原を羽搏く住人たちが，
我がムーサは，まだ幼いながら，確かに気づいていたのだ，
影に覆われたそれらの路を辿ってみると，騙されたことを。

併し一層燃え盛る光線で照らし出す，もっと成熟したその眼は，
よりしっかりした局面の許，真理を見ようとしている。
鷲は仔鷲の頃，雲に乗り騎行しながら，
時折眼を木陰に向ける。
併し年端を重ね，眼差しが揺がないようになると，
光り輝く太陽をしっかり見つめるようになる。
それと同じように，わたしの精神は時として明りの方に向き，
あらゆるとは謂わずとも，少なくとも一日の裡に知りうる栄光を数える。
欺瞞を語る著作よりも，真実がどれほど優れているだろうか，
そしてどれほど一介のガモンは純白を探し求めているだろうか》

　以上の引用で「詩人」ガモンの評価が決定的になるかどうか，それをわたしたちはこれから考察していく訳だが，今一つガモン評価に一定の視座を与えたであろう記事を挙げておく。遡行的な文献操作がどれほど積極的な意味をもつかどうか分からないが，出典はグジェ師の『フランス文庫』[6]「第十四巻」135-140ページである。尚グジェ師の恒例として最後の数ページ（ここでは具体的に138ページ以降）を書誌的記載に充てているが，そこには立ち入らない。

　グジェ師によれば「この詩人」ガモンは錬金術，もしくは哲学者の石にのめり込んでいた。《彼の著作全てがその影響を感じさせる》〔135〕という断定には異論があるが，ここでは扱わない。グジェ師が齎す（遡行的にいえば）新しい情報として，『最初の七日間』がデュ・バルタスの『聖週間』の，時に辛辣な批判的考証であり，例えばこのデュ・バルタスの対立者は，今在る天空以外存在せず，それは不動であると主張したのだが，のちにラ・リヴィエール殿によって反駁されてしまった。グジェ師に拠ればこの書物の中には，それと同じほど非難さるべき点が儘あるが，この書物はそれ以後忘却され，彼の犯した誤りはその後，誰も魅了しなかった，という。グジェ師はこの程度の評価と『最初の七日間』がガモンの晩年の作品らしいとの推定を以って，この作品の評論

第 4 章　デュ・バルタス『聖週間』の影：クリストフ（ル）・ガモン　425

を終え，次にもっと18世紀の好みに添った，同著者の『詩作の庭園』などの紹介に移ってしまうが（136ページ以降），勿論ここで紹介する筋合いのものではない。例えば両『ラ・スメーヌ』の天空論の（一方的な）論争の経緯を巡るグジェ師の批判は，時代錯誤という観念がなかった時代だから言えることであって，ことは軽軽に裁断さるべきではないことを，前以って述べておこう。

　さて現代（といっても19世紀の暮方からこの方，百数十年のことだが）に戻れば，天地創造詩を論ずるにあたっては2篇の，ガモンの作品を論ずるにあたっては3篇の論文を忘れる訳にはいかない。1篇はモリー・チボー・ド・メジエールのルーヴァン大学学位論文『ルネサンス期における創世記の冒頭から想をえた詩篇』[7]で，これは主としてデュ・バルタスと国外の作家の影響関係を略述した論考である。ガモンとデュ・バルタスの（一方的）論争に触れた箇所は見当たらないので，ここでは略す。チボー・ド・メジエールよりも遥かに重要なのが，アルベール゠マリ・シュミットの学位論文『16世紀に於ける科学詩』[8]である。この大著でもガモンその人には格段のページが割かれている訳でなく，寧ろその人の名前を挙げることで後世に刺激を残す役割を果たした程度であったが，それでも尚，次のような詩句を紹介する労は厭わなかった。

　（引用－2）〔Schmidt 381〕
《外見からして若さの直中にある者の聊かも曇らされていない眼(まなこ)の，
　白髪で覆われた頭(こうべ)の，快く傾けられた聴覚の，
　引き締まって見据える眼差しの，経験だけが唯一の
　活動の導き手であり，諸芸の女主人，
　お喋りの衒学者たちの狡猾な教理が
　かつてそうあったよりも千倍も有益な
　史料の扉であり，その忠実な試みは
　真理の大義のために必須の資格となる》

426　第Ⅱ部　模写と自立

　クリストフル・ガモンの詩句が公けになるのはこののち,凡そありそうもなく,幾冊かのアンソロジーをあたってみたが,ガモンの名は浮かんでこなかった.詩人その人に捧げられた約1ページを有するアンリ・ラフェの大著『17世紀初期のフランス詩（1598-1630年)』[9]も,その経歴を簡単に辿るだけで,詩句自体を読んだかどうかすら怪しい.

2

　併し不毛な文献操作のなかにも3篇,ガモンとデュ・バルタスの影響関係やオリジナリティに数十ページを割いた学術論文の存在を発見したことは報告すべきであろう.1篇はヴィヴァレの地方史家,アルバン・マゾンが1885年に上梓した『ヴィヴァレ地方はアヌンシーのアシル・ガモン及びクリストフル・ガモンの生涯と著作』[10],1篇は恐らくそのマゾンの著作と『アグリッパ・ドービニュ全集』の刊行を受けて,1896年に世に問われたヘルマン・カイザーの『クリストフル・ガモンとアグリッパ・ドービニェの天地創造詩とデュ・バルタスの『聖週間』に対する彼らの関係』[11],1篇はカイザーから百年ほど経て執筆されたクロード゠ジルベール・デュボワの「アンリ4世時代におけるデュ・バルタスの『聖週間』の書き直し　クリストフル・ド・ガモンの『最初の七日間,または天地創造』（1609年)」[12]である.

　併しこれらの論考を紹介する前にマゾンのお陰で伝わっている,フランス国立図書館の火災で今では残存しない,コルテの草稿『著名詩人伝』中,ガモンに触れた文章を紹介する.

　（引用－3）〔Mazon 84〕
《デュ・バルタス殿のそれに返答する形で執筆された,『最初の七日間,または天地創造』と銘打たれた彼の叙事詩は,わたしの考えでは,そして学識者たちの意見では,博識な著作で,非常に立派な本だというので,わたしだったら,詩句の美しさや論理の力強さを鑑み,彼〔ガモン〕がそのひと〔デュ・

バルタス〕に反論して著述する勇気と大胆さを兼ね備えたその人自身よりも，彼に軍配を上げるだろうが》

さて話を戻して，このようにコルテに絶賛されたガモンについて，19世紀末の地方史家マゾンの実証能力はどこまで対象に迫りえたのか。生涯と職歴については先に触れた『フランス人名事典』が大筋を纏めているので，ここでは略し，『最初の七日間』を巡る経緯を紹介しておこう。

＊

近代の論考で詩人ガモン論を先ず最初に展開したのは，『ヴィヴァレ地方はアヌンシーのアシル・ガモン及びクリストフル・ガモンの生涯と著作に関する註釈』(1885年) であろう。「註釈」と謙虚に断りながら，その著者A・マゾンはガモン父子の生涯と著作に地方史家ならではの実証的な，大八折判で140ページ近い著書を残しており，『フランス人名事典』や『ラ・フランス・プロテスタント』及び後述するカイザーの，ガモンの出自に関する記事は殆どが，このマゾンに拠っていると考えてよい。更にマゾンは著作の最終30ページを用いて，デュ・バルタスとガモンの天地創造詩の比較を行なっている。

（引用 − 4 ）〔154〕
《もしデュ・バルタスが詩的霊感の幅広さと創作の卓越性に於いて優っているとしても，ヴィヴァレ地方出身のこの詩人は，知識の広がりでガスコーニュ地方出身の彼の詩人を凌いでいるように思われる》

マゾンは付言してオリヴィエ・ド・セールの『農耕劇場』も引き合いに出す。マゾンの叙述に拠れば，ガモンは当時のキリスト教神学で流行していたカオスの理論を一蹴した後，キリスト教神学に添ってその欠陥を詰り，デュ・バルタスに反旗を翻しながら，論を進めてゆく。併し《如何なる学問〔科学〕も彼に

とって無縁ではない。そして彼がそれぞれの科学について同時代人の最も教養ある人々が知ることの出来る全てに通じていることが分かる。彼の著作は，その時代に於いて，地誌，医学，天文学，物理学，及び自然科学の頂点を究めているのである》〔133〕。マゾンはガモンの目的として，最終的に啓蒙性を揚げる。《彼は詩が何の意味も持たないと判断していた，もし詩が民衆を啓蒙し，正させるのに役立つのでなければ》〔134〕。

　カイザーの小冊子はドイツの学位論文（修士論文？）であるため，ガモンに割いたページ数は凡そ20ページほどに収まる。その少なからぬ部分がこの無名の詩人の紹介に充てられているが，併し学位論文に相応しい或る種の独創性（つまりドイツ的な学位論文の結構に従った）も見当たらない訳ではない。カイザーは簡単に略歴（文学歴も含めた）を紹介したあと，ガモンの詩作の中で，『詩作の庭園』などは若書きの書であると一蹴，『最初の七日間』が格別に優れているとし，ガモン自身が己れの詩句の独創性を述べた一節を『最初の七日間』の冒頭から採り出している。筆者の考察の出発点にも成りうる文章なので，訳出してみる。

　　（引用－5）〔Keizer 6〕
《読者諸氏は以下に血腥くない戦争を見出すであろう。そこでは尊敬と謙虚の誓願の許で闘いながら，相手を傷つけるために，槍の先端で相手方の甲冑の粗い箇所を捜すと同じほどに，わたしのペンによる警句で，余り根拠のない臆見を消し去るため，論理の欠陥を捜す心算である。わたしの温和な対立者には大部隊の支援がついており，わたしはその部隊から，乱戦の中にあって，真理の円盾で我が身を守りながら，全ての槍とは言わないまでも，少なくとも最も厳しく突き出されたものは避けている。何故なら真の抑揚から外れた音韻のように，誰もが見分けるような最も大きな誤りにも，そしてフランス語の優れた天然の発音に滞ることにも〔言うまでもないがデュ・バルタスはガスコーニュ地方の出身であった〕，手間取ることはすまい。わたしはもっと先まで進んで，こうした表皮には捉われず，骨の髄まで達しようと思った。

即ち被造物の真の教理であって,その教育が無益だとは考えるべきではない。何故なら被造物についての認識の誤りは,創造者についての認識の誤りを生み出すからである》

〈『聖週間』=内容のない表層だけのモデルとなった詩〉という反駁がガモンにあったのだろうか。併しガモンが『最初の七日間』をアンチ・テーゼとして刊行したのは『聖週間』が日の目を見てから既に数十年経っており,世界的に見ても種々の言語に翻訳され,カトリック教徒にとっても改革派にとっても共通に「傑作」であるという評価が定着して久しかった。以下の引用,即ち正統派カルヴィニスト,シモン・グーラールの文章も,その名望の程を告げて余りある。

(引用－6) 〔Premiere Sepmaine ... par S. G. S. ... 1616. Au Lecteur, viij rº〕
《この書物に於けるほど,生彩あり,格別な働きを託された,人間の身体と霊魂の解剖を見ることが出来るだろうか。わたしたちの著者〔デュ・バルタス〕以上に巧みに,風習を形成することなのか,あるいは動物たちの知識から神と人間の知識へとわたしたちを導くことなのか。諸々の美徳の賞讃とか悪徳の弾劾や指弾とか,万物の生彩ある描写,自然のタブローをご覧になりたいと仰るのだろうか。ここにそうしたものがある。瞑想的且つ活動的な生活,君主と行政官の義務,教会の僕(しもべ),家長に家婦,大物に市井人,金持ちと貧乏人がそこでは豊富に描写されている》

しかしシモン・グーラールのような正統派プロテステントの文章を過褒だと思った点こそ,クリストフル・ガモンが噛みついた点であった。それがどのような批判であったかはわたしたちの方から後述するとして,もう少し,ヘルマン・カイザーの分析にお付き合い願いたい。
　カイザーはそれぞれの「第Ⅰ日」と「第Ⅲ日」を取り上げ,次のような表を作り,デュ・バルタスとクリストフル・ガモンの比較を行なった。ここではカ

イザーの表をそのまま拝借して，カイザーが考えた両者の特徴を紹介する。

第Ⅰ日

詩行	デュ・バルタス	詩行	ガモン
1-12	神の援助への呼びかけ	1-14	同左
	欠	15-20	読者の好意の懇願
13-30	神は世界形成以前から存在した	21-41	同左
31-64	天地創造以前に神は何を行っていたかという無神論者の質問に抗して		欠
65-96	三位一体とその計り知れない秘密について	42-82	「三重にしてひとつの実態」（フランス語）という表現の批判
97-104	無からの創造	93-98	同左，及び「無限定の」「無」に関する批判
105-174	正しい技能について。神はその御業を観察され，正しい教えを引き出される		欠
175-438	カオスの記述。これは神により形成された。世界は果てがないわけでも永遠でもない。世界の滅亡について。	99-400	カオス理論の曖昧な批判。デュ・バルタスが依拠するベーリンの必然的な概念への反証。これは型にはめられていない未熟な世界に対する若者のはけ口を構成する。
429-540	光の創造。熱烈な讃辞。光がどのように創造されたか。この点に関して詩人（デュ・バルタス）はどのような判断も下すことができない。光の栄誉と夜の讃歌。	491-534	同左
541-最終行 a)	天使の性質について。彼らの創造の時期は決定されないまま残っている。カオス以前に創造されたかも知れない。	535-最終行 a)	同左 批判。天地創造以前に彼らの住いが創造されたことはありえない。
b)	天使の反乱と転落。	b)	同左 「地獄は神がいらっしゃらないところすべてである」という表現の批判。
c)	永遠の，したがって果てしない転落した天使と神との闘い。人間を唆すことを神は彼らの自由な営為に任せた。	c)	同左 確かに神は悪魔を利用されたが，それは唆すではなくためではなく，懲らしめるためである。

第4章 デュ・バルタス『聖週間』の影:クリストフ(ル)・ガモン 431

| | d) | 善い天使。彼らの行いによって聖書的な模範となる。 | d) | 同左
最終部。フランス王国とアンリ4世への祝福の祈り。 |

第Ⅲ日

詩行	デュ・バルタス	詩行	ガモン
1-10	扱われるテーマ。海と陸について。	1-18	とある詩人の人を欺く能弁。
11-20	助けを神に祈る。	19-28	同左
21-30	海洋が陸地をまる一日覆ったのち,神はそれらに分かれるように命じられた。	29-48	同左 繰り返し現在の一「日」よりも「一日」は長かったと再言される。
31-60	水が引いて行った。	49-76	同左 同一のイメージ。激しい雨のあと,水が引いてゆく。
61-96	陸と同じく巨大な島が海によって取り囲まれる。	77-84	同左
97-112	嵐について	85-112	同左
113-160	泉について。水の循環について。	113-144	同左,及び暴君的で欲深な支配者に対する決着。彼らが迎えるようには海は連れ戻さない。
161-207	潮の干満。そのもっともらしい原因としてこの詩人は月の影響があるという。	145-318	同左 原因としての月はそれでもなお理性的経験根拠の主たる解決であるのではなく,それよりも真実の原因は神によって与えられた,海が純化する最初の運動である。
208-215	海の塩分について。太陽熱が沸き立たせて生み出すものである。	319-388	同左 真実の原因は海水における塩山にある。
216-222	「さあ,それでは港に辿り着こう」の詩句で始まる海から大陸への移行の促し。	389-400	同左 「だがわたしたちの船の向きを変えて川へと向かおう」というまったく同じ詩句をともなっている。

223-346	註目すべき澄んだ効力をもつ,とりわけガスコーニュ地方の泉	401-620	ガモンは「フランス」についてのイメージの叙述から始める。この詩人が人気のない森で,嘆く姿を見せ,これが他の土地を忘れさせる。そこからデュ・バルタスが列挙し,フランス王国の泉を論ずるところを詳述する。
347-410	陸について。それは世界の中心であり,すべての生物を生み出し,励ます。	621-662	同左
411-462	地震とその原因について。	663-712	同左 嵐の原因とその内部の高みに引き寄せられることについて。
463-740	植物について。個別的に重要なものと記述に値するもの。	713-962	植物について。それを記載するにあたって,ある時は簡単である時は―ひとつの記録を参照せねばならない時にでも―詳しく数え上げなければならない。 挿話。ある草木(ハナハッカ,トネリコの根)の解毒剤的効力とキリストの血("真にして聖なるハナハッカ")との効能の比較。
741-850	陸の鉱物のもたらす宝物について。金属,宝石(水晶の成り立ち),金とその清澄な効力,磁石,磁針が論じられる。	963-1118	同左
851-最終詩節	陸の一般的讃歌。農耕生活を軽蔑する者への有罪判決。農耕生活者と耕作の讃歌。宮廷から遠く暮らす田園での詩人の祈り。	1119-最終詩節	現生に夢中になる者への戒め。詩人は田園で暮らすことを可とし,大地を建物で防ぐことは否とし―それゆえ,ここに罪に落ちた者への神の災いを祈るのだが―ただ詩神への奉仕を善しとする。

　カイザーは更に続けて,同様の対比を2篇の『ラ・スメーヌ』全歌で行なったと述べ(その表は提出されていない),実証的には程遠いながら両者に共通する詩法や,デュ・バルタスへのガモンの側からの借用などをアトランダムに指摘する。凡そ体系的とは言えないその詳細を一つ一つ挙げても本稿の主旨には添わないので,ここでは省く。その代わりにガモンとその『最初の七日間』に捧

第4章　デュ・バルタス『聖週間』の影：クリストフ（ル）・ガモン

げられた論考を一応結論付ける最終部分をお届けすることでお許し願いたい。

《さて結論すべき時がやってきた。——ガモンについてのマゾンの中核的解釈は，ここに於いても，全く以って決定的である。マゾンがありうる処だとしているのは，デュ・バルタスが，その詩的インスピレーションの，より大きな暖かさ，より大きな深さを所有しているということであり，ガモンが取り分け彼の手本を，或いはその深い底辺にある学識を熟考しただろうということである。マゾンはガモンによって形式がより広範囲に疎かにされてしまったことを認め，彼に僅かな重要性を帰すに留めている。三つの資格を通じてガモンの著作は全てに於いて際立っていた。《普遍的な知識，精神の高揚，そして宗教的確信の熱意》である。従ってガモンはただ単にヴィヴァレ出身の最も優れた有名人の一人であるにも拘らず，大凡のところフランス文学に於いて名誉ある地位を占めるであろう。

わたしたちはこれらの三つのガモンの著作の，読者を激励する主要な性質を，それ自体殊更特徴的なものとして，見做すことは出来ない。デュ・バルタスの著作を通じても同じように激励を受けるのである。ガモンの『最初の七日間』が古典主義時代への移行にあって興味深い文学的記念物であり，そうであり続けるであろうことは，否定出来ないし，それ故にこの時期の文学的ではなく，知識のあり方にとって，格段の意義があると認められる。そこでわたしたちはマゾンの高い評価に対抗して，以下の如く結論付けたい。

1. ガモンの著書は決して独創的なものではなく，形式に於いても内容に於いても，更には題材の配置に於いても，デュ・バルタスの剽窃である。
2. 次に，その関係に於いて，デュ・バルタスの改良を目指したことは，ガモンが僅かな自らの独創性を示すものである。
3. 最後に，デュ・バルタスと比較すると，彼の著作には文学的芸術作品の特徴である，熟達した批判が欠けている。これはデュ・バルタスの『聖週間』にあって断じて非難さるべきものではない》

*

　最後にやはり，フランス16世紀学の重鎮，クロード゠ジルベール・デュボワの見解を尋ねに済ます訳にはいかないだろう。デュボワの論文も，リプリント版が刊行されているマゾンの書物と同様，現在でもフランスに注文すれば入手しうる紀要論文なので，総花的に纏めることを避けて，ポイントを幾つか挙げるに留める。デュボワはデュ・バルタスに比べ，ガモンの側に幾つかのレヴェルで「展開〔évolution〕」があるとする。その一つは多様化の拡張であり，もう一つは誇張法に与かる。誇張法に関して一例を挙げれば，この碩学は，ガモンによるデュ・バルタスの詩句の誇張法に眼をつけた。先ずデュボワに拠れば，原典となる，雲雀を描写したジャック・ペルチエの詩句から（以下の詩句には音や綴りを省いては翻訳に値しないので原詩を添えることをお赦し願いたい）。

　（引用－7）〔Dubois 48：Pelletier の出典が不明のため，孫引き〕
《雲雀は西風に導かれて
　崇高にも，旋回し，また繰り返し，
　美しい声で囀り，
　笑い，わたしが書けないほど巧みに，
　精神の怒りを治癒し，引き出す。
〔Elle, guindée de zeffire,
　Sublime, en l'er vire et revire
　Elle declicque un joli cri,
　Qui rit, guerit et tire l'ire
　Des espriz, mieux que je n'ecrit〕》

次いでこれを模写したデュ・バルタスの詩句。

第 4 章　デュ・バルタス『聖週間』の影：クリストフ（ル）・ガモン　435

　（引用 − 8）〔Du Bartas V 615-618〕
《優しい雲雀は，その囀りで，
　怒りを抱いた者の怒りを治癒し，囀りながら
　空の天蓋まで導き，それからここまで飛んできて
　旋回し，こう報告したがっている。さらば神よ，さらば神よ，と。
〔Le gentille alouette, avec son tire lire
　Tire l'ire à l'iré, et tire-lirant tire
　Vers la vouste du ciel: puis son vol vers ce lieu
　Vire et desire dire dire: adieu Dieu, adieu Dieu〕》

ガモンは以下のように誇張する。

　（引用 − 9）〔Gamon 115-116〕
《雲雀は囀りながら，西風に微笑もうとし，
　次のように叫ぶ。生きよ，生きよ。そして怒りにもう一度，話にやってくる。
　おお，怒りよ，去れ，去れ，去れ，この場所を離れよ，離れよ，
　急いで，急いで，急いで，さらば，さらば，さらば。
　雲雀はその折曲がった調子で囀り，
　雲雀は地上のためにあなたに囀り，一度ならず二度も囀っていると知らせる。
〔……〕
震える夜鳴鶯は，立派な闘いを挑み，
一方は答える。殺せ，殺せ，そして衝撃のない衝撃で空気，
風，耳に衝撃を与え，あるいは細やかな漣の傍らで，
プロクネの愛情のために一方は鋭く鳴く，イチュス，イチュスと。
その歌は変化し，また変化し，捕らわれぬままにその音の節を
虜にし，撓め，また撓め，そしてその生彩ある声で一方に
生命を与え，囁き合う，シィッ，シィッ，或いは揺れる漣に鋭く鳴くのだ。
〔L'Alouette en chantant veut au Zephire rire,

luy crie: vie, vie, et vient redire à l'ire:

O ire, fuy, fuy, fuy; quitte, quitte ce lieu

Et viste, viste, adieu, adieu, adieu.

L'arondelle gazouille et l'accent qu'elle plié

Te dit , dit et redit que pour Terée il crie.

〔……〕

Le tremblant rossignol son beau combat provoque

Redit un: tue, tue, et d'un choc sans choc choque

L'air, le vent et l'aureille, ou pres de flots petits

Pour l'amour de Procné siffle un: Itys,Itys,

Son chant change, rechange et non captive captive

Ses airs, plié et replie, et sa voix vive avive

Puis chuchote un; chut, chut, ou sifle au flot flotant〕》

とは言え，デュボワはこうした技巧の複雑化がガモンの望むところではなかったとし，《令嬢たちの書物のプレシオジテ》も《衒学的な用語の曖昧さ》も，(少なくとも序文では——と言うのもデュボワには「序文」で本論を判断する癖があるからだが) 望んでいないとする．

そしてデュボワがあげる第三の展開が聖書的解釈学の深化である．これも具体例を引かず，デュボワの言葉を借りるだけでお赦し願いたい．

《フランスにおける改革派教会がその後を追いかけていたカルヴィニスムやポスト・カルヴィニスムの潮流に於いて，展望は幾つかの区分にしか分類されない文字通りの意味解釈に於いてではなく，自然の事象の観察と教義的教訓を再び結び合わせる目的で，解釈される位相を活用することに存する，合理的な理解の意味解釈の方向で，テキストに対する敬意をより反映する要求に基づき，自らを特徴づけていた》

デュボワは更に克明にガモンの方法を探究するのだが、それを紹介する暇はない。デュボワの論考を一読して戴ければ、その分析の当否をお分かりいただけると思う。ただ最終的に辿り着いた結論として、ガモンとデュ・バルタスの間には通念として謂われているほどの懸隔は存在しないといっている。

《デュ・バルタスからガモンへの断絶は存在しない。もしガモンの『最初の七日間』がガモンの〔「デュ・バルタスの」の誤記(?)〕それに「抗して」作成されているとしても、それはより遠くまで行くために『聖週間』に依拠する目的で、である。とはいえ連続性は異文と、歴史と理念の展開である意味であるところの方向への、カーヴを排斥しない。ガモンにおいて引き立てられるのは、その時代の政治や、神学や芸術が方向を変える、より展開された統一的な方向である。この作品に於いて合理性によって採択された重要性と、理性の自由な実現、ポスト゠カルヴィニスムの聖書解釈を受け入れる聖書読解に迄推し進められた要求、形態を変え、明晰さと簡潔性と公式の場を飾るに相応しいマレルブ的な方向に赴く修辞学が看取される》

「合理性」、「ポスト・カルヴィニスム」、「マレルブ的な方向」——いかにも大きな図式でフランス16世紀末から17世紀初頭に至る文学事象を切り取ってきた、デュボワらしい切り口である（その分少しだけ乱暴で、ガモンを「クリストフ（「クリストフル」ではなく）・ガモン」と思い込んでいる）。だがこれは本当なのか。時代にもう少し寄り添いたいわたしたちは、ガモンの『最初の七日間』をもう少し丁寧に検討してみたいと思う。

3

ガモンの『最初の七日間』には恐らくガモン本人か出版社が詩句欄外註部に付加した、当の詩句の要諦が記されている。煩瑣ではあるがガモンの詩句の希少性ゆえ、以下に書きだそうと思うが、その前にガモンの先行者、ガモンが叛

旗を振り上げたそのひと，ギヨーム・デュ・バルタスのそれを報告しなければならないだろう。しかしこの欄外註的要諦のつけ方はそれ自身でひとつの問題提起となるほど，面倒な仕事なのである。

　まず欄外註から見ていこう。本文のかたわらに付された欄外註は第一に，著者本人が付した場合も確実にある。例えばアグリッパ・ドービニェが自作『世界史』増補改訂版を出版するにあたって，内乱を「生きたドービニュ」を，内乱を「綴るドービニュ」と区別するために，あえて『世界史』の登場人物としてのドービニェには固有名詞を与えず，その代わりに欄外註としてヘブライ語のアレフ１文字を記してその旨を知らしめたという実例がある。ではジャン・ボダンの初版本『国家論全六巻』初版（フランス国立図書館所蔵本の電子コピー）に付された欄外註はどうだろうか。その内容から見て相当の学問を修めた人物がその作成に関与したことは直ぐと見て取れるが，残念ながらボダンそのひとが，註を付したか，或いは初刷りを見た善意の友人か，或いはまた学識ある出版者がそうしたか，研究の対象にさえなっていない（特に同時代の英訳本を見た後では筆者には分からない）。

　しかし他方，欄外註をまったく使わない校訂本も存在する。例えばローダン・デガリエの『ラ・フランシヤード』は単元毎に夥しい註が付され辟易するほどだが，欄外註は１つも見られない（ローダン・デガリエの『ラ・フランシヤード』については先にあげた章を参照）[13]。

　セアール版にいたる『聖週間』近代版諸版にも欄外註は存在せず[14]，古版に存在する欄外註概要は，パンタレオン・テヴナンもしくはシモン・グーラールのいずれかが先に版に註を書き込み，それを，遅れをとったもう一人が取捨採択して，或いは大幅に加筆したものであろうと考えていた。これは傍註が一切ないフランス国立図書館所蔵の初版（の電子コピー）を参照した結果の推測であった。しかし2012年になってクラッシック・ガルニエ社から1581年版を底本にした新版（ジャン・セアール版）が，欄外註を付された形で上梓されるのを見て，この版（第四版）の欄外註がデュ・バルタス，若しくは，より有りそうなことだが，シモン・グーラールその人によるものだと判断するに至った。何故

第4章　デュ・バルタス『聖週間』の影：クリストフ（ル）・ガモン　439

なら，改革派グーラールが恣意的に欄外註を施したのなら，テヴナンの方でも自由に欄外註的梗概を施し得たからである。そして事実，1581年版の5年後，1586年にカトリック信徒として『聖週間』の註釈版を世に問うたテヴナンは，1581年版の欄外註を採らなくなる。そもそも欄外註概要を殆んど付していないのである。この雑な推論は今迄欄外註の思想を無視してきた各国のデュ・バルタス研究者を叱責するつもりで著した訳ではない。ただ16世紀研究に於ける，もしくは書誌学に於ける脚註，後註，割註，欄外註の分析や解析の一般論，各論が今後一層検討されることを望んでのことである。言語学一般にあってはそのような取り組みも注目されているという（筆者の友人のナンテール校教授の学位論文もそうした取り組みの先駆的論文だったらしい）。もしそうした議論が16世紀研究にあっても，既に十分行なわれてきているなら（幾つかの各論的研究があることは承知している），不明を詫びる許りだ。

　さてそのような次第で，ガモンの欄外註的梗概（目次の働きもしたのだろう）を紹介したいのだが，その前に1616年版『聖週間』の欄外註的梗概（これは1581年版と少なからぬ異文を有するが，ガモンが使用した可能性を勘案すると，年代的にこちらの方が近い）を拾っておきたい。あとで見るようにガモンの欄外註的梗概がデュ・バルタスのこの欄外註的梗概を目当てに記された可能性があるからである。

＊

　デュ・バルタスの欄外註的梗概は以下のとおりである。現代版〔Bartas II〕の方が註がやや豊かだが，この批評版がどこまで忠実に1581年版を再録したか，やや疑念が残るためであり，実際の古版を対照させたかったためである。従って，古版に欠落がある場合を除いて，ページ・ナンバーはグーラール版に従う）。尚，デュ・バルタスの欄外註的梗概，ガモンの梗概，それぞれの梗概の頭に「・」印をつけてそれが一つの梗概項目であることを示した。

440　第Ⅱ部　模写と自立

ページ	要　諦

（第Ⅰ日）

1	・詩人は天と海と地と水と風の主である神に加護を求め，天地創造を巧みに描写するための能力を貸して戴けるように依頼する。
11	・世界は永遠ではなく，偶然に作られたものでもないし，永遠に存在するために作られたものでもない。それどころか神の力強い叡智によって，時間とともに創造されたものである。
12	・神は世界が存在する以前から存在した。
15	・神は，世界を創造する以前に何をしていたかと問う無神論者の穿鑿好きで世俗的な異論を様々な理由から棄却する。
17	・世界を創造する以前に神がしていたこと。
18	・唯一の神的実態における三つの位格について。子たる神の永遠の継承について。
	・同じく父と子から生まれた聖霊。この三者が唯一にして同一の神である。
24	・どのように神について考え，語るべきか。
26-27	・異教の哲学者や異端者たちは聖書の真理を無視し軽軽に扱ったため，憐れにも正道を踏み外した。
28	・父にして子，聖霊なる神は，無限の無から世界という美しい建造物を創造された。
29-30	・より穿鑿好きな人々に瞑想を任せて，詩人はどれほど控え目に神と話したがっているか，どのように神のお仕事のうちに熟視するべきかを示す。
	・美しい比喩。
	・神はその業の裡に可視的になる。
30-31	・何を以ってこの広大な宇宙における神の業の考察がキリスト教徒の役に立つべきかを示す，様々な比較。

32-33	・どれほど世界が粗野極まりない人々に十分神の永遠性と能力を明らかにするとしても，真のキリスト教徒しかこのことをあるべきようには理解しない。
36	・神はその業のために，理念も思考も親方も見本も必要とせず，無から全世界を作った。
	・この件に関する的確な類似。
37	・神は無から質量を想像し，続いてそれに形状と形態を，現在それを被造物の裡に見るように，与えた。
	・神がカオスに形態や容姿，場所と位置を与える以前，永遠なる神によって無から創造されたカオスは，どのようなものであったか。
44	・世界が造られている材質に生命を与える主なる神の秘められた力について。
	・神の精神は理解を越えた，言い方を変えれば，秘められた手段でこの質量もしくは形態のないカオスを維持し，熱量を与えた。
	・「創世記」第一章2節。
	・一つの世界しか存在しない
47	・二つの理由，「創世記」第一章3節及び「出エジプト記」第二十章21節によって幾つもの世界を想像していた，古代哲学者のレウキッポスとその弟子たちの誤りの棄却。
47-48	・第一の理由。一つの世界が別の世界と混同され，そこからあらゆるものの破滅が生ずるであろう。
48	・第二の理由。真空を想像しなければならないであろうが，これは自然哲学者の原則に反することは，様々な例が示しているところなのである。
50	・自然と天界が無限であるとする者たちのまた別の誤謬の棄却。
50-51	・聖書が世界の終焉を告げている故に，火によって懐胎するはずの天界は始まりを有していたと証明される。
	・世界の終焉の見事な描写。

51	・世界の最期の日を記すと推測している個人占星術師に抗して。
51-52	・肉の再生と最後の審判の，イエス・キリストの第二の到来。
55-56	・質量の創造について語った後，6日の裡にその素晴らしい業を創造しながら，どのように，そしてどのような形態を神はその世界に齎されたか，が示される。
56	・なぜ神は世界の創造に6日間を使おうと望まれたか。 ・人間はその仕事に際して神を真似なければならないか。
57	・神は今や，その天地創造の最初の仕事として，カオスから光を引き出す。
60	・光の素材と創造を巡る幾つかの見解。
61	・「創世記」第一章2節。 ・光の卓越した有効性について。
73	・神はなぜ夜と昼が交互に代わるように命ぜられたか。及び夜から我々に齎される効用について。
75	・第一日を終える前に，神は天地創造の時，天使を扱われる。 ・天使の創造時に関する様々な見解。
76	・どのように天使は創造されたか。
76-77	・天使の一部は神に反抗して失墜し，地獄に突き落とされ，それらは皆，堕天使とか邪悪な霊とか悪魔と呼ばれている。
78	・神や人間に抗する悪魔の大胆な努力。
79	・サタンとその配下のあらゆる人間に対する努力をより個別的に描写する。
80	・彼らの予言。「サムエル記下」第二十八章14節-17節。 ・彼らの贋の奇蹟。「出エジプト記」第七章11節-22節，第八章7節。彼らの謀略。
83	・何故にそれらの効果はかくも奇妙で神秘的なのか。
85	・神が彼らの手綱を締めている。「列王記上」第二十九章35節。「ヨブ記」第一章35節。

	・なぜ神は時として悪魔の手綱を放つのか。
86	・神の栄光とその教会の善きことのために概して，また個別的に仕える善い天使について。「創世記」第二十一章17節－18節。「出エジプト記」第二十二章23節。「トビト記」第十一章7節－11節及び第十二章14節－15節。「ルカ伝」第一章26節。
87	・「マタイ伝」第四章11節。「ルカ伝」第二十二章43節。「マタイ伝」第二十八章2－5節。「マルコ伝」第十六章6節。「ルカ伝」第一章23節。「出エジプト記」第三章2節。「出エジプト記」第十二節29節。「列王記下」第十九章35節等。

(第Ⅱ日)

96	・我々の時代の淫蕩な詩人たちの愚かな霊感を非難し断罪したあとで，彼は自分の意図はどんな慎み深い者も大胆に読めるように詩句を表現することだと公言する。
99	・再び彼は，第二日の業の描写に際して補佐してくれるよう神の加護を求める。
101-102	・二日目の仕事は広がりの創造であり，これについてはモーセが「創世記」第一章6，7，8節で述べており，この創造は天界とそれに加えてエーテル層，天から水と大地からなる地球までを含んでいる。
103-104	・彼は諸要素の論題に入る。そして最初にその中でも四つの基本的要素があり，我々の全感覚のもとに落ちてくるのはそれらで構成されたものであり，そのことは様々な比較と人体の考察によって確言される。
106	・諸要素から構成されるものに対して諸要素が影響することについて，勘案しなければならない転回について。
	・被構成物において諸要素の比率から齎される善について。見事な類比によって明確にされる。

106-107	・それがどの個体であろうと他の個体に，特に人間の身体に属する諸要素のうちの一つを過度に所有し続けることに端を発する災いについて。
107	・他の要素に勝る水の要素は過水症をもたらす。
113	・空気のそれは法外な冷気に晒される。
115	・第二の点に関して彼は諸要素の持続について論じ，全被造物は第一要素からなり，壊れる全ては形態のみを変えながら第一要素に解体すると主張する。
115-116	・身体が無から生まれるか，或いは自身を以って成長し，かくしてすっかり無に帰しうると論じた者たちの誤謬の棄却。
116	・何も無に帰すことはなく，それどころか被造物はその初源に立ち戻る。そして最初の要素は変貌するだけである。
119	・第三に彼は，類似そのものを通じ，神のお気に召すまま，質量と形態に於ける絶えざる世界の変遷を示し，そのようにして質量は，無限の姿をとるにも拘わらず，留まることを示す。
	・このテーマに関するその他の比較。
123	・形態の質量へのこの変転はどこに由来するか。
124	・音楽の音色や，22文字を手段として無限の概念を表現する表記法や，先に一緒に溶解していた金属の分離に比較される，諸要素の状態とその効果について。
126	・土と火の状態。
131-132	・なぜ土の要素が最も低く，他の要素の中心にあり，それらに囲まれているのか。
134	・土と水の間の大気。
135	・陸地と海の論述を次の巻に残し，彼は大気の要素にまで駆け上がる。
	・三つの段階もしくは地帯に分類される大気の要素について。大気の高い地帯。

	・低い。
136	・中層。
142	・大気の中層の逆環境条件の効果。
145	・なぜ大気はこのように三地帯に区分されるか。様々な匂いについて，及び何を目的として太陽と大気の諸地帯によって，匂いは適切なものとなるか。
148	・霧雨について。
149	・露と氷について。
151	・雨について。
	・どのように雨がその素材の雲の衝突で生ずるかを示す類比。
155	・時として雨とともに蛙が降るのはどこに由来するのか。
156	・雪について。
159	・霰について。
161	・大気の低地帯や中層を漂う煙もしくは匂いについて。
	・風はどこから発生するか。
164	・東西南北と命名される東方，南方，西方，北方に定められた四つの時期と湿気，諸要素と年代に比して，主要なものと見做される四つがある「風」について

[169~188：詩句592~688にあたるページが欠落しているため，セアール版から列挙する。

　・風の様々な効能
　・暑い匂いの様々な効能について。
　・彗星について。
　・雷鳴と電光と稲妻の巧みで生彩ある描写。
　・どのように雷鳴と電光と稲妻が作られるか。
　・それらの効能]

189	・稲妻の驚くべき効能と所産。
	・例。
190	・太陽の周囲の冠及び輪光について，及び月とその他の惑星につい

	て。
	・比較。
191	・虹と虹がどのように生まれるか。
	・比較。
	・なぜ時として複数の太陽や月が出現するのか。
193-194	・それは停止し，専ら自然的理由のため，先行するあらゆる議論を解決しようと望む人々を罰し，その解決が完全でありえないことを示す。
194	・更に創造神まで上昇しなければならないし，良心と人生の悔い改めに我々が日々かかる効能から察知するものを適用しなければならない。
196	・同じく世界で最も知恵のある者たち皆も，大気の高い地域と中層で造られる幾つもの物事を説明できない。
198	・何故こうした事柄は生ずるのか，及びローマ史，教会史，ユダヤ史，トルコ史及びフランス史から引用された，その他の天空の奇蹟や尋常ならぬ徴について。
204	・大気の要素の論述に鳧をつけ，彼は天空の傍らに在る火の要素とその他の要素のうえにまで登りつめる。
	・要素の数の中からかくも必要な火を削除する人々に反対して。
	・彼らの言い分。
	・回答。
204-205	・純粋な火と地上的な要素の相違。
207	・彼は今やこの第二日の結論として，天空の論述に入り，先ず最初に哲学者たちの教義に応じたその素材と本質を論ずる。
216	・天空は要素と違って，変化を免れる。
	・何に基づいて諸要素は天空に仕えるか。
	・天空が構成される要素と下位の要素の間の相違。
216-217	・余りにも好奇心に駆られて穿鑿する者たちの傲慢な叡智を嫌い，彼

は神を畏れる人々の限界を超えようとはしない。

217 ・天空の数についての多様な見解。
219 ・彼は天空の瞑想と賞讃のために立ち止まるが，天空が十の階層または天空に分かれていると考える。
220 ・この日に論じられたことの概要及び「創世記」第一章6節でモーセによって描写されている広がりは何を意味しているか。
221 ・天には水が少しもないと考える者たちに抗して。様々な理由で彼らを棄却する。
221-222 ・神の讃辞は人間の讃辞を凌ぎ，好まれるべきである。
222 ・神の言葉は天空の水について述べている。「創世記」第一章6節，「詩篇」104篇3節及び148篇4節。
・神の能力は人間の五感よりも多くの権威を持っている筈である。
・大気中の水と陸地を囲んでいる海についての考察。
・自然に於ける持続的で驚嘆すべき様々な効果。
224 ・上記のことを契機に上層の水と下層の水の遭遇について論じ，そこからノアの時代の世界的な洪水が引き起こった。彼はそれを生き生きと表現する。
229 ・我々の時代の政情に相応しい聖なる祈りによる結論。

（第Ⅲ日）

235 ・詩人は天空と大気の層から陸地と海へと降りてくる。
・彼はこれら二つの要素とその内部全ての描写を助けてくれるよう神の加護を祈る。
236 ・神は3日目に水を集め，それらを陸地から分けられる。
・適切な比喩によって彼はどのようにして地上から海が引いたかを示す。
・海の棲まいと床について。
245 ・海は神の無限の能力によってその限界の裡に引きとめられている。

	・「出エジプト記」第十四章21節。
	・「ヨシュア記」第三章16節。
	・「創世記」第七章21節。
	・「出エジプト記」第十七章6節。
246	・海は陸を取り囲み，島としている。
	・陸の周囲の海とその分流の入り組んだ海際を示す適切な類比。
247	・海のその他の最小の部分に於いて判別される分流とその便宜について。
	・陸地の最も有名な大河。
251	・陸にある泉と川。
252	・どのように陸の水が太陽により汲み上げられ，海に注がれるかを示す類比。
	・泉はどのように創られるか。
	・急流と川の増水について，及びそれらが海に注ぐことについて。
253	・かくも多くの海に注ぐ水によって，何故，海は増水しないのか。
	・潮の満ち引き。
	・第一の見解。
	・第二のもの。
253-254	・第三の原因の証拠。即ち月の満ち欠けが海の満ち引きの原因である。
263	・何故幾つかの大海の分流に不定期の潮の干満があるか。
	・類比。
264-265	・何故海の直中よりも海辺で干満がよく観察されるか。
265	・海の水が塩辛いのはどこに由来するのか。今や大海から離れた水の考察に入る。
	・様々な泉の水の驚くべき効能。
271-272	・或る種の水の驚くべき効能の続き。
282	・身体の治癒に役立つ温泉と熱い水について。

283	・ガスコーニュ地方の優れて有益な温泉の格別な描写。
288	・レールの不可思議とベレスタの泉の不可思議。
289	・入り組んだ海と陸について。
	・海と陸が世界の中央を為していると証明する様々な理由。
291	・一つに結合した陸と海の塊は丸い。
293	・海が平坦でなく丸さに於いて高く，陸の周囲で曲がるのは何に由来するか。
295	・この日の第二部。そこでは土の要素について，そして先ずその固さが語られる。
296	・それは人間の乳母にして女主人である。
	・地震と被覆層について。
297	・海と陸からなる地球は天空の大きな円からすると点に過ぎない。天界の最小の星でさえ地球の18倍も大きい。
	・海や陸を囲んでいる天空と比べればそれらは余りに小さく，人間に謙虚になることを教える。
306-307	・神は陸を見られ，それが緑と草と木と花と果実を生み出すよう命じられる。
307	・山岳や渓谷に於ける木々や植物について。
	・果実を結ぶ木々について。
310	・葡萄の木と控えめに摂取されたワインの大きな効能について。
	・彼は反論を予見し，罪が世界に襲いかかったにも拘らず，大地は人間に神を讃えるために十分な題材を与えられていると告げる。
311	・花々について。
312-313	・地上にある様々な草木について，及びその卓越した特性について。
314	・チコレの特性。
	・豚のパンについて。
	・ヨモギについて。
	・ボタンについて。

	・サフランについて。
315	・アンジェリカについて。
	・ワレモコウについて。
	・タイセイについて。
318-319	・植物の驚嘆すべき特性についての論述の敷衍。その中の幾つかは特定される。
319	・キンポウゲ。
	・クリスマスローズ。
	・アコニチン。
	・エニシダ。
	・ギョリュウ。
	・脾臓。
	・ルナリア。
320	・ハナハッカ。
324	・遭遇する身体に応じる植物の逆の効能。
	・澱粉。
	・毒人参。
	・シャクナゲ。
	・トリカブト。
330	・大地が産出する穀粒，羊毛，絹，綿，亜麻，及び麻について。
323	・万事を創造し，維持し，毎年大地を新しくし，何ものもその生命，逞しさをその効能よってしか有すことがない，神の同じ能力について。
324	・及び小麦の創造と成長に於ける摂理について。
335	・コカと呼ばれる驚くべき木の格段の論述。
337	・大地の中に隠された様々で豊かな金属と鉱物について。
	・宝石について。
346	・金と鉄から齎される病から引用された反論への反駁。それらの正し

第4章　デュ・バルタス『聖週間』の影：クリストフ（ル）・ガモン

　　　　 い用法が示される。悪人が誤って用いてもそれらの用法を棄却す
　　　　 べきではないこと。
　　　　・その他の贈り物の濫用の例。
348　・磁石の不可思議で秘密の固有性について。及び鉄との緊密な親和
　　　　 性。
351　・かかる親和性の原因を公表すべきではないこと。
353　・羅針盤。
356　・大地から取り出された薬効的土について。
　　　　・大地の讃歌。
359　・農耕と素朴な者の知識を軽んずる人々に抗して。そうした人々は長
　　　　 老と異教徒の間で最も著名な者たちの例により断罪される。
363　・無数の便宜を伴い，野心とか羨望とか，貪欲とか，毒とか美食と
　　　　 いった現世を惑わす災いから守られている，田園生活の讃辞。訴
　　　　 訟について。
　　　　・恐ろしい死について。
364　・精神的仕事と鋭い苦痛について。
　　　　・戦争について。
　　　　・疫病について。
366　・恥ずべき奴隷根性について。
　　　　・改宗について。
367　・阿諛便佞について。
368　・疑念と背信について。
　　　　・飽くことのない渇望について。
369　・彼は己れの使命に相応しい聖なる祈りによって結論付ける。

（第Ⅳ日）
373　・恒星や惑星についてそうすべきように論述するため，天空にまで高
　　　　 められるよう祈りながら，神の加護を求める．

374-375	・彼はフランス人キリスト教詩人に声をかけて，感情としては改革派信徒であるが，そう見えるよう欲するよりも他方を励ますために筆を手に取ってしまったとしても，認めてくれるように頼む。
376	・天地創造の詩作を続ける。
	・第四日に神は恒星と，太陽と月である二つの大きな光体，及び一緒に五つのその他の惑星を創造した。
	・それらの運行，能力，存在，質量について。
389	・天の炎の実体についてのギリシア人の見解。
	・類比。その実体は火である。
389-390	・これらの天体の火が生き，飲み，食する動物であると考えた者たちの棄却。
390	・それらの運動は規則的で，循環的である。これはどのようなものか。
390-391	・適切な類比によって彼は，天は不動であり，回転しているのが地球であると著す奇妙な逆説を展開し断罪する。
391	・非常に博学な天文学者コペルニクスによって我々の時代に支持されている前記の逆説の棄却。
394	・他の論述の機会に前出の討議をまわし，本題に戻ると，麗しい比較によって地球の周囲の天空の素晴らしい装飾を論ずる。
395	・二つの極のもとにある星辰の数は数えられるものではなく，なぜ古代人は48と見分けたのか。
	・獣道帯の12の星座。
396	・獣道帯の周回は，年とその月と季節を司る。
415	・一：3月半ばの牡羊座は春を開始する。
	・二：4月半ばの雄牛座。
	・三：5月半ばの双子座。
	・四：6月半ばの蟹座は夏を開始する。
	・五：7月半ばの獅子座。

	・六：8月半ばの乙女座。
415-416	・七：9月半ばの天秤座は秋を始める。
416	・八：10月半ばの蠍座。
	・九：11月半ばの射手座。
	・十：12月半ばの山羊座は冬を始める。
	・十一：1月半ばの水瓶座。
	・十二：2月半ばの魚座。
	・北極もしくは北方地帯の星々の名前。
421	・南極もしくは温帯地方の星々の名前。
426	・恒星は第八天にあり，7つの惑星はそれぞれが独自にその下の己れの天空を有している。
	・なぜ惑星は煌めかず，恒星は煌めくのか。
	・星々の天界よりも地球に過度に近い惑星の天界。
	・適切な比喩。
451-452	・二つの麗しい類比により彼は，大天界にして最初の動因，もしくは想像を絶する速さで一日の裡にそれ自体と他の八天空を，正確な均衡にして不均等な運動で導く第九天があることを示す。
452	・八天空のそれぞれは第一動因により導かれているが，それ自体も斜めの運動を有し，それぞれに判別される。上記の事柄の素晴らしい類比と解説。
452-453	・なぜ或るものは他のものより遥かに長い運動と回転を有するのか。
	・恒星の天界における回転の長さ。
453	・土星の天界と呼ばれる第七天。
	・木星の天界と呼ばれる第六天。
	・火星の天界と呼ばれる第五天。
454	・太陽の天界と呼ばれる第四天。
	・金星の天界と呼ばれる第三天。
	・水星の天界と呼ばれる第二天。

454-455　・月の天界と呼ばれる地球から最も近い第一天。
455　　　・天界の様々な運動の必要性。
　　　　 ・天体の地上のものに及ぼす効能と影響。上記の多様な証拠。
456　　　・一：多様な季節。
　　　　 ・二：食と呼ばれる恐ろしい出来事。
467　　　・三：海の干満。
　　　　 ・四：様々な個体の膨張と縮小。
　　　　 ・五：病んだ精神の変化。
468　　　・通常，一年の一定の月に認められる，幾つかの星々の効果による特殊な証拠。
472　　　・ストア派を激しく拒絶して，第一動因たる神が，あらゆるものを掌中にし，その点で天体の影響力と運行と光の考察が我々の役に立つ筈である。
474　　　・この「日」の第二部に入り，太陽と月を十二分に論ずる。
474-475　・太陽についての描写を企てつつ，どこから始めるべきか分からないと告白する。
475　　　・天の炎の君主たる太陽は，それを取り囲む他の惑星の真中を歩む。
　　　　 ・人体の心臓のような天に於ける存在である。
　　　　 ・地上に齎す素晴らしい効能。
476　　　・太陽の大きさと速度。
476-477　・「詩篇」19篇から採られた太陽の運行の巧みな描写。
477-478　・太陽を他の惑星の中心に据えた神の素晴らしい摂理とそこから生ずる大いなる利益について。
478　　　・太陽の継続的且つ日課的な運行について。
480　　　・四季の原因である太陽の斜めの運行，及び世界あらゆる気候の便宜について。
　　　　 ・太陽の斜めの運行が原因する四季の美しく生き生きとした描写。
　　　　 ・春。

第4章　デュ・バルタス『聖週間』の影：クリストフ（ル）・ガモン

481	・夏。
	・秋。
	・冬。
484-485	・月とその満ち欠け。
485	・その丸みと光。
	・その運行と逆行について。いつその最終四半期に入り，いつ復活し満月になるか。
486	・月の多様な発現の理由について。
488	・日食の原因について。
	・日食と月食の間の相違。
488-489	・我らが主イエス・キリストが我々のために十字架上で歿した日の驚倒すべき特別な日食について。「マタイ伝」第二十七章45節。「マルコ伝」第十五章33節。「ルカ伝」第二十三章44節。
480	・エゼキアの時の太陽の逆行について。「列王記上」第二十六章11節。「イザヤ書」第三十八章8節。
491	・アモリ族を全滅させようとしたヨシュアの時の太陽の停止について。「ヨシュア記」第十二章13節。

（第Ⅴ日）

495	・彼は詩人たちに，この日魚類と鳥類の創造を描く暇を呉れるよう，適切な言葉で望む。
497	・彼はそのために真の神の加護を頼む。
497-498	・この「一日」の第一部では，神のご命令により水の所産である魚類の創造を論ずる。
498	・海は天空や大地と同じ程，神の特典と希少な贈り物を育んでいる。及び海で暮らしている珍妙な魚類。
508	・なぜ神は多くの奇妙な魚類を創造されたか。
	・例示。

456　第Ⅱ部　模写と自立

- ・蛸。
- ・烏賊。
- ・蟹。
- ・牡蠣。
- ・海の野兎。
- ・亀。
- ・抹香鯨。

512　・鯱。
- ・鯨。
- ・髭鯨。
- ・ザトウジラ。
- ・それらの巨大な大きさ。

516　・魚類の多様な生活様式。
- ・見事な比較を通じて，一年の一定の季節に淡水に棲むある種の海洋魚の習慣を描く。

518　・魚類の様々な餌。

519　・魚類の多様で驚くべき生活様式に於ける神の摂理について。

521　・鯛の特性。
- ・ヨーロッパヘダイについて。
- ・鰡について。
- ・オコゼもしくはカサゴについて。
- ・頭足類について。

522　・シビレエイについて。

525　・海百足について。
- ・鮫について。
- ・鮪について。

528-529　・魚類から人間に齎される様々な教えについて。

529　・スパライヨン〔不詳〕と白い小魚は，人間に結びつきと友情を教え

第4章 デュ・バルタス『聖週間』の影:クリストフ(ル)・ガモン

530 ・髭鯨を導く小魚は子供たちに,年老いた父にしなければならないことを教える。
532 ・ハボウキ貝と海老の友情。蟹と海綿の友情について。
533 ・鸚鵡貝と鼈甲蜂〔草稿の写し間違いの可能性が高いという〕と雲丹の巧みさについて。
537 ・小判鮫の知られていない奇妙な特性について。
540 ・海豚について。
543 ・海豚が救ったアリオンの事故の論述。これがこの「日」の第一部の結論となる。
553 ・彼は自ら出て地上に赴き鳥類を巡り述べる。これがこの「日」の第二部である。
534 ・彼は不死鳥から始める。これはこの種でたった一羽の鳥である。この鳥の生と死と復活を記述する。
539 ・不死鳥に続いて飛ぶ鳥とその本性について。
・燕について。
・鶚について。
・アトリについて。
・鶚について。
561 ・夜鳴鶯について。
563 ・その他の多様な,平和を好む鳥。
564 ・猛禽類の鳥類。
565 ・グリュプス。
・貪欲さと金銭の愛着の嫌悪。
569 ・野生で夜行の鳥類。
571 ・水棲の鳥類。
575 ・驚嘆すべき鳥類。
579 ・慈悲深い鳥類。

581	・動物の性質を考察することで人間に提示される教え。
582	・鶴について。
583	・孔雀について。
	・雄鶏について。
	・駝鳥について。
586	・昆虫。その創造にあたって神の叡智が壮大に輝いている。
	・蠅。
590	・蚕。
594	・一羽の鷲の愛情と死の著名な話。

(第Ⅵ日)

604	・この詩人の詩句に表現されている神の卓越した業をよく考察するように，現生から永遠へと目指すあらゆる人々を励ます。
606	・地上の動物の創造を巧みに論述する恩寵を神に祈り，その筆頭に象を歩ませる。
	・その犀との闘い。
608	・竜と象の闘い。内乱の生き生きとした写しである。
610	・人間に役立つ動物。
	・キリン。
	・駱駝。
	・雄牛。
	・驢馬。
	・馬。
613	・野兎。
	・兎。
	・雌山羊。
	・牡羊。
	・豚。

第4章 デュ・バルタス『聖週間』の影：クリストフ（ル）・ガモン

	・鹿。
615	・犬。
	・栗鼠。
	・雄猿。
	・鼬。
	・狐。
	・麝香猫。
	・海狸。
	・針鼠。
	・カメレオン。
619	・有毒の，もしくは人間に有害な動物について。
620	・鰐。
	・竜。
	・コブラ。
	・バシリスク。
622-623	・取り巻かれている災いについて考える人間皆に共通する誘惑を齎す，これらの動物の創造の理由で，神に訴えかける。この箇所で詩人は覚悟を決め，アダムの罪が全ての混乱を惹起したこと，人類の友である神が人類に身を守り打ち勝つために賢慮を与え，これらの動物をそれぞれに争わせて下さったこと，そして動物たちから，害よりも利益を引き出すようにさせられたことを示す。
627	・人間を救うために互いに有害な動物がいる。
628	・イタチと蛇。
	・ヒメバチとコブラ。
	・ヒメバチ及びミソサザイ対鰐。
629	・人類は蛇類や有毒動物たちから，それらの毒に対する薬を取り出す。
631	・獰猛で飼い馴らせない動物。

460　第Ⅱ部　模写と自立

- ・熊。
- ・狼。
- ・猪。
- ・ユキヒョウ。
- ・豹。
- ・虎。
- ・一角獣。
- ・ハイエナ。
- ・ケフ。

532　・キウルカ。

535　・針豚。

537　・百獣の王ライオン。

638　・ローマの奴隷から受けた恩に感謝した，或るライオンの特筆すべき物語。

642-643　・この「日」の第二部。ここでは人間の創造と人間の心身に現れる神の驚異。

644　・世界は人間のために創られた。
- ・人間は動物のあとで創られた。何故か。
- ・適切な比較。

645　・あらゆる他の被造物は神の姿に似せて，大いに準備され，一度にではなく，最初は身体，次いで理性ある霊魂と二度に亘って創られた人間と比しては無である。
- ・「創世記」第一章26節。

646　・巧みに人間を描けるよう神の加護を求める。
- ・彼は塵から採られた人体の創造を論ずる。

652　・理性が宿る頭。

658　・眼。

659　・眼の瞳。

第 4 章　デュ・バルタス『聖週間』の影：クリストフ（ル）・ガモン　461

	・眉毛。
662	・鼻。
664	・口。
669	・歯。
668	・唇。
669	・言葉の卓越性について。
670	・耳。
671	・手。
673	・膝と腕。
	・神経の筋と骨。
676	・霊魂の内部の解剖。
678	・心臓について。
682	・肺。
	・胃。
	・肝臓。
	・巧みな類比。
683	・血について，及び食事について。
693	・なぜこれ厳密に人体の解剖を続けないか。
695-696	・彼はこの先人間の霊魂の論述に入り，その本質と実体について語る。
696	・アダムの霊魂はどこからもたらされるか。
	・この問題に関する多様な類比。
	・人間の霊魂の卓越性。
702	・精神は生きているのみならず，神的であり不滅である。
	・精神の座について。
	・記憶の卓越性についての特筆すべき例。
708	・天界に存するもの及び地上に存するもの全てを含有する，精神の迅速さと颯爽たる生彩について。

710	・人間の工夫以上に驚くべき，人間の精神の学術的にして丁寧な素描。
	・彫刻家と画家。
711-712	・数学の繊細な探究。証拠としてアキタスの鳩，ジャン・ド・モンレアルの鷲と蜂。
712	・ペルシア王のガラスの天空。
713	・文字盤と時計，現在では特にシュトラスブルクの文字盤。アルキメデスの大砲とその範囲。
	・フェルディナント皇帝がトルコのスレイマンに贈った銀の天球儀。
716	・討論会と聖像の関係。即ち人間は神という庇護し生きた写像に対するものか。
	・世界の主人として創られた人間の卓越性の別の証拠。
	・人間の至福はどこにあるか。
	・美しい比較。
719	・最後に詩人は男を助けるために創られ，存在しなければ男の生涯は惨めであろう女性の創造について論ずる。
	・どのようにアダムの肋骨の一本からエバが取り出されたかを示す，美しい類比。
720	・彼らの結婚。
721	・彼らの祝婚歌とこの結びつきの便宜性。
722-723	・永遠なる神の祝福に基づく結婚。その祝福のためにまた，あらゆるその他の被造物が維持され，個体ごとに存続する。
723	・自然に反する結びつきについて。
	・雄雌の結合なしに産み出される動物について。

(第Ⅶ日)

730-731	・完成した見事な絵を前に喜ぶ画家という優れた類比によって，彼は神が七日目に休息され（聖書がそう書いているように）お創りになっ

第4章　デュ・バルタス『聖週間』の影：クリストフ（ル）・ガモン　463

た全てを素晴らしいと見て取られるのを描く。
731　・神は第七日に休まれ，その作品に満足される。
732　・全宇宙における神の作品の簡潔な要約と考察，及びモーセの「創世記」第一章31節に於ける，神は自分が為された全てが完全に良いと見て取られたという言葉の説明。
737　・神の摂理について。
738　・エピキュロスとその弟子は神の摂理を否定するが，様々な理由で棄却される。
　　　・神の能力，善意，叡智はその仕事の働きの中で輝いている。
739　・あらゆる被造物は神の裡に，そして神によって生命と存在と運動を有している。
　　　・個別的に見たあらゆるものは，神の命令と，絶えず働いているその能力により導かれている。
　　　・見えるにせよ見えないにせよ，神が悪人を同類によって罰するとはいえ，あらゆる被造物が神の裁きを実行するために備え武装しているにしても，神はそれに優先して世界の裁き手である。
743　・世界の事柄が偶然のまま動くのが分かるというエピキュロス派の反論を駁する。
744　・反逆者たちに対する裁きを実行するにあたって，神は彼らに仕える者たちを憐まれた。神は権力者たちの混乱やその教会の解放に於いて，その能力を示された。神は悪魔やその配下の邪悪さをご自分の栄光を見せられるために役立てられた。
　　　・しかし神の子供たちを特別に扱われた。
[744　・神の裁きは理解を越え，その道は発見するのが不可能であるが，神は行なわれる何事に於いても正しい。「創世記」第四十五章6節－7節及び第五十章20節。
750　・第二に神は，悪人が栄え善人が苦しめられているのをご覧になって，義人が誘惑に晒されているのに対処され，善人を多様な方法

	で慰め，励まされる。
	・なぜ神は罰し，且つ解放されるのか。
	・十字架とは何か。
751	・苦悩は神の子供たちにとって名誉である。
	・苦悩は彼らの益となる。
	・苦悩は彼らにとって必要である。
752	・十字架がなければ，彼らは腐敗してしまう。
	・あらゆる被造物は彼らに苦悩を忍耐深く耐えることを教える。
	・神は子供たちの不動心によって栄誉を受けられることを欲する。
752-753	・人生に於いて悪徳以上に悪しきものはないし，徳は試されることでよりよく自らを知る。
756-757	・神は七日目に休息され，祝福されながら，わたしたちに，一週のうちに一度休むことで，わたしたちはその日を主要なる神に用いるべきであると教えられた。即ちわたしたちの世俗で邪まな業を取りやめ，神の恩寵の機会となり，わたしたちの内なる精神を，神の聖なる言葉という道具によって働かせるよう教示されたのである。
757-758	・悦楽や世俗的流行，迷信による宗教行列，偶像，人間の慣習によって，安息日を汚す者たちに反して，安息日には神のみ業と永遠なる休息のことを瞑想するために身を捧げるべきである。
758	・安息日は永遠の休息の喩である。
761	・神のみ業を，特に安息日に瞑想すること。
	・この瞑想の励行，及びそれから受ける利益は何か。
	・惑星は我々に，神のみ心に従うことを教える。
762	・月は我々が借り物しか持っていないと教える。
	・基本要素的で地上的な火は，我々の幸運と不運がどこに存するかを。
	・大気は，苦悩が我々に必要であることを。

第4章 デュ・バルタス『聖週間』の影：クリストフ（ル）・ガモン

- ・海は，我々が神の掟を越えるべきでないことを。
- ・大地は，我々が心揺るがせにしないことを。

763
- ・麦の穂は，我々が謙虚でなければならないことを。
- ・棕櫚は我々の貞潔を推奨する。
- ・ゴールデンシャワー・ツリーは，迅速と賢慮を。

765
- ・太陽と金盞花は我々にキリストを指し示す。
- ・大気中の暑さは我々にことを行なうにあたってより徳高くあるように教える。
- ・固いダイヤモンドは我々に心を動かさないよう励ます。

766
- ・純粋で清められた金は，雅量と純粋さを。
- ・虹は我々に，隣人に対して感化するよう教える。
- ・羅針盤は絶えずキリストを見る必要を我々に教える。

767
- ・蜜蜂は家臣と君主に教訓を与える。

768
- ・ハイタカは，忘恩の輩に。
- ・鷲は父親に。

769
- ・鳩は不実な夫婦に。
- ・雁はお喋りに。

769-770
- ・多くの海魚は自分の子供に乳を与えない母親に。

770
- ・海豚は残酷な者に。
- ・栗鼠は子供たちに。
- ・蜘蛛は夫と妻に。

772
- ・ライオンは国王に。
- ・蟻と針鼠は怠け者に。
- ・人間は自らの内部自体に素晴らしい教えを見出す。

773
- ・眼は王侯に。
- ・歯は他人のために働いている者に。
- ・心臓は教会の司牧者に。
- ・胃は同じく司牧者に。

774　　　・手は，あらゆるキリスト教徒に。
　　　　・あらゆる体は人間社会に，銘々がその使命に留まらねばならないと教える。
　　　　・この「日」と作品全体の結論は，安息日で終わる。

　　　ガモン著『最初の七日間』
　ページ　　　要　諦

（第Ⅰ日）
1-2　　・詩人は創造者にして真理の源である神に，世界創造を真に描く霊感を求める。
2　　　・読者に註意を喚起し，厚遇を求める。
　　　　・神は世界に先立って存在していた。
3　　　・神の本質は三重の一つと呼ばれえないこと。
　　　　・ここでは過度の技巧として捉えられたこの種の言葉〔三位一体〕を扱う。
4　　　・何事も終わりがないと呼ぶべきではないこと。
　　　　・カオスの教義に抗して。
5　　　・聖書を通じて転倒させられること。
　　　　・モーセの言葉を真に理解すること。
6　　　・反論。
　　　　・反論への回答
7　　　・聖書への讃辞
8　　　・カオスはまた神の本性からしても転倒させられる。
9　　　・天地創造の本性を通じて。
　　　　・被造物の中断を通じて。
11　　 ・さらにそれ自体を通じて。
　　　　・最後の日はむしろカオスの如きものであろうこと。

12	・根拠なくカオスのために援用される，母熊の育て方についての民間の誤り。
13	・最初の日の仕事である光について。
	・類比。
14	・光の讃歌と讃辞。
16	・夜の讃辞。
17	・天使について。
	・天使の創造の時期について。
18	・どのように天使は想像されたか。
	・天使の或る者たちの反乱について。
19	・野望に抗する論。
	・悪しき天使たちに対する神の復讐。
20	・地獄には，はっきりした場所があること。
	・その場所に関する様々な意見を棄却する。
21	・地獄について信ずべきこと。
	・地獄とその刑罰の真の描写。
22	・神はしばしば悪魔のふりをする。
23	・併しながら神はわたしたちを罪で充たさないこと。
24	・神とその教会に仕える善い天使について。
25	・個々の証言。
26	・国王とフランスの保護。

（第Ⅱ日）

29	・詩人はこののち，第二日を描くべく神に祈禱し，読者の啓蒙を祈祷する。
	・いまやカオスから第一原因を引き出すことは出来ないこと。
	・不合理性が課せられると無数のその他の不合理性が続いて出てくる。

30-31	・第一原因自体の，及び神の仕事の本性に反する，その実態についての誤り。
31-32	・自然の身体は特別な目的のためにしか存在しない宇宙のようなものであり，同様にそれを構成する第一原因及び形態は宇宙的であり，二次的にして個体的な原因及び形態に於いてしか存在しない。
32	・不適切で却下さるべき比較。 ・諸要素。
33	・この日の創造物である空気について。その描写。 ・その本性。
34	・空気の第七層は暑いが，デュ・バルタスが述べる理由からではない。
35	・なぜ暑いか。
36	・空気の低層について。 ・夏はなぜ暑いか。 ・中層について。
37	・その寒さを説明するために霰が言及されるのは非常に宜しくないこと。 ・如何にして，何故，他の者たちが二層と言っているのに三層以上とするか。これは環境に反対してのものではない。
38	・非常に適切な類比。
39	・大気現象。 ・霧雨もしくは霧について。 ・露と氷について。 ・マナについて。
40	・雨について，及び出産に関する反論。 ・どのように雨は誕生するか。 ・アマガエルに関する反論。

41	・どのようにアマガエルは発生するか。
	・雨天の兆候について。
42	・霰。
	・デュ・バルタスの述べるような地点から霰は生まれない。
	・雪について。
43	・風について。
	・風が惹き起こす病について。
	・風の区分。
44	・風の様々な効果。
	・匂いについて。
	・彗星について。
45	・彗星は予告しないこと。
46	・特段の諸例。
	・ジュールとザンジェの町で起こった憐れむべき滅亡の描写。
	・トルコの猛威について。
48	・嘆くべき物語。
49	・筆者自身が見舞われた災いと不運について。
50-51	・こうしたあらゆる災いが彗星に由来したと考えるのは全く愚かであること。
51	・雷鳴について。
	・デュ・バルタスの言のようには起こらないこと。どのように発生するか。
	・大気が，ぶつくさ言うことについて。
52	・雷について。
	・稲妻について。
	・大気のその他の作用について。
53	・驚異的な雨が予兆として考えられるべきではないこと。
	・元素としての火に抗して。先ず合理性により，次いで証言により反

54	駁される。
・合理性には二つの根拠がある。
・最初は火の本性について。
・火の種類と特性について。
・種類に応じて熾火か，炎か，単なる光であるか，でなければならないこと。
・そうだとしたら夜も蝕も利益を齎さないこと。
55	・二度と触れたくないという火の特性。
・乾燥の描写。
56	・寒さの描写。
・この火の作用は邪魔されてはならないこと。
57	・星辰によっても。
・大気によっても。
57-58	・合理性の第二の基礎，即ち要素の本性。この基礎もまた火に依存しない。
58	・火は要素としては役立たないこと。
・総合的な世界に関しても。
・世界の諸部分に関しても。
・世界の諸部分に役立つために火が落ちてくることはないこと。
59	・その本性によっても。
・荒々しさによっても。
・さらに証言によっても克服される。
60	・聖書の証言によっても。
・経験の証言によっても。
・オケルスがこれらの誤謬の原因である。
61	・天空について。
・その材質について。
・その数について。

62	・一つの天空しか存在しないこと。及びどのように理解さるべきか。
63	・天のうえにある水に抗して。
	・それらは創造者たる神の叡智と矛盾すること。
64	・それら自身とも。
	・反論。
	・回答。
65	・それについて聖書が何を語っているか，どのように理解すべきか。
	・従って，デュ・バルタスが述べているようには洪水は起こらなかったこと。

（第Ⅲ日）

67-68	・詩人は空疎で偽りの能弁を弾劾し，精神を真理と堅固な肉で育もうと主張する。
68	・以後，陸と海の描写を補佐するよう神に加護を求める。〔誤記述あり〕
	・冒頭で詩人が出逢う誤謬。そこで立ち止まることなく，説得する。
69	・神は第三日目に水を分かつ。
	・どのように陸地は現れたか。
	・比較。
70	・もっとも注目すべき島嶼。
	・大河。
	・アジアの大河で主要なもの。
	・アフリカの大河について。
	・アメリカの大河について。
71	・ヨーロッパの大河について。
	・あらゆる泉が海から齎されるものではないこと。
	・あらゆる水は海に流れ込むが，海はそれ故にそれ以上量が増える訳ではない。

72	・海の干満についての論戦。
	・月は経験によっても合理性によっても原因として証明されないこと。
	・経験によって。
73	・反論。
	・回答。
74	・合理性による証明。
76	・干満の真の原因。
	・余談。
77	・海の塩辛さと，どこにその原因があるかについて。
78	・塩気のある沼。
	・ラングドック地方はマルフィエットの沼地。
79	・様々な泉の奇蹟的な水。
80	・フランスの嘆き。
	・フランスにおける不思議な泉。
81	・グルノーブル近郊の燃える泉。
	・ドーフィネの泉。
	・ワインの泉。
	・ジヴレの石化させる泉。
	・詩的虚構。
83	・オヴェルニュ地方のクレルモン近郊の，また別の泉。
	・オヴェルニュのその他の泉。
	・フォレ地方のサン゠ガルミエの泉。
	・ラングドック地方のプロスの毒のある泉。
84	・温泉について。
85	・温泉，及び地上にある水の卓越していること。
85-86	・水にもまして大地の卓越していること。
86	・大地の丸さについて。

・その堅固さについて。
87 ・地震について。
・その原因について。
・地震によって呑み込まれた都市。
・人類への警告。
88 ・地帯について。
・熱帯について。
・逆言法。
89 ・神は大地を見，大地にあらゆる種類の植物を生じさせた。
・その卓越したること。
・植物と動物の関係。植物の効能及びそこから生ずる誤謬。
90 ・ディオスコリデスの賞讃。
91 ・チコリについて。
・子豚のパンについて。
・ヨモギについて。
92 ・サフランについて。
・カワラボウフウについて。
・ケシについて。
・シシウドについて。
93 ・タイセイについて，及びアカネについて。
・シソについて
94 ・ハクセンについて。
・真にして聖なる神の賞讃，この中で幾つもの他の植物が言及される。
95 ・鉱物と金属，宝石について。
96 ・どのように水晶は形成されたか。
97 ・黄金よりも美しい。
・黄金の医学的効能。

	・黄金が齎す病と誤謬について。
98	・黄金と磁石の照合。
99	・驚くべき磁石のその他の力能。
100	・大地を褒め過ぎても褒めたりないこと。
101	・このテーマの応用。
	・俗界的で貪欲な心に対する嫌悪。
102	・彼はそれよりも幸福であることを望んでいる。
	・孤独についての簡潔な描写を伴った、仕合せな田園生活。

(第Ⅳ日)

104-105	・星辰を論ずるにあたって、彼は先ず、運命占星術師を非難する。
105	・その後、天地創造を続けるべく、常に理性によって武装し、天界に上昇し、天体について語るために真の神の加護を求める。
106	・天界の炎の実態に関する論駁。
	・その実質とは何か。
107	・卓越した天文学者コペルニクスのための弁護。
109	・天界の運動についての駁論。
	・天界は滅びないこと。その理由。
	・天界は運動により、それ自体で何も獲得することは出来ないであろうこと。
110	・ほかの場所でも。
111	・天界は運動により、それが有するものを維持出来ないだろうということ。
112	・天界は他者のためにも動くことはないこと。
113	・様々な証拠により、星辰こそが動いていること。
114	・太陽の逆行運動。
115	・星辰は天蓋に釘付けにされているのではないこと。
	・聖書により証明される。

116	・合理性により。
	・経験により。
117	・そして哲学者の証言により。
	・逍遥学派。
	・ストア学派。
	・聖なる教父たち。
118	・この論争の結論。
	・獣道帯の星座の運動について。
119	・北極もしくは北方地帯の星辰。
	・南極もしくは南方地帯について。
	・恒星は八天には存在しないこと。
120	・聖書に基づく証拠。
	・古代の学者に基づく。
	・語義から言って。
	・合理性から言って。
121	・反論。
	・回答。
122	・惑星論。
123	・カストールとポリュデウケスの贋の星座，及びどのようにそうなっているか。
124	・話の合間に触れられた矛盾。
	・天空の実体の影響について。
125	・日食の予兆に抗する反駁。
126	・本当に危険な食。
127	・星辰は我々の霊魂に影響力を持たないこと。
128	・様々な民族の風習はどこに由来するか。
	・非常に遠方にいる民族について。
	・ガラテアびとについて。

129	・都市に住まないガリア人について。
	・イタリア人について。
	・スペイン人について。
	・英国人について。
	・ドイツ人について。
	・フランドル人について。
	・ブラバンド人について。
	・オランダ人について。
	・フランス人について。
129-130	・平地民族と山岳民族の様々な性質。
130	・矛盾。
131	・太陽の運行の影響。
	・四季が起こる理由。
	・春についての簡潔な描写。
	・夏について。
132	・秋について。
	・冬について。
	・月の讃辞。
133	・月の変化と月食。
134	・我々の主の最期の日に生じた驚くべき日食。
	・神への祈りをもってこの日の結論とする。

(第Ⅴ日)

136	・彼〔ガモン〕は神に誤謬に陥らず真に描写するため，新たな力を求める。
137	・魚類と鳥類の創造。
	・それらの名前を冠せられている星辰への呼びかけ。
	・魚類の創造を扱うこの第五日の第一部。

第4章　デュ・バルタス『聖週間』の影：クリストフ（ル）・ガモン　477

・魚類と鳥類の合致。
・魚類の性質について無数の誤謬が作られてしまった。
138　・捏造者を反駁するにあたって虚しい栄誉に駆り立てられている訳ではない。
・最初の誤謬。
・第二の誤謬。
139　・第三の誤謬。
・第四のもの。
140　・幾つかの魚類の多様な性質。
141　・その多様な餌。
・その驚くべき特性。
・第五の誤謬。
142　・その驚くべき特性の続き。
143　・温帯地帯の魚類。
・有毒の魚類。
・恐るべき，また危険な魚類。
144　・鯨漁の愉快な描写。
146　・第七の誤謬。
・合理性によって反駁される。
147　・諸権威によって。
148　・経験によって。
149　・真のコバンザメ。
・第八の誤謬。
150　・鳥類を論ずる，この日の第二部。
・不死鳥の出鱈目が棄却される。
・先ず，その同一性に抗して。
151　・最初に合理性により反駁される。
152　・次いで歴史により。

153	・この誤謬の源泉。
	・第二にその生殖に抗して。先ずその生命について。
154	・次にその生命の長さについて。
	・三番目にその死について。
155	・様々な鳥類。その囀りの新鮮な表現を伴う。
156	・その他の誤謬。
157	・おとなしい鳥類。
	・捕食性の鳥類。
	・鷹狩について。
158	・誤謬の続き。
159	・グリュプス及びダルドワーズ〔インド北方に生息すると言われる蟻の一種〕に抗して。
	・夜間性鳥類。
	・水生の，もしくは川辺に棲む鳥類。
160	・白鳥の死に関する経験からの反駁。
	・権威からの。
	・死に際して歌う本物の白鳥。
	・アルキュオネーに関する駁論。
	・話のついでに嵐について語られる。
161	・その他の海鳥。
162	・天国の鳥についての出鱈目が棄却される。
163	・それらの本当の餌。
	・出鱈目についての余談。
164	・ペリカンの熱弁。
	・ペリカンの死に関する出鱈目が却下される。
165	・かかる出鱈目から引き出される便宜と利益。
	・この誤謬の起源。
166	・コウノトリについてのその他の誤謬が駁論される。

- ・この誤謬の起源。
- ・コウノトリについての昔からの誤謬。
- ・その起源。
167　・変遷。
- ・鶴とピグミー族に関する出鱈目が棄却される。
- ・天地創造によって。
- ・諸著述家の矛盾によって。
168　・帰属によって。
- ・鶏とライオンの誤謬が棄却される。
169　・孔雀の扇姿の素朴な描写。
170　・駝鳥に関する，また別の誤謬が棄却される。
171　・駝鳥への呼びかけ。
172　・蜜蜂について。
- ・昆虫について。
- ・蚕。
- ・鷲よりも驚くべきもの。

(第Ⅵ日)

175　・固有で素朴な比較。
175-176　・もし再三の祈りによって，この一日のためにも神が臨在して助けて下さるなら，幕を閉ざすのに何の恐れも抱かないという，再言。
176　・地上の動物の創造。それらの前に彼〔ガモン〕は象を歩ませることを欲しない。
- ・犀について。
- ・竜について。
- ・優れた牛の徴。
- ・優れた馬の徴。
177　・その病気。

	・治療。
178	・それを飼い馴らし刺激するためには。
179	・幾つもの動物に卓越すること。
	・カストールの誤謬を棄却する。
180	・誤謬の画像。カメレオンの誤謬が二重に棄却される。
	・その色に関して。
181	・その餌について。
	・その巧妙さの真実の論述。
182	・竜の註目すべき物語。
184	・変遷。
185	・バシリコスの誤謬が棄却される。
186	・いくつかの点で本当に危険なバシリコス。
	・爬行し危険なその他の動物。
	・ミミズトカゲについてのソネが棄却される。
187	・双頭の蛇を捕らえるにはどうすべきか。
187-188	・蝮についての滑稽な小話が棄却される。
188	・蝮の効能。
	・この話題に関する著名な物語。
189	・鰐とヒメバチ及びミソサザイの賢さについての出鱈目を棄却する。
190	・鰐に対抗するヒメバチの賢慮。
190-191	・蛇に対する蜘蛛の勝利。
191	・獰猛で飼い馴らされていない動物。
	・豹は創造物のうちに数えられるべきではないこと。
	・ユニコーンも。
192	・キウルカ。
	・それよりも危険な動物。
	・男と女の卓越性と創造が含まれるこの一日の第二部。
193	・創造に於ける男の素材。

- 他のもののあとで，なぜ創造されたか。
194 ・なぜ神は相談したか。
- 比較そのもの。
- 小宇宙の卓越性を記述するに際しての加護を求める。
- 大宇宙と小宇宙の比較。
197 ・理性の座についての誤謬が棄却される。
- その様々な状態について。
198 ・無垢の状態の座によって。
- 罪の状態の座によって。
- 恩寵の状態の座によって。
199 ・人間の各部位の讃辞。
- 顔。
- 眼。
- 瞼。
- 鼻。
200 ・口。
201 ・耳。
- どのように音が作られるか。
- 腕。
- 掌。
- 脚。
- 足。
- 体内の各部位の解剖。
202 ・脳について。
- 心臓について。
- 肺について。
- 胃について。
- 肝臓について。

	・ここで誤謬が棄却される。
203	・血液について。
	・これらの不思議を目の当たりに誰が魅了されないか。
	・人間の霊魂について。ここでその実体についての誤謬が棄却される。
204	・霊魂に関する，また別の誤謬の棄却。
205	・詳述することが許されないが，霊魂を讃頌する。
205-206	・神の被造物に優る人間に与えられた支配力の証拠。
206	・アダムがその支配力を持って動物に命令しなかったこと。ここではある誤謬が棄却される。
	・女性の創造。
	・それに際しての神の方法。
207	・世界で最初の預言者のアダムが女性を知る。
	・純朴な美。
	・粉飾に対する譴責。
208	・豪奢に対する。
	・アダムとエバの相互の満足。
	・にもかかわらず，取り分け貞潔を讃えなければならないこと。
209	・交尾なくして誕生する動物。
	・サラマンダーについて誤った見解に抗して。
210	・この誤謬の起源に関する記憶すべき物語。
211	・ピュラウステス〔サラマンダーと同じく火の中で生きるとされる鳥，もしくは昆虫〕についての誤った，しかし説得力のある，その他の見解。
212	・地獄の霊魂とは，その心臓が火を聊かも恐れない人間に比して，非難さるべき点をもつ，火の中の本物のサラマンダー。ピュラウステスであること。
	・ある種の灌木から生まれると言われる鳥類。

第4章　デュ・バルタス『聖週間』の影：クリストフ（ル）・ガモン　483

(第Ⅶ日)

214	・自らのムーサにかくも美しく栄誉ある企画を続けるよう，励ます。
215	・比較そのもの。
	・善き農夫を弁護して。
	・善き船乗りを弁護して。
	・善き士官を弁護して。
216	・神も同様に彼の企画の続行を望まれたこと。
	・画家との比較の棄却。
217	・湯気に関するその他の棄却。
218	・諸要素の撞着。
219	・神のみ言葉による証。
	・経験による。
220	・上記の事柄に続く咎め。
221	・安息日を遵守することに関して犯された誤謬。
222	・古代の律法に於ける安息日は廃止された。
223	・日曜日がそれに代わる。
	・着目すべき註意。
224	・最も卑しい者の代わりに最も優れた者を沈黙させてはならない，という誇張。
	・自分としては日曜日に神の讃歌を歌いたい。
	・日曜日の賞讃。これには年代記作者や古代人に基づく優越性が含まれる。
224-225	・日曜日の第一の優越性。天地創造の最初の日。
225	・第二の優越性。イスラエルの子らが紅海を渡った日。
	・エジプト人の遭難。
226	・第三の優越性。天からマナが落ちてきた日。
	・第四の優越性。主のご生誕とご来臨。
227	・この幸多きご来臨について考えるようにと人々を励ます。

228	・第五の優越性。主イエス・キリストの洗礼の日。
	・第六。鳩の形での聖霊の出現。
	・第七。ガラテアのカナンの水が葡萄酒に変容した日。
229	・第八。5切れのパンの日。
	・第九。主の再生の日。
230	・第十。弟子たちに聖霊が送られた日。
	・第十一。聖トマに再生されたキリストが現れた日。
	・第十二。断食から解放された日。
	・第十三。最後の日。
231	・この最後の日が近づいていること。
	・早くその日を見たいという切望。
232	・そのとき花々は天の星々よりも創造主の意図をよく汲むであろうこと。その誤謬はここで取り上げられるが，第四日で棄却されていること。
	・どのようにこの教訓はこれから引き出しうるか。
	・この誤謬から不適切にイエズス会が引き出した別の教訓。
233	・より適切に摘出し得る教え。
234	・世俗の世界の虚飾と失望について。
234-235	・しかしながら世俗世界とその構成部分からは幾つもの教訓を受け取ることが出来，栄誉に関して一つの誤謬を棄却しうること。
235	・貞潔で忠実な妻。
236	・ダイヤモンドについてのまた別の誤謬への反証。
237	・従ってかかる教えのためにこの日を用いるべきではないこと。
	・神は，現在用いている以上に何のために用いることを望まれているか。
238	・神のお仕事のご自身によるご考慮に際して。
	・全体として。
	・個別的に見て。ここでは簡略な被造物の要約が述べられる。

・第一に，最初の日のお仕事について。
・続いて二日目について。
・第三日目について。
・第四日目について。
・第五日目について。
・第六日目について。
・第七日目について。そこでは神の熟考と安息によって，彼〔ガモン〕はちょうど第一日で地獄の苦しみをそうしたように，天国の歓喜を描写する。そうすることによって，大層適切にこの日と全ての彼の企図を終えるのである。

4

『聖週間』が7,000行ほどで，『最初の七日間』が8,600行という，前者に比して華やかな詩句数を考えると，両論併記のような欄外註的梗概の紹介は相応しくなかったのかも知れない。物理的な諸条件の故に（例えばアレクサンドランで詰まった十二折判の傍註で，どれだけの情報が添えられようか），ガモンが取り扱え兼ねた論題もあったであろう。この節ではガモンが直接デュ・バルタスに呼びかけ（勿論デュ・バルタスは1590年，己れが仕えたアンリ4世がアンリ3世の遺言で王位継承者第一位となった直後に歿しているから，ガモンの一方的な論戦になる訳だ），その記述や議論に反対する，その異論の立て方からガモンのオリジナリティを（そのようなものがあれば）探っていこうと考える。

　遺漏も多かろうが，ガモンがデュ・バルタスその人に呼びかける詩句には次のようなものがある。重ねてそれらが網羅的ではないとお断りしたうえで，それらの頓呼法が用いられている部分を引用してみる。バロックからマレルブへの過渡的詩人とも（大胆に）評価される詩句を味わっていただきたい。

「日」	ページ	詩句
I	11	〔バルタスの理論とは違ってカオスが美しくも快くもなく,醜い塊である〕

　　　　我がバルタスよ,我々の胡桃割に似た
　　　　理性に反する汚い塊のようなものが切り裂いた
　　　　なぜならそれをもって真理を切り開くナイフでそれを切り分け
　　　　　ても
　　　　その内部には空虚と虚栄しか見つけられないからだ。
　　　　それだからわたしはまさしく本当のことを言うのだが,肥沃な
　　　　　手が,
　　　　無の種子から世界を生み出させ,
　　　　無からこの重厚な堆積を積み重ねる,
　　　　それは何ものもかくも虚しい基盤を支えられないからだ

| II | 51 | 〔雷が発生する過程について〕 |

　　　　エンペドクレスも。お前もまた,極端な驚きにとらわれ,
　　　　お前たちの理性を合理性事態によって凌ぐことは無い。
　　　　何故なら火として見て取れる恐ろしげな稲妻は
　　　　汚らわしい煙としてわたしの眼に見て取れるからだ

| II | 58 | 〔火について〕 |

　　　　従ってそれ故にそれを,炉辺を用いた料理人
　　　　錬金術師,兵士,彫金工,砲術士と呼んでいるが,
　　　　それは,おお,バルタスよ,彼を要素に真の名前を齎しうる
　　　　召使に類似する者にすることなのだ。

II　63　〔火は要素でも世界構成要因でもないこと〕

　　　何故なら唯一の天空が炎を高く掲げており
　　　その下方で（大気である）雲の水を担い
　　　その水の故に，もしくは，わがバルタスよ，
　　　黄金の腕ですらエーテルの坂道を転がしえなかった理由なのだ

III　102　〔田園生活の喜び〕

　　　こうした汗をかきながらの労働こそが，ムーサがそれをどう歌
　　　　おうと
　　　（バルタスよ）原罪の繰り返される苦痛だとしても，
　　　田畑は我々の原罪について猶予を与えることなく，
　　　拍車をかけられることなくその贈り物を齎してくれただろう。
　　　何時も何時も野原は食事を与えてくれただろう
　　　草の寝床に霧の衣服で和らげてくれる

IV　123　〔水星は地上のヘルメス・トリスメギステルではなく天界のもの〕

　　　しかしメルクリウスがこの場でわたしを立ち止まらせ，わたし
　　　　をして言わしめる
　　　おお，バルタスよ，それは断じて自然の案内人ヘルメスではな
　　　　く
　　　双子の天空でその生まれ故郷の舘を燃やし
　　　あちこちで臭気を放つ手垢でないどころか，光り輝き
　　　遥かに高貴で，吹き騒ぐアイオロスと共に
　　　航路のために定められた星にも似て。

Ⅳ　　127　〔日食は災いの前兆であること〕

　　　　これが，これが，バルタスよ，これが災いをもたらす日食であ
　　　　　り
　　　　お前の筆が我々に表現できない不動の
　　　　寓話を素描し，お前の口元が自慢げに膨らんでいる
　　　　もうひとつの理由によってではない，そして秘密を明かす三脚
　　　　　床几が
　　　　天の託宣の解釈者として助言を与えるであろうように
　　　　不吉な奇蹟を愚か者たちに教える。

Ⅴ　　142　〔手足が極度に疲弊することがあること〕

　　　　しばしば（バルタスよ）口籠り
　　　　足が痺れ，脚は時間の奴隷となり
　　　　冷えて，動かなくなり，四肢は恐れてしまって
　　　　百もの残酷な棘で貫かれるように覚えるのである。

Ⅴ　　154　〔不死鳥について〕

　　　　この多様な天空の下に（バルタスよ）十の冬を百回も
　　　　回転させる天の運行を見させることがどれほど無謀か
　　　　また外見というものをもたないカメレオンを
　　　　余りにも信心深く，余りにも簡単に信頼しているお前が
　　　　皆それほど欺瞞的でない人々を教え，同時代を解明させ，
　　　　より短い文章をもっと短くしたのか。

V　165　〔ペリカンの最期について〕

　　　ペリカンが腹の下に子供たちを養い生命を与えており
　　　その血とその血の流れるのを見て
　　　ペリカンが無残にも死に瀕して胸を刺していると
　　　そのように言い繕った理由であるが，
　　　お前はそれを信じ込んでいる，バルタスよ，わがバルタスよ，
　　　そしてお前はこの嘴に騙されて，我々の甥を騙すのだ。

VI　192　〔ある種の動物の生態について〕

　　　野蛮なカリブ海の日の強い地方の動物は
　　　おお，バルタスよ，子供を自らの身体のうちに千回も
　　　隠すばかりではなく，その兄弟の肌の下に隠す
　　　動物がいるのだ。そしてその人殺しの身体が弱々しい雌鶏に
　　　それ以上の攻撃を加えるときお前は謂われなく恐れるのだ。

VI　197　〔治世の座（頭）がどうして高いところにあるか〕

　　　併し神がこの配置の中で人間という建物の
　　　最も高い位置に，この市民の，おお，バルタスよ
　　　反抗する身体の素早い怒りを鎮めるため，
　　　余りにも虚しいので真理から許されないような掟を教えること
　　　　だ
　　　恰もかくも高貴な作品が，そこに考案されるかの如くに。

　　　　　　　　　　　＊

上記の詩句だけでは不十分であろうが，デュ・バルタスに呼び掛ける場合，これらの詩句だけで考えると，二つの文脈に分けることが出来る。一つは，割合にするとこれが圧倒的であるが，自然学上理論的な（勿論当時の）自らの見解を述べ，展開するケース。もう一つは倫理的な自分の見解を確認し，披瀝するケースで，三日目の102行目がその代表例である。これらの頓呼箇所は勿論デュ・バルタスそのひとが『聖週間』で無謀にも，併し当時の常識的伝承に沿って，美しく歌い上げた神話や，その神話の尤もらしい根拠を標的にしているのは間違いない。例えば〔V 154〕の不死鳥伝説や同じく〔V 165〕のペリカン伝説などがその例である。ガモンはこうした世の「不可思議」に纏わる，併し口の端に昇りやすい「神話」や「伝承」を疑いもせず，宮廷内で朗々と歌い上げるデュ・バルタスに激しく噛みついた。こうした伝承は世間知ではないか。これらは知の下層に属している「御伽噺」ではないか。これらを公式に認められたとはいえ，いとキリスト教の信仰篤きフランス国王のもとで生きていかなければならない改革派信徒が，諸手を挙げて歓迎する類の詩句であろうか。しかもガモンの筆は単に一介の宮廷詩人（仮りにそれが改革派の宮廷であるとしても）に向けられてのみ走るのであろうか。先にエチエンヌ゠リエボーの『鄙の家』とオリヴィエ・ド・セールの『農耕劇場』を比較した経験から言って[15]，ガモンの書は単にデュ・バルタスを意識してのものというより，デュ・バルタスに代表されるアンリ4世，もしくは戴冠以前のアンリ・ド・ナヴァール周辺の知的・倫理的環境，或いは環境の残り香を意識して，アンリの宮廷の外に，言ってしまえばこの世紀（17世紀）の末，竜騎兵に追われ，ナントの勅令の廃止を予見して，或いは廃止の結果，国外に新たな旅立ちをする改革派の預言のような気がしてならない。勿論ガモンがヴァンタドゥール公に捧げた諸言に見られる「大部分がアモルの虚しいシャンソンで眠りこけ，低俗で儚い甘いミルトの帽子を棕櫚と月桂樹の誇り高い冠に交換させるために」〔Gamon＊3〕『最初の七日間』を叙述したと言っていることにも無縁ではない。時代が改革派と教皇派の棲み分けを赦したからといって，改革派の危機，第二の聖バルテルミーの虐殺の報がパリ市内を駆け巡ったのはガモンがデュ・バルタスに叛旗を翻した直

後，アンリ４世の暗殺直後ではなかったか。時代は未だ改革派に対してすべからく寛容という訳ではなかった。改革派信徒はそれまでと異なる形で不意の事態に備える心構えをしなければならなかった。わたしたちはかつてオリヴィエ・ド・セールの「科学的」・非土着的改革派信条に着目したことがあったが，その『農耕劇場』が刊行されたのは，ナントの勅令直後ではなかったか。

　デュ・バルタスの詩句には，言うまでもなく強いオリジナリティがあって社会的・文壇的にロンサールの詩風に影を投げかけるほどのものであった。それは同じくロンサールを詩壇から追い落としかねなかったフィリップ・デポルトのそれと対比できるほどのもので，デポルトの詩句がロンサール流の過度な装飾や主観性，特殊な語法や異教神話から得られた「霊感」に異を唱え，詩想と言語の明哲性，文体の流暢暢達，詩句の諧調，文体の軽快さによって，ルネサンス詩を近代詩に（ここで念頭に置いているのはその「デポルト批判」にも拘わらずマレルブなのだが）繋げる働きをしたとすれば，デュ・バルタスの詩風はキリスト教伝承と古典古代の神話と土着的伝説を改革派主流のキリスト教解釈に接続させることにより，国内・海外を問わず，或いは改革派・カトリック教徒の多くの詩人，もしくは詩人擬きに圧倒的な影響を与えた。上述した改革派の大著作家シモン・グーラールは『聖週間』のみならず未完の『第二聖週間』に詳述極まりない註釈を施して刊行し，大成功を納めたし，カトリック教徒のパンタレオン・テヴナンも『聖週間』の本文に，彼なりの膨大な註釈を施した四折判の絢爛たる書物を『聖週間』刊行直後に上梓した。パンタレオン・テヴナンについては，テヴナンの註釈付きロンサール著『哲学の讃歌』を論ずるときがあれば（その猶予が遺されていればの話だが），そのとき改めて再言する心算だが，それはともあれ，デュ・バルタスに対する熱狂ぶりは前出のアルベール・シュミットの学位論文からも窺えよう。しかしデュ・バルタスに対する熱狂は，批判の多さも物語る。改革派側でさえ，アンリ４世に仕える改革派信徒デュ・バルタスの天地創造詩が異教的であるとして，つい最近まで強硬改革派アグリッパ・ドービニェの作品と考えられてきた，或る改革派信徒は『天地創造』を草稿のまま残したし，そしてクリストフル・ガモンは（諄いようだが異教性だけが

その理由かどうか分からない)『最初の七日間』を著した。

　正統キリスト者たるガモンにとって，異教的な発想は排斥すべきであった。併しまた厳格な改革派信徒として，世に蔓延る世俗的通念も——ローマ教会が是認したからだけではなく，まさしくそれが土着的であり，改革派教会がその土着性を振り払って，新しい世界へと飛翔しなければならないのであるから——断罪しなければならなかった。異教的発想と土着的思想体系にまだ塗れているデュ・バルタスもまた。世はマレルブの時代を迎えようとしていた。併しガモンの詩句がバロックからマレルブへの懸け橋としての側面からのみ捉えられるのがよいかどうか，不明にして分からない。

後　　　　註

※ 前後の文脈で出典が明らかと判断した場合には出典註をつけず，文中の〔　〕にナンバーを記して煩瑣を避けた。ご了承いただきたい。その際，ローマ数字で「巻」・「歌」等のナンバーを，アラビア数字でページ数等を示した。

第Ⅰ部　第1章　ルイ・ル・カロンと『フランス法パンデクト』「第一巻」

1) 中世末期，いま少し限定すると15世紀当時の笑劇や滑稽談，殊に逸名著者の快作『ピエール・パトラン先生』(どの翻訳，どの批評版でも，専門家ならぬ筆者には同じことだが，取りあえず手元にある，*Maistre Pathelin hystorié, reproduction en Facsimilé de l'édition vers 1500* par Marion de Malaunoy, Firmin Didot, 1904. を挙げておこう) に描かれた法廷場面はそうした現実の屈折した反映ではないか，と考える。勿論，広い意味での「民衆文学」が如何なる還元も経ずして，史料的に高度な価値を有する，などと主張するつもりは毛頭ない。ここで言及した「学問」の領域では，まず神学における俗語の使用には，所謂，sermons joyeux の類はさて措いても，例えばジャン・ジェルソンの説教 (筆者の念頭にあるのは，Jean Gerson, *Six Sermons Français inédits*, édition critique par Louis Mourin, Vrin, 1946. である) を，また，医学におけるそれは，残念ながら16世紀のアンブロワーズ・パレに学位が授与された茶番劇や，Charles Estienne, *La dissection des parties du corps humain divisee en trois livres*, Cercle du Livre Précieux, 1965 (1546). のように，格別に指折れる史料の固有名を挙げられる訳ではないが，滑稽譚に垣間見られる，民間治療や大道歯科医，外科医 (言うまでもなく「外科」が仮令低いステータスではあろうとも，大学医学部のなかに組み込まれて既に久しかった) の治療を想定している。

2) 手元にある文献から一例を引くにとどめると，*La Practique de Masuer Ancien Jurisconsulte et Practicien de France*, traduite de Latin en François par Antoine Fontanon 〔,〕 Advocat en la Cour de Parlement de Paris, et par luy illustrée d'annotations sur chacun Tiltre, Sebastien Nivelle. 1577. があった。允許状は1570年の日付。モレリの『大歴史辞典 (10巻本)』〔Louis Moréri, *Le Grand Dictionnaire Historique*, nouvelle edition, Slatkine, 1995 (1759), t.III, p.330(g)〕によれば，Masuer は Masuyer とも名乗り，1560年代に活躍した法曹人だったらしい。但し異説もあって (こちらの方が信憑性に富む)，オリヴィエ＝マルタンはこう述べている。《15世紀は戦争と騒乱の時期であって，顕著な慣習法書は1冊しか残されていない。即ち，ジャン・マズュエの『司法実務論』である。彼は，オヴェルニュのリヨムに生れた。この著作

は，ラテン語で書かれていて，大学教授の講義方法に即して編せられている。彼が
ローマ法に卓越さを認めていることのために，成文法地域で確たる人気を博した。
それは，先ずもって，訴訟手続を内容としているが，また，それには，オヴェル
ニュ慣習に関する見事な説明や公法に関する興味深い諸章も見受けられる。それの
近代の刊本は存しない》〔Fr. オリヴィエ-マルタン著，『フランス法制史概説』，塙
浩氏訳，創文社，1986年，617ページ〕。モレリ説では，筆者の手元のフォンタノン
による仏訳の原題は *Practica forensis* だったという。モレリが参照した仏訳版は
1620年の刊行年度を記されているらしいが，允許状の日付が正しければ，それより
半世紀も以前，（モレリ説をとれば）原著が出版されて恐らく間もない時期に，既
にして仏訳書が完成し，さほど時を隔てずに使用されていたことになる。

3）ここで念頭に置いているのは，偶々手許にある以下の文書。*Plaidoyez de M. Simon Marion. advocat en Parlement, Baron de Druy. Avec les Arrests donnez sur iceux.* Troisiesme Edition, reveuë et corrigee, Michel Sonnius, 1594; *Plaidoyez de Mre Claude Expilly, chevalier, conseiller du Roy an* 〔sic〕 *son Conseil d'Etat, et President au Parlement de Grenoble: Ansamble* 〔sic〕 *plusieurs Arrets et Reglements notables dudit Parlement: le tout divisé en deux Parties.* Sixième edition. Jean Radisson, 1657 〔初版は1608年〕; *Les Remonstrances de Messire Jacques de la Guesle Procureur General du Roy*, Pierre Chevalier, 1611（以上，赤面の至りだが，通読したのは第一に指折った，シモン・マリオンの弁論集のみ）。その他，個人の著作集に含まれているもの（例えばパスキエのそれ），単著として刊行されたもの，また，幾つもの残存する史料集に挿入された弁論も数多く，この種の弁論集成の更なる存在を暗示させるが，筆者が直接確認した，上記数点の文献名を挙げるに留めておく。

4）これも前註と同じく，手許の文献だけにとどめる。*Nouvelle et cinquieme edition du Recueil d'Arrests notables des Cours Souveraines de France. par Jean Papon, Conseiller du Roy et son Lieutenant general au Bailliage de Forests,* Jean de Tournes, 1569; *Les plus solemnels Arrests et Reglemens donnez au Parlement de Bretagne.* Recüeillis par Messire Noel Dufail, Sieur de la Herissaye, Conseiller au Parlement: Avec les Annotations de Maître Maturin Sauvageau, Avocat en la Cour. 2 vols., Jacques Mareschal, 1715; *Notables et Singulieres Questions du Droict Escrit: Decises ou Prejugees par Arrests memorables de la Cour Souveraine du Parlement de Tholose.* 〔…〕 Recueillies par Me Geraud de Maynard, Conseiller du Roy en la Cour de Parlement de Tholose 〔…〕, 3 vols., Robert Foüet, 1604-1617; *Recueil d'Aucuns Notables Arrests donnez en la Cour de Parlement de Paris. Pris des Memoires de feu monsieur M^e. Georges Louet, Conseiller du Roy en icelle. Reveuë, corrigée et augmentée de plusieurs Arrests, et autres notables Decisions*, par Julian Brodeau, Advocat en Parlement. Estienne Gramonet, 1618; *Les plus solemnels Arrestes et Reglemens donnez au Parlement de Bretaigne*, recueillis par Messire Noel Dufail 〔…〕,

Nantes, 1715〔以上,いずれも通読さえしていない〕.

5) Cf. *Coustumes de la ville, Prevoté, et Vicomté de Paris*, Avec les Commentaires de *L, Charondas Le Caron*, Jurisconsulte Parisien. Pierre L'Huillier, et Jamet Mettayer, 1595. 因みに筆者が参照できたシャルル・デュ・ムーランの慣習法註解書は,*Les Coustumes generales et particulieres de France et des Gaulles*, corrigees et annotees de plusieurs Decisions, Arrests et autres choses notables, diligemment et fidellement par M. Charles du Moulin Advocat en la Cour de Parlement, et autres Jurisconsultes.〔…〕 Tome premier〔筆者の手許にあるのはこの「第一巻」のみ。このデュ・ムーランの註解書も解読した訳ではない〕, Jean Houzé, 1604. であり,その冒頭にパリ慣習法註解がおかれている。但しこの註解がデュ・ムーランの名を世に遺した「パリ慣習法註解」と同一であるかどうかは,浅学にして不明。なお,1510年代から存在した膨大な数の慣習法の諸々の活字版については,ブリュネの『古書店主の手引き』〔Jacques-Charles Brunet, *Manuel du Libraire*, cinquième édition, Slatkine, 1990 (1861), t. II, col. 342 et suiv.〕,〈Coutumes de France〉,の項目が参考になる。

6) アンリ3世がパリを逃亡したのちもその地に留まり,最後にはリーグ派の手で処刑されたバルナベ・ブリソンの数奇な運命や行動,優れた業績を詳述出来るほど勉強している訳ではないので(筆者が通読した単著は余り参考にならない,Paul Gambier, Le Président Barnabé Brisson, Perrin, 1957. のみ),参照した『アンリ法典』の版名だけ以下に記述しておく。*Le Code du Roy Henry III. Roy de France et de Pologne*. Redigé en ordre par Messire Barnabé Brisson, Conseiller du Roy en son Conseil d'Estat, et President en sa Cour de Parlement de Paris. Depuis augmenté des Edicts du Roy Henry IIII, à present regnant, avec la Conference des Ordonnances, et rapporté aux anciens Codes de Theodose et de Justinian, et aux Basiliques. Et illustré des Conciles de l'Eglise, Loix des Romains et autres peuples, Histoires, Antiquitez, Arrests des Cours souveraines, et tres-notables observations et Annotations. Par L.Charondas Le Caron, Jurisconsulte Parisien. Troisiesme edition reveüe et augmentée〔…〕Sebastien Cramoisy, 1609. 贅言となろうが,『アンリ法典』と称される編纂書はブリソン=ル・カロン篇のもの以外にも存在した。扉が欠けているため允許状を頼ると,1600年10月2日の日付をもつ,Thomas Cormier, *Le Code du Tres-chrestien et Tres-victorieux Roy de France et de Navarre Henry IV*. はその一つであろう。手許のこの刊本は,シオラネスキュの『16世紀フランス文学書誌』〔Alexandre Cioranesco, *Bibliographie de la Littérature française du Seizième siècle*, Slatkine. 1975 (1959)〕に認められる,1603年の増補改訂版ではない。コルミエ篇以外にも『アンリ法典』の名称を冠される編纂書が残存するかどうか,不勉強にして詳らかにしない。

7) 底とした『フランス法パンデクト』の版は,*Pandectes ou Digestes du Droit Francois*, par L. Charondas le Caron, Jurisconsulte Parisien, L'Olivier de l'Huillier, 1587. である。

本文で記すように，これは，実のところ，構想されていた全四巻のうちの「第一巻」に過ぎない。シオラネスキュの『16世紀フランス文学書誌』には記載されていても，『B. N. カタログ』，『B. M. カタログ』，『N. U. カタログ』のいずれにも存在が示されていないこの刊本の特異性については，後段で触れる。

8）筆者が念頭に描き，またこの雑文で底とするのは，書誌学者ブリュネの低い評価にも拘わらず，*Les cinquante livres du Digeste ou des Pandectes de l'Empereur Justinien*, Traduits en français par feu M. Hulot, Docteur-agrégé de la Faculté de Droit de Paris et Avocat au Parlement, pour les quarante-quatre premiers Livres, et pour les six derniers par M. Berthelot, ancien Docteur-agrégé de la même Faculté, Avocat au Parlement, Censeur royal pour la Jurisprudence et maintenant Professeur de législation à l'Ecole de droit de Paris. Sur un exemplaire des Pandectes Florentines, conféré avec l'édition originale de Contius, celle de Denis Godefroy par Elzevirs et plusieurs autres. (Cette traduction a été exactement revue, corrigée et complétée par les éditeurs.), 7 vols, Rondonneau, 1805. である。この版以前に『学説彙纂』全編の仏訳が刊行されたかどうか，調査・確認する能力も努力も筆者には欠けていた。なお全訳ではないが，江南義之氏篇訳，『「学説彙纂」の日本語への翻訳 (1)・(2)』，信山社，平成三年－四年，その他学術誌に掲載された部分訳，その他にも千賀鶴太郎譯並注解『ユ帝欽定羅馬法學說彙纂　第七卷』，有斐閣　大正十二年；及び春木一郎譯『ユースティーニアス帝學說彙纂 $\pi\rho\omega\tau a$』，有斐閣，昭和十三年，などを参照した。ただ妙なことに，学識に裏打ちされ，術語を駆使して西欧法の源泉をこの地に導かれようとした邦訳書よりも，評価の低いユロ訳の方が，素人の筆者には若干分かり易かった，との印象がある。なお後註23）参照。

9）ラ・クロワ・デュ・メーヌの『フランス文庫』での紹介記事を見ておく。《ルイ・ル・カロン Louis Le Charon，パリ人，パリ高等法院弁護士。法学とその他習得した哲学の優れた備えによって甚だ評判の高い人物。〔…〕彼は『フランス法学のパンデクテスもしくはディジェスタ』全四巻を執筆したが，未だ刊行されていない。〔…〕彼はその他にも幾冊もの本を執筆しているが，わたしは全く知識がない。それというのも彼が刊行したもの，その他あらゆる本について如何なる情報も受け取っていないからだ。それらについてこの『フランス文庫』では言及してはいるが。彼は今年1584年に，ピカルディのクレルモンで活躍している》〔*Les Bibliothéques Françoises de La Croix du Maine et de Du Verdier sieur de Vauprivas, Nouvelle édition*,〔…〕Par M. Rigoley de Juvigny, Conseiller Honoraire au Parlement de Metz, 5 vols. 1772-1773, Akademischen Druck-u. Verlagsanstalt, 1969, t.2, pp. 46-47〕

10）パスキエの俗語作品で念頭に描いているのは，例えば，Estienne Pasquier, Monophile, in *Les Œuvres d'Estienne Pasquier*, 2 vols., Amsterdam, 1723, t.II, col.700 et suiv.; id. Colloques d'Amour, *ibid*., col. 789 et suiv.; id. Les Jeux Poëtiques, *ibid*., col.829

et suiv.; id. Poësies diverses selon la diversité du temps, *ibid.*, col.913 et suiv.; La Puce ou Jeux poëtiques françois et latin, in *ibid.*, col.949 et suiv.; La Main ou Œuvres poétiques, in *ibid.*, col.1001 et suiv. である。

11) ただし，この印象はあくまでも筆者が散見出来た一次文献に基づくものであり，例えば F. Gohin の学位副論文（F. Gohin, *De Lud, Charondae (1534-1613), vita et versibus*, Ernest Leroux, 1902）は，その副題が暗示するように（恐らく相対的には少数であろう）ル・カロンの恋愛詩集に焦点をあてて紹介しているようだ（と言わざるをえないのは，語学力の問題が障害となり，通読するに至らなかったため）。

12) ここで言及している論考は，Joan A. Buhlmann, The Dialogues of Louis Le Caron, 1554-1556, in Colette H. Winn (ed.)., *The Dialogue in Early Modern France, 1547-1630. Art and Argument*, The Catholic University of America Press, 1993, pp.121-157. である。

13) 底とした版は，Louis Le Caron, *Dialogues*, édition critique par Joan A. Buhlmann et Donald Gilman, Droz, 1986. である。

14) 因みに『対話篇』巻頭に置かれた目次には以下の対話の標題が記されている。

Dialogues du premier livre : / Le Courtisan premier, Ou, que le Prince doit philosopher,/ Le Courtisan second, Ou de la vraie sagesse, et des louanges de la philosophie./ Valton, de la tranquilité d'Esprit, Ou du souverain bien./ Ronsard, ou de la poësie./ Claire, ou de la beauté IV. Dialogues desquelz le premier est comme l'argument, ou epitome des autres.

Du second livre : / Le Chaldéan, Ou des divinations. II.dialogues/ Pasquier, Ou l'Orateur. II.dialogues/ Le Solitaire, ou de la description du monde IV, dialogues/ Le Sophiste, ou de la science./ Faulchet, ou de l'utilité, qu'apporte la congnoissance des choses naturelles.II.dialogues.

Du tiers livre : / Le nouveau Narcisse, Ou de la nature de l'homme. II.dialogues/ Le nouveau Heraclite, ou des secrets de la philosophie non encores congneus ne revelez. III.dialogues/ Le nouveau Parmenide, ou de l'Estant, et des Idées./ Le nouveau Pytagore, ou des nombres et de l'harmonie.VI.dialogues/ Le Senateur, ou de la Chosepublique. X. dialogues

15) 例えば，貧しい記憶を辿ってみれば，Colette H. Winn 編集の前掲書や，M. K. Bénouis, *Le Dialogue philosophique dans la littérature française du seizième siècle*, Mouton, 1976, Anne Godard, *Le dialogue à la Renaissance*, PUF, 2001. などは，その恰好の参考書であろう。

16) Cf. J. W. Allen, *A History of political thought in the sixteenth century*, Methuen, 1928: 《Though writing from the point of view of a Politique, the author〔of the *Dialogue d'entre le Maheustre et le Manant*〕does justice to his opponent and actually appreciates his point of view》〔348〕．余談ながら，筆者が最初に眼を通した版は，〔F. Cromé,〕

  Dialogue d'entre le Maheustre et le Manan, EDHIS, 1977 (1593). であった。

17）これは筆者の不勉強の証しでしかないのだが，『第二恋愛詩集』初版での表記を参照すると，どうもロンサールは「パスキエ」よりも「パキエ」と呼んでいた可能性がある。cf. Remy Belleau, *Commentaire au Second Livre des Amours de Ronsard*, publiés par Marie-Madeleine Fontaine et François Lecercle, Droz, 1986, 23 r°. ただこの綴り（Paquier）は，当該詩編に続く人名註では（Pasquier）となり〔23 v°〕，また，32 v°の詩編，及びその註釈〔33 r°〕でもこの綴りを踏襲する。更に23 r°の（Paquier）の表記も再版以降，全て（Pasquier）となっており（いるらしい），ロンサールの呼び方がどれほど広範囲に受容されていたかどうか，確信がない。混乱を倍増させる懸念があるので，拙論では今迄どおり「パスキエ」と記させて戴く。

18）Cf. Claude-Pierre Goujet, *Bibliothèque Françoise ou Histoire de la Littérature Françoise*, t. 14, Slatkine, 1966 (1752), pp. 272-274.

19）Cf. Lucien Pinvert, Louis le Caron, dit Charondas, in *Revue de la Renaissance*, t.II, pp. 1-9; pp. 69-76; pp. 181-188, Slatkine, 1968. 殊に，ル・カロンがその父の軍職での身分を誇らしげに語る一節を次のように参照させる。《*Pandectes du Droit François*, Paris, 1587, fol. 364 v°》〔2〕. ページ指定ではなく紙葉指定によるこの指示は，まったく正しく，パンヴェールが手許に1587年版を置いていたことを告げるものだ。

20）底とした版については，この小論の前註5）を参照。

21）底とした版は，*Memorables, ou Observations du Droict François rapporté au Romain Civil et Canonic. Auquel livre sont representees plusieurs antiquitez Romaines et Françoises, non encores bien observes*, Par Loys Charondas Le Caron Jurisconsulte Parisien. Seconde edition reveuë et augmentee de diverses matieres et observations outre la premiere, pour hommes de tous estats et professions, tant pour le païs coustumier que de droict escrit. Jamet Mettayer et P. L'Huillier, M. DCIIII. である。この1604年版は表題に「第二版」と唱っているけれど，既に前年，1603年の「第二版」の存在も確認されているようだ。

22）けれども，筆者の解読能力・理解力を遥かに超える法体系と法解釈の狭間に思わぬ拾い物をしないでもなかった。『備忘録』からそうした興味深い項目を一つ，ほぼ全文抜書きし和訳してみる〔140 v°-142 v°〕。長い引用となるが，必ずや関心を覚えられる読者もおられると確信してのことである。お許し願いたい。
  《(精) 霊 ESPRITS. このように俗衆は，様々な姿で出現し，恐ろしい物音をたて，様々な幻影で，わたしがここで話をしている人々を苦しめる幽霊を呼んでいる。この王国の王立裁判所でその問題が往々論じられなければ，わたしは問題にしなかったろうが。もしそれらが死体から遊離した精霊が地上に戻ってきて彷徨うとしたら，或いはもしそれ自体が，わたしたちのものと違った固有の身体を有しているとしたら，或いはまた地中や墓や墳墓に閉じ込められている人々の姿をとるものな

ら、この問題は余りに煩雑で、神学者に属しているので、わたしは論じようとは思わない。ただ聖書や教会史や世界史の権威によっても、また経験に基づいてもかかる精霊もしくは亡霊が時として出現し、必ずしも憂鬱質で小心且つ迷信深い人々の無益な幻想ではないと思っている。この場では数々の例を朗誦することが許されていなかったので、或る名誉ある方が保証して本当に物語って下さった一つの例を挙げるに留めよう。この方には貴人の友人がおり、すいぶん以前、イタリア旅行をするためにその友人にかなりの大金を、然も大部分は借金をしながら貸して、その後病気になったという以外、何の知らせもなく、ただその間にその友人に莫大な相続金が入っていた。或る日散策していると、その方の許にその友人の物影もしくはそのようなものが出現し、自分が死んだとは告げず、近いうちにこの方に会いに戻ると告げた。その友人は3日後に戻ってきて、この方のお金を返しに来たばかりか、並々ならぬ金額を贈与し、自分は死んでいるのだと告げ、さらばと言って突然、自分のことを覚えていてくれるように懇願して、消え去った。併しこれらの精霊が時として、身体から遊離した霊魂の救済のために敬虔で、献身的で、宗教的な上っ面な事柄を命ずるとしても、併しながら出来事は屢々それらが悪魔的な詐欺だとか、騙しだとか幻影だったりすることを明らかにする。従ってわたしはそれらが善き天使が、悪魔の企てや努力から人々を守り、導き、守護するためにのみか、王国や帝国、領地を保護し、維持するために神が命じられたと、「ダニエル書」第十章、「詩篇」34篇、「マタイ伝」第十八章、使徒行伝、教会史、マルケリヌス、ソノ他ノ権威が確言しているように、神学の著述家や世俗の著述家が証言しているのであるから、神の摂理と御赦しが善き天使をして人々の前に姿を現す以上、それらが〔…〕だとか悪しき精霊の所為だと悦んで主張するであろう。併しわたしたちの職業により一層関係があることに話を戻せば、幽霊の出現とか、騒音とか、破壊とか、稲妻とか、戦慄とかそのような自然の運行を超え、人間生活の慣習に反する恐ろしい出来事が起こり、誰かの家に発生し、出現し、聞こえてきたら、家賃は破毀され、解消されるのかどうか尋ねられたことがある。人間のうえにしょっちゅう生ずるものではなく、何故なら、通り過ぎてゆくだけの軽い旋風と同じように自然界に確たる永遠の基盤も持たない以上、驚いたり、恐慌に陥ったりすることなく、不動心を抱く者なら無視できるのだから、そのような人々に降りかからないかと心配することはない、ということが出来る。それ故過度に小心で迷信深い人間の突飛な想像力に、安易にまた無思慮に口実を与えるべきではない。それというのも、最も思慮ある人々は、神がかかる幽霊によって、その他の幾つもの不思議や時ならぬ驚嘆すべき事柄と同じように、義ある人々を験し、鍛えようと望まれ、悪しき輩を苦しめ罰して、彼らが悔い改め、悔悛し、神のお慈悲を頼るよう、望まれてのことだと考えるべきだからだ。彼らは従って、教会の中にかかる悪魔的な困惑の種とか欺瞞、苦難に抵抗する術を、即ち、不動の心と忍耐の心を以ってそうしたことを耐え忍び、

密かにせよ公けにせよ祈りや，敬虔な瞑想の裡に過ごす晩課や，断食やミサの聖なる秘蹟に頼る手段を有している。これがパリ高等法院に提出されたあと，1576年3月6日の判決によって，賃貸契約が一時的に命じられていたにもかかわらず，かかる訴訟が評議会で争点を確定されている所以である。とはいいながら，あらゆる人間において，それほどまでに不動の心はなく，戦慄が時としてかくも激しくなり，苦しみがひどく過酷なものであって，もし賃借人に起こらなくて，寧ろ大家とかその他の未知の原因を契機に起こったなら，賃貸契約を破毀したり解消したり出来るほうが，尤もらしく思える。〔…〕1595年3月29日のボルドー高等法院の判決で定められたのもこの故である。〔…〕わたしが悪魔的な欺瞞とか幻影と語ったので，妖術師のことも付け加える必要が出て来た。この輩はそうした術とか，毒とか，魔法とか，妖術とか，呪術とかその他の悪魔的な術を用いて，悪事を行ない，苦しめ，破産させ，殺し，そして人間とその財産を破滅させるのだ。そしてこうしたことを行なうために，悪魔の庇護の許に身をおき，奉じ，捧げ，表に出した，或いは暗黙の契約によって，彼らの助けを借りて人間以外の姿に変身し，様々な遠隔の地に身を運ぶのだ。この世にこの種の人間がいることは，聖書と十二表法，ローマ帝国の憲法，公会議の証言に基づいたり，無数の著述家が認めているところであり，このことについては一抹の疑いもない。経験は日々いろいろな例を齎し，その幾つかは毎日曜日の説教でカトリック教会が，このようなサタンの司祭〔…〕の奴隷たちを破門によって確証している。もしどのようにして，かかる悪事が為されるのか尋ねたら，人間の不敬虔がその原因であり，彼らはあらゆる正しきものの創造者であり，彼らの真の創造神にして救世主，贖い主である神を否認し，悪魔の意志に於いて誓い，悪魔を崇め，偶像崇拝者になるのである。その結果彼らのもとに降りられた神の怒りは，彼らを悪しき精霊のもとに放置するほど大きく，悪しき霊は彼らを虜囚にしてしまっている有り様なのだ。〔…〕妖術師や魔女が，或る者は反論しようとしたりするが，神の掟によって主なる神と人類の公然たる敵として十分に確証されると，この輩が価する罪は，死罪である。「申命記」第十八章。公会議が呪詛を以ってこの輩を教会から追放したので，見せしめのための刑罰によって彼らは人間社会から追放され，生命を奪われるべきである。彼らはその悪魔的な邪悪さによって生きるに相応しくないのである。〔…〕同様の死罪は幾つもの王国や領地内の律法や憲法で定められ，フランスの諸々の高等法院の判決でかかる罪状を認められた者たちが，1572年3月2日，生まれながらの盲人がそうされたように罰せられた。また国王がピカルディにおられたとき，ヌフ゠ヴィルの魔女が罰せられたが，その魔女の訴訟をわたしは「第九巻」の第43回答で物語った。併しながら，彼らを説得させるために高等法院裁判所が，トゥルネルの1588年3月7日土曜日の判決で彼らを水に沈めるような，新しく，前代未聞の種類の証拠や尋問を行なうことは，賢明とは見做されなかった》。

23) 参照した『ユスティニアヌス法学提要』は次のとおり。末松謙澄氏訳・註，宮崎道三郎氏校閲，『訂正増補 ユスチーニアーヌス帝欽定羅馬法学提要』，三版，有斐閣，大正5年〔中央大学図書館所蔵；物理的事情により，旧字体は新字体に改めた〕。なお，前註8）参照。加えて，Etienne Pasquier, *L'Interprétation des Institutes de Justinian, avec la conférence de chasque paragraphe aux ordonnances royaux, arrestz de Parlement et coustumes générales de la France*, ouvrage inédit, publié par M. Le Duc Pasquier, avec une introduction et des notes de Charles Giraud, Slatkine, 1970 (1847). を参考にした。

24) 『備忘録』〔103 v°-104 r°〕の〈droicts〉の項目の一部を引用しておく。
《法律（権利）(DROICTS). 法律というこの用語によってわたしたちはラテン語の「ユス（法律＝jus: lex でないことに註意）を示しているが，いくつもの，かつ多様な意味に於いてであり，先ず第一に，市民社会における人間の活動と営為を立案し，規定し，各人に相応しいものを齎す，この正しく理性と規範は，司法の効果と実践である。なぜなら司法の真っ直ぐな道から外れ，外れることを，そのものとして正しいものとは呼ばれないからである。それ故に法曹家のウルピアヌスはこの言葉の原義ではなく派生的な部分について配慮し，法ハ正義ニヨッテソウ呼バレル，と正しくも言い当てている。〔…〕なるほどわたしたちの言葉，法律はこの正しく衡平な意思をよりよく表明している。その意思とは，司法が定められているように，共有された利益はまもりながらも，各人に己れのものを帰す精神の習慣である。法律は司法の技術であり，義にして衡平であり，正しく合法的であるようなものを効果によって教え示す。それをその反対のもの，忌まわしく，不正で，非合法的なものと分かち，判別しなければいけないのと同様である。わたしはその語を永遠にして，ユスティニアヌスが述べているように，神の摂理によって制定された，神聖にも人間精神に授けられ，導かれた自然法と呼ばれている，自然に即し，皆にとって義であり衡平であるためにだけ理解しているのではない。それだけでなく，民法（市民法）と呼ばれている国家の状態に有効であるがゆえにもそう述べるのである。なるほどこの公益というものは，指揮する者にとっても，また市民にとっても，善と安らぎと調和のために創設された形態において，正しい律法に基づき，国家の状態を保全し維持する以上の大きな衡平さは存在しないがゆえに，全ての人間に関わるのではないとしても，併しながら義にして衡平であると思料されるのである〔…〕》．因みに，前註で触れた『訂正増補 ユスチーニアーヌス帝欽定羅馬法学提要』では〈jus〉に「法」の訳語も「権利」の訳語もともに付している（同書，p. 579 et suiv.:「補註の四〈其者の権利〉〈権力権〉自権他権，公法私法の区別に付て」も参照）。この柔軟な翻訳の姿勢は十分に評価さるべきだと思う。なおこれも全くの贅言だが，ローマ古法の邦訳に捧げられた末松謙澄訳並注解『訂正増補 ウルピアーヌス羅馬法範』，大雄閣書房，大正十三年，などを初めとし，近年の労作，佐藤篤

土監訳『ガイウス法学提要』，敬文堂，2002年から，テオドシウス法典研究会訳，「テオドシウス法典（1）-（6）」，『専修法学論集』「第59号」，pp. 151-170；「第60号」，pp. 239-254；「第61号」, pp. 165-191；「第63号」, pp. 107-131；『立教法学』「第43号」，pp. 195-217；「第45号」, pp. 227-249；『廣島法學』「第37巻」第１号（2013年）へと連綿と続くローマ法制史の諸研究には大変啓発された。

25) 〈droit civil〉に，法制史学に於いては「市民法」の訳語が，現代の法学体系に於いては「民法」の訳語があてられること，そしてル・カロンによる〈droit civil〉と「公法」や「私法」との関連も，近代法学理論でのそれと異なることは，一応聞きかじってはいる。ここでは出来る限りル・カロンの原義を尊重した心算だが，筆者のフランス語の解読能力に信頼がおけないのは，誰よりも本人が承知している。そこで以上の分類を語るル・カロンの文章を引用しておくほうがよいだろう。《民法はその形式において，公法と私法に分かれる。〔…〕市民各人の有益に属するものが私法である。公法は国家とあらゆる都市の公益に関わり，行政官に存する。行政官の中では主権者が第一位を占める〔…〕》〔60 v°〕.

26) これも引用文の内容をほぼ反復するに過ぎないが，今一つ，ル・カロンの文章を紹介しておきたい。『フランス法パンデクト』第15章〈フランスの国家について〉の中の一節である。付言すると「サリカ法＝王国基本法」を説く部分だけではなく，後続する文章も，ル・カロンの（場合によっては極めて時局的な）政治思想を理解するうえで欠かせないと思い，引用を重ねた。《〔…〕サリカ法は，（それ以前に起源を探究せずとも）この王国の体制の基盤にして真の支柱であり，ためにこの王国は，或るフランス人たちの画策と陰謀により外国人が切望するにせよ，彼らによって簒奪されることもなく，かくも長い間存続している。国家の体制について，及び君主がどうあるべきかについて執筆するのは名誉な事柄であるが，余りにも困難で骨が折れる仕事であって，往々にして危険なことである。従ってわたしたちの本来の話柄に戻れば，フランスの体制が依拠している国王には幾つもの表徴と至上の権利があり，この王国の君侯たちやその他の貴族や家臣はそれに与かることがない。わたしは主権の最初の幾つかの表徴について先に書いたことを繰り返すまい。それらは司法を司り，法と慣習法一般を律し，それらを棄却し，撤回し，廃止し，破り，和らげる権力を有する，至高の君主の権威の徴である》〔242 v°-243 r°〕。尚，「サリカ法」をめぐる政治的・史学的発言は，16世紀当時にあってさえ，参照しうる文献だけでも殆ど無限に近いので，一つ一つ名指すのは控えたい。

27) 『備忘録』からもう一つ，ローマ教皇庁の意のままにならないガリカン教会と，それを法的に支持する高等法院について述べる解説を引用しておきたい。《何故ならカトリック教会の長である教皇の権力がどれほど強大であろうとも，パリ高等法院の権威は，ガリカン教会の自由と聖なる教会法と教皇令に基づいた聖職者の規律を保護するには十分なほどなので，高等法院は，かつてプラグマティック・サンクシ

オンにより，次いでコンコルダにより，フランスで受け入れられている教会の規律と聖なる教皇令に反する聖職禄叙任や教会法の免除，その他の教皇答書を誤謬の控訴として受け止めたほどであった》〔113 rº〕。

28) 筆者が参照した版は，Bernard de Girard, Seigneur du Haillan, *De l'Estat et succez des affaires de France. Oeuvres reveu, corrigé, et augmenté d'un Recueil d'Avis et Conseils sur les affaires d'Estat*, Pierre Le Mur, 1619. である。cf. 186 rº．ル・カロンの引用文との間に，若干の綴りの違いがあるが，この部分の引用は，当時としては，極めて正確だと言ってよい。けれども綴字法以上に気にかかるのが，この（引用-16）の直後に続く，デュ・アイヤンの次の２行である。《嘗てはその通りだが，近年の身分会はフランスの荒廃の原因であった。将来先に述べた仕事で語り草になるだろう》〔id〕。勿論筆者の参照した版が1619年の改訂版であるのだから，ル・カロンが頼った版には存在しない２行である可能性は十二分にある。特に「近年の身分会」が1593年のリーグ派主導によるパリ全国身分会をふくめる身分会（1576年のブロワ全国身分会や1588年の，同じくブロワに招集された，アンリ・ド・ギーズ暗殺に終わるそれ）を指しているのが明らかである以上，その可能性は大きいし，本人没後の，何者かによる挿入付加であるのかも知れない。（ちなみにデュ・アイヤンの享年は，1610年とされる）。デュ・アイヤンの史書の初版が上梓された1570年以前の身分会を尋ねると，1560年のオルレアン全国身分会（言うまでもなく，これも極めて政治的な意図を託された会議で，フランソワ２世の急逝がなければ，反ギーズ派の代表，ときのナヴァール王やコンデ親王が処刑される可能性が大であった）も「国王と家臣の特効薬」どころではなかったろう。それはともあれ，初版や再版を確認しない己れの怠惰を先ずは恥ずべきであろうが，（引用-16）は，デュ・アイヤンを論ずるにしても，ル・カロンを論ずるにしても，或いは看過しえない文言を従えている。ル・カロンからの孫引きとして紹介した次第である。

29) ポーランドに関しては，1587年の時点でも，アンリ３世の王座即位と放棄が記憶に新しかったであろうが，スウェーデンの例については周知，という訳にはいかなかったかも知れない。ただ全く知られなかったと思えない判断の根拠は，Estienne de Sainte-Catherine, *Relation du Royaume de Suède*, publiée pour la première fois par Sven Andolf, Acta Universitatis Gothoburgensis. 1980. が刊行されなかったにせよ，認められていたという事実にある。

30) 筆者が私的にお願いして戴いたものなので，公的な場所にお赦しを求めぬままにお名前を掲載することには後ろめたさが伴わないでもないが，西村隆誉志先生のドノーやキュジャスをめぐる力作，「〈法の歴史学派〉とドノーの方法―覚書」，『愛媛法学会雑誌』「第16巻・第２号」，愛媛法学会，1989，pp. 1-34;「ドノーとブルジュ法人文主義・覚書―方法・素材・著作を通してみた法思考の基軸をめぐって」，『同誌』「第17巻・第２号」，1990，pp. 1-71;「キュジャスと〈法の歴史学〉（一）―覚書」，

『同誌』「第19巻・第1号」, pp. 1-37. などは, 単なるフランス16世紀愛好家の限界を思い知らされる, 様々な意味で刺激的な論考であった。西村先生にお願いした契機は, 先生の持続力ある丹念な, 次のような論考を拝読していたからであった。「フランス普通法学のヨーロッパ的伝統—H・ドノーのクルパ論」,『帝京法学』「第16巻・第1号」, pp. 101-179;「16世紀フランス私法学と体系法学者ドノーの私法理論—損害回収のアクティオをめぐって」,『獨協法学』「第23号」, pp. 61-130;「〈ローマ法学〉のルネサンス的対応—近世私法学におけるH・ドノーの損害（態様）論」,『獨協法学』「第24号」, pp.25-78. 門外漢である筆者如きがお話しする筋合いではないが, この極東の地での16世紀フランス法制史研究が地道に進んでいることを発見したのも, この小論を綴りながら得た幸いであった。偶々筆者が出会った近年の論考で, 小川浩三氏,「F・コナンの契約理論（一）・（二）」,『北大法学論集』「第35巻」, pp. 775-846;「第38巻」, pp. 37-88. は, 素人眼にも力作と拝見した。ジャン・ボダンについては, 今更喋喋する必要もないだろう。

31) 人文科学系の研究者の方々には, やや馴染みにくい表現もあろうが, ともあれ以下の一節をご覧戴きたい。《シャロンダス・ル・カロン Charondas le Caron（1617年歿）は, プテエの著作〔「ソム・リュラル」〕およびダブレージュの著作〔「フランス大慣習法書」〕を再版し, また学殖豊かではあるが散漫な『フランス法彙纂 Pandectes du droit françois』と題する一作品を編している》〔P・ウルリャク = J・L・ガザニガ著,「フランスにおけるローマ法の浸透と統一的私法の形成」, 塙浩氏訳,『塙 浩 著作集 II』所収, 信山社, 平成四年, p. 579〕。及び次の一文も。《わたしが確認しうることは, 唯一つ, 即ち, これらの著作者衆は全員, 疑う余地もない程に, 人文主義の影響を蒙っていたということであって, この影響は, 彼らの諸作品の中に表れているのである。確かに, 彼ら実務家の中には, 慣習の諸規定の分析という点で時として能力に欠けているものも存する。なぜならば, 諸々の慣習のこれらの註解書の中には, 実に多くの無内容な雑然たる堆積や血のめぐりの悪さやが有るからである。パリ慣習のまたアンジュー慣習の註解者であるルネ・ショパン René Chopin〔1606年歿〕のような, また, パリ慣習の註解者であり同時にフランス法の多数の古いテクストの刊行者であるシャロンダス（・ル・カロン）Chrondas〔ママ。筆者註〕(le Caron)〔1617年歿〕のような, 様々な著作者衆を同一視することには, 屡々困難が伴う。しかしながら, 彼らが, フランス法なるものを形成することに, また, フランス法なるものに一つの論理的構成を与えることに, また更に, フランス法なるものの統一を, 慣習普通法 droit commun coutumier の理論に焦点を合せつつ準備することに, 貢献したのである》〔M・ルロース,「法的人文主義の中での実務家衆の重要性」, 塙浩氏訳,『塙浩著作集 II』所収, p. 621〕。なお一学徒として, 塙浩先生の学恩を省み, 上記ルロースの御翻訳中の一語に拘泥してみたい。その文脈はこうである。《彼が, アテネの「aeropage」〔訳者不詳〕やニンフのアゲリアやロー

マの元老院や〔…〕》〔605〕。塙先生が「不詳」とされているのは，もしや「aréopage」，即ち「アレイオ・パゴス（裁判所）」の誤植ではあるまいか。人文系から入門した学徒の経験では，16世紀以来今日まで，フランスで刊行された書籍に誤植がなかった験しはない（日本でも同様だが）。ルロースが誤植に気づかなかった可能性は大きいと思う。だが，他方で西欧法制史の大家たる塙先生が「アレオパゴス」をご存知なかった筈はない。とすれば，塙先生は，誤字の多い学生のレポートを突き返されるように，《訳者不詳》の烙印を押されたのであろうか。一字一句を疎かにしえない，法学系の学問の有り様なのか。

第I部 第2章 註釈者ブレーズ・ド・ヴィジュネール

1）底としたヴィジュネール訳『第一デカド』の版については，後出〔補遺〕参照。
2）Cf. *Cahiers V.-L. Saulnier, No 11, Blaise de Vigenère, poète et mythographe au temps de Henri III*, P. E. N. S., 1994. 因みにこの特集号に掲載された論文名をあげておく。
Marc Fumaroli, Ouverture, pp.7-11.; Robert Descimon, Les ducs de Nevers au temps de Blaise de Vigenère, pp.13-37.; Claude Buridant, Les paramètres de la traduction chez Blaise de Vigenère, pp.39-65.; Paul Chavy, Vigenère, traducteur baroque, pp.67-76.; Rosanna Gorris, Blaise de Vigenère et Guy le Fèvre de la Boderie, traducteurs de l'italien, pp.77-100.; Gabriella Répaci-Courtois, Blaise de Vigenère et l'expérience des arts visuels, pp.101-110.; Sylvain Matton, Alchimie, Kabballe et mythologie chez Blaise de Vigenère, pp.111-137.; FrançoisRoudaut, Qu'est-ce que prier dans *Des Prièeres et des Oraisons?* pp.139-152.; Richard Crescenzo, Blaise de Vigenère et la littérature de spiritualité du XVIIe siècle, pp.153-168.; J. Dupèbe et J.-F. Maillard, Vigenère et son temps : Documents nouveaux, pp.169-207.; J.-F. Maillard, Conclusion et bibliographie, pp.209-214. 以上の論考・史料については以下，執筆者名と標題のみを記す。
3）Cf. Denyse Métral, *Blaise de Vigenère, archéologue et critique d'art (1523-1596)*, Droz, 1939. 筆者が参照しえたヴィジュネール関連のモノグラフィーをあげておく。J.-P. Niceron, Blaise de Vigenere（後註5を参照）; François Lesure, Blaise de Vigenère et Jean Cousin (1550), in *B. H. R.*, t.9 (1947), pp. 109-113; François Secret, Un traité oublié de Blaise de Vigenère, in *B. H. R.*, t.17 (1955), pp. 292-295; id., Blaise de Vigenère à l'Hôtel Bellevue, in *B. H. R.*, t.31 (1969). pp. 115-127; id., Notes sur quelques alchimistes de la Renaissance, in *B. H. R.*, t.33 (1971), pp. 625-640.; M. Fumaroli, Blaise de Vigenère et les débuts de la prose d'art française :sa doctrine d'après ses préfaces, in Lafond et Stegmann (éd.), *L'Automne de la Renaissance 1580-1630*, Vrin, 1981, p. 31 et suiv.; J.-F. Maillard, Aspects de l'encyclopédisme au XVIe siècle dans le *Traicté des chiffres* annoté par Blaise de Vigenère, in *B. H. R.*, t. 44 (1982), pp. 235-268.;

G. Rèpaci-Courtois,《Art mécanique》ou《état contemplatif 》?, Les Humanistes français du XVIe siècle et le statut des arts visuels, in *B. H. R.*, t. 54 (1992). pp. 43-62.; P. Blum-Cuny, Traduire le sacré : le *Psaultier* de Blaise de Vigenère, in *B. H. R.*, t. 54 (1992)., pp. 441-449.; O. Rosenthal et M. Jourde, Ce qu'on entend dans les *Images* : Philostrate, Vigenère, 1578, in M. Gally et M. Jourde(éd.), *L'Inscription du regard*, Moyen Age-Renaissance, E.N.S., s.d., pp.169-193.; Richard Crescenzo., Mercure et Minerve : la double nature de la parole dans l'Images ou tableaux de platte-peinture de Blaise de Vigenère, in *Travaux de Littérature*, t. 6 (1993), pp. 91-102. その他, 掲載誌がありながら, 不得手な言語で著されているため参照できなかった論考, 所有するものの都合で手許にない雑誌や論文集に収録されている論考, 怠惰のため図書館巡りをさぼり (然も日本の大学図書館だ), 閲覧しえなかった文献, ヴィジュネールに多少ともページを割いているが, それが主題ではない著書 (G. P. Norton, *The Ideology and Language of Translation in Renaissance France and their Humanist Antecedents*, Droz, 1984. はその代表だろう) は少なくない。恥を忍んで告白する。

4) 近年のヴィジュネール研究の動向については, cf. Marc Fumaroli, Ouverture.《les Kabbalistes de la Renaissance》,《l'ésotérisme de Renaissance》といった表現がここで用いられている。

5) 筆者が参照しえたヴィジュネールの著作は,『第一デカド』を除くと, *Les Commentaires de Jules Cesar, et les annotations de Blaise de Vigenere, avec les paralleles de Cesar, et de Henry IIII. De nouveau illustrez de Maximes Politiques. Par Anthoine de Bandole*, 2 vols. in 1, Jacques Rebuffé, 1625.

Blaise de Vigenère, *Le Psaultier de David torné en prose mesuree ou vers libres*, édition de 1588, texte établi et introduit, notes, variantes de la traduction, glossaire, index, bibliographie par Pascale Blum-Cuny, 2 vols., Le Miroir Volant, 1991-1996.

L'Art militaire d'Onosender, auteur grec Ou il traicte de l'office et devoir d'un bon chef de guerre, mis en Langue Francoise et illustré d'Annotations par B. De Vigenere, Abel Langellier, 1601.

Philostrate, de la vie d'Apollonius Thianeis, par B, de Vigenere Bourgommaois, Abel Langelier, 1599.（仏訳のみ）

Philostrate, de la vie d'Apollonius Thianeis en IIII livres, de la traduction de, B, de Vigenere Bourgommaois,reueveu et exacterment corrigr par Fed. Mores, Editeur et interprete du Roy. Wt enrichie d'ampkes Commentaires, par Arthus Thomas, 2 vols. Matimeley Guerremot, 1611.（上記の仏訳に, アルチュス・トマ〔もしくはトマ・アルチュス〕が註釈をほどこしたもの）

Tracté de chiffres ou secretess manières d'écrire, par Blaise de Vigenère (1586), Guy Trédaniel, 1996 (facsimilé)

Traicté du feu et du sel, excellent et rare Opuscule du sieur Baise de Vigenere, 1618 Jobert, 1976 facsimilé)

Blaise de Vigenère, *La Description de Callistrate de quelques statues antiques tant de marbre cimme de Bronze (q602)*, edition par Michel Magnien, Eds La Bibliothèque, 2010.

Blaise de Vigenère, *Le Psaultier de David torne en prose mesuré ou vers libres* (1588), 2 vols. Le Miroir volant, 1991.

David, Psaumes pénitentiels, traduits du latin par Blaise de Vigenère et accompagnés du texte hébreu. Edition établie et présentée par Ghislain Sartoris, La Différence, 1989.

Blaise de Vigenère, *Vingt-cinq Psaumes pénitentiels de David*, in A.-M. Schmidt（éd.）, Poètes du XVIe siècle, Gallimard, 1953.

Blaise de Vigenère, *La renaissance du regard, Anthologie présentée et annotée par Richard Crescenzo*, Ecole nationale supérieure des beaux-arts, 1999.

に過ぎない。その他の著作については，D. Métral, *op.cit.*，所収の文献一覧，及び，J.-F. Maillard, Conclusion et Bibliographie. が参考になった。加えて，A. Cioranesco, *Bibliographie de la littérature française du seizième siècle*, collaboration et préface de V.-L. Saulnier, Slatkine, 1975(1959) ; J.-P. Niceron, *Memoires pour server à l'Histoire des Hommes illustres dans la République des lettres*, t.16, Slatkine, 1971 (1731), p.26 et suiv. などにも頼った。但しシオラネスキュとニスロンには，〔補遺〕で述べるように，信憑性に欠ける項目もある。

6) Cf. Fumaroli, Blaise de Vigenère. ここでは殊に，註解を付されたピロストラトスの絵画が《フランス韻文において「絵画の修辞法」であるプロギュムナスマータの役割〔強調はフュマロリ〕》〔p.40〕を有していたという分析を念頭に置いている。

7) 上記，註5) を参照。

8) 上記，註5) を参照。

9) 《バロック的翻訳者》とは，Paul Chavy, Blaise de Vigenère, traducteur baroque の標題そのものであった。但し，この論文には少なからぬ誤解がある。

10) これはフュマロリの表現である。《Plus savant que Montaigne》〔M. Fumaroli, Ouverture, p. 9〕。

11) 《Mais il n'est pas à croire que Tite Live ait cherché de remplir redondamment icy le papier d'un pleonasme de ces deux Synonyme, s'ils ne signifioyent qu'une mesme chose》〔col. 962〕，〈pléonasme〉や〈redondance〉が，むしろヴィジュネールそのひとの癖であったと考える研究者も少なくない。例えば，Cl. Buridant, Les paramètres. を参照。また後註20も参照。

12) ヴィジュネールがここで《ポンペイウス戦史〔les trois livres de Cesar de la guerre Pompeiane〕》と総称しているのは，カエサルの『内乱記』，及び擬カエサル（以下の三書がカエサルの著作ではないことは，ヴィジュネールも心得ていた）の『アレ

キサンドリア戦記』,『アフリカ戦記』,『ヒスパニア戦記』の四書（もしくは『ヒスパニア戦記』を除いた三書）を指すと思われる。底とした版については，上記の註5）を参照。軍制に関しては，『内乱記』，p. 36. への註解が, *op. cit.*, t.II, p. 328(d) et suiv. に見られる。また『ガリア戦記』, p. 6. への註解（*op.cit.*, t.I, p. 239(d) et suiv.）にも纏まった古代ローマ軍制論が掲載されている。

13) 前註12を参照。
14) 因みに聊か時代を経てはいるが，手許に置いて参照するに便利な，所謂「ニザール」版の当該箇所とその訳註で引用された原文，及びヴィジュネールの訳文とを併置してみる。先ずはヴィジュネールから。《〔Quand à l'Edilité, Cn. Quintius Capitolinus, et P. Cornelius Scipion, tous personages de leur ordre, L'〕EMPORTERENT *par la bienvueillance et faveur du peuple en l'assemblee du champ de Mars.* Au Latin, *Gratia campestri caeperunt*》〔296 ; col. 1686〕. 続いてニザール訳はこうである。《Le peuple donna à L. Sextius le consulat qu'il avait conquis ; Les patriciens appelèrent à la préture Sp. Furius, fils de M. Camille, et à l'édilité Cn. Quinctius Capitolinus et P. Cornélius Scipion. trois hommes de leur ordre, qu'ils firent nommer par l'influence des tribus de la campagne》〔Tite-Live, *OEuvres (Histoire Romaine)* avec la traduction en français, publiées sous la direction de M. Nisard, Firmin-Didot, 2 vols. 1877, t.1, p. 310(g)〕.
15) 上記 註12を参照。
16) ティトゥス゠リウィウスのイタリア語訳（16世紀以前の）については，ブリュネの『手引』に次のようなものがあった（版をかさねたものについては，初版のみをあげる）。ヴィジュネールがどの版を指しているのかは不詳。Tito-Livio volgarizzato (da Ruggiero Ferrario). *In nel anno…M. CCCC. LXXVI. fu impressa la presente deca in nella citta di Roma appsso al palatio di sa Marco (per Udalrico Gallo)*, 3 tom. en 1 vol. in-fol.; Tito Livio, in lingua volgare. *Impres. per Muestro Antonio da Bologna…nel 1478., a dixi de aprile, in Venetia*, 3 tom. en 1 vol. pet. in-fol.; Le Deche di Tito Livio, in lingua volgare. *Venetia, Octav. Scoto.* 1481, pet. in-fol.; Le Deche delle istorie romane, tradotte da Jacopo Nardi, Venezia, Giunti, 1554. in-fol. 〔J.-Ch. Brunet, *Manuel du Libraire et de l'Amateur de livres*. Cinquième édition, Slatkine, 1990（1862）, t. III, col. 1112〕.
17) これは時代に応じて異なると思うが，帝政初期の14区の名称は以下の如くだったらしい。I. Porta Capena. II. Caelimontium, III. Isis et Serapis, IV. Tempulum Pacis, V. Esquiliae, VI. Alta Semita, VII. Via Lata, VIII. Forum Romanum, IX. Circus Flaminius, X. Palatium, XI. Circus Maximus, XII. Piscina Publica, XIII. Aventinus, XIV. Transtiberim〔今井宏氏著訳，『古代のローマ水道 フロンティヌスの"水道書"とその世界』，原書房，1987年，p.50. による〕. 古代ローマ世界について知識が皆無の筆者にとって様々な欧文，邦文による文献が助けとなったが，殊に，Jérôme Carcopino, *La vie quotidienne à Rome à l'apogée de l'Empire*. Hachette, 1939.; I. モンタネッリ，『ローマの

歴史』,藤沢道郎氏訳,中央公論社,昭和54年;モムゼン,『ローマの歴史 I』長谷川博隆氏訳,名古屋大学出版会,2005年;アルベルト・アンジェラ,『古代ローマ人の24時間』,関口英子氏訳,河出文,2012年;長谷川博隆氏,『ローマ人の世界社会と生活』,筑摩書房,1985年;塩野七生氏,『ローマ人の物語 I ローマは一日にして成らず』,新潮社,1992年,の名前を挙げさせて戴く.

18) 筆者の印象に大きな誤読がないかぎり(保証は出来かねる),『第一デカド』にはそれでも「現在」の介入が多い方だと思う。例えば『ダビデ詩篇』註解に限ると「詩篇 19」の前註で,《Ce Pseaume est fort à propos pour le temps present》〔240〕とあるのが殆んど唯一の「現在」への発言ではないかと思う。
19) 今回,底とした版は,『プリニウスの博物誌』,中野定雄・里美・美代氏訳,全三巻,雄山閣,昭和61年,である。ヴィジュネールが言及する箇所は,その第三巻,p.1371.に見られる。
20) 乏しい読書の範囲では,この問題について最もスタンダードな文献は,Terence Cave, *The Cornucopian Text, Problems of writings in the French Renaissance*, Oxford U.P., 1979. ではないかと思われる。
21) *Les Commentaires de Jules Cesar, op.cit.*, t. II, LLL ii r°.

第 I 部 第 3 章　第三の人,ニコラ・リシュレー

1) 以下が参照しえた註釈書のマイクロ・フィルム版である。① *Les Œuvres de Pierre de Ronsard Gentilhomme Vandosmois Prince des Poetes François*, reveues et augmentees, Barthelemy Macé, 10 vols.1610 (1609), t. I: Amours de Cassandre. commentees par M. Ant. de Muret.; Amours de Marie deux livres, le premier commenté par Remy Belleau.; Le second commenté par N. Richelet.; Les vers d'Eurimedon et de Calliree.; Sonnets et Madrigals pour Astree.; Le Printemps à la sœur d'Astree.; Sonnets pour Helene, II. livres commentez par N. Richelet.; Amours diverses.〔B. N. cote 8° Ye. 5841〕② *Les Odes de P. de Ronsard, Gentil-homme Vandosmois*. Commentees par N. Richelet Parisien. Tome deuxiesme〔恐らく,『綜合作品集』の巻数か〕, Samuel Tibout, et Rolin Baraigne, 1630.〔B. N. cote Ye. 7422〕③ *L'Hymne de la Philosophie de P. de Ronsard*, Commenté par Pantaleon Thevenin de Commercy en Lorraine. Auquel, outre l'Artifice Rhetorique et Dialectique François, est sommairement traicté de toutes les parties de Philosophie: icelles illustrées d'infinies sentences, passages et histoires: et y rappotez à tout propos les lieux plus insignes de la divine Semaine du sieur du Bartas. Jean Febvrier, 1582.〔B. N. cote Rés. Ye. 510〕　④ *L'Hymne de l'Eternité de Pierre de Ronsard*. Commenté par Nicolas Richelet Parisien. Nicolas Buon, 1611.〔B. N. cote Y.7432〕　⑤ *L'Hymne des*

Estoilles, de Pierre de Ronsard. Commenté par Nicolas Richelet Parisien, Nicolas Buon, 1617.〔B. N. cote Ye. 32397〕：マイクロ・フィルムの入手・閲覧にさいしては，駒沢大学図書館，中央大学図書館（殊に閲覧課の入矢玲子さん）のお世話になるところが大きかった。この場を借りてお礼申し上げる。また，近年復刻された註釈版には，⑥ Marc-Antoine de Muret, *Commentaires au Premier Livre des* Amours *de Ronsard*, publiés par Jacques Chomarat, Marie-Madeleine Fragonard et Gisèle Mathieu-Castellani, Droz, 1985; ⑦ Remy Belleau, *Commentaire au Second Livre des* Amours *de Ronsard*, publiés par Marie-Madeleine Fontaine et François Lecercle, Droz, 1986; ⑧ *Les Amours de P. de Ronsard Vandomois*, commentées par Marc Antoine de Muret, Nouvelle édition publiée d'après le texte de 1578 par Hugues Vaganay, H. Champion, 1910; ⑨ Ronsard & Muret, *Les Amours, leurs Commentaires*（1553）, Edition de Christine de Buzon et Pierre Marin, Préface de Michel Simonin, Postface de Jean Céard. Cahier musical（1552）présenté par François Lesure, Didier, 1999. その他，古註釈版に多くを依った現代批評版が数多刊行されているのは周知のとおり。リシュレーの註解には①を底とし，ミュレやベローの註解には原則として⑥・⑦（及び⑧）を底として用いた。但し必要に応じて，①のミュレやベローの註解（の異本文）も参考にするであろう。以上の①から⑧までの文献で，強調は筆者である。

2）ジャン・マルタンが1550年版の『オード集』末尾に註解を付した，との情報は，ローモニエの以下の一文に全面的に依拠してのものである。《併しながら，前世代のその他の詩人たちが新しい詩を擁護し，それと連帯したが，彼〔ジャン・マルタン〕はロンサールの曖昧さを残念に思った。〔…〕詩人の栄光のために帰結するであろうような重大な偏見を理解し，彼は修正をほどこそうと努め，詩人から――恐らくは抵抗があったろうが――詩集の最後に説明的な註釈を付けにする許しをえた。ロンサールの作品の最初の釈義は「オード集第一巻の幾つかの箇所への簡潔な説明」と題され，I. M. P. というサインがあった。これは，少なくともわたしたちにとって，紛れもなく，「ジャン・マルタン・パリ市民」を意味している》〔Paul Laumonier, *Ronsard poète lyrique*, deuxième édition, Hachette, 1930（1923）, p. 66〕。残念ながら，ジャン・マルタンの註解は未見。一方，クロード・ガルニエについては本書第二部第一章参照。ピエール・ド・マルカシュスについては，幾つかの人名辞典や百科事典，歴史辞典に残されている僅かな項目の範囲に記載される事柄以外，不詳。不勉強を恥じる。Antoine Adam, *Histoire de la littérature française au XVIIe siècle*, 5 vols., del Ducas, 1962. t. I. はこの時代の文学史の定番とでも称すべき文献であろうが，そこでも論述の過程で辛うじて名前を引く程度で，この二人の伝記的報告さえ為されていない。クロード・ガルニエについては，それでも，R. A. Katz, *Ronsard's French Critics, 1585-1828*, Droz, 1966. 及びクロード・フザンの大著，Claude Faisant, *Mort et resurrection de Pléiade*, Champion, 1998. に，主としてロンサールとの関係に於ける人

物像・文人像が描かれていた。クロード・ガルニエを形容する,《ロンサールの最後の弟子〔le dernier disciple de Ronsard〕》,という表現は,Frédéric Lachèvre, *Le Procès du poète Théophile de Viau*, 2 vols., H. Champion, 1909, t. I, p. 350. から採った。ラシェーヴルは『同書』「第二巻」補遺で,数十頁を割いて,テオフィルとクロード・ガルニエの確執を描いている。

3）ニコラ・リシュレーについては,各種辞典（僅かな種類に限定されようが）でも,甥のフランス語辞典編纂者,彼のピエール・リシュレーに捧げられた項目の内部で,通りすがりに触れられるに過ぎないようだ。とはいえ,読者の方々には必要のないことだろうが,例えば,Jean Lafond et André Stegmann (éd.), *L'Automne de la Renaissance 1580-1630*, Vrin, 1981. の索引の編者すら,二人のリシュレーを混同するほど（cf. pp.247 et 380）,学者の平均的な力量が衰えている現状を鑑みると,己の怠惰,己の不勉強を自己嫌悪を覚えるまでに承知している我が身ではあるけれど,モレリの『大歴史辞典』の,Richelet (Pierre) の項目の冒頭に前置きとして記された,ニコラ・リシュレー関連の事項を以下に敢えて写しておく。《リシュレー（ピエール）はパリ高等法院弁護士のニコラ・リシュレーの甥（姪かも知れない）の息子。ニコラは16世紀初頭（ママ）から法廷の仕事に携わり,名を挙げた。ロンサールの著書の一部について解説を書いている。すなわち『マリーへの恋愛詩』第二部と『エレーヌのためのソネ』,『オード集』,『讃歌集』である。彼はまた幾篇かのフランス語やラテン語の詩をものしている。それらは『ロンサール著作集』の中や,グルノーブル法院議長,クロード・デクスピイの詩作の間とか,その他の撰集の中に収められている。フォリオ判の1632年パリ版『ロンサール著作集』の第一巻の扉に上記のリシュレーの肖像画が刻印されている。その肖像画で自分がパリ出身であることが述べられており,その絵の下に次の二行詩が記されている。

Lauri habeat partem, cujus solertia toto.
Ronsardi genium supplet ab ingenio.

クロード・デクスピイが韻文の演説を送ったのも,このリシュレーである。その演説詩でこの司法官は,中傷されて,自分の最期が近いと語り,生涯の様々な断片を纏めている。この演説詩の最後,271ページ以降に,デクスピイの詩篇を読むことが出来る。1624年グルノーブル版で行政官は以下のように友人を讃えている。

リシュレーよ,聖なるグループの養い手,
このグループはパルナッソス山に住み,処女神アストレによって,
君の詩句でギリシア人やローマ人に顔色なさしめる。
君はロンサールが発見した美しい宝庫を有し,

霊感の炎で霊魂を照らし,
化粧も陶酔もない徳のあとに従いながら,
君はどう思うね, 等々。

ニコラ・リシュレーはたいへん学識があり, ロンサールの註釈に際して, 過度に学識を用いた》〔下線は筆者〕

4)「決定版」とは勿論, P. Lauminier, R. Lebègue et I. Silver (éd.), Pierre de Ronsard, *Œuvres Complètes*, 20 vols., S. T. F. M., 1914-1974. を指している。リシュレーに依拠するのは「決定版」の編者ばかりではない。cf. H. et C. Weber (éd.), Ronsard, *Les Amours*, Garnier, 1963; M. Smith (éd.), Ronsard, *Sonnets pour Helene*, Droz, 1970.; R. Aulotte (éd.), Ronsard, *Amours de Marie / Sonnets pour Hélène*, L'Imprimerie Nationale, 1985. その他。

5) ペトラルカに源泉を有する《solo e pensoso》は通常, 詩句の音綴の違いによって, フランス詩に移入される場合,《seul et pensif》, あるいは《solitaire et pensif》と訳されるケースが多く, (B) のように《seulet〔…〕pensif》という形容詞の使用はあまり見受けられないように思える。但し, 客観的なデーターはない。

6)『恋愛詩集』や『続・恋愛詩集』の註解でミュレやベローが言及・引用する古代・近代の著作に関しては, 上記註3の復刻版⑥や⑦で同定されており, その指示を頼りに, 邦語訳や仏語訳が手許にある場合には, 必要に応じてそれらを参照した。仏語訳は主として所謂ニザール版を, 邦語訳は, 中山恒夫氏編訳,『ローマ恋愛詩人集』, 国文社, 1985年 ; ペトラルカ, 池田廉氏訳,『カンツォニエーレ』, 名古屋大学出版会, 1992年, に頼った。邦訳者の方々には, この場を借りてお礼申し上げる。残念ながらリシュレーの註解にはそうした簡便な用具は存在しなかった。本来なら言及箇所・引用箇所の出典を確認してから検討に入るべきであろうが, 筆者の浅学菲才と物理的な制約のため, 非難を承知でこうした地均しをせず, 紹介に突入してしまった。ご教示を願う。

7) リシュレーの註解にはこうある。《眼差しでも素振りでも :〔*Ny d'yeux ny de semblant*〕彼女たちは外見ではきわめて穏やかだが, 霊魂は非人間的である。このようにしてわたしたちを 騙すのだ。〔//〕*Dulce de labris loquuntur, corde vivunt noxio*. 〔//〕Florid. et Catulle,〔//〕*Dulci celans crudelia forma*》〔503〕。Florid. といえば, 当然アプレイウスの佳作の題名も脳裏に浮かんでくるのだが, リシュレーが引用している文章は見当たらなかった。ご教示を願う。

8) ロンサールの註解についての研究がどの程度まで深化しているか, 専門家ならぬ筆者の与り知らぬところではあるが, Isidor Silver, The *Commentaries* of the *Amours* by Muret and Belleau: a significant body of prose recovered for Ronsard, in *Three Ronsard Studies*, Droz, 1978, pp. 109-167; Gisèle Mathieu-Castellani, Le commentaire de la

poésie (1550 – 1630): l'écriture du genre, in G. Mathieu-Castellani et M. Plaisance (éd.), *Les Commentaires et la Naissance de la critique littéraire*, Aux Amateurs de Livres, 1990, pp. 41-50. などは挙げておいた方がよいだろう。後者の論文集には，マチウ＝カステラーニの外にもかなり貴重な考察が収められている。その他，紀要論文や記念論文で首肯させられる説を展開する文献も少なくなかったが，網羅的に渉猟した訳ではないのでタイトルの羅列は控える。なお，Jean Céard, Les Transformations du genre du commentaire, in J. Lafond et A. Stegmann (éd.), *L'Automne de la Renaissance 1580-1630*, J. Vrin, 1981, pp. 101-115. は誰もが援用する論考だが，抽象に走りすぎて筆者の参考にはならなかった。それよりも同じ碩学の，Muret, commentateur des "Amours" de Ronsard, in M. Tetel (éd.), *Sur des vers de Ronsard 1585-1985*, Aux Amateurs de Livres, 1990. pp. 37-50. の方が，素朴に面白かった。

9)《翻訳の時代》，とは余りに安易な表現だが（こうした表現は何にでも用いられる），当時の翻訳一般が文学史・思想史に占める役割については，Glyn P. Norton, *The Ideology and Language of Translation in Renaissance France and their Humanist Antecedents*, Droz, 1984; Luce Guillerm, *Sujet de l'Ecriture et traduction autour de 1540*, Aux Amateurs de Livres（遊び心がある），1988. その他が参考になった。

第Ⅰ部 第4章 『テュアナのアポロニオス伝』とその註解者トマ・アルチュス

〔前記〕以下にこの案内文でとりあげる文書を挙げる。トマの註解には尤もらしく大勢の学者や教会博士，知識人の名前や図書が引かれているが，浅学菲才の身にはこれら全部に当たることは勿論，その一部にでも遭遇することは難しかった。そのため底とした文献及び本稿中の引用文や本文に出てきた人物中の，参照出来た文献（トマが使ったものでないことは殆んど確実である）を列挙しておく。

先ず底とした文献を挙げる。
① Philostrate, *De la vie d'Apollonius Thianéen* par B. de Vigenere, Bourbonnais, Abel l'Angellier, 1599. m.
② Philostrate, *De la vie d'Appollonius Thyaneen en viii Livres. De la traduction de B. de Vigenere, Bourbonnois. Revuë et exactement corrigée sur l'original Grec par Fed.Morel, Lecteur et Interprete du Roy. Et enrichie d'amples Commentaires par Artus Thomas Sieur d'Embry, Parisien,,* 2 vols., Matthieu Guillemot, 1611. m.
次にトマが使用している作品の古版・近代版・日本語訳をあげる。
① Philostratus, *The Life of Apolonius of Tyana, The Epistles of Apolonius and the Treatise of Eusebius*, with an English Translation by F.C.Conybeare, in two volumes, Harvard University Press, 1960.（中央大学図書館蔵）

② ピロストラトス,『テュアナのアポロニオス伝　1』,秦剛平訳,京都大学学術出版会,2010年。
③ *Description de L'Isle des Hermaphrodites nouvellement decouverte, Contenant les Mœurs, les Coutumes et les Ordonnances des Habitans de cette Isle, comme aussi le Discours de Jacophile à Limne, avec quelques autres pieces curieuses. Pour server du Supplement au Journal de Henri III*, Cologne, 1724. m.
④ *L'Isle des Hermaphrodites*, Edition, introduction et notes par Claude-Gilbert Dubois, Droz, 1996
⑤ *L'Anti-Hermaphrodite ou Le Secret, tant desiré de beaucoup, de l'Advis proposé au Roy pour reparer par un Bel Ordre, et legitime moyen aussi facilement, qu'insensiblement, tous les desordres, impietés injustices, abus, meschancetez, et corruptions qui son ten ce Royaume*. Par J. P. d. B. c. d. P. d. M. J. M. d. F. e. X. Jean Berjon, 1606. m.
⑥ *Mémoires-Journaux de Pierre de l'Estoile, Edition pour la première fois complète et entièrement conforme aux Manuscrits originaux, publiée avec de nombreux documents inédits et un commentaire historique, biographique et bibliobraphique* par MM. G. Brunet, A. Champollion, E. Halphen, Paul Lacroix, Charles Read, Tamizey de Larroque et Ed.Tricotel, 12 vols., Librairie des Bibliophiles, 1875-1896.
⑦ *L'Histoire du Monde de C. Pline Second Collationnee et corrigee sur plusieurs vieux exemplaires Latins, tant imprimez qu'escrits à la main, et enrichie d'annotations en marges, en marge, servans à la conference et declaration des anciens et modernes noms des Villes, Regions, Simples, et autres lieux et termes obscurs comprins en icelle. A quoy a esté adjousté un traité des poix et mesures antiques, reduittes à la façon des François, par Antoine Du Pinet, Seigneur de Noroy: et depuis en ceste quatriesme impression et derniere edition, augmenté de plusieurs nouvelles annotations fort utiles et necessaires et revue en plusieurs lieux et endroits difficiles, et encores non expliquez*, 2 vols. in 1, Robert Fouët, 1608.m.
⑧ *Histoire Naturelle de Pline avec la traduction en français. Par M. E. Littré*, 2 vols. in 1, Dubouchet et Le Chevalier, 1851.
⑨ 『プリニウスの博物誌』,中野定男,中野里美,中野美代訳,雄山閣,全三巻,昭和61年。
⑩ Herodien, *Histoire d'Herodian, excellent historien grec, traitant des faicts memorables des successeurs de Marc Aurele ā l'Empire de Rome*: Tanslatée du Grec en François par Jacques des Comtes de Vintemille Rhodien, Conseiller du Roy au Parlement de Dijon, Paris, 1581. m.
⑪ Dion [Cassius], *Des faictz et gestes insignes des Romains reduictz par Annales et Consulatz, commençant au Consulat de Lucius Cotta, et Lucius Torquatus (Durant le quel, Pompée le Grand fit guerre contre les Hiberniens et deffit Mithridates) et continuant de temps en temps*

後　註　515

　　jusques ā la mort de Claude Neron, Premierement traduict de Grec en Italien, par messier Nicolas Leonicere, Ferrarois: et depuis de Italien en vulgaire François, par Claude Desroziers, de Bourges en Berry. Avec les histoires ā chascun livre convenables, Paris, 1542,m.
⑫ Pausanias, ou *Voyage Historique de la Grèce*, traduit en François, avec des Remarques, Par l'Abbé Gedoyn, 2 vols., Paris 1731.m.
⑬ パウサニアス,『ギリシア記』, 飯尾都人訳, 龍渓書舎, 全二巻, 1991年（中央大学図書館蔵）
⑭ *The Geography of Strabo*, with an English translation by Horace Leonard Jones, based in part upon the unfinished version of John Robert Sitlington Strret, Harcard University Press, 8 vols.1960-
⑮ ストラボン,『ギリシア＝ローマ世界地誌』, 飯尾都人訳, 龍渓書舎, 全二巻, 1994年（中央大学図書館蔵）
⑯ Diodore Sicilien, *Histoire* traduite de Grec en Francois. Les premiers livres par M.Robert Macault, Secretaire du Roy et gentil-homme de sa Chambre. Et les autres sont traduits par M.Jacques Amyot, Conseiller du Roy, Evesque d'Auxerre, et grand Aumosnier. Reveuë et enrichie de Table et Annotations en marge, par M.Loys Le Roy, Paris, 1585.m.
⑰ Diodore de Sicile, *Histoire Universelle*, traduit en François par Monsieur l'Abbé Terrasson, 7 vols, Paris, 1737-1744.m.
⑱ Diodore de Sicile, *Bibliothèque Historique*, traduction par Fred.Hoefer, 4 vols, Hachette, 1865 (deuxième édition)
⑲ ディオドロス,『神代地誌』：ポンポニウス・メラ,『世界地理』：プルタルコス,『イシストオシリス』飯尾都人訳, 龍渓書舎, 全二巻, 1996年（中央大学図書館蔵）
⑳ Pomponius Méla, *Œuvres Complètes*, Avec la traduction en Français sous la direction de M.Nisard, Dubouchet, 1845
㉑ Ovide, *Œuvres Complètes*, Avec la traduction en Français sous la direction de M.Nisard, Dubouchet, 1838
㉒ オウィディウス,『変身物語』, 中村善也訳, 全二冊, 岩波文庫, 1981-1984年
㉓ *Suétone, Les Ecrivains de l'Histoire Auguste, Eutrope, Sextus Rufs*, avec la traduction en Français, publiés sous la direction de M. Nisard, Firmin Didot Frères, 1865
㉔ スエトニウス,『ローマ皇帝伝』, 国原吉之助訳, 全二冊, 岩波文庫, 1986年
㉕ Deny d'Hallicarnasse, *Les Antiquitez Romains*, traduite du Grec par Gabriel François de Jay, de la Compagne de Jesus, avec des Notes Historiques, Critiques et Geographiques, 2 vols., Gregoire Dupuis, 1722. m.
㉖ Tite-Live, *Les Decades, qui se trouvent, mises en langues Françoise: La premiere, par Blaise de Vigenere Bourbonnais: avec des annotations et figures pour l'intelligence de L'antiquité*

Romaine: plus une description particuliere des leux: et une Chronologie generale des principaux Potentats de la terre; La tierce, touurnee autrefois par Jehan Hamelin de Sarlac: et recentement recourée et amendée Presque tout de neuf: Le reste, de la traduction d'Antoine de La Faye, Paris, 2 dols., 1588. m.

㉗ Tite-Live, *Œuvres (Histoire Romaine)*, avec la traduction française, publiées sous la direction de M. Nisard, Firmin-Didot, 2 vols., 1877.

㉘ 『ホメーロスの諸神讃歌』,沓掛良彦訳註,平凡社,1990年

㉙ アポロニオス,『アルゴナウティカ―アルゴ船物語』,岡道男訳,講談社文芸文庫,1997年

㉚ エウリピデス,『アルケスティス』,『ヒッポリュトス』,松平千秋訳,『ギリシア悲劇全集 III および IV』,人文書院,昭和35年

㉛ Lucrèce, Virgile, Valérius Flaccus, *Œuvres Complètes*, Avec la traduction en Français sous la direction de M.Nisard, Dubouchet, 1843.

㉜ ウェルギリウス,『アエネーイス』,岡道男・高橋宏幸訳,京都大学学術出版会,2001年

㉝ ウェルギリウス,『牧歌/農耕詩』,小川正廣訳,京都大学学術出版会,2004年

㉞ *Les Vies des Hommes Illustres Grecs et Romains comparees l'une avec l'autre par Plutarque de Chæronee; Translatees par M.Jacques Amyot Conseiller du Roy, etc. par luy reveuës et corrigees: Avec les Vies d'Hannibal et de Scipion l'Africain, traduites de Latin en François par Charles de l'Escluse. Plus les Vie d'Epaminondas, de Philippus de Macedoine, de Dionysius l'aisné tyran de Scile, d'Auguste Cæsar, de Plutarque et de Scenecque. Item vies des excellens Chefs de guere, escrites par Æmylius Probus*, 2 vols. Jacob Stœr, 1621. m.

㉟ プルタルコス,『英雄伝 1』,柳沼重剛訳,京都大学学術出版会,2007年

㊱ 『プルターク英雄伝』,全12冊,河野与一訳,岩波文庫,昭和31年.

㊲ Polybe, *Histoire*, nouvellement traduite du Grec par Dom Vincent Thuillier, Avec un commentaire ou un corps de science militaire, enrichi de notes critiques et historiques, 7 vols., Amsterdam, 1774. m.

㊳ Polybe, *Histoire*, Edition publiée sous la direction de François Hartog, Texte traduit, présenté et annoté par Denis Roussel, Gallimard, 2005

㊴ ポリュビオス,『歴史1-4』,城江良和訳,京都大学学術出版会,2004-2013年

㊵ Francesco Colonna, *Hypnerotomachia Poliphili (Venetiis, Aldo Manuzio, 1499)*, with an Introduction by Peter Dronke, Las Ediciones del Pórtico, 1981

㊶ *Le songe de Poliphile, Fac-similé de la première édition française de 1546 avec les bois attribuéds à Jean Goujon d'après l'école de Mantegna* présenté par Albert- Marie Schmidt, Les libraires Associés, 1963

㊷ Francesco Colonna, *Le Songe de Poliphile, Traduction de l'Hypnerotomachia Poliphili par*

Jean Martin (Paris, Kerver, 1546), Présentation, transliteration, notes glossaire et index Gilles Polizzi, Imprimerie Nationale, 1994

㊸ *Natalis Comitis Mythologiae sive Explicationis Fabularum Libri Decem*. Ex Typographis Pauli Frambotti, 1637. m.

㊹ *Mythologie c'est à dire, Explication des Fables: contenant les analogies des Dieux, les cérémonies de leurs sacrifices; Leur gestes; adventures, amours: Et Presques tous les precepts de La Philosophie naturelles et morales, Extraite de Latin de Noel Le Comte, et augmentee de plusieurs choses qui facilitent l'intelligence du sujet, par I. D. M.* 〔Jean de Montlyard〕, Paul Frelon, 1597. m.

㊺ *Oeuvres Complètes de Saint Augustin évêque d'Hippone Traduites en Français et annotées par MM. Péronne, Ecalle, Vincent, Charpentier, Barreau, Le Texte Latin et Les Notes de l'Edition des Bénédictins*, tt. XXIII-XXIV, Louis Vivès, 1873

㊻ 『アウグスティヌス著作集』第Ⅰ期及びⅡ期, 1979年〜 (刊行中), 教文館

㊼ アウグスティヌス, 『神の国』, 服部英次郎・藤本雄三訳, 全5冊, 岩波文庫, 1982-1991年

㊽ 『聖書 旧約聖書続編つき』, 日本聖書協会, 2014年

㊾ 『ユディト記』, 土岐健治訳, 『聖書外典偽典 1 旧約外典Ⅰ』所収, 教文館, 1975年

㊿ 高津春繁, 『ギリシア・ローマ神話辞典』, 岩波書店, 1960年

以下多数の引用文が連なるが, その一つ一つについては多くの場合, 特に後註をつけず, 特にヴィジュネール訳のピロストラス『テュアナのアポロニオス伝』に付されたトマの註釈については 〔 〕 内で巻数をローマ数字で, ページ数を算用数字であらわすものとする。註解に添えられた見出しについては 〔補註：○○〕 として引用文中に収めた。

〈追記〉本稿を認めたのちに, ピロストラスとトマについての電子テクスト版が幾篇か入手できた。今後の参考のため, タイトルをあげておく。

1. *La Suite de Philostrate, par Blaise de Vigenère Bourbonnais [Les Images ou Tableaux de Platte Peinture du Jeune Philostrate]*, Abel Langellier, 1597. Facsimile Publisher, India, 2016.
2. *Les Chroniques & Annales de Poloigne. Par Blaise de Vigenere, Secretaire de feu Monseigneur le Duc de Nyverernois*. Paris, 1576 (Facsimile). India. s.d.
3. *Histoire Generale des Turcs contenant l'Histoire de Chalcondyle, traduitte par Blaise de Vigenere, avec les Illustrations du Mesme Autheur. Et continue jusques l'An 1612 par Thomas Artus*, 2 vols. Paris, 1662, Facsimile Publisher, India, 2016.
4. *Histoire de la Decadence de l'Empire Grec, et Establissement de Celuy des Turcs par Chalcondyle Athenien. De la Traduction de B.de Vigenere Bourbonais, & illustré par luy de*

curieuses recherches trouvées depuis son deceds. Avec la continuation de ls mesme Histoire depuis la ruine du Pelponese jusques a l'An 1612. Et les Considerations sur icelle; ensemble les Eloges des Seigneurs Othomans. Par Artus Thomas, Sieur d'Ambray et depuis continuée par F. E. du Mezeray, 2 volsRouen, MDCLX (Facsimile), India, s.d.

*

註

1) Balteau, Barroux et Prévost (dir.), *Dictionnaire de Françaíse*, t. III, Le Touzey et Ane, 1939, cols. 1220-1221.

ついでながら，幾つかの人名事典・歴史辞典，その他に現れるトマの伝記・評価も纏めておこう。

手許の史料でご勘弁戴くとすると，まず1606年の『反両性具有者たち（…）』の著者ジョナタス・プチ・ブレティニは同定を一切行なっていない。

時代は百余年ほど跳んで，1724年に上梓された『両性具有者たちの島の描写』のまえがきから。《〔…〕国王アンリ4世はこの本を読ませられ，如何にこの本が奔放かつ過度に大胆に書かれているにしても，とはいえご自身はアルチュス・トマと名乗る著者を探し出そうとは思わない。真実を述べた人物を苦しめることは良心を咎めるのでと仰った》〔読者へ〕。

1744年に刊行されたピエール・ド・レトワルの『日記』「アンリ3世篇第四巻　付属資料篇」冒頭に収録された『両性具有者たちの島の描写』の最初の註で《この自称『〔両性具有者たちの島の〕描写』はアンリ3世治世下の統治，及びその寵臣たちの軟弱さと女性化した暮らしぶりの諷刺書である。この著作は，従って，ゴドフロワ殿が告げたように，トマ・アルチュスの手になるもので，本当のところ，この著書は才気溢れるこの著者について何も明かしてはいないが，わたしが思うにそれはアンブリー領主トマ・アルチュスと同一人物で，1616年にパリで，四折版にて印刷された，ブレーズ・ド・ヴィジュネールがギリシア語から翻訳したピロストラトスの『テュアナのアポロニオス伝』に付した註解で自らをパリ人と名乗っている。わたしたちはこの同じトマ・アルチュスに，カルコンデュロスの『トルコ史』の翻訳という，何事かを負うている。この人物は学識者であった。何時歿したか不詳であるが，目下のところ彼が表舞台に登場したか知るだけで十分である。それは恐らく1600年からおよそ1620年にかけてであった。併しこの小冊子をより分かり易くするために，ここに幾つかの簡単で簡潔な註を加えることをお許しいただき大層すればわたしが刊行するこの新しい版の最初の二巻の『〔レトワルの〕日記』を読むであろう向きには十分であろう》〔IV 3-4〕。

同じ18世紀（1759年）の刊本であり，年代も『レトワルの日記』とそれほど隔たっ

後　註　519

ていないためか，モレリ『大歴史辞典』最終版（全十巻）の記述でも，若干の補足はあるものの，事情は然程変わっていない。むしろ二人のトマ・アルチュス（つまり，アルチュス・トマとトマ・アルチュス）が実在するかのような口吻である。

《トマ（アルチュス）このひとはフランス国王アンリ3世とアンリ4世の時代の著述家である。彼は『新たに発見された…両性具有者たちの島の描写』と銘された諷刺書によってのみ知られている。彼はその著作でアンリ3世の宮廷の無秩序を聊か度を越えて写実的に描いている。その他の点ではこの諷刺書は創意に富んでいる。この書物は1605年の初期に印刷され，最初は非常な高額で販売された。アンリ4世がこの書物を読ませ，著者をお知りになろうと望まれた。併し国王は著者を探し出そうとは望まれず，またその者を不安にさせようとも欲せられず，「真実を言ったがために一人の人間に辛い思いをさせることになるのに気付いたので」と国王は仰った。この諷刺書はその他の幾篇かの作品とともに，『アンリ3世治下の日記』の補遺に使われるため，十二折判で1724年にフランスで再刊された。この新しい刊本とピエール・ド・レトワルによる『アンリ4世治下の日記』「第二巻」，75ページを参照せよ。1744年にラングレ師が上梓した『アンリ3世治下の日記』の版の第四巻にこの諷刺書を再録したとき，その著者はアルチュス・トマではなくトマ・アルチュスであると主張している。師はこの人は，1611年にパリで四折判で刊行された，ブレーズ・ド・ヴィジュネールがピロストラトスのギリシア語版から翻訳した『テュアナのアポロニオス伝』に施した註解でパリ出身と自称しているアンブリー領主，トマ・アルチュスと同一人物だと思っている。カルコンデュロスの『トルコ史』の翻訳における同じトマ・アルチュスと同じような処が何かしら見出される。最初の諷刺書に次いで刊行された韻文散文混交体の，非常に出来の悪い『ジャコフィルからリンヌにあてた話』（★）も同じ著者に帰せられている》。
（★）わたしたちが参照したのは Pierre de l'Estoile. *Journal de Henri III*, Nouvelle Edition, 4 vols., La Haye et Paris, t. 4, 1744. m. 所収のもの。

時代が一世紀ほど飛ぶと情報量も増えてくる。初版ミショーの『世界人名事典』の正編・続編の何れにも項目を立てられてこそいないが，正編「ヴィジュネール」の項目に「アルチュス・トマ」という長大な註釈が施されている。

《アルチュス・トマ　アンブリー領主でラングレ＝デュフレノワが誤って『トマ・アルチュス』と呼んだ人物であるが，16世紀の中葉，パリの身分ある家庭に生まれた。彼の暮らしぶりの情勢は分からないが，1614年に未だ存命であったことは確かだ。ヴィジュネールの熱烈な讃美者で，甚だ平板なエピグラムをつけた，ヴィジュネール訳のピロストラトスの『図像』の新しい版は彼の功績である。彼は「序文」

と膨大な註解とともに『テュアナのアポロニオス伝』の新しい版の四折判を1611年にパリで出版した。最後にニコラオス・カルコンデュロスの『トルコ史』の翻訳を1612年まで続けた。レトワルは『アンリ4世治下の日記』(1605年4月) に於いて『両性具有者たちの島の描写』をこの人に帰している。この小冊子はバルビエが宣言しているように (『匿名辞典』3519番) 刊行されなかったのではない。それは〔レトワルの『日記』の〕1741年版「第三巻」、278ページに載っている。併し甚だ興味深いことに、読者はこの小冊子をこの箇所に見出しても残念に思わないであろう。《両性具有者たちの島》という書物は印刷されると同時に刊行され、パリで発売されていたが、貪欲な書店主が好奇心の強い人々に売るのを大目に見、そうした人々には10スー以上の価値をもたないのに、20エキュにまで支払わせた。わたしは或る書店主に同額の値段を支払った人物を一人知っている。この小さな攻撃文書は (よく出来ていることは出来ているのだが)、この架空の島に名を借りて、宮廷の不敬虔で悪徳に染まった風俗と振る舞いぶりを露呈させ、フランスが、嘗ては名誉あるアカデミーにして徳の発祥の地であったのに対し、今やあらゆる悪徳、悦楽、無思慮の巣窟にして隠れ場であることを明らかに見せてくれる。国王 (アンリ4世) は閲覧したいと欲せられ、ご自身のために朗読させられ、聊か放縦で度を越えて大胆だと思われたが、その著者の名前、『アルチュス・トマ』を知るだけで満足された。国王はこの男を探し出すことをお望みにならなかった。「真実を言ったがために一人の人間に辛い思いをさせることになるのに気付いた」と王は仰った》。レトワルの権威にも拘らず、プロスペル・マルシャンはこの創意に富んだ諷刺書がかくも出来の悪い著述家の作品でありうるとは考えていない。彼はもう一篇の、『両性具有者たちの島』に後続する、アルチュス・トマのような衒学者の筆によるものでしか有り得ない、ろくに撰択もせず度を弁えない引用を散りばめられた寓意『ジャコフィルからリンヌにあてた話』が彼のものだということにも反論しない。(プロスペル・マルシャンの『匿名辞典』の『両性具有者たちの島』の項目を参照せよ)》

ミショーの後を受けて刊行された、これも19世紀を代表するウフェールの『万有人名事典』も更に新しい情報を付け加える。

《アルチュス (トマ、アンブリー領主)　フランスの文筆家。16世紀の中葉に生まれる。歿年不詳。その生涯については、貴族の家系の末裔だということ以外知られていない。アルチュスはブレーズ・ド・ヴィジュネールの友人であり、大変な讃美者だった。ヴィジュネールはギリシア・ラテンの翻訳者として知られている。その翻訳にはブレーズ・ド・ヴィジュネールがフランス語訳し、アンブリー領主アルチュス・トマがそれぞれにエピグラムを付した『二人のピロストラトスの図像もしくは平塗りの〔つまり浮彫もしくは凹彫でない〕絵画及びカリストラトスの彫像』、パ

リ。1609年，フォリオ判，1614年（15年？），フォリオ判，1629年，フォリオ判，1637年，フォリオ判。——ブレーズ・ド・ヴィジュネールによるギリシア語からの翻訳でアルチュスにより1612年まで継続された等々の，ピロストラトス『テュアナのアポロニオス伝』，パリ，1620年，一巻本，フォリオ判，1650年，二巻本，フォリオ判。——『両性具有者たちの島の描写』，これは先行する作品よりも巧みに執筆され，レトワルにより彼に帰せられている。この書物は当時フランスの宮廷を統べていた風俗の忠実な描写だと思われる。アンリ4世はこの本を朗読させられ，幾つかの辛辣な真実に不快に思われたにも拘わらず，邪念なく作者の名前を尋ねるだけで満足された。幾人かの批評家は『両性具有者たちの島』がアルチュスのものであることを否定しており，逆に数年のちに出版された凡庸な寓意，『ジャコフィルからリンヌにあてた話』を帰している》

最後にバルビエの『匿名辞典』から『両性具有者たちの島』について。

《『新たに発見された両性具有者たちの島の描写』（アンブリー領主アルチュス・トマ作），ケルン（ブリュッセル，フォッペンズ書店），1724年，八折判。プロスペル・マルシャンはその『歴史批評辞典』の「両性具有者たち」の言葉でこの作品をアンブリー領主から切り離すのに大変苦労した。以下に事実を証明する抜粋でわたしの手許にある「ピエール・ド・レトワルの手稿覚書」の一節をあげる。「1605年4月。——この頃大胆だがよく出来た一冊の本が作成された。その中で，両性具有者たちがいる架空の島に名を借りて，宮廷のあらゆる悪徳が難じられてる。国王は朗読させられ，アルチュス・トマという著者の名前をお知りになり，その者を脅かさないように欲せられ，真実を語ったがために一人の人間を苦しめることは良心に咎めを覚える，と仰った」。『アンリ3世治下の日記』，第四巻，1744年版，全五巻，八折判に再録されている》。

因みに各種辞典で引かれているレトワルの『日記』の本文は以下の通り。

《この同じ時期に『両性具有者たち』の本が印刷・刊行され，この同じ月〔1605年4月〕パリで見受けられた。パリでは当初好事家たちの手に渡り，10ソルの値打ちしかないはずなのに，2エキュで販売されるまでになった。わたしは宮殿の書店で同額の支払いをした者を一人知っている。この小冊子の攻撃文書は（かなりよく出来たものだが），この架空の島の名の許に宮廷の不敬虔で悪徳に染まった風習と行動様式を露わにし，フランスがかつては名誉ある学寮で養成所であったのに，今やあらゆる悪徳と，逸楽と無思慮の隠れ家にして避難所となっていることを明らかに示している。国王はこの本を知りたいと欲せられ，朗読させられ，それを聊か過度

に放縦で大胆であると思われたものの、アルチュス・トマという著者の名前を知るだけで満足され、その者を探索することを望まれなかった。真実を語ったがために一人の人間を苦しめることは良心に咎めを覚えると仰ったのである》〔Pierre de l'Estoile, *Mémoires-Journaux*, éd. Brunet et alii, t. VIII, 180〕

2) Philostrate, *Les Images ou tableaux de platte-peinture, Traduction et commentaiere de Blaise de Vigenère, (1578)*, Présenté et annoté par François Grazini, Champion, 1995, t. II, pp. 979-980. 特に「第二巻」の巻末に添えられた写真版を参照。

3) Philostrate, *De la vie d'Apollonius Thianéen*, par Blaise de Vigenère, Paris, Abel L'Angellier, MXCIX. m. 因みにトマはこの「第一章」が当の伝奇的歴史書の根本〔fondement〕と呼んでいる〔I-22〕。

4) Cf. *Les Vies des Hommes Illustres Grecs et Romains, Comparees l'une avec l'autre par Plutarque de Chæronee. Translatees par M.Jacques Amyot Conseiller du Roy, etc, par luy revues et corrigees*, 2 vols, Geneve, 1621, t. 1., p. 491 et suiv.

5) *Aphtonii sophistæ Progymnasmata*. Amsterodami, Apud Lud.Elzevirium, 1649. m., p. 6 et suiv.

6) 仏訳、320ページ。ラテン語原著、182ページ (g)‐(d)。

7) 仏訳、440ページ。ラテン語原著、252ページ (d)。ウェルギリウス、『牧歌/農耕詩』、小川正廣訳、京都大学学術出版会、2004年、77ページ。

8) *Hypnerotomachie ou Discours du Songe de Poliphile*, Nouvellement traduit de langage italien en Français〔par Jean Martin〕, Paris, 1546, f. 16⁰ (Club des Libraires de France, 1963). 但し論者が通読したのはこのリプリント版ではなく、現代の活字に起こされた Francesco Colonna, *Le Songe de Poliphile*, Traduction de l'Hypnerotomachia Polipili, par Jean Martin, Imprimerie Nationale, 1994. である。尚該当箇所は、同書58ページに見られる。

9) ウェルギリウス、『アエネーイス』、岡道男・高橋宏幸訳、京都大学出版会、2001年、103ページ。但しトマの仏訳を出来るだけ忠実に和訳すれば以下のようになる。
《不吉な糸杉と
群青色の悲しみの装飾品とに縁どられて
建立された聖なる祭壇によって彼の影は讃えられる》

10) プリニウス、『博物誌』、中野定雄・里美・美代訳、昭和61年、全三巻、雄山閣、第二巻、683ページ。

11) 同上、752ページ。

12) アポロニオス、『アルゴナウティカ』、岡道男訳、講談社学術文庫、1997年、111ページでは「だが海の/いちばん奥に着くまで船を進めるがよい。/そこにはキュタの地を貫いて〔…〕」とある。

13) ストラボン、『ギリシア・ローマ世界地誌』、飯尾都人訳、龍渓書舎、全二巻、1994

年，第二巻，「第十巻」第五章19，893ページ。

14) トマは註釈の中で一度，デュ・ベレーによるウェルギリウスの『アエネイス』「第六歌」〔vv.43-51〕の仏語訳を紹介している〔II 730〕。因みにここでもデュ・ベレーの仏訳詩を紹介する論理的必然性はなく，トマが16世紀の知的グループと懇意であったことを傍証する役割を果たしていると思われるが，16世紀における翻訳の課題の一端の徴ともなると思われるので，この註の最後に挙げておく。問題の詩句の邦訳は以下のとおり。「一行が入り口に着くと，乙女の巫女は言った。『いまこそ運命を/尋ねるときだ。神だ，見よ。神が』。門扉の前で，このように/語るあいだに，突如，巫女の相貌が変わる。顔色も同じではない。/結い上げた髪もそのままではなかった。胸は喘ぎ，/激しい狂乱が心臓を膨らませる。体が大きくなったように見え，/人間のものではない声を出す。いまや神の息吹を受けていたからだ。/もう神はすぐ近くに来ていた」〔ウェルギリウス，『アエネーイス』，前掲書，pp. 244-245〕。デュ・ベレーの仏訳の邦訳を示すと以下の如くである。

《今や門口の処にいた。その時大声で
乙女が，遠い将来についての回答を
今こそ得なければならないと言ったのだ。
ここに神が，ここに神がいらっしゃる。
扉の前でこのように叫びながら，
彼女の顔は以前の表情でなく
逆立つ髪を同じ色で彩っておらず
頭上で収まってはいなかった。
それどころかその胸は怒りで喘ぎ
恐ろしくも彼女の勇気を大きくせる。
この怒りは甚だしい形状を彼女に齎し，
彼女の舌は最早死すべきものの何事も発しない。
そのとき神は彼女の膨れた胸のうちに
その神聖さをより傍で息を吹きかける》

15) 以下に「第六巻」の「宦官」に付した註を訳出する。どれだけトマが脱線するか見て取れるだろう。《これ以後何者も去勢さるべからず。この伝記の「第一章」第19節にこれらの宦官の豊富な註釈があるので，読者は参照して戴きたいし，そこでわたしはこのドミティアヌス帝の勅令を報告した。けれども宦官を愛していた弟のティトゥスを軽蔑してこの勅令を作ったということを付け加えておこう。ディオンはその『伝記』でこう言っている。「シカシティトゥスモマタ宦官ヲ寵愛シタ。ニモカカワラズコノ者ノ傲岸不遜，ソノ他ノ所業ユエニ，その後将来ニワタッテロー

マ帝国領内デ誰デアロウト去勢サレテハナラナイト，コレヲ禁ジタ」。これはスエトニウスがこの皇帝の伝記〔『ローマ皇帝伝』「ティトゥス」〕第七項で確言しているところでもある。さらに同じ項目で彼はワインが大量にあり，麺麴が不足しているために，人々が土地を耕すより，葡萄を生育するのに努めているからだと考え，ティトゥスはそれ以降イタリアで新しい葡萄の木をもう植えてはならず，属州においては葡萄は根本で切るようにさせた。併しながら彼はこの勅令の実功には執着せず，これは耕作を放棄しもっぱら葡萄を栽培するからで，このことは『アンリ4〔または3〕世法典』「第一部」「第十巻」6条「ワイン政策について」4項に見られるように，わたしたちの国王たちによっても禁じられた。従ってこれは農地を去勢することではなく，寧ろ農地が生活のために最も必要なもの，即ち小麦を奪われないようにするためなのである。これに加えて，ピロストラトスがここで語っているこれらの人々は大いにワインに耽溺したから，禁ずる理由があったのである。併しこの禁令がキリスト教の誕生と時を同じくして発令されたということは括目すべきことではない。キリスト教はワインを作っているからである。預言者ザカリアは処女たちをもうけ，葡萄ノ新芽ガ子孫ヲ生ム，と預言していた。救い主たるイエスはその貴重な血で大いにあらゆる淫行を滅し去り，大いに官能の刺激を弱められたので，このバッコスの根源は，農地が放蕩を去勢されてしまった所為で，生まれの良い霊魂に対してはもう権力を持ちえなくなっている。従って最早，バッコスナクシテウェヌスハ力ヲ持タナイ，という必要もないのである。この考えは本当を言えばわたしのものではなくて，彼のあらゆる学問において博学にして博識な人物，彼の卓越した法学者，聖ユーグ・ド・レトルから学んだものである。この方はローマでもヴェネツィアでも故国王アンリ3世のために素晴らしい無数の任務を果したのち，最近の内乱の間シャローンでわれわれの偉大な国王アンリのために検事総長となり，この国王の王冠のために偉大にして著名なご奉仕をされ，今ではラングル市で総奉行のお勤めを果しておられる。この方は数日前，当代の出来事について甚だ博学なフランス語の演説をなさったが，そこにはわたしが述べたのと同じ考えが限りなく存在するのが見て取れよう。この方との交友はその教理と同じくその敬虔さの故にも際限なく貴重であるので，これらのわたしの労力のうちでこの方との会話から引き出した有益さについて公けの証言をしなければ一種の忘恩になるであろう。だがこの〔章の〕註解を閉じるまえに，わたしはアポロニオスの慢心を指摘せずにおく訳にはいかない。彼は自分がこの世で唯一の童貞だと思いこんでいるが，彼はかくも多くの処女たちが花咲き，彼女たちは贖い主イエスの栄光と，自分たちがイエスに捧げた操を守るために殉教を耐え忍びさえしたのである。自分のものに匹敵する徳も，敬虔さも，厳格さも，学問もこの世には存在しないとこの哲学者を説得しているのは，傲慢である》〔II 435-436〕

16) ここで引用された悪魔学のうち参照しえた文献を挙げておく。勿論トマがこれらの

版を底本としたという心算はない。勿論悪魔額の頂点といえば,一世紀を隔てたトマス・ベッカーであろうが,時代錯誤を犯す心算はない。
1. *De la Demonomanie des Sorciers, revuu, corrigé et augmenté d'une grande partie* par J. Bodin, Angevin, Jacques du Puys,, 1587 (Gutenberg Reprints 1979)
2. Henry Institoris et Jacques Sprenger, *Le marteau des Sorcières, Malleus Maleficarrum*, 1488, Traduit du latin et précédé de *l'Inquisiteur et ses serviteurs* par Armand Danet, Jérome Millon, 1973.
3. *Histoires, Disputes et Discours des illusions et impostures des Diables, des Magiciens, Sorcieres et Empoisonneurs. Des Ensorciez et Demoniaques et de la Guerison d'iceux: Iem de la Punition que meritent les Magiciens et Empoisonneurs et les Sorcieres. Le tout compris en six livres* Par Jean Wier/ *Deux Dialogues touchant le pouvoir des Sorcieres et de la punition qu'elles meritent* Par Thomas Erastus, 2 vols, Delahaye et Lecroisnier. 1881.
4. *Disquisitionum Magicarum Libri Sex, in Tres Tomos Partiti, Auctore Martino Del Rio*, Venetiis, MDCVI.m. 但し論者はラテン語が出来ないので次の仏訳に頼った。*Le Cotroverses et Recherches Magiques de Martin Del Rio P. et Doct. De la Compagnie de Jesus, Divisees en Six Livres, Auquels sont exactement & doctement confutees les Sciences Curieuses, les Vanitez & Superstitions de toute la Magie. Avecques la Maniere de Proceder en Justice contre les Magiciens & Sorciers, accomodee à l'instruction des Confesseurs, Œuvres utile et necessaire à tous Theologiens, Jurisconsultes, Medecins, & Philosophes.* Traduit & abregé du latin par André Du Chesne Tourangeau. Paris, M. DCXI. m. また次の英語抄訳版にも多く依存した。Martín Del Rio, *Investigations into Magic*, Edited and translated by P. G. Maxwell-Stuart, Manchester University Press, 2000.
5. P. Loyer, *Discours et histoire des spectres , visions et apparitions des Esprits , anges, demons et âmes se monstrant visibles aux hommes. Divises en 8 livres. Esquels par les visions merveilleuses et prodigieuses apparitions aveniies en tous siècles, tirées et recueillies des plus célèbres autheurs tant sacrez que prophanes, est magnifistée la certitude des spectres et visions des Esprits et sont baillées les causes des diverses sort d'apparitions d'iceux , leurs affects, differences et les moyens pour reconnaître les bons et mauvais et chasser les demons. Aussi est traicté des extases et ravissemens, plus des magiciens et sorciers de leur communication avec les malins esprits, ensemble des remèdes pour se preserver des illusions et impostures diaboliques*. N. Buon, 1605. mihi.

17) 因みにこの註釈が付された章には邦訳がある(邦訳では「第三巻」第38章)。秦剛平氏の名訳を紹介しよう(誤記と思われる箇所を勝手ながら訂正させて戴いた)。ゴシック体の部分が上記の註釈箇所の導入部にあたる。

《これらの討論中,使いの者が治療を必要としているインド人たちを連れてき

たので，賢者たちの話は中断された。// 使いの者は息子のために嘆願する女を引き出した。彼女によれば，息子は16歳だったが，二年間に亘り怨霊に取り憑かれていた。怨霊の性格は陰険で，偽りの霊であった。// 賢者の一人が何を証拠にこんなことを言うのかと尋ねると，彼女は答えて言った。// 「**この子は見た目には可愛い子ですが**，怨霊に見染められてしまったのです。怨霊は彼が頭を使うことも，学校や，弓の稽古に行くことも，家にいることも許さず，彼をこの地方の荒れ地に連れ出すのです。わが子はもはや自分の声を持たず，男たちのような野太い声で喋るのです。彼は自分の目というよりも誰か他の人の目で世界を見ております。わたしはこのため泣き明かしており，髪の毛をむしゃくしゃと搔いております。わたしは何時も諫めますが，彼はわたしが誰であるか分からないのです」。// 女は続けた。// 「わたしは一年前にこちらに来ようとしました。すると，怨霊はわが子を通訳に使って，自分の正体を明らかにしました。彼は自分がかつて戦争で死んだ男の怨霊であると申しました。彼は死んでも未だ自分の妻を愛しておりましたが，女は別の男と結婚し，死後3日目に結婚の絆を蔑ろにしました。彼によれば，以後，彼は女たちの愛を呪い，自分の愛の行き先を少年に変更したというのです。そして彼は，もしわたしが彼をあなた方の前に訴えなければ，わが子に多くの素晴らしい贈り物を贈ると約束したのです。わたしはこの言葉に少しばかり心を動かされましたが，彼は既に長いことわたしにたいしてこの約束を果たしてはおらず，そればかりか，わが家の唯一の主人であるかのように振る舞い，中庸や真理については何も考えておりません」。// 賢者が少年が近くにいるのかと尋ねると，女は答えて言った。// 「いいえ。彼が来るようにあらゆる手を尽くしましたが，怨霊はわたしを『絶壁から突き落とす』とか『穴に投げ込む』と言ってわたしを脅し，もしわたしがこの場所に息子のために訴えを持ち出せば，わが子を殺すと言って脅かしたのです」。// 賢者は言った。// 「勇気を出すのです。怨霊はこれを読めば息子さんを殺したりはしません」。// 彼はポケットから手紙を取り出すと，それを女に与えた。手紙は威嚇の文言と叱責の文言で亡霊に語りかけたものだった》〔257-259〕

18) *Le Banquet et Apresdinee du Conte d'Arete, où il se traicte de la dissimulation du Roy de Navarrre, et de mœurs de ses partisans.* Par M. Dorleans advocate du Roy au Parlement de Paris, Guillaume Bichon, 1594. m.

19) *La Plante humaine sur le trespass du Roy Henry le Grand*, par Louys Dorleans, Claude Morillon, 1612. m. 尚次の制度史に関わる著作も当時の王権の政策の後押しをするものだろう。*Les ouvertures des Parlements, faites par les Roys de France, tenant leur lict de Justice: Auquelles sont adjoustees cinq Remonstrances, autrefois faictes en icelles au Parlement de Paris, Revuës et augmentés de beaucoup sur chacun Chapitre,* par Loys

D'Orleans, Guillaume Des Rues, 1612.m. *(Les ouvertures des Parlements, faites par les Roys de France, tenant leur lict de Justice: Auquelles sont adjoustees cinq Remonstrances, autrefois faictes en icelles au Parlement de Paris,* par Loys D'Orleans, Simon Rigaud, 1620, m.), etc.

第Ⅱ部 第1章 ロンサール『ラ・フランシヤード』の影:クロード・ガルニエ
※ この章に限ってはごく小文なので註の形をとらず参考文献を挙げるに留めさせていただく。

① Claude Garnier, *Livre de la Franciade, A la suite de celle de Ronsard, Dediée à Monseigneur le Dauphin*, s. l,. 1604, BN cote Ye 7561. microfilm; id. *Complainte des Nymphes de S. Germain des Prez et de S. Clou, sur le trespas de Mr de Gondy Chevalier d'honneur de la Royne, Dediée à Monsieur le Baron de Gondy son fils*, Paris, 1604, Harvard U. Library, microfilm: id, *Discours sur la paix de Sedan*, Poictiers, 1606(?), Harvard U. Library, microfilm; id. *Tombeau de tres-haut, tres-auguste et tres-invincible prince Henry le grand roy de France et de Navarre*, Paris, 1610, Princeton U. Library, photocopie; id. *Libre Discours sur les Miseres du temps present, à Monsieur de BEAUVAIS-NANGIS, Chevalier de l'Ordre du Roy*, Paris, 1615, BN cote Lb 36 572, microfilm; id, *La Muse infortunee Contre les froids amis du temps, à Monsieur Des Yveteaux Precepteur du Roy*, s. l., 1624, BN cote Ye 23042, microfilm; id. *Les Comparaisons Royales, à Monseigneur le Cardinal de Richelieu*. Paris, 1627, microfilm.

② *Les Œuvres de Pierre de Ronsard, Volume Second*, Paris, 1623, microfilm. *Discours des Miseres de ce temps. Dediez à Catherine de Medicis, Royne Mere des Roys François II. Charles IX. et Henry III. Avec un esclaircissement des choses plus difficiles. Par le Sr Claude Garnier*, pp. 1531-1404; Cl. Garnier, *Ode pindarique contre les medisans des Oeuvres de Ronsard*, pp. 1726-1728.

③ Pierre de Ronsard, *Œuvres Complètes*, 20 vols., éd. Laumonier=Silver=Lebègue, STFM, tt. XI. et XVI.1973 et 1983; *La Polémique protestante contre Ronsard*, 2 vols., éd. J. Pineaux., STFM, 1973; Michel Dassonville, *Ronsard Etude historique et littéraire*, tt. IV et V, Droz, 1985 et 1990; R. A. Katz, *Ronsard's French Critics: 1585-1828*, Droz, 1966; Claude Faisant, *Mort et Résurrection de la Pléiade*, Champion, 1998; C. P. Goujet, *Bibliothèque Françoise*, t. 14, Slatkine, 1966, pp. 235-245; Achille de Rochambeau, *La Famille de Ronsart*, Kraus, 1973; F.Lachèvre, *Le Procès de Théophile de Viau*, 2 vols., Champion, 1909; Antoine Adam, *Histoire de la littérature française au XVIIe siècle* : t. 1, Del Ducas, 1962; Henri Lafay, *La Poésie française du premier XVIIe siècle (1598-1630)*, Nizet, 1975; Jean H.Mariéjol. Henri IV et Louis XIII, Histoire de France, t.6-II, éd. Lavisse, Hachette, 1911.

④ 故高田勇氏訳,『ロンサール詩集』,青土社,1985年;同,「『ラ・フランァード』を

めぐって」,『明治大学文学部紀要 文芸研究』, 21号, 1969年, pp. 105-145；山崎庸一郎氏,「ロンサールと宗教戦争（1569-63年）」,『学習院大学文学研究年報』, 5号, 1957年／1958年, pp. 325-357；江口修氏,「ロンサールとレアリテ—『フランシアッド』再読のために」,『ロンサール研究VI』, 日本ロンサール学会, 1993年, pp. 1-13；岩根久氏,「ロンサールの『論説詩集』と出版」,『ロンサール研究XI』, 日本ロンサール学会, 1998年, pp. 1-14.

第Ⅱ部 第2章　ロンサール『ラ・フランシヤード』の影：ジュフランとデガリエ

1 ）ロンサールの詩人論を論じようとする文献ならば, ほとんどすべてがこの作品を前に躊躇しているが, 敢然と取り組もうとする学者もいる。cf. Denis Bjai, La Franciade *sur le métier Ronsard et la Pratique du poème héroique*, Droz, 2001.
2 ）拙稿「クロード・ガルニエ, ロンサールの後継者？」,『友情の微笑み　山崎庸一郎古希記念』所収, みすず書房, 2000.
3 ）*La Franciade ou Histoire generale des Roys de France depuis Pharamond jusques à Louis Juste à present regnant,* Mis en Vers François par le sieur Geuffrin. Controlleur au grenier à sel de Noyon, Secretaire de feu Monseigneur le Duc de Mayerne, Paris, 1623. mihi. この書に関しては以下, Geuffrin と略し, ページ・ナンバーはアラビア数字で示すものとする。ここで引用指示・援用指示に関し, 一言述べておく。

煩瑣を避けるため, 複数回言及する文献については, 初出の場合のみ書名を記し, 次回以降は著書, もしくは書名の代表となる語を読者に分かると思われる範囲で〔　　〕内で示すものとする。
4 ）*Dictionnaire de de Biographie Française* sous la direction de M. Prevost, Roman d'Amat et H.Thibout de Morembert, Paris, t. 18, 1994.
5 ）J. C. Brunet, *Manuel du Librairie et de l'Amateur de Livres*, Slatkine Reprints, 1990 (1861), t. 2, col.1574.
6 ）Claude Faisant, *Mort et resurrection de la Pléiade*, H.Champion, 1998.
7 ）*Livre de la Franciade, a la suite de celle de Ronsard*. dedié à　Monseigneur le Dauphin, par Claude Garnier, Parisien, 1604.（B. N. F. の電子テクスト）
8 ）《Hyante ainsi d'une prophette voiz//Montrent de rang les Monarques François》〔Garnier, *op.cit.*, 5〕
9 ）Pierre de Ronsard, *Œuvres Completes XVI La Franciade (1572)*, édition critique avec introduction et commentaire par Paul Laumonier, Nizet, 1983, p. 291, note (1). 尚ここでアトランダムに16世紀前半の, 考証度の低いフランス史の通史書を並べてみたが, 手の内を曝け出してしまえば, 概ねのところ, 以下のような文献（が全てではないが）しか参照していないというのが実情である。

Roberti Gaguini, *Rerum Gallicarum Annales. Cum Huberti Velleii Supplemento. In quibus Francorum origo vetustissima & res gesta, Regumque omnium ex ordine vitæ, & quæcunque sub illis domi forisque memorabilia acciderunt, usque ad Henricum II. describuntur. Cum præfactione, ad Reverendissimum Principem ac Dominum, D. Marquardum ab Hatstain Episcopum Spirensem, Io. Wolffi I.C.*, And. Wecheli. M, D. LXXVII. mihi.

La Mer des Croniques et mirouer hystorial de France jadis compose[sic] en latin par religieuse personne frere Robert Gaguin. En son vivant Ministre general de l'ordre de la saincte Trinité. Et nouvellement traduict de latin en vulgaire françoys. Lequel traicte de la source et origine des francoys & les faicts de belliqueux de tous les Roys de France & aultres acvenuz depuis la destruction de Troye la grant Tant es pays et Royaume de France que Angletere, Hollande, Espaigne Gascogne Frandres & aultres lieux circonvoisins. Et Nouveau juxte ses premiers imprimez de plusieurs faicts advenus esdictz pais de ses joyeulx regne et advenement du treschrestien Roy de France Francoys premier de ce nom jusques au mois Daout. Lan de grace Mil cinq cents. xxxii. Avec les Genealogies de france & Asnalle de Gaulles, Nouvellement Imprime a Paris. m.

Robert Gaguin, Pierre Desrey, *La Mer des Croniques et Miroir Hystorial de France*, Facsimile Publisher, First Published 1527, reprint 2016 in India. このリプリント販売社は廉価であるが，ときおり乱丁・落丁の甚だしい版が存在し，またモノクロで，前記の図書（本物の古書）のようにカラー印刷であると，そのカラー部分が欠落し，白紙になるという不便さがある。因みにこうした廉価のリプリント版は，フランス国立図書館の蔵書の電子テクストである「ガリカ」をそのまま印刷しているような気がする。

Les grandes croniques: excellens faitz et vertueux gestes :des tresillstres/ treschrestiens magnanimes et victorieux Roys de france. Et tant en sa saincte terre de Hierusalem⋯, 〔Facsimile Publisher, s. d〕題名とカヴァーしている年代が伸びただけで，実質的には上記の文献と同じ。

Histoire des Faicts, Gestes, et Conquestes des Roys, Princes, Seigneurs & people de France, descripte en X. livres, & compose premierement en Latin par noble & sçavant personnages Paul Æmyle Veronois: Et depuis mise en François par Jean Renart Gentilhomme Angevin, en son vivant Seigneur de la Mictiere, avec une Table tresample, Federic Morel, M. D. XCVII. m.

Pauli Jovii Novocomensis Episcopi Nucerini, Historiarum Sui Temporis Tomus Primus, XXIIII Libros Complectens. Cum Indice Plenissimo. Lutetiae, M. D. LIII.; *Pauli Jovii Novocomensis, Episcopi Nucerini, Historiarum Sui Temporis Tomus Secundus.* Cum Indice Plenissimo. Lutetiae, M. G. LIIII.: 2 tomes in 1. m. なおこれは私蔵の図書だが，

パリで同年に刊行された同一タイトルの電子テクストを起こし，製本したものが2016年にインドの Facsimile Publisher から販売されている。いずれにしても筆者はラテン語が出来ないので，以下の仏訳に頼った。

Histoire de Paolo Iovoe Comois, Evesque de Nocera, sur les choses faictes et evenues de son tems en toutes les parties du Monde, Traduites de latin en François, et reveües pour la troisiéme edition, par Denis Sauvage, Seigneur du Parc-Champenois, Historiographe du Roy, Jaques Dupuis, M. D. LXXXI. m.

Histoire de Paolo Iovio Comois Evesque de Nocera. Sur les choses faictes et avenues de son temps en toutes les parties du Monde. Traduictes de Latin en François, & reveües pour la seconde edition par denis Sauvage, Seigneur du Parc-Champenois, Historiographe du Roy, 2 vols., Olivier de Harsy, M. D. LXX. (Facsimile Publisher, s. l. n. d.)

Les Croniques et Annales de France, par feu noble homme et sage Nicole Gilles, en son vivant Notaire & Secretaire du Roy nostre sire, & contrerolleur de son Thresor, s. l. n. d. (Facsimile Publisher, s. l. n. d.)

Les Chroniqus et Annales de France des l'origine des Françoys, et leur venue es Gaules Faict jadis briefvement par Nicole Gilles Secretaire du Roys jusqu'au Roy Charles huictiesme, et depuis continuees par Denis Sauvage, jusqu'au Roy Françoys second. A present revues, corrigees et augmentees selon la verité des Registres et Pancartes anciennes, et suyvant le foy des vieux Exemplaires. contenntes l'histoire universelle de France dés Pharamond, jusqu'au Roy Charles neufviesme regnant à present. Par Françoys Belleforest Comingeois, Paris, 1574. m.（このフォリオ判の文献には一ページほどのメロヴェに関する記事があるが，必ずしも該当する記事はなかった）。

Jean Bouchet, *Les Annales d'Aquitaine, faicts et gestes en sommaires des Roys de France et d'Angleterre, depuis de Naples et de Milan.* revuës et corrigés jusqu'en l'en 1557. Poictiers. m.（これはわたしが昔入手した文献で，少なからぬ紙葉が欠損しているが，恐らく大英図書館のマイクロ・フィルムによるものだったと思う。欠落したページをコピーで補って使用していた。その後，下記の文献を入手し，確認した。残念ながらここにもメロヴェをめぐる逸話は少なかった）。

Jean Bouchet, *Les Annales d'Aquitaine, faicts et gestes en sommaire des Roys de France et d'Angleterre, Pays de Naples & de Milan.* Augmentees de plusieurs pieces rares et Historiques extraictes des Bibliothecques, & recueillies par A. Moulin. Dediées A Monsieur le Duc de La Roche-Foucault. Edition derniere, et nouvelle. Abraham Mounin, M.DC. XXXXIIII. m.

Grégoire de Tours, *Histoire des Francs.* in Collection Guizot, 1823. tt. 1-2（上記の歴史書にも同じく，該当する記事はなかった）。

エモワンに関しては，*Aimoini Monachi qui antea annonii Nomine editus est Historiæ*

Francorum Lib. V. Apud AndreamWechelm. 1567, in- 8°. mihi.（手許にあるというだけで，ラテン語に昏い筆者には，はっきりないと断定することは出来なかった。上記のとおり，ローモニエの指示に従った結果，見落としがある可能性は大きいが，ジュフランの記事に該当する文章がそのまま掲載されている文献は，見当たらなかった。ただジュフランの記事の内容はかなり有名なので〔わたしが知っているということはそういうことだ〕，ローモニエの指示にはない，併しかなり著名な文献がありそうである。

10) *Inventaire Generale de l'Histoire de France* par Jean de Serres, 2 vols., in folio. Paris, 1658.m.（ただし以下の引用文はジュフランの詩篇の刊行年代により近い *Inventaire generale de l'Histoire de France depuis Pharamon jusques à Henri IIII aujourd'hui regnant* par Jean de Serres, 2 vols., in 12, Rouen, 1613〔この頃はお元気であった，故野沢協氏のご本を拝借した〕の文章から訳した。

11) 底とした版は，Palma Cayet, *Chronologie Novenaire*, éd.Buchon, Panthéon Littéraire, 2 vols., Paris, 1836, t. 1.である。

12) *La Franciade de Pierre de Laudun, sieur d'Aigaliers. Divisee en neuf livres*, Au Roy treschrestien de France et de Navarre, Henri IV, A Paris, Pour Anthoine du Breuil tenant sa boutique sur les dgrez de la grand'Salle du Palais, 1603, Avec Privillege du Roy（フランス国会図書館の電子コピー。したがって判型は不明）

第Ⅱ部 第3章 デュ・バルタス『聖週間』の影：(擬?) ドービニェ

1）底とした版は Théodore-Agrippa d'Aubigné, *La Création, in Œuvres Complètes de Théodore Agrippa d'Aubigné*, édition par E. Réaume & de Caussade, Slatkine Reprints, 1967. t. III, pp. 325-444. である。この作品の近年の運命については本稿の「まえがき」および「補遺」を参照。なおこの作品の詩句の引用・援用などの場合は註数による煩瑣を避けるため，全15歌からなるこの詩篇のそれぞれに，例えば『天地創造』「第Ⅹ歌」第5行〜第8行を示すにあたって，〔『天地創造Ⅹ』5-8〕のような略号を用い，出来るだけ本文中に組み入れた。尚論者が26歳の折りに認めた紀要論文では原詩を原綴のまま提出したが，初出後40年を経，世に問う読者層も変わってきたと思われるので，原詩・原綴は僅かな註に残し，拙い私訳を以ってこれに代えた。こう迄して若い読者に伝えたいと願う老醜をお赦し願いたい。

2）知る限り，『天地創造』に特別な項目を設けて論じたのは後述のS. ロシュブラーヴ及びキース・キャメロンだけのようである。他の研究者は最近年にいたっても，ジル・バンドリエの例外を除き，全く言及しないか，数行，多くて十数行のうちに片づけている。

3）例えばエミール・ファゲは《一種のフランス語版〔ルクレティウスの〕『自然ノ事

物ニツイテ』であるドービニェの建徳的詩篇『天地創造』に於いて，彼はその最も質が劣る詩句を以って，同時代の総合的な知識をまさしく結合した。〔中略〕それはまるで16世紀の人智の**要約**のようなものであって，言語のまさしく科学的な精密さは作品の嘆かわしい弱点に最も貢献しているものである》〔Emile Faguet, *Histoire de la Poésie Française de la Renaissance au Romantisme,* Hatier -Boivin,s.d., t. 1., p. 43〕と述べている。ファゲはまた別の案内書で次のようにも語っている。《それは思想の偉大さがドービニェには欠如していたからである。彼は『天地創造』のような大きなテーマには疲れ果ててしまうのである》〔id., *Seizième siècle,* Boivin, s. d., p. 362〕。

4)《『天地創造』は優れた，とはいえないが長篇の詩作である。〔…〕この詩人の作品中に於けるこの詩の位置はゼロであると，わたしたちは喜んで言いたい。〔…〕いつ，どのような意図の許にこの詩が書かれたか〔…〕は余りにも知られていない。デュ・バルタスの月桂冠がドービニェに安らぐことを妨げていたのであろうか。これは余りありそうにないことだ。『天地創造』は公刊の目的で起草されたものだろうか。もっと有りそうにないことだ》〔Samuel Rocheblave, *Agrippa d'Aubibgné,* Hachette, 1910, pp. 107-108〕。

5)《『天地創造』は12歌からなる詩作で，デュ・バルタスと対抗するために書かれたものであるが――実りのないものであることは認めねばならない》〔Armand Garnier, *Agrippa d'Aubigné et le Parti Protestant.* 3 vols., Fischbacher, 1928, t. III, p. 161〕。勿論本稿でも示したように『天地創造』は全15歌から成立している。更にアルマン・ガルニエはこの博士論文の詳細な「索引」でも同じ誤りを犯している。前掲書, p.247. を参照。

6)この稿で底とした版は Guillaume de Salluste Sieur du Bartas, *La Création du Monde ou Premier Sepmaine (La Premier Sepmaine)*, in *The Works of Guillaume Du Salluste Sieur Du Bartas*, édition par Holmes, Lyons et Linker, The University of North Carolina Press, 3 vols., Slatkine Reprints, 1977 (1938), t. II, pp. 192-440. である。この稿の初出以降に先ず参照した版として，*Die Schöpfungswoche des Du Bartas,* Guillaume de Saluste [sic] Siur Du Bartas, *La Sepmaine ou Creation du Monde, Kritischer* Text der Genfer Ausgabe von 1581, heraus gegeben von Kurt Reichenberger, Max Niemeyer Verlag, Tübingen. 2 vols., 1963. を挙げるべきであろう。筆者が最初にフランスに長期滞在した1982年の頃はパリ第四大学（通称ソルボンヌ文学部）の博士課程のゼミにあってさえデュ・バルタスにもライヒェンバーガー版にもそれほどの関心は抱かれていなかったようで，ライヒェンバーガー版の刊行年代を「70年ころだったかしら」とする教授の声もあったほどだ。わたしは訂正しようと思ったが，何分外国人が口を挟むことを嫌がる傾向があると聞いていたので，不自由なフランス語で説明するのも煩わしく，ダンマリを決め込んだ記憶がある。次に入手した版には，1982

年には既刊だった筈だがその記憶が跳んでいる Guillaume de Saluste du Bartas, *La Sepmaine* (Textes de 1581), édition établie, présentée et annotée par Yvonne Bellenger, 2 vols., Nizet, 1981. があり，それに続いて「デュ・バルタス・ルネサンス」とでも呼ぶべき版が繚乱している現状がある。その中で廉価版としては Guillaume de Salluste Du Bartas, *La Sepmaine ou Creation du Monde*, Texte préparé par Victor Bol, Actes Sud. 1988. があるが，その前に英訳ではあるが学術的な *The Divine Weeks of Guillaume de Saluste, Sieur du Bartas*, translated by Josuah Sylvester, Edited with introduction and commentary by Susan Snyder, 2 vols., Oxford at the Clarendon Press, 1979. を挙げる方がよいかも知れない。最近年になってクラッシック・ガルニエ書店から刊行された『聖週間』の以下の三部作が註目に価するだろう。Guillaume Du Bartas, *La Sepmaine ou Creation du Monde*, t. I, édition dirigée par Jean Céard, t. II, *L'Indice de Simon Goulard*, édition dirigée par Yvonne Bellenger, T. III, *Annotations de Pantaleon Thevenin*, édition dirigéé par Denis Bjaï, Classiques Garnier, 2011. シモン・グーラール（1616年版）やパンタレオン・テヴナン（1585年版）による註釈付きの『聖週間』古書を持っていた筆者としてはクラシック・ガルニエ書店による同作品の第二巻・第三巻の出版は，半ば口惜しくもあった記憶がある。併しクラシック・ガルニエ版がそれぞれ原テキストを省いたものであったり（グーラール版は初めは書誌などを参考にすると註釈だけで上梓されていたらしいが）特に手許のグーラール版には欠ページが存在したので有難かった想いもあった。ともあれ中期的なスパンで見れば，テキストの刊行や，（詳細は補遺に任せるが）多彩な学問的研究，研究会報告などを以ってこの数十年はそれ以前に比べ，まさしく隔世の感のある「デュ・バルタス・ルネサンス」の時期であった。

7) 《『七日間』の山脈への登頂は破局なく行なわれた。併し煩わしさ，〔…〕或る種の煩わしさが，併しながら，残存していた》〔Patrice de la Tour du Pin, Guillaume de Salluste, Seigneur du Bartas, in *Tableau de la littérature française de Rutebeuf à Descartes*, Gallimard, 1962, p. 338〕.

8) 孫引きではあるがゲーテの次の言葉を参照。《フランス人には，16世紀に，デュ・バルタスと名乗る詩人がおり，その当時彼らの讃嘆の対象であった〔…〕。わたしたちは，彼の詩句がわたしたちの眼の前に通過させる多様なイメージと偉大さに感動させられる。わたしたちは彼の力量溢れ，生彩ある画風と自然学や博物誌の幅広い知識を正当に評価しよう。一言でいえば，わたしたちの考えでは，フランス人たちは不当に彼の功績を誤解しているのだ〔…〕》〔Gœthe, *Des Hommes célèbres de France au XVIIIe siècle*, traduit par MM. de Saur et de Saint-Géniés Paris, Renouard, 1823, p. 102; cité par Sainte-Beuve dans son *Tableau historique et critique de la Poésie et du Théâtre française au XVIe siècle*, Charpentier, 1843. pp. 392-393〕.

9) サント=ブーヴの以下の発言を参照。《もしかつて一介の個人のうちにひとつの世

紀を脳裏に人格化することが出来るなら，ドービニェは，彼ひとりで，彼の世紀の要約された模像となるだろう》〔Sainte-Beuve, ibid., p. 144〕。

10) これは『天地創造』に言及される際必ず述べられる比較である。このテキストを初めて草稿から活字化した全集版の篇者たちは次のように言う。《ドービニェに真に霊感を与えたのは『聖週間』の著者である〔…〕。デュ・バルタスの詩作は1579年に刊行され，出版されるや否や途轍もない流行が待っていた。ドービニェは１カ所ならず彼を模倣しているように思える》〔*Œuvres complètes d'Agrippa d'Aubigné, op.cit.*, t. V, p. 350〕。具体的に相似する箇所を数え上げるのは控えるが，例えばデュ・バルタスの英語版『著作集』の篇者ホームズはその幾つかを挙げている。cf. *Works, op.cit.*, t. I, p. 350.

11) 前註とも関連するが，デュ・バルタスの長篇詩の具体的部分の細かな援用関係を扱わないのと同じく，『天地創造』の出典ともなりうべき古典作家や思想家，同時代のそうした人々との対照も行なわない。現段階で事実上筆者の力量を超える作業であるからだが，他方仮令この長篇詩が全て援用されているとしても，本稿の主題とは直接関係を有さないと思われるからである。問題はドービニェによる素材の撰別であり，諸素材の構築なのである。出典がどれほど豊富にあろうと，それを撰択し，長篇詩を構成したのはドービニェの世界把握にあったと考えるものである。それこそが作品を貫く理念といえよう。従って方法的な『聖週間』との比較作業においても，主として両詩を支える二人の詩人，世界了解の様相が問われるであろう。なお『天地創造』の出典などを確認したい向きには本稿の「まえがき」で言及したジル・バンドリエの学位論文や『天地創造』の批評版を参考されたい。

12) 古典主義以前における『聖週間』の圧倒的な隆盛については，*Works, op.cit.*, t. I の第二章および第三章を参照のこと。

13) 同書第一章を参照のこと。

14)《わたしはデュ・バルタス男爵と個人的な交際があった。ある日デュ・ブラックが〔…〕自分のあとを歩いていた若い貴族をわたしに紹介した。すると即座にわたしに何冊かの詩の手帖を見せてくれる勇気を与えた。わたしはそのなかに鼻を突っ込み，何らかの讃嘆の声をあげたので，ル・ブラックは「書くのが上手だろう」といった。そのためわたしは怒って，肘で彼の手帖を押し退け，すっかり恥じ入っているその青年に本当にキスをした。この若者がデュ・バルタス殿で，わたしに『聖週間』の冒頭を見せてくれた。この作品についてはわたしは何事も述べる必要がない》〔Agrippa d'Aubigné, *Lettres de poincts de science*, in *Œuvres completes*, t. I, pp. 459-460〕

15) 正確に言えば，182行というべきかも知れない，というのも第42番目の四行詩の後半２行が欠落しているからである。

16) 例えばレオン゠デュフールの『聖書神学語彙辞典』の「天地創造」の項目では，祭司伝承中の光の創造について触れていない。

17) 同書，「光」の項目を参照。
18) 例えば〔「第 IX 歌」213 et suiv.〕に見られる，旧約聖書からの援用である鳥と天のみ使いの象徴的な関係への言及を参照。
19) 《学者たちが**非聖職者**の誤りとその詩的虚構とを攻撃し，それらを全く正当にも詩人たちに任せるのがよいと見做しているのを見て，デュ・バルタスは誤謬と虚構が伝統に根ざすものであるだけに，それらを蒐集した。デュ・バルタスにとって，その他のユマニスムの詩人たちと同様，詩的素材は伝統の，取り分けギリシア・ローマの，及び聖書に則った伝統の遺産なのである》〔Hélène Naïs, *Les Animaux dans la poésie française à la Renaissance*, Didier, 1961, p. 296〕。
20) 《詩人たちは，一方ではロンサールのように，新しい学問にかなり無関心であり，その姿勢が学問と詩作とは両立しないと暗示しているか，或いは他方では自ら学問の歌い手となるべく勤めていた。これがデュ・バルタスのケースである》〔*ibid.*, p.288〕
21) 《恐らくここでご覧戴くアンソロジイの中で詩作が豊富に示すであろうところを直ぐに述べる予定であるが，それはこの時代の学術は，科学と哲学，および魔術の混合であり，学術詩人というものは宇宙のこうした局面の個人的なヴィジョンを解釈する魔法使いとして精々の処見られていた》〔DudleyWilson,Introduction in *French Renaissance Scientific Poetry*, The Athlone Press of University of London, 1974, p. 1〕
22) cf. *Works, op.cit.*, t. II, p. 105, note de 1er ff.
23) *Ibid*, t. I. pp. 133-134
24) 《この初期の段階での，デュ・バルタスの熱狂的な聖母崇拝はまた，ジャン・カルヴァンの気に入るところではなかったであろう感触があろうとも，読者の胸に訴えかけている》〔id, p. 133〕
25) 《デュ・バルタスの信仰の自由についての考え方はミシェル・ド・ロピタルのそれとそう遠くはないということに疑いは差し挟めまい》〔id, p. 132〕
26) ルネサンス期の作詩理論を支えるひとつの理念「詩的霊感」を想起してもよい。詩的発想は何ら人為的技術によるものでもなく，神的なものであるとの理念はフランスでもプレイヤード派を始め，多くの詩人の共有するものであった。ドービニェにせよデュ・バルタスにせよ，この理念から深い影響を受けていた。両長篇詩に詩神ムーサへの呼びかけがあるのは偶然ではない。如何に頽落した様式であろうと，神への「祈り」は実のところこうした詩神への「祈り」と重なっていたに相違ない。詩神に向けられた「祈り」とは作詩上，信仰上の儀式だったような気がする。
27) 先ず念頭に浮かぶのは『フェネスト男爵冒険奇譚』「第四之書」の，ジュネーヴ当局による発禁処分であろう。ドービニェの豪放磊落な哄笑と悪意に満ちたこの諷刺書は「厳格な」カルヴィニスムの精神が行き渡ったこの都市の指導者たちの喜ぶものではなかった。

28) ただこうした個的な「叫び」の他に，詩人の心に残る回想が色濃く表現された詩句もあることを指摘しておかねばなるまい。以下はデュ・バルタスの母についての回想である〔『聖週間 II』701-704〕。

《わたしの幼い両目は天の
不思議な炎が降りかかったひとりの女性を幾たびとなく見た。
あらゆる災厄として瞬くか瞬かぬかのうちに
恥毛を剃る腹にあてた剃刀以外の何もしなかったのだ》

勿論雷に撃たれた人間の例としての母親が問題なのではない。ここでいう個的な回想とは引用詩の第一行目をさす。
29) 大きく分けて魚類，鳥類などの類別の纏まりも構造的かも知れないが，ここでは〔『天地創造 V』143 et suiv.〕の詩句にあるような，例えば食餌習性から見た魚類の分類を考えている。
30) 《デュ・バルタスは甚だ良からぬ詩人で，「発見」・「配置」・「表現法」において，この上なく酷い一人の詩人が有するであろうあらゆる条件を満たしている。〔…〕「表現法」に関していえば非常に悪く，語り口に於いては不適切で，隠喩に於いては妥当性を欠き，それらは多くの場合，普遍的なものしか取り扱うべきではなく，或いは種から属に移るようにごく当たり前に共有さるべきものなのであるが》。これはサント=ブーヴ，前掲書，396ページで引用されているデュ・ペロンの批評である。
31) 《属から種に下降すること，それは現実そのものを，少なくも最も直截的で最も具体的にその表彰を捉えようとすることである》〔Marcel Raymond, *L'Influence de Ronsard sur la poésie française (1550-1585)*, Droz, 1965, t. II, p. 90〕。尚この発言は上述のデュ・ペロンの引用に関して述べられたものである。
32) エレーヌ・ナイス，前掲書，318-319ページを参照。
33) 《この書物のようにひとの体と霊魂についてのこれ以上生き生きとし，手際よい解剖を見ることが出来ようか》〔シモン・グーラールの言葉。以下の文献からの引用である。*Works, op.cit.*, t. I., p. 156〕
34) 「結論」という言葉で最終詩節が始まっているのは「第III歌」および「第VII歌」であり，「まとめ〔Somme toute〕」と記されているのが「第V歌」，「第VI歌」および「第IX歌」である。歌の末尾ではなくとも四行詩が「まとめ」とか「要約〔bref〕」で書き始められる，それまでの論述の結論的なものは屡々見出されるが，ここではひとつひとつ挙げることは控える。
35) 《海にはその針鼠や雄羊，豚や
獅子，馬，象，雄牛がおり，
海にはその人さえもおり，わたしが最も驚嘆することには，

奥深い深淵から屢々修道士や
高位聖職者を引きずり出し，それらを海辺に打ち上げて，
北方に住んでいる人々の晒し者にする》〔『聖週間 V』41-46〕

36) 雲雀の記述である次の一節を参照。ここでは詩の響きが問われているので和訳はつけない。

《La gentile alouette avec son tire-lire
Tire l'ire à l'iré, et tire-lirant tire
Vers la voute du ciel; puis son vol vers ce lieu
Vire, et desire dire; adieu Dieu, adieu Dieu》〔『聖週間 V』615-618〕

このヒバリの記述の意味するところは何か。ロベール・サバチエはその『16世紀詩』〔Robert Sabatier, *La Poésie du Seizième Siècle*, Albin Michel, 1975, p. 231〕でこの詩句を引用し，修辞的な描写でバロック的性格があるというが，果たしてこれをバロック的という形容だけで片づけてよいものだろうか。勿論そうした位置づけも十分に考えられるが，「言葉」そのものに拘わる思想史的背景の中での位置も考慮したい。クロード＝ジルベール・デュボワが『16世紀に於ける神話と言語』〔Claude-Gilbert Dubois, *Mythe et langage au Seizième siècle*, Ducros, MCMLXX〕で綿密に述べているように，ルネサンス期の言語学的探求の基盤には創造伝説中に求められる，存在と一致した始原言語の探索にあった。即ち存在者を一言のもとに言表しうる言語，恰もその名を発するだけで，何事かが実体化するような言語の探索から言語学は発生してきたのである。存在と言語の完全な一致は当然詩人の側でも意識される。無論フランス語はそうした可能性を有する完全言語ではあるまい。だが言語の意味だけではなく，その総体によって存在に接近することの可能性は果たして閉ざされているのか。デュ・バルタスのヒバリの描写はバロック的な言葉の戯れではなくして寧ろ，存在を言語体系そのものによって表現しようとするひとつの試みではあるまいか。これが，例えばドービニェのように対象化された世界を認識するものとして言語を扱っているのであれば，同様の詩句が登場するにしても，それは寧ろバロック的なもの，修辞的なものと解した方がよかろう。そしてそれ故にこそ本論で後述する構成の問題にあっても，人の創造にともなう記述でものそのものが名指される事態と，人の創造以前の，命名されぬままものが言及される事態を，名の出現によって考える視点からの論述を控えたのである。ところが一方デュ・バルタスの世界了解，存在者が人も含めて穏やかな調和を保つ世界の見方にあって，世界は認識の対象であるよりも存在そのものの関係に関わるものとして現れる。言葉もまた存在的であってはどうしていけないのか。言語が総体的に諸存在と調和し，寧ろ存在そのものの関係の発現であっては何故いけないのか。デュ・バルタスのヒバリの記述は，

この点でバロック的であるよりも寧ろ言語と世界の一致，あるいは類似の観点から生じたものであるとも考えられるのである。
37）《併しながらデュ・バルタスの作品には極めて豊かで多彩なイメージの目録がある。優れた詩人たちはそこから汲み上げているのが理解されるのである》〔Henri Weber, *La Création poétique au XVIe siècle en France*, Nizet, 1965, p. 549〕
38）付言すれば「世界劇場」，「世界書物」の理念はルネサンス期にあって最もよく用いられた喩のひとつである。例えば後者に関してはモンテーニュも『エセー』「第二巻」25章で用いているし，前者は余りにも有名なシェークスピアの『お気に召すまま』第二幕第7場を除くとしても，ロンサールも（「喜劇の終わりに」）ドービニェも変形させて（『悲愴曲』）用いている。
39）参照せよ。Michel Foucault, *Les mots et les choses*, Gallimard, 1966, p. 32 et suiv.
40）引用は日本聖書協会発行の『聖書 旧約聖書続編つき』による。
41）この点で本稿はアンリ・ヴェベールの権威に反論するデュボワと考えを同じくする。《わたしたちはこの詩を余りに狭い改革派的な視座で見なければならないとは思わない。アンリ・ヴェベールがこの詩の中心は人間ではなく神であると語るとき，彼の意見に同意しない。この詩の中心はわたしたちには寧ろ宇宙であるように思われる》〔Claude-Gilbert Dubois, *La Conception de l'Histoire en France au XVIe siècle*, Nizet, 1977, pp. 339-340〕
42）《世界の創造がデュ・バルタスにとって宇宙や摂理の永遠性についての異端的な理論を反駁する契機であるのと同様，人の創造は自然に霊魂の研究へと導く。それは250行近くも占めている》〔Henri Busson, *Le Rationalisme dans la littérature française de la Renaissance (1533-1601)*, Vrin, 1957, p. 593〕
43）「存在者の連鎖〔chain of being〕」の思想が古代ギリシア以来のものであることはラヴジョイ〔Arthur O. Lovejoy, *The Great Chain of Being*, Harverd, 1933〕やそれを発展させたティリヤード〔E. M. W. Tillyard, *The Elizabethan World Picture*, Chatto & Windus, 1943〕の述べるところであるが，後者の説に拠ればこの理念はその長い思想史的背景を有しながらも，取り分けルネサンス期の一般通念になったといわれる。《存在者の連鎖という思想は〔…〕16世紀に西ヨーロッパの共通的な資産となったに違いない》〔id, p. 25〕。
44）参照せよ。M. Foucault, *op.cit*., p. 64 et suiv.
45）肉体が機能的側面から言及されないと言っている訳ではない。『天地創造』を読めばそうであるのは明らかである。各部分はそれぞれ独自の役割を持つ。だがその機能的独自性の位置づけの前提には，解剖学的な位置づけがあるのである。ひとつの部分は先ず以って物理的な存在なのだ。確かに記述的に機能が解剖学に先行する場合も少なくない。けれども機能が記述されない器官も必ず解剖学的位置づけはなされており，その逆は存在しないのである。

46) cf. M. Foucault, *op.cit.*, p. 65.
47) cf. Keith Cameron, *Agrippa d'Aubigné*, Twayne Publishers, 1977, pp. 142-143, 及び, S. Rocheblave, *op.cit.*, pp. 108-109. すでに述べたことだが, バンドリエ以前で『天地創造』に関する記述が, ある程度（といっても2ページほどだが）纏まっている文献はこの2冊だけである。その両者がともに2つの可能性を告げている。
48) ことは当時の神学に属するのであくまで幼稚な憶測であるが, 幾つかそれらしき例を挙げると, 本論中で言及した「神々しいムーサ」への呼びかけや創造伝説中の神の言葉を拡大したり, 或いは旧約聖書には見当たらない言葉を神に述べさせている〔『天地創造Ⅲ』46〕箇所は厳格な意味でのカルヴィニスムの神学に穏当なものであろうか。
49) 先ずカルヴァン神学を要約する文章を借用する。《彼の考え方により深くはいってゆけばゆくほど, 贖罪者キリストよりも創造者である神が前面に立ち現われてくる。もっとはっきりいえば, 彼は人間よりも神により多くの関心があったのである。〔中略〕はじめから, しかも終始かわらず, 強調点は世界を創り給いし神の全能と遍在におかれていたのであり, 人間はこの至高存在についての知識をもたねばならなかった。〔…〕カルヴァンの神学は, 彼が眺めていた宇宙と同様に, 神中心的であり, 人間経験を超絶する最高存在の自覚にあふれていた。〔…〕カルヴァンの神学は, ルターの感情的な救済神学やバロック時代のカトリシズムがもっていた人間的虚飾とくらべ, はるかに17・8世紀科学が描いていた機械的宇宙像に近いものであった》〔G. R. エルトン, 『宗教改革の時代』, 越智武臣訳, みすず書房, 161-162ページ〕。この文章で現時点で最も眼を引くのは疑いなくカルヴァン神学と「機械論的宇宙像」を描くためにドービニェは筆を執ったとの仮説が生じてくるところであろう。「機械論的宇宙像」には必ず第一原因がある。カルヴァン神学にあってその宇宙を支える第一原因, 即ち神が問題であり, それ故に彼は新約書よりも旧約書を撰んだ。機械的にせよ, 宇宙を支えるのは神であり, 先ずそれが肝要なのだ。『天地創造』を改革派擁護の詩とする場合, その視点は世界の背後に必ず神を見据えるものであろう。そして確かに『天地創造』の神はそのような存在である。けれども力点が違う, というのが本稿の立場である。世界を遡って第一原因である神に行き着くか, 第一原因から派生する宇宙が問題となるか, 『天地創造』を本論で述べて来たように分析するならば, 後者の考えを採らざるをえないように思われる。無論前者の考えを採るなら, ドービニェの思想との関連に於いて整合的ではあろう。その誘惑は否定しきれるものではない。だが本稿は先ず作品の分析に重きを置いた。そして作品が或る推測を齎すものであれば, その推測が詩人との関係で矛盾をきたすと見えるにしろ, その推測を立脚点として関係を見直すより方法はないのである。「機械論的宇宙像」に近い世界了解をドービニェが有していたにしても, 或いは改革派神学と別の要素が介在していたのかも知れないのだ。

50)《もし普遍の法則に従って、神がその被造物のうちに示したもう明白な力を、あるいは恩知らずに・あるいは考えなしに・あるいは忘れっぽく通りすぎることがないようにしようとしているならば〔…〕そのとき、神が天と地の創造主だということの意味が、真実の信仰によって把握されたのである。例を引いて説明するならば〔…〕天にある星々の大群を、これ以上美しい眺めは何ひとつ考えることができないほどの、ととのった秩序に配慮し、調整した芸術家がどのように偉大であるかを、われわれが考えるときである。〔…〕神の力の奇跡のおびただしさ、神のいつくしみのしるしのおびただしさ、いや、大なり小なり、およそ存在するものの数のおびただしさと同じだけであるからである》〔カルヴァン,『キリスト教綱要』,渡辺信夫訳、新教出版社、第一巻、210-211ページ〕。
51) キース・キャメロンの案内書は年譜の1616年の項に『天地創造』の製作を入れている〔Keith Cameron, *op.cit.*, p. 10〕。併しその理由は一言たりとも述べられていない。

第Ⅱ部 第4章 デュ・バルタス『聖週間』の影：クリストフ（ル）・ガモン

1）以下に本稿（その1）の底本としたデュ・バルタスとエディシオンとその略号を示す。

① Guilaume Du Bartas, *La Sepmaine ou Creation du Monde*, t. I, Edition dirigée par Jean Céard, Classiques Garnier, 2011.（『聖週間』と略記）

② *Premiere Sepmaine ou Creation du Monde de Guillaume de Saluste, Seigneur du Bartas*. En cette derniere Edition ont esté adjoustez la premiere et seconde partie de la uite revue et embellie en divers passages par l'Auteur mesme. Plus ont esté mis l'argument general, amples sommaires au commencement de chaque livre, annotations en marge, et explication des principals difficulties du texte, par *S. G. S.*, Rouen, 1616.（「グーラール」と略記）, mihi

③ *La Sepmaine, ou creation du Monde de G.de Salustes du Bartas, Divisee en considerations de Pantaleon Thevenin Lorrain*, 1585（「テヴナン」と略記）, m .

④ U. T. Holmes, Jr. et alii (dir), *The Works of Guillaume De Salluste Sieur Du Bartas*, 3 vols in 2, Chapel Hill, 1935, Slatkine Reprints, 1977.（『聖週間』は第二巻，193ページ以降）

⑤ Guilume de Saluste Sieur Du Bartas, *La Sepmaine ou Creation du Monde*, Kritischer Text der Genfer Ausgabe 1581, herausgegeben von Kurt Reichenberger, Tûbingen, 2 vols., 1963.

⑥ Guillaume de Saluste Du Bartas, *La Sepmaine* (Texte de 1581), Edition Etablie, Présentée et Annotée par Yvonne Bellenger, 2 vols., Nizet, 1981.

⑦ Guillaume de Saluste Du Bartas, *La Seconde Semaine (1584)*, Edition Etablie,

Présentée et Annotée par Yvonne Bellenger et alii, 2 vols., Klincksieck, 1991（『第二聖週間』と略記）
⑧　Guillaume de Saluste Du Bartas, *Les Suittes de la Seconde Semaine*, Edition Etablie, Présentée et Annotée par Yvonne Bellenger, STFM, 1994.
⑨　Guillaume de Saluste Du Barta, *La Sepmaine ou Creation du Monde*, Texte preparé par Victor Bol, Actes du Sud, 1988.
⑩　*The Divine Week and Works of Guillaume de Saluste, Sieur du Bartas*, translated by Josuah Sylvester, Edited wuth introduction and commentary by Susan Snyder, 2 vols., Oxford, 1979.
その他にフランス国立図書館蔵の『聖週間』初版（1578年）版も部分的にではあるが参照した。以下略号，及びローマ数字による巻数（第〜日），アラビア数字によるページ数で出典箇所を示すものとする。

2）*La Seconde Semaine de Guillaume de Saluste*, Seigneurs du Bartas: Reveue, augmentee., et embellie en divers passages, par l'Auteur mesmes. En laquelle ont esté adjoutez argument generale, amples sommaires au commencement de chascin livre des principals difficultez du texte, Par S. G. S, Jaques Chouët, 1593, mihi.

3）*La Semaine ou Creation de Monde* du Sieur Christrfle de Gamon, Contre celle du ieur du Bartas, Lyon, 1609. (Gamon), m.

4）以下の伝記的記述に関して参照したのは，それぞれ，Michaut, *Biographie universelle*, 85 vols., 1811〜1862 ; Hoeffer, *Nouvelle Biographie générale*, 46 vols., 1852〜1865 ; Louis Moréri, *Le Grand Dictionnaire Historique, Nouvelle Edition*, t. V, Slatkine Reprints ; Prevost, Roman d'Amat et Thibut de Morembert, *Dictionnaire de Biographie Français*., t. 15, 1982の各該当項目であるが，特に参考になったのは，郷土史家マゾンが丹念に調べ上げた A, Mazon, *Notice sur la vie et les œuvres d'Achille Gamon et de Christophle Gamon d'Annonay en Vivarais*, Lemerre, 1885. である。

5）参照したのは Eugène et Emile Haag, *La France Protestante, Deuxième edition sous la direction de Henri Bordier*, t. VI. Slatkine Reprints, 2004. の該当項目である。

6）Gamon, *op.cit*., pp. 136-137.

7）参照したのは，Claude-Gilbert Dubois, Une réécriture de la Sepmaine de Du Bartas au temps d'Henri IV, La Semaine ou creation du monde de Christophe de Gamon（1609）, in *Les Cahiers du centre Jacques de Laprade*, I Du Bartas, pp.45-66. である。

8）Simon Goulart, *Indice de la Sepmaine de Du Bartas*, éd. dirigée par Yvonne Bellenger, Classiques Garnier, 2011（「インデックス」と略記）.

9）中野定雄訳『プリニウス博物誌』にも，筆者がよく頼る所謂ニザール版の羅仏対訳版『プリニウス』にも同巻同章に「サラマンダー」の記述はないが，17世初頭紀に仏訳された版，*L'Histoire du Monde de C, Pline second*〔…〕, Le tout mis en François

par Antoine Du Pinet, Paris, 1608. mihi. にはこの文章が見いだされる。
10) Gamon＊3 紙葉。
11) 拙著,『〈フランス〉の誕生―16世紀における心性のありかた』,水声社,2012. 参照。

第Ⅱ部 第4章（その2）への註

1) 以下に本稿の底本としたデュ・バルタスとガモンのエディシオンとその略号を示す。
① Guilaume Du Bartas, *La Sepmaine ou Creation du Monde*, t. I, Edition dirigée par Jean Céard, Classiques Garnier, 2011.（『聖週間』と略記）② *Premiere Sepmaine ou Creation du Monde de Guillaume de Saluste, Seigneur du Bartas*, En cette derniere Edition ont esté adjoustez la premiere et seconde partie de la uite revue et embellie en divers passages par l'Auteur mesme. Plus ont esté mis l'argument general, amples sommaires au commencement de chaque livre, annotations en marge, et explication des principals difficulties du texte, par *S. G. S.*, Rouen, 1616. mihi.
② *La Sepmaine. ou creation du Monde de G.de Saluste du Bartas, Divisee en considerations de Pantaleon Thevenin Lorrain, 1585*. m.
③ *La Semaine ou Creation de Monde* du Sieur Christrfle de Gamon, Contre celle du Sieur du Bartas, Lyon, 1609.（『最初の七日間』と略記）m.
　以下この3冊に関しては新たに註をたてず，文中で略号，及びローマ数字による巻数（第〜日），アラビア数字を用いてページ数を指し，両者で出典箇所を示すものとする。その他にフランス国立図書館蔵の『聖週間』初版（1578年）版も部分的にではあるが参照した。またこれに準じ，本文中で複数回引用・言及する文献は，初回のみ，以下の註で明示し，あとは判明出来る程度に本文中で，必要があれば作家（研究者）の名と，ローマ数字で巻数を，そしてアラビア数字でページ数を表すものとする。
2) 参照したのは，それぞれ，Michaut, *Biographie universelle*, 85 vols., 1811〜1862.: Hoeffer, *Nouvelle Biographie Générale*, 46 vols., 1852〜1865. である。
3) 参照したのは，Louis Moréri, *Le Grand Dictionnaire Historique, Nouvelle Edition*, t.V, Slatkine Reprints である。
4) 参照したのは，Prevost, Roman d'Amat et Thibut de Morembert, *Dictionnaire de Biographie Française*, t. 15, 1982. である。
5) 参照したのは，Eugène et Emile Haag, *La France Protestante, Dexzième édition sous la direction de Henri Bordier*, t. VI, Slatkine Reprints, 2004. である。
6) 参照したのは，Claude-Pierre Goujet, *Bibliothèque françoise ou Histoire de la literature Françoise*, t. 13, Slatkine Reprints, 1966. である。
7) 参照したのは，Maury Thibaut de Maisières, *Les Poèmes inspires du début de la Genèse*,

Louvain, 1931. である。
8) 参照したのは，Albert-Narie Schmidt, *Poésie scientifique en France au XVIe siècle*, Note luminaire par Olivier de Magny, Editions de l'Aire, 1970 (1938). である。
9) 参照したのは，Henri Jay, *La Poésie française du premier XVIIe siècle (1598-1630), Esqyusse pour un Tableau*, Nizet, 1975. である。
10) 参照したのは，A, Mazon, *Notice sur la vie et les œuvres d'Achille Gamon et de Christophle Gamon d'Annonay en Vivarais*, Lemerre, 1885. である。
11) 参照したのは，Hermann Kaiser, *Über die schöpfungsgedichte des Chr. de Gamon und Agr. d'Aubigné und ihre Beziehungen zu du Bartas' ˇPremiere Sepmaineˇ*, Bremen, 1896.（ソルボンヌ文学部図書館の文献のコピー）である。
12) 参照したのは，Claude-Gilbert Dubois, Une réécriture de la Sepmaine de Du Bartas au temps d'Henri IV, La Semaine ou creation du monde de Christophe de Gamon (1609), in *Les Cahiers du centre Jacques de Laprade, I Du Bartas*, pp. 45-66. である。
13) 拙稿「17世紀初期の『ラ・フランシヤード』」，『中央大学人文科学研究所紀要』（2014年）所収。
14) 参照した版は以下のとおり。
U. T. Holmes, Jr. et alii (dir), *The Works of Guillaume De Salluste Sieur Du Bartas*. 3 vols in 2. Chapel Hill, 1935, Slatkine Reprints, 1977.（『聖週間』は第二巻，193ページ以降）
Guillume de Saluste [sic] Sieur Du Bartas, *La Sepmaine ou Creation du Monde*, Kritischer Text der Genfer Ausgabe 1581, herausgeben von Kurt Reichenberger, Tûbingen, 2 vols., 1963.
Guillaume de Saluste Du Bartas, *La Sepmaine (Texte de 1581)*, Edition Etablie, Présentée et Annotée par Yvonne Bellanger, 2 vols., Nizet, 1981.
Guillaume de Saluste Du Bartas, *La Seconde Semaine (1584)*, Edition Etablie, Présentée et Annotée par Yvonne Bellanger et alii., 2 vols. Klincksieck, 1991
Guillaume de Saluste Du Bartas, *Les Suittes de la Seconde Semaine*, Edition Etablie, Présentée et Annotée par Yvonne Bellanger, STFM., 1994
Guillaume de Saluste Du Bartas, *La Sepmaine ou Creation du Monde*, Texte préparé par Victor Bol, Actes du Sud, 1988.
The Divine Week and Works of Guillaume de Saluste, Sieur du Bartas, translated by Josuah Sylvester, Edited wuth introduction and commentary by Susan Snyder, 2 vols., Oxford, 1979.
15) 拙著，『〈フランス〉の誕生――16世紀における心性のありかた』，水声社，2012. 参照。

ま　と　め

　わたしの専攻は基本的にはフランス16世紀であり，それもどちらかと言うと16世紀後半から17世紀初頭である。ルネサンス期フランスの考証といえば，ギヨーム・ビュデとかジャン・ドラとかギヨーム・ポステルとか，その他の大碩学（その中にはロンサールの註釈者アントワーヌ・ミュレもいる）がいるが，残念ながらわたしには古典語作品が読めない。わたしが貪るように読んだのはフランス語で書かれた作品だけである。フランス語作品であれば，大抵の作品は楽しく読むが，年代それぞれに読む対象の傾向が微妙に違う。偶々齧った作品が面白ければその面白さを持続させる文章群を手に取り始める，という傾向があることはある。併し逆に，偶々手にした幾冊かの書物に共通する面白さを発見して，その共通性を語りたくなる場合もある。わたしは基本的に原典，或いはその復刻版，また或いはその批評版を読むのが好きだから，「偶々手にした」本を，何冊か読むうちに共通点が思い出され，それを纏めたくなることの方が多いかも知れない。特にご覧いただいているこの本ではその傾向が強かったように思える。

　第Ⅰ部には，「フランス・宗教戦争前後の考証と註釈の変遷」と大げさな標題をつけたが，考証にも様々ある。出版社のご厚意により歴史考証に捧げた一書を上梓し，その後も同時代史や古代史の著作には機会があれば眼を通しているし，老齢を肌に感ずる今尚，生命あるうちに読みたいものの筆頭には，チュルケ・ド・マイエルヌの，近世史上初めての『スペイン史』と，遅れること僅か，これも膨大なファン・デ・マリアナの『スペイン史』がある。歴史考証を時間軸に沿った批判的・客観的（と自認する）考証とすれば，今ここで対象としたのは，主体的に考証に関わろうとする批評的考証である（チュルケとマリアナの『スペイン史』と比較の一部については，現在『中央大学人文科学研究所紀要』に連載中）。

　第Ⅱ部では，わたしの専攻領域での仕事をご覧いただいた。と言ってもそれ

はそれなりに苦労があり，文章化する過程で，ざっと読み通したときの気楽な読後感は吹き飛んでしまったのであるが。その苦労は第一の小論では，法曹界の専門用語が分からなかったし，第二の小論では，ローマ史の知識とラテン語の能力の欠如に悩まされた。第三の小論では，特にニコラ・リシュレーの該博な知識と，うねるようなギリシア文字（リガチュール）に苦しんだ（勿論ラテン語にも苦労したが）。それでも尚一冊の本に纏めたかったのは，ここに挙げた人々が余りに蔑ろにされているからである。これは許されてはならない，と思った。長い中世の闇のあとで発見された古典古代の著述家のように，長い近代という闇のなかで（ポスト・モダンもモダンの異種に他ならない）忘却された人々の怨念を晴らすことがわたしのように行き当たりばったりの16世紀愛好家の使命だと考えている。

　第Ⅰ部における第二小論文と第三小論文，及び第四のエセーの対象は註解であり，第一論文のそれとやや異なる点に違和を感ずる向きも多いと思う。だがルイ・ル・カロンが行った操作はまず第一に，慣習法と成文法を批判的に註解し（例えばその成果は『備忘録』に現れている），両者の仲介者（語呂遊びではない）となることであった。『フランス法パンデクト』（フランス法学説彙纂）の理念が誕生したのは，例えばシャルル・デュ・ムーランの『パリ慣習法集成』の圧倒的な註釈を避け，改めて全国に通じる汎フランス的な基準を差し出すことにあった。それは，小論中でも触れたように，先ずはラテン語と専門化した表記で書かれた全欧州的なユスティニアヌスの『学説彙纂』のフランス語訳であったが，やがてそれが要求するであろう補論附則の余りの莫大さにこれを断念，特殊フランス的な『フランス法パンデクト』に打ち込むことに結実した。この『フランス法学説彙纂』の仕事が註釈を施す作業であったことは，この章の（引用－1）が示している。つまり『フランス法パンデクト』の執筆は『学説彙纂』への強烈な批評的営為であり，前者に対する批判精神に溢れた，註解ならぬ註解であったように思われる。わたしが『フランス法パンデクト』を初めとするルイ・ル・カロンの文献を読んでいるときに覚えた，リシュリューの註解やヴィジュネールの註解の想起や，既視感はそのようなところに存したようであ

る。

　第Ⅰ部の論考でルイ・ル・カロンの批評的態度は未だ健全だと思う。新たな世界の統一を批判的・肯定的に捉え，そうした世界の実現の一角を担えればよし，というような気概があるような気がする。宗教戦争のため実現は不可能となったが，そこにはまだルネサンスの健全な人間への信頼が根本にあったと思える。ヴィジュネールは古代と対等になるために膨大な註を付した。「第一デカド」のみならず，他の註釈書を見る限り，古典古代を発条として現在を把握するより，古典古代に如何に近づけるか，という問題意識に支えられているように思われる。リシュレーのロンサール註釈は，註釈のための註釈であった。同じくロンサールの恋愛詩集に註を施したミュレは，ロンサール自身によって自らの作品を古典視させるために古典語学者たるミュレに頼み込まれたものであったとすれば，リシュレーの場合は，ロンサールという権威に自らの註釈を付すことで自らの学識を誇りたかったのではないかと思われる。そこにはもう何かのための考証ではなく，考証のための考証，批評のための批評といった言葉しか残らない。17世紀にやがて主流を占めるようになる古典主義的精神が簡潔さを重んずれば重んずるほど，リシュレーの註釈は古色蒼然とした，ルネサンス的というより中世のスコラ学に類似しているように見えた。わたしはそこにルネサンスの考証という人間肯定の思想が図らずも行き着いた，人間性を忘じた思想的営為のように思われる。

　このような，恐らく他者の目から見れば乱雑なばかりの論集を上梓するのが，残りの人生を突きつけられた老人の仕事かどうか，批判の向きは多いと思う。ご批判は甘んじてお受けする心算である。併し老齢に達した者が若い研究者に交じって老醜を晒すには，晒すだけの思いがある。更に言えば，フランス本国や欧米諸国，そして日本における「フランス16世紀研究」の在り方にも強い不満と無念の思いがある。この拙文集をお読み下さる奇特な方にそうした思いが幾分かでも伝わらんことを。

　最後になったが，出版助成の検討を引き受けてくださった中央大学法学部出

版助成委員会の先生方，研究助成課のスタッフのみなさん，中央大学出版部のみなさんに篤い感謝の念を申し上げる。

2017年6月吉日　八王子の陋屋にて
高　橋　　薫

初 出 一 覧

ルイ・ル・カロンと『フランス法パンデクト』「第一巻」
　　カロンダス，ルイ・ル・カロンと「フランス法パンデクト」
　　（『仏語仏文学研究』所収，中央大学仏語仏文学研究会，1998年3月）

註釈者ブレーズ・ド・ヴィジュネール
　　注釈者　ブレーズ・ド・ヴィジュネール
　　（『仏語仏文学研究』所収，中央大学仏語仏文学研究会，1997年3月）

第三の人，ニコラ・リシュレー
　　第三のひと，ニコラ・リシュレー
　　（『フランス16世紀読書報告』所収，中央大学仏語仏文学研究会，1998年3月）

『テュアナのアポロニオス伝』とトマ・アルチュス
　　『テュアナのアポロニオス伝』とトマ・アルチュス
　　（『仏語仏文学研究』，中央大学仏語仏文学研究会，2016年2月）

ロンサール『ラ・フランシヤードの影』：クロード・ガルニエ
　　クロード・ガルニエ，ロンサールの後継者？
　　（『友情の微笑み』，山崎庸一郎古稀記念論文集刊行委員会篇，みすず書房，2000年4月）

ロンサール『ラ・フランシヤードの影』：ジュフランとデガリエ
　　17世紀初頭の『ラ・フランシヤード』（一）（二）
　　（『中央大学人文科学研究所紀要』，中央大学人文科学研究所，2014年9月，2015年9月）

デュ・バルタス『聖週間』の影：(擬？) ドービニェ
　　La Création, La Sepmaine ——作品と理念——
　　（『駒澤大学外国語部研究紀要』，駒澤大学外国語部，1979年3月）

デュ・バルタス『聖週間』の影：クリストフ（ル）・ガモン
　　（その1）デュ・バルタスを窘めるクリストフ（ル）・ガモン

(『ステラ』, 九州大学フランス語フランス文学会, 2013年12月)
(その２) デュ・バルタスに異論を唱えるクリストフ（ル）・ガモン
　　（書きおろし）

　尚, 一冊の本に纏めるにあたり, 初出の各論には掲載した補遺や図版などを削除したことを報告しておく。

著者紹介

高 橋　薫（たかはし・かおる）

1950年東京に生まれる。1973年埼玉大学卒業。1975年東京教育大学文学研究科修士課程修了。1978年筑波大学文芸・言語研究科博士課程単位取得退学。1978年～1996年駒澤大学外国語部教員。1996年中央大学法学部教授（現在にいたる）。

著作など

Concordance des Tragiques d'Agrippa d'Aubigné（France Tosho, 1982），『〈フランス〉の誕生』（水声社，2012），その他

翻　訳

リュシアン・フェーヴル『ラブレーの宗教──一六世紀における不信仰の問題』（法政大学出版局，2003年：同年日本翻訳家協会翻訳特別賞受賞，2006年度中央大学学術奨励賞受賞），『フランス・ルネサンス文学集』（白水社，2015－2017），ロレンツォ・ヴァッラ『コンスタンティヌスの寄進状を論ず』（水声社，2014），その他

パトスの受難
考証の時代における追随の文化と自己発露の始まり，フランス近代初期

中央大学学術図書（94）

2017年10月20日　初版第1刷発行	
	著　者　　高　橋　　薫
	発行者　　間　島　進　吾

発行所　中央大学出版部
郵便番号192-0393
東京都八王子市東中野742-1
電話 042(674)2351　FAX 042(674)2354
http://www2.chuo-u.ac.jp/up/

印刷　電算印刷㈱

© 2017　Kaoru Takahashi
ISBN978-4-8057-5178-7
本書の出版は中央大学学術図書出版助成規定による。

本書の無断複写は，著作権上の例外を除き，禁じられています。
複写される場合は，その都度，当発行所の許諾を得てください。